Paradiso

José Lezama Lima

Paradiso

Alianza/Era

De venta en todo el mundo salvo México
Edición revisada por el autor
y al cuidado de Julio Cortázar y Carlos Monsiváis

© 1968, Ediciones Era, S. A., México
© Alianza Editorial, S. A., Madrid, 1983
Calle Milán, 38; ☎ 200 00 45
ISBN: 84-206-3115-9
Depósito legal: M. 14.839-1983
Impreso en Lavel. Los Llanos, nave 6. Humanes (Madrid)
Printed in Spain

La mano de Baldovina separó los tules de la entrada del mosquitero, hurgó apretando suavemente como si fuese una esponja y no un niño de cinco años; abrió la camiseta y contempló todo el pecho del niño lleno de ronchas, de surcos de violenta coloración, y el pecho que se abultaba y se encogía como teniendo que hacer un potente esfuerzo para alcanzar un ritmo natural; abrió también la portañuela del ropón de dormir, y vio los muslos, los pequeños testículos llenos de ronchas que se iban agrandando, y al extender más aún las manos notó las piernas frías y temblorosas. En ese momento, las doce de la noche, se apagaron las luces de las casas del campamento militar y se encendieron las de las postas fijas, y las linternas de las postas de recorrido se convirtieron en un monstruo errante que descendía de los charcos, ahuyentando a los escarabajos.

Baldovina se desesperaba, desgreñada, parecía una azafata que, con un garzón en los brazos iba retrocediendo pieza tras pieza en la quema de un castillo, cumpliendo las órdenes de sus señores en huida. Necesitaba ya que la socorrieran, pues cada vez que retiraba el mosquitero, veía el cuerpo que se extendía y le daba más relieve a las ronchas; aterrorizada, para cumplimentar el afán que ya tenía de huir, fingió que buscaba a la otra pareja de criados. El ordenanza y Truni, recibieron su llegada con sorpresa alegre. Con los ojos abiertos a toda creencia, hablaba sin encontrar las palabras, del remedio que necesitaba la criatura abandonada. Decía el cuerpo y las ronchas, como si los viera crecer siempre o como si lentamente su espiral de plancha movida, de incorrecta gelatina, viera la aparición fantasmal y rosada, la emigración de esas nubes sobre el pequeño cuerpo. Mientras las ronchas recuperaban todo el cuerpo, el jadeo indicaba que el asma le dejaba tanto aire por dentro a la criatura, que parecía que iba a acertar con la salida de los poros. La puerta entreabierta adonde había llegado Baldovina, enseñó a la pareja con las mantas de la cama sobre sus hombros, como si la aparición de la figura que llegaba tuviese una velocidad en sus demandas, que los llevaba a una postura semejante a un monte de arena que se hubiese doblegado sobre sus techos, dejándoles apenas vislumbrar el espectáculo por la misma posición de la huida. Muy lentamente le dijeron que lo frotase con alcohol, ya que seguramente la hormiga león había picado al niño cuando saltaba por el jardín. Y que el jadeo del asma no tenía importancia, que eso se iba y venía, y que durante ese tiempo el cuerpo se prestaba a ese dolor y que después se retiraba sin perder la verdadera salud y el disfrute. Baldovina volvió, pensando que ojalá alguien se llevase el pequeño cuerpo, con el cual tenía que responsabilizarse misteriosamente, balbucear explicaciones y custodiarlo tan sutilmente, pues en cualquier momento las ronchas y el asma podían caer sobre él y llenarla a ella de terror. Después llegaba el Coronel y era ella la que tenía que sufrir una ringlera de preguntas, a la que respondía con nerviosa inadvertencia, quedándole un contrapunto con tantos altibajos, sobresaltos y mentiras, que mientras el Coronel baritonizaba sus carcajadas, Baldovina se hacía leve, desaparecía, desaparecía, y cuando se la llamaba de nuevo hacía que la voz atravesase una selva oscura, tales imposibilidades, que había que nutrir ese eco de voz con tantas voces, que ya era toda la casa la que parecía haber sido llamada, y que a Baldovina, que era sólo un fragmento de ella, le tocaba una partícula tan pequeña que había que reforzarla con nuevos perentorios, cargando más el potencial de la onda sonora.

El teatro nocturno de Baldovina era la casa del Jefe. Cuando el amo no estaba en ella, se agolpaba más su figura, se hacía más respetada y temida y todo se valoraba en relación con la gravedad del miedo hacia esa ausencia. La casa, a pesar de su suntuosidad, estaba hecha con la escasez lineal de una casa de pescadores. La sala, al centro, era de tal tamaño que los muebles parecían figuras bailables a los que les fuera imposible tropezar ni aún de noche. A cada uno de los lados tenía dos piezas: en una dormían José Cemí y su hermana, en la otra dormía el Jefe y su esposa, con una salud tan entrelazada que parecía imposible, en aquel momento de terror para Baldovina, que hubiesen engendrado a la criatura jadeante, lanzando sus círculos de ronchas. Después de aquellas dos piezas, los servicios, seguidos de otras dos piezas laterales. En la de la izquierda, vivía el estudiante primo del Jefe, provinciano que cursaba estudios de ingeniería. Después dos piezas para la cocina, y por allí el mulato Juan Izquierdo, el perfecto cocinero, soldado siempre vestido de blanco, con chaleco blanco, al principio de semana, y ya el sábado sucio, pobre, pidiendo préstamos y envuelto en un silencio invencible de diorita egipcia. Comenzaba la semana con la arrogancia de un mulato oriental que perteneciese al colonato, iba declinando en los últimos días de la semana, en peticiones infinitamente serias de cantidades pequeñísimas, siempre acompañadas del terror de que el Jefe se enterase de que su primo era la víctima favorita de aquellos pagarés siempre renovados y nunca cumplidos. Después de la pieza del Coronel y su esposa, aparecía el servicio, guardando la elemental y grosera ley de simetría que lleva a las viviendas tropicales a paralelizar, en las casas de tal magnitud, que todo quiere existir y derramarse por partida doble, los servicios y las pequeñísimas piezas donde se guardan los plumeros y las trampas inservibles de ratones. Seguía el cuarto de más secreta personalidad de la mansión, pues cuando los días de general limpieza se abría mostraba la sencillez de sus naturalezas muertas. Pero para los garzones, por la noche, en la sucesión de sus noches, parecía flotar como un aura y trasladarse a cualquier parte como el abismo pascaliano. Si se abría, en algunas mañanas furtivas, paseaban por allí el pequeño José Cemí y su hermana, dos años más vieja que él, viendo las mesas de trabajo campestre de su padre, cuando hacía labores de ingeniero, en los primeros años de su carrera militar; el juego de yaqui con pelota de tripa de pato, no era el habitual con el que jugaban los dos hermanos, o Violante, nombre de la hermana, jugaba con alguna criadita traída a la casa para apuntalar sus momentos de hastío o para aliviar a algún familiar pobre de la carga de un plato de comida o de la preocupación de otra muda de ropa.

Los libros del Coronel: la Enciclopedia Británica, las obras de Felipe Trigo, novelas de espionaje de la primera Guerra Mundial, cuando las espías tenían que traspasar los límites de la prostitución, y los espías más temerarios tenían que adquirir sabiduría y una perilla escarchada en investigaciones geológicas por la Siberia o por el Kamchatka; guardaban esos espacios más nunca recorridos, de esas gentes concretas, rotundas, que apenas compran un libro, lo leen de inmediato por la noche, y que siempre muestran sus libros en la misma forma incómoda e irregular en que fueron alcanzando sus sinuosidades, y que no es ese libro de las personas más cultas, también dispuesto en la estantería, pero donde un libro tiene que esperar dos o tres años para ser leído y que es un golpe de efecto casi inconsciente, es cierto, semejante a los pantalones de los elegantes ingleses, usados por los lacayos durante los primeros días hasta que cobren una aguda sencillez. Los pupitres de trabajo del Coronel, que también era ingeniero, lo cual engendraba en la tropa —cuando absorta lo veía llenar las pizarras de las prácticas de artillería de costa— la misma devoción que pudiera haber mostrado ante un sacerdote copto o un rey cazador asirio. Sobre el pupitre, cogidos con alcayatas ya oxidadas, papeles donde se diseñaban desembarcos en países no situados en el tiempo ni en el espacio, como un desfile de banda militar china situado entre la eternidad y la nada.

También, formando torres, las cajas con los sombreros de estación de Rialta, que así se llamaba la esposa del Coronel, de la que entresacaba los que más eran de su capricho, de acuerdo con la consonancia que hicieran con su media ave de paraíso, pues ésta era portátil, de tal manera que podía ser trasladada de un sombrero a otro, pareciéndonos así que aquella ave disecada volvía a agitarse en el aire, con nuevas sobrias palpitaciones, destacándose, ya sobre un manojo de fresas, frente al que se quedaba inmovilizada sin atreverse a picotearlo, o sobre un fondo amarillo canario, donde el pico del ave volvía a proclamar sus condiciones de furor, afanosa de traspasar como una daga.

Regresaba Baldovina con el alcohol y la estopa, empuñados a falta de algodón. Estaba de nuevo frente a la criatura que seguía jadeando y fortaleciendo en color y relieve sus ronchas. Después de las doce, ya lo hemos dicho, todas las casas del campamento se oscurecían y sólo quedaban encendidas las postas y los faroles de recorrido. Al ver Baldovina cómo toda la casa se oscurecía, tuvo deseos de acudir a la posta que cubría el frente de la casa, pero no quiso afrontar a esa hora su soledad con la del soldado vigilante. Logró encender la vela del candelabro y contempló cómo su sombra desgreñada bailaba por todas las paredes, pero el niño seguía solo, oscurecido y falto de respiración. La estopa mojada en alcohol comenzó a gotear sobre el pequeño cuerpo, sobre las sábanas y ya encharcaba el suelo. Entonces Baldovina reemplazó la estopa por un periódico abandonado sobre la mesa de noche. Y comenzó a friccionar el cuerpo, primero, en forma circular, pero después con furia, a tachonazos, como si cada vez que surgiese una roncha le aplicase un planazo mágico mojado en alcohol. Después retrocedía y volvía situando el candelabro a poca distancia de la piel, viendo la comprobación de sus ataques y contraataques y sus resultados casi nulos. Cansado ya su brazo derecho de aquella incesante fricción, parecía que iba a quedar dormido, cuando de un salto recobraba su elasticidad muscular, volvía con el candelabro, lo acercaba a las ronchas y comprobaba el mismo jadeo. El niño se dobló sobre la cama, una gruesa gota de esperma se solidificaba sobre su pecho, como si colocase un hielo hirviendo sobre aquella ruindad de ronchas, ya amoratadas.

—El muy condenado —comentó desesperada Baldovina— no quiere llorar. Me gustaría oirle llorar para saber que vive, pues se le ve que jadea, pero no quiere o no sabe llorar. Si me cae a mí esa gota de esperma grandulona, doy un grito que lo oyen el Coronel y la señora hasta en la misma ópera.

Cayeron más gotas de esperma sobre el pequeño cuerpo. Encristaladas, como debajo de un alabastro, las espirales· de ronchas parecían detenerse, se agrandaban y ya se quedaban allí como detrás de una urna que mostrase la irritación de los tejidos. Al menor movimiento del garzón, aquella caparazón de esperma se desmoronaba y aparecían entonces nuevas, matinales, agrandadas en su rojo de infierno, las ronchas, que Baldovina veía y sentía como animales que eran capaces de saltar de la cama y moverse sobre sus propias espaldas.

Volvió Baldovina a atravesar las piezas de la casa que le separaban de los otros dos sirvientes, que eran un matrimonio. El gallego Zoar y Truni, la hermana de Morla, el ordenanza del Coronel, se vistieron y acompañaron a Baldovina a ver a la criatura. Entre ellos no se hacía ningún comentario, como no enfrentándose con aquella situación muy superior para ellos, y pensando tan sólo en el regreso del Coronel y la actitud que asumiría con ellos, pues como no precisaba la extraña relación que pudiera existir entre la proliferación de las ronchas y la contemplación de ellos por las mismas, temblaban pensando que tal vez esa relación fuese muy cercana con ellos y que pudieran aparecer como responsables. Y que apenas llegado el Coronel, fuera de inmediato precisada esa relación, y entonces tendrían que emigrar, sufrir grandes castigos y oir sus tonantes órdenes para ponerlos a todos fuera de la casa y tener que llenar con lágrimas sus baúles.

El gallego Zoar lucía sus pantalones de marino, los que usaba para estar dentro del cuarto con su mujer. Su esposa, Truni, se había echado sobre su cabeza una sábana de invierno, zurcida con sacos de azúcar, un imponente cuadrado de paño escocés, salpicada además por pedazos de camisa oliva, usada por el ejército en el invierno. Baldovina, descarnada, seca, llorosa, parecía una disciplinante del siglo XVI. El torso anchuroso de Zoar, lucía como un escaparate de tres lunas y parecía el de otro animal de tamaño mayor, situado como una caja entre las piernas y los brazos. Truni, Trinidad, precisaba con su patronímico el ritual y los oficios. Sí, Zoar parecía como el Padre, Baldovina como la hija y la Truni como el Espíritu Santo. Baldovina, como una acólita endemoniada, ofrecía para el trance su reducida cara de tití peruano, sudaba y repicaba, escaleras arriba y abajo, parecía que entraban en sus oídos incesantes órdenes que le comunicaban el movimiento perpetuo.

Los tres disparaban sus lentas y aglobadas miradas sobre el garzón, aunque no se miraban entre sí para no mostrar descarnadamente sus inutilidades. Sin embargo, los tres iban a ofrecer soluciones ancestrales, lanzándose hasta lo último para evitar el jadeo y las ronchas.

—Yo oí decir —dijo el gallego Zoar— que hay que cruzar los brazos sobre el pecho y la espalda del enfermo, no sé si eso servirá para los niños. Truni conoce lo demás.

Como un San Cristóbal cogió al muchacho, lo puso en el borde de la cama y él se metió también en la cama que crujió espantosamente como si el bastidor hubiese tocado el suelo. Se extendió en la cama que chilló por todos los lados, como si los alambres de su trenzado se agitasen en pez hirviendo. Cogió al niño y colocó su pequeño y tembloroso pecho contra el suyo y cruzó sus manos grandotas sobre sus espaldas, después puso las espaldas pequeñas en aquel pecho que el muchacho veía sin orillas y cruzó de nuevo las manos.

Truni se había echado la manta sobre la cabeza y al comenzar a ayudar el conjuro parecía un pope contemporáneo de Iván el Terrible. Cada vez que Zoar cruzaba los dos brazos, ella se acercaba y con mayestática unción besaba el centro de la cruceta. La ceremonia se fue repitiendo hasta que los poderosos brazos de Zoar dieron muestras de emplomarse y la frecuencia del beso de Truni llegó hasta el asco. Saltó de la cama y ahora el hechicero parecía uno de esos gigantes del oeste de Europa, que con mallas de decapitador, alzan en los circos rieles de ferrocarril y colocan sobre uno de sus brazos extendidos un matrimonio obrero con su hija tomándose un mantecado. Ninguno de los dos miró de nuevo a Baldovina o al muchacho, y cogiendo Zoar por la mano a Truni la llevó al extremo de la casa donde estaba su pieza.

Volvía Baldovina a enfrentarse sola con el pequeño Cemí. Lo miró tan fijamente que se encontraron sus ojos y esa fue su primera seguridad. Comenzó a sonreír. Afuera, en contraste, empezaba de nuevo en sus ráfagas el aguacero de octubre.

—Te hicieron daño —dijo Baldovina— son muy malos y te habrán asustado con esas sábanas y cruces. Yo siempre se lo digo a la señora, que Zoar es muy raro y que Truni por él es capaz de emborrachar al cabo de guardia.

El muchacho tembló, parecía que no podía hablar, pero dijo:

—Ahora se me quedarán esas cruces pintadas por el cuerpo y nadie me querrá besar para no encontrarse con los besos de Truni.

—Seguramente —le contestó— Truni lo ha hecho adrede. Eso debe ser para ella un gran placer, pero esa bobería que tiene tu edad rompe todos los conjuros. Es capaz de volverse a aparecer y empezar los besuqueos. Además, lo haría en tal forma... bueno, cuando yo digo que Truni es capaz de quemar a un dormido. Además —siguió diciendo—, me parece que el jadeo de tu pecho, los colores que levanta te impiden verte. Pero lo tuyo es un mal de lamparones que se extiende como tachaduras, como los tachones rojos del flamboyant. Como un pequeño círculo de algas, que primero flotasen por tu piel y que después penetrasen por tu cuerpo, de tal manera que cuando uno te abre la ropa, piensa encontrarse con agua muy espesa de jabón con yerbas de nido.

Comenzó el pequeño Cemí a orinar un agua anaranjada, sanguinolenta casi, donde parecía que flotasen escamas. Baldovina tenía la impresión del cuerpo blanducho, quemado en espirales al rojo. Al ver el agua de orine, sintió nuevos terrores, pues pensó que el niño se iba a disolver en el agua, o que esa agua se lo llevaría afuera, para encontrarse con el gran aguacero de octubre.

—Todavía estás ahí —decía, y lo apretaba, no queriéndolo retener, pues estaba demasiado aterrorizada, sino, por intervalos, para comprobarlo. Después le daba un tirón y se quedaba muda, asombrada de que aún flotase en aquella agua que lo iba a transportar fuera de la casa, sin que se dieran cuenta los centinelas, sin que éstos pudieran hacer bayoneta con los que se lo llevaban.

Después de tan copiosa orinada —los ángeles habían apretado la esponja de su riñón hasta dejarlo exhausto— parecía que se iba a quedar dormido. Baldovina creía también que la suave llegada del sueño en esos momentos tan difíciles era un disfraz adoptado por nuevos enemigos. Se acordó de que en su aldea había sido tamborilera. Con dos amigas percutía en unos grandes tambores, mientras las mozas se escondían detrás de los árboles y del ruido de los tambores. En la madera del extremo de la cama comenzó a golpear con sus dos índices y notó que de la tabla se exhalaban fuertes sonoridades en un compás simplote de dos por tres. Se alegró como en sus días de romería. El niño comenzó a dormir y ella, recostando la cabeza en el traje que se había quitado y que utilizaba ahora como almohada y como capucha para taparse la cara, se encordó en un sueño gordo como un mazapán.

Se oyeron las voces de los centinelas. El del frente de la casa, con voz tan decisiva que atravesó toda la casa como un cuchillo. El de atrás, como un eco, apagándose, como si hubiese estado durmiendo y así lanzase la obligación de su aviso. Los faroles, al irse acercando, parecían que alejaban la lluvia, tan fuerte en esos momentos que parecía que la máquina no podía avanzar. Mientras el centinela se acercaba obsequioso con un paraguas de lona de gran tamaño, la dama se resignaba a que el chapuzón calara su traje color mamey, infortunadamente estrenado, y el Coronel apenas quería contemplar los hilillos de agua que se deslizaban o se arremolinaban rapidísimamente por sus entorchados, sus medallas y sus botones de metal. A pasos muy rápidos y nerviosos subieron la escalerilla central, mientras el soldado en un no ensayado ballet que podríamos titular *Las estaciones,* seguía con igualdad de pasos la marcha de la pareja, teniendo al mismo tiempo que portar el descomunal paraguas. Despertada Baldovina por los gritos de los centinelas, se acercó a la puerta para ver entrar a *sus amos,* expresión frecuente todavía en la servidumbre que tenía el orgullo de su dependencia. Miró al Coronel y a la señora Rialta y les dijo: —Ha pasado muy mala noche, se ha llenado de ronchas y el asma no lo deja dormir. Me he cansado de hacerle cosas y ahora duerme. Pero es fuerte, pues yo creo que si alguno de nosotros no pudiese respirar, comenzaría a tirar zapatos y piedras y todo lo que estuviese cerca de su mano—. El Coronel, que generalmente la dejaba hablar, divirtiéndose, la chistó y Baldovina tuvo que secuestrar un relato que se abría interminable. Los tres se acercaron a la cama, pero todas las huellas de aquellos instantes de pesadillas habían desaparecido. La respiración descansaba en un ritmo pautado y con buena onda de dilatación. Las ronchas habían abandonado aquel cuerpo como Erinnias, *como hermanas negras mal peinadas,* que han ido a ocultarse en sus lejanas grutas. Le inquirieron a Baldovina cómo había podido conseguir esos efectos clásicos y definitivos, y al explicarles los frotamientos de alcohol, vigilados por un candelabro, y su creencia de que la esperma había podido tapar y cerrar aquellas ronchas, lejos de encontrar el entusiasmo que ella creía merecer por su manera de atender al enfermo, se encontró con un silencio ceñido y sin intersticios.

Cuando se retiraron, el Coronel y su esposa comentaron que el muchacho estaba vivo por puro y sencillo milagro. El Coronel apretó más aún sus finos labios que revelaban su ascendencia inglesa por línea materna. La señora aseguró que mañana iría al altar de Santa Flora a encender velas y a dejar diezmos y que hablaría con la monjita de lo que había sucedido.

Las dianas entrelazaban sus reflejos y sus candelas en el campamento; la imagen de la mañana que nos dejaban era la de todos los animales que salían del Arca para penetrar en la tierra iluminada. José Cemí, forrado en su mameluco, salía del cuarto hacia la sala. Su hermana, que estaba escondida detrás de una cortina, la apartó de repente y le dijo con malicia, alzando su pequeño índice:

Pepito, Pepito,
si sigues jugando,
te voy a meter
un pellizquito
que te va a doler.

14

El sonido metálico de las dianas parecía que lo impulsaba hasta el centro de la sala. En esos momentos, el polvillo de la luz, filtrado por una persiana azul sepia, comenzó a deslizarse en su cabellera.

La señora Rialta y su madre cuchicheaban el secreto de las yemas dobles. La señora Augusta —la Abuela— matancera fidelísima a sus cremosas ternezas domésticas, decía: yo le llamaría a las yemas, sunsún doble. Su traje azul naufragaba buscando los encajes que debían acompañar a un túnico azul. Al fin se decidió por lo que ella creía era la sencillez, encajes también azules, causando la sensación de esas muñecas muy lujosas a las que los fabricantes han envuelto en unas filipinas propias de palafreneros, por esa arrogancia alardeada en sólo perseguir la piel de la cerámica rosa de los cachetes o de las uñas. En ese momento el cocinero Juan Izquierdo pasó frente a ellas. Era el tercer día de la semana y eso hacía que su entero flus blanco y chaleco blanco, lucieran un poco como la suma ominosa de algunos residuos de su arte gastronómico. —Cá —dijo—, qué se sabe hoy de las yemas, se sirven en bandejas de cristal duro y ancho como hierro y tienen el tamaño de una oreja de elefante. Las yemas son un subrayado, el cocinero se gana la opinión del gustador en tres o cuatro pruebas pequeñas y sutiles, pero que propagan un movimiento de adhesión manifestado cuidadosamente por algún movimiento de los ojos, más que por decir una exclamación que arrancan el estofado o las empanadas—. Dicho esto se precipitó sobre la cocina, no sin que sus sílabas largas de mulato capcioso volasen impulsadas por graduaciones alcohólicas altas en uva de peleón. Las señoras elaboraron una larga pausa para alejar el exabrupto y la vaharada, pasando después a otros temas de delicias, los encajes de Marie Monnier que la señora Rialta había visto en una revista francesa. —Figúrate, mamá —dijo—, que son encajes inspirados en versos, de excelentes poetas franceses, donde esa maestra de la lencería contemporánea, intenta separarse de la tradición del encaje francés, de un Chantilly o de un Malinas, para que en nuestro tiempo, alrededor nuestro, surja otra escuela de bordados. Eso me gusta como si le pusieran una inyección antirrábica al canario o como si llevasen los caracoles al establo para que adquiriesen una coloración *chartreuse*—. En esas cosas, la señora Rialta, sumergida en las tradicionales aguas de seiscientos años, lanzaba opiniones incontrovertibles, que parecían inapelables sentencias de la corte de casación. La señora Augusta, que no podía prescindir de los símiles dijo: —El encaje es como un espejo, que hecho por manos que podían haber sido juveniles cuando nosotros nacimos,

15

nos parece siempre como un envío o como una resolución de muchos siglos, grandes elaboraciones contemporáneas de paisajes fijados en los comienzos de lo que ahora es un disfrute sin ofuscaciones. Estas lástimas de nuestra época quieren tener la misma sensación cuando combinan un encaje de familia en un corpiño de ópera, que cuando leen un poema de Federico Uhrbach. En esa misma revista que tú dices —continuó riéndose con sencilla malicia—, leí que los amantes preferían en la Edad Media, para los últimos y decisivos momentos de su pasión, el jardín, a pesar de las interrupciones que podían provocar las espinas o los insectos, a un colchón de paja casi siempre húmedo. Qué tontería —terminó jadeando por el tiempo que ya llevaba hablando— como si en una casa que poseyese esos jardines, donde se pudiesen mostrar tales curiosidades, fueran a tener el colchón de paja de los campesinos.

Ninguna de las dos había olvidado la brutal salida de Juan Izquierdo, aunque la sabían surgida de las malas destilaciones del alambique de Salleron. La señora Augusta no lo podía olvidar porque mantenía aún a sus años, su orgullo de dulcera, porque así como los reyes de Georgia tenían grabadas en las tetillas desde su nacimiento las águilas de su heráldica, ella por ser matancera, se creía obligada a ser incontrovertible en almíbares y pastas. José Cemí recordaba como días aladinescos cuando al levantarse la Abuela decía: —Hoy tengo ganas de hacer una natilla, no como las que se comen hoy, que parecen de fonda, sino las que tienen algo de flan, algo de pudín—. Entonces la casa entera se ponía a disposición de la anciana, aún el Coronel la obedecía y obligaba a la religiosa sumisión, como esas reinas que antaño fueron regentes, pero que mucho más tarde, por tener el rey que visitar las armerías de Amsterdam o de Liverpool, volvían a ocupar sus antiguas prerrogativas y a oir de nuevo el susurro halagador de sus servidores retirados. Preguntaba qué barco había traído la canela, la suspendía largo tiempo delante de su raíz, recorría con la yema de los dedos su superficie, como quien comprueba la antigüedad de un pergamino, no por la fecha de la obra que ocultaba, sino por su anchura, por los atrevimientos del diente de jabalí que había laminado aquella superficie. Con la vainilla se demoraba aún más, no la abría directamente en el frasco, sino la dejaba gotear en su pañuelo, y después por ciclos irreversibles de tiempo que ella medía, iba oliendo de nuevo, hasta que los envíos de aquella esencia mareante se fueran extinguiendo, y era entonces cuando dictaminaba sobre si era una esencia sabia, que podía participar en la mezcla de un dulce de su elaboración, o tiraba el frasquito abierto entre la yerba del jardín, declarándolo tosco e inservible. Creo que al lanzar el frasco destapado obedecía a su secreto principio de que lo deficiente e incumplido debía de destruirse, para que los que se contentan con poco, no volvieran sobre lo deleznable y se lo incrustaran. Se volvía con un imperio cariñoso, nota cuya fineza última parecía ser su acorde más manifestado, y le decía al Coronel: —Prepara las planchas para quemar el merengue, que ya falta poco para pintarle bigotes al Mont Blanc —decía riéndose casi invisiblemente, pero entreabriendo que hacer un dulce era llevar la casa hacia la suprema esencia—, no vayan a batir los huevos mezclados con la leche, sino aparte, hay que unirlos los dos batidos por separado, para que crezcan cada uno por su parte, y después unir eso que de los dos ha crecido—. Después se sometía la suma de tantas delicias al fuego, viendo la señora Augusta cómo comenzaba a hervir, cómo se iba empastando hasta formar las piezas amarillas de cerámica, que se servían en platos de un fondo rojo, oscuro, rojo surgido de noche. La Abuela pasaba entonces de sus nerviosas órdenes a una indiferencia inalterable. No valían elogios, hipérboles, palmadas de cariño apetitosas, frecuencias pedigüeñas en la reiteración de la dulzura, ya nada parecía importarle y volvía a hablar con su hija. Una parecía que dormía; la otra a su lado contaba. Por los rincones, una cosía las medias; la otra hablaba. Cambiaban de pieza, una como si fuese a buscar algo en ese momento recordado, llevaba de la mano a la otra que iba hablando, riéndose, secreteando.

Sentado en un cajón, José Cemí oía los monólogos shakespirianos del mulato Juan Izquierdo, lanzando paletadas de empella sobre la sartén: —Que un cocinero de mi estirpe, que maneja el estilo de comer de cinco países, sea un soldado en comisión en casa del Jefe... Bueno, después de todo es un Jefe que según los técnicos militares de West Point, es el único cubano que puede mandar cien mil hombres. Pero también yo puedo tratar el carnero estofado de cinco maneras más que Campos, cocinero que fue de María Cristina. Que rodeado de un carbón húmedo y pajizo, con mi chaleco manchado de manteca, teniendo mis sobresaltos económicos que ser colmados por el sobrino del Jefe, habiendo aprendido mi arte con el altivo chino Luis Leng, que al conocimiento de la cocina milenaria y refinada, unía el señorío de la *confiture,* donde se refugiaba su pereza en la Embajada de Cuba en París, y después había servido en North Caroline, mucho pastel y pechuga de pavipollo, y a esa tradición añado yo, decía con sílabas que se deshacían bajo los abanicazos del alcohol que portaba, la arrogancia de la cocina española y la voluptuosidad y las sorpresas de la cubana, que parece española pero que se rebela en 1868. Que un hombre de mi calidad tenga que servir, tenga que ser soldado en comisión, tenga que servir—. Al musitar las palabras finales de ese monólogo, cortaba con el francés unos cebollinos tiernos para el aperitivo; parecía que cortaba telas con una somnolencia que hacía que se le quedara largo rato la mano en alto.

Al penetrar la señora Rialta en la cocina le hizo una brusca señal a su hijo para que se retirara. Este lo hizo en tres saltos despreocupados. —¿Cómo va ese quimbombó? —dijo, y enseguida la respuesta cortante: —Pues cómo va a estar, mírelo—. Antes de comprobar el plato pasó sus dedos índice y medio por los calderos acerados y brillantes como espejos egipcios. Los ojos del mulato lanzaban chispas y furias, ponían a caminar sus gárgolas. Se dirigió al caldero del quimbombó y le dijo a Juan Izquierdo: —¿Cómo usted hace el disparate de echarle camarones chinos y frescos a ese plato?—. Izquierdo, hipando y estirando sus narices como un trombón de vara, le contestó: —Señora, el camarón chino es para espesar el sabor de la salsa, mientras que el fresco es como las bolas de plátano, o los muslos de pollo que en algunas casas también le echan al quimbombó, que así le van dando cierto sabor de ajiaco exótico. —Tanta refistolería —dijo la señora Rialta— no le viene bien a algunos platos criollos—. El mulato, desde lo alto de su cólera concentrada apartó el cuchillo francés de los cebollinos tiernos y lo alzó como picado por una centella. La señora Rialta, sin perder el dominio, lo miró fijamente y el mulato se fue a lavar platos y a pelar papas con la cara hinchada y el pelo alborotoso de un contrabajista.

Al abandonar la cocina, la señora Rialta se encontró con su madre. Le relató lo que había sucedido, y ahora al contar le temblaba un poco la voz. —Toma un poco de bromuro Fallière —decía la señora Augusta, casi más nerviosa que Rialta—. Es asombroso, rompe todos los límites, siempre creí a pesar de todas sus exageraciones que era un gentuza, un mulato borrachón. Cuando llegue el Coronel, es lo primero que le dices. Además —concluyó inapelable—, creo que su tan cacareada cocina decrece, el otro día confundió una salsa tártara con una verde y trata al pavipollo con mandarina o con fresa que es una lástima. Que se vaya, apesta, borrachón, y su estilo es mucho más presuntuoso y redomado que eficaz o alegre.

Se acercaba el Coronel tarareando los compases de *La Viuda Alegre*, "Al restaurant Maxim de noche siempre voy", con el mismo gesto de la burguesía situada en un can can pintado por Seurat. Traía en el arco de su mano izquierda un excepcional melón de Castilla. Al acercarse contrastaba el oliva de su uniforme con el amarillo yeminal del melón, sacudiéndolo a cada rato para distraer el cansancio de su peso, entonces el melón se reanimaba al extremo de parecer un perro. Hijo de un padre vasco, severo y emprendedor, glotón y desesperado después de la muerte de su esposa, hija de ingleses, gozaba el Coronel a cabalidad los veinte primeros años de la República. En la Universidad le decían "el trompetellín de. la Selva de Hungría", por la agilidad picante de sus cantos de guerra deportivos. Los treinta y tres años que alcanzó su vida fueron de una alegre severidad, parecía que empujaba a su esposa y a sus tres hijos por los vericuetos de su sangre resuelta, donde todo se alcanzaba por alegría, claridad y fuerza secreta. El melón debajo del brazo era uno de los símbolos más estallantes de uno de sus días redondos y plenarios. Pasó rápido frente a su casa, para evitar el cuidado de los saludos del ceremonial y las señas y cumplidos que se abrían delante de su cargo. A paso de carga se dirigió al comedor, puso el melón de Castilla sobre la mesa y con su cuchillo de campaña le abrió una ventana a la fruta, empezando a sacar con la cuchara de la sopa lo que él llamaba "la mogolla", "lo mogollante", volcando sobre un papel de periódico gran cantidad de hilachas y semillas que atesoraba el melón. Con el cucharón, una vez limpia la fruta y ostentando su amarillo perfumado, la empezó a llenar de trocitos de hielo, mientras el olor natural de rocío que despedía la fruta se apoderó de todo el comedor. En esos momentos llegó la señora Rialta, y casi al oído le hizo el relato de lo sucedido con el mulato Izquierdo, cocinero de chaleco blanco y leontina de plata fregada. Sin perder la alegría que traía, y sin que el relato lograra inmutarlo, se dirigió a la cocina. Izquierdo, hierático como un vendedor de cazuelas en el Irán, adelantaba la sartén sobre el hornillo. Cuando se fijó en el Coronel, sumó en sus mejillas otra sensación: caían sobre sus mejillas cuatro bofetadas, sonadas con guante elástico, hecho para caer sobre la mejilla como un platillo de cobre. —No haga eso Coronel, no haga eso Coronel, —repetía el mulato, mientras toda su cara metamorfoseada en gárgola comenzaba a lanzar lágrimas por las orejas, por la boca, corriendo por las narices como un hilillo olvidado. —Largo de ahí, váyase ahora mismo —le decía el Coronel, señalando hacia la espesa noche sostenida por el centinela del fondo de la casa. Izquierdo se puso el saco, no tan blanco como el chaleco, y se fue ocultándose al pasar frente al centinela como quien abandona un barco, como quien visita la casa vieja al día siguiente de la mudada. Su cara de mulato, ablandada por las lágrimas, al desaparecer se había transfigurado en' la humedad blanda de la noche.

Se probaron nuevos cocineros. Fracasos. Levantarse de la mesa decepcionados sin deseos de ir a la playa. El gallego Zoar aconsejado por la señora Augusta, fracasó al presentar unas julianas carbonizadas como cristalillos de la era terciaria. Truni, paseando por la cocina de prisa, queriendo terminar un punto macramé, aconsejada por la señora Rialta fracasó en un conteo equivocado de raciones de platos sustitutos, como huevos fritos, con miedo a la astilla de manteca que le quemase un ojo, friendo con agua del filtro, en cuya etiqueta de marca Chamberlain saludaba a Pasteur. El nuevo cocinero, temeroso a cada instante de ser despedido, miraba con sus ojos de negro ante los fantasmas, si el plato había fracasado. Y exclamando a cada fracaso: Así me lo enseñaron a hacer a mí, en la otra casa les gustaba así. La casa se desazonaba. La tarde fabricaba una soledad, como la lágrima que cae de los ojos a la boca de la cabra. Y el recuerdo de aquellos sucesos desagradables, de los que nadie hablaba, pero que latían por la tierra, debajo de la casa. La lágrima de la cabra, de los ojos a la boca. La cara ablandada del mulato, sobre la que caía la lluvia; la lluvia ablandando la cara de los pecadores, dejando una noche de grosero rocío que enfriaba el cuchillo, haciendo que el centinela se enrollase toda la noche en sus mantas, o que el gallego Zoar se levantase cuando el mismo frío le exacerbaba el olvido, para cerrar cien veces las ventanas.

En esos cabeceos de la familia, la gorda punzada del padre del Coronel al teléfono, ahora, ¡ay! venía la llamada desde el recuerdo, desde los cañaverales de la otra ribera convocando para una de las fiestas en su casa, que él con dejo burlón de los mestizos sibilantes, llamaba "un gossá familia". Reunía toda la parentela hasta donde su memoria le aconsejaba, persiguiendo las últimas ramas del árbol familiar. Se agazapaba, se concentraba durante el año, y ese día movía los resortes de su locuacidad, de sus anécdotas, como si también le gustase ese perfil que tomaba un día solo del año. No se trataba de una conmemoración, de un santo, de un día jubilar dictado por el calendario. Era el día sin día, sin santo ni señal. En silencio iba allegando delicias de confitados y almendras, de jamones al salmanticense modo, frutas, las que la estación consignaba, pastas austríacas, licores extraídos de las ruinas pompeyanas, convertidos ya en sirope, o añejos que vertiendo una gota sobre el pañuelo, hacía que adquiriesen la calidad de aquél con el cual Mario había secado sus sudores en las ruinas de Cartago. Confitados que dejaban las avellanas como un cristal, pudiéndose mirar al trasluz; piñas abrillantadas, reducidas al tamaño del dedo índice; cocos del Brasil, reducidos como un grano de arroz, que al mojarse en un vino de orquídeas volvían a presumir su cabezote. Entre los primores, colocado en justo equilibrio de la sucesión de golosinas, algún plato que invencionaba. Ese año a los familiares más respetables por su edad, los llamaba aparte y les deslizaba: —Este año tengo "pintada a la romana". Usted sabe —continuaba con un tono muy noble y seguro— que los conquistadores llamaban pintada a lo que hoy se dice guinea. La trato, y parecía que le daba la mano a una de esas pintadas, con mieles; de tal manera, que ni ellas ni su paladar se pueden sentir quejosas de ese asado, afirmando, después de saborearlas, la nobleza de mi trato, pues la miel conseguida es de mucho cuidado. Es la miel de la flor azul de Pinar del Río, elaborada por abejas de epigrama griego. Rueda un plato por ahí, "pechuga de guinea a la Virginia", pero usted sabe —continuaba hablando con su interlocutor que se distraía— que en esa ciudad, que le dio tantos malos ratos a los ingleses cuando lo de la independencia, no hay guineas. Nosotros, terminaba con el orgullo de un final de arenga, tenemos la guinea y la miel. Entonces podemos tener también "la pintada a la romana". ¿Le gusta a usted ese nombre? —preguntaba, condescendiendo a creer que alguien se encontraba situado en frente.

—Resuelvo en el Resolución —decía con su carcajada que se detenía de pronto, sorprendiendo el tajo, aludiendo al ingenio que tenía en Santa Clara—, pero voy preparando mi "gossá familia"—. Fuerte, insaciable, muy silencioso, se volvía locuaz ese día, que nadie sabía cuándo llegaba, como los cometas. Las había verificado en dos semanas sucesivas o pasaban cinco años y ni siquiera hablaba de las posibilidades del día de la gloria sin nombre y sin fecha. Concentrado en el pescuezo corto del vasco, sus articulaciones se trazaban como piedras y arenas. El hermano de la señora Rialta, que ya exigirá, de acuerdo con su peculiar modo, penetrar en la novela, decía de él, zumbando las zetas: Es como la cerveza que quitándole el tapón se le va la fortaleza. Sin embargo, él como para burlarse en secreto de esa frase, no perdió nunca la fortaleza, buena señal de que estaba taponado por Dios.

El aliento parecía que recobraba en él su primitiva función sagrada de *flatus Dei*. Al no hablar, parecía que ese aliento convertido en dinamita de platino se colocaba al pie de los montículos de sus músculos y troncos de venas. Cualquier sencillez que dijese parecía brotar de ese almácigo de acumulado aliento. Pero en el día del gozo familiar, ese aliento se trocaba en árbol del centro familiar y a su sombra parecía relatar, invencionar, alcanzar su mejor forma de palabra y ademán, como si fuese a presentar, según las señales que los teólogos atribuían a la fiesta final de Josafat.

—Mis músculos estaban despiertos como los del gamo, cuando yo era joven en Bilbao y corría impulsándome más y más con el viento —dijo. En ese momento empezó a repartirse el primer plato, pedazos de la fruta de estación; se levantó y empezó a derramar en cada una de las bandejas que portaban los más jóvenes, vino de uva lusitana—. Es de la cepa —añadió haciendo un paréntesis en su relato— que le gusta a los ingleses tories, y bueno es que desde muchacho nos acostumbremos al paladar de los ingleses—. Terminó la frase con una risa que no se sabía si era de burla o acatamiento de aquel paladar de los ingleses, deglutió un manojillo de anchas uvas moradas, levantó más la voz y se le oyó por todo el recinto:

...cuyo diente no perdonó a racimo, aún en la frente de Baco cuanto más en su sarmiento.

—Yo era *carricolari* —al retomar su relato ofrecía ya la serenidad del que cuenta lo muy suyo, continuó—: que es como se llama en Bilbao a los corredores de competencia. Un grupo como de romería, se acercó a mi casa, para decirme que había llegado el belga Peter Lambert, que era el más veloz de nuestros antiguos Países Bajos, y que habían pensado en mí para que le saliera al paso. Me decidí a entrar en la competencia con la alegre seguridad de quien entra en su perdición. Aquel condenado de belga corría como tironeado por nubes de huracán. Desfallecía cuando sentí que unas ramas terminadas en cuenco de lanza, esgrimidas por bilbaínos orgullosos, me pinchaban para que saltara en vez de correr, para reponerme las botas de milagro. No obstante, el belga llegó primero a donde había que llegar. Desde entonces pensé en irme, pues con todo el que me encontraba parecía que me lanzaba la vergüenza de que aquellas ramas no hubieran operado el milagro.

Interrumpió el relato y exclamó: —Otro zapote, Enriqueta —que era el nombre de su esposa. Con noble saboreo extinguió la pulpa de la fruta, se levantó y repartió vino blanco seco en la bandeja donde los que eran ya de más edad ostentaban las mismas frutas servidas a los garzones—. Es una prueba más difícil para el paladar —añadió— fruta muy dulce con vino seco. Me fijo en los rostros —añadió—, al hacer ese paladeo y enseguida formo opinión, pues la mayoría abandona sus frutas con hastío.

—Otro zapote, Enriqueta, volvió a decir, como si sus apetencias fueran cíclicas y siguieran las leyes de su péndulo gástrico.

—Cuando llegué a Cuba —dijo después de la pausa necesaria para la extinción del zapote—, entré, para mi otra perdición, en el ya felizmente *demodé* debate de la supremacía entre frutas españolas y cubanas. Mi malicioso interlocutor me dijo: No sea ingenuo, todos los viñedos de España fueron destruidos por la mosca prieta, y se trajeron para remediarlos semillas americanas, y todas las uvas actuales de España, concluyó rematándose, descienden de esas semillas—. Después de oir esas bromas apocalípticas, sentí pavor. Todas las noches en pesadilla de locura, sentía que esa mosca se iba agrandando en mi estómago, luego se iba reduciendo para ascender por los canales. Cuando se tornaba pequeña me revolaba por el cielo del paladar, teniendo los maxilares tan apretados, que no podía echarla por la boca. Y así todas las noches, pavor tras pavor. Me parecía que la mosca prieta iba a destruir mis raíces y que me traían semillas, miles de semillas que rodaban por un embudo hasta mi boca. Un día salí de Resolución de madrugada; las hojas como unos canales lanzaban agua de rocío; los mismos huesos parecían contentarse al humedecerse. Las hojas grandes de malanga parecían mecer a un recién nacido. Vi un flamboyant que asomaba como un marisco por las valvas de la mañana, estaba lleno todo de cocuyos. La estática flor roja de ese árbol entremezclada con el alfilerazo de los verdes, súbita parábola de tiza verde, me iba como aclarando por las entrañas y todos los dentros. Sentí que me arreciaba un sueño, que me llegaba derrumbándose como nunca lo había hecho. Debajo de aquellos rojos y verdes entremezclados dormía un cordero. La perfección de su sueño se extendía por todo el valle, conducida por los espíritus del lago. El sueño se me hacía traspiés y caída, obligándome a mirar en torno para soslayar algún reclinatorio. Inmóvil el cordero parecía soñar el árbol. Me extendí y recliné en su vientre, que se movía como para provocar un ritmo favorable a las ondas del sueño. Dormí el tiempo que habitualmente en el día estamos despiertos. Cuando regresé la parentela comenzaba a buscarme, queriendo seguir el camino que yo había hecho, pero se habían borrado todas las huellas.

—Otro zapote, Enriqueta —dijo de nuevo, extendiendo la mano con un cansancio que marcaba la retirada de los invitados y la llegada de la luna creciente de enero.

Regresaba después de la fiesta el Coronel al campamento con una tarde que se le entregó muy pronto a una noche baja, rodada entre las piernas y que impedía caminar de prisa. Muy cerca de la casa precisaron al mulato Juan Izquierdo, lloroso, borracho, infelicidad y maldad, mitad a mitad, sin saber cuál de las dos mitades mostraría. La señora Rialta descendió del coche, nerviosa, con todo el ser metido en la altura de sus tacones. Lloraba el mulato, como una gárgola, lagrimándose por los oídos, los ojos y las narices. Su telón de fondo era sombrío e irresoluto. Muy pronto, el Coronel se le acercó, pegándole un golpe en el hombro y le dijo: —Mañana ve a cocinar, para que nos hagas unas yemas dobles que no tengan orejas de elefante—. Se rio alto, teniendo la situación por el pulso. El mulato lloriqueó, arreciaron sus lágrimas, sonsacó perdones. Cuando se alejó parecía pedir una guitarra para pisotear la queja y entonar el júbilo. La señora Augusta, detrás de las persianas, que eran, como decía el Coronel, sus gemelos de campaña, había visto la precisión desenvuelta de la escena. Cuando sintió, después de oir el crujido alegre de los peldaños de la escalera, que se acercaba el Coronel, se aturdió al extremo de dar ella las voces de atención. —Atención, atención —gritaba, como quien recibe de improviso a un rey que ha librado una batalla cerca del castillo sin que se enteren sus moradores.

Capítulo II

José Cemí había salido de la escuela portando una larga tiza, mantenía la tiza toda su longura, si se apoyara se quebraría, por distracción ensimismada, característica de sus diez años. El cansancio de las horas de la escuela motivaba que a la salida buscase apoyo, distracción. Ese día lo había encontrado con la tiza. La escuela situada en el centro del campamento tenía como fondo un largo yerbazal, y a su derecha, un paredón que mostraba su cal sucia y el costillar de sus ladrillos al descubierto, como si el tiempo lo hubiese frotado con una gamuza con arena, limón y lejía. Se había acercado al paredón buscando compañía. Fue esa compañía que sólo se seguía a sí misma, piedra sobre piedra, pensamiento sobre pensamiento irreproducibles. Su marcha se hacía también en esos momentos como el paredón, pasos tras pasos sumados, como sumados ladrillos dándonos la altura del paredón. Mientras la cimentación del paredón parecía ablandada marisma, mostrando largas tiras de su piel, el ladrillo cocido de nuevo por el directo lanzazo del cenital, se ajustaba como las capas que forman el tronco del plátano.

Al fin, apoyó la tiza como si conversase con el paredón. La tiza comenzó a manar su blanco, que la obligada violencia del sol llenaba de relieve y excepción en relación con los otros colores. Llegaba la prolongada tiza al fin del paredón, cuando la personalidad hasta entonces indiscutida de la tiza fue reemplazada por una mano que la asía y apretaba con exceso, como temiendo que su distracción fuese a fugarse, pues aquella mano comenzaba a exigir precisiones, como si reclamase la mano el cuerpo de una capturada presa.

Si la tiza había sido sustituida por otra mano, él había tenido que situar en lugar del paredón, el bulto; lo fue precisando muy lentamente y ya lo asía por el brazo. No lo precisaría hasta la extinción de esa interpuesta aventura. Detrás del paredón se escondía una casona de gran patio circular, mostrando sus habitaciones sencillas ocupadas por una pobreza satisfecha.

Fue tironeado hasta el centro del patio, comenzando aquel bulto a dar grandes voces. Tan torrencial gritería contribuía a mantener la indistinción de la persona que lo había traspuesto. Le parecía a Cemí aquello un remolino de voces y colores, como si el paredón se hubiese derrumbado e instantáneamente se hubiese reconstruido en un patio circular. Apenas pudo observar la pequeñez de la puerta de entrada en relación con el tamaño agrandado del patio reverberante de mantas, granos odoríferos, chisporroteos indescifrables de inútiles metales, sudores diversos de pieles extranjeras, dispersas risotadas de criollos ligeros, distribuyendo inconscientemente, como un arte regalado, su cuerpo y su sombra.

—Este es, éste es —decía el bulto aclarándose, en un ingurgite empotrado, como si los ojos le fueran a reventar en la redoma de su mundo de brumas—. Este es —continuaba— el que pinta el paredón. Este es —decía mintiendo— el que le tira piedras a la tortuga que está en lo alto del paredón y que nos sirve para marcar las horas, pues sólo camina buscando la sombra. Este nos ha dejado sin hora y ha escrito cosas en el muro que trastornan a los viejos en sus relaciones con los jóvenes—. Cemí, después de sumar esa ringlera de espantos, estaba atontado. No tropezaba en el cristal de su redoma, como el gritón, pero había abandonado su realidad y navegaba. La vecinería abandonaba sus cuartuchos para ver al díscolo y al gritón. Después de lo que veían en el centro del patio, no sabían qué hacer, trastrocando el trabajo que habían emprendido y ciñéndose los giros del ocio. El desgañite continuaba y Cemí ya colgaba sus brazos, comenzando a sucederse en el aburrimiento. Los mismos vecinos comenzaban a dar volteretas, haciendo parejas y levantando el susurro. Comparsas y partiquinos no levantaban los ojos. Los gritos ininteresantes enterraban sus ecos.

Mamita, silenciosa como su pequeñez, atravesó el patio, miró al gritón y le espetó: —Tonto, idiota del grito, ¿no te das cuenta que es el hijo del Coronel? —Cogió a Cemí, lo llevó a su cuarto, mientras la vecinería precisaba al infante, que tironeado por Mamita, cobraba ahora su primer plano. El gritón, ingurgitando, se hundió tanto bajo la superficie, que ya no tenía rostro, y los pies prolongándose bajo una incesante refracción, iban a descansar en bancos de arena.

Mamita había criado a Trinidad, Vivino, Tranquilino y el ordenanza. Esos nombres se habían contraído a la facilidad y eran Truni, Tránquilo y Vivo. Se le decía Mamita porque era la Abuela. No se hablaba nunca de sus padres, se habían difundido en un claroscuro familiar. Mamita era la vieja pasa, pequeña, ligera, siempre despierta hilandera, hablaba poco, como si suspendiese la respiración al hablar. Su carne era su bondad. Su fidelidad lejana era el Coronel. De lejos le seguía, lo cuidaba con oraciones y rosarios. Sabía que su casa y sus nietos dependían de él. En 1910 se había arrancado de Sancti Spiritus. Había que meter los nietos en el ejercito. El ordenanza Morla, parlanchín y falso, tenía asegurado su puesto. A Tránquilo, que había domado potros, había que meterlo en el Permanente. Vivo era perezoso y siempre estaba escapado. Su acción adquiría siempre el relieve de una fuga. Truni, punto medio de criada y niña de compañía, estaba siempre de novios. Se casaría con el gallego Zoar, ordenanza segundo. Mamita se deslizaba entre todas esas figuras fuertes, solapadas, de léperos, con toques de silencio y bondad. Cuando aquellos campesinos, que el Coronel empotraría en el ejército, hablaban de sus señores, Mamita sin odiarlos, se silenciaba para agrandar su fidelidad. En aquellos años ya parecía que se iba a ir, que se moriría muy pronto. Era siempre esa persona indecisa, delicada, que cuando la conocemos se muere tres años más tarde. Así se ovillaba en el recuerdo, entre su trabajo y su desvanecerse. Su vejez era como otra forma de juventud, más penetrante a la transparencia, a la ligereza. Saltaba del sueño a lo cotidiano sin establecer diferencias, como si se alejase sola, caminando sobre las aguas.

El solarete entrelazado a la rifosa casa del Vedado, produce una escasez de pinta sobresaltada, abundoso el parche se hace montura y se ramea con una corbata Zulka, regalo del patrón en trance de carantoñas a la tía dulcera. Juan Cazar, bombero retirado, ebanista de viruta jengibre, hace himeneo legalizado con Petronila, y su hija Nila, que asegura ringlera de suspensos en el ingreso normalista. El caserío se aplana en una hondoñada, y la latería de la conserva grande se amarra a la madera breve por la techumbre. Un cartón de caja grande de sombrero cierra el ojo a la sonrisa de una puerta con un mantecado viejo. La cama de dos, con un estampado aguado, que le regaló la viuda a Petronila, que camina todas las tardes hacia el caserón para dar puntadas o descoser un vestido de mostacilla, envegetado en un daguerrotipo. Cazar está ciego y Petronila engorda a falsía de cardíaca. A la izquierda del camerón, el piano de Nila, enseria de hinojos culturales y encierra las maldiciones al entreabrir la siesta. A la otra banda, la ceguera de Cazar traza laberintos en la recién traída mesa escritorio de cortina plegable. Centellita por aquellas pesadeces el canario se escapa de las puntadas y del cegato. A los pies de la camera, una cortinilla obtura el plegable donde Nila duerme sus libretas de notas. De noche Petronila florece por el caserío con bisbiseos y pitagorismos antillanos. Cuando regresa a su arqueta, cubre con arenilla de leve montaña el verticalizado esqueleto de un pez. Por el alba, los cuatro mulatones más viejos del caserío acuden a desenfundar la fauna cabalística. Los cuatro venerables se retiran en alabancioso ceremonial.

En el cuartillo contiguo, la austriaca Sofía Kuller, dicha *La poderosa* por el resentimiento de la promiscuidad, mima en lo posible de su escasez a su hijo el caricaturista de cafetines, Adalberto Kuller. La torácica Sofía, en su treintena vienesa se dilataba en las gruesas sutilezas de Strauss habiendo ganado el cofre gótico con la floreada tarjeta inicialada de su futuro, el Capitán, en un entono dominical al de *Der Rosenkavalier*. En el altiplano de su desdén de viuda venida a menos, no enviaba ni recibía palabras de la vecinería. Su desprecio y sus excesos cremosos, le habían otorgado respeto fantasmal. Durante el día, su hijo encerrado con ella, repasaba los estudios interrumpidos por el enigmático desprendimiento de Viena. Por la noche, salía con una caja plana, llena de caracoles de muy diversa pinta. En la mesa de los cafés nocturnos, se acercaba con fría cortesía, reproduciendo con el colorido de sus caracoles los rostros de las ociosas. Estaba sentado a una mesa donde se ejercitaba, cuando ya por la segunda medianoche se fueron retirando los habladores, hasta quedarse terriblemente enfrentado con una erotómana jamoneta. Después que su rostro fue reproducido sobre la mesa, se miraron en largas pausas de dádiva insatisfecha y carnalidad de progresión sinfónica. Lo invitó a su apartamento laqueado y con erótica nevería de agua mineral. Como esos peces de tamaño donde la pequeñez de las aletas no guardan relación con la masa líquida desalojada, la jamoneta intentaba fijar los centros de órbita en el ceñimiento del jovencito austriaco. Fingía éste unos respiros y entrecortados movimientos de disimulada frigidez; hundía después su mano en el bolsillo interior de su chaqueta, extrayendo una redoblada fotografía vienesa. Y mientras ofrecía con una invisible deliberación a la europea sus falsos respiros, se extasiaba en los entorchados orientales de su padre y la erudita, exquisitamente bruñida piel del rostro de la cantante.

Rastrillaron saltitos en el siguiente cuarto, y los golpetazos del cambio de atril de esquinas angulares a centro de camerata. Martincillo, el flautista, colocaba a once de la mañana sobre el atril: "Aprendizaje de la flauta breve sin estropearse los labios". Discutía hasta el pitido desgañite, si el Rey había estado afortunado o inarmónico al no querer tocar la flauta delante de Juan Sebastián Bach. Con dos o tres sólo había podido discutir esas segregaciones dialécticas de sus gustos, pero tan sólo ésos eran sus *amigos*. Le decían *El flautista* o *La monja,* pues la imaginación de aquella vecinería ponía motes a ras de parecidos y visibles preferencias. Sus rubios amiguillos, más suspiradamente sutiles, le llamaban *La margarita tibetana,* pues en alarde de bondad enredaba su afán filisteo de codearse con escritores y artistas. Era de un pálido de gusanera, larguirucho y de doblado contoneo al sentir la brisa en el torcido junco de sus tripillas. Chupaba un hollejo con fingida sencillez teosófica y después guardaba innumerables fotografías de ese renunciamiento. Pero los que lo habían visto comer, sin los arreos teosóficos, se asombraban de la gruesa cantidad de alimentos que podía incorporar, quedándole por su leporina longura una protuberancia, semejante a la hinchazón de uno de los anillos de la serpiente cuando deshuesa un cabrito. Cuando con pausas y ojos en blanco parloteaba con uno de esos escritores a los que se quería ganar, estremeciéndose falsamente le cogía la mano para hacerle la prueba o timbre de su simpatía por las costumbres griegas. Si le aceptaban el lance decía: —Yo lo quiero a usted como a un hermano—. Pero si temía que su habitual cogedora manual engendrase comentos y rechazos, posaba de hombre de infinitud comprensiva y de raíz sin encarnadura. Pero era maligno y perezoso, y sus padres, que lo conocían hasta agotarlo, lo botaban de la casa. Entonces se refugiaba en la casa de un escultor polinésico, que cada cinco meses regresaba para venderle —eran esculturas de un simbólico surrealismo oficioso, que escondían las variantes de argollas y espinas fálicas de los tejedores de Nueva Guinea— a un matrimonio norteamericano, incesantes maniquíes asistentes a conciliábulos tediosos, que poseían una vaquería sanitaria y sus derivados de estiércol químico. En esas reuniones, Martincillo, ladeando las guedejas con provocada inocencia, trataba de colocar dos o tres citas sudadas, diciendo que Plutarco nos afirmaba que Alcibiades había aprendido el arpa y no la flauta, porque temía que se le desfigurasen los labios, y que por eso, venganza propiciada por Apolo, tañedor de la de siete agujeros, el día antes de su muerte había soñado que le pintaban la cara de mujer. Martincillo era tan prerrafaelista y femenil, que hasta sus citas parecían que tenían las uñas pintadas. Estaba por la noche en casa del escultor, que le mostraba unos carreteles *churingas,* cuando empezó a llover con relámpagos de trópico. De pronto, el polinésico, turbado por sus deseos, comenzó a danzar con convulsiones y espasmos, y su pelo se le tornaba en estopa fosforescente. Picado tal vez por el azufre lejano de uno de aquellos relámpagos, se le escapó de su cuerpo una lombriz, que como una astilla se encajó en lo blando del prerrafaelista abstracto. Por la mañana, Martincillo, incurable, con una pinza procuraba extraerse la posesiva lombriz.

El otro cuarto parecía que temblaba cada vez que el epiléptico hermano de la cuarentona Lupita, entraba en los diez y siete desmayos o ausencias que lo poseían cada día. Iba de una esquina a la cama, sobresaltado de que no le tocase un desmayo, o frente al desayuno aumentaba su oleaje al caerse sobre la manta. Lupita cada luna quincenal iba a visitar a un japonés rameado que en

Bejucal era dueño de la tienda "El triunfo de la peonía". La Lupa frente a la intocable serenidad del sensual lunero, extendía una esterilla, sin provocar el menor ruido, pues el galante taoista decía "que le molestaba el tintineo del jade". Se extendía en la esterilla, con la frente en el frío de la loseta, mientras Lupita a su lado, en cuclillas, le repasaba innumerables veces la espalda. Pegaba el japonés galante tres o cuatro golpes con su cabeza en el suelo, y después como un luchador de judo trenzaba un salto. Y ya había cumplido con el venerable menguante de esa quincena.

Al lado, ya estaban Mamita y Vivo. Hablaban muy poco y siempre con buena ternura. Por la noche, los pasos decididos de Vivo, le daban a la vecinería la coincidencia de las dos manecillas del reloj. Vivo, esencialmente fuerte, había amigado con el caricaturista austriaco, que era esencialmente delicado. Pues en esa entrecortada confusión que crea la pobreza, se ve siempre al pobre fuerte y dueño señorial de su pobreza con un acatamiento misterioso por lo que considera lo delicado sin melindres. Mamita y la viuda austriaca no se hablaban, pero cada una citaba a la otra como modelo en aquel ambiente. Habían salido aquella noche Vivo y Adalberto y reían sobre las cosas de Martincillo, a quien ambos despreciaban, pues lo sabían falso delicado y falso natural. El flautista había querido ganárselos dando flautidos en el amanecer y el crepúsculo, creyendo que era la hora del mejor oído de los dos. Pero Vivo hacía mañanas de sueño prolongado, pues tenía que hacer postas nocturnas, y el austriaco, en el primer crepúsculo, repasaba sus interrumpidos estudios de gimnasio. Se acordaron para dibujar y poner una inscripción alusiva a las secretas galerías de mosaicos pompeyanos. El pulso lineal del austriaco y el rejuego lépero y guajiro de Vivo, se entrelazaban en la elaboración de aquel mosaico que iba a sobresaltar a la vecinería. Una mañana, la puerta del flautista escandalizaba con un cilindro y dos ruedecillas. Y al pie se leía esta enigmática inscripción egipcia: *Pon las manos en la columna de Luxor / y su fundamento en dos ovoides. / Pon las manos en larga vara de almendro / donde dos campanas van.*

Tránquilo desesperaba de las labores minúsculas que se le encomendaban. Su robustez de veinte años, era empleada en los subterfugios más sutiles del trabajo doméstico. Luba Viole, la hermana solterona del capitán Frunce Viole, por innumerables vericuetos y chinescos escarceos, lo quería prender a los pequeños trabajos que ella hacía para llenar con un minúsculo laboreo el apetito suelto de un ocio de cuarenta años, sin junio, sin diálogos, sin cansancio para el sueño más venturoso.

A las diez de la mañana, la despertada y sudorosa intuición de Luba comprobaba la ausencia de los otros familiares. Tránquilo y ella se quedaban solos, y era entonces cuando ella procuraba una coincidencia en sus labores domésticas. Tránquilo comenzaba los enjuagues y destornillos de cada una de las piezas de la lámpara de centro de sala; Luba a una terrible distancia de un metro, sobre una banquetilla que alzaba sus jamonamientos y sudores, con algodonosos papeles de periódicos mojados en alcohol, comenzaba un movimiento rotatorio en torno del espejo ochocentista, encuadrado en un marco con relieve de ornamentación vegetativa tropical, trifolias, pétalos de agua, avisados antílopes, rocas de descanso para la descompuesta corriente. Luba, como una napolitana vendedora de flores, abría los brazos en arco, como al desgaire, mientras fingía que pensaba en cosas inencontrables, enrojeciendo a Tránquilo hasta la sangre cargada de apoplejía. Desarmaba la lámpara pieza tras pieza, y lo recorría acentuado temblor al recibir mientras sus manos pasaban la badana húmeda por una de las piñas de cristal, los dedos del extremo del arco eléctrico que Luba como bobeando pespunteaba. Un inusitado gruñido le cargaba más la apoplejía. La badana enjuagaba después un cupidillo, que se escurría voluptuoso entre la humedad pulimentada, cuando recibió de nuevo la brevedad o centellita del manual arco voltaico. Crujió la escalera que enarbolaba el vigor ecuestre de Tránquilo. Lépero, que se afirmaba en una disimulada y espesa sabiduría para tan arremolinado trance, trabajaba más lentamente con la badana, la agujeta que en la cabeza del cupido levantaba como una guinda, y así trepando, escurriéndose, para alcanzar las más altas piezas de la lámpara y ponerse fuera de alcance de aquel renovado arco que buscaba su energía.

Luba esgrimía el papel alcoholizado con redomado furor, llegando los corpúsculos del espíritu del alcohol a pegar en la vibración de las aletas de la nariz con suave mordisqueo. A cada uno de sus movimientos se modificaba el ordenamiento vegetativo y animal del marco del espejo, como una granizada que pusiese en acelerado movimiento la tapicería paradisíaca. Su brazo semejante a una chalupa de desembarco, atravesaba las aguas del espejo, golpeando con el garrote de papel que empuñaba el rabo del antílope, que pacía por entre los reflejos de la caoba en *chiaroscuro*. Al retroceder Luba con el talle curvado y los brazos en arco, acercándose peligrosamente a los límites de la banqueta, que le daba una ágil perspectiva por entre las frondosidades de la marquetería, y soltar el rabo del antílope, que se perdía saltando por las rocas o acariciando casi con sus cascos las hojas de agua, adelantaba de nuevo, para regalarnos otra vez su arco de matinal danza napolitana, y al atravesar de nuevo aquel Helesponto de bolsillo, cubría con aquellos papeles que la penetración del alcohol convertía en un manto de profeta, soltando después la piedra del marco, levantando un fulminante oleaje que alejaba definitivamente el antílope.

Tránquilo, para alejarse de la persecución laberíntica, había ido remontando la lámpara, extendiendo las manos para alcanzar los últimos canelones, y quedarse en punta de pie sobre la escalera. Luba, con sus aberturas manuales en arco sucesivo, había ido ganando los límites de la banqueta, encontrándose ya en ese borde entre la piel y el vacío de que nos hablan los estoicos. Los trepamientos de Tránquilo y los bordes de banqueta de Luba, iban a coincidir en signos y claves apocalípticos.

De pronto se perdió el equilibrio inestable entre la cautelosa ascensional de Tránquilo y la feroz y alegre expansión horizontal de Luba, y la lámpara vino a estrellarse en el asiento de la escalera, al mismo tiempo que los animales y plantas de la marquetería del espejo, liberados del ajuste y prisión del garrote de papel alcoholizado, recobraban la perdida naturaleza y el primigenio temperamento. El antílope hociqueaba angélicamente en las piñas de cristal, cuando recibía una pedrea entrecruzada de los fustazos de las grandes hojas acuáticas. Los cupidillos, añicadas las alas en este combate contra los ángeles negros, que lanzaban sus momentáneas proclamas de que todo tiene que estar y penetrar primero por los sentidos, volaban enfurruñados recibiendo las agujetas que momentos antes eran un tránsito entre sus testas y el remate de guinda. Así convertían la sequedad de un estío en una sala de recibo, en uno de aquellos combates en bahía de que tanto gustaba Claudio de Lorena. Tránquilo bajo aquellos estallidos de cristal y Luba, con todos aquellos aditamentos barrocos insurreccionados, daban papirotazos e injustificadas aspas de molino.

En ese momento, irrumpió el capitán Viole, jefe de infantería, que separa los helechos y los juncos para contemplar una indecisa batalla naval, y que al fin da la orden de ultimar a uno de los bandos. Huyó la Luba avergonzada y lloricona, y el Capitán, con siracusano y estratégico dominio de la situación, comenzó a decirle a Tránquilo: —Ya hasta mí habían llegado voces de que cultivabas brujerías y conjuros. Ni creía ni afirmaba con irresponsabilidad; pero esta confusión de animales y plantas, de piñas y antílopes, me revelan tus malas artes y tus pactos luciferinos. Tu mismo decantado arte de domar los potros, con procedimientos y mañas que los otros domadores desconocen y de los que desconfían, me debía haber prevenido que eras de especial maña y tratamiento. Además, te he visto entrar de noche en el Monte Barreto, sin zapatos y con los pies llenos de hormigas, como si estuvieses adormecido, y acariciar a los gatos salvajes como si tuvieses para ellos una contraseña y te reconociesen. Me han contado también que en Sancti Spiritus fuiste acólito, para darle algún nombre, de un tal Rey Lulo, que se decía descendiente de reyes de Tanganyika, y que andaba llevando en sus manos un ramo de naranjo, símbolo de su linaje. Me han contado que tú lo acompañabas cuando entraba en el bosque a purgar los malos espíritus. Y que a pesar de lo silencioso que eres, aprendiste de él a libertarte del mal de ojo y a sacarlo de aquellos cuerpos donde había producido desventura o muerte. Todavía en aquel pueblo se recuerda el día que le sacaron Rey Lulo y tú, el mal de muerte que se había ido rápido sobre un ternero elogiado por uno de esos que dan traspiés en la alabanza. Tú lo acompañabas cuando él hizo sus mediciones de pasos y trazó círculos y comenzó a decir unas oraciones, que eran interrumpidas por interjecciones y remedos de gruñidos animales, que tú exhalabas como el coro que cortaba cada uno de los versículos. Aunque todos dicen que era la mismísima verdad, que el ternero se levantó de nuevo con una sangre que se le enredaba por los forcejeos de la vida que entraba en aquel cuerpo, y que parecía preguntar, como en los casos de doncellas sonámbulas del pueblo: ¿dónde estoy? ¿dónde estuve?

—Iguales cosas he oído decir de las relaciones que en tu pueblo mantenías con la vieja Tiorba. Aquellas monedas que iban surgiendo por entre las hortalizas, pues parece que por allí había algún cementerio de alguna colonia gaditana desconocida, y que nadie se atrevía a recoger, pues se decía que la vieja estaba guardada por un mono que había dejado allí su primer amante, empresario de un circo, dado a la necrofilia y a historiar perennemente las barajas. Y aunque nadie había verificado la existencia del mono saltimbanqui, se decía que el día que tú te decidiste a recoger las monedas, había salido y tuviste que echarle arriba el revólver del reglamento. Pero es innegable que después viviste con la vieja Tiorba, y que por las mañanas salías a recoger las monedas, y que de eso vivían los dos, disfrutando como dos lechones albinos. Los más jóvenes del pueblo afirman que no habían visto nunca a la Tiorba, y que todo eran engañifas que Rey Lulo y tú lanzaban para vivir como reyes desterrados, con escasez y ocio dorado.

De toda esa enguirnalada arenga del capitán Viole, sólo era cierto lo sorpresivo de la doma de potros hecha por Tránquilo. Huérfano desde niño, abusaba de la benevolencia de Mamita, para hacer campo y jugar con las sabandijas y los potrillos. Como los escitas, se pasaba el día a horcajadas, sorbiendo por los poros una exagerada cantidad de sol, que lo hacía ir, llegada la noche, a buscar el fresco de las grandes hojas para dormir bajo ellas y asimilar por los poros el rocío que necesitaba para calmar la energía despertada en él por el calor incorporado. Así su nocturna distensión porosa, hacía que llegara hasta sus tuétanos la distancia y lo estelar, que le iban comunicando una seguridad secreta y silenciosa. Apenas le soltaban en el picadero un potro, primero lo veía en su inicial furia de rotar, después se iba recto hasta él, y con el filo del plano de los brazos, le pegaba en determinados tendones de las patas. Se hipnotizaba casi la bestia como si le entrase un sortilegio, añudándose de perplejos. Después, Tránquilo la abrazaba en una suave violencia copulativa. Pero esos desaforados ejercicios de concentración le iban entreabriendo la sangre hasta darle el mal llamado *Tuberculosis florida*. Cuando José Cemí lo conoció tenía ese color villaclareño hecho de borraja y de cuero de caballo, pero después fue recogiendo lo que en su paradojal enfermedad había que llamar un rosado de muerte. Días antes de su muerte, sin que hubiese abandonado ese rendimiento que la vida le regalaba bajo especie de doma de potros, estaba más colorado que nunca, como un marino que regresa de Ceilán. En los Elíseos deben de haber tardado algunos días en darlo como muerto, confundidos por el tropical que llegaba allí con esa rojez de cachetada.

Cuando el Capitán comenzó su arenga para el ordenamiento de los escuadrones mágicos, la Luba se ganaba un escape fulminante e invisible pero a medias de su arrolladora verba, Tránquilo se escurrió, caminando como quien no ha hecho ni oído. Parecía que el Capitán se quería abandonar a una nueva *cadenza* de párrafo, cuando dio un brinco como de quien toma de repente su soledad. Vio la confusión de agujetas y guindas, cupidillos y piñas de cristal, y quería hasta saludar y empujar la cortina, como un segundo acto que planteó y cortó el nudo.

Los soldados pasaban rapidísimos, como si fuesen llamados por la lejanía de una corneta. Algunos al pasar le decían a Mamita que Vivo había desaparecido. Que no se presentaría, y eso en caso de guerra se paga al precio de la cabeza. Vivino, Vivo, como en criolla reducción se le llamaba, más por juegos de sílabas que por alusión a su lince, pues era de todos los hermanos el más remolón y soñoliendo, era el más joven y cuidado por Mamita, y estaba en ese momento en que todavía la piel y la boca son adolescentes, pero ya el cuerpo gravita hacia otras edades de menos colorido. Con fino y contenido nerviosismo criollo, Mamita en aquellos momentos de remolino y confusión empezó a buscar en esa torre de gavetas superpuestas que era su escaparate, una moneda de veinte centavos, para ir a casa del Coronel y ver a su esposa, y regalarle una caja de pasteles, pues tenía esa delicada costumbre criolla que consiste en abrir camino con intenciones y halagos, ingenuos y cariñosos, noble y graciosamente desproporcionados entre el bien que se solicita y la brevedad de la regalía introductora, tan distante de la espesa adulonería española. En medio de la agitación de los pífanos, de soldados a medio vestir que surgían empuñando ya sus bayonetas, Mamita avanzaba, preguntando y dándose a conocer como la vieja de los protegidos del Coronel. Tenía la obsesión de que iban a fusilar a Vivo, y para impedirlo no vacilaba en sumergirse en la gritona confusión que había en aquellos momentos en el campamento. El Coronel recibía y daba órdenes, como quien tiene la seguridad de que los acontecimientos son muy inferiores a sus posibilidades; en medio de aquel regularizado caos la esposa hizo llegar a manos del Coronel la caja de pasteles que enviaba Mamita. Soltó la carcajada al ver a la pequeña vieja, que había atravesado todo el campamento insurreccionado, con su caja de pasteles, para impedir que fusilaran a Vivo. A pesar de su brevedad, la escena tuvo algo de la *antique grandeur*, llevada con garbo criollo. Se paró delante de aquél a quien ella reconocía, no sólo como jefe del campamento, sino también como el jefe hierático, lejano, pero eficaz e inapelable de su familia, y le dijo: —Coronel, desde hace tres días no sé por dónde anda Vivo, y tengo miedo de que lo fusilen por desertor—. Estas frases, que pudo articular, le habían brotado de su temblor, del miedo que la petrificaba, pero al mismo tiempo, como aquellas divinidades homéricas, recorrían los campamentos disfrazadas de aurora o de rocío, por encima de las cabezas de los guerreros escondidos detrás de la colina. Recobró su avivamiento de vieja criolla, al ver al Coronel abrir la caja y enarbolar un pastel de manzana. —Mamita, le dijo, Vivo está más contento que cabra en brisa—. Gustaba de escoger una frase graciosamente vulgar, o del refranero, para insertar en ella ligeras modificaciones de sentido o de onomatopeya. Esa expresión "cabra en brisa", se veía que era en él más nacida de su vigor que de desusadas temeridades de lenguaje. A veces decía, uniendo el inicio de un refrán con un axioma de matemáticas: "El ojo del amo engorda el caballo, por eso se toma por multiplicador al que tenga menos cifras." Demasiado criollo para acogerse a la ajena vulgaridad del refranero, le incluía la franja de una impensada salida de tono, brotada de sus infantiles recuerdos de los axiomas más elementales de las matemáticas. —A Vivo —continuó diciendo— lo mandé a que hiciese un trabajo en México; no dijo nada, porque las órdenes eran de hablar poco y partir rápido. Yo sé que está muy bien y no le pasará nada. Vete tranquila, cariños, Mamita—. La pequeña vieja quería besarle las manos, pero el Coronel la decidió por un abrazo nervioso y rápido. Desde que había llegado de Sancti Spiritus, y el Coronel había comenzado a proteger a sus tres nietos, que habían traído recomendación de su pariente el coronel Méndez Miranda, hasta el día que la mandó a buscar para darle el puesto de conserje de la escuela del campamento, a Mamita cada vez que se acercaba al Coronel, se le producía una especie de terrífica alegría, llena de presentimientos, pues tenía la intuición de que aquel sostén de muchos estaba siempre perseguido muy de cerca por la muerte. Le parecía que la misma impresión de seguridad que causaba, se debía a que la muerte siempre estaba tan cerca de él, que no había por qué temerle, como esos dogos que nos rodean en las cacerías y a los que nadie teme sus dentelladas. La primera vez que Mamita se le acercó para llevarle la recomendación, le dijo que le trajese al nieto mayor y que volviera a verlo dos meses más tarde para ingresar en el ejército a los otros dos hermanos, y que además llevase a Truni para que jugase con su hija. Mamita lo vio desde entonces como el dios de las cosechas opimas, que armado de una gran cornucopia inunda las nieblas y las divinidades hostiles. Parecía que su destino era fecundar la alegre unidad y prolongar el instante en que nos es dado contemplar las ruedas de la integración y de la armonía. Si él hubiese rechazado aquella recomendación de su tío el coronel Méndez Miranda, o se hubiese mostrado indiferente, Mamita no hubiese allegado siquiera los recursos para regresar a su pueblo, pues en realidad todo aquél que se presenta como un obstáculo para la ajena alegría produce una anarquía tan voraz que traspasa, como aquella moneda de que nos habla Bloy, la mano y los fundamentos, llegando en su putrefacción hasta el centro de Gaia. Mamita siempre lo vio como el dios de las resoluciones, pues su alegre llegada, la manera cómo con un toque ligero desenredaba y traspasaba las opacidades y las resistencias, parecía que se hacía relieve sobre el fondo de la muerte, ocasionando el cautiverio y el destierro.

Por el año 1917, el Coronel recibió la misión de ir a Kingston para hacer prácticas de artillería de costa. Le acompañarían su familia, Baldovina, el ordenanza y un médico civil, cubano danés, el doctor Selmo Copek, pequeño, taciturno, que hablaba muy pocas veces y dándole una extraordinaria importancia a cuantas vaciedades se le ocurrían. A veces decía cosas como: Qué espanto, hace un calor que saca a los chinches del colchón, o me parece que cada flus debe llevar veinticuatro botones. Abría desacompasadamente el pecho, retrocedía, miraba con agrandados ojos a su interlocutor, y al no encontrar en éste la menor señal de asombro, dejaba caer los brazos como afirmando la inutilidad del saber en aquellas latitudes del sopor del cocodrilo. Si se hablaba de Ana Pavlova, o de las poderosas piernas de la Duncan, comentaba, subrayando lo que él creía su innata superioridad: —Eso yo lo vi en Londres, en 1912, en su momento. Hoy están viejas y hay que estimularlas con cinco inyecciones de digital cada vez que entreabren *le rideau*—. Su espesa y científica vulgaridad lo mantenía en sobreaviso para lanzar cualquier palabreja en ajeno idioma, anclarse en un refrán de todos conocido y endurecer el rostro después, como si toda respuesta fuese inútil y le pareciese imposible el nacimiento de cualquier diálogo. Caminaba por King Street, al lado del Coronel, cuando precisó un negrón gendarme, con todo el aditamento de policía inglés, que dirigía el pequeño tráfico, con solemnidades y rígidos gestos, como si aquella ciudad tuviese una importancia europea. Enfrente de la mano alzada del gendarme, se detenía un pequeño carretón tirado por un gracioso y comprensivo burrito. Ante la tiesura del gendarme, el travieso animalejo cabeceaba su sabiduría, riéndose de aquella solemnidad, lamentable y huera. El doctor Selmo Copek no precisó un hecho meteórico y homérico, que vendría a establecer una mágica relación entre el sargento de tráfico y él. Una concentrada nube de un denso azul acero, semejante a esas nubes que envolvían a Hera o a Pallas, para presentarse a los combatientes teucros o aqueos, surgió arremolinada, como brotada de una chispa de atmósfera ojizarca, de la axila derecha del gendarme, atravesó los mercaderes colorinescos, las esteras verticales movidas por un aire gruñón, y se anidó en la axila izquierda del doctor Copek. La piel de este criollo danés presentaba variaciones y modalidades irrepetibles. Un poro grande, abobado, de un rosado sin gracia, se endurecía crujiendo bajo la penetración coriácea de nuestro sol. Las consecuencias antipáticas que ofrecía su curiosa modalidad epidérmica, se mostraba en un rosado plúmbeo que retrocedía ante el siena criollo, pareciendo como si su piel se agrietase con un ruido de frotadas bijas. Al penetrar en su axila aquella nube, sintió en su cuerpo una pesantez novedosa, que comenzó a disfrazar con arlequinescos flecos de importancia, pero después esa nueva gravitación lo retomó produciéndole un cansancio atroz. Al regresar a su habitación en el hotel, durmió hasta muy tarde, y se decidió a bajar al comedor cuando ya los huéspedes estaban de retirada. Tres o cuatro mesas cayeron muy pronto en cuenta de la llegada del nuevo almizclero. Un olor avinagrado, de orine gatuno, oxidado y flechero, se abría a su paso como una flor sulfúrea del Orco o de la Moira.

El doctor Copek se levantó con el alba, armado de pastilla y toalla, para alejar con cuantas amazonas y ardorosas fricciones fuera posible, aquella pestífera divinidad que se aposentaba en él, decidiéndose a perseguirla. La potasa y el aceite volvían innumerables veces sobre él, pero el olor, nube que ocultaba una enconada divinidad, seguía sin alejarse de los nidos de su cuerpo. Jadeaba ya por el enjuague y el restriego, y temía perder el sentido, cuando se oyeron golpes en la puerta del cuarto de baño. Dos mozos, que trabajaban en la misma galería del hotel, venían a preguntar por él, extrañados del tiempo que le dedicaba a su aseo. Se rieron, y comenzaron ellos, no muy extrañados, como quien conoce la clave de esos aposentamientos rencorosos, a enjuagarlo y a levantarle torres de espuma por las axilas. Ya los dos mozos se cansaban y desesperaban de arrancarle esa divinidad, cuando el más joven de los dos, Thomas, flexible y jacarandoso como un río de Jamaica, hizo, primero, señal de silencio, y después se alejó, sonando grandes palmadas, como si hubiese encontrado de pronto la señal de conjuro para los revueltos y desatados olores. Reapareció, señalando con el índice, y emprendiendo pequeña carrera, con el gendarme, indicándole con sus gestos y pasos, la pequeña distancia que lo separaba de su solicitud, como si se apoderase de él una eléctrica euforia al reemplazar las palabras por los gestos y las siluetas, desproporcionando la relación entre sonido de lenguaje y sentido de gesto. El gendarme, más solemne aún, al ver la forma urgente en que se le requería, penetró en el hotel palpando su importancia, como el decisivo voto de una anfictionía. Lo llevaron al cuarto de baño donde palidecía y desmayaba el doctor Copek. Thomas fue colocando al gendarme en la misma posición que él creía se encontraba cuando se verificó el traslado de las nubes del humores. Alzó su mano derecha, como en una alegoría del siglo XVIII, para conjurar el rayo, en forma que su nido axilar quedase frente de la mano izquierda del doctor Copek, igualmente alzada, como si en una de esas sociedades secretas de la época del iluminismo, se diese la consigna al recibir la visita de incógnito de Benjamín Franklin, de alzar una de las manos, aludiéndose así ingenuamente a la neutralización de las chispas entre los efímeros y los titanes. Como un carretel que se desovilla fueron pasando los humores a la axila del gendarme, quien con la robusta sencillez del que recoge algo de indiscutible pertenencia, fue asimilando aquellas nubes almizcleras. Saludó enfáticamente, rehusando aceptar la regalía que quería hacérsele, como quien es llamado a una silenciosa consulta que de alguna manera tiene una impensada aunque profunda relación con su actividad central, sintiéndose molesto porque alguien no intuyese esa derivación mágica de su labor de conductor del tráfico en la principal calle de Jamaica.

Copek se restableció de aquella excesiva jornada en que había aposentado a esa enconada divinidad, en el salón de periódicos del hotel, cuando vio que se acercaba el Coronel, tarareando una musiquilla con la que parecía impulsarse.

Ladeó el periódico y antes de que el Coronel redondease algún inicio de conversación, le espetó: —Cuestión de poros, de poros nórdicos, finos y dilatables, que absorben como esponjas el rayo de sol. No estoy todavía inmunizado, ni creo que llegaré a alcanzar esa dureza de piel que impide el traspaso de la energía solar.

—¿Eso dice el periódico, mi querido doctor Copek, o es una afirmación científica suya? —contestó riéndose el Coronel—. Me parece —continuó— que usted hace una vida demasiado reposada para presumir de esa distensión porosa. Es cierto que se pueden convertir los poros en un total órgano de sensibilidad, con un misterioso poder generador. Estar a caballo todo el día, absorbiendo el sol con la misma voracidad resistente que lo hacen la piel de los caballos. Por la noche volver a armonizarse durmiendo sombreado por las hojas más anchas y recibiendo así la cantidad de humedad que se necesita para no calcinarse por dentro. Pero usted es un criollo danés, cuya piel, pudiéramos decir, ha cerrado en falso. Llega el sol a su piel, chisporrotea, tal vez no desea penetrar y se extiende en lugar de ahondarse. Su piel se hace traslúcida, espejea, pero el sol no asiste donde es más necesario, al hueso fosfórico o al pozo de entrañas. Si el rayo solar le llega al hueso, usted favorece de nuevo sus irradiaciones, pues el halo de cada personalidad depende de la sencillez con que conduce su piel la energía solar hasta su pozo o hasta su hueso—. Terminó el Coronel, riéndose como si se hubiese entregado más a la exaltación verbal que a su veracidad. Era muy frecuente que al terminar de hablar se riese, como comunicándole por medio de su alegría un enigma a quien le oía.

Autorizado por esa risotada del Coronel, el doctor Copek como un cuervo que sostiene en su pico una húmeda frambuesa, contestó con falsa y alambrada zumbonería: —Eso parece de un Zend Avesta antillano—. Cruzó de nuevo las piernas, se tapó la cara con el periódico, y el Coronel, rumbo a la piscina del hotel, comenzó a tararear otra vez su cancioncilla, que al hacerse lejana se volvió levemente sombría.

El Coronel informó al Estado Mayor de la inutilidad de los servicios del doctor Copek, y que para cumplimentar su misión en México, deseaba seguir el viaje con su familia, prescindiendo de ese endurecido y maligno cultor de focas.

En México se sintió extraño y removido. Se alejaban las divinidades de la luz, viendo que aquel era un mundo soterrado, de divinidades ctónicas; el mexicano volvía a tener la antigua concepción del mundo griego, el infierno estaba en el centro de la tierra y la voz de los muertos tendía a expresarse y ascender por las grietas de la tierra. En su primera mañana mexicana, frente al espejo del cuarto de baño, apenas podía fijar el rostro en la lámina. La niebla cerrada en un azul nebuloso, de principios del mundo, impedía los avances de la imagen. Creyó ser víctima de un conjuro. Con la toalla limpió la niebla del espejo, pero tampoco pudo detener la imagen en el juego reproductor. Avanzaba la toalla de derecha a izquierda, y aún no había llegado a sus bordes, volvía la niebla a cubrir el espejo. A través de ese primer terror, que había sentido en su primera mañana mexicana, aquella tierra parecía querer entreabrir para él su misterio y su conjuro.

Se entreabría, pero no se le entregaba. Se sorprendió cuando leyó en un canto guerrero chalquense: "La esparcida flor de caballito rojo pasa de mano en mano, entre los altos jefes y los jóvenes que absorben su dulce néctar." ¿Qué costumbre de oro, qué ley de ágata, precisaba el refinamiento vicioso de esos guerreros, que acariciaban flores de pistilos rojos, floreando sus escudos? Había conocido en su hotel a un diplomático mexicano que, inadvertidamente, iba a mostrarle otro modo impenetrable de aquella alma. Estaba sentado en el *fumoir,* cuando el Coronel lo sorprendió absorto en la filigrana de su reloj, con las dos tapas abiertas, como un gato egipcio ante un ibis. Sorprendió que en la tapa de la máquina, enviaba sus monocordes y fríos destellos un diamante de tamaño acariciable. El diplomático mexicano sintió que el Coronel penetraba por el reloj, abría casi hasta desquiciarla la puerta de lámina de cebolla, se ponía la mano en la frente para poder sorprender y fijar los destellos de aquel oculto radiador. —Mi querido Talleyrand —le dijo el Coronel— usted oculta sus placeres en los subterráneos de Ellora. Sus placeres parecen salidos del cautiverio, de las emigraciones secretas. El placer, que es para mí un momento en la claridad, presupone el diálogo. La alegría de la luz nos hace danzar en su rayo. Si para comer, por ejemplo, fuéramos retrocediendo en la sucesión de las galerías más secretas, tendríamos la tediosa y fría sensación del fragmento del vegetal que incorporamos, y el alón de perdiz rosada, sería una ilustración de zootecnia anatómica. Si no es por el diálogo nos invade la sensación de la fragmentaria vulgaridad de las cosas que comemos.

El diplomático mientras se reponía de la sorpresa lentamente, iba silabeando: —Si dos ojos más nos acompañan hasta el ídolo, éste cree estar rodeado por cocuyos, y nos da un papirotazo—. Había intentado producir ese ruido irónico donde se agazapó, se redujo a una momentánea miniatura, donde se borraban su figura y su reloj. La tapa de oro casi transparente engarzó en su círculo de ajuste, y la oculta fulguración se alejó de las manos del mexicano. En otra ocasión, al entrar en la iglesia que en Cuernavaca había mandado a edificar Cortés, vio sentado a un ciego, que repetía sin intuir la ajena presencia: Por amor de Dios, por amor de Dios. Pasara o no pasara alguien frente a él, repetía la misma frase. Al entrar en la iglesia, le sorprendió que unas veces coincidía el ruego del limosnero con el pase frente a él de la persona rogada, y otras parecía allí sentado para medir con diferente compás el tiempo de otra eternidad.

Fue a Taxco en cumplimiento de unas órdenes secretas, y en el café La Berta, vio la colección de máscaras. Allí se guardaban pero los días de rejuego y conmemoración afluía el pueblo endemoniado en busca de sus máscaras; se dirigían cada uno a buscar la suya, como si la tuviese secularmente señalada. Máscaras de terneros furiosos, cortadas con cicatrices de colores pimentados; o de bueyes, de un siena homogéneo y adormecido, grandes como torres, para semejar con sus cabeceos el cansancio indescifrable; vultúridas, de pico verde bronceado sucio, con una náusea feudal muy nerviosa, remedando su martilleo en la carroña una reiterada curiosidad egipcia; coyotes, que parecían que la noche les irritaba las cerdillas, detenidos de pronto, como si les fuesen brotando parejas de ojos. El Coronel, sentado en una pequeña mesa, con su esposa y sus dos hijos, sorbía el refresco que llevaba también el nombre del café, La Berta donde la pólvora del tequila estaba húmeda por la compañía de la menta verde. —Debería llamarse a esta bebida, cotorrina —dijo—. La plaza de Taxco se llenaba de enmascarados, que interjeccionaban sus laberintos verbales, y otras veces lanzaban con sus pequeños cuchillos, feroces puñaladas a un aire reseco, como si innumerables narices hubiesen acudido a soplar a una jarra, que concentrase aquel aliento como una pasta. Uno de los enmascarados se acercó a la mesa del Coronel. Para despertar confianza lo habían enmascarado de jutía; los trazos negros salían fingiendo la cargazón nerviosa del animal. Ante la negativa con que fue recibido, insistía señalando para un grupo formado de súbito en torno a un enmascarado de coyote, silabeando con miedo, como si sintiese la distancia que mediaba entre el Coronel y él. El jefe movía la cabeza, negándose a las insurrecciones; no obstante, procuraba oir, pues la voz le parecía cubana y oída anteriormente, sin darle excesiva importancia. El coyote deslizaba frases de conspiración mal hilvanadas, parecía un falso conspirador o como si él mismo temblase ante la encomienda. Parecía que lo habían utilizado por la supuesta relación que decía tener con el Coronel. Este le ordenó que se desenmascarase, con la misma seguridad de un *descansen* de las ordenanzas. Le temblaban las manos, y esto hacía que se fuese quitando la careta con lentitud, no por solemnizar el acto convencido de su trascendencia. Vivo era el disfrazado de coyote. El Coronel lo contempló jocosamente perplejo, al tiempo que Vivo iba retrocediendo a la entrada de una platería, donde una cortina que hacía las veces de puerta lo levantó y transportó.

Al regresar a su cuarto de hotel, el Coronel con los párpados tirados por las anémonas somníferas, apagó la luz de la mesa de noche y la del baño. Fue descendiendo por la escalerilla del cuarto de baño, no pudo contar los peldaños, y después, por la esterilla del calentador, su cuerpo, que había adquirido el inapresable peso de las sombras, pasó a la región de Perséfona. Los príncipes de Xibalbá, no convertidos en puercos, ni yaciendo en pocilgas, pero sí reducidos a nueve años, habían sido introducidos en unos alargados sacos de piel de saurio. Ceñía el cuero al cuerpo mezclado con arena en forma tan violenta, que sus cuerpos se habían trocado en una longura homogénea. Apenas rayaban el recuerdo: "Les ataron los pies como a las aves y les pintaron en las mejillas cosas de burlas como si fuesen salteadores o maromeros de feria." El caballito del diablo había comenzado a trazar círculos fríos en torno de los rostros de los príncipes. En una bostezada sucesión de años, el zumbido de los caballitos iba a producir un desazonado movimiento en el bolsón de cuero que apretaba sus cuerpos. Uno de los príncipes logró sacar un brazo de la ceñida piel coriácea que había atado los dos círculos de sangre. Comenzó a golpear con el brazo el bolsín que los ceñía, desprendiendo un incesante turbión de plumas y arenas. Riachuelos que desprendían vapores sulfúreos asomaban por momentos, desapareciendo en un tiempo inapresable. Le dio un manotazo a la tapa del reloj del diplomático; el diamante tenía el tamaño del ojo irritado de un buey. Penetró el puño por la resistencia, deshecha ante el ojo del puño, del diamante, vuelto fósforo resquebrajado. Llegó el puño hasta la maquinaria del reloj, a través de esa húmeda vagina de fósforo, retrocedió, y al salir el brazo estaba incrustado de escudetes, lentejuelas y abrillantados fragmentos de espinazo de manjuría. El diplomático regordeto saltaba los riachuelos, que como lombrices oscilaban, se reunían o se extinguían con un silbido. Quedaba el puño del diamante, y la figura del diplomático se iba agrandando hasta hacerse indetenible con las nubes, con los columpios. Nos íbamos acercando desde muy lejos, y el diplomático, en la insolencia de un rito radicalmente invisible y silencioso, abría la tapa de su reloj, y comenzaba la grosera e indual contemplación del diamante. Luego escondía el reloj y comenzaba a saltar los riachuelos. El viejo de Cuernavaca empezó a cortar las lombrices en fragmentos iguales, exclamando: Por el amor de Dios, por el amor de Dios... Las lombrices y los riachuelos más ligeros, descendían los silabeos del ciego hasta el vacío, no dejándose cortar por la cuchilla del amor de Dios.

A su regreso, reapareció el Coronel por la cubierta de estribor, alzando a la altura de sus ojos la chaqueta del traje de gala. Acariciaba el azul de la manga. —Al fin puedo percibir el azul anegado en lo bituminoso. *Vitrum astroides* nos dice Goethe —repetía—, recordando con esa cita de su manual de óptica, sus estudios de ingeniería. Acariciaba, arañaba casi, la manga desde el hombro a la mano, gozando al repasar con las uñas el rameado de un amarillo oro nuevo y comenzando a cerrar los ojos con un placer chillón.

Capítulo III

La tendida luz de julio iba cubriendo con reidores saltitos los contornos del árbol de las nueces, que terminaba uno de los cuadrados de Jacksonville, en los iniciales crepúsculos del estío de 1894. Rialta, casi sonambúlica en el inasible penetrar vegetativo de sus diez años, se iba extendiendo por los ramajes más crujientes, para alcanzar la venerable cápsula llena de ruidos cóncavos que se tocaban la frente blandamente. Su cuerpo todo convertido en sentido por la tensión del estiramiento, no oía el adelgazamiento y ruido del rendimiento de la fibra, pero sus oídos habían quedado colgados del rejuego y sonido de la baya corriendo invisible dentro de la vaina. Despertó, oyó, se volvió.

—*Rialta, don't steal the nuts.*

Apresurada, en la tesonera disculpa de sus inutilidades, Florita Squabs había pasado frente al árbol de las nueces, y había inadvertido casi, sus ojos no querían fijarse y sus pies vacilaban ante el temor de ver aquel mameluco alpaca, de un azul impenetrable estirándose por las últimas delicadezas de la rama. Rialta sintió que las nueces deshaciéndose en rocío se volvían a su planeta inasible, la voz de Florita, alambrada y de hierro colado, la colocó de nuevo, con tres o cuatro saltos, al lado del tronco de las nueces, y súbita, la luz comenzó a invadir su contorno, guardándola de nuevo en su segura levitación terrenal.

Al día siguiente, Florita fue a visitar a la señora Augusta. Florita era la esposa de Mr. Squabs. El organista Frederick Squabs había descendido, era el término que él siempre empleaba, de North Caroline a Jacksonville, por una afección laríngea con indicación de clima cálido. Eso había ingenuamente ensombrecido su destino, que él creía opulento en dones artísticos, llevándolo a la más densa brevedad verbal y a la frecuencia alusiva a los enredillos de su Ananké. Pero los insignificantes vecinos de Jacksonville se burlaban de que, no obstante ser su mano regordeta e inquisitoriamente larguirucha, incorreccionaba las octavas, y la intervención del registro flauta de su instrumento provocaba chirridos nerviosos, como los cortes en el membrillo helado. Había casado con Florita, hija de madre cubana, de baratona sensibilidad con declive propicio a creer que su esposo era un artista con divinidad que sólo le rendía la espalda. Mr. Squabs, lentamente resentido, había cabeceado hacia el puritanismo cerrado de quien sabe que voluptuosidades cariciosas, al llegar inadvertidamente hasta él, van a repasar una plancha de acero premiado por la casa Winchester. Cuando ceñido de inexorables telas negras ejercitaba escalas en el órgano, repasando a veces la *Santa Cecilia,* de Haydn, al llegar al *Resurrexit,* en que el coro glosa el *Judicare vivos et mortes,* gritaba con voz multiplicada por la soledad de la *capella* en trance de ensayos: —Vivos, vivos, sí, que venga pronto a juzgar a los vivos—. Y con un pañuelo de gran tamaño quitaba con ceremoniosa corrección, el sudor de su frío rostro, y su esposa que lo contemplaba escondida, creía que lloraba su intocable desesperación de gran artista frustrado.

Florita avanzaba con Flery custodiada de la mano. La llevaba como un manguito, en cualquier momento parecía que la podía dejar en un sofá y seguir de compras, y regresar a las cuatro horas y encontrarla que se decidía a entrar en el sueño, abriendo lentamente los ojos cuando su madre le regalaba un broche de calamina. Con intranquilo apresuramiento atravesaban el corredor que se hundía en la saleta. En el corredor se encontraba un tapiz de sofrenado esplendor. Unas barbadas cabras dictaban veneración y sentencia al terminar graciosamente su proceso digestivo sobre un capitel jónico. Sobre un fragmento de aquel mármol desvitalizado, la joven corintia cambiaba uvas y zapatos con el flautista de Mitilene. La sequía secular se tiraba al asalto sobre los espaciados yerbazales bostezantes. Una anciana y desvaída cabra, de caídas ubres, se situaba frente a la estival pareja y colaboraba también con su bostezo. Flery se detenía con radical brusquedad frente al amarillo tapiz de saltados hilos, señalaba con el índice bobonamente caído y decía:

—Mama, *a scene in Pompei, a scene*... Y entraba en la saleta tironeada por su madre, pues era obvio lo de la escena en Pompeya, y a su madre la irritaba que la sorprendieran en aquellos reiterados ejercicios bobalicones.

Desde entonces, esa frase contemplaba situaciones paradojales y en la familia reaparecía burlonamente como si saltase por las ventanas con la cara tiznada. Tenía como una regalada gratuidad e impunidad para encajarse prescindiendo de todo desarrollo de antecedentes. Rialta y la hermana que la seguía en edad, Leticia, estaban en tareas de penélope, se miraban en el cansancio, intercambiaban párpados y reflejos, y de pronto, una de ellas, exhalando un falso suspiro, soltaba: —Mama, *a scene in Pompei*—. Andresito, el primer hijo de la señora Augusta, antes de sacudir varias veces el agua de su arco de violín, comenzaba a cuadrar la página de sus partituras, y en ese silencio de comodoro obeso que antecede a los primeros compases, dejaba surcar su pieza de es-

tudio en la azotea por una navecilla inasible: —*Mama, a scene...*
La misma señora Augusta, cuando regresaba de compras, y se sacudía el sudor del velillo que usaba en la cara, ponía los orientales, para la imaginación de todos aquellos garzones, paquetes y cartuchos sobre el sofá, saludaba al más curioso ruido de la puerta al cerrarse, y exclama: —*Mama, a escene...* Más que una costumbre, parece como un conjuro para una divinidad que todos desconocemos, que al reunirse varios cubanos, ya en las contradanzas de un cumpleaños o en torno a la mesa del sorbo espeso de cerveza, se permanece en un silencio de suspensión, hasta que se oye una voz cualquiera que dice o canta algo que no tiene relación con la convocatoria para la reunión: *Mamá, yo quiero probar, de esa fruta tan sabrosa, o en el cuarto piso hay muerto, o al Jaque, al Jaque, silenciosa tropelía*, y sin que se le haga caso a lo oído, que viene a tener la fuerza de un llamamiento gracioso hecho en un instrumento musical, se comienza a darle entrada al tema principal. Evohé de fantasmas corredizos, sombra de aguas cayendo del arco de violín.

—Mi respetable señora Augusta —dijo Florita—, hoy he hecho, como si dijéramos, una visita no reglamentaria, pero en los últimos días me agito, tiemblo, vuelvo sobre lo mismo, enredándome de nuevo. ¿Qué pensarán los Olaya, me digo, veo a su hija en peligro, y sólo me ocurre gritarle que no se robe las nueces?—. En ese momento, parecía ver la sombra cruzada de la alargada mano de Mr. Squabs, cayendo sobre una tuba de órgano o la misma mano reducida acariciando las tapas negras de la biblia.

—Pero me parece —continuó—, que en la muerte, en ese océano final —al llegar aquí baritonizaba como si acompañara a su esposo el organista—, no podemos ni debemos intervenir. Es radicalmente inútil —dijo abriendo las vocales—. Procuro siempre no intervenir cuando alguien se enfrenta con el destino de su muerte, aparte de que creemos que intervenimos, pero andamos por muy opuestas latitudes. Pero con nuestra pequeña e indefensa voluntad podemos obtener al menos breves y no tan visibles triunfos. Por eso en aquel momento, me preocupaba de que su hija no deseara coger las nueces, más que del juego de accidentes de su no aclarado destino en el peligro. Puedo influir en evitar que se coja las nueces, pero no puedo evitar que ella hubiese seguido deslizándose por aquellas ramas, cuyos crujidos ya se oían como los ruidos de las ardillas cuando descansan de mascar, pues hubiese pasado por allí demasiado tarde, cuando inútiles curiosos musitan cosas inútiles. No creo —dijo para cerrar su párrafo—, que los Olaya crean que yo pueda ser tan influyente como para intervenir en el destino último de sus hijos, pues mientras usted, Augusta,

46

teje, flexibiliza un misterio, que se rompe aquí o allá, cuando la aguja se niega a penetrar en otras pausas del tejido—. Y seguía así, en su brumosa teología en *impromtu*, oponiendo destino y voluntad, con la misma huesosa arbitrariedad con que Calvino quería unir la rebeldía y la dedicatoria de su principal obra a su príncipe y soberano señor.

—Florita, hágame el favor de disipar esos terrores —dijo la señora Augusta, con fingida benevolencia, dijo ocultando una suave indignada, no obstante me parece feliz, dijo ocultando una suave sonrisa, que usted no quiera intervenir en el destino de una de mis hijas cuando penetra por una rama en un inocente desconocido. Pero usted se fía demasiado de su voluntad y la voluntad es también misteriosa, cuando ya no vemos sus fines es cuando se hace para nosotros creadora y poética. *Su voluntad* —añadió subrayando—, quiere escoger siempre entre el bien y el mal, y escoger sólo merece hacerse visible cuando nos escogen. Si por voluntad aplicada al bien nos diesen monedas correspondientes, la gloria —añadió sonriéndose— tendrá tan sólo esa alegría *cantabile* de la casa de la moneda. Hay un versículo del Evangelio de San Mateo, el alcabalero, que parece implacable, pero que nos dice de lo misterioso de la voluntad y de sus acarreos por debajo del mar: *Siego donde no sembré y recojo donde no esparcí*. Qué sombrío debe ser en ustedes, los protestantes —continuó la señora Augusta, apuntando con el índice, movido de izquierda a derecha con rápido orgullo, una división a la que siempre aludía con sencillez alegre— que esperan que al lado de su voluntad suceda algo, y por eso, a veces, se vuelven desatados y errantes en relación con actos y buenas obras, ensombreciéndose. El católico sabe que su acto tiene que atravesar un largo camino, y que resurgirá en forma que será para él mismo un deslumbramiento y un misterio. Mi tío, el Padre Rosado, hablaba con frecuencia de que a veces los santos miran como demonios, y recordaba al Padre Rivadeneyra, que contaba quince años, cuando la marcha de los jesuítas fundadores a Roma y al acercarse a San Ignacio para decirle que se retiraba de la orden, por serle imposibles aquellas feroces caminatas, el Santo lo miró en forma desatadamente terrible, *como miran los demonios*, como si fuera un sello que le impidiera mover los labios para hablar de su retirada de la milicia. Pienso que a los ángeles tendrá que serles amable, y aumentarán sus musicados cuidados, cuando un niño se extiende por un ramaje para oir el gracioso rodar de aquellas esferitas por el misterio de su cápsula. Cuando murió mi tío, el buen canónigo, en el codicilo que añadió a su testamento, ordenaba que su traje de mayor jerarquía, el que usaba en la consagración de los óleos, el sábado de Resurrección,

47

se repartiese por piezas entre los de su sangre. Así, estolas, encajes y pluviales, corrieron suertes diferentes, pero permaneciendo en el cuerpo de su familia. A mí me mandaron las zapatillas que usaba en aquella ceremonia mayor. Pero espere un momento —dijo la señora Augusta, con transparente agilidad—, que le voy a enseñar a la preciosa Flery, ese par de chapines, tejidos con hilos de seda de muy castigada artesanía y con ornamentos bizantinos—. Reapareció con el par de zapatillas, que rebrillaron en el apaciguamiento del crepúsculo.

—A ver Flery —le dijo a la niña, usando una breve fórmula muy cariñosa—, si tú me dices como crees que tenía que ser la boca del señor que usaba esos zapatos tan bonitos.

—Pequeña y muy colorada —contestó Flery, permaneciendo casi inmutable.

—Quizá no fuera así —musitó Augusta—, pero ya usted ve Florita, el acto de regalar aquellos chapines qué milagros produce, que su hija pueda reconstruir su figura tal vez en la forma que el buen canónigo quería para asistir a la cita final en Josafat—. Terminó haciéndose como que le pasaba inadvertida la sofocación mortificada de Florita.

Después de despedirse, al atravesar de nuevo el corredor donde estaba el tapiz con las cabras filológicas, Florita apresuró el paso y señaló con el índice para otro sitio, para que la pequeña Flery no fuese a encontrar su frase habitual frente al tapiz, pero en esta ocasión su imaginación, como un pequinés cruzado con chau-chau, se disparaba a morder por todas partes las zapatillas del canónigo.

Mientras iban entrando en el templo, rodeado de un escueto jardín, de visible mayor tamaño que el de las demás casas, Mr. Frederick Squabs, se paseaba entre las dos filas de bancos, cambiaba saludos con los creyentes dominicales, y alargando más la cabeza según la importancia social de las parejas que iban buscando sus habituales asientos, comenzaba a musitar y a mirar de reojo a los otros asistentes. Cuando se iban extinguiendo los párrafos finales del pastor, Mr. Squabs al desgaire, fingiendo una retirada distracción que la costumbre había hecho invisible para el público, se acercaba al órgano, pero sin sentarse nunca para comenzar la ejecución, hasta que oía las palabras del pastor, que dirigiéndose a él casi sin alzar los ojos, decía, más como una aterradora y fría cortesía que como conjuro o ensalmo: —Mr. Squabs, do you want to play the organ? Y ya las nerviosas manos procuraban atraer las macizas sonoridades de algún fragmento del Mesías de Haendel. Al cerrar con una llavecita el órgano, después de haber cubierto con una lana verdeante las teclas amarillentas y desconchadas en sus bordes, precisaba que de nuevo estaba vacío el templo, y que en una discreta lejanía, alguna dama aseguraba con un largo alfiler persa, el incorrecto ladeo de su elocuente y bien nutrido sombrero.

Con resguardada malicia de garzón criollo, Alberto, que era el segundo hijo de la señora Augusta y de don Andrés Olaya, había asistido tres veces al templo, y había sorprendido la suspicaz y preparada coincidencia del pastor descendiendo del púlpito y el acercamiento de Mr. Squabs al órgano. Alberto Olaya había repetido entre sus hermanos la frasecita convencional del pastor, y después Rialta y Leticia se la habían repetido a la señora Augusta, riéndose las tres, aunque la madre disimulando la risa les aconsejaba el mayor respeto por la circunspección de Mr. Squabs. Después, la frase tendría la burlesca precisión de subrayar y conminar a comenzar algo que tenemos que hacer por contingencia y placer, por exigencias de las horas y del paladeo. Cuando Alberto Olaya se hacía lento y parecía retroceder, en el desayuno, frente al jugo de zanahoria y toronja, más cargado del rosado insípido que del amarillo convidante, Rialta, con fingida gravedad, exclamaba, haciendo un gesto de llevarse a la boca el vaso sudado por la frigidez: —*Do you want to play the organ, Mr. Albert?* La misma señora Augusta le rendía culto a la frasecita, y para iniciar el contrapunto del macramé o del tunecino, y evitar un comienzo de labores demasiado rígido, prefería sonriéndose recordar la burla que se había apoderado de toda la familia y volviéndose hacia Rialta le indicaba que si fuera su gusto podían comenzar a despertar las primeras notas del órgano.

José Cemí había oído de niño a la señora Augusta o a Rialta, o a su tía Leticia, decir cuando quería colocar algo sucedido en un tiempo remoto y en un lugar lejano, como si aludiesen a la Orplid o a la Atlántida, o como los griegos del período perícleo hablaban de la *lejana Samos,* comentar cosas de *cuando la emigración,* o *allá en Jacksonville.* Era una fórmula para despertar la imaginación familiar, o esa condición de arca de la alianza resistente en el tiempo, que se apodera de la familia, cuando conservando su unidad de cercanía, se ve obligada a anclar en otra perspectiva, que viene como a tornar en mágica esa unidad familiar rodeada de una diversidad que tocan como desconocidas sus miradas. Hablar de aquellas Navidades en Jacksonville, era hablar de la Navidad única, desventurada, escarchada, terrible, pero acompañada de rebrillos, llegadas indescifrables, manjares encantados, cobrando la familia el misterioso calor bíblico de sentirse asediada por todos sus bastiones y torres. Pero esperando la llegada, que sucediese algo, un ópalo frío y errante surcando con su variada cola de avisos.

Otra frase que tenía como un relieve druídico, la más intocable lejanía familiar, donde los rostros se desvanecían como si los viésemos por debajo del mar, o siempre inconclusos y comenzantes, cuando se aludía a la madre de la señora Augusta, a la Abuela Cambita, doña Carmen Alate, se trazaba entonces el Ponto Euxino de la extensión familiar, y cuando se decía que era hija de un oidor de la Audiencia de Puerto Rico, era esa palabra de *oidor*, oída y saboreada por José Cemí como la clave imposible de un mundo desconocido, que recordaba el rostro en piedra, en el Palazzo Capitolino, de la Emperatriz Plotina, donde la capilla rocosa que forma la nariz, al descascararse causa la impresión de un rostro egipcio de la era Dypilon, que al irle arrancando las cintas de lino va mostrando la conservación juvenil de la piel, dándonos un nuevo efecto donde el tiempo interviene como un artífice preciso, pero ciego, anulando las primeras calidades buscadas por el artista y añadiéndoles otras que serían capaces de humillar a ese mismo artista al plantear la nueva solución de un rostro en piedra que él no pudo ni siquiera entrever. Nos parece que ahí el tiempo se burla del tiempo, pues al lanzarse ferozmente sobre aquel rostro de piedra y obtener su primera momentánea victoria al descascarar la nariz, reaparece esa misma nariz, rimando o dialogando con el rostro que ha permanecido inmutable. Así esa palabra oidor marcaba un confín, el límite de la familia donde ya no se podían establecer más precisiones en sangre y apellidos, pero llenando al mismo tiempo esa línea del horizonte de delfines y salmones griegos, de tortugas trasladando lotos, como aparecen en las mitologías hindúes. De tal manera, que cuando saltaba en las conversaciones familiares, la frase *la hija del oidor*, cobraba doña Cambita la presencia de una divinidad dual, una de cuyas apariciones era vieja y sarmentosa, apenas reconstruible, y en su reverso el de una doncella, que habiendo estado en el destierro, reaparece surgiendo del bosque acompañada por un doncel secularmente dormido en sus brazos y un antílope sobresaltado, que mira con incesante desconfianza al cachazudo rey que se adelanta para abrazar a su hija.

Cuando Andrés Olaya atravesó el patio de su nueva casa en Jacksonville, le sorprendió con algún borde hundido y sus incrustaciones saltadas, el atril de su hijo Andresito, que le había regalado para sus estudios de violín. Le rodearon sus hijas exclamando: —Papá, Andresito se encierra en el cuarto de la azotea, donde usted le dijo que estudiara el violín, pero nosotros nos asomamos por las persianas, y todas lo vimos que estaba fumando; nos llamó mamá para que nos despidiéramos de Florita, que nos había visitado, y después de un rato volvimos a asomarnos, y estaba fumando otro cigarro. Le dice a Mamá que estudia, pero lo que hace es fumar un cigarro tras otro. El otro día le dio una fatiga de tanto fumar, y tuvo que lavarse varias veces la cara con agua fría—. Al subir la escalera, riéndose invisiblemente, recordaba el día que había llevado a su primer hijo a ver al maestro italiano de violín, el profesor Algaci, quien le pasó varias veces la mano por la frente, diciendo que estaba en edad de comenzar sus estudios. Y después, había recorrido las casas de música de Jacksonville, buscando un atril y las partituras de estudio, pues el violín se lo había regalado su Abuela, la vieja Mela. Habían conseguido un atril de madera negra muy pulimentada, con ingenuos relieves en marfil de signos musicales y espirales. Cuando se encontró frente al joven músico le dijo: —Cuando creía que estabas ejercitando algún Chaikovsky, o mejor algún Brahms, me sorprende un ruido, que no debe estar seguramente en la partitura, y veo el atril, liberado de su abundante carga de sonidos, reventando casi en el patio, y a tus hermanas corriendo, como si el atril se hubiese convertido en un petardo bengal —añadió esa rápida broma, pues sabía que su hijo era muy quisquilloso, y que si le daba tono de reconvención a sus palabras estaría después muchos días enfurruñado y sin hablar. —Sí, padre, estaba fumando, no se lo negaré, pero Rialta y Leticia se lo han dicho, porque Alberto y yo las hemos sorprendido que van a casa de la señora Florita, se esconden por las tardes detrás de la perrera, y con Flery se ponen a jugar a las barajas, apostando piedrecitas labradas en la playa.

Conversaron un rato más, el hijo mostrando su extrañeza, estaba convencido de que el gran mérito de Brahms consistía en los dominios de la cuerda, donde se había separado radicalmente del tratamiento beethoveniano, lo que le daba gran importancia dentro de su época. Se extrañaba, repetimos, de que Brahms hubiese trabajado sobre motivos de Paganini.

—Sabía ocultar admirablemente su aprendizaje —le contestó Andrés Olaya—, el día antes de un concierto, los que lo espiaban (pues no querían resignarse a la fácil solución de que su arte fuera infuso) lo veían en su cuarto de hotel, extenderse voluptuosamente y dormir casi todo el día. También tú —continuó muy amistosamente, variando de tono—, no quieres revelar que tu arte es infuso, y cuando sientes a tus hermanas vigilándote detrás de las persianas, comienzas a quemar cigarrillos en cántico a tus diosecillos—. Se despidieron, bajó aún las escaleras con juvenil ligereza, y ya veía que se le acercaban sus hijas cuchicheando, destacándose la seda blanca de Rialta con esferitas rojo mamey.

Cuando atravesaba de nuevo el patio, de donde la aguda interpretación del instante que tenía la señora Augusta había retirado el atril, lo rodearon sus hijas, que parecían haber aguardado como hilanderas submarinas detrás de un cristal, el resultado de aquella entrevista que ellas parecían haber gustado como tormentosa.

—Cuando las muchachas se esconden —dijo Andrés Olaya—, para jugar a las barajas, están velando al príncipe usurpador, disfrazado de bufón, que se acaba de ahorcar—. Remató su frase en espesura baritonal, fingiendo el dramatismo; en realidad, mientras bajaba la escalera se encontraba indeciso de la efectividad verbal de lo que iba a decir, manteniendo sus dudas peldaño tras peldaño, pero al ver a sus hijas que lo rodeaban, habían salido del paso lanzando esa hirsuta y sombría sentencia: —Oh, oh, padre, nosotros no podíamos saber eso, pero que tan cerca de nosotros esté un muchacho muerto—, y salieron corriendo por distintas puertas, coincidiendo de nuevo en abrazarse a la degustada sombra de la señora Augusta.

Muy joven Andrés Olaya, al quedar huérfano de padre, había comenzado a trabajar con el millonario Elpidio Michelena, casado con Juana Blagalló, obesa, Excelentísima Señora, y con la cara cruzada por despertados zigzagueos nerviosos. Saludaba siempre muy deprisa, como si la indiferencia le obnubilase el campo óptico, lo que ella consideraba una muestra bien visible de su refinamiento. Había sido recomendado al matrimonio Michelena por un primo suyo, que mostraba una progresiva riqueza en Cienfuegos. Así, Andrés Olaya era pariente joven, y como tal podía ser tratado sin excesivos miramientos, y como secretario acucioso apuntalando los olvidos, errores o momentáneas torpezas del señor Michelena, y como al mismo tiempo comía y dormía en la casa, era utilizado por el matrimonio como una prolongación de ellos mismos, y era su función de más caricia y cariño en su familia. Desde su primer día de labor había sido sentado en la mesa mayor y a la misma hora que comían los señores, pero su deslustrada y usada indumentaria había tenido reojos y risas ocultas del resto de la servidumbre. Un día que esforzadamente disimulaba su apetencia, notó que el chinito que servía manejaba el estilo ruso de repartos de delicia con una grave irregularidad para él. Pasaba las bandejas, cargadas de venecianos ofrecimientos, con excesiva velocidad que recortaba su tiempo traslaticio de bandejas de ajenías de viandas a plato de propias divisiones, de incorporamientos de salones de aves de ligeras quillas, o vaporosos pechugones de adormecidas aves de río. Y como Andrés Olaya aun de muy joven era muy lento, le irritaba esa brevedad en el tiempo traslaticio del grosero y malintencionado chino servicial. En un final de mesa, cuando pensaba hincar su sueño de insistir en la doradilla de un buñuelo de oro, regado con rocío de mieles mantuanas, el chino antojadizo y tornasol, borraba su requiebro y se perdía con la venusina dulcera en la cocina. Le pareció oir en esa ocasión que se tornaba visible la intraducible intención búdica del servidor y la risotada placenteramente desembarcada del murciano cocinero. La lentitud con que se había limpiado con la servilleta los labios, parecía hacer imposible la siguiente fulmínea escena. Se habían alejado el señor Michelena y doña Juana, según su costumbre después de la comida, hacia las piezas donde se retocaban para reaparecer en la saleta y conversar con Andresito, como ya ellos lo llamaban. Se le prendió, como un gato que se despierta para ejercitar una pesadilla, del antebrazo del chinito, y con la mano derecha amenazaba con buscarle la mejilla disecada y paliducha. El chinito repetía con sílabas claudicantes: —Yo no tengo la culpa, Manuel, el cocinero, me manda que lo haga, para que tú comas con nosotros—. Soltó al chino, pues al oir esas palabras se le tornaba ineficaz para su indignación, y se dirigió a la cocina con una elasticidad furiosa que lo hacía casi desconocido. Al llegar a la cocina, el pringoso adormilado Manuel, con el chaleco desabrochado y sucio, oyó el manotazo que Andrés Olaya pegaba en la marmórea repisa donde él desjarretaba y limpiaba de nervios la colchosa filetada, amenazando con lanzarle la sopera, con escorpiones copiados de lejanos diseños del Palissy, al rostro, mientras Manuel enarcando el brazo derecho a modo de escudo de Tersites, trataba de guarecerse con posturas innobles. En esos momentos irrumpió el señor Michelena, mirando la picaresca escenografía que se había articulado y preguntaba qué sucedía. Andrés Olaya, mirándolo fijamente para intuir su actitud y simpatía por los bandos, le dijo: —Estos cachirulos, el suspirante chinito y el español panzón, se creen que yo tengo que ser igual a ellos y he tratado de demostrarles rápidamente su grosera equivocación.

Con cariño no acostumbrado en él, el señor Michelena le puso la mano en el hombro para apaciguarlo y lo llevó a la sala donde ya se encontraba Juana Blagalló abanicándose con la sobriedad de una florentina clásica.

—Andresito —dijo el señor Michelena, procurando con el diminutivo demostrarle que tomaba decisivamente partido por su bando—, a pesar de toda nuestra riqueza, Juana y yo estamos siempre muy tristes, nos vamos poniendo los dos en años mayores y todavía no tenemos hijos. En los últimos meses rogamos a la Virgen de la Caridad nos regale lo que tanto anhelamos, pues ¿a quién sino al Orden de la Caridad, fundamento de toda nuestra religión, se le puede rogar la sobreabundancia? Pero ahora te suplicamos que también tú nos acompañes en nuestras solicitaciones. En alta voz, frente al pequeño altar de la Caridad que tenemos en la sala, vamos haciendo las invocaciones, reiterándonos hasta el abandono por el sueño o el desmayo—. Lo tomó de la mano y arrodillándose él y la señora Blagalló en un reclinatorio, y el ascendido joven secretario en un cárdeno cojín, comenzaron a levantar el ruego:

Virgen de la Caridad, de la Caridad
dadnos la fecundidad, oh fecundidad.

Transcurrieron algunos meses en que se iba adormeciendo, musitando aún el rezo. El señor Michelena comenzó a beneficiar en algunos de sus negocios al joven Andrés Olaya, otorgándole especiales dividendos. Se encontraba en el hotel El Louvre, pues en Matanzas tenía el señor Michelena numerosas fincas y acciones en los ferrocarriles, cuando el joven de la carpeta con cínica indiscreción le empezó a hacer comentarios de las visitas anteriores de su señor, de las iluminaciones y juegos en una de sus fincas, y de la suerte, piel y cabellera de la mujer que daba uña en aquellos rasgueos y escrituras fiesteras.

La casa, en el centro de la finca, tenía todas sus piezas con una goterosa iluminación. El exceso de la luz la tornaba en líquida, dándole a los alrededores de la casa la sorpresa de corrientes marinas. En la casa estaba la afiebrada pareja y la irreconocible Isolda comenzó a levantar la voz hasta las posibilidades hilozoístas del canto. Dentro estaban el señor Michelena, dándole vuelta a la champanizada vírgula de la copa, y la mujer que lo rozaba, volvía apenas, desperezaba su lomo de algas, y se desenredaba después, sin poder precisar en qué cuadrado del tablero comenzaría a cantar. A veces, la voz desprendida del cuerpo, evaporada lentamente, se reconocía en torno a las lámparas o al ruido del agua en los tejados, mientras el cuerpo se hacía más duro al liberarse de aquellas sutilezas y corrientes lunares. Se entreabrió la puerta, y apareció amoratada, en reverso, chillante, la mujer que despaciosamente abría y alineaba la boca como extraída de la resistencia líquida, con las pequeñas escamas que le regalaba el sudor caricioso. Desde la puerta al inicio de la escalera, situada frente a la granja ondulante por los sombreros de la luz y los carnosos fantasmas asistentes, sólo entreabría su boquilla dentro del sueño golpeada, con nuevos músculos para el pegote de arcilla. Frente a la casa de druídicas sospechas lunares y con sayas dejadas por las estinfálidas, sentado en una mecedora de piedra de raspado madreporario, el chinito de los rápidos buñuelos de oro, envuelto en el lino apotrocaico, se movía óseamente dentro de aquella casona de piedra y el lino agrandado por el brisote del cordonazo. Desde el hastío que le regalaba el huevo de cristal sobrante, hacía el batutín delicadísimo del ceremonial, bien llevando el sueño de antílopes y candelabros frontales hasta el hojoso cenicero de la mano derecha, o bien subiendo los canutillos de una pierna hasta el asiento, decidido a resistir los salientes nocturnos detrás del entrecruzamiento de la osteína instrumental. Su hastío de rectoría dirigía como una mano serpiente que pudiera sacar cualquiera de las piezas charlatanas, inoportunas e intemporales, y colocarla de la otra parte del río, donde ya no se podía divisar ni entonar entre dientes, guitarra que ya no podrán trasvasar las cabelleras y que puntea y alarga la garganta para el remolino de la puerta del este. Pero desdeñando el largo bastonete de Lully para marcar entradas y salidas, en la inspección ocular del crecimiento vegetativo, oía por dentro a la excepción de la ley del remolino devorada por el crecimiento de las mareas en la desolación pianística del lunes.

La mujer boqueante empezó a rodar la escalera que separaba la casa de la yerbilla a ras de boca y escondrijo de los hurones. La piel se le había doblado, cosido y encerrado, como para hacerse resistente a los batazos que por la borda le pegaban los marineros de la Cruz del Sur. La nariz hundida por el tabique se le hacía más lastimosa que oliscona, acercándose a los gruesos cristales con la protuberancia de dos mamas alzada hasta la nariz, y donde con riego de llanto parecía ocultar un bultejo que se aprestaba a defender con llanto y ronda de entreolas. La circulización barbada, pues un semicírculo sudado de yerbazales de agua le llevaba el mentón deglutido, hacía rechazable a aquel llanto, pues tan pronto había sido trocado en aceitado monstruo de los peldaños, que no se le creía monstruo blando, de cañas llanteras y deshuesadas. El nuevo manatí sonaba de peldaño en gualdrapa funeral, y los esfuerzos que hacía para ganar el oleaje de los yerbazales le daba nuevos reflejos que se incrustaban por los palos que le daban por la borda y su hociquito se compungía, achicaba su círculo de rorro y ganaba la posición ladeada. La casa goterón se apagó y el bosque comenzó, aprovechándose de las lunaciones del cabrito y de la aguja, la zambra lenta, encalada, de las reproducciones que necesitan del rocío. Ya el manatí había ganado la yerba, y moviendo las guarnecidas aletas pectorales, se dirigía a la silla de piedra, arrastrándose con la deslizada facilidad que le daba su piel aceitada, pero el chinito que traqueteaba los huesos de la pierna en la casona de piedra, hacía calmosos gestos de rechazo y musitaba sentencias borrosas, apenas reconocibles al colgarse del ramaje o soplarse en una imantación circular.

—Aquí nos estamos mirando —decía Buñuelo de Oro—, pero el vegetal se pica cuando lo mira fijamente el gato montés. Ahora los cocoteros ayudarán a fortalecer la piel aceitada del manatí, y los palos que recibe contribuyen a darle el cuerpo a esa funda que se escapa. Los halcones blancos se reproducen mirándose sin volver los ojos hacia atrás. Nubes precipitadas tropiezan con el árbol, que va desanillándose, adquiere la longura de su carnosa verticalidad, y al despedirse por la cabellera suelta el azar de sus futuras figuraciones. Nubes Precipitadas aliadas con Apresurado Lento precisa las evaporaciones que olfatea desde las antípodas el halcón blanco. Existe la reproducción por la mirada y por el grito. El cocotero tiene la mirada espejo que reproduce al hundirse el dedo en sus ondulaciones dictadas por el azar. Dos Reverencias se asombra del grito de un insecto, otro responde al díctico de frente blanca, y después tiene que cuidar las larvas asesinadas por la mano sumergida en el río. Empieza la terrible discusión de Dos Reverencias con Nubes Precipitadas y Apresurado Lento, sobre el dejarse atrapar del Nusimbalta, caminando hacia atrás sin mirarlo, se logra hasta cruzarle un ala sobre otra. Llega Quieto Presuroso y comienza a burlarse de la mirada y del burgomaestre halcón blanco, pues el grito puede reproducir por conjugación de los distintos. Dos Reverencias protesta del grito puesto al lado de la mirada, pero si se le habla de la lentitud sexual de la conjugación penetra contentando en la dinastía de los dragones azules.

Doradilla Rápida o Pasa Fuente Veloz, seguía traqueteándose en la silla madreporaria, y haciéndole señas y sentencias al manatí apaleado para que no se acercase. En el bosque correspondía al costado izquierdo, el árbol de Hanga Songa, que proyecta sombra hacia arriba, y que sólo se reproduce cuando la tercera luna del otoño contempla el cautiverio de los guerreros, teniendo que ser velado por seis Nictimenes que le daban inapagable rotariorio. El manatí boquerón se dirigía gimiendo al custodiado árbol, pero las seis figuras rompían momentáneamente su círculo, se abrían en espiral, comenzaban a llorar, guardando la distancia del espejo corteza para mantener la borrosa imagen. Estiraba aún más las pectorales el gimiente carnoso manatí, pero entonces las Nictimenes alzaban su vuelo silencioso, con caras sombreadas por el pelo baba amatista, más silenciosas que la noche entrecruzada de silencios, más pesadas que Nubes Precipitadas en lo alto del cocotero, vuelo de silencios de aceite planisferio, pisados silencios de pie plano. Llegaron con su vuelo inaudible al espejo corteza, donde el cuerpo al tocar su imagen se volcó más allá del espejo, allí la doble columna de aire, el cuerpo que penetra por la derecha y sale en imagen de puerta de batidas bisagras por la izquierda, la llorosa máscara de yeso rebotada en el travesaño, y el cuerpo del ojo derecho devolviendo la imagen del ojo izquierdo, se limita a repetir el juego de los dos espejos, apoderándose de nuevo del silencio arenoso sobre sus propias huellas. Giraban entonces las Nictimenes en sentido contrario al de las agujas del reloj, hasta que el manatí, cruzadas las pectorales, dejaba ya de mirarlas.

Buñuelo de Oro o Bandeja Saltamontes, se irritaba de aquella rueda silenciosa y lenta y aceitosamente sudada, comenzando a subrayar el gesto por encima de Dos Reverencias y su procesional de sentencias. Forma de Lluvia, Forma de Nube, Forma de Madera, tiempo entrecruzado horizontal vertical, y tiempo ya hecho por el hombre. Forma del tiempo vertical que se entierra, forma adquirida sobre la fuga y forma que utiliza al hombre como intermediario, borrándolo después. El peto de la tortuga y las armas de Aquiles sobrepesan, por eso me agrada más ver la cuarta forma deshecha y reapareciendo en la noche del pájaro que no se mueve, porque si no la sombra le sobreviviría como cuerpo y entintaría el muro con las huellas de la tiza. Ahora vemos la lucha corriendo por el espejo. ¿Saldrá más deprisa que su imagen? ¿Se enredará en la doble columna de aire? El lunar del conejo es su vida en la nieve, si no lo homogéneo lo destruiría, como el nacimiento de una fuente de agua en el fondo marino o la gota de agua rodando dentro del cristal de cuarzo. Ese lunar del conejo en la nieve lo hace visible para los demás conejos y lo disfraza de conejo para el perseguidor. El lunar y el hálito del conejo suprimen la nieve por contracción de su cauce, por las severas leyes de la cristalización hexaédrica. El prehálito y el ultracaos unen la sombra hacia arriba del Hanga Songa; el conejo con lunar, enloquecido en el espejo por su lucha con el punto que vuela, y la sombra inmóvil de la golondrina, enredándose en la doble columna de aire, con sobrante de la máscara de yeso deslenguada en el travesaño, saliendo sin imagen por la izquierda del espejo, cuando la corteza espejo muestra rostro por escudete imbricado y cuello de pájaro por sombra inmóvil.

Después de la ronda de las Nictimenes, habían elaborado los fiesteros un árbol muy ancho de tronco, simulacro de papel transparente con ventanas para los cardinales, donde iban llegando los músicos del cuarteto, cada uno en disfraz diferente. Joan Albayat, venía tocado de joveneto que oficia de vidriero pero plañe de clarinetista de escuela francesa, su traje era de oficial de Postdam, pero con divertimentos de medianoche tenía el casaquín lleno de los signos del Concierto para clarinete, de Mozart. Había pasado de Montserrat a Lyon, de Lyon a La Habana del General Serrano, y al quedar incompleta la orquesta se aposentó en Matanzas, para soplar en las llamadas de ocasión. Y Luis Mendil, que rascaba el violín de amor, era un mestizo en octavo muy frotado con ceniza, que tocaba su disfraz de guardia polaca. Correajes abundosos y lanuda torrecilla sobre su cabeza, aseguraban su condición de blande lanza. Su bisabuelo había rizado a Sir George Pocock, en sus días de guardián de límites matanceros, consiguiendo desprecios y una regalada propiedad, es decir, siendo palmeado por todos y acompañándole hasta su casa riéndole los perfumes y aprobándole la tibieza de sus tenacillas. La descendencia, flordelisada por la brisa yumurina, se había especializado en instrumentos de tripas y empanadillas de viento. En su juventud, cuando había tenido que escoger entre el violín de amor y el fogón de refisto, había surgido Isolda. Los otros dos musiquillos que pasaban al árbol, estando disfrazados de melonero de la Villa Briolle y de volatinero argelino, ininteresaban. La Isolda había sido traída del sur hispalense por Albayat, pero Mendil tenía un vigor natural y cazurro, corriendo tan sólo como la fuerza muscular somnífera de la serpiente, y la trasladó de vivienda, quedándose el Albayat con venganza cimarrona, y el Mendil con busto prendido y siestas. Pero el octavón tedioso le dejaba sus escapadas, y las aprovechaba para repasarse a gusto una Misa a la Caridad, de Esteban de Salas, y se iba de nuevo al mar oliváceo del Albayat para recontar más que para avivar el vino. Se desesperaba Elpidio Michelena, sin saber donde depositar sus celos, pues Isolda cambiaba de caprípedo en estación indefinida. Giraba con desiguales pucheros Isolda, manatí, mirando con ojos frugívoros a los músicos acampando, estirando de tal modo los pectorales, que parecía que iba a cascar sus reflejos como láminas. Pasa Fuente Veloz, comenzó de nuevo a soplar entre sus dientes sentencias lentísimas, con nueva pinta, pues el desfile de disfraces le había transparentado los símbolos. Enfatizaba más, y a su habitual traqueteo de huesos en la agrandada silla de piedra, añadía ahora unos cordeles que se los pasaba por los dedos, tejiendo como figuras de gruta, así esbozaba el candelabro, la cama o el dromedario: —¿Acaso no se realiza el cuerpo en el imperio, y hasta ese momento es temperamento o corrupción?—. El disfrazado de clarinetista de Postdam pasaba dejando que la noche lo extrajese de su disfraz, para ceñirse el otro disfraz: el tronco ancho de ventanas cardinales, levantando el proverbio del árbol musicado. La visión del remolino, el grito como fuente de reproducción y el escarbar los maizales con el bastón lanza, pues entonces pasaba el disfrazado de lanzón polaco, cambiaba Buñuelo de Oro la suerte de sus cordeles, y remontaba otra vez: Para no perderse en la curva hay que dibujar el arco, pero hay que pensar también en Descartes escondido en Amsterdam, pues cuando el sabio dice sus cosas más claras debe estar escondido, estar escondido con los tres proverbios, la punta del ojo y los tres proverbios. El dibujo del arco y del cuerpo en el imperio pero la mujer hace bizquear al garzón de Ceres, repartiendo las semillas. El flanco del ojo crea la sombra del campo visual cuando recepta la inmóvil golondrina. Y así, burlescamente, entrelazando cordeles y sentencias, Bandeja Saltamontes no perdía de vista el hociquillo del manatí, pero la yerbita estaba muy adherida a la tierra pedregosa y el manatí desfallecía lloricón.

Pasa Fuente Veloz parecía dominar el secreto de la fiesta. Cambiaba la posición de la silla de piedra y hacía sus juegos de cordeles en una brisada somnolencia. Caminaban sus sílabas dentro del humo como espirales que retomaba de nuevo con el flanco del ojo. Lentamente había adivinado que el manatí esperaba la salida de los músicos para mover su definitiva trampa. Isolda, manatí, que antes se dirigía gimiendo a la silla de piedra, había girado en tal forma que su hociquillo empuntaba la casa arborescente de los músicos. Ahora las sentencias de Pasa Fuente Veloz formaban parte de tan bastos y alejados sistemas, de tan inapresable causalidad, que sólo podrían percibirse chispas agonizantes de una hoguera hiperbórea. El mechón caído en la barca, decía ladeándose, caminando hacia el manatí, preparando sus juegos de cordeles para enrollarlo, como si aludiera a un misterio anterior a él, que sólo fuese oído como un silbido de la granja vecina. —Teme a ese funcionario—, volvía a decir, temblando, como si el rocío le penetrase por los poros, regido por las ordenanzas del clarinetista francés. Empezó a amarrar el manatí, dificultándose por los saltitos que daba y la peligrosa vibración de su cuerpo al gemir aceitado. Las campanillas de sus caballos tintineaban armoniosamente, decía, mientras una rama de ruda al alejarse lo hacía más pálido. Con sus manos parecía separar un ramaje, que volvía para pegarle por todo el cuerpo ocupando de nuevo su sitio como una guardia polaca húmeda y humosa. Las campanillas estallaban en su colorinesca vestidura, se frotaba las cejas para que la lluvia no lo cegara, y luego cogía cada una de aquellas campanillas y las soplaba hasta el espacio vacío de Dos Reverencias. Después de haber acordelado el manatí, arrastrándolo hacia el árbol entre la silla de piedra y la casa apagada, comenzó a izarlo, traqueteándole tanto los huesos como las protestas catarrosas de la roldana. Si el lago no es semicircular no se recogen algas, decía más por la costumbre verbal que por la preocupación audible nocturna. Recientemente, oídme bien, no hagan ruido, recientemente... contempló izado el manatí y dejó sin terminar la sentencia, dirigiéndose a la casa oscurecida, de puertas cruzadas. Vacilaba en sus traspiés, y comenzó a golpear la puerta, saltando del bosque a la casa, golpeando la puerta con ramos de ruda. Las Nictimenes, silenciosas, sin enemistarse con el agua espesa de la noche, rompieron su ronda, dirigiéndose en procesional algodonoso a la carne izada del manatí. Buñuelo de Oro seguía poseso golpeando la puerta silenciosa, chorreando agua escurridiza, huida para golpear por dentro, retomando el eco la casa, que se sentía trasladar a Nubes Precipitadas. Mordían las Nictimenes la carne del manatí, dejando caer pedazos que hacían más lentos sus reflejos, apartándose una de ellas, llorosa, la más vieja, para cubrir el fragmento aceitado, resbalando tiernamente sobre él, poniendo el peso de su ala sobre aquella deshecha vibración, adormeciéndose. Bandeja Saltamontes, con el puño crispado aún seguía golpeando la puerta, hasta que se hundió en la madera ablandada por la lluvia. Se hundió también hasta el sueño claveteado, peldaño tras niebla, niebla tras el peldaño que falta.

Elpidio Michelena hacía días que había regresado a Matanzas, donde Andrés Olaya le llevaba la noticia de que la señora Juana Blagalló lo esperaba de nuevo, con paritorio de Géminis, y con la alegría de que podría poblar el mundo de nuevo, pues tenía la pareja. Lo orgiástico había llevado al señor Michelena a la fecundidad, pero también a la ruina. Dividendos y pagarés iban beneficiando a Andrés Olaya, que se enriquecía al tiempo que aumentaba con robusta sencillez su prole. Pero el separatismo virulento de la vieja Mela, el recuerdo de la pobreza en la adolescencia, el maltrato y ciertas formas innatas del señorío que lo llevaban a no subordinarse, lo hicieron trasladarse como emigrado a Jacksonville. La imaginación familiar con esas emigraciones, que siempre estaban como al acecho, cobraba así una especie de terror disfrazado, de bienandanzas disfrutadas en el desarraigo. Cada una de esas emigraciones que habían azotado a la familia, serían pagadas con el terror soterrado de algunos de sus miembros que se habían quedado como fantasmas encadenados por su desaparición en tierra no reconocida.

Don Belarmino, alzando su bufanda para tibiar su aterida garganta, caminaba hacia la casa de la señora Augusta, para convencerla, por eso lo habían comisionado a él, de que su hijo Andresito participase en la tómbola próxima de los emigrados con algún *numerito* de violín. Era el término que él empleaba al tiempo de alzar su bufanda y frotarse las manos. —Señora Augusta —comenzaba su ruego levantando los ojos del suelo y empezando a hablar como si buscase las palabras—, qué bien estaría que en la próxima fiesta que damos los emigrados, Andresito nos diese un Chaikovsky o un Paganini; a sus quince años todo quedaría como una *interpretación*, y además le daría muy buen tono a la fiesta que el hijo de don Andrés, con su criollo arco largo, demorándose en la languidez de las *roulats,* nos revelase el nomadismo, la libertad, en suma, decía el viejito en el ápice de sus albricias, del Oriente europeo. Su violín, exagerando un poco la nota, pudiéramos decir que tendría la extraña necesidad de un samovar en aquella fiesta; parecerá raro, pero después todos se darán cuenta de que aquel violín estaba en su lugar y que había llegado en hora oportuna.

Florita se desesperaba. Había llegado el momento de hacer las instalaciones de los farolillos y del gas central de la glorieta de su jardín, y preparaba para el día que su hija cumpliese doce años. El mecánico no aparecía, le había mandado varios recados a su casa, pero siempre le contestaba lo mismo: —Había salido a la playa para pescar truchas regordetas, llevando la jaba repleta de galletas y jamonadas, como para no volver hasta la medianoche—. Entonces se oyó la voz funeral, lamentosa del organista Mr. Frederick Squabs: —Mira, Florita, el mecánico es casi seguro que no regrese a su casa, es tenaz, y por esperar una trucha o una sencilla rabirrubia estaría una secularidad, como uno de esos curas, según las leyendas en que creen ingenuamente los católicos, que se han quedado dormidos trescientos años, y al despertar se han encontrado las mismas cosas en los mismos lugares, tan sólo que bruñidas por los ángeles—. Rubricó con una carcajada, que le hacía temblar la carraspera bronquial que le daban los cigarrillos, y que parecía una tuba de su órgano con excesiva vibración y poco aire en el fuelle del pedal. —Mejor es —volvió a decir—, ir a buscar a Carlitos, su ayudante, el hijo del lector de la tabaquería de la calle 25, que debe estar trabajando en la tómbola que preparan los emigrados para el mismo día que Flery cumple sus doce años. Hoy no haré los ejercicios de órgano, a pesar de que el domingo daré por vez primera una Cantata de Vivaldi, pero, en fin, aunque la obra es difícil, sobre todo la tuba del registro *voz humana* en Sol mayor es impresionantemente resistente a una ejecución que no sea muy tesonera y aplicada. Improvisaré —añadió mintiendo, pues ya casi se sabía la obra de memoria, pero así tenía al alcance de la mano esa disculpa, de la que siempre su inseguridad necesitaba—. Apenas he podido estudiarla —le gustaba exclamar cuando terminaba su ejecución dominical—, además de que no estoy en dedos, pero yo quería que ustedes la conocieran, pues tie-

61

ne muchas más bellezas de las que una primera lectura puede ofrecer—. Y los asistentes dominicales, indiferentes y ociosos, menudeaban sus reverencias y admiraciones, que su esposa recogía con fingida y operática sencillez pavonada.

—Pero mire don Belarmino, le agradezco que se haya recordado de Andresito, pero él es muy tímido y apenas se le busca corre como un conejo, enrojeciéndosele los párpados; hay que tener con él cierta astucia indiferente, y entonces reaparece, se muestra mientras se le deja tranquilo y no lo sobresaltan de nuevo con demasiados aspavientos. Está haciendo su aprendizaje con continuidad sorprendente, y estudia todo el tiempo que sus hermanas no lo importunan mirándolo por las persianas. Lo que sí le molesta a su excesiva juventud, es sentirse observado, tomado por los otros, se sensibiliza casi hasta enfermarse cuando cobra conciencia de que es vigilado, seguido o interrumpido. Si le habla de su gentilísima invitación, creo que le damos un gusto, echará a correr, y después nos mirará durante cierto tiempo asombrado, como si nos reconociera un poco menos. Cada vez que con uno de esos sustos interrumpimos un aprendizaje, ya no sabemos en qué forma podrá restablecerse la continuidad o armonía, o si, por el contrario, el interrumpido nos resulta indiscreto y se nos acostumbra a esos sustos, y empieza a proceder a saltos y en el propio impudor de lo fragmentario. No, don Belarmino —añadió sonriéndole, para quitarle rotundidad a la negativa—, todavía Andresito debe mantener su violín en la sombra, en su cuarto de azotea, y todos debemos ayudarlo a fortalecer su miedo a la sala, que él debe suponer llena de melómanos y de amigos muy exigentes.

—Soy muy insistente —dijo don Belarmino—, y volveré con el mismo ruego, buscando nuevas fuentes de convencimiento. Además creo que don Andrés quizás no fuese tan negativo como usted en lo que toca al aprendizaje y sus interrupciones. Pues interrumpir puede ser repasar, buscar por otros lados lo ya adquirido. En fin, sutilizaré mis argumentos en la próxima visita, y en la tómbola de los emigrados veremos al pequeño ponerse muy serio frente a su violín. Mis respetos, mis respetos —y se inclinó en una alegre y matinal reverencia.

La presencia del organista en la casa de los preparativos de la tómbola, trajo reojos y monosílabos. Avanzaba, congelada ánima en pena, hundiendo su manojo de serpentinas, o sobresaltando a los obreros que redondeaban los ornamentos de las distintas piñatas. Su andar lentísimo parecía entrecortado por los martillazos y las cabezas de las tachuelas hundiéndose, ahogadas, en improvisados listones de madera. Preguntaba con voz ingurgitante por el mecánico y por Carlitos, y los obreros disimulando sus bromas le contestaban: "Allá, allá en la barranca de todos", recordando la estrofilla. Pudo averiguar que el mecánico no regresaría, pues los domingos se volvía extremadamente acucioso en la persecución de las truchas, y que Carlitos reaparecía en el atardecer, para terminar los barandales del elevador, cosa que debería hacer con cuidadoso detenimiento, pues los traslados de los visitadores tendrían que ser muy numerosos. Se retiró, sin poder disimular los castigos implacables a que su imaginación condenaría a los obreros que le habían hecho burlas y suministrado tan inacabados y decaídos informes.

Don Andrés volviéndose hacia doña Augusta le decía: —A mí me parece que a la edad de Andresito, no es la forma artística y su doloroso aprendizaje lo que nos debe preocupar. Hay a sus quince años como la primera prueba en relación con su mundo exterior, como recibir a los invitados nuestros, comer por primera vez en casa de un amigo, o esperar, como en la sala de concierto, una reacción multánime. Ver un desfile, una teoría de peces, como dirían los griegos, una multitud presentándose en su misteriosa unidad, o cualquier ceremonia en que ya se empieza a actuar con el otro yo colectivo, diríamos paradojalmente. El está demasiado encerrado, es huidizo, y cuando conoce a alguien, como para abandonar la imagen nueva que camina hacia él, se sobresalta, y quisiera tirarse al río para liberarse de ese fantasma invasor que lo ciñe. Tú hablabas de ese susto que lo hará interrumpir su aprendizaje, pero ese susto lo puede abrir, distender, y que sea por ahí por donde le penetre la nueva imagen y su viejo espejo—. Don Andrés había estado últimamente leyendo a los místicos alemanes medievales para conversar por la noche y contrarrestar la sombría teología de Mr. Squabs, y así en él, la expresión *nueva imagen* del mundo, la sentía irónicamente como vivencia de *el sol, la luna, las estrellas y los demás seres.* —Como si dijéramos —continuó burlescamente y dándole a comprender a la señora Augusta, que intentaba remedar la expresión simbólica del organista—, la imagen a caballo, dando tajos en el bosque del enemigo, llevándose a cada yo a su almena, y penetrando en él como el chisporroteo que prepara y hace visible el instante necesario de los dos círculos comunicantes. —Déjalo que vaya —terminó rogándole finalmente a la señora Augusta su consentimiento.

Al reaparecer de nuevo Mr. Squabs en la casa granja de la próxima tómbola, los improvisados artesanos que gozaban por anticipado el festival, disimulaban y fingían sorderas ante los pasos campanadas y la volante amenaza de cómo comenzar los interrogatorios que traía el organista. Al fin, se encaró con el que dirigía aquellas obras, que voceaba y trataba de encubrir la tosquedad de los artesanos incipientes, y le preguntó por Carlitos con una risible sequedad, pues al hablar parecía que decapitaba cada palabra emitida. En la pieza pequeña que acompañaba a la sala mayor, los obreros trepando las escaleras, y remedando la planchada verticalidad del organista, o devorando las sílabas como un fantasma que atrasa el reloj, se divertían con las nerviosas arribadas de Mr. Squabs, al que le era imposible prescindir de la esencial importancia que le daba a todos sus actos. —Fiestas, fiestas —decía, al darse cuenta de las burlas y desdenes conque se le recibía, preparando siempre fiestas, como si la vida tuviese otro objeto que preparar en todos sus instantes la llegada, como decía Kierkegaard, la próxima venida de Cristo—. Pero estos idiotas olvidan que la próxima visita no será para sacrificarse, sino como en la visión de Pascal, como triunfador, haciendo besar la cruz de su espalda—. Al decirle que ya le habían pasado el recado a Carlitos y a la hora que podría pasar a recogerlo, se retiró, estirándose por la calleja su figura en tal forma que parecía como si después de lanzar a un farol una lazada, él mismo se ahorcase.

—Don Belarmino, don Belarmino —casi le gritaba la señora Augusta, adelantándose al ceremonial de su saludo—, puede usted anunciar a Andresito en el programa de la próxima tómbola. A mí me parece —dijo bajando la voz—, que Andrés al dar su consentimiento, se deja influir por las conversaciones de sobremesa que mantiene con Mr. Squabs. Aunque él se burla del organista, todos los burlados, por una especie de venganza evangélica, ejercen una influencia decisiva y terrible sobre los burladores. Yo tengo un defecto de pronunciación, y lo tengo desde muy niña, cuando en compañía de mi pequeña hermana, nos burlábamos de los sonidos sibilantes de una graciosa cocinera nuestra. Cuando Mr. Squabs habla de hacer visible la voluntad, y que ningún aprendizaje debe hacerse en el silencio del que espera, sino que es la acción la que logra su forma, y no la etapa última de la materia como creían los escolásticos, según le oía decir a mi tío, el Padre Rosado, y ni siquiera la acción sobre el instrumento, sino la acción como acto inocente y salvaje—. Era en esos momentos de la discusión, cuando don Belarmino, que también era discutidor, acogiéndose a la autoridad de sus años, exclamaba: —¡Bah! tonterías ganas de ensombrecer—. En ese grado de la discusión, Mr. Squabs se embravecía al extremo de silenciarse en el resto de la velada, silencios que aprovechaba don Andrés para brindarle al organista té con bizcochos, y a don Belarmino una copa larga de oporto para que mojase sus lascas de piña.

Cuando el organista regresó buscando de nuevo, en la hora señalada, a Carlitos, se abrían a su paso, evitando el saludo, obligándolo con esa actitud a que se dirigiera al capataz para sus reiteradas preguntas. Este se limitó a señalar el sitio donde trabajaba Carlitos; daba los últimos clavetazos a la plancha barandal del elevador. Entonces no eran los elevadores cerrados, sino rodeados de unos barandales, daban más la sensación de *horror vacui,* de náuseas de aspirado vacío. El organista con sus manos crispadas, lo tomó nerviosamente por el brazo, diciéndole: —Esta es la tercera vez que te vengo a buscar, y ahora mismo te llevo a casa, para que arregles los faroles del jardín y el mechero de la glorieta. No te suelto, pues Florita está muy inquieta y cree que el éxito de la fiesta depende de la iluminación, pues sin eso cree que la casa lucirá tan sombría como las grutas del Fingal—. Carlitos lo siguió, los extremos de la plancha barandal, sin acabar de clavetearse, lucían inseguros.

Los pitos terminados en boca de tiburón; la maleza del guarapo, como un barroco crecimiento de la circulación linfática; el ala del yarey temblorosa como la hoja del algodón; las alegorías de las cajas de tabaco, con la imaginación del período María Cristina: una gran rueda de carreta homérica se recuesta en un trono, donde el rey esboza que se va a poner de pie para descorrer una cortina, tambaleándose la corona. Poliedros de estalactita, extraídos de la maravilla del agua reduciendo a la tierra su esqueleto de planeta frío, y que en las manos de los emigrados giraban, se desprendían, amenazaban. Andresito acababa de ejecutar una *pasacaglia* bachiana, lo habían aplaudido sin exceso, pero con respetuosa gravedad. Se alejaba después con disimulo, pues le molestaba recibir las destempladas felicitaciones de don Belarmino, que se encontraba conversando con la señora Augusta y su esposa, quien ahondaba en los méritos y precisiones de la ejecución, al tiempo que los padres de Andresito buscaban otros rápidos temas de conversación, pues habían sido educados en el pudor de no aludir a los méritos de los de su sangre, tradición cada día ¡ay! más perdida. Andresito fue con despreocupación de glorieta en glorieta, buscando a su hermano Alberto, el que estaba en el tercer piso en paso de galanteos y haciendo diabluras. El hastío lo llevó a fijarse en el elevador, todavía estaba un poco mareado e indeciso por lo reciente de la ejecución. Esperó una de las ascensiones en que hubiese menos público, pero después de tomado el elevador, se llenó de reidores de copas alzadas y de insoportables bromas de criollos fiesteros. La apertura del elevador lo llevó a recostarse en el barandal, una de cuyas planchas había quedado sin clavetear por los tirones del organista a Carlitos. En la pausa que se hizo en el segundo piso, miró en torno para ver si lograba entresacar a su hermano Alberto, pero fue inútil; se paseaba por el otro piso con los expedicionarios de la próxima invasión, que eran los más alegres y decidores. Presionado por la carga, el elevador ascendía muy lentamente, y en el primer piso, riendo y palmoteando entraron aún más máscaras. De pronto, la plancha mal clavada por Carlitos, tironeado por el organista, cedió y el coro prorrumpió en un grito salvaje, y después la fiesta se detuvo, y cuando la frágil figura con su smoking de ejecutante, quedó extendida en el suelo, y la sangre empezó, gota tras gota a correrle por la boca, la antiestrofa que luchaba con los gritos del coro, impuso la maldición de su silencio. El coro volvió a levantarse muy lentamente: —Es el hijo de don Andrés, es su hijo, ¿por qué tenía que ser el hijo de don Andrés?

La fiesta en casa del organista consistía en parejas que llegaban, saludaban a Florita y Mr. Squabs, y pasaban después al jardincillo, sorprendido de la nueva iluminación, pero la luz era fría y entresacaba a las parejas en moldes de yeso. Flery había alcanzado sus doce años, y sus padres lo proclamaban en sordina, haciendo que su hija se aburriese saludando de pareja en pareja, con monosílabos aprendidos y quedándose perpleja ante cualquier referencia que se hiciese a la alegría de su incipiencia.

Los que habían hecho algunas copas, se endurecían más tratando de ocultarlo con un estilo rudimentario de embriaguez brusca y campestre. Otros caminaban con los pies enredados en el reloj, marcando los cuartos al encender un nuevo cigarrillo. La iluminación de la casa y el jardín remedaba una planicie donde las parejas al danzar se trocaban en árboles escarchados, y ya con la nueva perspectiva de la medianoche parecían guardianes de las fronteras polares enfundados en sus trajes de lana blanca de una sola pieza. La luz blanqueaba a las parejas tan excesivamente, que aún los ceñidos de paños negros eran velones helados. Algunas parejas se acercaron a Florita elogiándole la iluminación, y Florita fingía estar alegre y Mr. Squabs ni siquiera lo fingía y se hacía presagioso como un candelabro. La fingida alegría de Florita siempre ensombrecía aún más a Mr. Squabs, pero éste ensombrecido se volvía dócil y obedecía las órdenes de su esposa, hasta que cesaba ese exceso de ensombrecimiento de su habitual dosis de sombras y entonces ni la miraba ni le contestaba.

—Ve y busca a Carlitos, tráelo—, repetía cada vez que una pareja la felicitaba por la iluminación, y Mr. Squabs, cuya alta dosis de sombras era en ese momento la de una garduña domesticada, se puso en marcha. Esta vez sí encontró a Carlitos en su casa y lo tironeó por las callejas, y lo plantó en el centro de la fiesta, cayéndole encima las chispas de su propia iluminación, destacándose su contorno de criollo pálido y rifoso. Ese día Flery tenía 12 años y Carlitos 18. Cuando la raptó, desapareciendo, sin que se supiese más nunca de él, tenían ya 15 y 21 años. En la estación de Pennsylvania dijeron que habían visto una pareja parecida, pero no eran ellos; en San Francisco dijeron que habían visto una pareja parecida, pero no eran ellos; se apeaban y reían sombras en el cuarto vecino, pero no eran ellos. El domingo siguiente a su desaparición, Mr. Squabs fue saludando a los fieles con la misma ceremonia fría conque lo había hecho durante veinte años. Cuando el templo quedó vacío, siguió saludando a figuras inexistentes, inclinándose a su paso como para evitarles un tropiezo. Después, como si el aire estuviese lleno de tubas de órgano, comenzó a ejecutar en un instrumento que nadie veía. Su locura era correcta y ceremoniosa, excesos en los saludos y seguir saludando a las sombras hechas visibles. Iba después de casa en casa preguntando por Carlitos: —¿Ustedes no los han visto? —decía con una aterradora cortesía—, estoy seguro que nadie los ha visto, pero volveré a preguntar por Carlitos y ya habrá regresado.

Alberto, el otro hijo de don Andrés, había cambiado el atril, en el cuarto de Andresito, por los anteojos de batalla naval. Su ojo, ganada la ubicuidad de la perspectiva aérea, era por los muros una serpiente en punta de cola, y apuntaba después en la movible lámina de su cordaje nervioso, alfileres que pinchaban situaciones secretas. En la primera medianoche las casas se adelantaban como navíos, y en las azoteas tenían lugar extraños abordajes de sonámbulos, antifaces y litores. Corría un farol como un insecto, y en la puerta húmeda, con un paño signario a cuadros vivos, como valvas que esperan la marea baja de medianoche, las losetas crujientes sacudidas por los oídos. Una de esas losetas quedó escarbada por él, para con el traspiés ganar el rostro. Raspada la tobillera, se le fue por la borda medio cuerpo, y con los ojos estirados veía que alguien abandonaba el puente de mando para precisar aquel indiscreto pez que raspaba la escotillera. Pero echando el acecho de un lebrel fabricado por el deseo, en revuelta cíclica volvía para lanzar frenesí y cuidados hasta el paño de avisos. Con el violín de Andresito había improvisado una guitarra para acompañar los templequeos de la voz, y cuando en el reparto cíclico se acercaba el tiempo calmoso de las exigencias para el deseo, Alberto, ciñendo con banales guitarreos las corcovas del navío nocturno, comenzaba:

Ya se aproxima la hora,
Ya se aproxima la hora,
en que la vaquita va al bacán.
Rasca
al matadero, al matadero.

Levantaron los vecinos sus quejumbres muy cerca de la señora Augusta, y Alberto, el guitarrero, dueño del puente de mando nocturno, fue conminado por el tajamar de las ordenanzas de don Andrés, a que abandonase Jacksonville, regresando a La Habana. Iba a servir de testimonio del ocultarse de ese extremo nudo de la imaginación de la familia; la hija del oidor se extinguía entre una rara mudez y la aparición insinuante de dones de profecía y de burlas. Su muerte ocupaba en la imaginación familiar la misma extensión terrible de las escarchadas nochebuenas de Jacksonville. Estuvo muchos meses muriendo dentro de la muerte, ganando el amarillo y la quietud durante los meses de su traspaso, de tal manera que ganada totalmente por la vida vegetativa, la lentitud misteriosa de la circulación linfática y de la médula reaccionaba y aparecía, bien que con una rapidez y gravedad oracular, como en las leyendas de Pu Song, donde los árboles tienen savia de topacio, ramas de brazo redondo y hojas de monedas. Ese día, la hija del oidor, la vieja Cambita, recibía la visita de su hijo. Su extensión corporal reproducía como un espejo corteza la imagen movible, y cuando su hijo caminaba, la medusa medular se contraía y dilataba, para fijar la imagen, la sombra, el eco apagado por una inmensa cascada de agua. La mano de su hijo, bambollero abogadillo de provincia, lucía un montante de escarabajo que escogitaba un diamante del tamaño de un garbanzo no remojado. Cruzando los brazos y descendiéndolos uno sobre otro en cruz, mientras su cuerpo permanecía délficamente inmutable, hizo signos que se pudieron interpretar como pidiendo para su índice el escarabajo triptolémico. Cuando ya ceñía el anillo, la linfa ordenó un ligero apresuramiento de su coloides, y la médula de saúco se replegó para aplacar e incorporar aquel animalejo ciempiés de chisporrotes. Ante el asombro del abogadillo, el diamante quedó sin retorno, pues el organismo vegetal se había replegado en una forma que sus hojas y escudetes se cerraron en espera de la próxima marea baja y del nuevo cabrito lunar. Al fin de los fines, donde saltaban los delfines adriáticos y las tortugas hindúes, el ocaso imaginativo señalado por *la hija del oidor* se consumó, extinguiéndose entre los adormecimientos de la clorofila y las sutilezas del prehálito. Al llegar a la casa, en los primeros ajetreos del velatorio, el abogadillo se cruzó con Alberto, quien para desazonarlo le dijo que había sido imposible sacarle la sortija de los dedos torcidos. —¿Por qué, por qué no le cortaron el dedo? —murmuró el abogadillo temblando.

—Coge, puerquito —le dijo Alberto, lanzando contra la irregular proyección estelar de su chaleco de fantasía, el escarabajo. Rebotó el montaje de la joya, aplacándose, en la alfombrilla y la saltada piedra cruzó errante hasta la esquina, sonriéndose.

Capítulo IV

Al padre de José Cemí, a quien vimos en capítulos anteriores dentro de las ordenanzas y ceremoniales de su jerarquía de coronel, lo vamos a ir descubriendo en su niñez hasta su encuentro con la familia de Rialta, su esposa, su alegre justificación y su claridad suficiente. Alcanzaba el Coronel todavía el árbol universal en la última etapa feudal del matrimonio. Inmensas dinastías familiares entroncaban con el misterio sanguíneo y la evidencia espiritual de otras tribus. Es decir, el hermano de Rialta había sido su primer y más suscitante amigo. La madre de Rialta, la señora Augusta, era también un poco su madre, pues él era huérfano desde los diez años. Así las dos familias al entroncarse se perdían en ramificaciones infinitas, en dispersiones y reencuentros, donde coincidían la historia sagrada, la doméstica y las coordenadas de la imagen proyectadas a un ondulante destino.

En las conversaciones prolongadas de las comidas, José Eugenio Cemí, el futuro coronel, ahora en sus doce años, bromeaba con su tío, llegado del Central Resolución, tosco, aunque bien plantado y con destempladas presunciones de guajiro tiposo; hablador, aunque con abundoso riego de palatales trocadas en sílabas explosivas, en incorrectas divisiones de sílabas y en ingurgite de finales de palabras. A los pocos días de descubrir La Habana de 1902, y de haber trepado como un feudal y orgulloso halcón, las más baratas y superiores localidades, para oir las arias de María Barrientos, decía, más para demostrar su rauda incorporación de las modas de La Habana, que sus melindres ojizarcos en cosas de arte: *Es faccinante, sencillamente faccinante.* Y si alguien le argüía las fallas de la escuela española, *ese trágico si sostenuto,* como él decía, la suma de notas altas y agudas, pues la escuela española, era la suma de la perenne agudeza italiana con la altitud de la española menos contaminada; la desconsideración para con la cuerda media, prefiriendo el registro alto a las seguridades clásicas de la imposta, como en la lección de piano de *El barbero de Sevilla,* donde invariablemente María Barrientos nos servía el aria de la locura, de *Lucía,* sus notas eran tan altas que llegaban casi a la estridencia que rompe el cristal, mientras descuidaba ese adormecimiento de la voz, esa errancia en la que el sonido debe de carecer de guarida y conocimiento, para refugiarse en una extensión sin nombre y sin humeo en sus moradas más lejanas: —Todavía filibusterismo

—decía—, eso ya está anacrónico, hay que dedicarse a otras cosas y sobre todo a trabajar. Cojan la voz en estado puro —continuaba—, y gócenla sin adormecimientos ni clarines de degüellos. A trabajar y a oir buenas voces, magnífica divisa —terminaba exaltándose y liberando su rusticidad bien visible de recién arribado a La Habana.

Como el dinero de José Eugenio, aún de doce años, y el de sus tres hermanas en edades que fluctuaban entre los diez y los quince años, era el único que entraba en la casa, le daba cierta improvisada e insolente superioridad, de la que muy pocas veces se aprovechaba, marcando a veces esa superioridad más por sobresaltada euforia, por las excepciones y rupturas propias de su edad, que por sentirse dueño de las llaves de la economía familiar. Se habían quedado solos después de la sobremesa, José Eugenio y su tío Luis Ruda. Después de los alardes de conocimiento cantabile del tío Luis, el infante sintió acrecida su voluntad de humillarlo, de llevarlo otra vez a los límites bien visibles de su *rusticatio:* —Si pronuncias bien la palabra reloj —y subrayó el detonante ruido gutural—, te regalo el que yo estoy usando, pues pienso comprarme otro. Te lo regalo para que después de la ópera, no te demores tanto en llegar a casa y despiertes a los que estamos disfrutando de este diciembre de maravillas—. Enseñó sus dientes el tío Luis, como un equino en una feria de la región central, y comenzó sus esfuerzos miguelangelescos por alcanzar el sonido gutural, después de la trampa en que caía su aliento al ir más allá de la vocal cerrada inexorablemente en agudo. Resoplaba como el fuelle de mano de un alquimista de la escuela de Nicolás Flamel; lanzaba como un Eolo toscas bocanadas o aflautaba sus emisiones, pero el chasquido gutural en los últimos oscuros de la bóveda palatina no surgía, como un pedernal sudado en el bolsillo de la marinera. Cuando José Eugenio se dio cuenta que era un imposible para su tío Luis la obtención de ese chasquido, exclamó nerviosamente: —Cógelo —y lanzó el reloj al aire, pero su tío en demostración de su rusticidad pegó una revolera y lo atrapó a media columna, afirmando su anarquía prosódica en la comprobación práctica del triángulo de Horschell, pero su espléndida elasticidad muscular de jutía carabalí, dominó el espacio de una hojosa copa de ceiba, trenzada de lujuriosos laberintos y de parasitaria humillación. Esa noche su tío Luis llegó de la ópera más tarde que nunca y tuvo el cuarto encendido hasta la madrugada. José Eugenio sintió la tosca e inocente venganza del provinciano operático, humillado y reptante hasta adquirir un bien entresoñado, y después indiferente, desafiador, y manejando despiadadamente los registros de su olvidadizo resentimiento. Sus fingidos olvidos, duros

71

como granadillos, eran sus tentáculos defensivos de amiba frente a la circunstancia. Su rústico tío Luis, había metamorfoseado la dignidad del olvido en un flagelo amiboideo.

El tío Luis seguía aprovechándose de la concurrencia de la familia en comidas para lanzar algunos de sus encandilamientos o adquiridas sorpresas, y al convencerse de que José Eugenio y sus tres hermanas lo veían muy inferior y desacompasado, recrudecía y subrayaba cada uno de sus hallazgos encarnados en banalidades. Su madre, doña Munda, que cuidaba de los cuatro hermanos después de la muerte de sus padres, se sonreía, cabeceaba la rendida maravilla, y después repetía con los más cercanos vecinos aquellos aciertos, olorosos a recio tomillo campesino pero inoportunos e hirientes, como si fueran napolitanas pelotas polvosas lanzadas a los rostros de los manumitidos y espantados espectadores, familiares o muñecos de barbería, amigos o peleles de cafetucho, como hacía en su pueblo de Rancho Veloz. Entresacó una cáscara de limón de la natilla, que cerraba unos dominicales ajíes con pollo, le preguntó a su madre doña Munda: —¿Es cepa siria o persa? Yo prefiero la cepa siriaca, pequeños y muy amarillos. Son de un amarillo cansado, como el oro que se ve en la tiara de algunos reyes asirios—. El coro familiar se entonteció en un espesísimo silencio, las miradas se ocultaban unas de otras para no levantar la risa de los cuatro hermanos. La Abuela Munda para salirle al paso a las contenidas malicias irónicas de los pequeños, le dijo: —Eso lo debes de haber leído en el libro de Reynoso, que teníamos en el ingenio, aquél que el capataz ponía arriba de su mesa los días de inspección y de rendir cuentas—. De sobremesa el tío Luis se llevaba la mano al cinturón recién adquirido, ahora muy ceñido por la incorporación excesiva de viandas y postres muy azucarados. —Piel de búfalo del Ontario, y la hebilla la mandé a hacer siguiendo un diseño de Jean Pelletier, platero de la Escuela de Lyon, no muy sobrecargada de ornamento, pero tampoco una cáscara de oro—. Se despidió olvidando totalmente los garzones de la casa, y su adiós no parecía contar con ellos para esperar la nostalgia de su regreso.

José Eugenio se decidió a penetrar en una situación familiar que durante algunos años sólo había existido para él en indecisiones y reflejos. Pero las últimas insolencias y excesos del tío Luis, exasperándolo, lo obligaban casi a conversar con su Abuela acerca de escaseces y dificultades de sus tres hermanas y él, a pesar de que sus ingresos lejos de permanecer invariables, se enriquecían con nuevos aportes de ventas de miel de palma, comprada vorazmente por los asmáticos, pues su calor limpia el árbol bronquial de cargazones y ramajes cansados. —Me es muy difícil comprender cómo los tacones de mis hermanas se doblegan, y las cintas que usan en los encajes amarillean y se deshilan, a pesar de que esta casa sólo se mantiene por los envíos del Central Resolución, mientras otros —sólo podía aludir al tío Luis—, a quienes no se les conoce trabajo desde que han llegado a La Habana, se compran ropas y hebillas diseñadas por plateros franceses. Y aunque usted, Abuela Munda, dice tres veces todas las semanas: el dinero de los huérfanos es sagrado, ha terminado por ser sagrado, invisible y lejano sólo para nosotros, que tenemos que vivir como pobres no siéndolo, y además teniendo que soportar ser los últimos de esta casa, cuando todo el mundo sabe que la única pensión por la que se mantiene la casa es la de nosotros—. La Abuela Munda lo oyó hasta el final con fingida frialdad, y después como una estatua de pesadilla comenzó a dar sus hachazos fríos, de caídos dedos helados, al principio lenta y silábicamente, después, en turbión, dejándose arrastrar por sus palabras.

—Cuando tu padre cargó con todos nosotros y nos llevó para el Central, no pensó que nos arruinaba a toda la familia. Estábamos acostumbrados al tipo de trabajo fino de Vuelta Abajo, al tabaco, a las mieles. Teníamos ese refinamiento que tienen las gentes de tierra adentro cuando están dedicadas al cultivo de hojas muy nobles, y a adivinar los signos exteriores de los insectos en relación con las estaciones. Ese trato con la naturaleza cuando elabora esos productos de distinción y excepción principales, el arroz, el té o la hoja de tabaco, pasa a las manos primero y a la visión para el primor después, pues los campesinos que se dedican a esos cuidados tan exigentes que casi siempre acaban por enfermarse de silencio y de soledad, son como los volatineros o los armadores de ballet, hombres nacidos ya distintos y con la silenciosa nobleza de quienes acompañan todo gentil desarrollo. Así tu tío tiene esa necesidad de remilgo y de sentirse excepcionado en relación con los demás. Me recuerda aquel escritor francés que nos hablaba del placer de saber que era la única persona que estaba tocando el violín a las tres y media de la mañana. (Posición ingenuamente maliciosa, pues para todo verdadero artista el momento de la creación es siempre un poco la medianoche.) Así cree que su cinturón es único al venir del Ontario, su pasión por la ópera lo hace sentirse un monarca del despotismo ilustrado, o su erudición por las cepas de los limones provocar destructoras envidias. Es una inocentada que tiene raíces muy fuertes. Un día llegó toda la *troupe* pinareña de los Méndez al Resolución, y aquellas escandalosas y malolientes extensiones de verdes, aquellos sembradíos de caña vulgarota y como regalada por la naturaleza, para nosotros que estábamos acostumbrados a un paisaje muy matizado, al principio nos desconcertó, pero acabamos sometiéndonos a la decisiva extensión de sus dominios. Era en el fondo el sometimiento de toda mi familia a la brutal decisión de tu padre. Entre los dos había una gran diferencia de dos años, pero apenas se notaba, pues tu padre era siempre el fuerte, y tu madre, la delicada. Ella tenía diecisiete años y él treinta y siete, había esa diferencia de años que separa el padre de los hijos. Pero a pesar de eso, mi hija Eloísa parecía más cerca de la muerte, y él abrevando a chorretadas el agua de la vida. Pero el Central estaba en una hondonada, y muy pronto ella se fue sintiendo catarrosa y debilitada, y añoraba los pinares y la tierra purificada por debajo del mar, en una tierra que forma después gruta para los ríos. Había que fijarse tan sólo en el pescuezo de tu padre, y en las aletas de la nariz de mi hija, para ver que sólo las diferencias los unían, las desemejanzas que se podían comprobar detalle a detalle, terminaban en una incomprensible unión y religación casi sagradas. Esas mismas desemejanzas los habían hecho uno para otro. Tu padre tenía pescuezo de torete, inmóvil y como de piezas soldadas; cuando viraba el rostro parecía que volteaba todo el cuerpo. Era lento, ceremonioso, parecía que guardaba sosegadamente límites y sombras en el bolsillo del chaleco. Tu madre tenía la rapidez invisible de la respiración, parecía habitar esa contracción, ese punto que separa lo mineral grabado por la secularidad y el desprendimiento, del nacimiento de lo que bulle para alcanzar la forma de su destino. A veces, me fijaba despaciosamente en el cuello de tu padre, y después estaba largo rato como siguiendo con mucho cuidado, temerosa de que fuera a desaparecer esa vibración que me era tan grata, las aletas de la nariz de tu madre. Así acababa, cuando volvía a fijarme en el cuello inmutable, por ver como se había apoderado de él como un esbozo de ondulación en una esbeltez imposible. La atracción de los vascos por los ingleses parecía continuar su tradición en esa pareja, pues tu madre era hija de descendientes de ingleses entroncados con cultivadores de la hoja del tabaco. El valle donde estaba el Resolución era muy bajo, su ausencia de litorales y playas hacía un aire muy espeso, adensado, que la sutil respiración de tu madre sentía como si la obligasen a alentar por debajo del mar. Decidieron, para su mal, que pasase unos meses en Viñales, en la casa de su hermana Enriqueta. Los primeros días de estancia le advirtieron que rehusara la miel de palma y que probara sin susto la miel de la flor azul. Pero mi hija Eloísa sentía un asco mágico por todo lo que fuese alimentos oscuros, impenetrables. Su esposo, el vasco, quería que saboreara los chipirones rellenos, bastaba su poca refracción, su escasa acogida a la luz, para que los rehusara mirando hacia la pared, pues su contemplación la nauseaba. La miel de flor azul perdía el color de oro quemado, de hilacha de Lohengrin sobrenadando en la cabalgata alemana, que tenía la miel clásica. Las abejas sólo libaban en la flor azul y producían una miel que competía con las de más espléndidas tradiciones mediterráneas. La otra miel, la de palma, estaba hecha reemplazando el panal por la oquedad que hacía algunas palmas. Las abejas libaban en la propia circulación de la palma, se hundían en sus corrientes para extraer la ambrosía. Pero no podía eliminar un sabor, que algunos preferían en la miel de menjunjes más que a la de golosinas, como a aceite de coco, a viviente linfa clorofílica. Su terror a incorporar la impenetrabilidad, el alimento oscuro, la perdió, ay, irremisiblemente, pues cogió un tifus negro que en dos semanas la llevaron a ver al Canciller Nu, el victorioso, que es el primer portero del submundo de los egipcios. Las raíces de la palma se prolongan como hilos, tienen que tardar en purificar la linfa que va a ascender, pues la extensión de la palma requiere un humor ligero, muy filtrado, para que pueda trepar por dentro. Esas raíces se extienden a las tierras corrompidas, donde el humus ha permanecido ablandándose y haciéndose más rendido a la invasión de aquellos hilos que buscan su veneno. Por eso fue advertida que cuidase de la miel de la palma, muy transparente, muy ligera, pero donde sobrenadan los gérmenes del líquido corrompido. Su muerte picó el orgullo de tu padre, la tomó como una ofensa. Y todos los de nuestra familia comprendieron de inmediato que estaba perdido. De la misma manera que algunos años antes se había convencido de que él era el fuerte, y eso justificaba nuestro sometimiento, y que todos nos colgáramos de él como de un clavo en una piedra. Repetía cuando se encontraba con alguno de nosotros: "Dios no me debía haber hecho esto, ha sido injusticia de Dios." La muerte de su esposa lo hizo sentirse irremisiblemente incompleto y entonces el orgullo comenzó a volarle la cabeza. Un deseo de silenciosa venganza empezó a martillarlo de día, cuando revisaba el trabajo en el ingenio, y por la noche, cuando nosotros lo rodeábamos, y ya no quería comer en la mesa, pues quería ocultar que no comía, y todo lo que la naturaleza podía regalarle, lo despreciaba. El orgullo de que había sido insultado por la divinidad, y el desprecio de todo lo que él creía que provenía de su enemigo, hicieron que toda nuestra familia contemplase con terror sagrado su hundimiento. Cuando se convenció de que se moriría muy pronto, se le vio un solo día sonreirse, fue cuando creyó que ya podía dirigirme la siguiente frase, que siempre recuerdo con escalofrío: "Dios no debería haber hecho eso", hizo una pausa y concluyó: "Ni yo tampoco debería haber hecho esto." Su orgullo lo había convencido diabólicamente que por medio de esa venganza igualaba a la divinidad. Así es como yo interpreto esa enigmática actitud suya, pues cuando me dijo esa frase, esbozó con desgano una sonrisa helada. Todos nosotros lo reconocimos en seguida a él como el fuerte, el que podía expresar los deseos que recorrían a mi familia, demasiado sutilizada por un paisaje pequeño y precioso, poblado de gracias adorables. Mi padre se levantaba a las cinco de la mañana, pues cuando el alba era ya demasiado apoyada se tornaba muy irritante para las hojas de tabaco recibir al mismo tiempo el riego de aguamanil. Mi padre lo hacía con el cuidado de quien descifra una antigua escritura. Toda mi familia se había vuelto lenta y misteriosa como el cuidado de las hojas, invisiblemente obsesionada como el matrimonio de las abejas. Lo reconocimos a tu padre como el fuerte, y al morir su esposa creo que se convenció que ése era el único ligamento que hacía suscitante su fortaleza con nuestra delicadeza, que no forzaba nunca el destino, que al respirar vibraba las aletas de la nariz como si tardase en reconocer el aire como propio. A su muerte vinieron los administradores y aquella fuerza fue reemplazada por grupos de enmascarados, parecía que nos gobernaban ciegos disfrazados de incógnito. Pero ahora nuestra subordinación es más pobre, abstracta y miserable. Es la pensión que ustedes reciben y que yo administro. Ya no hay lucha de paisajes, ni el pescuezo se reanima con las vibraciones de la nariz. Arrastrado por la fuerza decisiva y rítmica del vasco, tu tío Luis se pasaba las horas con un gigantesco cucharón avivando los caldos, circulizando la masa líquida, para evitar una irregular cristalización del terrón, pero ahora con la pensión habla de hebillas y de plateros franceses, de escuela de óperas y de reyes asirios. Maldigo que la descendencia del vasco nos subordinase con pensiones...

Para poner un final a la violencia verbal de ese momento, José Eugenio salió del cuarto dando un portazo. No quería oir los sollozos con que su Abuela rubricaría su monólogo terminado en maldición. Salió al corredor y entrevió el tornasol de las persianas. En el primer piso que habitaba su familia la casa estaba enmarcada en su interior por una galería de persianas, donde se precisaba a veces el cuadrado lunar en el patio de la casa de abajo, y los rostros pintarrajeados, resbalantes de grasa y sudor de la familia que allí vivía. La galería precisaba en un lenguaje de persiana a persiana, como quien sólo pudiese entenderse por el movimiento de las pestañas, la familia que vivía en el primer piso de al lado. Lo tironeaban aquellas persianas porque esa casa había estado desocupada como unos tres meses, y ahora cuando se deslizaba su curiosidad por las persianas, podía detener momentáneamente las nuevas figuras, que parecían llegadas del extranjero, que traían trajes de invierno, lana y casimir nórdicos muy abullonados y dobles para nuestra estación. Cada vez que la cuchilla de aquellas persianas cortaba una de aquellas figuras, en el rejuego de las persianas movilizadas por el cabrilleo de sus miradas, iban cayendo nuevos rostros, brazos que al repetir sus telas o uno de sus gestos eran luego recorridos y completados por la voz que los había acompañado en algunas murmuraciones, pues todos los sonidos llegaban en declive y con su espiral cumplida. Como también le molestaba que su familia lo viese como fija posta detrás de las persianas, paseaba a lo largo de los corredores, esperando que el azar lograse que la misma flecha atravesase dos persianas semientornadas y fuese suficiente para detener un rostro, una manga de campana o un brazalete de ofidios áureos y somnolientos. Se perdían de nuevo las figuras, o comenzaban a cantar, pero la voz lo confundía aún más en su paseo por los corredores.

Después que su Abuela vació el rencor que había llegado a sus límites al ver las secretas burlas que rodeaban a su hijo Luis, la delicada atmósfera que era como la neblina diaria de la casa hacía muy subrayable cualquier gesto o palabras ridículos, o aun excepcionales, trocando en José Eugenio la sorpresa asimilada de las palabras de su Abuela por la monotonía que con frecuencia casi diaria lo rodeaba en la medianía de la tarde. Esa misma delicadeza de la familia ponía entre él y las cosas o las circunstancias, distancias imposibles de llenar aún con las zonas opacas que se entreabren dentro de la visión. Si alguien bailaba un trompo o corría detrás del heladero, puntos de una línea en movimiento que él no podía reconstruir, trocados en laberinto frío, indiferente, sin posible invitación para él. Se sentó en el quicio de la puerta de su casa. Prolongó sin objeto esa situación, en la que el hastío ahumaba las puertas que le rodeaban. De pronto, vio salir por la puerta que correspondía al piso alto de al lado, alguien de la misma edad suya, muy desenvuelto, de criollos tobillos de antílope, que al pasar por su lado ni miró ni saludó, como si no tuviera nada que ver con su hastío precrepuscular, ni su ceguera para los puntos de inmediato secuestrados, las luciérnagas desprendidas por los huesos de la secularidad del barrio. Aunque hacía pocos días que había llegado de Jacksonville, caminaba con la tranquila virtud posesiva de quien domina una tierra y un aire como por añadidura o regalía; se desenvolvía como si una divinidad ancestral lo hubiese lanzado en aquel barrio, reconociendo las situaciones y los objetos por una especie de memoria tan ancestral como erótica, que lo amigaba al instante con su circunstancia. Era Alberto, a quien ya vimos en sus andanzas por Jacksonville, con los emigrados políticos, ocupando en su casa el puesto de primer hijo varón a la muerte de su hermano Andresito, el grácil violinista de la trágica tómbola. Llegó al estanquillo de la esquina, y cuando lo recapturamos está envuelto en un humo de escafandra, de encrucijada. Bailotea con la cabeza ese humo, como si sacudiese un oleaje percibido tan sólo por la memoria soterrada. Muestra su orgullo, aunque permanece indiferente a la posibilidad de entrar en el cono de ajena visión, en ese primer encuentro con su propio humo. Después de su regreso de Jacksonville, cada cigarro le va probando que ya ha regresado del mareo, que ya está firme sobre sus tobillos de presuntuosa venatoria. ¿Qué puede hacer en esa esquina? ¿Cómo no vamos a ofenderle regalándole una finalidad, una cadeneta causal que desprecia? ¿Quiere saborear la sombra espesa de San Nicolás y Lagunas? Es una esquina de sombra para buen fraile, como se decía, con prolongada voluptuosidad en La Habana que comenzaba la secularidad. Es la sombra repantigada de los frailes, que como en el cuento de Villiers, hacía que a los diablos les gustase dormir a la sombra de los campanarios. A la mejor calidad de una sombra. Marina y Luisa, dos periquitos japoneses por sus entrecruzamientos de verde, de puntitos verdes, en sus extensiones de crema rósea o de azul lánguido de mar de profundidad arenosa. Creyendo intencionalmente que las líneas sueltas, descarnadas del crepúsculo, se dirigen a ellas por una mediatizada voluntad que les lleva con injusticia miradas, saludos, fragmentos de ceremonial, y al regalarse las obliga a caer en sus faldas como florecillas de un Reynolds antillano. Ellas quieren que Alberto Olaya esté detenido en la esquina, poseso de su languideciente piel de caramelo de piña, pero él sólo siente el escandaloso tropiezo de su indiferencia y la exquisita pertenencia de su humo. Piensan que se van a apoderar del tranquilo laberinto de su visión, subiéndolo y destrenzándolo por el juego de rosetones descascarados y espirales toscamente impulsadas de su balcón. Colocan maderas, cartones para el tropiezo de las miradas. Quieren entreabrir una vanidad espumosa y fea en la sequedad de una indiferencia envuelta en humo. Luego el padrastro improvisa una chaquetilla con gruesas barras de un siena de anca de caballo. Agita el puño, mueve la cabeza con senequistas sentencias de letrina española, enarbola una maceta con hojas de malanga que le pegan en las mejillas o recibe nuevo impulso de las espirales oxidadas del balcón. Fingen una indignación pequeñita, están falsamente unidos por una farsa: la de enardecerse con el fingimiento de que Alberto Olaya las mira. El humo le ha ido fabricando un contorno como si fuese una armadura que ciñe con sus metales esmerilados la congelada niebla marina. Y el padrastro y las dos cremas rosadas y azul turquí, se van también endureciendo en sus volantes círculos. Ya son alcioneras ridículas en sus nietzscheanos días alcioneos. Alberto Olaya dentro de su niebla marina de tedioso humo, va describiendo los pisapapeles, la humedad de la sombra, el polvo de doradilla que se va cayendo de los letreros. Cierran todas las puertas del balcón y el canario pide también que no lo dejen al primer frío de la noche. Su nerviosa indiferencia había puesto al descubierto la farsa de aquellos que quieren que sus sentidos sean descubiertos. La respuesta hubiera sido la comprobación de un momentáneo acuerdo de los sentidos universales. Y Olaya estaba demasiado flotante, demasiado sostenido por esas evaporaciones de la espesura de la tarde, enredada en círculos sobre sí misma como un pitón de escamas tatuadas, interrumpiendo el sueño talmúdico a cada flechita inicialada, a cada angelote jorgete que quería estrangularle uno de sus anillos, sin lograr despertarle el traslado de sus energías, llevadas al horno de las metamorfosis. El compás de sus pasos era de regreso a su casa más dilatado y más lento, pasó de nuevo junto al quicio donde seguía sentado José Eugenio, no miró como la vez anterior, pero comprobó aquella cercanía por las palabras que devolvió al salir de las evaporaciones precrepusculares y del humillo del antro burlesco del padrastro que quiere con fingidas indignaciones que sus hijas falsas sean recorridas clandestinamente en su interior por inexistentes flechadores de torres doblegadas. La voz de Alberto pareció saludar sin mirarlo, y dijo al empezar a subir la escalera de su casa, bailándole ya el fósforo de la energía muscular: —Me molesta cuando miro hacia arriba, que se me pongan delante dos piernas—. José Eugenio había atrapado la rotundidad de la frase, pero ya Alberto Olaya penetraba en su casa dejando las sílabas sin cuerpo, trayendo el cuerpo a recoger sus sílabas.

Al día siguiente, en hora correspondiente a la del día anterior, vemos a José Eugenio apostado de nuevo en el quicio de la puerta. Recordaba los pasos de Alberto cuando salió de su casa hasta el estanquillo, animal que sale para abrevar, en este caso para fumar y rodearse de humo mezclado en cloruro de sodio de espuma. Su indiferencia en la inquietud de aquella esquina, se colocaba él en esa situación y veía como se rompía, como una estatua que comienza a mostrar un guante viejo, en algunos de esos momentos que Olaya había mostrado duros, impenetrables, soldado bloque de arena que la niebla costera retocaba de gestos e improvisaba la inexistente pelusilla de la barba. La decisión de los pasos del regreso, agrandados, graciosamente exagerados, como el gamo después de saborear la entregada corriente busca la sombra del ceibo, poniéndose en marcha con un ligerísimo trotecillo. Luego sentía de nuevo las sílabas, dichas a su lado, pero sin precisar su bulto de sombras, su existencia apoyada en un hastío milenario. Y no obstante la frase caminando como un ciempies, con rabo de cabeza de serpiente, y cabeza con entrantes y salientes de llave, de contracifra, iba a entregarle los laberintos y bahías de los otros años que regalaría Cronos. Clave de su felicidad primigenia y generatriz, sombra de fondo para deslizarse a lo largo de su calle.

Después de varios días de guardia en el murruñoso mirador del quicio, José Eugenio acudió con más insistencia a los entrevistos de las persianas. El rejuego de las persianas convertía la morada de los nuevos vecinos en un poliedro cuyas luces se conjugaban en la cuchilla instantánea de las persianas. Aquellos recién venidos se convertían para él en fragmentos de ventura y misterio, en acercamientos de chisporroteos que rodeaban a la persiana de un plano de luz amasada y subdividida, quedando en la visión fragmentos que al no poder él reconstruirlos como totalidad de un cuerpo o de una situación, continuaba acariciando con una indefinida y flotante voluptuosidad. Así iba entresacando y después fijando las instantáneas ráfagas que aclaraban giróvagos perfiles del acuario.

El brazalete de doña Augusta, formando una serpiente, se cerraba en un broche que presionaba la piel del antebrazo, levantando como un hilillo de piel, a veces el hilillo se oscurecía por el sudor. Los ojos de la serpiente eran dos rubíes.

Rialta usaba un ligerísimo, temblante jipi. Su sombra acompañaba el cuidado conque estaba hecha su nariz; la piel la recubría como un brocado florentino. A veces, usaba una manteleta, como para cubrirse el catarro, blanca con puntitos rojos.

Se adormece al atardecer don Andrés Olaya en su escritorio. Cuidadosa división de pequeñas gavetas, llenas de papeles sólo reconocibles para él. Se acerca doña Augusta con una bandeja, llevándole un vaso de vino. Doña Augusta permanece algunos instantes en su somnífera presencia. Cuando se convence que su sombra no es suficiente para despertar a don Andrés, le da un golpecito en el hombro. Disimuladamente sobresaltado, saborea un jerez con galletas inglesas. La bandeja se refracta en las persianas, y José Eugenio se ciega por el turbión girador de la luz.

Algunas veces la casa apresura su ritmo en el paso de las sombras por las persianas. Es la vieja Mela, la madre de don Andrés. La señora Augusta aparece solícita, pero un tanto distraída. La viejita no es querida, pero su autoridad se ejerce a través del total acatamiento a don Andrés.

Una mañana sorprende José Eugenio abierta una de las ventanas de la galería de persianas, y puestas en el marco tres naranjas picadas en dos, puestas en el rocío y espolvoreadas con crémor. Después supo que la viejita era asmática y se aliviaba con esos polvos que se introducían en las naranjas guiados por la frescura del rocío.

Por la tarde, los domingos de alegre y momentánea dispersión de la familia, doña Munda ocupaba la sala en toda su extensión. Cobraba más alegría cuando José Eugenio en la somnolienta reverberación de las tres de la tarde, iba revisando pieza tras pieza de su indumentaria, con el sonido de tabaquera vienesa cobrado por el almidón rompiendo sus cuadrados por los codos y las rótulas, revisando cuidadosamente las carteleras de los periódicos, para ver dónde se anclaba el domingo. Salía un tanto atolondrado por el esfuerzo de vencer el cansancio muscular que se vuelca sobre la siesta, a esa hora en que los animales se adormecen sobre la tierra más húmeda, cercana a la corriente subterránea.

Se dilataba el rostro de doña Munda, su bata parecía prolongarse en nube galerón, cuando media hora más tarde de la retirada dominical de José Eugenio, penetraba su presuntuoso tío Luis Ruda. Desde el estallido de la pequeña rebelión, cuando la conversación entre José Eugenio y su Abuela, el tío Luis había hecho una retirada convencional hacia la casa de huéspedes, donde su colorido provinciano se aposentaba gustoso en el abrigamiento y en la diversidad de aquel poliedro formado por sumas errantes, destempladas, desoladas, de aportes fragmentarios de la dispersión de la familia. Entraba en la conversación con su madre doña Munda, con fingida indignidad, para impresionar a la vieja, de suyo irritable por la sierpe de nervios trenzándose, en ausencia de carne, por los huesos en punta. Muy breve el saludo, arrastraba la silla para acercarse a la vieja, quedando en la simetría de las losetas un rasponazo, semejante a la maldición que un profeta graba en la pared con un carbunclo, ojo de tigre para la indiferente poltrona del tirano.

—Tener que estar dando saltos por las esquinas, hasta que ese mequetrefe se vaya a ver los títeres, me hace estar humillado desde la raíz. Desde hace media hora, vuelvo, rectifico una cerilla. Me apresuro después, finjo querer precisar el canario en su jaula de doradilla. Tengo los ojos irritadísimos, por ir revisando cada uno de los pequeños barrotes, abrillantados por la dominical limpieza de los metales.

—Con venir a la casa, sentarse, y no hablarle a José Eugenio —contestó doña Munda, sonriéndose de la escenografía esbozada—, todo quedaría bien resuelto, y nos evitarías esos saltitos de guajiro que va a poner cuernos a su mejor amigo. Pero también tú eres un leperón costoso y tenemos que sobreaguantarte. No quieres pelearte con él, porque sabes que con su paga sale el cuarto donde te duermes después de lo operático cursi. Pero al mismo tiempo te enredas, te justificas en esas complicaciones inútiles, que después te calman, pues crees entonces que las ha llenado de dignidad. José Eugenio no lleva esa ingenuidad que tú le regalas; una fuerza muy parecida al pescuezo corto de su padre, se va desarrollando en él con secreta naturalidad, ahora que está entrando en la adolescencia.

—Cemí el vasco nos dominaba —contestó el tío Luis—, nos dominaba desde que respiraba, parecía que sus pulmones al respirar en el aire, necesitaban más espacio comunicado para una dilatación y contracción de leñador muy poderosa. Si caminaba, cualquier interrupción en su camino, parecía una insensata frivolidad, como una oruga gigante parecía que iba mordiendo la línea secreta de su trayecto. Pero el mocito está más bien en la línea de su madre, y es su delicadeza la que ahora nos aplasta. Sé que no lo podemos irritar, pues si protesta ante el otro vasco, primo de su padre, hay una cláusula en el testamento que le permite llevárselos y quejarse luego ante el juez, modificando la tutoría. Claro, que usted sentiría quedarse sin el cofrecito de onzas isabelinas. Interpreto su ternura, y disculpo.

—Oígame lo que le voy a decir —comenzó la Abuela Munda, rastrillando las palabras con pequeños globos de pastosa saliva, con la irritación de un vikingo nonagenario apaleando una aguja fuera del agua—, cada familia tiene un ordenamiento en la sucesión. Este es el momento que me concedió mi eternidad, y ni tú, que eres mi hijo, me vas a confundir la cabeza, equivocándome cada vez que tengo que interpretar los signos de cada situación familiar. Después de la muerte del vasco y de mi hija Eloísa, tengo yo ahora la responsabilidad ante Dios y no la pienso delegar. Tú eres sólo un accidente entre los hijos de mi hija y yo. Serás siempre el eco, la oblicua, de las diversas variaciones que se establezcan entre los cuatro hermanos y su Abuela. Además, José Eugenio tiene la delicadeza de su madre y, cuando la oportunidad se entreabre, la increíble energía acumulada de su padre. Cuando le hace falta algún dinerillo, cada vez que se encuentra conmigo, enrojece. El cree que yo no me doy cuenta de ese matiz, pero con qué secreta alegría ancestral percibo ahí una metamorfosis de mi hija, que se mareaba tan sólo al ver el pulpo o el calamar en la cazuela. Un día penetró en la talanquera del Resolución, un gusano que parecía que sudaba leche, desollado, puesto al revés, lechuza muerta enviada por broma en una caja de zapatos. Mi hija al verlo, al instante se puso a vomitar, sujetándose de la concha veneciana. Si a José Eugenio le hace falta algo para ropa o domingo, se lo pide a las hermanas para que me lo digan a mí. Y las hermanas comienzan a revolar, a esconder su timidez. Hasta que una de ellas, muy colorada, me lo dice muy deprisa. Qué delicadeza para pedir lo suyo, qué elegancia para recoger lo que nos han prestado. La escena aquélla con José Eugenio, tiene que haberlo hecho llorar muchas noches, pues una vez oí ruidos en su cuarto, me acerqué, y con la almohada curvada sobre la cara, mordiéndola casi, me di cuenta que sollozaba. Desde ese día pienso en mi hija y en los sentidos que como hojas la hubieran ido rodeando para formar con sus hijos una cámara sagrada, como esos árboles desarrollados por la cercanía de la sombra de otro árbol, sin mostrar ninguna subordinación de cuerpo a sombra, pues sus raíces se clavan en la inmediata corriente, justificando orgullosamente la unidad de su jerarquía. En cuanto a la grosería de los doblones isabelinos, reve-las cómo desconoces la forma en que nuestra familia se apoyaba, necesitaba la sombra fuerte de ese apoyo, para jamás preocuparse por la vulgaridad insolente de su adquisición. Cuando bailan más las onzas, las gastamos con la alegría de quien se sabe vigilado por Dios; cuando faltan lo soportamos con desdeñoso e indiferente estoicismo. Después de la muerte del vasco, cada vez lo veo más como un rey vigilado por Dios. Pues sólo los reyes sienten el deseo de rebelarse contra los dioses y titanes. Murió por una rebelión teocrática, que hoy en día muy pocos sienten ya. Su imaginación era de tipo feudal, viudo, su orgullo se rebeló contra aquella ventolera que penetró en el misterio de su sacramento. Qué poco tiempo duró su viudez, pues su brutal energía de pronto se aplicó a su propia destrucción, a rebelarse contra el creador por la disminución de la criatura.

—Usted siempre, mamá Munda, queriendo colocar la familia en el paraíso pradera de los incas —replicó, riéndose con mal llevado nerviosismo, pues la vieja silabeaba los hechos y dichos de la familia con la seriedad délfica frente a los destinos—. Pero no vaya a suceder que su deseo de ver los días de José Eugenio dentro de la luz delicada de su hija Eloísa, lo vayan apartando del colegio, de marchar, de atravesar un boquete a oscuras, que era la mejor tradición del vasco. Nuestra familia se había convertido en una hoja descifrando el rocío, voluptuosa traducción que hacía muy espaciadamente. En las sutiles volteretas de la hoja enrollándose en la sombra. En las piedrecillas que el reloj pedáneo de las grandes aves deja caer sobre las hojas, despertándose, y comenzando la hoja la deglución del tiempo abandonado, ausente, envés del tiempo para la casa de la hoja. De pronto, aquel mundo vegetativo sintió los aguijonazos de la energía acumulada por el vasco, pues causaba la impresión de un embutido lleno de densas nubes eléctricas. Así nuestra familia pudo abandonar la gruta pinareña para bajar al desierto del centro, y comunicada esa energía a nuestros músculos somnolientos, pudimos resistir lo calcáreo, los abrillantados esqueletos tatuados por las hondonadas. Usted a veces se distrae, y en su paradisíaca pradera se adormece, pero ya José Eugenio, debía estar pupilo en un colegio. A pupilo, he dicho, para que no la moleste, y usted pueda ocuparse mejor de las tres hermanas.

—Sí, sí —replicó la Abuela Munda, bajando la cabeza como si le regalase la razón, y subiéndola después más deprisa como si invocase la razón trinitaria, la del Espíritu Santo, que era en definitiva la que ella iba a oir—, ya es hora de poner a José Eugenio en el colegio. Pero no te empeñes tanto en señalarme la ruta donde debo mandarlo. Si te has imaginado que saliendo él, vas a entrar tú, te equivocas. He hablado con el primo de José María Cemí, todavía el vasco sigue mandando, para conseguirte trabajo ya por el extranjero. Estás por los treinta años y no has podido lograr tu encaje y asentamiento, sigues de saltamontes farolero, de la ópera a las esquinas tenorinas. El va de pupilo al colegio, pero tú irás al extranjero. Ve ensillando para Veracruz, el aire de altura es allí como una buena pasada por los bronquios. Eres un viejo accidente ya entre nosotros, y eso quiere decir que debes ir a buscar tu centro al extranjero—. La vieja subió la cabeza con irrebatible altivez, como Catalina de Rusia, bondadosa en la severidad del ceremonial, al recibir una comisión de fisiócratas, y después inexorable, desdeñosa, implacable, llevando esa misma noche los trineos, para el burlesco regreso de los embajadores. Dejó la Abuela Munda la cabeza en alto, hasta que el tío Luis comenzó a bajar la escalera. Después, calmosa, se dirigió al escaparate y extrajo la colonia, aspirando un instante. Al pasar de nuevo, comprobó la raya de su peinado en el espejo.

El tiempo, como una substancia líquida, va cubriendo, como un antifaz, los rostros de los ancestros más alejados, o por el contrario, ese mismo tiempo se arrastra, se deja casi absorber por los juegos terrenales, y agranda la figura hasta darle la contextura de un Desmoulins, de un Marat con los puños cerrados, golpeando las variantes, los ecos, o el tedio de una asamblea termidoriana. Parece que van a desaparecer después de esas imprecaciones por debajo del mar, o a helarse definitivamente cuando reaccionan como las gotas de sangre que le sobreviven, pegando un gran manotazo a la estrella que se refleja en el espejo del cuarto de baño; pero son momentos de falsa abundancia, muy pronto los vemos que se anclan en el estilismo, buscando el apoyo de una bastonera; tropiezan con una caja de lápices de colores; sus ojos, como puer-

tas que se han abierto sopladas por un Eolo sonriente, se fijan
en un vajillero, retroceden, están temerosos que el airecillo que les
abrió la puerta, aviente los cristales, y están apoyados en un sombrero circasiano de carnaval, cubierto de escarcha y de plumon-
cillos. ¿Fue ese el único gesto de aquellas largas vidas que adquirió
relieve? O, por el contrario, el brutal aguarrás del tiempo los fue
reduciendo, achicándolos, hasta depositarlos en ese solo gesto, como
si fuese una jaula con la puerta abierta para atrapar a un pájaro
errante. Rostros conservados tan sólo por el ceremonial de su saludo, avivados de nuevo por el recuerdo despertado por una entrada de Luis XIV, en Versalles, oyendo las enfáticas y solemnes
fanfarrias de Charpentier. Si una banda de familiares necesitaba
de muebles anacrónicos para apoyar su sombra, logrando, como ya
los sorprendimos, las más fortuitas y silenciosas semejanzas, apo-
yábanse ahora en los largos y retorcidos alambres para destruir
el servicio, con el tiempo prolongado, voluptuoso, en que antaño
habían mezclado deliciosamente arena con limón para limpiar
sus estoques, utilizados en sus excursiones al México porfiriano,
cuando querían visitar la fuente de La Ranita bailando con su
guitarra. Si antes esa remansada *troupe* de carneros con rostros
humanos, se había anclado en el estilismo para que sus sombras
tuviesen sus escapadas por la tierra de puertas y ventanas, ahora
el historicismo las domesticaba, dándoles una vida de rechazo, casi
fulminante, como las bolas de marfil lanzadas hacia atrás, hasta
producir el sonido seco de su encuentro, como si estuviesen caminando esas mismas solazadas sombras sobre arenas muy húmedas,
aunque apisonadas. Cincuenta años después de su muerte la cólera del tío Alberto volvía a surgir de rechazo, al ser comparada
con la del duque de Provenza, cuya furia consistía en despedazar
el vajillero real, pieza tras pieza. El tío Alberto cuando discutía
con su madre, la señora Augusta, rompía una motera de Sevres
con escenas pastorales, quedando las cabras con sólo un maxilar,
o un pantalón corto quedaba sin prolongarse en una pierna de
matinales ejercicios para las danzas cortesanas. La señora Augusta
continuaba sus imprecaciones de contralto, negándose a vender las
últimas acciones de la *Western Union* que le quedaban, cuando
en ese momento el cenicero de cristal francés tallado, saltando
como una mina de cuarzo bajo el soplete y las enloquecidas carreras de los gnomos, recostaba sus fragmentos en el cesto de mimbre
trenzado. Su manera de retroceder, rompiendo cristales de marca
y pisoteando plata martillada, ante el *dictum* de la señora Augusta,
hubiera caído en el más inhospitalario olvido, si alguien de la familia al encontrarse con la cólera peculiar del duque de Provenza,
no la hubiera avivado de nuevo por una especie de analogía de

sombras. Pero esa misma masa de estilismo y de historicismo al volcarse sobre el sombrío barrio de Proserpina, reservaba sobre la infantil y un tanto cínica galería de rostros ancestrales, descargas de eléctricos nubarrones, rapidísimos castigos, como apretar a esas mismas sombras por la cintura y tenerlas sumergidas en esas estigias tal vez una centuria. El individualismo eritrero de San Agustín, negaba toda certeza a la aparición de los muertos. Si eso fuera cierto, nos decía, mi madre Santa Mónica, todas las noches, desde el día de su muerte, hubiera venido a conversar conmigo. Quizá fuera, por el recuerdo en la Santa de aquel sueño donde ella sobre una roca, la petrínica romana, llamaba a su hijo como una sirena desesperada y acordándose de la dura respuesta que le había dado, de que él era el que estaba en la roca, todavía San Agustín no se había convertido, y su madre se dirigía a resguardarse en su compañía asentada sobre la raíz pétrea de lo invariable. Si en vida el cuerpo, aún al apoyarse sobre la ingravidez del sueño, había buscado la rocosa resistencia para atraer a su hijo, siendo rechazado con frases de orgullo, ahora, al abandonar momentáneamente la luz del paraíso, no encontraba punto de apoyo, pues los más resistentes, las crestas de cuarzo o bloques de mármol miguelangelesco, habían sido rechazados desde los comienzos de la fluencia somnífera. Y aquella a quien se le había negado su asiento sobre una roca, tenía al llegar en briznas, en cuerdas de guitarra, en la respiración de los recién nacidos, que correr el riesgo de tropezar con la despreocupación fingida de los infantes al peinarse, o con los escobazos que dan nuestras tías al saborear el solitario crepúsculo dominical.

Cuando José Eugenio fue a ocupar su sitio en el primer patio cuadrado de la escuela, sentía como si por su región cerebelosa pasase un cometa gobernado por el vozarrón de un enano borgoñón, con corbata arrugada por los apisonados compartimentos que en el escaparate ciñen la ropa con la humilde toquilla de las hojas alcanforadas del otoño. Cuando coincidían sus imágenes y la obturación del cometa, extraía de las animadas figuras del tablero, extrayéndolas también de su totalidad, la diversidad uniforme de los botines, y el estilo, que encarnaba las distintas edades, de los cuellos. En los menores se extendía como un encaje, dejando ver las indecisiones, las flaccideces de la garganta. Luego, el cuello como un cinturón que ciñese una pequeña torre de mazapán, iba ascendiendo a medida que la garganta se fijaba, que perdía sus blanduras, que se apoyaba en su propia estructura, desdeñando las blanduras sin apoyo del resto del cuerpo, y la mirada, descendiendo siempre, ante el temor de ser a su vez mirada, desde la superficie lisa de la hoja a la casa maternal de las aguas.

Pero dentro de esa agazapada somnolencia se podía adivinar que al recobrarse, al darle un manotazo al cometa que venía sobre su frente, se llevaría un fragmento con lo esencial de la clave, amarrándose a una pata del águila. Muy cerca pudo divisar a su vecino Alberto, que mostraba por todos una superior indiferencia, hasta una indiferencia charlatana, y una brusquedad, un nerviosismo inicial que rechazaba la música sin apoyo de los sentidos, para penetrar en el boquete, como los náufragos cantan al esconderse por la noche en las grutas, del aula. Al salir de su casa José Eugenio, serían las siete y media de la mañana, vio ya a Alberto indeciso por las esquinas de sus casas, como quien desvelado, desconfiado de poder recuperar el aguaje del sueño, sale a humedecerse, a rociarse un poco, para después, teniendo toda la anchura de la mañana a su disposición, volver a las sábanas, de nuevo tibias, mientras la casa recobra su silencio al comenzar las faenas, los halos y chisporroteos que rodean los preparativos del almuerzo. Fue Alberto el primero que representó la sorpresa al penetrar en el aula, fue el primero que sorprendió y se bebió el espacio, rasgado levemente por las nuevas respiraciones que venían a agujerearlo, a establecer, durante una estación, sus madreporarios para aquellas colonias dermatitas de los recuerdos entrecruzados y de los flagelos que se descargaban, a través de una niebla que al ser pinchada devolvía sus rencores urdicantes, como expresión de los complementos protoplasmáticos.

Al entrar en el aula José Eugenio, la figura que menos aclaró en sus primeros recorridos por el espejeante y maravilloso monstruo que se tendía a su alcance, fue la del maestro. Veía entre la niebla y el follaje, monstruo de tridentes, poliedros que se entreabrían desenrollando flagelos nerviosos, como un caballito de mar posado en la caparazón de un tortugón tricentenario. Y en frente otro monstruo, irreconciliable con el primero, que lo sorprendía por su fija extensión y el matinal tegumento de su piel. Comenzaba a penetrar en el monstruo de la extensión, cuando el pequeño director desde su concha, comenzó a descifrarse, como si fuese extrayendo sus coloreados mamelucos ante la maliciosa intención de los proyectores para sus perversiones y sus monosílabos. A veces, para subrayar un sonido, prolongaba la mano derecha, terminada en el índice y el pulgar que unía en dos semicírculos, rompiendo rápidamente el círculo formado en un final de sílabas sibilantes. Daba unas pequeñas palmadas, como para impulsar a los sonidos hasta romper su cáscara. Con su lento silabeo parecía que después volviese a poner la cáscara triste sobre el gemidor barniz de la mesa del maestro, recién pintada. Frente a él, el monstruo de la extensión hacía que José Eugenio apenas pudiese extraer el instante de algunos de sus gestos, perdiéndose en la magnitud de la piel en abstracto del monstruo detenido en aquella gruta.

Algunos muestran ya el libro de inglés, *beige* con letras rojas. Los que todavía no lo han traído, se levantan para sentarse al lado de los que lo han podido adquirir; se ha agotado, tendrán que esperar varios días, ocasionando un desplazamiento, una atrevida jugada al comenzar las clases matinales. Como la diferenciación no surge de dificultades económicas, sino de una fatalidad dignificadora, todos se sienten con una comunicativa, misteriosa alegría, más aún los que no han podido adquirirlo, parece como si mereciesen más respeto, como si comenzaran formando clase aparte. Como en los repartos de pan cuando hay huelgas marciales, los que no la obtienen, después del heroísmo murmurador de las filas, se constituyen en semidioses, llegan a sus casas gimiendo, como si pidiesen condecoraciones. La clase parecía reducirse en cada cambio de asiento, como esas orquestas que al ejecutar música de Mozart, prefieren reducir su volumen, quedándose los jefes de grupos instrumentales con sus auxiliares favoritos. Pero muy pronto la superficie plateada del ballenato iba a ser raspada por una oruga elástica.

En aquel primer día de clase iba José Eugenio a inaugurar el primer día de contemplación de maldad en su pura gratuidad; la primera demostración que veía, más allá de la dificultad conciliar del *quod erat demostrandum,* de la incontrovertible existencia del pecado original en cada criatura. Desde la entrada en el aula, las indecisiones, el reparto de los pupitres, la voz suave que procuraba guiarlos y hacerles familiar un momento ya reconocido como doloroso, observó otro alumno que mostraba una humoresca agilidad en medio de aquellos perplejos, reemplazando con una medrosa ironía la melancolía de aquella primera mañana pasada fuera de su casa, con un desayuno muy apresurado y con cierto cuidado por parte de la Abuela Munda al despedirlo. Precisó un compañero muy enjuto, de enjutez mostrada en elegancia más que en prominencias de escuálido, de paradojales ojeras para su niñez. Ojeras y labios morados, revelando el cruce de razas con predominio de más ancestros blancos. El pelo excesivamente negro y apisonado como metal, sin distinguir cada cabello en el casco que lo ceñía, que formaba como una pasta nocturna, como una masa de un mosto fermentado y ennegrecido. Parecía no sentir la sorpresa de los nuevos ecos en el paisaje que avanzaba todavía hacia ellos. En aquel infiernillo, en sus ríos terrenales, parecía tripular simiescamente un témpano que llevase una escarapela desconocida y maldita.

Fibo era el alumno que empuñaba una pluma de hilos de colores, producto único y engendro satánico del barroco carcelario. Terminaba en un punto cruel, afanoso de hundirse en los arenales más blandos del cuerpo. Sus cambios de sitio estaban justificados por la ausencia del libro de lectura. Llegaba a un pupitre, fingiendo el alboroto de una apetencia de saber, subrayaba la necesidad de penetrar en el facistol del otro escriba, y hundía la pluma de tocoloro infernal por la rendija del pupitre anterior, electrizando la glútea por la penetración de aquel punto teñido de la energía del ángel color de uva. En el vecinito de enfrente se polarizaba una simultaneidad ante el ariete rizado con los colores de barbería. Llegaba la sorpresa en punta rasgona, desencuadernando y rompiendo por el dolor, con la respuesta del disimulo marmóreo para que el profesorucho no rompiese aquella natural reabsorción de la energía por la masa del estreno adolescente. Fibo sorprendido por la propia impunidad de sus descargas de *energeia* en la varita arcoiris, llegaba a frenetizarse, cambiando de fundamento, hundiendo el punto electroimán, saltando como una rana que leyese órdenes en la lámina de oro del carrete de un electrólito. Así impedía que el ballenato, el monstruo de piel plateada, se adormeciese al resbalar por los líquenes o el abullonamiento del bulbo raquídeo. Un punto acerado le comunicaba las irradiaciones cada vez que la masa recibía un lanzazo de aquel San Jorge simiesco, arrastrado, donde el dragón se metamorfoseaba en el cóncavo candoroso de la glútea.

Conseguida casi la indiferente estabilidad del monstruo, menudearon los rejonazos del látigo tocoloro. Fibo, como un director de orquesta abandonado al éxtasis saltaba sin preludiar ni observar la curva final de su endemoniado bailete, cambiaba de pupitre con una especializada simultaneidad; al saltar para el nuevo asiento, hundía fulmínea la punta de la pluma, al salto correspondía el rasgado. Y la cara del que recibía el pinchazo seguía fingiendo las formas más clásicas de la atención, repitiendo con abandonado bisbiseo las divisiones silábicas o restallando por la bóveda los soridos palatales.

Separado del conjunto de la clase, para aprovechar el espacio de la puerta que separaba el aula del comedor, se incrustaba un pupitre babilónico, que se separaba del resto de los alumnos, de sus movimientos corales, oponiendo indiferencia cuando se levantaba turbulenta alguna risotada del conjunto, o sonriéndose con cierto diabolismo infantil, cuando la atención en un moscardón cúprico se posaba en la pizarra cuajada de quebrados mixtos y de cuadros de verbos irregulares ingleses. Fibo extendía una pausa en la enloquecida prodigalidad de sus pinchazos. Se había trazado el asalto mortal de una nueva meta. El que se había sentado en un trono de orgullo, rescatando sus potestades de la ondulante masa coral, se mecía en su indiferencia, como si la distancia que lo separaba de los otros siervos de la escuela, lo amurallase contra la procacidad de la arlequinada pluma. La blanda corpulencia de Enrique Aredo, la lechosa provocación de su piel remataba en un breve mechón arremolinado sobre la frente, lo asemejaba a un pavorreal blanco que tuviese la cresta dorada de un faisán, lo situaba como un desprecio ancestral ante la trigueñez sudada y el desacompasado gesteo de Fibo. Aredo sentado al margen de la clase, con pupitre irisado de lapiceros vidriados, reglas de marfil y compás de plata con sus iniciales, enarbolaba a la menor señal del profesor, los textos con encuadernaciones flexibles, libretas de papel de hilo, extrayéndolos de una maleta tan repujada como el mentón de una pastora de porcelana. Hundido en la masa de la clase por el contrario, Fibo parecía ser el llamado a comunicarle a esa pastosidad la descarga transversal de energía, la vibración que en sucesivas ondas impide los adormecimientos y fermentaciones de la zona liberada de la irradiación central. Ganó una pausa, como un pequeño leopardo en un ramaje inquietante. El profesor de espaldas a la clase, precisaba en la pizarra las variantes de los verbos irregulares de la conjugación inglesa. Precisó con lentas impulsiones en su silabeo, *freeze, froze, frozen*. Aquella alusión a la nieve, pareció enarcar como en instantánea antítesis, el más frenético y riesgoso diablillo de Fibo. Cauteloso y fulmíneo atravesó la mitad de la clase, favorecido por la lustrada indiferencia de Enrique Aredo, dobló las rodillas con la rapidez de un bailarín en una feria rusa y hundió la pluma chorreante de colores irascibles en la glútea del investido en el trono de la indolencia. Retrocedió con la rapidez de un endemoniado que salta sobre su caballo después de haber cumplido su incomprensible venganza, cuando oyó, crujiendo las vetas de su escandalosa indiferencia, el grito del pinchado, pero como si se entrecruzaran en el mismo galope, el timbre de fin de clase obturó la oquedad abierta por el grito. Las divinidades de la energía y del rayo, encarnadas en la intempestiva llegada del timbre, habían cubierto la retirada de Fibo, dando el aviso para la dispersión y decapitando al instante la cerosa cabeza que había lanzado aquel amargo buche de sonidos.

Las clases de los "primarios" se fueron vaciando sobre un patio donde el olor de hoja limpia por el rocío se mezclaba al de la cocina, con esa suciedad como apisonada que tienen los hornos y las hornillas donde se preparan comidas para multitudes. Fibo había desaparecido, almorzaba en su casa, y las apacibles parejas y grupillos disfrutaban de la mecida ausencia del diablejo con su tenedor y el ascua que avivaba la húmeda trigueñez de su rostro.

Era tan sólo una estación de momentáneo descanso antes de penetrar en el refectorio. En el otro patio, separado por un pequeño corredor, los "mayores", los "bachilleres", saltaban con sus pelotas y sus gritos, se arracimaban alargando sus brazos y manteniendo en alto la bola de piel inflada, separándose instantáneamente uno que se hacía el momentáneo dueño de la bola, tirándola contra el suelo, como si sus rebotes justificaran que su energía y su espíritu se mantuvieran aún vivientes y sagrados. En el primer patio, donde un poco sorprendidos y estirados, conversaban los primarios, Enrique Aredo, como por dejación y duermevela, se apoderaba con una razón blanda y vegetal, de la vagarosa curiosidad que sobrenadaba en aquel descanso. En un grupo hablaba de los *puerquitos,* era el término que empleaba con insegura gracia, pues en la sílaba final se sonreía como si los viera retozar, de la finca de su padre. Hablaba del sofocante perfume de la guayaba corrompida, cómo los mamones se agitaban en aquel olor de agradable putrefacción. Se acercó a otro grupo, cuya indiferencia trataba de licuar y le enseñó un dibujo "que había hecho un amigo de papá", disimulando así el interés venenoso que lo acompañaba. Las ablandadas líneas de su rostro estaban fortalecidas por cierto pliegue de perversidad rápidamente irónica, que el pintor había intentado cumplir para contrarrestar la azul benevolencia de las ondas que penetraban en sus mejillas de cojín monjil. ¿Lo lograba el dibujante amigo de su padre? Las risitas cortadas por reojos y subrayados disimulos, revelaban que había hecho más visible lo que intentaba ocultar, como si aquello *ocultado* fuera el acorde esencial de su carácter. Se acercaba luego a los más enfurruñados y modorros, silenciosos en la amarga densidad que había depositado en ellos el ancestro almacenista, y les decía enseñándoles sus zapatos: —Pensar que un antílope vendría a morir a mis pies—. Y mientras uno de ellos esbozaba una puñalada, él se alejaba con desprecio de los "brutos", como decía con fingida virilidad.

Cruzó el balón para unir con su arco voltaico los dos patios. Los "mayores" como si se precipitaran por una brecha huyendo de la pez hirviendo, penetraron dando gritos en clase, sudorosas sus camisetas colorineadas y con las iniciales semiborradas de su gremio deportivo. El silbato, sin fuerza para arremolinar de nuevo las huestes, declinó en exangüe sordina. Los primeros gimnastas que penetraron en el patio pequeño, rodearon con la rapidez de una mágica casualidad, a Enrique Aredo, quien se sonreía contento por la atención que le dispensaban. Inquirían por el estilo y los primores de la cartera, donde, cuando se abría la tapa, enseñaban sus lomos diversamente coloreados los libros de texto. Con una alegría, que ni siquiera intentaba disimularse, hecha ostensible por

el sonroso que como una nube iba rodando por su rostro, decía:
—Piel rusa y el repujado florentino, me quisieron comprar una de
piel de cochino, pero a mí no me gusta digerir carne de animal
inmundo, menos me gusta acariciarla—. Y los tenaces perseguidores
del balón, aún sudorosos, se reían con ese asombro de la manada
cuando contempla un animal que luce extraño, como el júbilo de
los cazones cuando rodean un salmón homérico, o el rizado caballito de mar con su dórica sorpresa ante la tenebrosa cuña de las
langostas.

A una banda del patio de los primarios se abrían doce pequeños
baños, más antipáticos que sobrios, muy funcionales, con una ducha que sólo ofrecía la gélida voluptuosidad de su chorro de agua,
y un caño lento que permitía que la jabonadura se prolongase en
un tufillo de potasa y aceite de coco, tratando de despedazar el
recuerdo del cuerpo adolescente que había bruñido. La algazara
de los gimnastas y las tímidas murmuraciones de los coros de los
primarios, sufrieron un violento desplazamiento, el director Jordi
Cuevarolliot, anchuroso, pero ágil, con su viril cabezota rubia, iba
atravesando los patios, seguido del respetuoso silencio de los aprendices. Su rostro de piel dura, con extremadas rojeces y sus barbas
policromadas por astutos ungüentos, recordaba el *Charles de Sau-
lier, Sieur de Morette,* de Holbein, más blando y con menos preocupaciones tenebrosas, como si hubiese sido retocado por Murillo.
Su nariz, más curvada que la del *Sieur de Morette,* parecía remansada, en una reconstrucción tardía, por la extensión suave, de
muy lentas vibraciones, de sus aletas. La anchura de sus espaldas,
la concavidad visible de su pecho, subrayadas por unas piernas
que soportaban el tronco con la deslumbrada ligereza de las colonias de hormigas al arrastrar un garbanzo. El guante de nutria
salvaje con el espadín feudal de sus atributos, era reemplazado,
en la ya dicha copia de Murillo, por un lapicero de oro, con el
que apuntaba los nombres de aquéllos que por hablar durante
el almuerzo, se quedarían castigados a la mudez del sin recreo. Se
dirigía al centro del refectorio, donde estaba una tarima con las
barras de pan apiñadas como si fuesen leña, empezando a cortar-
las con la rapidez de un pinche de cocina que cortase las cebollas
para un plato de urgencia, agrupándolas hasta formar una cantidad proporcional a cada mesa, agitándose las rodajas por la trepidación del corte incesante, como si fuesen peces, coleteantes y
tristes, extraídos de sus viveros. Pero esa original distribución del
pan, nunca abandonada a una mecánica y pasiva sucesión, era una
de las pruebas más deliciosas e inolvidables a las que el director
Jordi Cuevarolliot sometía a sus aprendices. Iba lanzando cada
una de las rodajas a los sentados en las mesas del refectorio, una

tras otra, hasta que, si sorprendía algún alumno descuidado, rompía entonces el ordenamiento, y le lanzaba el pan que así llegaba como un signo para su avivamiento, educándole con casi juguetona gracia el acecho, la mágica transparencia del sobreaviso. Todos tenían que estar pendientes de ese punto volante, que en cualquier momento podía comprobar un decaimiento, una indiferencia melancólica, irregular en sus humores, un maligno sopor. Había que hacer coincidentes el apetito con un tener que estar en disimulada vigilancia, pues en realidad la atención no podía prenderse tan sólo de la detonación de aquella ave harinosa, sino como de un látigo invisible que estallase inaudible entre el cuerpo incorporante y el aire sorprendido. El descuidado cobraba muy pronto conciencia de su ridículo, pues el pan no atrapado rebotaba contra las fuentes corredizas, que como pesadas embarcaciones remontaban el mármol de las mesas, esparciendo los retorcidos filamentos de la papa Juliana, o al volcar tenaz en la impulsión que le comunicaba la honda del anchuroso provenzal, el jarro de agua, diversificándose en sus meandros el improvisado cauce, parándose los aprendices cercanos, acudiendo la cuadrilla de los criados con malolientes paños de absorción. Pero el descuidado pagaba un precio que lo anonadaba, por ese momento en que su conciencia medular había sido inferior a la de las golondrinas en sus escuadras y a la de los peces ante el migajón astillado de la lámina. Por el contrario, en Enrique Aredo, su acecho se presentaba en una forma inversa, descuidaba las incorporativas delicias, para quedar prendido de las rodajas en su curva parabólica, de la vigilancia de los otros rostros, o de aquéllos que ya él presumía como descuidados, cargándose una extraña y lánguida tensión al saborear por anticipado las catástrofes lejanas. Si coincidía la catástrofe en el ámbito adensado por las probabilidades que allí había trazado, sentía la sádica voluptuosidad de rebasar una medida, como si su sexualidad, semejante a la de los insectos de caparazón membranosa más abrillantada, tuviese que atravesar el Cipango del azar y de la coincidencia de todos sus posibles en una afortunada coordenada. Los reflejos despertados por todos aquellos acechos, por el éxtasis casi de todos aquellos adolescentes prendidos de la sorpresa de la masa harinosa, por la atención cabalgando simultáneamente la enigmática diversidad de los sentidos, acostumbrándolos a comer sin desfallecer, sin abandonarse a esas apisonadas oscuridades recostadas entre el cielo del paladar y la tierra húmeda y voraz de la lengua.

Los caños en las aguas fluyentes o entrecortadas producían una música como de buñuelos fritos, dorándose. Los cuerpos saltando bajo el agua tenían la alegría de los peces estirándose en una cascada; se violentaban al extenderse para que el agua se refractase con más furor al tropezar con los músculos en el colmo de su cordaje. Los caños entrecruzando el arabesco hormigueante del sonido del agua, parecían, rotas las planchas de metal que aislaban el cántico de cada extensión corporal, que formasen, por la diversidad entre el silencio vigilante del refectorio y la colorinesca alegría engendrada por el agua descendiendo, una subterránea cámara secreta, donde cada cuerpo por medio de casi invisibles inflexiones o de un apresuramiento momentáneamente incomprensible, siguiese los dictados de una música idéntica pero infinitamente diversa al ofrecerle los cuerpos sus transmigraciones. El acecho, que mantenía despierto hasta la irritabilidad a los disciplinantes del refectorio, cobraba como cierto desperezo al sentir el ronroneo del agua, galopando su *crescendo* encerrado entre la cementación y las planchas de metal. Después del volante reparto del pan, los disciplinantes, como si sus entrañas fuesen recorridas por el eco atado de las aguas de aquel encierro, se iban trocando en durmientes, como el éxtasis que recorre a los coristas en un *Kirie* de Palestrina, cuando la luz, amortiguada en la mañana por las blandas indecisiones otoñales, no puede saltar ya la espesura de los vitrales. Los días en que el director Jordi Cuevarolliot se retiraba, después de soplar sus maliciosas palomas de harina, los bañistas se ceñían de la cintura sus toallas, apresurando el paso y sonando sus sandalias con las iniciales del colegio. De tal manera, que durante mucho tiempo José Eugenio Cemí tuvo del cuerpo el recuerdo que se precisa en la noche treinta y cuatro, cuando en el palacio un joven confiesa, el Rey de las Islas Negras, gimiendo y levantando su túnica, que era hombre de la cabeza a la cintura, y que tenía la otra mitad de mármol negro. Acababa de sumar sus tensiones, de ser recorrido por un hilo eléctrico al tener que cumplimentar una sorpresa, de esperar aquel volante punto harinoso, cuando el ruido del agua al mezclarse con aquel acecho, parecía ser secuestrado o mezclado en la gloria de aquellos cuerpos remachados en el martirio impuesto por aquellas toallas de herejes orientales. El reencuentro del sentido de las mezclas en el gusto, y de los cuerpos, escondidos primero en las grutas goteantes, ocultos también en el propio rumor del agua, engendrarían en José Eugenio una especie de impresión palpatoria, que en los cuerpos viene a reemplazar a la impresión visual. El hecho de mezclar en el gusto una especie cualquiera, quedaría para él como una infinita sexualidad engendrada por la memoria de un tacto imposible, que a ciegas reconstruía los cuerpos en la lejanía y en el rumor de las cascadas filtradas por los muros de una cárcel. Necesitaba enceguecerse, reconstruir el salto de los cuerpos en la cascada de medianoche, para sentir el aguijonazo de lo sexual, mientras la gracia del acecho, de una sexualidad visible e inmediata, lo llevaba a una espera sin posibilidad de ser surcada, infinita, donde la simple presencia de un objeto era una traición intolerable, ofuscadora, que lo hacía aullar como las bestias que buscan la carroña nocturna en su evaporación. Al terminar el almuerzo, los alegres gimnastas bajo el chapuzón habían también desaparecido. Como si hubiesen retirado las planchas metálicas, el coro de los bañistas onduló al soplar su caramillo cerca de la caseta de los coperos; avanzaron hacia un punto como si fueran a transmitirse un secreto cambio de guardias, y desaparecieron en el humillo del café que venía a terminar el acecho de un gato color de pólvora, agigantado, levemente monstruoso, como los que aparecen en las pesadillas de los generales de los cien días, con su piel muy estirada, terminada en innumerables tubillos como mamas incipientes, paseándose arrastrado a lo largo del refectorio, como la sombra silbante que surge del mar y desaparece deglutida por el genio dilatador de la ceiba.

Capítulo V

Los sábados las clases se terminaban a las once. La tarde libre, para aburrirse jugando a las damas, en el tablero quemado por los cigarros del mediodía, que se ladea, se dobla como un cartón aguado, hasta terminar en un humo oscilante, de gelatina. La niñez que es ese momento en que saboreamos el tedio en estado puro. Aburrimiento, tedio, ocio, pereza, la misma corbata azul asegurada por el pasador del abuelo. Puesto ahí, al despertar, por la otra mano.

—Desde el primer día de clase —le decía Fibo a José Eugenio—, me di cuenta que tú eras hijo de español. No hacías ninguna maldad, no estabas muy asombrado, no parecías darte cuenta de las maldades que hacían los demás. Sin embargo, después de fijarnos en los pupitres, en lo que uno se fijaba era en ti. Tienes la base como una raíz. Cuando estás parado parece que estás creciendo, pero hacia dentro, hacia el sueño. Nadie se puede dar cuenta de ese crecimiento.

—Cuando entré en la clase —le contestó José Eugenio—, me sentí turbado hasta el humo, pareció que llovía. Tocaba niebla, pellizcaba tinta de calamar. De tal manera que tu punto hiriente me hacía comprender donde estaba, me rectificaba, me tocaba y no era ya un árbol. Pude darme cuenta que ni Alberto Olaya ni yo recibíamos tus pinchazos. Qué indiferencia para nosotros, querido —al decir esto se notaba claramente que se burlaba de Fibo.

—Casi nunca me adormezco —continuó—, o me siento reclinado. Siempre estoy haciendo respuestas, creando actitudes ajenas. Necesito equivalencias, luego surgen las grietas, el hecho sólo es creado por mi respuesta. Entonces, llega invariablemente un momento en que me siento molesto, respondo sin que se me pregunte, me parece que es un tercero el que me está preguntando. Pero no te me escapes, ¿por qué aquel día fuimos nosotros dos los que nos salvamos del Kris malayo?

—A pesar de la niebla de que tú hablas, pude ver que ponías el tintero más al alcance de tu mano. Preferí primero provocar el grito de Enrique Aredo. El caso de Alberto Olaya es otro, sé que se hubiera fajado conmigo en la misma clase. Pero no fue eso lo que me detuvo. Siento en su presencia que me rebasa con facilidad. Lo vi un día hablando inglés con unos marineros. Otro día pasé por donde él vive, y lo vi que estaba jugando al ajedrez.

Otro día en la esquina de su casa fumaba, sin importarle que lo vieran sus familiares. Se decide antes que yo, llega antes que yo, me doy cuenta que es un animal más fino. No siento deseos de irritarlo, sino de acatarlo. Me gustaría que me confiase secretos. No quisiera pincharlo, sino si le pasase algo desagradable, si lo asaltasen en el campo unos ladrones y lo amarrasen a un árbol, me gustaría ser el que lo zafase, el que lo ayudó a zafar un nudo, y sin que él me dijese nada, ni siquiera las gracias, pero que existiese ese hecho, eso que a mí me parecería buena suerte, buena sangre para unos cuantos días. No hacerle ningún daño yo, sino que se lo haga otro, y entonces llegar yo para ayudarlo, cortar las cuerdas de la silla donde lo amarraron. Como siento que es mucho más que yo, que sea algo también superior a mí lo que lo amarre. Combatir con lo que a él lo combate, pues contra él sé que nada puedo. Sin embargo, sueño siempre que alguien lo está amarrando.

—Cuando salgo de casa —dijo José Eugenio—, mi Abuela Munda me encomienda al Niño de Praga, al niño del manto. El hubiera oído sus ruegos, el tintero te caería en la misma cabeza, para que te convirtieses en un diablo temblequeante. Siempre que se tira un tintero, o meros galones nuevos en una manga, o algún bigotillo ya no debajo de la nariz. Pero mi tintero, bajo la advocación del niño del manto, te hubiera puesto una sotana bien cortada, muy reluciente.

A Fibo no le gustó la fanfarronada. Se le notó en la pausa que prolongó antes de contestar. —Eran ustedes, tú y Olaya, los que me interesaba que vieran a lo que yo me atrevía —dijo muy bajo, como temiendo que las palabras se separaran demasiado de él—. El grito de Aredo es una divertida conquista para la unidad de tiempo de una clase. Si el tiempo se hubiera prolongado, no sé hasta donde me hubiera atrevido... quizá hasta el mismo tintero, hasta la superioridad de Olaya me hubiera tentado, pues no puedo estar mucho tiempo sentado en la plaza sin disparar un flechazo, sin sentir que el tiempo ingurgita con dificultad, se atora.

—Además, Olaya me dijo que tú eras su vecino, y que si te pinchaba, sería como si se lo hiciese a él. Parece que tiene por ti mucho aprecio.

—No parecía ni que se hubiera dado cuenta que era mi vecino. Nunca hemos hablado. Me alegra que me hayas dicho eso —se sintió acometido por una indescifrable alegría. Eso iba a modificar su vida como un relámpago.

—Pues a mí me sucede todo lo contrario, esas intervenciones súbitas me parecen superficiales, casi siempre rectificables —continuó José Eugenio, retomando el hilo—. Son como las mordidas del perro al que está sentado en un quicio, soplando la filarmónica. Pero, querido, hay que morder al que está esperando que uno lo muerda, como si anteriormente lo hubiera mordido una serpiente y ahora nuestra mordida lo pudiera salvar. Pero a mí me pasa que impasiblemente me he quedado fuera del teatro, y todo me parece que consiste en que alguien que está en el teatro se aburra y entonces venga a hablar conmigo, no le quede más remedio que encaminar sus pasos a donde yo estoy. Pues el que está fuera del teatro, porque no quiere o porque se le hace imposible entrar, sólo se puede encontrar con el que está instalado en el teatro, y de pronto siente el deseo de escapar. Como en una transfiguración, en el momento en que Aredo gritó, te pusiste fuera de la clase y ahí te encontraste conmigo, pues lo que siento es que nunca puedo estar sentado en la clase, sino paseándome a un lado y otro, como cuidando algo que no veo. Un día vi en el zoológico un oso tibetano, se siente siempre intranquilo, aunque nada a su alrededor tienda a irritarlo, gira, persigue un enemigo que no llega, enarca las orejas, escarba, mira con odio a una invisible fruta que se descuelga. Exteriormente impasible, pero por dentro la inútil intranquilidad de un oso tibetano. ¿Cuál será su sueño? ¿Cómo hacer que concurran al mismo punto la amistad visible y la enemistad invisible?

Le pareció que había avanzado demasiado de un solo golpe y se calló un poco vacilante. Reaccionó buscando alguna pregunta banal: —¿Cómo estará Enrique Aredo, después del pinchazo? —preguntó para abreviar la pausa y borrar todo trascendentalismo en lo que había dicho.

—Creo que muy bien, más contento que una col francesa rociada con leche, o como diría el mismo Aredo, como un lechón pintado de verde —contestó como de un solo empujón—. Ayer estuve a visitarlos, su padre quiere que me pase unos días con ellos en la finca. Su madre me quiere regalar uno de los cachorros que ha tenido la galga rusa.

Desde entonces comenzó ya a sentirse en la otra familia. Le pareció que si Aredo había sido pinchado, la reacción tenía que partir de ahí: el que se decidió a pinchar y el que un inmenso azar había dictaminado que recibiese el pinchazo. Y que ya eso no se podía borrar, como si un ordenamiento feudal hubiese dictado la acción y el precio de esa acción para siempre. Estar por debajo de un hecho, voluntariamente, le parecía una sociedad secreta de demonios blandos. La acción engendrando el odio derivado, pues ese hecho había separado, y él lo separaba ya por una eternidad, a Enrique Aredo de Fibo. Se imaginaba al Aredo blando, lechoso, de ojos donde la luz no convergía al fuego de una energía, diciéndose: para que no me pinche más le regalaré bombones, procuraré halagarlo. La madre, al enterarse por su propio hijo de la mordida que le dio el punto fulmíneo, diciéndose: quitemos esa dificultad, ese enemigo que rodea a mi hijo. Vamos, no a robustecer a Enrique, sino a debilitar al pobre tití que no sabe qué hacer con su energía, con el fósforo que le estalla en su sangre, sorprendiéndolo. Y el padre, que jamás se hubiese fijado en Fibo sino es por el pinchazo, diciéndose: convidémoslo a la finca, hagamos el juego hasta el final, disimulemos que el pinchazo ha sido dado, que tiene que engendrar odio. ¡Qué horror! Las aguas llenas de cicatrices, inútiles, frías, de curso muy lento, del odio derivado. Del rechazo a toda acción que esté fuera del orden de la caridad. Le parecía que aquel Fibo saltando entre los pupitres, moviendo en el aire su pluma de guacamayo tuerto ante el fuego del cañaveral, era uno de esos diosecillos que se escapan de la armadura de Aquiles, en la fragua de Hefaistos. Después lo veía, sombría velada en que hablaba de cacería con el padre de Enrique Aredo, salir deshuesado, ablandado, en masa de pan mojado, despreciado por todos los punticos del paladar, substancia corrupta, en cuya bolsa estomacal una luna fría se iba evaporando.

El viejo profesor de inglés ya no se preocupaba si sus enseñanzas encarnaban. Arenisca o roca dura era lo mismo para la sucesión monocorde de sus pisadas. Sus explicaciones cobraban ese momento en que el bengalí, linfatizado por el Sermón del Fuego, se iba extendiendo por las interjecciones de las tribus normandas. El vaho adensándose en el final de la mañana, doblegando, como si fuese un coloides yodado que remedase los movimientos de un árbol ante los dictados de la brisa, la pluma arcoiris de Fibo. El punto de acero convertido en un atol no se apoyaba en la existencia, siquiera fuese blanda como las glúteas de Aredo, que le ofreciese otro cuerpo no movilizado. Enrique Aredo con el mentón dejado caer en el cuenco de la mano, seguía absorto sobre el pupitre la danza del lapicero con el compás, pequeños andruejos de cueros deshechos como hongos bajo la lluvia. El sopor había destruido la sucesión de los puentes donde la voluntad y la atención vocean juntas en su estratégica retirada bajo el fuego de la dispersión. La voz de Alberto Olaya, nerviosa y seca como una cepilladura de madera muy fibrosa, se alzó con triple eco de las grutas del sopor. Un verso de Browning pasó como los gritos de un joven escita sobresaltando un lavadero de ropilla para el sueño. Alberto Olaya se dirigió de pronto al profesor, inquirió por la traducción de:

Thinking songs of things

y la clase entera despertó con una carcajada. Pasaba Jordi Cuevarolliot por el patio y la brusquedad de las risotadas imantó su persecución. Penetro en la clase cuando Olaya todavía galleaba y las sílabas finales del verso de Browning. Marchó sobre él y zarandeándolo por uno de los brazos gritaba: —Coja un baño, coja un baño—. Era el castigo máximo. El aprendiz tenía que estar oculto en uno de los baños de la galería que se extendía al lado del refectorio. Si salía del baño, la mirada de todas las clases lo precisaba en su vergonzoso castigo. Así, huyendo de los innumerables ojos que seguían el castigo, se iba hundiendo más y más en el baño. El terror llegaba a extenderse a todas las clases colgadas de las dos bandas del patio, pues mientras el suplicante se abandonaba al sueño en aquella mazmorra, todos los aprendices seguían sus pasos por aquellos subterráneos, temblaban ante cada supuesto peldaño que crujía, y el moho de aquella imaginada humedad verdinegra se apoderaba de la respiración del coro que seguía aquella extraña exploración. Ejército en vela, que ha enviado un emisario que tendrá que inventar, que encontrar casi por milagro, el prodigio de su regreso.

Retrocedió hasta la empalizada, último castigo de su huida forzada, donde el gris y el cemento son redondeados como la ceniza baja del campamento de las nutrias. En el cruzamiento, emparejados, pero irreconciliables, de los tubos de plomo, en la cara tronada de la ducha, el ave de Angra Mainyu, que despierta como la muerte. Que le regala duraznos a la serpiente de río. Que prepara para la Abuela, corriendo por las azoteas del castillo incendiado, las mandrágoras del invierno, el can frío que tira de las raíces del recién lavado.

La ducha, cabellera del arpista, águila descoyuntada y gaviota sobre el latón semiacostada, flexibiliza las toscas angulosidades musculares, para transportar a Olaya, retrocediendo, con los brazos abiertos como si su sombra estuviese ansiosa de guarecerlo en un nicho. La duda, águila de Angra Mainyu, que despierta como la muerte, quiere transportarlo desde el paredón, apuntalado desde el otro lado por las carcajadas de los que esperan la banderita del balón, hasta el tragante, a tres pasos de gibao, que habla hacia dentro, como el vacío chupado por el calamar para elaborar su tinta excepcionalmente albina, fingiendo salpicaduras jabonosas, bigotillos de foca que sobre una mesa otomana retoca con su nariz pitagórica de andrógino, las bolas suecas, los gorros del ladrón de la mezquita. Descalzo, conversa con Angra Mainyu, que despierta como la muerte, para retrasar las cosechas. Descalzo, con las langostas y los que vienen a matar. La agujereada máscara del águila distendió los dos tubos de plomo y llevó a Olaya al borde del tragante del baño. Asomado a su fondo, vio a Enrique Aredo, del tamaño de un faldero, haciendo zalemas en el portal de su granja, con una cazadora de coloreadas tirillas de zarape. Desnuda toda la pierna izquierda, sonriéndose, mientras transportaban el jabalí, con la cabeza horriblemente fláccida, en una parihuela de hojas de plátano y tejas coralinas.

Lagrimaron las aspilleras del águila —ducha, *Frontis de Ducha* al cruzar ahora los siete pies de granadero nocturno, para llevarlo hasta el tragante del patio. Más amplia boca para las innumerables llegadas de las lluvias. Para enfrentar a Angra Mainyu, que despierta como la muerte. Cotzbalan, el que convierte el cuerpo en arena, el enemigo, en su bruñida y ceremoniosa indiferencia temporal, en sus ratos bostezados sobre el mar, que acude a la garganta del eco, para esperar allí los mismos invitados. Con su máscara de Príncipe Negro lagrimoso, los dos irritados tubos sueltan a Olaya en el abombado ojo del segundo tragante. Siete pasos de granadero nocturno. ¿Por qué Angra Mainyu, que despierta como la muerte en el primer tragante? Las raíces con mandrágora sólo podrán pasar al apaleado perro frígido, dilatándose las raíces del sueño conducido hasta el perro tan rameado como muerto, que salta en los pornográficos gabinetes de Volta. En el fondo del tragante, la glorieta del hombre acodado en la mesa. La madera frotada por el plato pelirrojo de cobre, y allí, como una diosa que vocea para turbar a los pastores en sus fornicaciones, una fuente con anchurosa, toscana, colorinesca agua maternal.

Para salir del aula, Enrique Aredo fingió necesarias unas gárgaras de genciana. Impulsado por una indecisa curiosidad, que se le fue convirtiendo en mortificación, se acercó a la mazmorra subterránea de Olaya. Abrió la puerta, que lucía tatuajes de fórmulas matemáticas y variantes grotescas del frenesí. Un cuerpo extendido en su mediodía perezoso, con un cabrito escondido detrás de un cocotero, con una inscripción semiborrada, que por su encadenamiento semicircular parecía surgiendo del menguante: *Que tu sombra me apriete*. Olaya estaba desnudamente dormido, la ropa hinchada por el descuido, náufrago que ha puesto su ropa al fuego. Apoyada la espalda en la pared donde crecía el esternón de plomo de la ducha. Detenida entre el índice y el anillo de la mano derecha, la flor del sexo pendía en el hastío final de la desnudez, cuando el sueño comienza a inclinarnos en la primera victoria de Angra Mainyu, que despierta como la muerte. Ahora en el fondo del tragante, José Eugenio Cemí levantaba la jarra, curvándola sobre un vaso, que a medida que su mano acrecentaba la parábola de la caída de las aguas, por esa elasticidad del sueño que borra las dimensiones entre los objetos, llegando a convertirse en una cascada rodeada de una naturaleza detenida, congelada, sin claroscuro temporal, donde la materia se había rendido a la penetración de las aguas en el sueño. Mundo espongiario, indistinto, donde las concéntricas rosetas indiferenciadas, señalaban las contracciones de su desprendimiento, inexistente la región donde el color, como una sombra que muerde al retroceder, también inútil sus mordeduras, comenzó a fijarse.

Sentía que avanzaba siempre hacia Angra Mainyu, que reaccionaba contra la muerte del primer tragante, pero no saboreaba la semilla en su cáscara de gelatina, cuando la luz no la encuentra hasta que penetra en las sucesiones de la tierra, hasta que el ahorcado trasciende su substancia hasta llegar a las exhalaciones calóricas del perro apaleado. Su cuerpo tenía que anclarse solamente en el espejo de la muerte, pues Cotzbalan no puede luchar con Angra Mainyu ¿pues cómo vamos a enfrentarnos con la muerte ya con el cuerpo destruido? La hoja trenzada a los huesos de la testa, desde el resonante Píndaro hasta los indescifrables mitos eritreros, puede ablandar la falsa resistencia, favorecer lo podrido por la lluvia si el fuego de cocción dispersa sus hormigas titánicas y enloquecidas. José Eugenio Cemí, entre el muslo displicente del primer tragante y la cascada miniaturesca cayendo encerrada en la cabaña de la segunda claraboya, se veía tenaceado entre la mentira y la destrucción del cuerpo. Y la flexibilidad de los dos tubos de plomo con la aspillera de sus fortificaciones nasales, era un remedo del águila aceitera del Cáucaso. Le quedaba tan sólo ir más allá de Cotzbalan. Recogió la ropa para emprender la última decisión donde ya no se columbraba el espejo subterráneo del segundo tragante. Al asomarse vio la marcha de Jordi Cuevarolliot, resoplando por los poros al apresurar el corpúsculo de Malpighi, monstruo provenzal exhibiéndose en una barraca tropical. Toda la ropa sobre el brazo derecho parecía convertirlo en un ladronzuelo de un mercado de Esmirna. Se recostaba en las paredes arañándose casi las espaldas, atravesando el desierto de los dos patios. Al pasar frente a su aula sintió como si un péndulo golpeara el pizarrón. Vio que la puerta se abría hacia afuera, como aparece en el *Yi King* cuando alguien la sopla. Se escondió para vestirse en la resguarda oscuridad de un ángulo del último patio. Los escribas arracimados en las aulas vieron el deslizamiento de la desnudez de su sombra, pero estaban como petrificados y fingían una intrigada curiosidad por las palabras que salían como arañas de la boca baritonal de los maestros. La nicotina de aquellos profetas de la decadencia ponía manchas leopardo en la fingida curiosidad.

Aredo pactaba con Fibo. Le decía lo que había visto en la caseta del bañista, convertida en la mazmorra sentenciosa de Yugurta. Fibo atravesó el aula, como a quien no le importa ya que lo fusilen los guardias nocturnos. Aredo le entregó su compás gigante, del tamaño de un cangrejo ciego. Y desde la misma distancia del sillar babilónico de Aredo lanzó el compás sobre la playa negra. El pie en punta del compás se enterró como media pulgada y el otro extremo del trazo movía la otra pierna para producir un final semejante a una orden reciente de desensillar recibida por la caballería.

Al entrar Jordi Cuevarolliot en el aula, sorprendió la algarabía despertada por la enloquecida hazaña de Fibo disparando con las elegantes ballestas de Aredo. Aún el compás movía una de sus patas, produciendo un ruido como de muelas de cangrejo saboreando una hoja de palma. Cuevarolliot no pareció irritarse por el tumultuoso paréntesis engendrado como por un secreto soplo en el cuerpo en que se había metamorfoseado el compás. De un manotazo invisible extrajo de su campo óptico el aula aclamando al actor que había interpretado una cólera lejana. Arrancó el compás del pizarrón, quedando, como una muela extraída con fibrillas de encía, la punta del compás con un fragmento pisado del hule y unas astillas de la madera desembozada.

Movido por un torbellino cuyas leyes se gozaban en su incumplimiento, voltejeó su cuerpo Cuevarolliot, pues al perseguir un cuerpo, que por su gusto huía por los subterráneos. sentía cómo crecían dentro de él la ausencia y la sombra penetrando en el cálculo del remolino. Picó ferozmente con el compás en la puerta de la mazmorra, pero se encontró conque dentro de la caja, el desencordelado había dejado tan sólo las huellas de los cigarrillos vencidos. Intentó destruir la esencial simetría con sus zapatos voraces, fulmíneo pisapapel en zigzagueante túmulo sobre las cenizas.

Eran los recuerdos que quedaban de la sombriamente movilizada hija de Inaco, la enloquecida Io, apresada entre el recuerdo de la música de las duchas y los cigarrillos pisoteados por la furia de Cuevarolliot, sobras de un Argos que no habían podido impedir la fuga. Pero el pequeño claveteado, que conversaba con el resentido cariño de la hija de Inaco, se había apoderado del primer día en que rodaría su fuego rescatado.

Gozosa luciérnaga bañándose en la música de la oscuridad incorporada, al llegar Alberto Olaya a la esquina del colegio, encendió un cigarro clarineante. Triunfo sobre el encierro injusto, la pequeña candela retocaba su orgullo. Era el centro de un *carrefour,* de una encrucijada, la diversidad que corría hacia él no podría sofocarlo, tendría que comenzar a recoger su cordel y enredarlo de nuevo en el carretel de un orgullo que se precipitaba sobre su propia energía enceguecíéndolo.

Se dirigió hacia los caballitos, parque para la pesadilla de los niños y la pereza sonambúlica de sus acompañantes, acudido a esa hora, las inservibles cuatro de la tarde, de vagabundos, criadas recién bañadas, presionando las manos de bandadas de niños con los ojos enormes contemplando la brillantina inferior que el sol riega sobre los levitones. Enormidad de unos ojos devorada por unas ojeras de tierra morada, voluptuosamente agrietada. Se recostó en la cerca que rodeaba a los carros *whip,* que mezclaban una ceñida elipse en sus revoluciones rotativas. Y de pronto, como un golpe seco que después se impulsaba como liberado momentáneamente de su órbita por un latigazo, al que debía su nombre, que se acercaba retadoramente a su contorno y después retrocedía calmándose con socarrona lentitud, como si se burlase del susto que presuponía y en el que cifraba su delicia. En uno de los carros una muchacha, de unos diez y seis años, pasaba sus dedos por una flor de pitahaya pequeña, que parecía querer volar cada vez que el carro pegaba un latigazo. Asustada la muchacha se empeñaba en que no se le escapase la pitahaya. Se paraba dentro del carro, empuñaba el protector para amortiguar la descarga, trepidando y enrojeciéndose. Su piel débilmente sonrosada, veteada de franjas linfáticas, se iluminaba a ratos perseguida por el verdor asombrado de sus ojos. Alberto Olaya recorría con pausas impulsadas por su erotización que se hacía visible por las veces que el pañuelo rectificaba su sudor, desde el amarillo excitante de la pitahaya hasta el verdor humildemente provocativo de los ojos de la muchacha. Su piel olía a despertar y el verdor de sus ojos copiaba esa última cola de pez empuñada cuando penetramos en el sueño.

Al fin, los latigazos del carro no pudieron ser contenidos y saltó la pitahaya... Cuidaba el motor de nafta que impulsaba los carros, un viejo en overall, manchado de aceite, con los bolsillos llenos de estopa maloliente a piñón desengrasado. Su cara aún rubicunda, manchada de lamparones, lucía, aun inmotivada, una risa que se presentaba a intervalos gozosa de vocear su carnalidad. Una risa benévola, que, paradojalmente borraba toda sensación de confianza, lo hacía aparecer hombre de muy poca buena compañía. Su pelo alcanzaba interrumpidas ondulaciones de rubio originario, maíz blanco amarillo y blanco yerto. Cogió la pitahaya y se la colocó con escandalosa procacidad en la oreja, hormigueante de espinillas negras, de salientes cartílagos, que parecían al ser atravesados por el sol, espinas al nivel de la piel. Su maliciosa cara estaba clavada en su centro por el dolmen de un tabaco del tamaño de un murciélago con las alas abiertas. Su cara parecía una réplica burlona a la evidencia cenital de aquel momento, se sonreía, mascaba la chupada y lanzaba una humarada propia de la locomotora de un parque infantil.

La muchacha, al término de aquel endemoniado girar latigueante, se dirigió al hombre viejo con la pitahaya curvada sobre la oreja. Le rogó la entrega primero, lloró después, pero el hombre continuaba en su sonrisa y no daba muestras de querer desprenderse de aquel cristalizado furor amarillo. Comenzó a gritar, a enrojecerse y a golpear en el pecho del viejo sonriente, pero que no devolvía la pitahaya. La gente ociosa, dispuesta a prenderse siempre de un punto hinchado, comenzó a arremolinarse en torno de la escenografía, donde si las sombras de un ruinoso castillo hubieran defendido una pitahaya de la voracidad indolente de un gato, no hubieran centrado la menor dispersa curiosidad, pero capaz de cerrarse en muchedumbre si un viejo tiznado de aceite prieto, no entregaba una pitahaya a una muchacha exacerbada, en lugar de extasiarse ante aquel detonante ornamento sonriéndose con ferocidad en una oreja cuarteada. El viejo se limitaba a ceñir los brazos de la muchacha y a llevarla hasta la fila de los que esperaban su turno para entrar en la estrella giratoria. Así lo hizo tres veces, procurando el viejo con caricias aceitosas remansar los botones de la camisa zarandeados por la muchacha. Arreciaba la multitud contentada al ver la muchacha, que ya había sistematizado sus cóleras, correr desde la fila y golpear en el pecho del viejo, que recibía los frenetizados golpecitos asegurándose aún más la pitahaya sobre la terrosa oreja. Alberto Olaya se acercó a la muchacha y le entregó un lapicero, traído de Jacksonville, que renovaba la punta de cuatro creyones diversamente coloreados. Comenzó a apretar los resortes y a tocar con la yema de los dedos las puntas que asomaban y sus fulmíneas sustituciones. El viejo desapareció deteniendo en su oreja las nuevas órdenes que recibiría la pitahaya en el cambio de cuadrantes.

Olaya salió del parque de los caballitos con el tiempo distendido, relaxo. Le parecía que sus cabeceos al andar ya no iban a horcajadas sobre el zumbido del tiempo. Cabeceos y zumbidos, cada uno en espejos contradictorios. Caminaba buscando motivaciones banales, aunque voluntariamente hipertrofiadas, para que el tiempo al seguir los laberintos del cordel desenrollado por la tierra golpeada, se agolpara en caminos más dilatados, oscuros y costosos. En el islote de una esquina el tedio comenzaba a tironearlo para la ribera de risas y de simios, donde las granadas se ofrecían en mimbres coloreados. Prefirió la que en forma de farol colonial se mostraba a la entrada de un cine. Su indecisión necesitaba rectificarse con violencia no muy visible. Al entrar golpeó con el puño el cortinón vinoso en mesa de pobre. Se alborozaron las cortinas, que comenzaron a coletear concéntricos visibles, impulsándose como un oleaje que va tropezando con piedras escalonadas, hasta ceñirlo tan tumultuosa y rápidamente, que sólo pudo liberarse de aquel cilindro sombroso y burlesco, arrodillándose y describiendo con las manos el gesto del nadador que sacude su cabellera a cada ola que rechaza.

Se sentó en el lugar menos acudido, ostensiblemente en soledad. De vez en cuando la luciérnaga del acomodador tropezaba con sus ojos errantes. La linterna no escarbaba asientos por sus alrededores, pero estaba rodeado de tanto vacío que si alguien intentaba sentarse por aquellos cotos, la falta de bultos interpuestos facilitaba el desembarco. De pronto, observó que se deslizaba por el alfombrado entre los asientos el viejo del *whip*. Sólo que ahora llevaba el casco central de la pitahaya en la *boutonniére*. Sus brazos parecían aspas que luchaban con subrayable ostentación con la oscuridad de entrañas de plomo. Pasó tres o cuatro asientos delante de donde estaba sentado Alberto. Seguía moviendo los brazos como bolos lanzados a la sombra. Mostraba su sonrisa, que disimulaba una lombriz que no retrocedía. Penetró, siempre girando los brazos, en la fila de Olaya. Se afincaba momentáneamente en un espaldar, palpaba con la punta de las rodillas un asiento, levantándolo y dejándolo caer con gemido de resortes y madera cloqueante. Cuando una de sus manos, como si no le preocupase aquella finalidad, como si tuviesen otras motivaciones sus errancias de Siva, fue a posarse en el sexo de Alberto Olaya. El viejo de la pitahaya sonriente parecía que iba a seguir con una mágica indiferencia exterior, pero el fugado descargó la concentración de su energía muscular como un relámpago bíblico entre la pierna y la cadera del errabundo de las sombras. Se levantó fulmíneo y descargó un carro de centellas interjeccionales. La pitahaya movió su cara hacia las sombras. Al llegar de nuevo Olaya al enrollado cilindro del cortinón hundió de nuevo su puño en los pliegues ceñidos. Farfullaron las fantasmales carnes plegadas y se fueron extendiendo a lo largo de la varilla de sostén. Cariacontecido Olaya recibió el tironeo de la marchosa felpa, que pareció de nuevo extender su acordeón hasta el islote de la esquina, donde quedó el tocado, con el cigarro descendiendo por la sudorosa nariz.

Las luces corriendo por sus canales: ratones. Quedaba ahora la noche ofreciendo su piel de cazón fuera del agua. Quizá fuera más exacto decir: la noche por las entrañas del cazón. No podía retroceder, quedaban muchas cosas atrás, sin punto de apoyo en la estirada, fofa masa del tiempo, en la gaveta llena con los crespos de la madera cepillada. Las luces hacían su recorrido por flechas reidoras como chivas, o por ojos taimados tironeados por las cejas. Ahora, en el cuerpo de baile de las luces, fijas: *Reino de siete meses*. La puerta, como la coraza de una fruta nuestra, tenía imbricadas las escamas de sus persianas, que sin ser ornamentales, eran retadoramente inútiles. Pero había que combatir la lisura incomunicativa del cedro con persianas poliédricas. No precisó el significado del nombre del bar, pero la movilidad de sus luciérnagas parecían invitarlo a que saltase en el centro de la manta.

Al empujar la puerta subrayó en el marco que ceñía las escamas imbricadas una inscripción: *"portae mae tantum regi."* Sintió, al recorrer, sin descifrarla, la sentencia latina, que lo tocaba el terror, como un golpe seco en el hombro, y después sentimos una lombriz fría que nos recorre la garganta, con la insistencia de una monótona dirección ciega. Asoció la no descifrada sentencia latina con las salmodias corales los domingos en la iglesita de Jacksonville. La campana de piedra, con badajo de madera podrida, daba una sonoridad que se propagaba sólo para él, mientras en torno los que no están en el hechizo infernal, los que ladean su testa en el perfume del aire bienaventurado, oyen cantos, traqueteos de carretas trigales. Sólo el furtivo, en el infiernito del barrio, oye la campana pedregosa, el badajo podrido, los mosquitos que raspan la piedra para morder el arcangélico caballo del herrero con la boca llena de arenilla.

Fingió una arrogancia, ensalzando el pecho como un baulito. Subrayó el refuerzo de un cigarro y se fue recto a la cantina. El que le iba a servir era un calvón, muerte ceñida de lino con su nombre sobre la tetilla izquierda. En la curvada toldilla de la cantina se risotaba una pandilla de cuatro saltamontes pícaros. Tres de ellos eran ripieras de bailongo, falsas compresas para el tedio. El cuarto, el seriote. Estaba allí como levantado por la sorpresa, y ya después, sin adecuación, entrecruzaba su asombro, mientras el trío cuchicheaba, hacía apartes, preparaba burlas muy lentas, para sin sobresaltar al seriote, confundirlo en perplejos de buey. Aparte, en regalada, indiferente principalía, un adolescente maduro y mascado, cuatro o cinco años demás que el Olaya. Este se sentó más cerca del unigénito sietemesino, que con su traje azul listado de nuevos azules, con sus brazos cruzados, su cara de un papel respetable, tenía fácil y despedida la imantación. No pareció notar la cercanía, disimuló a cabalidad el estremecimiento de alegría. Sin descansar los brazos, maniobró con astucia todo su cuerpo para acercarle más al mostrador, ciñéndose como antes de comenzar su apoyo en un libro transparente, pero dispuesto a pasar página tras página.

Olaya leyó en el espejo: *Crema Tangarai,* ginebra, limón, soda, resbalante refrigerio para el estío húmedo. Se ancló tres veces, sin pausas disimulonas, en los zumos holandeses. Quizá por alguna broma del cantinero, irritado por los cuatro coaligados para la noche del grotesco y del caprípedo, le soltó la aromática con excesivo látigo. Entonces oyó, le parecía oir hablar por primera vez: ¿Por qué Reino de siete meses y no Reino del sietemesino? Lo primero es un paréntesis; lo otro, una pragmática sanción. En la casa báquica del bambú cinchado es donde debe distinguirse entre siete meses y sietemesino. Monstruoso es el sietemesino y siete meses es la introducción a una cita de Kierkegaard: los nueve meses que he pasado en el vientre de mi madre han bastado para hacer de mí un anciano. Luego siete meses es el reino de los cantos y de las novedades de Osiris, de la muerte en la sequía y del retorno en las inundaciones. Horus, oculto en las encrucijadas, canta en las inundaciones, mientras Osiris va pasando al reino de los muertos. Al decir esas cosas, alejado de la terribilia y de la salmodia, la voz le permanecía alegre, juvenil, entregada con gracia cariñosa. Por una serie no causal de vivencias interpuestas, los fragmentos, las interpolaciones, las reconstrucciones tardías, el cotejo de autoridades, se organizaba en él, al transmitirse, en plasmas exultantes, simpáticas fibrinas que pellizcaban al cuerpo como una guitarra.

—¿Ahora lo que usted quiere es entrar en el sentido de la frase latina? Yo fui el que se la di al dueño, cuando acabaron de construir el bar. "Sólo le abro la puerta al rey", la favorece una vanidad, pero después de cierto tiempo la enarca el ridículo, es el tiempo en que debe de retirarse—. Cuando el seriote del grupo de cuatro fue al servicio, convergieron los restantes, echaron humo, risas, intenciones. Pero el consejero latino, el diferenciador de los siete meses, se aproximó entonces más a él, y le fue diciendo, develando: —Cuando usted derrumbe el primer cabezazo ginebrino, uno, el diminuto sabandija, se le acercará para decirle un itinerario sulfúreo infernal—. Olaya oyó la dirección como ratones petrificados, retuvo. —Lo llevarán por unas casas de yagua, latones y caminos charcosos. Verá ya en el lecho una desnudez silenciosa, que lo mira esperando la priápica convergencia energética. Saltará sobre el lecho, como cuando en la madrugada del río, el caballo busca la brisa para adormecerse de nuevo. La mujer con los pies replegados, invisible, en punta de sirena, mostrará la beneficiosa canal de sus muslos con escarcha de Noche Buena, llevándonos, en su resbalar de quejumbre, a la nebulosa. Le dará una pócima para hacerlo dormir sin entorpecer sus preparativos para la burla napolitana. Al final, el demoníaco ayuda también a cantar. Prepara en una copa, extremadamente facetada, el zoon o célula animal viva. En realidad, es clara de huevo, sonriendo las delicias de Cennino Cennini. Rasgueos del diablo en el lecho: *Osculum fine spina dorsalis*. Mientras los cuatro diversionistas almirantean detrás de los agujeros en la yagua rechupada, la sirena de cola que esconde las astillas de madera y los fríos resortes de níquel plateado, extrae las yemas de su impedimento de crecimiento en la infinitud. Con la clara de huevo, propensa a las cristalizaciones humillantes, embadurnará sus entrepiernas. Cuando despierte le dirá, tristona fingida en el impedimento de lo imposible, que cuando ella salió a omeletear unos camarones, el malvado seriote se atrevió a la compañía del diablo, con el mismo signo que lo descubre, en el lecho abandonado por la sirena, que apareciendo de resguardo, está acordada con todas las burlas de los tres para embromar al seriote. Usted tronará, se irá al cuchillo, lanzará botellas de sidra con el tapón de bazoka. Cuando se vaya a la garganta del serio, que se muestra parnasiano en medio de una escenografía que desconoce de veras, aparecerán las tres sabandijas, como en un vodevil marsellés que suma la crápula bizantina, resbalando la misma loción por sus entrepiernas. Con eso, creerán desfacer el entuerto del *sabbat*. De seguro usted se irá sobre los tres bajeadores, dándoles cintarazos y trompicones. Se echarán a gemir, levantarán salmodias inaudibles y fingirán que están cosiendo, dando puntadas muy difíciles y rectificando, con golpes de mano, sus dobladillos sobre la tela.

Por Alberto Olaya pasaron las últimas sílabas muy debilitadas. De su sopor saltó, después de incorporarse de una gaznatada el último pago. Miró al grupo con las manos en jarra, escupió, sin que los cuatro cuchicheantes burlones procuraran aumentar la inaudible paletada del ventilador. Al empujar la puerta levantó con el rabillo: *tantum regis*. Parecía que el rey había descolgado la más borgoñona de sus carcajadas.

Sin saber cómo empezar el cuadrante de la medianoche, regresó a los caballitos enfundados, con las manchas del rocío agrandadas en el paño. La estrella semimojada, ahora monstruo de las profundidades de la noche, inmóvil, llenaba el coche que se recostaba en la tierra, con dos guardianes, enfundados también en paños rociados, que así parecían bajados de la luna, sin saberlo aún, guardado el secreto por el sueño. Divisó sentada en los bancos del parque, sorpresa mayor de la noche, a la defensora tenaz de la pitahaya. Para mitigar la sorpresa, se apoyó por detrás del banco. Estaban aún con el lapicero, viendo cómo los resortes no entreabrían las distintas pintas. Repasaba el lapicero con cariño, como con recuerdos. Cuando Olaya se le hizo visible. éste tomó la pequeña fuente de colores. Las puntas de los resortes terminaban ahora al instante sus distintas lenguas. Se sentó a su lado y le interpuso una hoja de papel para el aprendizaje del flautín de cuatro elementales notas de color. Viéndole aún voluptuosamente torpe, le tomó la mano y se la guiaba por laberintos de redondillas. Después la fue ciñendo, al principio con un poco de temblor, que le producía gozosos escalofríos; después, con armoniosa confianza, como quien toma el fragmento de las asignaciones. Ella comenzó a contar. Con la linda torpeza con que no le respondían en el lapicero las lenguas coloreadas, su lengua decía sin compuertas y sin inhibiciones. No se defendía, no sabía defenderse; podía atacar al viejo de la pitahaya, a lo que le fuera nieve indiferente y fea, pero no a lo que viniera sobre ella con gusto y claridad. Había venido de su pueblo con una prima casada, y estaba acogida al mismo cuarto, separado por una corrediza. Presto el galán de noche fue reemplazado por el de día, y el maquinista jefe de la locomotora sustituida por el auxiliar cajista de una fábrica de velas trinitarias. Casi todas las noches sacaban pinta fiestera hasta la madrugada. Los primeros días vengaba su soledad acostándose en la cama camera y contemplándose anadiomena en el espejo. A medida que fue asegurando las proporciones y números claves de la cronología de regreso de la prima, fue extendiéndose por los corredores. Ahora se sentaba frente al caserón colonial hasta que empezaba la verdad de la noche, allá por las doce y media. El ceñimiento de Olaya había alcanzado la vía unitiva. Se veía que para los dos aquél sería un día mayor en las sucesiones lunares. La defensora de la pitahaya se desmayaba sobre su hombro, comenzando a gemir. Pasó un coche, como con un auriga de retirada, que abrió los ojos y pegó un fustazo al ver que la noche se reconstruía, ganaba listones de platabanda. Sin convidarla con palabras, la apretó de la mano para transportarla a la berlina que traspasaría la raya de los faisanes. Recordaba las sílabas que el caritativo transcriptor latino le aleccionaba, sílabas masticando caminos: ratones. Oída la dirección por el cochero, entremezcló carcajada y fustazo. Al llegar vio las pequeñas glorietas de yaguas y la diversidad de los caminos apisonados por el relente. La sirena del relator, que acudió sonando sus llaveros, era una muchacha ja, traqueteada en el esqueleto de madera en que se apoyaba. 1ando llegaron se recostaba en la puerta, y su sola pierna ceñida por una media color carne remedaba la cola de una sirena de arenal fangoso. Cantaba. Y Olaya entró en la glorieta apretado con la mantenedora de la pitahaya, predominando el temblor visible del miedo sobre el escalofrío secreto del placer. El canto de la sirena fangosa se fue hundiendo junto con la argolla de las llaves. Al salir el recuerdo de la sirena ingurgitó, pero ambos juraron que le pondrían un pie encima.

Volumen y cabezota de Jordi Cuevarolliot traqueteaban en la mañana dentro de un coche de piquera. Se aposentó frente a la casa de Andrés Olaya, que tenía ese desconchado de silencio irradiante, residuo de la madrugada, cuando Alberto regresó, apostado en el quicio, hasta que llegó el lechero con la llave mayor, llegando hasta su cama como un gato con botas de niño. Fingiendo puño fino, Cuevarolliot impulsó con la punta de su índice la aldaba de bronce abrillantado una vez por semana.

Había mandado distintos recados, que la señora Augusta interceptaba para que el sueño de su esposo Andrés no sufriera menoscabo. Desde algún tiempo había llegado a conclusiones que le hacían muy doloroso llegar a ese punto final: que su hijo Alberto era muy difícil de ordenar y poner en cabestro, que daría mucha guerra en la familia, y que la diabetes de su esposo Andrés necesitaba sutileza y silencio, cada día más para poder regalarle unos cuantos años. Había intentado quitarle importancia a la ausencia de Alberto, por medio de disculpas y fingimientos de visitas, para que su esposo, regido tal vez por un excesivo concepto de la dignidad familiar, no enfatizando el caso de la primera noche fuera de la casa, disculpándola con un baile de hermanas de compañeros del colegio, para que no lo pusiese fuera de la casa, mandándolo con alguna misión maderera boliviana o a algún colegio navarro de internos rebeldes. Como a Federico, el hermano de doña Augusta, tipo el más tremendazo alcanzado por la familia, que de quince años su padre se lo dio en castigo a un capitán de gran fragata, que se paseaba por la cubierta sonando a prueba su látigo por las balaustradas.

Con la puerta tan sólo entornada, la señora Augusta le decía a Jordi Cuevarolliot, anclado en un peldaño crujiente: —Por Dios, no me diga nada, su padre don Andrés no se ha enterado de que Alberto ha pasado la noche fuera; está enfermo y eso lo irritaría hasta querer separarlo de la familia. Su primer hijo varón murió: el que le queda, Alberto, sólo hace mortificarlo, pedirle dinero y desobedecerlo. Es el que ha heredado el diablo de mi hermano Federico...

Cuevarolliot no quería reconocer que las cosas no se presentaban a su gusto y medida. Había soñado con una visita que tuviera al menos la pompa recipiendaria del médico de niños, mandado a buscar de urgencia para hacer brotar un sarampión. No se daba por vencido y no se quería acoger a una retirada fulmínea,

111

donde su orgullo no pudiese mantenerse en pie frente al cochero de la piquera, sonriente al ver que el señor de tan importante volumen dip!omático no había sido recibido.

—Tenemos que hablar, tenemos que hablar tantas cosas —decía— de Alberto Olaya, que ya yo no tengo castigos para él. El encierro lo volvió más rebelde para el colegio, y aun para su familia. Mi experiencia me dice —en ese momento el peldaño sollozaba levemente por el orgulloso peso que tenía que soportar—, que cuando a la edad de Alberto Olaya se pasa una noche fuera de su casa, esa noche es como el tintero donde el diablo va mojando para escribir la historia de alguien que ya es de su milicia... Nunca podrá contar lo que hizo esa noche, que será siempre para él la noche de las noches.

—Váyase, váyase, señor Jordi, que mi esposo se va a despertar. No deseo que él sepa nada de esa noche de su hijo, querría luchar contra ella, contra ese imposible que es la primera noche pasada fuera de casa por un muchacho. Querría ir hasta la hoguera del diablo y allí sacrificar a su hijo. Pero qué cosa me hace usted decir, váyase, váyase, por Dios señor Jordi.

—Quizás todos nosotros reunidos —se empeñaba en aconsejar Jordi— pudiéramos tratar de encontrar alguna fórmula que lo haga entrar en su edad, en los límites de su edad, pues su rebeldía traspasa esos límites para...

La frase osciló cortada levemente por la puerta al cerrarse sin respuesta. Cuevarolliot bajó la escalera zumbando sus planetas contra las paredes. Ahora quería llamar la atención del cochero, para que creyese en una gran escena colérica, en los rugidos de Ayax ante el cadáver de Héctor, que disimulase que no había sido recibido. Su fácil apoplejía de provenzal cooperaba. Gesticuló tardíamente para que el cochero creyese en la indignación que lo recorría. Dentro del coche, extrajo su lapicero de oro, espadín de Holbein retocado por Murillo, para decapitar entre sus educandos el nombre de Alberto Olaya. Un fustazo voltejeó la risa en el malicioso auriga criollo.

José Eugenio depués de una comida lánguida y no obstante prolongada por los relatos sin eco de la Abuela Munda, se sentó en el quicio de la puerta de entrada, donde un picaporte en forma de caballo, con las patas delanteras impulsaba una maciza bola de cobre, que venía a caer con altivez en un troquel de aviso visitador. Sintió los últimos pasos como si repicasen en la escalera de la casa contigua. Era Alberto Olaya, que apenas en la puerta encendía su cigarrillo y lanzaba una presuntuosa primera bocanada.

—¿Quieres ir a un baile? —le preguntó a José Eugenio. Le

entraron deseos de ir a preguntarle a su abuela, pero se decidió:
—Vamos —le respondió sin vacilar, pues Alberto Olaya era de
esos que se habían ganado su confianza, sin saber porqué, sin que
acaso tuviera justificación.

Los primeros pasos de Alberto apenas parecían preocuparse si
José Eugenio lo seguía. Cuando lo tuvo a su lado le dijo: —No
es al baile, sino a verlo fuera, en casa de Paulita Nibú. A mí me
invitaron, pero no tenía ganas de ir. Son unos tabaqueros enri-
quecidos y convidan a los de la emigración para adularlos. Mi
hermana fue, todo el día la estuvo arreglando Mamerta, que es
la que le cose a Esperanza Iris. Quiero ver a mi hermana Rialta,
para ver como luce y mañana bromear con ella.

Alberto empujó a los curiosos que se habían situado frente a
las ventanas de la casa, y se apostó con José Eugenio a su lado,
en una de las persianas, que comenzó a gobernar con lentitud y
sabiduría. Dándole vuelta, plegándola, cuando se acercaban figuras conocidas, y sobre todo Rialta. José Eugenio observó dos detalles que le parecieron deliciosos en Rialta. Cuando se presentaba
saludaba con una desenvoltura, que a José Eugenio criado en un
ambiente provinciano y español, le parecía la quintaesencia de lo
criollo, graciosa, leve, muy gentil. En seguida fingía con suma
destreza dos detalles de encantadora cortesanía: un pequeño asombro, acompañado de un ¡Oh! de ligero subrayado, como si despertase o le fuera conocido por alguna referencia familiar desde
hacía tiempo, de tal manera que la presentación sólo había precisado un recuerdo. Luego, se sonreía. Esa sonrisa era la culminación de la ancestral plenitud de su cortesanía. Aunque como
demostración cortesana, esa sonrisa era evidentemente fingida, producía en el que la contemplaba, la misma alegría que si hubiese
sido motivada por una descarga del más sutil de los hacecillos
nerviosos. José Eugenio, un tanto desconcertado, seguía la curiosidad de Rialta, procurando precisar si se fijaba en su hermano
Alberto. Era todavía demasiado ingenuo para pescar esos rápidos
movimientos, hechos como un acto derivado, es decir, cuando parecía Rialta reabsorberse en un compás de la danza, estaba descubriendo el ámbito que rodeaba a su hermano. De tal manera,
que mientras José Eugenio se confundía en su propio anhelo, Rialta por primera vez había fijado el rostro de aquel amigo de su
hermano. Y cuando la persiana alcanzaba la plenitud de su mirilla, adivinaba, sin ninguna visible excitación, que era espiada,
seguida, enlazada en su contorno.

Grave en sus opacos retumbos llegó una carroza a la casa del
baile. Forrada en un betún azul de madera criolla burilaba su
lisura impasible, donde los emblemas parecían borrados con la ma-

113

no después de la lluvia. El chaquetón, seguido en sus bordes por el tafetán corrugado, desaparecía casi en las sombras de la concha de la carroza. Tardó tiempo en que la repantigada oscuridad liberase la figura: menuda, peinada al lado, patriarcal, creyéndose querida por todos. Los curiosos cuchicheaban: el Presidente, el Presidente. Unos percherones de bronce izaron unos gendarmes pequeños como jockeys, como tities envueltos en banderas. Mustios, fingidos graves, ojerosos, parecían que se sentaban en mitad del cuello de los caballos. El baile se congeló, comenzó a sudar estalactitas, y las parejas inmovilizaron de pronto el semicírculo de sus rigodones, quedándose, como muñecos de cera, inmovilizados en el gesto de la sorpresa. José Eugenio hundía más la frente en la persiana para fijar la perspectiva, que caracoleaba impulsada por el girar suave y como regalado del vals, que tendía el grotesco tierno por la hipersensible utilización de aquella pestaña acuática, con tendencia a refractar las figuras de los más graves invitados cayendo al fondo del estanque. El Presidente atravesaba la sala de baile con la lentitud de una reverencia gentil en el ornamento de una caja de tabaco. Los gendarmes pegaban con sus porras a las arañas que descendían curiosas por la invertida torre de la lámpara. Saludaba a unos como si se hubieran reencontrado en una lejanía a donde iban llegando emigrados para sentarse a la sombra de una ceiba. Coincidían, muy cerca de la ventana que cruzaba los dos hilos de la mirilla, el Presidente y Rialta. El centro de los dos hilos fijó la mano derecha del Presidente patriarcalmente alzada y en ligero movimiento, encontrándose venturosamente la sonrisa reverencial de Rialta.

—¿No se acuerda de mí, don Tomás? —dijo Rialta, saliendo al encuentro de la presentación que hacía Paulita Nibú.

—Como no te voy a conocer, eres la hija de don Andrés. No se pueden olvidar aquellas Navidades de Jacksonville. Y la espantosa tómbola donde todavía me parece oir el grito aquel, cuando la muerte de tu hermano Andresito. No se olviden de traer sus restos, pues hay que mezclarlos con la tierra nuestra.

El rostro de Rialta asumió toda su gravedad. Plegó su sonrisa. Y la lenta ternura criolla de sus ojos se empañó al quedar como en éxtasis ante el recuerdo.

El Emperador había reemplazado al *Murciélago*. Las cornetas se distendieron de nuevo en su agudeza, y los trombones de vara parecían levantar del suelo las colas gentilmente arremolinadas.

Alberto entornó la ventana, decapitando bruscamente la visión. Un: "Vámonos, vámonos", tironeó a José Eugenio, que pareció irse despertando con el recuerdo de todo el sueño.

No le dijo nada a la Abuela Munda de su salida con Alberto

Olaya. Sabía que no le gustaba que abandonase el quicio de la puerta después de la comida. Al poco rato se oía una voz seca que lo llamaba por cualquier causa banal. Por eso se extrañó cuando la oyó comenzar hablando de lo que él quería escamotear:

—¿Has visto lo bien llevados que son nuestros vecinos? Nunca los oigo discutir, dar órdenes, levantar la voz. Y son criollos, dicen que vienen de la emigración, que dieron mucho dinero por la causa.

—Cuando paso por el comedor, las persianas me enseñan pedazos de esa familia. Además —añadió José Eugenio con orgullo—, soy amigo de Alberto, está en la misma aula que yo y anoche dimos una vuelta juntos. Me parece como si me cogiese de la mano, yo cierro los ojos, y me deja frente a unas persianas, donde después en el sueño, las figuras reducidas de tamaño, comienzan a danzar en las persianas como si fuesen corredores alumbrados por una lámpara del tamaño de un dedal. Veo su casa y su familia —continuó—, desde la fugacidad de las persianas. Entonces, él me coge de la mano y me lleva frente a otras persianas, desde donde preciso la misteriosa y venturosa organización del baile. Llega un desconocido, casi como un sonámbulo, pero nos sorprende conociendo a toda su familia.

—Tienen cocinero y coche —dijo la Abuela Munda, con los ojos agrandados por el fabuloso deleite que seguramente regalarían esos dos usos—. Una de las muchachas es como dos años más joven que tú —volvió a decir, aglomerando los efectos de incitaciones descargadas por su malicioso buen sentido.

—Nosotros, nuestra familia, tiene la carcajada, sólo imagino sonreír a mi madre, a pesar de que apenas puedo ya recordarla, pues yo era demasiado niño, y a esa edad cuesta trabajo precisar una sonrisa, fijarse en el pliegue de los labios, en su plegarse al oír un pájaro o un crepúsculo en su melancolía aforística, o distenderse al caer un aro propicio sobre la oscuridad de un poro. Giraba la luz por las persianas, poliedro que amasa la luz como la harina de los transparentes, como si hubiese caído su sonrisa en el agua de las persianas. Me parecía que nuestra antigua carcajada necesitaba de esa sonrisa, que nos daba la lección del espíritu actuando sobre la carne, perfeccionándola, como la jarra cuando el artesano aún en la duermevela del alba va diseñando la boca de la arcilla —José Eugenio dijo todo esto tan de prisa, que pareció surgido como del sueño, como si hubiese hablado sumergido.

—Yo también he podido ver algo por las persianas —dijo la Abuela Munda, no muy sorprendida, como si algo le revelase el extraño lenguaje empleado por su nieto—. El jefe de la familia, cuando se despide de la visita, va retrocediendo, caminando de espalda, hasta llegar a la puerta. Eso no es sólo el colmo de la cortesanía, sino una manera muy clásica de cerrar, sin apelaciones, la conversación, por animado que haya sido el paisaje durante el curso de la visita. Al ver esas dificultades vencidas con tan generosa elegancia aunque mostrando con levedad su sofocación, cada instante que se prolongue es una angustia que se disimula. Pero subrayaba mi atención porque me recordaba también el estilo de tu padre el vasco. Su maciza corpulencia al retroceder guiado por la cortesanía, no tenía esa intuición de los espacios que muestran tan desenvuelto al criollo en sus giros y rúbricas. Retrocedía con timidez, llevando el sonroso a lo apoplético, sus disculpas sólo lograban hacer visible la pequeñez de sus brazos. Sin embargo, ambos ademanes, en el criollo y el vasco, dejan en el cristal fijo de las despedidas, las más eficaces semillas para el recuerdo. Qué desenvoltura y qué timidez tan esenciales, tan imprescindibles, una vez que habían mostrado sus gracias iguales, ejercidas con diversas fascinaciones. Una misma nota en dos registros —terminó la Abuela Munda, un poco avergonzada de su locuacidad.

El desvelo de Alberto Olaya, en sus sobresaltos y en las ascuas mostradas por la incesante serpiente de sus cigarrillos, tropezaban con las vacilaciones y cansadas sorpresas de Rialta, al regresar del baile. Se asomó al cuarto de Alberto, enredado en los listones azules de su pijama de dormir. Ojeroso por el desvelo, disimulaba el pellizco de su irritabilidad. El disimulo candoroso de Rialta, la llevaba a mostrarse con una alegría que rehusaba cualquier motivación particular. Al ver que Alberto la miraba sin hablar, se sintió más inquieta que vacilante. Se dio cuenta que él no hablaría, por lo mismo que se esperaba que diese el tema. Un error de su naturaleza lo llevaba a mostrarse inexorable cuando se esperaba algo de él, tenía que aparecer en la sobreabundancia, en la sorpresa, su intervención tenía que sentirla como un sortilegio. Pero Rialta no se decidió a intervenir en ese laberinto, y soltó su pregunta, vibrándole el cuerpo por el temor de iniciar un tema sin desarrollo melódico: —¿Quién era el amigo que te acompañaba?

—¿A mí me acompañaba alguien? —Intentaba ironizar con crueldad, sabiendo por anticipado el itinerario de una curiosidad que al obligarse a la insatisfacción, se iba volviendo angustiosa—. No recuerdo, ¿qué amigo? —Y así dilataba el interrogatorio de su hermana, que saltaba como una perdiz.

—Las persianas, el baile, los gendarmes pequeñitos en sus percherones de bronce, el Presidente —silabeaba Rialta, procurando tironear los recuerdos de Alberto, que fingía apoderarse de una sílaba y adormecerse después.

—Ah, sí —le contestaba Alberto, como si fuera despertando con mucha lentitud—, no hay mucho que contar, no tiene padre ni madre. Su padre era el dueño del Central Resolución, y su madre, descendiente de ingleses, se dedicaba en Pinar del Río a cuidar las hojas del tabaco y las flores azules. No le he preguntado más, no creo que me interese nada más de su vida ¿por qué me preguntas tantas cosas de él? Parece que su piel fresca de hijo de español te interesaba. Por la noche no tiene nada que hacer y lo que más le gusta de los estudios son las matemáticas. Eso es, por ahora, lo que me une a su carácter; más indeciso que tímido, huye de pronto, y se fija en mí, eso hace también que para mí exista. Si lo que querías era su semblanza al minuto, creo que te he complacido.

Rialta se amoscó un tanto, vaciló ante aquel aluvión de preguntas, rio al no saber zafarse las mallas de la indiscreción de su hermano, y cerró la puerta con una violencia dictada por la irresolución de sus nervios ante aquella situación no dominada. Se oyó el chasquido del conmutador del cuarto de Alberto; muy pronto por la ventana que cruzaba los brazos de las estrellas del otoño, comenzó la luciérnaga de su cigarrillo a trazar espirales, como señales de aviso sobre la marea del sueño, que lo cercaba y lo oscurecía, valva cerrada para las ofensas de la luz.

El denso crepúsculo habanero descendía a las azoteas, donde por los hierros colados y los piñones salvajes parecía herirse su fantasma hinchado de mazapanes toledanos. Los cuerpos evaporados por la siesta, comenzaban a adensarse en torno al humillo de las soperas churriguerescas. ¡Si pudiera aligerarse en el rocío del primer cuadrante de la medianoche! La atmósfera aglutinada por colchas nubosas detenía las estrellas errantes. Los demonios, nos aclara San Agustín, proliferan con más frecuencia en la extensión de vapores húmedos. Por unos momentos, los miasmas verdeoro del bosque en su bostezo, presionado por un dios de piernas pesadas, iban a trocarse en la selva de las Lócridas. De la casa de los Olaya comenzaron a salir grandes voces, regidas por las ordenanzas baritonales del padre de los Olaya, mientras los pies de cabra de Alberto trotaban sin ocultar los flatos lamentosos, los suspiros que el terror impulsaba con lentitud. Corrieron las hermanas de José Eugenio, concentradas por los gritos y la diversidad de las figuras arremolinadas en la inmutable criba de las persianas, hacia la sala, para tranquilizarse en torno del manso oleaje de los vuelos de la bata de la Abuela Munda, que sorprendida miraba estupefacta a su nieto, sin encontrar salida para aquel terrífico momento. Hasta que José Eugenio, con la voluntad adormecida por el miedo, pero guiada por el agudo de los gritos cercanos, tiró de la cuerda del pestillo de una de las tres grandes puertas de la sala y ganó el montículo del balcón para acrecer la perspectiva de aquel tenebroso acontecer.

Llegó un carro, donde era bien visible que la agitación de la finalidad que los acuciaba podía romper sus escuadras disciplinantes. Cuatro soldados sanitarios, con un sargento y un teniente. La serpiente engarabitada espiralando el caduceo, mostraba que era un médico del ejército, acompañado de enfermeros y ayudantes. Pinchada por los gritos, la vecinería se había descolgado por las ventanas con sus caras descoloridas, desharinadas, de la hora de la comida. Un hombre grueso, a quien la prisa había impedido pasar la tira del pijama para ceñirse, se sostenía con ciega mano el pantalón con grandes listones anaranjados, y con la mano izquierda apuntando en variadísimas direcciones, entresacaba cabeza de los mirones para preguntarle por aquellos gritos. Nadie contestaba, se precisaba la casa de donde salía aquel endemoniado voceo, pero nadie podía regalar noticias, redondear comentarios. Subieron los soldados, delante el teniente, llevando una gruesa soga con tendencia a ocultarla en sus espaldas. Los gritos fueron en diminuendo, hasta acallarse enronquecidos. Poco rato después, salieron de nuevo los soldados llevando amarrado a un hombre más bien bajo, a quien su pelirroja ascendencia irlandesa le daba un aspecto un tanto ridículo, apoplético, que parecía ser el más asombrado de aquella escena, sin aparente sentido para su cabeceo dubitativo. Hasta que comenzó a acariciar la soga.

—Vamos a acompañarlos —dijo doña Munda, implacable por cumplir aquel requerimiento de la cortesanía, de que los vecinos deben compartir todo mal momento. Y aquello parecía el colmo agudo del mal momento.

Bajó la escalera con la mayestática decisión de quien tiene que cumplir una fatal obligación, muy digna, con su nieto un poco delante, y las dos nietas a su lado. Pura composición velazqueña.

—Somos sus vecinos y queríamos decirle que estamos a su disposición —le dijo la Abuela Munda, a la señora Augusta, cruzándose reverencias. —Pasen, pasen, siéntense, por favor —le contestó, disimulando en lo posible la violencia de la escena transcurrida—. Qué momento, mi buena señora, acabo de pasar, el susto me impide atenderlos como yo quisiera, por poco me matan a una de mis hijas...

—La otra noche yo le noté rarezas —decía la Abuela Mela, la madre del señor Olaya, dirigiéndose con sus habituales sílabas nerviosas a la Abuela Munda, como si hiciera tiempo que la conociera. Pero sabía que era cipaya, muy españolizante, y por eso

118

inició la conversación sin saludarla; quería que le hicieran el chocolate en reverbero y con agua sola—. Decía que satán atravesaba la cañada del río en una mula ciega. Yo lo miraba para ver si se reía, pero me daba cuenta que cada vez tenía los pómulos más trancados. Parecía que se endurecía como un saco de piedras. A mí nunca me gustó. Esos criollos que tienen pinta de extranjeros son muy complicados. Su propia sangre los ofusca y los enreda.

Andrés Olaya entró en la conversación mirando con fijeza a la Abuela Mela, pues no sabía cómo andaba la sangre extranjera en sus vecinos. Se dirigió a José Eugenio, le puso la mano en el hombro, lo palmeó y le dijo: —Siento por la mañana cuando tu Abuela te hace el café con leche antes de irte para la escuela. Es la hora en que se respira mejor la mañana, como si nos dilatase los poros —sonrió mirando a la Abuela Mela, para mitigar la tensión, y añadió—: A veces ella me quemaba el pan hasta ennegrecerlo, pero yo lo raspaba y no se lo decía. Al día siguiente, ya ella tenía cuidado de no quemar el pan, pero yo me sentía más triste.

Después de la muerte de su hijo Andresito, su manera de estar todavía en la conversación, era la constante evocación. Se rodeaba de un turbón de recuerdos, el mismo presente fatigado se deslizaba de inmediato al pasado. Al ver a José Eugenio, lo des'izó a sus recuerdos, en esa indecisión que rodea a la corriente mayor, que es la que asciende del pasado. Recordarlo todo en la forma de contrarrestar el único recuerdo total que no penetraba, que lo acompañaba, fantasma amarrado a su caballo, llegando desde el despertar a su casa. Al llegar el sueño, según la sentencia de Heráclito, lo hacía de nuevo su compañero de trabajo.

—Nosotros estábamos en la sala —dijo doña Augusta—, cuando Carmen comenzó a llamar, a dar gritos después. Estaban ella y el doctor Zunhill, su novio, en la salita. Puesto ya de pie, vimos que el doctor con el revólver en la mano, apuntaba para mi hija. Se oía el ruidito del gatillo como los conejos cuando mascan las mazorcas del maíz, pero las balas felizmente no salían. Estaba descargado, pero el doctor sin preocuparse de que ninguna detonación siguiese el golpe del gatillo, se congestionaba como el rostro de alguien que tenía que matar. Entonces sacó la bayoneta, primera vez que la portaba, y fue cuando nuestros gritos deben de haber alarmado a la vecinería. Andrés iba ya a adelantarse sobre él, y Alberto corría desde el corredor donde estudiaba; a mí y a mis hijas el terror no nos dejaba mover. Entonces llegaron los soldados, se fueron derechos a él y lo amarraron. El teniente con una cortesía que no desea rizarse en generalizaciones, me dijo: —Sin motivo alguno acaba de matar a su ordenanza. Se escapó después de la casa y hemos venido a buscarlo aquí. Dispensen el mal rato, veo que no ha pasado nada. La razón ha dejado de acompañarlo— terminó en una forma rotunda, cara al diagnóstico de un médico militar.

Después de alusiones rápidas a las preocupaciones de ambas familias, don Andrés centró de nuevo la conversación. Añadió que era un encantamiento que una familia se dedicase al cultivo de las hojas. Que las hojas, entre nosotros, donde había pocas raíces, las reemplazaban. Que las raíces al aire, le parecía que echaban tierra en las nubes. Que él prefería la ganadería y el periodismo al negocio de azúcar. Su tutor comercial, Michelena, decía que el azúcar era como la arena y que su suerte dependía del frío que sintiesen las cordilleras de la luna. Que el colibrí, señor del terrón, pasa del éxtasis a la muerte. Y que el cubano, en un sarcófago de cristal rodeado de bolsitas de arena en dulce, está como extasiado, tirado por cuatro imanes. Hasta que un día un príncipe ¿no es verdad José Eugenio?, lo dijo suponiendo que tuviese muy adentro las fábulas que su edad acababa de vencer, separado de la montería, decapite con su espada los cuatro surtidores y rompa el sueño del hechizado. En realidad, pensaba en su hijo durmiendo en Jacksonville, en una palabra que recorriese de nuevo su cuerpo congelado.

José Eugenio, absorto, comprendió que por primera vez se había trazado un puente que lo unía con algo, con las ciudades que unen a dos familias en un puente. Miró a Rialta, que, muy aturdida, extendía el tapete que cubría el piano.

Doña Munda, dándose cuenta de la brevedad exigida por ese tipo de visita, se levantó para despedirse. Se fueron dando las manos, rubricando con una sonrisa, donde el ceremonial no acababa de imponerse a la ternura cariñosa.

—Muy pronto las iré a ver —decía doña Augusta—, muchas gracias por la molestia y por el susto que todos hemos pasado—. José Eugenio sintió ese *todos* bailando en el puente.

—Venga a estudiar con Albertico por la noche —le dijo Andrés Olaya a José Eugenio—. Después Rialta toca el piano y nos traen el chocolate. Matemática, música y chocolate, excelentes divinidades para su edad.

—Dice la señora Munda, que ella tiene una sobrina que se curó el asma con un caballito del mar —dijo la vieja Mela, dirigiéndose a su hijo—. Me va a regalar uno de esos caballitos. Lo pondré junto a la Virgen de la Caridad, que llevo en la cadena que tú me regalaste. Creo que me curaré con la Virgen de la Caridad en un caballito de mar.

Al regresar a su casa la Abuela Munda, se encontró con que toda la sala aún se encontraba encendida. Recostada en los bordes de la bandeja, en la mesa de centro, una carta de Luis Ruda, llegada de Veracruz. La acercó a la lámpara mayor y comenzó a leerla. Aludía a las deficiencias del correo veracruzano. En la misma etapa, decía, que cuando los corredores totonacas llevaban bolsas con agua salitrera y refrigerio natural de la Maltrata, donde se adormecían los peces para Moctezuma. El sobre tuvo que pegarlo, añadía, para burlar los funcionarios indiscretos, con punto de cera negra mezclada con resina licuada, como le habían enseñado los renacentistas maestros de la filigrana. La Abuela se sonrió. José Eugenio adivinó que el criollo, desde su lejanía, nervioso como un pájaro, había deslizado una graciosa franja amarilla.

Capítulo VI

La vieja Mela extendía una gorgona sobre los nódulos del tiempo. Su cabellera nonagenaria había mezclado los blancos, las cenizas, la nieve, ofreciendo una paradoja azafranada, unos amarillos que parecían dejados por la refracción de la luz sobre las hilachas. Sus noventa y cuatro años parecían bastoncillos en manos de gnomos criados por el conde de Cagliostro. Como en algunos pintores los objetos se adelantan a su espacial adecuación, el tiempo se había escapado de su sucesión para situarse en planos favoritos, tiránicos, como si Proserpina y la *polis* actual se prestaran figuras con tan doméstica cordialidad que no presentasen las asimetrías de su extracción, los lamentos de su errancia evaporada. Las sombras y los vivientes estaban a la altura que habían alcanzado el siglo anterior. Su desenvolvimiento en la secularidad posterior, su memoria no les había aplicado el rastrillo diferenciador. Sus sumergimientos y la aparición del hociquillo de los vivientes, se mantenían para la Mela en planos bipolares: los veía acercarse a su actual circunstancia, pero su memoria no se acercaba para devolverlos, sino para llevarlos a la laguna en que eran sombras, pero que ella sentía como hechos. Si había tratado a alguien a fines del siglo pasado, pero que ahora, trasladado a la nueva secularidad, hacía cinco años que había descendido al sombrío Orco, sus primeras palabras al visitante eran: Ayer estuve hablando con tu padre, estaba muy contento con su nuevo uniforme, le recordé los años en que se sentaba en el quicio de la puerta, hasta que le asustaba la campana del heladero. Se refería a una conversación mantenida treinta años atrás, y como nuestra visita había sido engendrada por la melancolía de tres días seguidos de lluvia, la abrazábamos para aprovecharnos de esa sombra temporal donde sus recuerdos monstruosos por causa de su enfermedad de la memoria, lograban hacer retroceder el tiempo y desenfundar intacto un cuerpo mutilado. Allí el tiempo era una gárgola, que al hablar regalaba los dones de la inmortalidad, pero que con la boca cerrada parecía petrificar los hechos, congelar las fuentes. De su boca saltaba el tiempo disfrazado, el hecho que se arrastraba como un fuego fatuo por una llanura que crujía al recibir el deshielo. Por su boca no entraban los ordenamientos del tiempo ni los silencios de los que en el comedor estaban jugando a las barajas, pero muy pronto aquella conversación fantasmal los trocaba a ellos también en fantasmas, pareciendo opulentos señores feudales, que leían en las tablas del Tarot los próximos lamentos de sus desdichas y la cercanía de las fechas en que se oirían sus latigazos a la barca de la Estigia.

Se contaba su heroísmo fino en la lucha contra los cipayos. Los cinco hijos de la Mela la rodeaban como temiendo el toque en la puerta, la seguían como si tuviese que ser ella la que se enfrentase con la peligrosa sorpresa. Sólo Andrés Olaya se dirigía con decisión a la puerta, hablaba con las visitas para rechazarlas cuando no quería mezclar tantos fantasmas. Había llegado a los separatistas el soplo del contraespionaje. El cabecilla cubano Aranguren conocía que los adelantados de la guarnición de La Habana tenían noticias que la Mela escondía armas. La vendedora insistiendo sutilmente en la compra de flores, mariposas, girasoles, rosas francesas, le deslizó el billete con las claves. Había que pasar los rifles y las cananas con sus rayos. El día del santo de Providencia, llegarían seis barriles grandes de laguer, cuatro días después pasarían a recogerlos con su nuevo fondaje de metralla. De pronto, la aldaba de la puerta sonó como pateada. La Mela dejó a los hijos en el último cuarto, brincaban las piedrecitas de su saliva. Su hijo Andrés la seguía, fingiéndose sereno. Sólo la vieja conservaba la acometida de la situación, salía a enfrentárseles. Un capitán de artillería, seguramente enviado por el jefe de la Cabaña, coronel Lachambre, y diez soldados, presentaban excusas con una voz sacada de las entrañas, del oscuro tripaje. Por el contrario, la voz de la Mela silbaba en el aire, después de brincar sorda en la laringe: —Señora, traigo órdenes de registrar la casa, no se asusten, buscaremos con cuidado —se dirigió al que hacía de segundo—: sargento Rodaballo, atienda a la señora y a los niños mientras nosotros hacemos el registro—. El *atienda* por *vigile* revelaba que era un militar de academia, que respetaba los matices de la cortesanía. Arrastró sillones, levantándolos en peso para sorprender alguna deformidad reveladora. La carne del espejo fue prensada de nuevo, pulsado su reverso para atrapar los guiños del volumen de su sombra. La yerba de los patios fue arrasada para meter el puño por la madriguera de los conejos. La jaula de los pericos fue despertada por el brillo de las botas del capitán. El gallinero decapitó su cloqueo al verse rodeado por diez hombres con la gravedad de un entierro en la sequía castellana. Los escaparates de cinco lunas rodaron sus edredones y sus polvos naranja para la trigueñez del trópico. Cascada que pasaba por el asombro del capitán como un grifo con el sable en alto. Empezaron a sudar a la española, carnoso embutido de arena y sebo. Las niñas y la Mela a ofrecer limonadas, pequeña luna en sombra con despertar de azulejo. Los españoles a enrollarse labios adentro. Estaban vencidos por la cortesía criolla, pero se defendían aún en la tozudez catarrosa. Iban retrocediendo de nuevo hacia la puerta, y el capitán dando señales convenidas, sustituía la impaciencia por la flaccidez. Las manos caídas, mostrando los pliegues irregulares con alforzas de la guerrera mal cortada.

—Le falta por registrar el gallinero, capitán —dijo la Mela, con gracia muy cubana, que nos lleva a arriesgar de nuevo la partida después que ya está ganada.

—Basta de bromas, señora, basta de bromas —dijo el capitán, acariciándose el bigote, después de asegurar la espada en el tahalí. Cerró la puerta, evitando la grosería del portazo, pero con sequedad, como para demostrar que rehusaba reir la gracia.

Al día siguiente los insurrectos que operaban por las lomas de Cojimar y Tapaste, recibieron trescientos rifles, enterrados por la Mela en el apisonado del gallinero. Estaba en lo cierto el capitán al no reir la gracia.

Las secas de agosto afiebraban el sueño. Pesadilla mayor: la penca de guano se la lleva la marea alta, estamos al borde de la playa, estiramos las manos para alcanzar la penca, pero la marea recibe un soplo que la aleja. Nos despertamos casi en el sofoco del grito. El gato araña la penca y la restriega en el polvo de los quicios.

A la Mela el pecho le jadea con furia benévola, muy distante de una disnea de agonía. Bastaba ver la palidez con que reaccionaba a cualquier desagrado o insinuación donde creyese que se ocultaba una disminución de su orgullo. La humedad de la noche o la del alba, los tironeados sobresaltos de la digestión, los vuelcos rápidos de la sangre en la marcha, la sumergida voluptuosidad del septiembre lluvioso, el sofoco producido por las humaredas y las aglomeraciones, añadidos a infinitud de peces matizados, murmuradores, desdeñosos, le despertaban primero un asombro, después una obturación como si entrelazase las dos manos en el pecho. Y la cara se le volvía implorante, como si sólo ella sintiese unas llamas livianas.

Esa noche estaba, a la que vamos a aludir por merecer un acompañamiento especial, en la etapa indeclinable del sonido. Comenzaba por avisarse de unos sonidos que sólo ella podía extraerse del pecho. Después, el pecho comenzaba a movilizarse sombríamente, como esas ondulaciones en las zonas volcánicas que sólo registran sismógrafos agudos. Cuando le llegaba el sueño, arrancando todos los yerbazales a su alrededor, y colocando allí una planicie de nieve como de escenografía, el sonido cobraba el *lamentoso* de una sirena pelásgica, para terminar en las broncas agudezas de la sirena de Gagniard de Latour. Ese ruido tenebroso y desencadenado penetraba en el trenzado de la estera bengalí de su sueño, rompiendo filamentos, astillando navegables espaldas. Esa noche, la vieja, despertada por todas esas fanfarrias de sirenas, se acercó al vecino cuarto de su hijo, sobresaltada por sus propios gritos.

—Andresito, Andresito, despiértate, he visto, mientras dormía, en el cielo a la estrella solitaria, Andresito, ¿tú no la viste? Estábamos en un parque con mucha gente, y como si fuese un balón plateado de muchas puntas, estaba allí como para alegrar aquella romería. —Duérmase, mamá, chúpese sus naranjas con crémor y frótese manteca de majá caliente en el pecho, hasta que lleguen esas píldoras del norte, que dicen que van a ser la solución para los asmáticos. Duérmase, mamá, que lo de la estrella lo que hace es ponerla más nerviosa.

La vieja Mela volvió a su cama. Poco después soñaba de nuevo que la estrella, rodando, iba pasando las tibias puntas por su pecho, zafando botón tras botón, hasta que de nuevo su respiración se extendía con ritmo que le comunicaba una brisa clásica, tierna y respetuosa.

José Eugenio Cemí, apoyándose diestramente en las pausas de la conversación, disimulaba la alegre inquietud que lo recorría en esa primera invitación para almorzar en casa de los Olaya. Escatimaba sus miradas a Rialta. Fingía, con discreción, una confiada amistad con Alberto. No se posaba en el rostro de la vieja Mela que oliscona zahorí en esos menesteres, sospechaba en él "la casta del gorrión": cuello corto, piel que detenía la sangre, sonrosada. Su decidida ingenuidad de veinteabrileño hijo de vasco, le impedía a la vieja precisarse con una insinuación malévola en la purga del separatismo. Mientras tanto los ojillos le brincaban candelas alrededor de la nariz, plegada con urgencia socarrona en dirección del pómulo izquierdo.

—Era tan agradable —dijo la Mela— tan tónico —entraba en la conversación con un tono de muy lenta ternura, cuando ocultaba las más peligrosas intenciones— cuando tú, en Jacksonville, compartías el buen humillo de la sopera con aquellos cantos. ¿Por qué no vuelves a ensayarlos? Era una costumbre que no se debía perder —se refería a los cantos guerreros, alusivos desdeñosamente al español, que se cantaban en los hogares de la emigración.

Se sonrió don Andrés, intentando capear la tormenta que se avecinaba en un cielo todavía cotidiano, aunque el chillido guerrero del albatros lograba medio perfil detrás de un bambú. Viendo que la Mela no lo perdía de vista, como la Circe que recuerda las antiguas venganzas, los juramentos redoblados, dijo: —Los hemos cantado tantas veces —su rostro se tornó en una máscara presagiosa—, que bien podemos excusarnos de cantarlos hoy—. Sabía que la insistencia de su madre era un redoble de tambor, por eso intentaba cortarla con un agudo de flecha, cortante aunque leve; sin réplica, aunque preparando una cariñosa retirada.

Pero las decisiones de la Mela avanzaban en punta, como un escuadrón de aqueos que pasa ululando a lás naves de proas de cobre. Viendo que por el lado de su hijo ya había colocado sus terribles catapultas, sin poderlas disparar, pero conservando aún intactas sus pirámides de piedras, se dirigió a su nieta Rialta, pues ya estaba en acecho del nacimiento de la simpatía que pudiera tener hacia José Eugenio Cemí, y le dijo: —Cántalas, cántalas tú, ya tu padre está cansado y le corresponde a los hijos renovar la costumbre que a tus padres le dieron hondura de varonía, decisión frente a la muerte.

—Abuela —le contestó nerviosamente, pues la situación aquella era esperada, aunque molesta y taimada—, cantar en el hogar los sones guerreros, no tan sólo le hace daño a la paz sino que le quita gallardía a los verdaderos guerreros, usted por su temperamento sobreexcitado por el asma, recuerda más la generación de Brunhilda que la de Penélope, evoca a las amazonas que perseguían a los guerreros hasta hacerlos desfallecer. Establecida ya la paz, el humo de la sopa es el preludio del arca de la alianza—. En la respuesta de Rialta asomaba la mitología nórdica, el treno de los profetas babilónicos y el eco de los poemas homéricos, traídos graciosamente para desvirtuar la agresiva insistencia de la Abuela.

—Pues entonces —dijo la Mela—, me entonaré yo sola. Pido perdón por tener que oir una voz cansada por el asma y el frío de la emigración, pero a mí, a la verdad, aquellas canciones guerreras de la emigración, me favorecían la digestión, eran para mí como una buena dosis de pepsina. Levantó el canto, con un entono que sin ser chillón tenía aposentada la sequía:

El que diga que prefiere el hispano
al cubano libre que llaman mambí,
es un pillo que no tiene patria
y que con extranjeros merece vivir.

Cubanos venid, españoles volad,
y veréis esa estrella radiante
que anuncia progreso y ofrece la paz.

Sorpresa de todos. La cara de José Eugenio mostraba complacencia. Paradojalmente, mientras los Olaya ondulaban perplejos, disgustos, inoportunidades, él se sonreía. Sin inmutarse, sin la pelusilla que el frío amorata en las frutas, encaró a la Mela con gracia, como si no quisiera establecer paréntesis en el rodar de la conversación. —Mire, señora Mela —el imperativo revelaba el enfrentarse con la situación sin miedo—, hay algo en esas evocaciones que me trae la pinta de mi madre. Su fineza, la familia toda dedicada a producir el fino espesor de la miel, la querendona hoja del tabaco, las hacía vivir como hechizadas. Sus obsesiones por la estrella, la ternura retadora, el convidante estoicismo, van por esa misma dirección. Me acuerdo cuando el coronel Méndez Miranda, primo de mi madre, visitaba el Resolución, mi padre se alejaba, como quien respeta una fuerza extraña, se le esfumaba la adecuación. Pero aquella fineza necesitaba como pisapapeles el taurobolio invisible, resistente de mi padre. Él buscaba a los Méndez, todos ellos pinareños finos, en una forma decidida, voluntariosa, como algo que le era necesario a su voz, a su mirada, a sus gestos, a los signos que se desprendían de su cuerpo como evaporada esencia. Los Méndez, en una apetencia que desconocía más su finalidad, tal vez por ser más soterrada, buscaban en mi padre su encarnación, su tierra, su cuerpo árbol. A su muerte, la dispersión. Ya no había donde aposentarse, semejante a ese aire macilento, elefantino, de las planicies, que sabe que no se va a purificar, haciéndose visible, al reconocer las estancias de la casa hechizada. Se extiende, se hace mil hojas, pero sabe que el espíritu de la planicie le interpolará traspiés: no hará frente definida al llegar a los metales del portalón.

—Por esa línea de mi madre, es por donde reconozco todas sus palabras. El animal fuerte, poderoso, resistente, que ríe con el testuz lleno de frutas y pájaros insulares, obliga el ámbito al sofoco. El separatismo surge de ese sofoco. Pero sólo nos separamos en una dimensión de superficie, de aquello que sabemos que es una fuerza demasiado oscura, indomeñable para nuestra progresión. Pero el animal fuerte, toro del demonio, un tanto cegato, apenas precisa que alguien se le quiera separar, lo mima, se encariña con él, de noche revisa las piezas para comprobar el pequeño adormecido. Existe el Eros de lo que se nos quiere escapar, tan fuerte como el conocimiento sexual de la ausencia. En el animal poderoso, la conciencia de lo que se le quiere separar es el nacimiento de un ojo. Entonces siente al lograrse la separación, la pérdida de un tentáculo de visibilidad. Y brama rizando el cielo. Es una hermosa pelea. El espíritu de la separación es instantáneo y por eso llora. Al realizarse tiene que estar ya en otro banco de arena. Su capacidad para los comienzos es pobre, se engendró en un contraste. Desaparecida la bisagra de las contrastaciones, es un fantasma gimiente. El cierre de la ruptura, de la separación, es lo importante, y por eso, lo que usted cree, antaño lo eran, que son cantos guerreros, ahora es salmodiante, son cantos de imploración Pero en la imploración siempre hay una esencia que quiere trascenderse, lleva el destino a la tabla de rayar maíz de los dioses.

Notaba que su timidez se desovillaba al hablar, como si le dictaran los recuerdos, las dimensiones absurdas del sueño. —Toda esa línea de la fineza se une con ese espíritu de la imploración. Por eso en su voz, sobre todo en el espíritu que se había apoderado de usted, y que la decidía a cantar, sentía también algo de mi pertenencia. Por la línea de mi madre, reconozco esos cantos guerreros, recitados como gracioso aperitivo, pero la otra mitad es la que ahora tengo que buscar, pues estoy en una edad en que siento que me es imprescindible incorporar algo que me aclare y me decida, que me haga momentáneamente completo. Necesito incorporar un misterio para devolver un secreto, o sea una claridad que pueda compartir.

—No, no —dijo la Mela, enrojecida, encolerizada, levantándose de la mesa, rastrillando la silla sobre las espitas borrosas de la loseta. Se encerró en su cuarto, y no reapareció. En el ojo maduro de la perdiz bailaba una espina.

José Eugenio medía la extensión de la manga azul, sentía el espejo que iba descubriendo su revés, regalándole de nuevo su cuerpo, puesto ya frente a sus ojos. Entre los dos espejos, mientras no acababa de fijar su imagen, desmemoriado o impaciente, cuando su mirada saltaba del contraste de los paños o de algún metal que le regalaba reflejos, bromas, disculpas, a la extensión ininterrumpida de aquellos cilindros azules, que venían a incorporar a su cuerpo una simetría y una reglamentación: la de los ejercicios calisténicos, la esgrima y el severo ordenamiento del cuerpo de artilleros. Su voluntad vasca, la búsqueda de una nueva finalidad desde que era huérfano, su decisión por las matemáticas, presionado por Alberto Olaya, lo llevaron a estudiar ingeniería. Su tesis de grado, *Triangulación de Matanzas,* le hizo oir a uno de sus profesores las ventajas de hacer esos trabajos siendo militar. En la próxima convocatoria, para formar la oficialidad de la naciente república, alcanzaba el número uno, pues lo más difícil de esos exámenes eran las matemáticas, y como ya era ingeniero, rebasaba fácilmente las tretas de los tribunales examinadores, que exigían las astucias euclidianas implacablemente, cuando no se tenían recomendaciones. Su sangre española le hacía rechazar esa palabra, recomendación, tan saboreada por los criollos flébiles. Le gustaba irrumpir en la masa del azar, que el triunfo le sorprendiese, después de prepararse como un disciplinante, haciéndose el mismo muy reñido, aunque su ley secreta le dijese al oído la indetenible interpretación que había hecho de los agrupamientos de personas y situaciones. Encomendarse sí, le parecía como solicitar una audiencia con el Uno Único, pero recomendación era para él como delegar, como dejar de hacer lo que le estaba consignado, como abandonar su misión, el recado que le habían ordenado, en medio de botasillas y jadeos.

—Ahora la espada con puño de colodrillo —dijo Luis Ruda, llevando la espada con las dos manos, como al final de una vela de armas. Resplandecía, le alcanzaba a José Eugenio cada una de las piezas del traje de gala, acariciando casi aquellos paños de los días de excepción. Había llegado de Veracruz, donde había hecho quema de purificación, trabajando en la búsqueda del estaño con yanquis de piel cobriza, por el sudor en el trópico de los hombres de piel rosada. Ahora lo habían comisionado para los mismos trabajos mineros por los alrededores de Santiago. José Eugenio se casaba y él tendría que partir de nuevo. La batalla se equilibraba por ausencia de los contendientes. La casa como un arca continuaría flotando. La Abuela Munda seguiría cuidando a las tres hermanas, que comenzaban sus escarceos de amistades y galanterías. Ese momento representaba la culminación del jubileo familiar. Luis Ruda sirviendo de momentáneo ayuda de cámara, con la alegría silbante de la flecha que comienza a pronunciar por anticipado el enigma de la diana. La Abuela Munda, gran mariscala ordenancista, cuidando la perfección de las telas, como si le saliese al paso a los comentarios imprescindibles de los majaderos y exigentes. Las hermanas, entre alfileres y espejos, el escameo del moaré y las mostacillas, rodeando los frutos de su adolescencia de zarcillos y perfumes. La casa encandilada en sus faroles, parecía extremar sus metales como preparando desde ahora las luciérnagas del recuerdo.

—Lo de la espada de colodrillo, lo sacaste de tu Bernal Díaz del Castillo, en las lecturas dominicales que te dejaban los mayorales yanquis. Los sables que usamos ahora son estilo napoleónico, el colodrillo deben haberlo usado Gonzalo de Córdoba y don Juan de Austria. Qué curioso además, que la empuñadura de la espada tenga la forma de la parte posterior de la cabeza. El puño es la cabeza de la espada, y tomarlo es como cuando con gesto de apoderamiento pasamos la mano por el cuello y la cabeza posterior, obligando a torcer el rostro para ver la agresión o la broma. La forma de la empuñadura no es tan fija como la del tonel, pues hay espadas donde la empuñadura es tan sólo una cruz, y entonces el colodrillo desaparece.

Irrumpió la Abuela Munda, con los emplastos de su titanismo destejidos, empuñando una polvera donde parecía que hervía un periquito, y con una manta improvisada hasta que se pusiese el traje inaugural y solemne. Lo revisaba todo, tenía que ser la última en saltar la nave y sus cuidados. Se abandonaba a los redondeles de su majestuosidad, como una Niobe se hinchaba placentera al ver a su hijo y a su nieto hablando en ese estilo que la hacía reir en burla gozosa, zona para ella desconocida, pero que estimaba de buena compañía, como cuando jugaban al ajedrez o sus nietas tejían. Comenzaba a vislumbrar el triunfo de su casa, que había quedado indeciso a la muerte del vasco, como si su propia sangre, la de la madre de José Eugenio, tomase de nuevo los hilos. Era un nuevo hilado que comenzaba con las variaciones de las mismas tejedoras.

Sus nietas, como si viesen la proximidad de sus bodas en ese día que la casa estrenaba nuevos entronques, se asomaban para ver a su hermano vestido de gala y comprobar el tiempo que aplicaba a la preparación de todos los detalles marciales. La más joven, después de oir con disimulo, exclamaba: Puño de colodrillo, me suena como lágrimas de cocodrilo. Y enseguida desaparecía.

—Acaben de vestirse —decía Abuela Munda— que se va haciendo tarde, y después la concurrencia se impacienta. El día de mi boda, ya desde el día anterior empecé con el peinado, y en eso perdí todo el día—. Quería que los preparativos llevados a cabo por José Eugenio y Luis Ruda, no fueran interrumpidos por las hermanas. No sólo valoraba la nueva perspectiva familiar que se inauguraba con esa boda, sino la reconciliación de su hijo y su nieto en un día tan sonado de símbolo y de alegría.

Sobre la marina del edredón, con su reverso color cacao, el traje de boda de Rialta, confeccionado por madame Casilda. Encaje de Brujas combinado con encaje inglés, animado por los reflejos del tafetán espejeante. El de Brujas enlazaba nido de flores blancas, como de aguas quietas, no mecidas, en linda eternidad; descansaban los rosetones en hojas carnosas, como para apoyarse en las aguas duras, muy lunadas, eternidad respirando por las piedras del estanque. El encaje inglés rameaba enlaces y nudillos, que se contentaban con la deliberada fineza de las ramas, subrayando además esa fineza en la infinita proliferación de sus variantes. Bajo los flechazos lanzados por los reflejos del tafetán, el ramaje inglés parecía acoger las rosas de Brujas, que se estremecían en un relámpago de algodón, antes de regresar a sus hojosos cofres carnales, donde adormecían de nuevo su pereza.

Las generalizaciones de las gasas flotantes de madame Casilda, tendrían que soportar los ajustes, los amorosos detalles, los punteados retoques de la graciosa e hiperbólica mestiza Victoria, la habitual costurera para la ropa de todos los días. —Yo hubiera separado —decía—, los encajes de Brujas de los ingleses, para que ambos tuviesen su personalidad más visible, sin embargo, claro está, a subrayar, algo que el gusto descubriese, no que la curiosidad atolondrase—. Pero aceptando, por la gustosa tolerancia de aquel día, que su artesanía estuviese muy poco separada del resto del coro, a extender nuevas tijeras sobre las cartesianas precisiones de madame Casilda. Aceptación meramente verbal, pues la metodología francesa del diseño era irreprochable. Pero los hados sonrientes, angelotes de grotescas manecillas, que airean el énfasis de las más opulentas solemnidades, le cuidaban para el *impromtu* que le habían asignado. En su caja de linolina abrillantada, pequeñitas, como para acompasar rítmicamente el pestañeo de una infanta de Cipango, las botas de charol y paño. El orgullo de la diosa de pies ligeros se mostraba irascible. Rialta se entenebreció al precisar que las botas se refractaban incesantemente sin traspasar la curva del calcañar. La inquietud se trocaba en jadeo y el reloj comenzó a segregar sus gotas de cuarzo. Irrumpió entonces benévola, con la placidez de una Eleonora Duse dictando sus memorias, Victoria que sin estar rodeada de velos en la proa de cobre, se ciñó las botas, pareció como si las engatusase, reclamó un poco de olvido, continuó sus ceñimientos y alfileres en convenidas distancias. Se sonreía. Cuando terminó de sudar y comprobar "los principios generales" de madame Casilda, desapareció como impulsada por la obertura turca de Mozart, y reapareció con un cojín donde se ofrecían los dos botines amaestrados. Era como si aquella fina mestiza hubiese colocado su firma en las severas dignidades de la artesanía francesa. Con esa demostración, tan improvisada como imprescindible, había ascendido de bailarina de coro a primera figura. Era la terminación de aquella artesanía, cuyas medidas de calzado habían resultado inexactas, necesitando el sudado sacrificio y el imperial ofrecimiento de Victoria.

La sonrisa navajo de Victoria comenzó a desdibujarse, a hilacharse en sus contornos. Las botas ceñían ya los pies de Rialta, sonambúlica casi, pues la idea fija de la ceremonia en aquel crepúsculo alcanzaba a levitarla, hundía las manos en la gaveta, que replegaba sus sombras, sin rendir el plateado abrochador. Los dedos fracasaban en su intento de reemplazar aquel anzuelo de botones. ¿Entraría en crisis el producto elaborado por las entrelazadas astucias de madame Casilda y de la mulata Victoria? ¿Se declararían vencidas ante aquel fingido pececillo —el abrochador—, que más ondula mientras más se ofrece?

En esos momentos llegaba el coronel Méndez Miranda a la casa de los Olaya, para conducir, como padrino de Rialta, a la novia hasta la iglesia de Montserrate. El padrino escogido representaba la confluencia en simpatía de las dos familias. Era primo hermano de la madre de José Eugenio, y había conocido en la emigración a la familia de los Olaya. Al morir Andrés Olaya, la única solución para señalar el padrino de la boda había sido el coronel Méndez Miranda. Era el separatista, caro a la línea materna de Cemí y a todos los Olaya. Su figura desplazaba un señorío muy bien ganado, pues había recibido un balazo en una pierna, al ser descubierta una conspiración en San Cristóbal; no obstante, disimulaba la levedad de su cojera con movimientos lentos, pero desenvueltos y armoniosos. Doña Augusta le hacía los honores, mientras miraba de reojo para comprobar si su hija Rialta había logrado vencer la resistencia de las botas de charol golondrina y paño de Glasgow. Sonriéndose marchó hacia la sala para buscar el padrino de la boda. Lucía Rialta espléndidamente sus veinte años y al enfrentarse con su destino ostentaba sonriente el tranquilo rielar de la casta Venus. Siempre a los familiares y a los extraños, les causaría esa impresión como de caminar sobre las aguas. De quien, en los peligros, oye una voz que le avisa del buen término de sus designios. Comenzaba un extenso trenzado laberíntico, del cual durante cincuenta años, ella sería el centro, la justificación y la fertilidad.

La más cercana amiga de Rialta, aquella Paulita Nurias, a quien vimos en la sala de baile de su casa, donde saludara al Presidente de los primeros años de la República, era hija de unos tabaqueros muy ricos, unidos amistosamente a los Olaya por razones de vecinería, traía ya en la mano la solución tintineante. Apretado entre el pulgar y el índice, el abrochador de plata mostraba la impasible ansiedad de su anzuelo. El perplejo en la cara de Victoria retrocedió partido por un relámpago de júbilo. Cuando, días antes, en los preparativos del ajuar de bodas, doña Augusta, Rialta y Paulita, fueron a comprar las botas, rieron la pequeñez de las mismas, y los inverosímiles tropiezos que podían engendrar el finalizar la tarde de las solemnidades, cuando la cornucopia de las cosas a realizar tiende a volcarse sobre el instante estrangulado. Por una burla alusiva a la dolorosa probanza de las botas, testificada en las gracias compartidas, Paulita había querido llegar a casa de Rialta, en la última media hora de los preprativos para la ceremonia, cuando ya la esperaba en su casa, en la esquina de la de los Olaya, su coche con una pareja de troncos que caracoleaba a cada fustazo gallardo del palafrenero. Terminada su vestimenta había querido aparecer por casa de Rialta, para verse mutuamente, y el abrochador había sido la graciosa disculpa, por eso se sorprendió cuando la costurera Victoria corrió hacia ella y le tomó el abrochador, como si fuese la llave imprescindible para impedir una explosión. Victoria se apresuró a abrocharle las botas a Rialta, comenzó después a reírse al ver la coronación de su obra, que estimaba llevada por las divinidades del metrón: llevar el cuerpo a su *splendor formae* y la figura a su momento de mayor irradiación conmemorativa, en ese día en que las tejedoras mezclan sus indescifrables órdenes para el futuro con los cantos despertados por el júbilo de sus puntadas.

Llegaban los grupos militares poniéndole franjas colorineadas a la noche reída de primavera. Los metales y los colores agudos contribuían a solemnizar el pórtico de la iglesia de Montserrate. En el órgano se oían, con la impaciencia disimulada de su ejercicio, las escalas rotas por la entrada de los tenores, cuando empezaron a llegar a la placeta que rodea la iglesia, grupos estudiantiles muy numerosos, tanto deportistas que levantaban sus voces de alegría, como los llamados filomáticos, estudiantes dados a los excesos de la gula intelectual; era una de las pocas solemnidades en que se habían logrado esos efectos, que mezclaban también sus gritos y sus cantos a los de los gimnastas. José Eugenio Cemí era un punto de rara confluencia universitaria, era igualmente querido y buscado por los estudiantes que por los remeros, por los profesores maduros y por los novatos de ojos avizores. La seguridad de su alegría, la elegancia de su voluntad, la magia de su ejercitada disciplina intelectual, le regalaban centro, le otorgaban gracias, que sin ofuscar de súbito, mantenían una cariñosa temperatura, de criollo fuerte, refinado, límpido, que hacía que se le buscase, y, como uno de los signos de su fortaleza, sin agotarse en su intimidad ni debilitarse en arenosas confidencias.

José Eugenio Cemí y Rialta atolondrados por la gravedad baritonal de los símbolos, después de haber cambiado los anillos, como si la vida de uno se abalanzase sobre la del otro a través de la eternidad del círculo, sintieron por la proliferación de los rostros de familiares y amigos, el rumor de la convergencia en la unidad de la imagen que se iniciaba. Cuando llegaron a la puerta mayor de la iglesia, los sobresaltaron momentáneamente los grupos que se arremolinaban y comenzaban a dar gritos. Como en la ceremonia del himeneo de un rey de Borgoña, como se ve en algunas catedrales, los oficios habían agrupado a los asistentes, los oficios, no los barrios, pues se veía la integración de un coro de estudiantes de ingeniería, de todas las clases sociales; allí alternaban los casimires y gabardinas de los estudiantes de familias ricas, con las americanas de entreestación de los estudiantes más pobres, usadas durante todo el año, reforzadas con chalecos tejidos por la familia, en la ternura benévola de una hermana casadera, que disimulaba sus ocios en las pacientes agujas, y usados después como una marca de familia, con variantes propias en rameados e iniciales, que les daban un linaje muy criollo, al diferenciarlos de los adquiridos en tiendas, anónimos, grises y sombríamente homogéneos.

Al verlos José Eugenio, la alegría de la noche pareció que adquiría la visibilidad de su símbolo, una forma que se alzaba y obligaba a la consagración y al acatamiento más cariñoso. Rialta asumió una sonrisa desprendida, mientras miraba a José Eugenio. Durante la duración de su matrimonio, mostraría siempre esa alegría derivada, su júbilo parecía desprenderse de la salud alegre, del frenesí soterrado de su esposo. Los dos se detuvieron, después de trasponer la puerta mayor, comenzando a oir el canto que traían preparado para la ocasión:

Cemí, Cemí,
no venimos a tu boda,
no venimos a tu boda,
porque no tenemos frac,
porque no tenemos frac,
frac, frac, fraaaaaaaac.

El hermano menor de la señora Augusta mezclaba paraísos y cesantías en forma inesperada, de tal manera que no se sabía, pues él ocultaba diestramente la sucesión de esas facilidades, cuando hacía una visita de ternura familiar, o cuando las verificaba acuciado por un deseo de hacer un sábado o un domingo en casa de un familiar rico, para disfrutar de un plato recién descubierto, verificando sus acudimientos más como *gourmet* que como atacado de una transitoria desdicha. José Eugenio, para sustituir con alguna alegría la rotundidad de la siesta, exhumaba las caretas de esgrima, las dagas, el ataque de bayonetas, extraía el directo de los rifles o de las pistolas, para asombrar al visitante, al que llamaba con cariño mezclado con cierta sorna criolla, Guasa Bimba, pues con la sonoridad de ese nombre parecía aludirse a esos momentos de grave tensión, de majestuosa máscara, en que intentaba resarcirse de la presunción de cesantía y desdicha con que desconfiaban de él en su primer acercamiento. Bimba parecía aludir a un rey guasón, como esos jefes tribales del Lualaba Congo, que posan ante el fotógrafo, con esos fragmentos que aparecen también en el estómago de los tiburones, unos puños de yugos nacarados, un sombrero de estudiante de Eton y una vaina con su higrómetro de Fahrenheit. Guasa, caía justo sobre su palidez, sobre la gravedad que subrayaba para sacar pechuga y hacer creer que en esa estación no estaba cesante y que su visita se debía tan sólo a un contrapunto familiar de evocación de la infancia. A veces, parecía tener la intuición de lo que los demás pensaban de él, y entonces era él, el que se burlaba de los demás. Sentimiento muy habanero de sacarle partido a todas las situaciones, aun a las más aflictivas, hasta que le llegara su día sabiendo que desde ese mismo día, por la reciprocidad del sentimiento, que le había llevado a aceptar esa situación, los demás lo aceptarían en forma muy diferente, fingiendo con una gran serenidad que durante esos años lo habían tratado con la mayor gravedad, situándolo con una sencillez acostumbrada en el coro de los amigos y los familiares. Fingiría, si llegaban esas estaciones con más listones de oro y altas espigas, que esa burla no había existido, como antaño fingiría la afectada y grave serenidad de su trato.

José Eugenio, ceñida la careta de esgrima, avanzaba a pasos medidos, gritaba, cogía uno de los rifles para apuntar a Demetrio, cambiaba el sable en el aire o hacia esgrima de bayoneta, gritando: cuidado, peligro, quítate rápido. Se divertía mucho viendo el rostro de Demetrio amoratado por el miedo, perplejo de terror. Irrumpía la señora Augusta, para aconsejarle prudencia a José Eugenio en el manejo de las armas, parecía redoblar la vigilancia con la bala de oro que todos tenemos marcada.

—El sábado estuvieron los dos presos con su custodio —irrumpió Rialta—, querían cortar las matas de anones, decían que tenían órdenes. Se les veía esa alegría amoratada que aparece en los presos cuando pueden hacer cosas malas, con la aquiescencia de sus vigilantes. En algunos canteros las fresas rompían la brevedad de su rocío para alegrar la mañanita. Les dije que tú no querías que las cortaran, pues las estudiabas para intentar su sembradío en el campamento. Se pusieron estúpidamente serios, el escolta movía la cabezota y se fueron a regañadientes. Pero al día siguiente volvieron. Me dijeron que tenían órdenes del jefe del campamento de cortar yerbas y toda la arboleda, y que como quiera que los anones y las fresas no estaban excepcionados, rogándome que los dispensara, comenzaron la tala de los árboles. Usted comprenderá, son órdenes superiores, decían con tosco ensañamiento, mientras la pulpa de los anones les enseñaba sonriente la leche de la bondad humana, no se por qué me recordaba de esos versos de Shakespeare, y el relámpago de las granadas, me recordaba también el verso de Mallarmé, *murmura sus abejas*. Raspados, ceñidos por la piel de la cebra, intercambiaban cigarros con sus escoltas, dudo que la fuerza persuasiva de los secretos de Shakespeare o Mallarmé hubieran impedido que esos *canailles* invadieran el panal marino de los anones y las fresas—. Cuando Rialta se encolerizaba al hablar, era cuando más se parecía al lenguaje culto de la señora

Augusta. Esta, naturalmente, como sentada en un trono, dictaba sus sentencias cargadas de variaciones sobre versos y mitologías. Cuando Rialta manejaba ese estilo lo hacía con ironía o encolerizada, necesitaba violentarse para dorar sus dardos y destellar en la tradición grecolatina. En la señora Augusta, ese estilo tenía la pompa de las consagraciones en Reims, oracular, majestuoso. En Rialta, muy criolla, era un encantamiento, una gracia, el refinamiento de unos dones que al ejercitarse mostraban su alegría, no su castigo ni su pesantez.

—Parecían unos sepultureros shakesperianos. Para destruir el anón y las fresas se habían emborrachado y sudaban tabaco juramentado. La sangre se adensó en su roña, tropezó en las piedras de la enjundia cuarentona de los dos presos. El escolta señaló con su índice ríspido las dos matas de anones. Los dos presos, empuñando larguísimos paraguayos entrecruzados de tierra roja, sudor y jugo de plantas, comenzaron a pegar tajos, bien hacia las raíces o hacia la copa, haciendo temblar como una zarza el tronco más tierno que airoso de la mata. El escolta se reía viendo el ascenso de la llamarada verde del arbolito. Risa mala, como con todos los dientes puestos sobre el hielo. Extrajo la bayoneta y la caló sobre el rifle. Risa mala, enseñaba todos los dientes, ahora se precisaba en el espacio hundido por dos muelas extraídas, una extensión necrosada de tejido purulento, como quemada. Se impulsó, hundió la bayoneta en el centro de la mata. Bajo la presión central, el ramaje del árbol pareció abrir los brazos. Entonces, los dos presos, liberados del vaivén esquivo, comenzaron un macheteo incesante, sanguinario, hasta que levantaron las raíces entre sus dedos de pedernal, hosco, juramentado. Las raíces trenzaron la bayoneta como un caduceo pitagórico. Quedaban por los canteros las enredaderas de los fresales. El rocío, divinidad protectora entre lo invisible y lo real, disparaba las flechas de su refracción sobre los malvados ojizarcos. Se impulsaba la pareja de presos, con la cara amoratada como si cargaran un barril de piedra se descargaban, fortalecidos por los gritos de la rotación combativa, sobre el machete, que levantaba una polvareda chillona, pero las fresas protegidas por sus divinidades y el nido de su follaje, enseñaban sus encías matinales, liberadas del verdín corrosivo de las silbantes flechas. Pero muy pronto los malvados organizaron sus fuerzas y las distribuyeron. Si antes la bayoneta penetraba en el centro de la mata de anón, ahora buscaban el punto de absorción, de sumergimiento, por donde las fresas se escondían a cada machetazo sanguinolento. Logrado ese punto, se abandonaban a sus furias danzables. El escolta daba unos pasos rastrillados, polvo escupitajo sus vaquetas rotando, apuntaba al centro de astucia y hundimiento, y fijaba la fresa como con la muleta de una momentánea sierpe umbilical. Se impulsaba uno de los presos, daban gritos como pescadores japoneses que rechazaran una escuadra de nobles, y las fresas reventadas, con su linfa sagrada penetrando en la Tebas de sus semillas, se desconchaban a través del paredón, donde muy pronto la llegada del rayo solar ordenaba sus transmigraciones misteriosas, ya de pavo en Ceilán, ya de perezoso en un parque londinense.

Invitado por el relato gengiscanesco de Rialta, José Eugenio resoplaba, paraba en tercia, y al hacer esgrima de bayoneta, la punta llevaba su centelleo hasta la cal de las paredes, que al despedir una pequeña humareda blanca, dejaba el látigo de un laberinto, donde asomaba su rostro la piedra cuarteada. Apuntó a la cara de Demetrio, creyendo el rifle sin balas, y disparó, la detonación sumó en un *panneau* terrífico a Rialta y a la señora Augusta. Demetrio ahora indiferente, muy señorial, parecía con un desdén invisible no subrayar la descarga mal dirigida. Por el contrario, parecía burlarse de la cara de José Eugenio, perplejo amoratado en su asombro mayestático, creyendo que Demetrio se mantenía en pie mientras agonizaba. Su terror parecía superar a las figuras anteriormente aludidas del fresco terrible. Se adelantó hacia Demetrio, con gesto de imploración, rogándole que continuase viviendo en nuestro planeta. El eco de la detonación rodando por las piezas de la casa, ceñido de una máscara burlesca, ladeando la boca, inauguraba un cañuto de agua lanzado sobre la frente frígida y sudorosa del burlador burlado.

La canoa, fundamento de los tres cuerpos desnudos, que se rascaban cada vez que el lanzazo solar se desplegaba por debajo de la piel, se fue alejando, cierto que sin vanidad ni desmesura, del verde elemental y tierno de las aguas de poca profundidad, a un banco de arena que devolvía la sombra de los pájaros costeros.

José Eugenio expansionaba su pecho de treinta años, parecía que se fumaba la brisa marina, dilataba las narices, tragaba una épica cantidad de oxígeno, y luego lo iba lanzando por la boca en lentas humaredas. La tranquilidad y el ingenuo color de las aguas, le despertaba un orgullo gritón, natural y salvaje. Pero enfrente veía a su hijo de cinco años, flacucho, con el costillar visible, jadeando cuando la brisa arreciaba, hasta hacerlo temblar con disimulo, pues miraba a su padre con astucia, para fingirle la normalidad de su respiración. El Coronel remaba como si fuese la dilatada caja de su pecho la que ordenara al cuchillo de la proa. Lo acompañaba el hijo del capitán Rigal, con un año más que José Cemí, rubio y pecoso, con ojos verde holandés, que se reía jugando con el rondón de la brisa. El Coronel se volvió hacia el rubio pecoso y le preguntó: —¿No notas extraña la respiración de Joseito? Fíjate que él no respira igual que tú. Parece como si algo interior en él cojease entre la brisa. Cuando se pone así me intranquilizo, pues me parece que alguien lo está estrangulando.

José Cemí se hizo el que no oía. Sumergía una de sus manos en el agua fría. Se la secaba en la trusa hirviendo, que despedía un humillo humilde, como avergonzada. El Coronel detuvo los remos, le ordenó al rubio que pasase hacia la proa, y comenzó con las manos a echarse agua, mojando también a José Cemí, que se reía, disimulando la dificultad de su respiración.

—No creo —le dijo—, que aprendas a nadar solo, por eso, hoy yo te voy a enseñar. Te tiras al agua y te aguantas de este dedo —señalaba para su índice hecho a ejercer la autoridad, fuerte como un enano que hiciese un personaje en la torre de Londres. El índice se cerró como un ancla, luego volvió a su posición como un junco que salta, pero después vuelve a clavarse en la arena.

José Cemí obedeció de inmediato a la voz de su padre. Hizo la señal de la cruz, costumbre que le había enseñado su madre antes de tirarse al agua. Y se colgó del índice, mientras la canoa avanzaba lentamente, impulsada por los remos de Néstor Rigal. Se apretaba del índice con toda la mano, sintiendo la resistencia del agua que se apretaba contra el jadeo de su pecho como una piedra.

—Ya se te quitó el miedo, ahora aprenderás solo —dijo. El Coronel retiró su índice, al mismo tiempo que se formaba un pequeño remolino.

Durante tres o cuatro minutos desapareció el pequeño cuerpo de Cemí. El marinero que en el puente del Yacht, vigilaba la suerte de los nadadores, se lanzó al agua. Y mientras el Coronel se lanzaba también, para rescatar a su hijo, el marinero llegó primero, tomó el cuerpo hundido de José Cemí, lo depositó en la canoa, mientras el Coronel remaba hacia la orilla con el cuerpo desmayado de su hijo. A los pocos movimientos que le hicieron con los brazos, abrió los ojos, miró a su padre, que ahora demudado por el susto, sudaba por toda la cara. Comenzó a reirse para darle ánimo a su padre, que iba amarillando por la fatiga y el terror. El camarero le trajo un whisky para reanimarlo, recuperando lentamente el color y abrazándose con su hijo, que normalizada la respiración, le daba palmadas a su padre, asustado ahora por su susto. El Coronel lloraba, y José Cemí para tranquilizarlo, comenzaba a lanzar puñados de arena a Néstor Rigal, que indeciso entre las lágrimas y la risa, corría por la orilla chillando como un ánade.

Ahora, José Eugenio Cemí, inspeccionaba las obras del Castillo del Morro, que había reconstruido como ingeniero y que inaugu-raba como primer director. Llevaba la mayor de sus hijas, Vio-lante, que era la hija por la que mostraba, cuando no vigilaba sus afectos, más atenciones y ternuras. Lo acompañaba también su otro hijo, José Cemí, a quien el fuerte aire salitrero comenzaba a hacer gemir el árbol bronquial. Se observaba sin disimulo que eso molestaba a su padre, que quería mostrar a los demás oficiales sus hijos fuertes, decididos, alegres. ¿Acaso no era para la solda-desca la enfermedad una debilidad, un gemido? Se acercaban los oficiales subalternos con zalemas, con fingidos afectos, con cama-ritas fotográficas para tomar vistas, donde estuvieran los mucha-chos sobre cañones, bancos de piedra, con sombreros de campa-ña. Se veía que a José Eugenio Cemí le molestaba mostrar a su hijo con el asma que lo sofocaba. Quería evitar la vulgaridad tra-gicómica, de que comenzaran a darle recetas, pócimas y yerbajos. Que mostrasen jubilosos al familiar, que como una momia de oro, exhumarían para halagar al Jefe y disminuir su potencial moles-tia. Pasaron frente a un oscuro boquete, que terminaba en las cuevas rocosas, donde los selacios redondeaban sus sueños hipócri-tas y el látigo de su desperezo. —Por ahí tiraban a los prisioneros, en la época de España —dijo el Jefe para asustar a sus hijos, pues al mismo tiempo que lo decía subrayaba sonriente el asombro en la cara de sus hijos. Muchos años más tarde, supo que por ese boquerón siempre se había lanzado la basura, y que por eso los tiburones se encuevaban en la boca del castillo, para salir de sus sueños al babilónico banquete de sus detritus. Toneladas de basu-ras que se metamorfoseaban en la plata sagrada de sus escamas y caudas, como si fuesen pulimentados por Glaucón y su cortejo de alegres bocineros. Motivo para sustentar muchos años de pesadi-llas: ya traspongo los barrotes que resguardan el túnel, que ter-mina en las cuevas submarinas, me araño, me sangro, al fin en-cuentro una roca saliente donde encajo mis uñas, que crecen por instantes para salvarme. Desde la puerta del boquete, empiezan los carceleros a introducir largas varas con tridentes, entonces llega el perdón y el despertar. O no encuentro la piedrecilla y ruedo por el túnel hasta el chapuzón, pero los tiburones dormidos flotan ininterrumpidos en el aceite de sus músculos abandonados a la marea alta y a la flaccidez. En la medianoche, una pequeña em-barcación comienza a remar hacia Cemí. Sonríen y acercan la lámpara a su cara, lo reconocen y comienzan a secarle con una pañoleta olorosa a escamas resecas y pancreatina de camarones.

El Jefe quería mostrar en qué forma se resarcía de la deficien-cia bronquial de su hijo. Estaban frente a la piscina: un gran pozo, con una gárgola acuosa en cada uno de sus lados, descascaradas por la mezcla de la piedra historiada y centenaria y la cal impúdica y contemporánea, parecida a una ardilla que de tanto mirar de izquierda a derecha, ha formado un paredón, obelisco a su *logos oculos*, desapareciendo después la ardilla por innecesaria. Quería mostrar la maestría natatoria de su hija Violante, en una piscina improvisada. En un cuarto vecino se ciñó la trusa, con esa alegría que en los niños da la proximidad del agua. Lo piensan un poco con melancólica detención, pero en el chapuzón saltan la lámina del agua y la de la risa, formando un ápice instantáneo donde una nutria mueve su cola maliciosa. La piscina tenía poca extensión, pero una profundidad avérnica. Había que comenzar a nadar sin el apoyo para las primeras timideces del banco arenero. Violante, sin sacar la vista de su padre, nadaba orillera, cuando los gestos de aquel la fueron alejando de los bordes de seguridad. En el centro de la piscina comenzó a ingurgitar, se hundía, reaparecía más amoratada, lanzaba un chorro de agua, y se volvía, en círculo, más al fondo. El Jefe se lanzó al agua, mientras su hija se caía al fondo de la piscina. Allí tocaba el suelo, se levantaba por la presión del agua, y volvía a pisar como un balón. José Cemí vio a su hermana, ya en el fondo de la piscina, vidriada, con los cabellos de diminuta gorgona con hojas de piña. Dos asistentes que habían acudido al sorpresivo sumergimiento con unas lanzas varas, terminadas en curvo tridente, que se usaban para la limpieza del fondo de la piscina, comenzaron con mágica oportunidad la extracción. Puesta a horcajadas sobre el tridente, Violante ascendió como una pequeña Eurídice al reino de los vivientes. Las piernas con sangre y hojas, con las hojas de yedra húmeda, que asomaban cuando el agua desaparecía y las paredes de cal se amorataban por el esfuerzo de recibir el aire bienvenido.

El Jefe salió también de las aguas, confundido Poseidón ante la mudez de los dos asistentes y de su hijo. Con su pañuelo comenzó a limpiarle la sangre de las piernas, separaba la adherencia sanguínea de las hojas, le alisaba de nuevo los confundidos cabellos, y comenzó a sonreírse con José Cemí, que por el susto del sumergimiento de su hermana, jadeaba los bronquios, en tal forma que el Jefe tuvo que llevarlo cargado de regreso. No le contó a Rialta el susto de la piscina, la que sacudió las almohadas, comenzó el cocimiento de guajaní y brea, limpiándole el sudor de la frente. Hasta que se fue hundiendo, por el sueño en la almohada. Rialta observó que todo el cuerpo le temblaba y que se llevaba las manos a los ojos como queriendo rechazar una visión, tumultuosas voces de rapto que lo querían llevar de nuevo de las almohadas al oleaje, de la madre al centro avérnico de la piscina.

—El asma nos viene por mi rama; mi abuela no se pudo curar nunca de esa angustia —dijo Rialta. —Y la humedad del campamento, el atravesar la bahía al atardecer, hicieron el resto —respondió José Eugenio.

—Lo llevo a los médicos, tiembla y apenas puede respirar, no se demoran mucho tiempo en verlo y exclaman, asma, asma, como si esas fueran unas sílabas irrebasables, y vuelven otra vez al jarabe de tolú y brea, y a los yoduros, y así le salen esas manchas en la cara, que parece que está sucio aunque haya salido del baño. Y el yoduro le aflojará los dientes, lo debilitará, pues se ve que es una medicina que si lo mejora del asma, le hará daño para su crecimiento. No está nunca bien, pues aunque no tenga la sibilancia, está como en acecho, esperando los primeros síntomas de la falta de respiración. Está siempre como sobresaltado, como quien espera una mala noticia —dijo José Eugenio, hablando a borbotones, pues se veía que la enfermedad de su hijo le preocupaba incesantemente, aunque lo disimulase para no alarmar a Rialta.

—Me parece que con sus miedos, su inclinación y resguardo por Baldovina, se pasa muchas noches en vela. Tiene pavor por los aparecidos, cuando le digo: míralos, allí están, parece como si los tocara; los fantasmas y la muerte lo asedian. Si no es con Baldovina a su lado, no se puede quedar dormido. Sólo duerme tranquilo al lado de su Abuela y de Baldovina. Todo eso tiene que tener relación con esa asma de día y de noche. Para curarlo habría que sacarle esa angustia. Un médico francés me dijo que haciéndole tragar un puñado de sal, que le quemase la humedad de los bronquios, se sanaría. Pero yo creo que el reposo del agua le haría mucho bien. Algo que lo hiciese bruscamente remansarse, un pinchazo para tranquilizarlo, si eso se pudiese lograr. Es decir, un susto que lo curase de sustos. Tiene como la angustia de quedarse dormido. En el sueño gira, se desespera, quiere escribir en las almohadas. Se acuesta muy tranquilo y se despierta como si hubiese salido del infierno. ¿Qué es lo que ve en esa excursión? Siente el sueño como un secuestro. Curarle los nervios, hacerlo dormir, es eso lo que lo puede mejorar. Cada sueño que no puede contar lo ahoga, ahí está ya el asma.

—El último médico que vimos, nos dijo que se curará con el desarrollo, cuatro o cinco años más y ya estará bien. Todos dicen que el que tiene esa enfermedad está protegido como el jiquí contra el rayo. Que es una enfermedad protectora como una divinidad. El que la tiene, se inmuniza contra todas las enfermedades. Dicen que debilita el corazón, pero al paso del tiempo es preferible esa debilidad, porque si no la presión hierve y estalla en el cerebrito del gorrión. Se debilita el corazón, pero apenas nos damos cuenta, pues es una de las vísceras que tiende a rehacerse fácilmente para lograr un contrapunto orgánico. Sólo los neuróticos se inquietan ante cada uno de sus latidos. Fíjate que no le ha dado tifus, ni papera ni gripe. Cuando sale de su asma, es el más contento de todos los niños. Lo siguen, lo vienen a buscar, es un lince para provocar cariño. Es muy amigotero, como dice la Abuela Mela, con su castellano criollo. Esas cosas, ella las decía con mucha gracia, por lo menos, con tanta malicia como gracia. Decía, por ejemplo: hoy es el día de la recogedora de la ropa, cuando se aproximaba la visita del chino lavandero —dijo Rialta, con cierta leve tendencia criolla a la digresión, que José Eugenio, de padre español, no mostraba con frecuencia, sólo cuando se aturdía y ofuscaba, y las palabras en aluvión le servían entonces de rodela.

Se dirigió al comedor. Sacó el bloque entero del hielo de la nevera. Empezó a hundir en él la tenaza de romper los envases de lata. Se encaminó después al baño, abrió la llave del agua fría y empezó a llevar los trozos de hielo. Rialta había adivinado sus intenciones, se encerró en el último cuarto. No quería ver, no podía protestar. José Eugenio fue a buscar a su hijo, le ordenó que se desnudara, sumergiéndolo después en la bañadera helada, donde todavía flotaban pequeños trozos de hielo que chocaban entre sí, se adherían momentáneamente, y después se separaban licuándose más aún, reduciéndose a figuras irregulares, irreductible geometría ya, cuando se disolvían totalmente. La escena tenía algo de los antiguos sacrificios. Sólo que el jefe no sabía a qué divinidad lo ofrecía. Y la madre, encerrada en el último cuarto, empezaba a rezar y a llorar.

Cogió a su hijo, absorto ante aquella solución polar de su enfermedad. —El agua fría te curará los nervios. Creo que es la única manera de quitarte ese mal. No te asustes, después te daremos fricciones con alcohol, para que la sangre vuelva a entrar en los bronquios, limpiándolos de sus adherencias, que son las que te impiden respirar bien —lo besaba intuyendo lo desagradable del método curativo, empleando una frigiterapia de urgencia, aplicada en momentos desesperados.

José Cemí se sumergió en la bañera, disimulando el temblor. Su padre le lanzaba el agua a la cara, después le restregaba las espaldas. Avanzaba en su procedimiento curativo con verdadero temor. Comenzó a volverse rígido, morado, a vidriársele los ojos, hacía esfuerzos por tocar con la punta de los pies, pero le faltaban las fuerzas. José Eugenio sacó a su hijo de la momentánea pausa o suspensión, donde se había sumergido. Lo sentó en la silla del baño, con la cabeza reclinada, como si le hubieran sacado todo el hálito, quedando el cuerpo desangrado y sin apoyo.

—Rialta, Rialta —gritó—, trae la toalla con el alcohol. Y la botella del coñac —se esquinaba ahora en el baño, temeroso de los resultados alcanzados. Con miedo de alzar los ojos y encontrarse con su mujer.

Rialta penetró en el baño con la confianza de que iba a enmendar los yerros de su esposo. Secaba a su hijo y le mojaba la cara con el coñac. Echaba la cabeza hacia atrás, hasta que los ojos comenzaron a chisporrotear de nuevo. Movió los brazos, y Rialta, para disimular el trágico momento, le decía, después que vio que se iba recuperando: —¿No vas a ir al parque? ya están allí los muchachos jugando. Ponte la camisa, sin mucho almidón para que no te moleste, o mejor, como es un poco tarde, te podrás poner tu traje de marinero, sin que te pique la piel—. El traje de marinero, por la alegría, le causaba la impresión de que le disparaban flechas mientras corría, que le rompían a tiras el traje el propio cuerpo.

El brazo caía por un costado de la pequeña cama. Por momentos era recorrido el brazo, pendiente como si en el agua buscase una casi invisible salvación, por un sudor lento y frío, que en sus intermitencias coincidía con la respiración, que se hacía más dificultosa y anhelante. Luego, la calma, el brazo se iba encogiendo hasta cruzarse sobre el pecho. En el acuario del sueño parecía como si su respiración desprendiese burbujas como hojas, que iban hasta los portales de la casa de la Abuela Augusta, en el Paseo del Prado, donde el Coronel de uniforme se inclinaba brevemente para saludar. El sudor de nuevo por el brazo, y comenzaba a reproducir la separación del dedo de su padre. En ese momento, en el sueño, parecía como si le pusiesen una mano frente a los ojos, entonces una ola oscura y con cuernos, seguía sus volteretas con él en el centro, desproporcionada, untuosamente gigante, como cuando las alfombras se enrollan con un cigarro inapresable, y después inauguran un ojo quemado en el espesor de sus tejidos. Llegaba después un pez anchuroso, con su rosado ingenuote y navideño, moviendo la iridiscencia de sus aletas como si se peinase. El pez contemplaba el dedo desamparado y se reía. Después se llevaba el dedo a la boca y comenzaba a impartirle su protección. Tirándolo por el dedo lo había llevado a unas flotaciones muscíneas, donde comenzaba la música acompasada, de fino cálculo, de su nueva respiración. Luego, ya no veía la salvación por el pez, pero veía el rostro de su madre. Si de nuevo, tal vez por algún prodigio de la glándula pineal, pudiésemos ver en el interior de su sueño, contemplaríamos una estrella de mar, que se contraía o expandía a la cercanía del pez, que se borraba en el reposo de hojas gigantescas, de visible circulación clorofílica, para metamorfosearse en el rostro de su madre. Cada despertar era para él como descubrir la expansión infinita de cada una de las radiaciones de la estrella de mar. Al coincidir el arco de su respiración y la expansión de la estrella de mar, había formado un blanco tegumento algoso que seguía los movimientos de la lámina marina. Allí iban desembarcando enanos, tal vez eran elfos, de cabezotas con larguísimas pelambreras canas, que llegaban riendo su vaivén. Se dirigen a una casa de madera, como de cazadores canadienses. Allí también estaba la madre de José Cemí, con su ceremonial de criolla, exacta y jovialísima. Les iba comunicando la ordenanza de sus asientos, y parecía dirigir, aunque después se hacía casi invisible, el concierto gastronómico. El brazo se extendió de nuevo, en su torcida tensión pareció que iba a tocar los rosetones del sueño. Al descender la descarga del sudor por el canal del brazo, parecía que el rosetón, ya en horas de la madrugada recibía el rocío, permitiendo las misteriosas equivalencias del sueño, que se removiesen y temblasen las hojas excesivamente coloreadas de su pentágono. Veía de nuevo a su hermana Violante descender por el boquete infernal de aquella piscina, que parecía buscar el centro de la tierra, el infierno de los griegos. Temblando se acercaba al pozo, remansada la refracción irregular mientras durara el ingurgite, pero ahora lo que veía en el lecho de aquel boquerón, era siempre la cara de su madre sonriéndole, hablando con tranquila cortesía; dirigiéndoles a todos sonrisas y frases de digna amabilidad. De nuevo los enanos gesticulaban, formando coros confusos y absortos, para terminar precipitándose en una sola dirección, donde iban, sin fijarse en la cerrazón de la puerta, formada de troncos de cedros sin pulimentar, a reventarse, esparciendo la grotesca diversidad de sus colores, cuando la puerta, sin ser presionada por nadie visible, se abría y los dejaba marcharse volando en sus pequeños caballos de madera. Los que entonces permanecían en la cámara, eran los enanos que llevaban chaquetillas rojas, con botones forrados de tafetán azul, con inscripciones otomanas, como las que se ven en los mosaicos de Santa Sofía. Hablaban con decisiva familiaridad, conversaban de temas en los que todos participaban, y hasta algunos, impulsados por un seductor espíritu danzable, esbozaban taconeos de medidas pitagóricas, que eran como conocidos presagios, como ritmos que iban venciendo los secretos de la casa nueva. La mano, después de haber alcanzado el máximo de su extensión pendulada, apoyaba la palma en el frío de las losas, que ya en la medianoche, esponjando la humedad del rocío, suavizaba su superficie como si trasudasen. Su

144

padre no estaba ahora a su lado, sumergiéndolo en los improvisados témpanos de la bañadera, sino era su madre la que, mientras él permanecía de pie, como en un bautizo, lanzaba sobre su cabeza agua tibia, aromática, de los más diversos colores. Los enanos pasaban después muy silenciosos al refectorio, donde la maliciosa sutileza de las luces de las lámparas, saltaba en sus chaquetillas rojas, trazando dagas, sierpes rapidísimas. Se iban sentando en sitios prefijados, que ellos descifraban con naturalidad, como si le hubiesen soplado número de recta interpretación. Su júbilo marcaba su apetito; sus lentitudes excesivas, su ceremonial subrayado y grotesco, aclaraban sus presencias de extraños brotes en las profundidades del sueño. En cada uno de los platos aparecía un pescado con el rostro agrandado y corroído por el principio del sueño. La faz de esos pescados multánimes, repetía siempre el mismo rostro, Rialta, tutelando sus oscuridades y desfallecimientos, mitigando las groserías y agresividades de los demás, no con gestos destemplados, sino corriendo a ponerse a su lado y produciendo un ámbito donde su respiración parecía zafar sus cordeles, evaporándose de una sangre desde ese momento tranquilamente eficaz, armoniosa en su irradiación para el mundo exterior. Si adoptamos una perspectiva tangencial al refectorio y nos recogemos en cuclillas, los platos ascienden, como si estuviesen calzados en las paredes, haciendo más visible la dominación del rostro, como en esos retablos, donde con sutileza de matices que cuesta trabajo perseguir, todas las figuras remedan el rostro mariano, en distintos gestos, pero donde la persistencia de los signos de la cara central, influye en cada una de las demás figuras que parecen proteger a la oveja, a los niños y a las nubes.

Muy temprano, serían apenas las siete, cuando José Cemí de un brinco risueño saltó de la cama. Aquel sueño, aquel desfile de enanos pintarrajeados, lo había como aligerado, como si sobre sus más oscuras regiones, el mediodía hubiese comenzado a predominar. Subió a la azotea y pudo ver por primera vez a su barrio en la madrugada, cuando la retirada de la brumosa y bostezada placenta nocturna, deja a la arcilla y a las piedras de las casas bondadosamente lavadas, un poco más ingenuas, como si ese comenzar de nuevo les diese una alegría elástica y un cuerpo propicio a inéditas modulaciones. Cuando bajó de la azotea, pudo contemplar a su padre, con un libro en la mano y en espera de su recuerdo. Lo llevó hacia la sala, donde parecía que cada uno de los muebles, desperezándose, saliese del alba. El Coronel le hizo una seña para que se sentara en una de las banqueticas, que acompañaba a las sillas muy torreadas, con muchas rejillas y piñas. El libro voluntariamente muy abierto, sonando la cola aún olorosa del lomo, para ofrecerse en un plano extendido, y el dedo índice del padre de José Cemí, apuntando dos láminas en pequeños cuadrados, a derecha e izquierda de la página, abajo del grabado dos rótulos: el bachiller y el amolador. El primero representaba la habitual lámina del cuarto de estudio, con el estudiante que en la medianoche apoya sus codos en la mesa, repleta de libros abiertos o marcando con cintajos el paso de la lectura. En el centro de la mesa un calaverón, allí colocado tanto como pisapapeles inoficioso, sin aplicación casi, como ingenua balanza del aprovechamiento de las horas, o como nota a lo Zurbarán, de expresar la muerte con el frío blanco de la luna de las túnicas de los dominicos, o de los blancos manteles de los refectorios donde se alude a San Bruno como el santo del día. A su lado, el grabado que representa el amolador, con su hinchada camisa por un airecillo de lluvia, un pañuelo desalmidonado ciñéndolo como las fiebres de unas paperas, y la rueda envuelta en un chisporroteo duro, como los rosetones de la lluvia de estrellas en el plenilunio. La ávida curiosidad adelantaba el tiempo de precisión de los grabados, y José Cemí detuvo con su apresurada inquietud el índice en el grabado del amolador, al tiempo que oía a su padre decir: el bachiller. De tal manera, que por una irregular acomodación de gesto y voz, creyó que el bachiller era el amolador, y el amolador el bachiller. Así cuando días más tarde su padre le dijo: —¿Cuando tengas más años querrás ser bachiller? ¿Qué es un bachiller?—. Contestaba con la seguridad de quien ha comprobado sus visiones. —Un bachiller es una rueda que lanza chispas, que a medida que la rueda va alcanzando más velocidad, las chispas se multiplican hasta aclarar la noche—. Como quiera que en ese momento su padre no podía precisar el trueque de los grabados en relación con la voz que explicaba, se extrañó del raro don metafórico de su hijo. De su manera profética y simbólica de entender los oficios.

El bandolerismo, mal de contorno, falta de diferenciación bien marcada entre la ciudad y el bosque, tenía que ser destruido. Un grupo de oficiales, entre los que estaba el Coronel, fueron designados en las zonas de Cruces, Remedios y Placetas, con órdenes muy radicales. Era algo que todavía nos quedaba del siglo xix español, el bandido para los pobres, el cuadrillero que regresa de noche para entristecerse bajo las rejas con la hija del alcalde, las simpatías entre el jefe de los conspiradores y el jefe de los trabuqueros marginados a la ley. El Coronel pudo observar que muchos de los vecinos mantenían relaciones a lo Rastignac con los cuadrilleros. Tenía que ser la acción uniforme y forzosamente mortífera del ejército, que entonces se reorganizaba, para evitar el heroísmo falso derivado del machismo. De la autoridad burlada frente al bandolero sentimental, que así se hacía llamar, cuando en el fondo era un negocio cómodo, bien organizado y mejor establecido, sin riesgo alguno, pues las autoridades locales y los vecinos ricos intervenían para llenar sus marsupias, obligando con aquellas "bandas blancas" a los negocios que le eran convenientes. Cuando el Coronel paseaba con el cura, el alcalde, el jefe de policía, el médico de la casa de socorro, el pueblo necesitaba esas frases, que son de su gusto, chorro de su leve resentimiento, recostado en frases viejas como la modorra y el tejón: "Todos roban", "los infelices pagan las consecuencias", "ningún rico va a la cárcel". No estaban acostumbrados a las actuaciones de un cubano fuerte, viril, que en cualquier latitud donde estuvo se ganó la admiración, y que pronto metería espada de arriba a abajo, persiguiendo los bandoleros hasta llevarlos a sombrearse en el patio de las cárceles, y llevando al Juzgado los nombres de los comprometidos en las zonas urbanas, lo mismo autoridades enmascaradas, que ciudadanos presuntuosos, y comunicándolo después al Estado Mayor en un informe, donde consignaba que el bandolerismo no sería posible sin la cooperación solapada y bien pagada de muy principales autoridades. Pero fue otra la gesta por la que se ganó la buena y graciosa simpatía del pueblo de Dios. Había salido a darle alcance a un campamento de bandoleros, cubierto por matojos de lianas, cocoteros y ceibales. Empezaron los fogonazos de la persecución, pero parece que por algún río seco soterrado, ahora enriquecido de estalactitas y túneles sombríos, se habían fugado los malhechores, para caer la cuadrilla completa en la próxima trampa tendida. En el centro del desaparecido vivaqueo, un caldero de cobre esparcía los aromas de un pollo avivado por el zumo del sofrito y un arroz engordado por el lúpulo cervecero. Buena introducción al mandibuleo criollo, picado por la costumbrosa cerveza fácil. En bandeja cercana, sobre los potros que ofrecían su madera aún gruñona por el corte reciente, la guayaba también matinal y reciente, apisonando las lascas porcinas con listones rosados, que provocaban al ramito del perejil en la punta de las zonas palatales. Un lépero, flacucho mestizo, perdida ya la dentición, achicado el cráneo, pavoneaba su pesimismo acerca de la ingerencia de la delicia, enfrentada con un apetito descomunal. Decía: Creo que está envenenado, yo no lo comería, le han echado pluma de sijú con muérdago. Y meneando la cabeza amenazaba presagios y honduras de mortandades. Alzando una estaca, al centro de las bandejas, había cruzado huesos y puesto con deficientes exclamaciones: Veneno.

Entrando por el centro del nudo, que le revelaban de pronto que todo aquello eran engañifas, pues qué sabían esas gentes de veneno, y las mismas señales evidenciaban la mentira, pues eran más bien burlas dejadas al paso, en la imposibilidad de apechugarse por los malechores se dirigió el Coronel al caldero central y lo destapó. Los legionarios retrocedieron, como en los tiempos bíblicos, ante el sofrito que retumbaba en la espesura del caldo arrocero, como un monstruo que agoniza al llegar la marea baja. Levantó un ala, que por la blandura del perfumado vapor asimilado, se extendía por las opulencias de la pechuga, y comenzó a desgarrarla. Hacía bien visible el alón, para que la tropa abandonara el miedo del veneno, como si fuera un racimo báquico. La alegría fuerte, que marcaba las líneas de la cara con decisión dominante, hizo que el resto de la soldadesca comenzara a acercarse a los calderos, sirviéndose raciones hechas para lestrigones. Bajo la tonancia gastronómica la tropa se alzó en aleluyas corales, con entonaciones como de carga inmóvil, y en medio el Coronel cantando hurras, voces de mando, con la soberanía de un gigantoma muslo de pollo, que trazaba una rúbrica para columpiar sus canciones, terminando en el punto cerrado de la boca, brillosa por la grasa y las escamas de la cebolla.

Era la primera ausencia del Coronel desde sus bodas. Para paliar la melancolía, la señora Augusta había ido a acompañar a Rialta. La compañía se hizo más cercana, cuando un tifus grave se apoderó de Rialta. El antiguo señorío de la señora Augusta volvió a tener oportunidad de esplender. Rodeada de ordenanzas, en la serenidad propia del campamento, su fino arte doméstico de ordenar y mandar volvió a tener su gustosa escenografía, donde de nuevo su voz y su perfil tuvieron eco. Tenían entonces las casas, además de la puerta mayor, otras dos puertas, que después se reemplazarían por ventanas, pues ya, ay, no había portales, y las puertas accidentales eran como el pórtico consagrante de los sillones dinásticos. En lo que pudiéramos llamar horas feudales o recordando al Duque de Berri, las horas muy dichosas, después de las diez de la mañana, o antes del almuerzo, para darle al tiempo una extensión más genuflexa, horas del infrarrojo, en que la casa se avivaba por los destellos de la limpieza reciente, o a la hora clásica del crepúsculo, ya estaba doña Augusta sentada en el sillón de mimbre blanco, con algunas resquebrajaduras en el aceite de la pintura, o en la butaca, con una banquetica, donde, como los guitarristas, apoyaba el pie izquierdo. Cuanto periódico o pregonero de billetes pasaba por allí, recibía su llamada perentoria, acompañado de un imperioso movimiento de la mano derecha, que indicaba las órdenes de un acercamiento rápido. Leía entonces el periódico, como una sábana transparente, rendidos ya sus secretos, con una morosidad que revelaba la saludable plenitud de su curiosidad. Cuando comprobaba billetes, perseguía que algún guarismo de la cantidad fuera el número cinco, porque, según decía con un pitagorismo improvisado y asimétrico, él era la mitad de las cosas, y lo más aproximado a la mitad de las cosas que no tienen mitad, y como en el azar es muy difícil la unión de dos mitades exactas, prefería lo que Le Corbusier llamaría muchos años más tarde el modulor. Los días que recibía su mesada, partía de compras con una de sus hijas. Después, reaparecía con objetos de arte, que eran la delicia de la casa, pero cuyo elevado costo a todos intranquilizaba. Un día llenó de júbilo más a sus nietos que a sus hijos. Traía un cofre alemán, muy ornamentado de relieves barrocos, diciendo en el momento en que lo enseñaba: Es de un pueblo de Alemania, que vive tan sólo dedicado a hacer estos cofres. Cemí vio el camino trazado entre las cosas y la imagen, tan pronto ese pueblo empezó a evaporar en sus recuerdos. Veía, como en un cuadro de Breughel, el pueblo por la mañana comenzando sus trabajos de forja, las chispas que tapaban las caras de los artesanos, la resistencia del hierro trocada en una médula donde parecía que se golpeaba incesantemente la espalda del diablo. Otro día hizo una entrada con más símbolo y melancolía. Era una mayólica que representaba una limosnera argelina, a su lado su hija con un alegre pandero bailaba y rogaba su cuota. Esa pieza hizo visible, hasta su segunda biznieta en cuya casa se mostraba, el espíritu estoico de la familia, que diferenciaba muy poco sus vicisitudes, pues apenas podía encontrársele signos exteriores de diferenciar los días serenos o gozosos de los tumultuosos o sombríos. Otro día su adquisición adquirió más rango mitológico greco latino, pasando por el rococó Luis XV. Un amorcillo se sentaba con *langueur* sobre las piernas de una galante pastora, estilo Quentin La Tour. Para evitar, discretamente, la polémica que demoró distingos en el Concilio de Trento, sobre la fuerza generatriz de estos cupidillos, reclinaba sobre las dos piernas cruzadas, un opulento carcaj escarlata, poniendo así fin al debate entre el Greco, Swendenborg y Boehme, sobre la edad y la potencia creadora de los ángeles. La señora Augusta exhumó de la caja la pieza cazada aquella mañana de cobranza, y paseándola en triunfo por la sala exclamaba: Es su biscuit firmado, sólo los biscuit muy buenos llevan firmas. Y su índice señalaba para el follaje y subrayaba: Baudry, al mismo tiempo que el cupidillo, moroso en la luz, rodaba en la palma de la mano de los curiosos familiares.

El recuerdo de la señora Augusta, a través de las generaciones, no tan sólo se fundamentaba en tres o cuatro piezas de cerámica y grandes calderos de cobre en donde colo aba sus matas de arecas, sino en sus relatos entrecortados, dispersados por los arenales de las generaciones, pero reconstruidos por la calidad muy firme de sus proverbios. Así recordaba una familia matancera de muchos faralaes y campanillas, dueños de muchas doblas isabelinas, pero donde la esposa tenía que sufrir vejaciones y mortificaciones frecuentísimas. Después de desmontar la familia, su memoria era fácilmente precisa; sumando sus acarreos, como en sueños rubricaba con un aforismo, oído tal vez a su padre, que era sevillano, con carrera en Madrid y en Lovaina: Eso es como escupir sangre en una bacinilla de oro. Esos refranes los decía de una manera donde la majestad de la sentencia se igualaba con su justeza o su donaire. Los majestuosos colores de la sangre y de la bacinilla de oro, se alzaban a igual altura de la terrible molestia o indecisión del que vive en doradilla frecuente, pero lleno de irregulares tratamientos y de tironeos sombríos. Otro de sus proverbios lo ponía al final de un extranjero furibundo. Pelirrojo, mínimo y grosero, no obstante, atraía y congregaba. Salía como a mediciones, y después volvía a bizcochos y a brandies. De las muchas seguridades que se traía, sólo abría un poco la mano, eso bastaba a que le batieran congratulaciones y risas. La señora Augusta movía la anchurosa noble testa, y concluía: El inglés que da dinero es buen inglés. Con eso sólo sonrojaba a los que la oían, que así se daban cuenta que la otra malicia criolla penetraba tranquilamente sus intenciones adulonas. Pero donde su reposada sabiduría paremiológica alcanzaba celeste sin zureo de mosca, era en el refrán que volcaba sobre unos vecinitos de la esquina. Allí estaba como recogida de la casa una flacucha de doce años, aunque su sonrisa entreabría río creciente y matinal y su mirada atraía y rimaba. Cualquier familiar le endilgaba malas notas, pereza, gracias fofas, cuentos torpes. Doña Augusta afirmaba milenaria, llorosa casi: La caca del huérfano hiede más. ¿Lo había ella oído como refrán? Era uno de esos rezumos que cada familia obtiene como una fulguración graciosa y sabia. Sin un repaso excesivamente sudoroso, jamás logró encontrarlo fijado en los refraneros. Lo cierto es que se lo había oído a su padre sevillano, sutil como todo español para la situación de realidad y llanto, que al aplicarlo ella, ya muy adentrada en la bondad criolla, lo llevaba a la ocasión de malicia tierna, de situación desolada salvada como por la aparición mágica de la pequeña cola de un perro querendón. La caca del huérfano hiede más: cuando lo había oído en su niñez, le producía risa ver en boca de su abuela la palabra pícara. La única vez que se la oyó y sólo en las opulentas gracias de esa frase. Pero al paso de muchos años, casi le daba la clave, de algo que para José Cemí había resultado incomprensible, la estrofilla aquella de José Martí, "ofendido del hedor", "a mis pies vi de repente", "un pez muerto, un pez hediendo", es decir, la presencia de lo nauseabundo contrastado con la del esplendor, lago seductor, barca, oro puro, alma como sol. De la misma manera, la legendaria gruta mágica de los cuentos infantiles, donde la huérfana carece de zapatos de cristal y de aljófares para su cabellera, recibe por la bondad que se deriva de una incomprensible sabiduría que lo que es una gracia en casa de garzones, es en el huérfano, sin padres que lo acaricien, en esa misma casa que aprisiona su tristeza y siendo el mismo imprescindible deleznable, un enojo y una maldición.

La alegría melancólica de la convalescencia hacía que la señora Augusta, al sentir ya que la enfermedad y la muerte se alejaban, se sintiera más valerosa para hacer ciertos relatos que se veía que pesaban mucho sobre sus recuerdos. Así, un día que José Cemí, sentado en el suelo arreglaba sus libretas de clase, pudo oír a la señora Augusta, que con serenidad que aunque con una visible tristeza, pero indescifrable, le relataba a su hija Rialta: —Se había preparado la exhumación de los restos de papá para aquella tarde, húmeda, con los pinares abrillantados por un rocío funeral. Mis hermanos no querían llevarme, pero yo insistí tanto, lloré, supliqué, que aunque me relataron por anticipado la sombría ceremonia, no les quedó más remedio que sumarme a los demás familiares, que en dos grandes máquinas de entierro se trasladaron para rendir la guardia de la ceniza. Yo me había hecho la idea que en una forma u otra iba a estar cerca de mi padre, y eso me impulsaba y casi me enloquecía. Pero lo que aquella tarde vi rebasó todas mis suposiciones, todas mis posibilidades imaginativas, sobre la línea donde lo irreal pesa más que lo real y le da como pies para andar. El silencio parecía deshacerse aconsejándonos que no le diésemos una seriedad tan excesiva. Los golpes sobre la caja remataban en las voces innumerables que se fraccionaban en los pinares como carcajadas que salieran de la tierra. Al abrirse la caja vi a mi padre por última vez, estaba intacto, con su uniforme de jefe de la policía de Matanzas, con las condecoraciones y las insignias de su mando. Intacto sí, aunque, ay, era tan sólo polvo intacto. La cara severa, y triste, parecía resumir todas las variantes de este mundo. Fue un instante de asombro, pues el polvo al recibir el aire crujió imperceptiblemente, perdió su forma y se deshizo en un montón coloreado de huesos y fragmentos de galones, hebillas y cobre de condecoraciones. A pesar de la perfección formal, fue como una visión, pues con una levedad inaudible corrió a esconderse entre las sombras. Al regresar me sentía como roída por una alegría indefinible, pues entre el polvo y la sombra, lo había vuelto a ver de nuevo, a pesar de hacer más de veinte años de su muerte. Pareció como recibir la orden de nuestras miradas para ponerse de nuevo en marcha hacia las moradas subterráneas. Entre nuestras miradas y el polvo, su solemne presencia pareció colmarnos. Nos dio como una última orden, que sin poderla interpretar nos llenó y nos recorrió de nuevo.

—Pero ¿qué haces tú ahí? —dijo doña Augusta mirando a su nieto—, estas son cosas que no deben oir los niños. Después, por la noche, te sientes inquieto y aprietas con temor las manos de Baldovina. Si me hubiera dado cuenta que estabas ahí no le hago este relato a tu madre.

Esa noche volvieron las pesadillas a cabalgar de nuevo las Erinnias. José Cemí, infantil general de tropas invisibles, se encontraba frente a una llanura, a la que daban numerosos desfiladeros entrecortados de helechos y cascadas. La llanura recorrida por coros cantantes, por escuadrones de disciplinantes diálogos casi secreteados. Las figuras, aisladas y solemnes, con los contornos de sus trajes de etiqueta cubiertos de un tafetán negrísimo y aceroso. Sus botones destellaban como las piedras batidas por una cascada. Se tocaban esas figuras en remolinos de polvo y sombras, que levantaban el perplejo de los habladores corales en torno. Pero el asombro era más bien para la pausa de la suspensión, hasta que recobraban de nuevo la figura jubilosa y exacta. A veces el humillo inconexo y sin posibilidades de soldadura se enredaba en sus vacilaciones, en sus escarceos errátiles, hasta reobrar de nuevo sobre el centro formativo, arcilla irradiante de su figura. Después, recorría libemente aquellas posesiones tan vigiladas por centuriones y gendarmes. Portaba al hombro el rifle de su padre y se sorprendía de no alcanzar los avisos de la vigilancia. A la salida, el jefe de los guardianes le llamaba la atención. Pero él contestaba que todo había sucedido en sueños, y que para comprobarlo, se lo podía preguntar a una muchacha que también estaba por aquellos jardines. Después le molestaba que el jefe de la guarnición pudiera sospechar que él se había besuqueado con la muchacha abusando de la erótica humedad de aquella hechizada floresta. Sin mirar hacia atrás, para demostrarle la mayor seguridad al jefe de la vigilancia, continuaba su paseo con la escopeta de su padre al hombro, viendo, con fingida inmutabilidad, cómo los cuerpos, en las extensas invitaciones que le hacía la llanura, se trocaban en los polvosos remolinos y después volvían a rehacerse de nuevo en las falsas seguridades de sus acostumbradas figuras.

Aquella mañana doña Augusta, en compañía de su nieto, quería ir a la iglesia de la Merced, a dar gracias por la curación de

Rialta. Al encontrarse a la entrada con los pobres, vi que devolvía el saludo con una sonrisa de clase *ancien régime* pudiéramos decir. (Esa sonrisa después alcanzaría su perfección en Rialta.) No era una sonrisa de alegría o de simple darse cuenta de un golpe de ingenio, sino su finalidad parecía consistir en inspirar confianza, en demostrar en una forma visible para los demás que sus sentimientos no habían cambiado. Los limosneros contestaban con igual sonrisa de fino reconocimiento, parecían querer decir que estaban seguros de su regreso, de que no olvidaría a sus pobres. La sonrisa de cortesanía en los limosneros, cuando no reciben la limosna esperada, cuando son entes que conllevan su destino con profundidad, es una de las cosas de más terrible lectura que puede ofrecer la medianoche del cerco de las lamentaciones. Parece decir esa sonrisa, seguiremos caminando y penando, seguiremos en el mismo misterio, hasta que su *ordocaritatis* esplenda y nos comunique el fulgor de la gracia de la cual brota esa sonrisa. La sonrisa y el tintineo de las monedas que regalaba doña Augusta, dejaban intacto, sin alteración, aquel mundo, no llevando aquellas sombras hasta su deslizamiento, su desaparición, como esas sonrisas que Rembrandt ha sabido esconder mejor que nadie entre las columnas de grandes templos.

Al pasar delante de la urna que reproduce en cera a Santa Flora muerta, doña Augusta le dijo a su nieto: —Es una santica que está ahí, muerta de verdad—. La cera de la cara y de las manos perfeccionaba lo que yo, por indicación de mi Abuela y por desconocimiento de que existiesen esos trabajos en cera, creía que era la verdadera muerte. Que allí no había una imagen siquiera, sino un corrientísimo molde de cera, ni siquiera trabajando con un exceso de realismo que se prestara a la confusión, no podía ser precisado por Cemí, a sus seis años, en que iba descubriendo los objetos, pero sin tener una masa en extenso que fuera propicia a la formación de análogos y a los agrupamientos de las desemejanzas en torno a núcleos de distribución y de nuevos ordenamientos.

El relato, en el que Cemí había sorprendido a su Abuela, hablando del día de la exhumación de su padre, desaparecido en un súbito remolino de polvo casi invisible, y la amarillenta delicadeza de la cera de Santa Flora, que ya sentía como la extendida sombra violada de la muerte, comenzaban a depositar su reacción en la sonrisa de doña Augusta y de Rialta. Esa sonrisa su imaginación volvía a inaugurarla cada vez que era necesaria una introducción al mundo mágico. La sonrisa que observaba en su abuela y en su madre, no era causal, no era la respuesta a una motivación placentera o jocosa. Era el artificio de una recta bondad, manejada con delicadeza y voluntad, que parecía disipar los genios de lo errante y lo siniestro. El acercamiento de Cemí a las demás personas, dependía del remedo que lograran esbozar para él de aquellas dos sonrisas, donde lo artificial ancestral se decantaba finalmente en la bondad y la confianza, como si penetráramos por los ojos de los animales que contemplan el paso de un tren, dándonos el reverso de un mundo de iluminación, liberado de toda causalidad, en la dorada región de un sereno prodigio.

El frío amarillor de la piel, semejante al extenderse del agua, penetraba por sus pesadillas. Baldovina dormía entre Violante y José Cemí, haciendo cuentos de su aldea con incansable verba, en forma circular, sin preocuparle el fin del relato. Eran sus cuentos comienzos de fábulas, pragmáticas introducidas a La Fontaine, o relatos de sangre. Era una mocita en Cerezal de Aliste, ansiosa ya de paseos en compañía de cabreros y de mozas mayores. Trepaban a los árboles, descubrían nidos, lanzaban silbos estivales, palmeaban o remontaban el canto, entre grupos de mozos o mozas, que ya pasaban de la niñez, y Baldovina estaba ansiosa de lucir la edad que permitía esos paseos. Pero el grupo avivaba sus malicias para jugarle alguna mortificación divertida. Vieron un nido de perdiz, repleto de huevos, abandonados con odio que atravesaba como una espina los maliciosos ojillos de la perdiz. Los mocitos vieron un bolso delantal, que Baldovina llevaba ceñido a la falda, comenzando con fingida generosidad y como si eso fuese costumbre entre ellos, a llenarlo de los huevos de la perdiz. Fingían después el olvido de aquel bolso. Baldovina no quería romper ese olvido, para no subrayar su condición de novata en la romería, y entonces comenzaban a darle palmadas en el bolso, las mocitas venían a sentarse en sus piernas, disfrazaban tropiezos. Como los demás fingían olvidar que allí estaban los huevos de la perdiz, ella no quería despertarlos o avisarles con inoportunidades, hasta que el olvido, en este caso verdadero, la fue ganando. De regreso a la aldea, los mocitos maliciosos le inquirían a Baldovina por los huevos de la perdiz, que estaban todavía dentro del olvido. Pero ya a estas alturas del relato, era Baldovina la que fingía e iba tejiendo otro final del cuento que no era el que ellos esperaban. Automáticamente se llevaba la mano al bolso del delantal, sorprendiendo allí cáscaras aplanadas, yemas germinativas y clara de resguardo confundido como un excremento de natilla. Baldovina, al pasar frente a la casa del mozalbete que había dirigido la operación del burlesco oval, tocó con decisión la aldaba y al abrirle la puerta, le dijo a la hermana del malicioso: Aquí vengo a dejarle estos huevos de perdiz que me regaló su hijo, y sacando la deleznable carga, anegó con la sustancia azufrosa la entrada de la casa, quedando como burlada burladora. Otras veces era el agricultor mofletudo, que entraba en el pueblo con su mulo opulento de jaeces y estatura. Le preguntaron al campesino cómo lograba esos efectos de grandor sobre sus animales: —No es el comer, sino el recomer lo que agrada el mulo—. Después de esos relatos, Baldovina creía que Violante y Cemí dormían y apagaba la lamparilla, una bala de cañón con un foquito. Inmediatamente, el remolino del cuerpo que se deshacía en polvo; luego, lentamente, la palidez cerosa de Santa Rita se precisaba en José Cemí. Colocaba el pie en el extremo de la cama de Baldovina, y así, como sintiendo ese resguardo, se adormecía lentamente. En la medianoche, se despertaba sobresaltado, el pecho pasaba de silbo a soterrado retumbo, los ojos muy agrandados; el sudor, breve en su frío, por el cuello y la frente. Baldovina, despertada por el aumento del fuelle, iba a buscar una cucharita de jarabe de tolú y brea, cuyo calor licuaba el erizo bronquial, haciéndolo dilatarse y pasando ya por sus aspilleras el aire del buen sueño.

Baldovina hacía sus comentarios con la señora Rialta. Rialta pasaba la noticia, para que se ocupase en descifrarla, al Coronel que se reía, la convertía en burlas, para no hacer acopio de laberintos, como después, desdichadamente, harían los padres con los hijos, convirtiendo una etapa en un sistema y llevando aquellos presuntos Edipos de bolsillo a enfrentarse con la cara pecosa del siquiatra y comenzando allí realmente la danza decapitada de horribles complejos. Se limitaba, cuando José Cemí despertaba al romper un alba húmeda que le había estropeado el historiado bronquio, a esconderse detrás de alguna puerta y con voz fingidamente cavernosa, levantaba una salmodia funeral:

Cuando nosotros estábamos vivos,
andábamos por ese camino,
y ahora que estamos muertos,
andamos por este otro.
Tilín, tilán,
míralo detrás de Bolán.

Aunque Cemí reconocía de inmediato la voz de su padre, le asustaba ese disfraz de muerto. Le aterrorizaba que su padre jugara una burla donde él era el muerto. Le quedaba aún la vibración anchurosa de la carcajada de su padre, y se le hacía muy extraño aquel disfraz de muerto. Pensaba en la muerte, en el cuerpo deshecho en remolinos de polvo, la extensión cerosa del rostro viviente, pulido de Santa Flora, y sentía la carcajada de su padre, como quien al atravesar un puente en la noche, mezcla la impulsión de las alas del custodio y la rapidez como soplada de las piernas. Su padre, con el disfraz de la muerte y el recuerdo de la carcajada tratando de destruir la imagen, como el granizo al formar un bloque de hielo, de lo que desaparece, como si le remacharan las tablas del entarimado que lo sostenía, y ya entonces caía de bruces, remplazándose el golpe en la frente por silenciosas carcajadas de algodón, que arden con levedad, desprendiendo un humo como si la figura antes de hundirse se quitara el sombrero, de acuerdo con una tradición milenaria y desconocida.

La primera excursión del Coronel a Kingston, acompañado de su familia, la esposa y los dos pequeños hijos, fue tan sólo un escarceo, que engendró meramente escenas de hotel, consideraciones sobre la energía solar, en disputas con un médico pelirrojo y ridículo. Después, en México, sutilezas para no perderse en las fiestas de los danzantes enmascarados. Ahora había sido enviado a Pensacola, para hacer prácticas de artillería de costas y estar ojo avizor sobre la perfección, la *performance* de las tropas americanas que iban a ser enviadas a distintos frentes europeos. Otra vez, la primera en los días de la emigración del separatismo, la familia iba a sufrir un sumergimiento, una ruptura, ¿una profundización en la dimensión de verticalidad tierra-cielo? Lo cierto es que la catástrofe que se avecinaba, abandonaría la familia a su dimensión de imagen, de ausencia, como si el espíritu de lo errante al ser abatido por una gravitación sólida, trágica e incontrastable, diera, por instantes, signos de agudeza, que llevaran la familia a un impedimento para alcanzar metas de grandeza y de dominio, que esbozadas por el Coronel, se abaten como un lamentoso de rapidez épica en el destino de su hijo, y como en definitiva la espiral levantada por el padre, al consumirse en el monótono y desesperado destino del hijo, logra realizar el esplendor de un destino familiar, donde cada uno de los sobrevivientes logra prolongar la casi gloriosa visibilidad de sus misterios, en una forma silenciosa, obstinada, rebelde, desdeñosa, con todos los atributos de las antiguas aristocracias clásicas y criollas, apareciendo esas mismas lejanías y apartamientos que vienen a integrar los estilos más verídicos y mantenidos, como los asideros de su perdurabilidad.

Se instalaron en el campamento de Forth Barrancas, en una típica casa de polígono militar, pintada de un gris espeso, con los barandales y columnatas del portal excepcionándose en un verde aceituna, que parecía desear más integrarse en la grisalla del maderamen que en una proclamación primaveral. Abajo, rodeados por el portal, que se interrumpía para darle paso a la puerta de la cocina, la sala y el comedor, donde un espacio no atribuible, no nominado, mostraba escasos muebles, propios de una familia que hace una estancia provisional, no muy a gusto. Los retratos, colgados de las paredes que parecen expelerlos, son los otros integrantes ausentes de la familia. El reloj, agrandado por el deseo de regreso, es apreciable desde cualquier ángulo de la sala, como si el reverso de aquellas horas, que suena en otras regiones, fuera el que tuviese contenido.

La casa tenía un primer piso ocupado en su totalidad por dos piezas, que ocupaban todo el frente y uno de los laterales, comunicados por una de esas puertas de una sola hoja, tan frecuentes en el norte, y que parecen suprimir toda la liturgia, que en materia de puertas viene desde el *Yi King* hasta el *per angostam viam*. Baldovina, Violante y Cemí pasaban las mañanas; eran los reflejos, los tonos intermedios, que hacen que se retengan más semanas de vacaciones, en la azotea o en la playa. En el recuerdo: luz olorosa a naranja, metamorfosis de las cabelleras en raíces, cántaros que vuelcan agua sobre deliciosos brazos dorados. Desde la azotea se contemplaba casi toda la casa del vecino: el lieutenant Ginsley, casado con la hija de una modista lyonesa, y que para mantener en pie esa etiología latina, recibía con exagerada cordialidad a todos los que suponía ramazones, siquiera fuesen amarillentas y agujereadas, de la "latina estirpe". Dos hijos del matrimonio, Grace, de dieciséis años; Thomas, de catorce. Ambos muy parecidos en las generalizaciones descriptivas, pero muy diferenciados por los detalles. En Grace, cabellos enmielados, ojos de un ingenuo glauco, mejillas suaves llenas, con zonas para un rosa acorralado por la blancura excesivamente lechosa. En Thomas, si nos fijamos con más acuciosidad, observamos que las mismas cualidades entreabren matices que le dan más difíciles calidades, por ejemplo, aquella miel de los cabellos de su hermana, parece mostrar en él como unas manchas violetas, más sensibilidad para los reflejos, los tonos intermedios, que hacen que se retenga más en el recuerdo la cabellera después que ha desaparecido la figura. Las mismas mejillas de Grace, permaneciendo abullonadas, róseas, muestran en el hermano más perfecto cóncavo, menos regalía en la grasa, menos temblor al hablar. Y donde se agudizaba más el matiz era en los ojos, en Thomas eran más irisados de soplados venablillos, más ricos en la devolución y proyección de la luz.

El trato de José Cemí con Grace y Thomas, era en exceso contrastado, si por la mañana Grace lo había acompañado con ternuras e ingenua voluptuosidad, por la tarde Thomas le mostraba un signo desagradable, una indisimulada señal de desafección.

Aquella mañana Baldovina se había quedado un poco atrás en el seguimiento de José Cemí y Violante, que habían ido a la playa acompañados por Grace. La brisa playera y las salpicaduras del oleaje, avivaban la fineza porosa de la americanita, el encendimiento de sus labios y el verde frutal, laqueada pulpa californiana, de sus ojos. Se mostraba inquieta, muy rápida, había recogido un balón de colores fatuos, salido de la órbita de unos jugadores cercanos, y lo había devuelto sin fijarse en el gracioso y preciso efecto de su destreza. Sus delicados brazos, como impulsados por un encantamiento, profundizaban un hoyo que ya mostraba la humedad arenosa del agua que se extendía más allá de sus visibles límites.

Tan pronto el hoyo mostró las dimensiones capaces de acoger en sus profundidades a Cemí, Grace le hizo una seña para que se instalara en aquella graciosa hondonada, invitándolo después a que siguiese cavando, para descender ella también al pequeño abismo rosa, pues el aguijón solar, picando incesantemente a la marina matinal, deslizaba como un despertar que todavía retuviera mucho de su humedad somnolienta, producía un tono de rojo cangrejo, del lujurioso interior de una valva de ostión. Cuando en el hoyo pudieron situarse los dos, Grace le indicó a Cemí otra operación, cuya finalidad éste desconoció. ¿Pero acaso la excesiva claridad playera no hacía cerrar los ojos con mucha frecuencia?, que fuera cogiendo arena depositada alrededor del hoyo y se la lanzara por la espalda, haciendo así avanzar su cuerpo como una fatalidad, haciendo imposible el retroceso. Al mismo tiempo que ella, cierto que con más frenesí y como quien acaricia por anticipado su finalidad, lanzaba rápidamente puñados de arena a la espalda de Cemí, haciéndolo también avanzar. Pronto los dos cuerpos estuvieron uno contra el otro, estrechamente piel contra piel, sintiendo los músculos de las piernas y los del vientre, el suave temblor de un fragmento que se baña en la totalidad de un misterio cósmico que ya no asusta, sino que se silabea como fruición. En la lejanía se vislumbraba a Baldovina, que había plegado sus agujas tejedoras y que se acercaba un tanto inquieta, pues había precisado a Violante nadando por la orillera, al mismo tiempo que Cemí, por estar en el hoyo, sujeto a las deliciosas maquinaciones de Grace, se le había tornado momentáneamente invisible. La arena ondulaba levemente ante el temblor que recorría a Grace; ladeó después la cabeza, recostándola en el borde del hoyo, y Cemí precisó que Grace tenía los ojos llenos de lágrimas y que respiraba como si descansara de una carrera, hasta recobrar el ritmo de su costumbre. Baldovina se acercaba apresurando el paso, Grace de un salto de animalito satisfecho abandonó el hoyo y comenzó a caminar con mucha indiferencia por el litoral, llamando a Violante, salpicando a invisibles divinidades, cantando como si le quisiera dar las gracias a Poseidón, que pasaba por la línea del horizonte con sus barbas llenas de peces y el ronco sonido de su cortejo.

Desde ese día Grace le fingía indiferencia, mal fingida desde luego, pues no podía evitar al verlo sonrisas, aspavientos, o un discreto ocultarse de Cemí, para ver en qué forma manifestaba el anhelo de su búsqueda. Por el contrario Thomas le mostraba visible animadversión. Pasaba por al lado de Cemí sin fijarse en él, y cuando se sentía observado, contraía las mandíbulas y el rosado de sus cachetes recibía la momentánea agudización de sus vasos capilares. Al día siguiente del descenso al hoyo playero en compañía de Grace, en la escuela Thomas subrayó su odio con forzados tropezones, con palomitas de papel lanzadas sobre su pupitre, llegando su paroxismo a traer en su vasillo de agua un poco de tierra y tinta para lanzarla en su tintero y derramarlo. Pero en ese momento sonó el timbre, finalizando la jornada de la tarde, y Cemí abandonó la clase sin precisar las consecuencias de la inundación del pequeño río de cauce carbonífero.

Ya en la calle, Cemí se mantenía aún sobre sus perplejos. En la esquina, Thomas Ginsley se fue resuelto hacia él y apretando los labios, tal vez para que su furor no se escapara a bocanadas, masculló:

—Do you want to fight?

No esperó respuesta. De un manotazo lanzó al suelo la maleta escolar de Cemí y comenzó a pegarle. Cemí se repuso de la sorpresa, pero cierta indignación de protesta ante lo que sentía como una manifestación abusiva, lo llevó a reponerse y a cruzar, con las manos abiertas, las mejillas sonrosadas de Thomas. La camisa muy blanca del americanito empezó a recibir el riego de unas gotas de sangre. Thomas lloraba y su cara al vidriarse con las lágrimas afinaba aún más su angustia asustada. Cemí lo ciñó y logró derribarlo, en el suelo arreció sus golpes, y ya Thomas cruzaba sus brazos sobre el rostro para evitar la multiplicación de las cachetadas, cuando se vio aparecer por el comienzo de la cuadra a Sister Mary, a quien los alumnos por su palidez llamaban Mary Moon, seguida de otras tres monjitas. Los curiosos que contemplaban el improvisado gladio, dieron unos tirones a los graciosos luchadores que salieron disparados en opuestas direcciones. Cemí vio que aparecían Violante, Grace y Baldovina, sorprendidas las tres por su ausencia. Acarició, bruñéndola de nuevo, las arrugas de la camisa, sintiendo el crecimiento de su jadeo respiratorio, mientras su enemiga divinidad, el asma, se posaba, como una mosca gigante sobre su pecho, y allí comenzaba a zarandearse, a reírse, a engordar con tal rapidez, que sentía una opresión mucho mayor que toda la resistencia de su cuerpo para enfrentarla y burlarla. Baldovina comenzó a echarle fresco con su delantal y la mosca grande, lentamente, como protestando, se alejó por el aire macizo. Cemí pudo entonces reir, aligerar el paso, mostrarse obsequioso con Grace, que abandonando sus indiferencias y disimulos, le regalaba de nuevo con carantoñas y untadas palmaditas.

Aquella mañana el Coronel regresaba a su casa en el campamento de Forth Barrancas, tarareando, y al empujar la puerta de entrada, su alegre descuido, su despreocupación para no amortiguar el golpe, hizo que Rialta comprendiera que traía una buena noticia. Su fuerte alegría de todos los días, se aumentaba visiblemente cuando traía un motivo de excepción. Rialta, que lo intuía como si fuera una prolongación de su naturaleza, esperaba, irisando ya su contento, que mostrara el plausible signo de su alegría. El Coronel decía: ¿Te das por zalamatruquí? Palabra que quería decir, como al final de una adivinanza, ¿te das por vencida? Y así repetía el zalamatruquí mágico, hasta que Rialta declaraba que su intuición no le revelaba los detalles, cada una de las vicisitudes que venían a nutrir esa mañana los canales de su alegría.

—Figúrate —comenzó el Coronel hablando con un apresuramiento que lo sofocaba y enrojecía—, toda una hazaña de artillería napoleónica contra puntos móviles. Estaban todos los oficiales cubanos de la misión y los americanos que iban a partir para el frente de batalla europeo. Primero, los tres oficiales de más alta graduación de ambos ejércitos hicieron sus disparos de artillería de costa. Sólo los tres disparos que se hicieron bajo mis órdenes, dieron en el blanco. El coronel Hughes —era el jefe del campamento americano—, vino a felicitarme y a invitarme al banquete que mañana le dan en el campamento al general Pershing, quiere presentármelo "como representativo del ejército Hispanoamericano". Después se hicieron dos bandos de oficiales americanos y cubanos. Y los oficiales cubanos, dirigidos por mí, obtuvieron el triunfo. Los oficiales americanos vinieron a felicitarnos. Parecía una batalla —continuó riéndose—, donde al final los vencidos se inclinan con reverencia entregando el sable. Me recordaba esa tradición que va desde la Batalla de las Lanzas, evocada como un estilo que se debe siempre imitar por el cuadro de Velázquez, hasta el rendimiento en Ayacucho de los generales españoles. Es muy difícil tener un buen estilo en el acto de declararse vencido.

Por la noche fueron al cine del campamento. Película de espionaje, de explosión de barcos, de mujeres suspirantes, que le arrancan secretos a generales servios, de bigote color caramelo y de encías blancas, que al sonreir parecen, por el color de sus encías que se iguala al de la palma de la mano, como si nos dieran un apretón de mano, que suena como el entrechocar de los tacones del ejército prusiano. El Coronel había olvidado su gabán, se enrollaba la bufanda en torno al cuello para contrarrestar el cierzo de aquella noche de diciembre. Jadeaba, los humores invadían su nariz, congestionándola. La influenza había invadido el campamento, habían comenzado a morir los hombres de la misión. Se dictó un bando por el que los aquejados tenían que abandonar sus pabellones o sus casas para ir al hospital, a fin de evitar la propagación. Detrás de su gran alegría, la eticidad era el fondo del carácter del Coronel. Su jerarquía le permitía el no cumplimiento del bando pero su conciencia lo obligaba a que si él había dictado el bando, debía ser el primero en su acatamiento. Claro que con no confesar su enfermedad, era bastante. Pero su sentido poderoso para interpretar el *vin periot, soy forzado a ello,* el signo predominante de su alegría, lo llevaba a no rehusar esas pruebas, que él necesitaba como una forma de contestar a la voz que le deslizaba en el oído frases de alegría para su conducta. Era una forma de comunicarse con los demás, ofreciendo el contorno de su propia manera de verse y oírse, de sentirse como colmando lo que alguien le demandaba con misterio y rigurosa observancia. Había en la lejanía como una familia irreal pero gravitante, que lo llevaba siempre a un impecable cumplimiento moral, como si en sus sueños viera con terror sus rechazos, sus gestos de tibieza, sus cabeceos inmisericordes ante el cumplimiento de las leyes hieráticas e inexorables que parecía haber jurado.

¿Quién lo interrogaba? ¿Quién lo perseguía, cuidándolo? Había en él como una forma de contenerse a sí mismo, que parecía interpretar los designios de esa familia oculta —hilanderas, asambleas de reyes teocráticos, sueños de vidrieros medievales, desvanecidos centinelas mientras transcurría un milagro, procesional que une dos ciudades— familia que, en secreto, sin conocerla, cumplimentaba. Si su conducta se configuraba, adquiría un signo, el sólo hecho de imaginarse que podía causar un desagrado en esa familia sobrenatural, pero que él sentía como gravitante y real, lo intranquilizaba, le daba un sentimiento de fracaso, de hacer visible su debilidad, las horribles zonas dañadas que hacían que uno de sus fragmentos se considerara como un extranjero en medio de esa familia misteriosa, lejana, pero cuya respiración parecía sentir en la piel. Siempre vio en su familia cercana, su esposa y sus hijos, el único camino para llegar a la otra familia lejana, hechizada, sobrenatural.

Llevaba tres días con la gripe, la fiebre aumentaba al llegar el anochecer en una forma que comenzó a alarmarlo, Rialta enfermaba, y sólo José Cemí permanecía con su jadeo interruptor de la medianoche, pero incontaminado. Nunca tendría en su vida esa sensación de enfermedad a medias, de convalescencia tibia y familiar que es la gripe. El Coronel ya convencido de que su enfermedad necesitaba remedios de urgencia, la gripe lejos de ceder parecía como si le fuera a dar paso a males mayores, congestión pulmonar o bronconeumonía, además del ejemplo que sería que las tropas vieran en su jefe la aplicación del bando dictado, ordenó a su ordenanza que llamara al hospital para que fueran a buscarlo. Pudo apenas convencer a Rialta, embarazada de su segunda hija, de que ella ya no podía cuidarle, y la extrema gravedad, dado su estado, que tendría la prolongación de la gripe en ella. La poderosa salud del Coronel, la alegre confianza que emanaba su júbilo y su palabra muy rápida y adecuada, hacían que sólo se pensase en su restablecimiento, en el respeto que despertaría en la tropa su sacrificio, pues se sabía que era en extremo amoroso con Rialta y con sus dos hijos. Llegó la ambulancia, fueron los camilleros hasta su cuarto para transportarlo, se mostró reidor y dueño de la situación para no entristecer a Rialta. Cuando pasó la camilla por los corredores, Violante y José se asomaron a la puerta para despedirlo con besos y temblorosas manos. Rialta sintió plenamente el presagio, las nubes de desolación que parecían llegar con ordenanzas imperiales de sequía y de muerte. Fue la última vez que vieron el rostro de su padre. Cuando la camilla descendió los últimos peldaños de la casa, el Coronel lloraba.

En el hospital fue instalado solo en un cuarto, que era como el centro de los cuatro pabellones de que contaba. Cuarto dedicado a personas de gran relevancia en el campamento, pues habitualmente quedaba fuera de uso. Había llegado al terminar la primera parte de la mañana. Miraba por la puerta el movimiento de los corredores, con sus uniformes, pasos apresurados, urgencias de tiempo medido. Alguien encendía un cigarro, lo observó, pudo ver el colorín dorado de una cajetilla de cigarro cubano. Al resplandor de la cerilla vio que lo miraban con cierta fijeza. El Coronel le hizo una seña para que se acercara. Parecía como si estuviera convaleciente de una larga y peligrosa enfermedad y que, aunque mejorado, necesitase cuidados y ver el desarrollo de su restablecimiento. Pálido, la boca muy roja revelaba una intranquilidad circulatoria. Pescó en seguida el signo de acercamiento, oyó un ¿usted es cubano, debe de serlo, pues fuma uno de nuestros cigarrillos, su piel es también de los nuestros?

—Cubano, y además quiero felicitarlo por su magnífico disparo del otro día. No sólo es muy difícil hacer ese disparo sobre el blanco del móvil, sino también calcular la resistencia del cloruro de sodio de la atmósfera, y los efectos de esa sal de la atmósfera con el nitrato de la bala.

—¿Cómo usted sabe de ese disparo —le dijo el Coronel—, pues en el campamento no se puede llegar hasta la artillería de costa? Además hay órdenes de mantener en secreto el rendimiento de los ejercicios.

—Le explicaré, Coronel, yo estudiaba en Harvard numismática y arte ninivita. Becado me trasladé a París, de allí iba a salir una comisión para hacer excavaciones en Siria. Estalla la guerra y me veo obligado a enrolarme. Aunque fui destinado a la retaguardia, fui herido, en las escaramuzas finales de la batalla de Chateau Cambresis. Una astilla de un casco de obús se me alojó en la columna vertebral. Fui remendado, pero cuando hago algunos movimientos con el cuerpo, que no sé ni los que serán, pues lo mismo se me presentan en el sueño que en la marcha que en un sillón leyendo, me dan unas punzadas que son como si me pasaran látigo o relámpago por todo el cuerpo. He venido aquí a operarme, pero la operación es muy difícil, y los médicos gringos quieren estudiar bien el caso. Mientras lo estudian, doy algunas veces un grito de dolor, me desmayo y después me voy recuperando lentamente. Además, ya yo lo conocía a usted por referencia, pues en un tiempo fui muy amigo de Alberto Olaya, el hermano de su esposa Rialta. Le diré cómo lo conocí. Lo vi llegar al café Reino de siete meses, donde yo algunas veces libaba con gratitud, pues le había arreglado algunos latines fortuitos al dueño, que necesitaba esas sentencias imponentes de los moralistas latinos para causar efecto en sus rótulos. Allí había unos malandrines, medio maricas y cínicos de oficio, que le querían echar una lanzada. En cuanto vi llegar a Alberto, comprendí que se había fugado de la escuela, y que quería tapar la rebeldía ingenua con algunas aventurillas sonadas. Lo puse a salvo, estaba tronado y quería golpear por igual todo el bulto que formaban el cónclave de los malvados. Después, nos hicimos muy amigos en el ajedrez y en las matemáticas. Lo salvé en aquella ocasión. Aunque recuerdo que después de su retirada, trabó al iniciarse la medianoche relaciones con una pelandusca, que tan pronto llegó su familia del campo procuró darle alcance a su dinero por aviesos modos.

El Coronel soltó una de sus buenas carcajadas: —Si usted no conoce la segunda parte del lance —dijo—, se la voy a referir. La familia, unos buenos arrenquines léperos, le llevaron el caso a la audiencia, no querían himeneo, pero sí dinero. Como Alberto no otorgó procuraron arrinconarlo en la audiencia, pero allí los burló con desenfado que aún recuerdan y ríen los magistrados.

—¿Cómo usted conoció a la parte actora? —le preguntó un magistrado apoplético y pornográfico.

—Paseando por una de esas calles y avenidas —le respondió Alberto con cómica seriedad—, que la pública opinión conceptúa como gente maleante a los que por ellas transitan, hubo de acercárseme esa persona —y esto lo dijo Alberto con mantenido énfasis, mirando con desenfado a los magistrados—, la que ofreciéndome el precio de sus caricias y yo aceptándolo, se refociló conmigo durante toda la noche.

—Entonces —dijo el magistrado—, ¿en qué concepto tenía usted a la acusadora?

—En el de una meretriz, señor magistrado, una meretriz —repitió Alberto, escuchando las risotadas que su tajante afirmación había arrancado a la sala—. Después de hacer el relato, se veía al Coronel fatigado. —Cada vez respiro con más dificultad, me parece que el aire se endurece y pierde su transparencia —dijo con una lentitud, que no era el ritmo burlesco con el que había llevado el relato.

—Es la misma sal de aire, que pasó a su ecuación cuando lo del disparo, sólo que ahora es su cuerpo el que tiene que hacer la ecuación. Duerma un poco y verá en el sueño destruir esos cristales del aire—. Se retiró, porque vio llegar a un enfermero que iba a inyectar al Coronel. Al salir hizo un movimiento con la cabeza, que revelaba que se sentía temeroso ante la gravedad del caso. Había visto unas manchitas de sangre sobre la boca del Coronel, lo que le hizo comprender en seguida que el tratamiento aplicado no había dado resultados. Cuando jugaba al ajedrez con Alberto, tenía siempre la idea secreta de que llegase el Coronel y conocerlo, pero el azar no fue nunca coincidente en ese sentido, y ahora llegaba para verlo agonizar.

Al día siguiente por la mañana, Rialta, que estaba en ese momento en que la gripe consigue su fiel entre el empeoramiento o la convalecencia, fue a visitarlo al hospital del campamento. Estaba muy decaída además del séptimo mes de embarazo en que se encontraba, su temperamento la llevaba a precisar siempre los rasgos de lo peor.

Cuando llegó frente a la cama, no pudo evitar abrazar a su esposo llorando. Le había encontrado la cara muy desfigurada, las uñas muy moradas y respiración en extremo dificultosa.

—¿Por qué lloras si dicen los médicos que estoy mejor, y que de aquí a tres días estaré ya en pie? Después voy a pedir mi regreso a La Habana.

—Es que te veo muy mal —le dijo Rialta transfigurada, casi enloquecida, al ver la gravedad que se veía en forma terrible en el rostro del enfermo. Se le veía la muerte. Ella le veía la muerte.

Las primeras palabras que dijo, tenía que acompañarlas de un palillo algodonado que se lo llevaba a la nariz, extrayéndolo luego todo manchado de bolillas sanguinolentas. Luego respiraba un poco mejor. Luego volvía la disnea trabajosa, casi extraída de las entrañas.

En ese momento entraron el médico y el ordenanza del Jefe, para llevarse a Rialta, que sollozaba, pues el terror la dominaba. Había cobrado pavorosa conciencia de la magnitud del hecho familiar que se avecinaba. Empezaba a comprender lo que para ella resultaba incomprensible, la desaparición, el ocultamiento del fuerte, del alegre, del solucionador, del que había reunido dos familias detenidas por el cansancio de los tejidos minuciosos, comunicándoles una síntesis de *allegreto,* de cantante alegre paseo matinal. Y ahora, como un manotazo, la muerte, una nueva brusquedad, que detenía los dos ríos que se habían encontrado para alborotar de nuevo su oleaje. Y ahora iban a detenerse otra vez, a bifurcarse, a debilitarse, a sumergirse en grutas cuya salida era improbable y mágica. Todo eso penetró súbito en el rostro ahora sollozante de Rialta, y comenzó a temblar, como quien antes de enfrentarse con un nuevo destino siente en su cuerpo el dolor que nos da la iluminación necesaria para penetrar por la nueva puerta de oro con sombrías inscripciones.

Por la tarde, el ordenanza fue a ver al Jefe. Lo encontró ya con el habla un poco dificultosa. El destino hacía acrecer a cada uno de los participantes de aquella familia. Hasta la servidumbre sentía la arribada de lo trágico.

—Creo —le dijo a su ordenanza— que me muero sin remedio, creo que de hoy no pasaré, pues la respiración se me hace cada vez más difícil. Encárgale a la señora Augusta que ayude a Rialta mientras dure su embarazo, después yo sé que Rialta interpretará su destino, que será abrir el destino de sus hijos, en forma irreprochable. Cuando salgas, ve y tráeme a Rialta, pues quisiera hablar con ella por última vez. No sé si lo podrá resistir, pero así como mi destino es morirme, el de ella está en ser testigo de mi muerte. Y siempre creo que cada uno debe estar a la altura de su destino. Tráeme a Rialta —le dijo dándole la mano a su ordenanza, solemnizando así sus últimos instantes en relación con su familia.

En el resto del día, el ordenanza se mostró indeciso en transmitir el recado. Pensaba que si le decía a la señora Rialta lo dicho por el Coronel, ésta podía enfermar gravemente y entonces le echarían la culpa de las consecuencias de su indiscreción. Como, por otra parte, tenía confianza en el restablecimiento del Coronel, pensaba que después el mismo Jefe se mostraría contento de su actitud. Había observado que Rialta estaba muy inquieta, como si olfatease la inminencia de la suma gravedad de su esposo. No hablaba, como si temiese recibir del hospital la noticia de lo terrible. Sonó el teléfono varias veces y acudió corriendo. Eran llamadas banales, pero los acudimientos de Rialta eran cada vez más inquietos y sombríos.

Por la noche el Coronel respiraba con mayor dificultad, las uñas muy amoratadas, lo invadían sudores como si sus poros se abriesen para respirar. Pensó llamar al coronel Hughes, temió lo consideraran como un tímido ante un mal mayor. Vio venir varias veces a la enfermera, que lo inyectaba para estimularlo, sentía momentáneamente que un ardor lo recorría, con mayor escozor en los pies y en las manos. Después sentía una gran dificultad para mover el brazo izquierdo. Al iniciarse la medianoche, sintió el sudor más abundante y más frío. Vino la enfermera y le tomó el pulso. Llamó el médico de guardia, que ordenó nuevos estímulos. El médico se sentó a su lado. El Coronel lo miraba con ojos agrandados, estupefacto casi, como si contemplara una tragedia que se desarrollaba a su lado, no quería comprender que él fuera en esos momentos el centro de la muerte. El médico le dijo: —Creo, Coronel, que usted no está muy bien, ¿usted quisiera hablar con alguien de su familia?—. Sintió un negror en la frente que se ensanchaba, llegando a asordarlo. Llamar al jefe del campamento americano, le seguía pareciendo vacilación y timidez; llamar a su casa, sabía era un gran susto para Rialta. Se sintió en la absoluta soledad de la muerte. Y comenzó a llorar. —En el pabellón de al lado hay un cubano, hablé esta mañana con él, quisiera hablarle de nuevo.

Llamaron al cubano que lo había elogiado por la perfección de su disparo. —Querido amigo —le dijo—, no sé cómo usted se llama, pero me voy a morir y no tengo a nadie al lado. Estoy entrando en una soledad, por primera vez en mi vida, que sé es la de la muerte. Quisiera tener alguien a mi lado, pues no puedo llamar a mi esposa, y por eso le he suplicado que venga. Tengo un hijo, conózcalo, procure enseñarle algo de lo que usted ha aprendido viajando, sufriendo, leyendo —el Coronel no pudo seguir hablando.

—Me llamo Oppiano Licario —le contestó el llamado—. Conocí al hermano de Rialta, como le dije esta mañana, lo conozco a usted en este mal momento, que usted rebasará (sabía que era mentira pues la respiración era ya un estertor). Pero esté tranquilo, ahora mismo llamo a su casa para avisarle a toda su familia, que vendrá. Esté tranquilo.

Las lágrimas llenaban el rostro del Coronel. Al oír lo que

le decía Oppiano, sonrió como con alegría profunda. Hizo un esfuerzo como para respirar de nuevo, ladeó la cabeza. Había muerto. A su lado el amigo que había conocido por la mañana. Su alegría había terminado en la absoluta soledad del hospital y de la muerte. Su abundancia en los dones recibidos, en la aplicación de la alegría del trabajo preciso, su manera de llevar el destino de toda su familia como un San Cristóbal joven, se habían extinguido en la soledad del hospital, en la muerte sin compañía, en un destino trunco e indescifrable.

Rialta, mientras el Coronel se encontraba en el hospital, dormía con su hija Violante. José Cemí, en el mismo cuarto con Baldovina, hacía prolongados insomnios, pesadillas de bruscos manotazos en brusco despertar. Baldovina avivaba el carbón de la estufa antes de regresar para acostarse, vigilaba el sueño del infante. Rialta despertaba, atravesaba el pequeño corredor que separaba las dos habitaciones, y después de observar a su hijo y a Baldovina, regresaba a su cama, donde dormía Violante con placidez. Por momentos la inquietud, el temor, la cercanía del espantoso destino, tornaba más misterioso su recorrido por el corredor y la brevedad de su sueño. Siempre había sido en extremo sensible a las pisadas en la noche, a los paseos enigmáticos del gato, a la hoja que rueda hasta el vidrio de la ventana y allí la va apelotonando el grillo, convirtiéndola en el centro obsesivo de la madrugada. Aquella noche Cemí sentía los pasos atemorizados de su madre por el corredor, extendía la sábana hasta taparse la cara llegando, cuando su madre abría la puerta de su cuarto, a esconder la cabeza debajo de la almohada. Le parecía oir como una caballería de gran ruido.

De pronto, como una campanilla que se dilata hasta el rocío de las hojas nocturnas, el teléfono pinchado desde el hospital, pareció querer hablar como un estrangulado. El ordenanza acudió al llamado, la noche agrandaba el eco de las palabras. Rialta por los corredores en vela, con ojos de criolla para el presagio. Violante, al quedarse momentáneamente sola, se ovillaba entre las sábanas frías. Baldovina, rememorando la costumbre de su aldea castellana, llevaba otro carbón al fuego que vacilaba. El timbre llegó hasta el pequeño pecho de Cemí, se expandió, su respiración comenzó a vacilar. Se oía al ordenanza: *What do you say?* volvía a formular la pregunta: *What do you say?, what do you say?* Después, sin entender repetía, fragmentando lo que oía: *died, died.* Rialta se echó un manto sobre los hombros, acudió al corredor de la planta baja, donde estaba el teléfono. Dijo en inglés: Soy la señora del coronel Cemí, dígame, se lo suplico. Le respondieron: le hablan desde el hospital, el Coronel acaba de morir. Su temblorosa mano apenas pudo colgar el receptor. Nació en ella como un coraje inopinado, le dijo a Baldovina que se preparara para salir a casa del coronel Hughes, fue a su habitación, parecía un fantasma enloquecido, se vistió, recorrió la distancia que la separaba de la casa del jefe americano del campamento, seguida de Baldovina, que no acababa de precisar la razón de los pasos apresurados de su señora ni de la decisión de atravesar el campamento en la medianoche. Al llegar a la puerta de la casa del jefe americano, le dijo a Baldovina que tocase, pues ella no se podía ver las manos ni sentírselas. La señora, gentilísima, acudió ella misma para abrirle, sospechando que sólo la terrible noticia la podía llevar a esa visita en el pavor de la medianoche. —Me acaban de llamar del hospital —dijo Rialta llorando—, y me han dicho que el Coronel acaba de morir. Vengo a verla para que usted me haga el favor de llamar allá y me digan de nuevo si es cierto—. La esposa del coronel americano disimulaba con una gentileza ternísima, el pavoroso momento que atravesaba su amiga. Llamó de nuevo al hospital. —Sí, es cierto, acaba de morir —la dama americana vacilaba al dar la noticia, temblaba—. Sí, es cierto, ha muerto—. En esos momentos ya bajaba el coronel Hughes, impuesto de la circunstancia de la visita de Rialta. —Sí, señora, el coronel Cemí, infortunadamente, mi gran amigo cubano está muerto, ¿usted quiere ir a verlo? —¿Verlo muerto? —contestó Rialta, perdiendo en esos momentos el sentido. Así como el coronel José Eugenio Cemí había muerto en la soledad sin término del hospital, Rialta recibía la más sombría noticia de su vida rodeada de extraños, alejada de su madre doña Augusta, oyendo como un hacha el viento lento del enero americano recorrer los pinares.

Parecía esa muerte completar las navidades sombrías de Jacksonville, cuando Andrés Olaya tuvo que emigrar. No había sido suficiente el recuerdo de esa tristeza, era una nueva exigencia mucho más terrible. Necesitaba adquirir forma, derribar, ofrecer víctimas. Pero Olaya había regresado con su diabetes, con las mortificaciones de su hijo Alberto, para morir a los cuarenta y cuatro años de edad, en el recuerdo de su hijo Andresito, salido de la bruma con su pequeño violín, bajo la escarcha que enrojece de nuevo sus mejillas, a brindar su Tchaikowsky a la tómbola de los emigrados. Pero el abeto norteño exigía de esa familia nuevas ofrendas funerales. La tristeza de los años finales de Andrés Olaya, había sido contrastada por la sangre del hijo del vasco, que venía a constituirse en el centro de aquellas dos familias por su enlace con Rialta. Pero el tiempo de destruir había de ser mucho más inexorable con el Coronel, su robusta plenitud tendría que operar sobre treinta y tres años que fueron los que vivió. Pero dejaba tres hijos, la resistencia mágica, lenta y sutil de Rialta frente a todas las insensateces y diabluras del destino, su sacrificio comprendido hasta lo último de la muerte de la flor para la germinación del nuevo crepúsculo.

El ordenanza fue al cuarto donde acababa de vestirse José Cemí, le dijo: —Vamos a ver a tu padre—. La madrugada silbaba su frío como un aviso, después se extendía por todo el campamento como un bloque de hielo, por cuyo interior, en sueños, se fuera caminando. El hospital se encontraba en el ángulo de la diagonal del campamento. Cemí sospechaba que algo muy grave pasaba, pero le parecía imposible que fuera la muerte de su padre. No obstante, recordó a su padre, cuando se escondía detrás de una puerta para decirle: "Cuando nosotros estábamos muertos, andábamos por aquel camino". Sintió que era imposible el trueque de aquella voz en la muerte. Que ya no se lo podría decir más, que el estar muerto, era el silencio escondido detrás de las puertas, el que le traería pavor.

Llegaron al hospital. Cemí notó el silencio que rodeaba la habitación, donde supuso que estaría su padre. El ordenanza empujó, con respeto ciertamente temeroso, la puerta que cedió como soplada. Se dirigió a la cama, donde sospechaba alguien tapado. El ordenanza descorrió la sábana. Vio, de pronto, a su padre muerto, ya con su uniforme de gala, los dos brazos cruzados sobre el pecho. La piel no se parecía a la cera que veía en sus pesadillas en el rostro de Santa Flora, que le traía su primer recuerdo de la muerte. Esperó un momento, su padre permanecía inmóvil. No se volatilizaba, como oyó contar a su Abuela que le sucedió a su padre cuando la exhumación. La piel que ya no está recorrida por la sangre, no en la cera de la muerte en Santa Flora. No era el remolino del polvo del cuento de su Abuela. Pero allí estaba su padre muerto. El ordenanza volvió a cubrirlo con la sábana. Sintió que se anublaba, que se iba a caer, pero en ese momento alguien pasó frente a la puerta. Se sostuvo de unos ojos que lo miraban, que lo miraban con inexorable fijeza. Era el inesperado que llegaba, el que había hablado por última vez con su padre. Cerró los ojos, le pareció ver de nuevo la mano del ordenanza descorrer la sábana. Retuvo el rostro de su padre hasta que se lo fueron llevando las olas. La fijeza de los ojos que habían pasado frente a la puerta, parecía recogerlo, impedir que perdiese el sentido.

Capítulo VII

La casa de Prado, donde Rialta seguía llorando al Coronel, se expresaba por las dos ventanas de su pórtico. Una verja de hierro aludía a un barroco que desfallecía, piezas de hierro colado colocadas horizontalmente, abriéndose a medida que ascendían en curvaturas que se juntaban en una boca floreada. Por la mañana, a la hora de la limpieza, las otras dos puertas se abrían, quedando la verja detrás de un portal apuntalado por tres columnas macizas con una base corintia. Una de las verjas era tan sólo una ventana, aunque respaldada también por puertas. La otra se abría como si fuese también una puerta. Ambas ventanas, de las que una era también puerta, eran seguidas por dos puertas con persianas. Después, dos piezas de madera que se plegaban, cerraban en su totalidad las dos piezas anteriores, que abrían la sala al portal. La puerta que sólo servía como ventana, era muy codiciada los días de carnaval, regalaba una posición más cómoda para la visión, y daba un resguardo para la irrupción violenta de las serpentinas, para el fluir de las gentes, llenas de gritos y de gestos en aspa o esgrima sonambúlica.

La puerta, de impresionante tamaño para la era republicana, contenía la puerta mayor, cerrada de noche, con la otra pequeña puerta que se abría, cuando la familia regresaba de la ópera, de bailes o de fiestas familiares. El aldabón de bronce, limpiado una vez a la semana, representaba un león, hirsutamente enmarañado, pero su nariz, breve y respingada, lo asemejaba a un gato. Cuando el metal se abrillantaba por la limpieza reciente, los reflejos lanzados sobre la diminuta nariz, la oscurecían, haciéndola desaparecer en un remolino de oscilante oscuro. Cuando era pulsado con fuerza, la resonancia de sus ondas se propagaba hasta la cocina, donde los cazos y los sartenes recibían aquella vibración, tan semejante al temblor que los recorría cuando recibían algún fantasma sencillo, que no deseaba otra cosa que reflejarse en los metales trabajados de la cocina. Allí las criadas, cocinera y sirvienta, sobreponiéndose a aquella llamada surgida del rastro del leoncillo, corrían a calmar al solicitante, vendedor, limosnero o familias que habían anunciado su visita. Estas últimas eran conducidas a la sala, de acuerdo con su edad eran recibidas por doña Augusta o por Rialta, una de las dos entraba y hacía los primeros saludos y preguntas de la conversación. Después se presentaba alguna hija de Augusta que estuviese en la casa. Las dos pequeñas hijas de Rialta, entraban como si respondieran a una cortesía que se hubiese vuelto ordenanza, señal obligada del ceremonial. Generalmente el último en entrar era José Cemí, enfurruñado, pálido o encogido, según la respuesta del temperamento al instante. Sentado, sin hablar, aprovechaba la primera ocasión para ir a juguetear al portal o al parque del Prado. Se veía después las manos sudadas, sofocado, comenzando el angustioso ritmo de la disnea asmática.

Después de la puerta mayor, aparecía la escalera que comunicaba con el piso superior, que sólo se visitaba cuando se quedaba desalquilado, dos o tres veces en quince años, convirtiéndose entonces en una excursión playera, cuando se recorría por la mañana con las puertas olorosas a pintura, con la cocina vuelta a pintar en fondo blanco con los hierros de negro. Una puerta de hierro, más pequeña en relación con la gran puerta de caoba, comunicaba el zaguán con el comedor, pues la entrada a la sala se hacía por las dos puertas del portal. Muy pronto, el pasamanos se convertirá en una resbaladiza montura para José Cemí, con una canana regalada por su padre, con una pequeña tercerola española; así el infante se convertía en seguidor de Buffalo Bill, en paseante del Prado colonial, en guerrillero, que al ladearse en el pasamanos en función de montura, oteaba a la cocinera abanicando las pavesas, impidiendo el mosqueo. Entre la puerta mayor y la verja, existía otra puerta, muchas veces entreabierta, que reanimaba el zaguán, con la refracción de la luz en los distintos objetos, cuadros, cerámica, biscuits. Desde esa puerta entreabierta se veían, en la pared de la sala, los dos retratos de los abuelos paternos. El abuelo vasco, don José María, prototipo de esa raza, con su cuello corto de toro, la anchura o base muy predominante sobre la altura. A su lado, la abuela, hija de ingleses, muy esbelta, con una piel muy pulimentada, con ese sello especial que se ve en los retratos de los familiares que mueren temprano.

Rialta, seguida de Baldovina enmudecida, comenzó a cerrar desde la puerta mayor, todas las demás y la puerta entreabierta que daba al zaguán. Cuando Rialta y Baldovina fueron a cerrar la puerta principal, salieron al portal y en la esquina pudieron ver a Alberto rodeado de un pequeño coro, vociferando, provocando que todo el que pasease cerca de él, se detuviera e interrogara qué le pasaba a aquel hombre, que en la segunda parte de la mañana se detenía para hacer detener a todos los demás. Después que Rialta y Baldovina cerraron todas las puertas, se retiraron al último cuarto, comenzando a temblar, cuando oyeron los golpes de Alberto en las persianas, después con más fuerza en la puerta principal, y por último con gran retumbo, dejando caer. el eslabón en una cuña saliente, como si fuese un callo en las greñas que irregularmente cubrían al mentón del rugidor.

—Abran todas las puertas, abran —dijo en voz alta Augusta—, yo no le tengo miedo. Baldovina, empieza por abrir la puerta principal y dile al señor Alberto que pase—. Al mismo tiempo que ella se dirigía a la sala, para recibir a su hijo, pues como madre más le molestaba que estuviese por las esquinas, llamando la atención a los vecinos, riéndose de sus diabluras y de sus hipos, de sus amenazas y de los golpes que tiraba, mientras los que le rodeaban, riéndose daban un salto y ponían su cuerpo en buen recaudo.

José Cemí se asomó desde el primer cuarto, y pudo ver a su tío con la cara muy enrojecida y los ojos surcados por unas fibrillas rojas, sierpes irritadas. Vio como la majestuosa serenidad de doña Augusta, lograba calmar al tío Alberto, sentándose Augusta en un sillón grande, el mismo en que acostumbraba leer todos los periódicos que voceaban frente a las ventanas de la sala. Alberto se sentaba en una pequeña silla, estableciéndose en esa relación de muebles, la misma relación que se establecería entre el tono imponente de doña Augusta y la presencia silenciosa, humilde, más humillada que humilde, del tío Alberto. Baldovina había corrido de nuevo a reunirse con Rialta, en el último cuarto, donde ambas esperarían a que pasase la tormenta.

—Ya sé a qué vienes —dijo Augusta—, te pasas meses sin venir a ver a tu familia, y cuando reapareces es para pedir dinero, te lo gastas en el *Jai-alai*, y cuando el granero está vacío, vuelves para llenarlo de nuevo, estás otra vez cuatro o cinco meses sin venir por aquí, y a pedir otra vez. Nunca has traído un centavo a la casa, y ahora que Rialta vuelve a vivir con nosotros, después de la muerte del Coronel, ayudándonos a levantar la casa, que tú nada más que hiciste dañar y empobrecer, vienes a mortificarnos. Pero oye, una vez por todas —su voz se alzó a un tono excesivamente grave, pero sin perder su serenidad—, hoy te he recibido por lástima, pues me suenan en el oído las carcajadas de los que te reían las gracias en la esquina. Crees, porque exageras las tres o cuatro copas que tomas, que te vamos a coger miedo, pero la próxima vez que vuelvas, apenas me avisen que estás en la esquina, voy yo para aumentar el coro de los graciosos, te los quitaré de tu alrededor, y yo sola te voy a mirar fijamente, nos rodearán a los dos tan estúpido coro, pues si todavía fueran burlas de desconocidos, pero ahí están para mirarte treinta y cinco años de estancia en el Prado, pues lo que te rodea es un coro de abuelos y de nietos. Todo el resentimiento reidor y bonachón les acude cuando te ven en ese estado inferior.

Abrió la mano donde tenía guardado el monedero, extrajo los billetes doblados, que ya traía preparados para finalizar la escena, y los puso en el borde de la silla. Hablándole de espalda, tanto era su desprecio al sentirse humillada, se retiraba diciendo: —Ni a Rialta ni a mí, nos hacen falta para vivir esas rentas de las casas, que tu padre dejó para mejor uso y que tú no sabes ni gastar, pues no tienes el placer de comprarte un bonito paño, o una corbata francesa. Gastas el dinero, como la sal que se tira al fuego, para avivar los saltos del diablo.

Alberto, avergonzado, con la cabeza baja, se dirigió con acorbardada rapidez a la silla donde estaba el dinero, lo guardó y tuvo que disimular su vergüenza, mientras atravesaba la puerta del zaguán y la puerta mayor, como si fueran alborotadas esclusas de un canal poblado de islas que dificultasen la navegación.

Cuando la casa volvió de nuevo a su atmósfera de armonía, se veía a Rialta con grandes ojeras de llanto. Rialta y Baldovina fueron saliendo de su escondite en el último cuarto, pues creían que la escena entre doña Augusta y el tío Alberto sería en extremo tumultuosa. Mientras había durado aquella entrevista, Rialta lloraba y sollozaba, pues por primera vez después de viuda, se verificaba ante ella un hecho tan desapacible. La situación en que se iba a encontrar Augusta, la había llenado de verdadero terror.

En el patio sus tres hijos jugaban a los yaquis. Un hilo parecía unir los sollozos de Rialta, con los golpes graves de la pelota de tripa de pato, con el ruido tintineante de los yaquis al plegarse bajo la presión de la mano abierta, que los recogía en un movimiento rapidísimo, sincronizando la recolección de los yaquis con la ascensión y caída de la pelota blanca y extremadamente gomosa. Violante, que era la mayor, jugaba con más seguridad pues era la que repartía en el suelo con más precisión los grupos de yaquis, según iba avanzando el juego. Al principio, para que se esparcieran; luego, juntándolos para que cupieran en el cuenco de la mano. Los tres niños estaban tan abstraídos que el ascender de la pelota se cristalizaba como una fuente, y la fijeza de la mirada en el esparcimiento de los yaquis, los extasiaba como cuando se contemplan, en demorados trechos de la noche, las constelaciones. Estaban en ese momento de éxtasis coral que los niños alcanzan con facilidad. Hacer que su tiempo, el tiempo de las personas que los rodean, y el tiempo de la situación exterior, coincidan en una especie de abandono del tiempo, donde las semillas del alcanfor o de las amapolas, el silencioso crecer nocturno de los vegetales, preparan una identidad oval y cristalina, donde un grupo al aislarse logra una comunicación semejante a un espejo universal.

Rialta no quería romper el círculo formado por sus hijos entregados absortos al juego de yaquis. Se sentó en el suelo con ellos, penetrando en el silencio absorbido por el subir y descender de la pelota. El cuadrado formado por Rialta y sus tres hijos, se iba trocando en un círculo. Hicieron los infantes un pequeño movimiento para darle entrada a la madre, afanosa de llegar a esa isla, apoyada en un círculo cuyos bordes oscilaban, y en una vertical trazada por los puntos móviles de la pelota, que se lanzaba hacia un pequeño cielo imaginario, y después se hundía momentáneamente en las losas, que parecían líquidas láminas, pues la fijeza de las miradas sobre la suma de su cuadrado las iba trocando en un oleaje *ad infinitum*.

Violante había llegado al número siete, en la recolección de los yaquis, Eloísa al número tres, y José Cemí, trasudando copiosamente, al cinco. Rialta había comenzado a lanzar la pelota, su absorto anterior la ayudaba a la coincidencia entre la ascensión de la pelota y el semicírculo de la mano para recoger los yaquis. La mirada de los cuatro absortos coincidía en el centro del círculo. La concentración de la voluntad total en las losas y en el ritmo de la pelota, fue aislando las losas, dándoles como líquidos reflejos, como si se contrayesen para apresar una imagen. Un rápido animismo iba transmutando las losetas, como si aquel mundo inorgánico se fuese transfundiendo en el cosmos receptivo de la imagen. Por un momento parecía que se mantenía en acecho, semejante a la oreja parada o moviente del gamo, cuando percibe la llegada de un ruido embozado, umbral de una sensación muy delicada, que se apresta a reconocer si se trata de una visita, de un enemigo o de un conjuro.

Las losas eran para los cuatro jugadores de yaquis un cristal oscilante, que se rompía silenciosamente, se unía sin perder su temblor, daba paso a fragmentos de telas militares, precisaba ríspidos tachonazos, botones recién lustrados. Desaparecían esos fragmentos, pero instantáneamente reaparecían, unidos a nuevos y mayores pedazos, los botones iban adquiriendo sus series. El cuello de la guerrera se iba almidonando con más precisión y fijeza, esperaba el rostro que lo completaría. Rialta, tranquilamente alucinada, iba aumentando en la progresión de los yaquis, se iba acercando al número doce, como quien adormecida sube una escalera, llevando un vaso de agua con tal seguridad que sus aguas permanecen inmóviles. El contorno del círculo se iba endureciendo, hasta parecer de un metal que se tornaba incandescente. De pronto, en una fulguración, como si una nube se rompiese para dar paso a una nueva visión, apareció en las losas apresadas por el círculo la guerrera completa del Coronel, de un amarillo como oscurecido, aunque iba ascendiendo en su nitidez, los botones aun los de los cuatro bolsillos, más brillantes que su cobrizo habitual. Y sobre el cuello endurecido, el rostro del ausente, tal vez sonriéndose dentro de su lejanía, como si le alegrase, en un indescifrable contento que no podía ser compartido, ver a su esposa y a sus hijos dentro de aquel círculo que los unía en un espacio y en un tiempo coincidentes para su mirada. Penetrando en esa visión, como dejada caer por la fulguración previa, los cuatro que estaban dentro del círculo iluminado, tuvieron la sensación de que penetraban en un túnel; en realidad, era una sensación entrecortada, pues se abría dentro de un instante, pero donde los fragmentos y la totalidad coincidían en ese pestañeo de la visión cortada por una espada.

Rialta dobló la cabeza sobre sus dos brazos, y ahora sí se liberó de la angustia acumulada en ese día, llorando hasta saciarse en el don concebido. Los tres garzones abandonaron el juego y salieron corriendo al patio, donde sin mirarse entre sí, se deslizaron entre las arecas y la escalera que conducía a la cocina. Cemí salió después por el zaguán, se detuvo en la puerta mayor y contempló el Prado, donde el paso de una nube cercana le daba fresco techo a dos patinadores que sorbían un escarchado de fresa.

La puerta que separaba el zaguán del comedor, vibró de nuevo alborozada por la llegada del doctor Demetrio, hermano de doña Augusta, que sacudía los barrotes de hierro de la puerta que separaba el comedor del zaguán, gritando: —¿Qué tal la numerosa familia? No se ve a nadie por aquí, vengo a tomar el mejor café de La Habana antigua— Baldovina corrió a abrirle la puerta. —¿Cómo está usted, caballero Demetrio? —la llegada de este regocijado personaje, puede decirse que restableció la armonía de la casa de los Olaya.

Augusta, borrando totalmente la anterior lamentable escena, salió a recibir a su hermano. Ambos se sonrieron. Demetrio tuvo que apartar el tabaco moteado, para dar paso a una sonrisa más anchurosa rematada con discretos sonidos guturales. —Vengo a traerles buenas noticias. Leticia y Santurce —que eran la hija de doña Augusta y su esposo—, llegarán dentro de unas cuantas horas, ellos no han querido decir nada, pero no he querido llevar ese silencio al extremo de que ustedes no preparen la casa para recibirlos. Santurce es muy provinciano, y aunque lo disimula, no le agradaría ver su llegada inadvertida. Hay que estar como si no se supiese su llegada, pero al mismo tiempo prepararlo todo. Tú sabes, Augusta, que desde que se casó con Leticia, mantiene siempre a flor de piel una susceptibilidad muy irritada. Cuando Alberto bromea con él, parece como si jurase venganza. Conmigo se lleva mejor. Lo conocí cuando yo era dentista y él médico, en

Isla de Pinos. No ganaba un céntimo, pero lo conocí de cerca, era muy trabajador, tenía excesivo sentido de la responsabilidad y alardeaba de todas esas virtudes menores. Cuando se despertaba a las seis de la mañana, creía que la campanilla de su mesa de noche era oída por la ciudad entera, que tintineaba, apuntando su sentido del honor, su honestidad y sus buenas costumbres. Pero aunque nadie le hacía caso, él seguía levantándose con el alba, se sentaba en los sillones de mimbre amarillento del portal del hotel, y cuando llegaba el lechero, le oía todo el relato de las enfermedades de sus niños, desde el sarampión hasta la tosferina, sin posible olvido de paperas, descomposiciones, tabardillos e insolaciones. Buen lépero, se limitaba a decir que era muy bueno y que sabía mucho, en aquellos grupos que lo conocían, para que se lo repitieran. El día de su santo le regalaba un gallo fino, blanquísimo, de cresta húmeda como labios ensalivados, diciendo que era el mejor de su corral, y que sólo a él se lo regalaba, pues toda su familia cuidaba de ese gallo, como si fuese una joyita. Pero todo el mundo sabía, que cuando él creía que la enfermedad era de importancia, llevaba sus hijos al especialista del pueblo, dejando al terminar la consulta dos pesos, que abría lentamente como un acordeón, diciendo cínicamente: el médico que cura es el que cobra.

Mientras Demetrio estuvo en Isla de Pinos, no sabía cómo situarse entre las mujeres de la burguesía que se sentaban en sus portales después de las cinco de la tarde, y las otras mujeres pintadas con exceso, también después de las cinco de la tarde, en las casas de los alrededores de la ciudad, con las persianas pintadas de un verde cotorra mordisqueando el pan viejo con leche agria. Frente a las pineras, doncellas recatadas, y la sombra de las madres guardianas, se sentía tímido, incompleto. Pensaba que lo mirarían con desdén, por el solo hecho de tener que haber ido a Isla de Pinos a buscar trabajo, que su frustración allí resonaría como un metal soplado por un grotesco. Pensaba también que los padres de esas doncellas se sentirían más a gusto con un conocido campesino, con algún "desahogo" en su posición, profesional con familia en esa comarca, que con un habanero, que por el hecho de haber tenido que abandonar la capital llevaba impreso el signo de todos sus fracasos anteriores. Era además regordete, calvón, muy bajito, vacilante al principio de toda conversación y eso lo mantenía en acecho cuando conocía a las mujeres merecedoras. Frente a las otras mujeres de los alrededores, llenas de cremas y perfumes de baratillo, con los labios desbordados de *rouge,* ya en una edad en que la escasa humedad voluptuosa de los labios los hace aparecer imbricados, como los escudetes de los animales malditos, se desbordaba por una voluntaria liberación de su censura interiorizada, cargándose de vino peleón, de giros interjeccionales, de ademanes tironeados, donde procuraba que su animalidad saltase en el descoyuntarse de la pasión en los primitivos.

Cuando hacía ocio se refugiaba en el billar de la cabeza del pueblerío. Había allí una coima, no rendida al placer que se regala o se cobra, ni tampoco encaramada en un señoritismo de excesivo rechazo. Era regordeta, mestiza, locuaz, agresiva y en extremo supersticiosa. Habitaba sus sueños con total comodidad, vivía en la escala pitagórica, en el recuerdo de los conjuros precisaba si el gato negro en el mundo de hipnoó corría de derecha a izquierda, de una fila a otra de los ejércitos. Su trabajo era el de coima regular, llevaba los tantos, recogía las bolas para el inicio de los juegos. Su anchura, que revelaba un no lejano ancestro tlaxcalteca, se ponía entre los bandos beligerantes cuando arreciaban las habituales reyertas de billar. Tenía fama de propiciar una justicia inapelable entre los apostadores de los bandos pugnantes. Portaba un largo taco, como la divinidad de la inteligencia una lanza con serena esbeltez. Lanzados los combatientes al remolino de la pelea, la coima llamada Blanquita, colocaba su taco, encandilado por el movimiento rotativo que le impartía, en las costillas visibles de los revigidos asistentes, que dando un grito se perdían en una nube de polvo con moscones azulosos.

Blanquita ejercía entre los pineros una universal monarquía de la bondad. Regalaba la aspirina, acampaba al día siguiente del velorio, reconciliaba una pareja para el enfilamiento en el himeneo total. Regordeta, con una bondad cariacontecida, lo que menos le preocupaba era un acercamiento al hombre por motivos de inferior sexualidad. Ejercía la maternidad arquetípica por todo el pueblo, pues tenía un ojo pineal para intuir la crisis de ajena vaciedad, de desesperación disimulada, y entonces llegaba con una voz, con una piel, con una confianza que tenía algo de la guanábana convertida en un derramado ungüento. Llegaba con una sombra melífera, donde el que se le acercaba iba ganando el entregarse somnífero. Frutal era su ámbito, no sus condiciones de hembra, frutal era también su pereza, el que se le acercaba se sentía como una holoturia que rebotaba contra una escollera algosa, entre mansos consejos y algodones de carnalidad.

Un día la coima dejó su tutelaje billarino. Se resguardó unas semanas en el hotel de la ciudad. El doctor Santurce había decidido elevar anclas en vista de la excesiva lentitud de los pineros para asistir a su consulta. Le costaba más mantener su dril *científico* pudiéramos decir, en los mimbres del hotel, que pagarle a su cobrador al final de mes con los recibos salvados. Demetrio comprobaba la calidad del calcio de las aguas pineras, que mantenía insoslayable el marfil de las piezas dentarias. Los campesinos, como si estuviesen juramentados, preferían carbonizar sus piezas, que verlas en el extremo de la pinza del doctor Demetrio. Cuanto más aseguraba las extracciones sin dolor, los posibles clientes parecían fijarse en una crisis de masoquismo, manteniéndose enhiestos en la medianoche donde la profundización de las caries era como un taladro al rojo vivo.

Los años transcurridos desde la muerte de la madre de Demetrio, doña Cambita, la hija del oidor, le habían ablandado una tristísima soledad. La Blanquita con sus ungüentos, se había convertido en una intercesora mariana entre su frustración y su destino. Un día que Demetrio le relataba su fracaso pinero, Blanquita le aconsejó, como sucede en algunas leyendas orientales, que tal vez había venido a la isla para después verse obligado a regresar a La Habana, que entonces le entreabriría risueña su cornucopia. —Te veo ya —le dijo—, instalado en una casona del cerro, con la sala grande dividida en dos partes, una para el salón de trabajo; la otra para los clientes, yo me encargo —dijo con toda su ingenuidad—, de conseguir los periódicos de todos los días para que los clientes no se aburran, o se aburran menos, cuando, como es frecuente, las noticias sean insignificantes. En el centro del patio, una fuente con un surtidor bien alto. En una jaula grande pondremos un monito de gracia y travesura. En una jaula pequeña, un azulejo. En la saleta, una mesita con las gavetas llenas de recibos. Yo tendré la llavecita, no porque me interese el dinero, sino para que no despilfarres.

El tío Alberto un día cogió por el brazo a José Cemí y lo llevó a la casa de Demetrio, en el cerro. Se encandiló con el monito en torno al surtidor en el centro del patio. El sol se refractaba en los alambres de cobre de la jaula donde el azulejo se adelantaba para dorar su pechuguilla. Otro jaulón, lleno de pájaros breves, del tamaño de un dedo índice, ponían como a nadar cabellos, que ondulaban en un temblor de arcoiris. Pero, al pasar tres o cuatro domingos, fue llevado de nuevo a la casa de Demetrio. Cemí se congeló en el perplejo. El mono, cerca de la fuente, ya no se extasiaba, con cara de concentrada meditación unitiva, con la vihuela de un sapo. La fuente, fríamente, no lamentaba su ausencia. El azulejo, titanizado por el hombre, había encontrado fuerza y sutileza para empujar la puertecilla de su cárcel, y había anegado su azul en el azul estelar. Todas las centellitas del jaulón mayor se habían ocultado, inquietas ánimas que al fin habían encontrado su reposo. Cemí sintió la fascinación de dos atmósferas al cambiar la escenografía. Recordó que en la primera visita el oro matinal se había destrenzado como en algunos pintores venecianos que sumergen en las cabelleras reposadas serpientes de cobre abrillantado.

Cuando volvió, en el día de la ausencia de los motivos amenos y coloreados de la casa, era un domingo húmedo, casi neblinoso, que tendía a poner sobre los objetos y los rostros grandes paños mojados, como el que los escultores ponen sobre las figuras de yeso, para colocar un puente entre su reposo y su reencuentro, en la extracción de la formas. Cemí percibió que la fascinación de aquella casona no se debía a ninguna presencia contingente, encierro o ausencia del azulejo, destrezas del monito para rescatar la nuez en lo alto del surtidor. Era, todo lo contrario, como si uno se abandonase al sueño, a los nacimientos, albricias navideñas o agónicas visiones. El gran patio en el centro. El vacío y a su alrededor la sala, las piezas para dormir, y al final del patio la nobleza de la cocina, con un tonel repleto de carbón, con una noche que de pronto pasa al carbunclo y comienza a despedir planetoides.

Demetrio charlaba interminablemente con doña Augusta, de las bondades de su nuevo estado, de su nueva casa después de su himeneo con la coima Blanquita. Su cuidado del azulejo, de los recibos para las cobranzas de extracciones y orificaciones. Demetrio procuraba hacer su conversación apacible, fácilmente armonizable, pues buen conocedor de la sangre de su banda familiar, intuía algún disgustillo entre Augusta y su destemplado hijo. Sabía además la escasa resistencia de Alberto frente al demonio de los espirituosos. Cómo la cuarta copa, que según los griegos era la de la demencia, lo llevaba a improvisar en cualquier esquina, charlosas adivinaciones de juglaría. Procuraba Demetrio, hasta que llegaran Leticia y el doctor Santurce, evaporar un ambiente tejido de pacíficas guirnaldetas, para metamorfosear el alacrán en palomo comiendo maíz en la palma de la mano de un veneciano. Su adormecedora y familiera verba, casi lograba esos efectos, cuando se vio pasar, rápido y esbelto, entre la verja situada entre la puerta mayor y la reja de entrada al comedor al tío Alberto, ceñido de un flus azul, con la cara sonrosada por el baño reciente, con todos los recursos de su simpatía criolla, entreabriéndose en mágica fineza por sus ojos y por su *sonrisa*. Todo el alto señorío de la burguesía criolla lucía en él su clase, su desdén, su dominio del ámbito donde penetraba con una facilidad, con unas divinidades propicias que parecían hacerle con las manos gesto de que se acercara sin miedo. Sus divinidades parecían justificarse, regalándole dones y graciosa simpatía. Dones y simpatías que respondían las más de las veces a un preciso flechazo a la liebre del instante.

Alberto Olaya respondía a los imanes del demonismo familiar

más cubano. Lo rodeaba el acatamiento por anticipado, el asentimiento regalado. Toda la familia se colgaba a veces de un solo punto: intuir lo agradable para Alberto. Para la dinastía familiar de los Cemí y los Olaya, la pequeña dosis demoníaca de Alberto, era más que suficiente. Se pensaría que la familia vigilaba y cuidaba esa pequeña gata del diablo, como contrapeso a un desarrollarse clásico, robusto, de sonriente buen sentido, como aliada del río de lo temporal en el que flotaba esa arca, con sus alianzas enlazadas por las raíces. Si no fuese por muy breves excepciones, el tío Alberto formaría parte inasible e invisible de ese familiar tejido pulimentado, como para recibir la caricia de las sucesiones.

La llegada aventurera, también con su presunto demonismo, de la coima Blanquita, no estaba en el núcleo familiar, se diluía en la lejanía, además era la guardiana de la casa del Cerro, y al redondearse con sus doscientas libras, cobró un hieratismo por inmovilización progresiva, sobre la piedra donde se sacrificaban los pacientes, como esos ídolos aztecas que representan las potencias huracanadas, hinchando sus carrillos, para lanzar los más feroces buches de agua, sólo que en la casona el huracán estaba representado por un molar que al triturar la carne, lanzaba un relámpago por todos los cordoncillos nerviosos. La bondad había formado en ella un inmenso tejido adiposo que lo recubría todo, allí una fibrilla demónica era una sardina surcando un océano oleaginoso. Un gran sillón de piedra, en la espera del diablo, estaría extremadamente oprimido por los nudos de tolondrones, los ponderosos tembleques de la enjundia, la empella gelatinada en un frigorífico. Entre esos impedimentos el diablo no podría caminar para ocupar su sillón de piedra.

La madre veía en su hijo Alberto, la encarnación de todo un sistema de presuntas fortificaciones para defender la tesis de la perfección de determinados familiares, a la que todas las familias creen pertenecer, otorgándole todos los dones, todas las esencias cualitativas, para anular el pequeño o grande defecto de esas ingenuas ovejas descarriadas. Temiendo una reacción no previsible, las madres viven en acecho para impedirle a ese tipo de hijos las más ingrávidas molestias, los más minúsculos obstáculos, para que los extraños crean que todos esos cuidados son el pago a una conducta que no se valora por sus días de excepciones destempladas, sino por un inmenso coro propicio, en el que intenta precisarse con notoria injusticia piadosa, con misteriosa paradoja, esa incomprensible derivación de una cadena de hechos donde se rompe el estilo de una familia, la calificación que un agrupamiento logró alcanzar casi en el curso de los siglos. Ese pequeño demonismo les gana a esa clase de hijos, donde, como ya hemos dicho, se excepciona el acorde tonal alcanzado por una familia, las preferencias de la defensiva ternura de las madres, que de esa manera hacen tan misterioso como indescifrable el alcance de su bondad para el hijo preferido, pues parece que en esas criaturas inclinadas aunque sea con levedad al mal, se libra un primer combate entre las madres y los demonios que asaltan el castillo familiar por algunas de sus torres más débiles. Son los sacrificios de la última razón y el último misterio. Así las madres desearían, con esa preferencia que a la postre, no obstante su caparazón de incontenible bondad, quisieran también ser juzgadas como demónicas. De la misma manera, que a veces en el coro griego, entre familiares cuyas uniones espirituales parecen vencer a las de la sangre, o entre amigos que saborearían el mismo eros, al atribuirse alguien un defecto mayor, la antiestrofa coral, el familiar que nos quiere, o el amigo apasionado, responden atribuyéndose, inventándose defectos que tienden a mitigar el efecto producido por la confesión de uno de los sujetos sometidos a las desconocidas leyes de la gravitación humana, es decir, en virtud de qué fatalidad el *simpathos* actúa sobre los seres, extrayendo de inmensas masas corales, de ciudades enteras nutridas de constelaciones de termitas que aún creen que son libres, dos seres que al paso del tiempo comenzaron a mirarse y que al paso del tiempo no pueden despedirse sin aludir al preciso lugar en que volverán a encontrarse. Eso lleva a manifestar a uno de ellos, en una noche tediosa, de lluvias y de wiskadas, que de niño le escondió a la abuela un cesto de flores, que una hija le enviaba de una remota provincia; el otro, para aliviar esa región del subconsciente alterado de su amigo, confiesa que un día que se había quedado solo en su casa, manipulando incomprensiblemente las tijeras del jardinero, había partido en dos una blusa de encaje de Malinas, que su abuelo le había regalado a su esposa un día de cumpleaños de boda. Y que mientras se dividía el panqué, él no podía dejar de pensar con cierto agrado en el rostro de su abuela cuando al revisar aquella blusa comprendiese que una mano brutal que no obstante convivía con ella, era capaz de penetrar en su pasado con la maldad preconcebida de un asesino. Pero lo más significativo es que ambos relatos han brotado del reino de la mentira. Entrecortado por la embriaguez melancólica, el primer amigo lo que ha relatado es la última confidencia de una amiga demasiado ansiosa, a la que el espirituoso le presta brumosos recuerdos de cornucopia primaveral metamorfoseada con sencillez en una cesta de flores. Y el otro amigo había contestado con otro aparente sucedido, pues lo que había hecho en el relato de fingida culpa, era reemplazar los verídicos ratones por las tijeras imaginarias, sin que él nunca hubiese empuñado la atropos de lo espantoso como las más irascibles devanadoras.

Las hermanas de Alberto, Rialta, la mayor; después, Leticia, y la más joven, Matilde, unidos a los sobrinos José Cemí y sus hermanas Violante y Eloísa, tenían también su reino fabuloso para los paseos del doméstico demónico. Sus hermanas veían en él al arquetipo de la hombría elegante, el escogido, el arriesgado, el galante, el desdeñoso. Más alejados en ese ambiente familiar, los sobrinos aparecían conociendo una versión indirecta. Como un héroe medieval, llegaba su heraldo precedido por la tradición oral, por las cosas que de él se contaban bajando la voz, sus momentos de cólera terribles, las suplicantes que habían gemido por sus indiferentes rechazos. Se decía que una de las hermanas del Coronel se había enamorado de él, llegando al histerismo más melindroso, llorando en todos los instante en que Alberto se le volvía inasible, o le daba una prueba más de que su intención jamás tendría cumplimiento. Alberto se había limitado a decir que si dos Cemí se casaban con dos Olaya, los hijos de ambas parejas serían tan iguales que habría que ponerles lazos de colores excesivos para distinguirlos. Y que eso le causaría la impresión de toda una familia enlazada en una feria del oeste americano. Desde luego que al enterarse el Coronel de esa frase, fue el que más rio, pero él sí sabía, con su destino breve y profundo, que esas dos parejas buscaban dos secretas finalidades opuestas, su hermana era fascinada por el irregular desenvolverse de Alberto, pero él encontraba en Rialta una seguridad, una compenetración de destinos, que se demostró en los doce años de matrimonio que pasaron en una totalidad silenciosa, y en los cincuenta que pasarían entre el ausente presente y el cumplimiento de la fidelidad jurada aunque fuese a una sombra en el valle de Proserpina.

Para propiciar una alegría familiar, necesaria para preparar el ambiente a la llegada del doctor Santurce y de Leticia, Demetrio sacó su cartera y extrajo de ella la última carta que le había enviado Alberto, cuando aún se encontraba en Isla de Pinos. La carta graciosamente aparecía firmada en Tokio, en el segundo *idus de marzo*. Oían la lectura doña Augusta y Rialta, un poco más lejos Cemí. Alberto parecía que se molestaba, diciendo que se iba a perder un tiempo que se podía aprovechar en algo menos insignificante que esa epístola, que consideraba una sencilla algazara para alegrar a un tío ausente.

"Los gimnooicos, a semejanza de los gimnosofistas, escuchan las gimnopedias de Satie, como la guacamaya apretando entre sus uñas una presunta flauta, le tuerce las abolladuras, pero le lleva el arcoiris. Plenitud, desnudos orifican."

Con la disculpa de que tenía que prepararse para recibir a Leticia, abandonó la sala doña Augusta, seguida por Rialta, ésta se limitó a decir: otra muestra más del *histrionic power* de Alberto. Demetrio dijo que se alegraba de esa retirada a tiempo, pues así se libraría de tener que saltar algunas palabras. Dirigiéndose a Cemí le dijo: acércate más para que puedas oir bien la carta de tu tío Alberto, para que lo conozcas más y le adivines la alegría que tiene. Por primera vez vas a oir el idioma hecho naturaleza, con todo su artificio de alusiones y cariñosas pedanterías. Pero cuando yo estaba en la "isla", qué alegría tuve al recibirla, pues me recordaba en la ausencia, los años en que yo, mucho más viejo, estudiaba con tu tío. Su apariencia burlona y pedantesca, ocultaba una ternura que me hizo llorar.

"Mucho cuidado con la yerbecita llamada yerbabuena, pues las del sur tienden a prender mejor su vacuna. Pues hay espléndidos sirénidos de la costa norte, que en el arco del sur comen la yerbecita, y empiezan a caérsele punta de la nariz, punta del potrerillo y punta de los dedos de monja. Su potrerillo, respetable tío, disminuye y hay que vigilar sus naturales salidas del cafetal.

"Amenaza de la yerbecita, y por otra parte pulpos, chernas y calamares, que engloban y regalan raspadura negra del Averno. Chernas fibromosas, venidas de Gijón, que después de usar el delantal durante veinte años, endurecidas aprietan la torrecilla, gimiendo la madrecita colgada de un perchero:

Ay, mare, mi mare,
no quieres ser muertecita
para no asustar al niño
Al pie de mi cama tú.

"La peje llamada lora, porque destella como un poliedro *ascendit*, en el norte la yerbecita le da su maldición, y los pescadores, como el gato en el papel egipcio de demonio, ni lo tocan. Pero en el sur, no hay yerbecita que se le siembre, y su carne se regala mejor que el pago y el emperador. La costa norte es saliente, promontorial, fálica; el sur, costero, es entrante y culiambroso. Seco y húmedo, flauta y corno, glande sin yerba y vulva con yerba.

"El teleosteo, reino del hueso, con su caballito de mar, trueca los bronquios en branquias, y lleva el aquejado de athma (en sánscrito, ahogo), a que le penetre una cascada por la boca y sale después furiosa por los costados. Pero al final, las lágrimas de oro aparecen en la cámara mortuoria, donde el Chucho, muestra su morado con eclipses azules y su cola erotigante como la de un gato.

"Exquisitos cuidados con el mundo dipnooico, entre los batracios y las culebras, macrocosmos del fabulario. En los pantanos hacen sus oraciones para que el apartamento encendido para una extracción urgente, sea reconocido por raptor y el mondadientes del elevador.

"El agua fresca, espejo del fisóstomo, llega hasta la gaita del heno sexonutricio. La anguila que nadaba en el lavabo el día del registro en Teruel, que se quiso esconder en el tubo tragante, impedida del ingurgite por el tapón anguilar del metrón. Terrible porque vive en la tierra y en el mar. Puede reemplazar el tapón anguilar la curva de todo el brazo y quedar estatua con el cosquilleo entre nubes.

"*La morena verde,* seguimos en el espejo del fisóstomo, puede producir escoriaciones en la torrecilla. Y la *morena pintada,* con su zapote de maldición, ondula por las empalizadas con su pan con jamonada al despedirse de la medianoche.

"La cascada saluda al despertar y dentro de la cascada el *dejao* se despereza cantando. Delicia del *dejao,* su jaula es una cascada.

"El anacantos es una estrofa de la antología de los hiperbóreos. Cómo el bacalao va a curar los males de la visión, si antes los dañó sin conmiseración. La *guasa,* macilenta y panadera, que quiere lamer los cristales del acuario, se siente hirsuta ante el meñique noruego, que sabe siete idiomas y no pesca jamás un analfabeto.

"Tribu guerrera de los plectognatos, con el caso martillado en las mandíbulas, entrando en combate con el martillo de Thor. El galafate, Tiresias del mar, jocoso, que burla el sentido trágico del anzuelo, el burlador, deja el anzuelo para los reyecitos, y vuelve a dormir en las profundidades, llamando su fósforo en su cero. El *galafate* en la cercanía del erizo, con su masa de púas, pero sin el pulso de la clava, astuto teológico y astuto de naturaleza. El uno, no muerde el anzuelo; el otro opone la proa al sonsacamiento.

"Glanis, pez aristofanesco, consultó al hechicero Bacis y aprendió a no morder el anzuelo, después consultó a Glanis, hermano mayor de Bacis, mejor hechicero aún, que por satisfacer la problemática nominalista, Glanis hechicero, igual a Glanis, pez astuto, le enseñó no sólo a no picar el anzuelo, sino a comerse el gusanillo carnada. Ya maduro el pez Glanis, no consultó a su propio nombre, y aprendió a dormir en la curva del anzuelo, paralelizando su sueño con el hechicero pescador.

"Gloriosos ganoideos, reyes de la agonía. Crepúsculo pinareño con hilachas verdosas. Tierra de Siena para el primitivo manjuarí cuyo espinazo se estudió en los telares del Bauhaus. Pez fálico, opuesto a la aleta anal por juramento. Se estira en la tierra, se estira en la agonía, se gana su muerte por estiramiento, como si subiese por la escalinata de Hipólito de Este, muerte del principio a la salida subterránea, del remolino al caos primigenio.

"Requiem, requiem, los tiburones solemnes lanzados al alejandrino raciniano. Tronos para su admiración. Círculos que se abren, que se vuelven, generosos... Peleas de tiburones, con las que Nerón quiso hacer descansar a los toros de lidia. Tienen al mar despierto, removido, círculos formados por los pedruscos caídos en las entrañas.

"Lechuza del mar, pez diablo, terror de las metamorfosis. No temas las pesadillas donde se echan sobre nuestras espaldas y nos golpean el costado. Un centenar llega a nuestras costas. Empiezan a llenar de atol un mar hecho para las canoas de hilos de araña. En el acantilado un soldado con su novia. Enarbola su machete, van doblando las manchas, las lechuzas de mar, los pobres diablos de las metamorfosis llevan cosidos los ceros de la muerte, los agujeros para el halcón fulmíneo. Tu muela de cangrejo es un molino para el trigo. Destapas la miniatura de un abismo y le enseñas el huesecillo de las brumas.

"Me reitero con el mucho cuidado de pulpos, chernas y calamares, tu emunerativo homérico,

Alberto, rex puer."

La reacción primera de Cemí no estuvo acompañada de ningún signo visible. Los ojos no se le encandilaron, ni se echó hacia delante en la silla. Pero algo muy fundamental había sucedido y llegado hasta él. Se le borró, como si hubiese recibido un arponazo de claridad, el concepto familiar del demonismo de Alberto. Lo que había dejado en su carta al dentista, era la misma muestra que la vibración que le comunicaba a su llegada, a su risotada, a su despedida, a su manera de hablar y escribir. Cuando penetraba en cualquier ámbito lo modificaba desde su raíz. La posibilidad del aburrimiento, de no llenar las horas, se hundía desde su raíz sin remedio. Los días más impensados llegaba por la tarde, mandaba a Baldovina a que le comprara cinco cajas de cigarros, seguro de que se iría con el último cigarro como si comenzase la conversación de nuevo. Sus risotadas eran aventureras, pues jamás le interesaba si los demás se reían con él, las resonancias de las bromas que lanzaba. Pero casi siempre la reacción era coral, mezclándose las risas en agudo, en flauta, con las risotadas de los barítonos y del sochantre Demetrio. Cemí había oído contar que Alberto tenía un amigo coleccionista, cuyo padre era un ricachón con un ingenio de azúcar. A su pasión por los platos de cerámica, unía la constante alusión a los opulentos ramajes de su heráldica. ¿En cuál de sus platos, Señoría, le preguntó Alberto, saborea su sirope en campo de azur? El reemplazo grotesco y muy criollo de sinople por sirope, había envuelto al marquesito en tal salto de carcajadas, que quiso mandarle sus padrinos a Alberto. Pero sus amigos de florete le aconsejaron que no le echara aceite hirviendo al ridículo reído.

La retirada de su abuela y de su madre, había sido para Cemí, al comenzar la lectura de la carta, como si él, de pronto, hubiese ascendido a un recinto donde lo que se iba a decir tuviese que coger fatalmente el camino de sus oídos. Al acercar su silla a la de Demetrio, le parecía que iba a escuchar un secreto. Mientras oía la sucesión de los nombres de las tribus submarinas, en sus recuerdos se iban levantando no tan sólo la clase de preparatoria, cuando estudiaba a los peces, sino las palabras que, iban surgiendo arrancadas de su tierra propia, con su agrupamiento artificial y su movimiento pleno de alegría al penetrar en sus canales oscuros, invisibles e inefables. Al oir ese desfile verbal, tenía la misma sensación que cuando sentado en el muro del Malecón, veía a los pescadores extraer a sus peces, cómo se retorcían, mientras la muerte los acogía fuera de su cámara natural. Pero en la carta esos extraídos peces verbales se retorcían también, pero era un retorcimiento de alegría jubilar, al formar un nuevo coro, un ejército de oceánidas cantando al perderse entre las brumas. Al adelantar su silla y ser en la sala el único oyente, pues su tío Alberto fingía no oir, sentía cómo las palabras cobraban su relieve, sentía también sobre sus mejillas cómo un viento ligero estremecía esas palabras y les comunicaba una marcha, cómo aun la brisa impulsa los peplos en las panateneas, cuyo sentido oscilaba, se perdía, pero reaparecía como una columna en medio del oleaje, llena de invisibles alvéolos formados por la mordida de los peces.

La campanilla de la reja, la de la entrada de la casa por el comedor, se agitó fuertemente en las nervudas manos del doctor Santurce. Inmediatamente fueron apareciendo doña Augusta y Rialta, después Demetrio y Alberto un poco alejado, como siempre, y Cemí. La entrada de personajes, por la otra parte, estaba constituida por Santurce y Leticia, sus dos hijos, y el chofer que los había traído de la terminal que iba y venía trayendo maletas y dos baúles con la tapa cerrada dificultosamente. Venían los baúles llenos de seis cajas de sombreros, que portaban sus panqués, elaborados con ancestrales recetas y graduaciones de la familia, y la colección de muñecas, que ya Leticia en su otoño arrastraba en cada uno de sus viajes. Leticia ponía con mucho cuidado sus muñecas en el fondo del baúl, mientras se oía la risotada del doctor Santurce, temblando todas las muñecas. Empezaron los abrazos, los hombres sonaban mutuamente sus espaldas como un atabal, las mujeres recostaban sus testas en el hombro del pariente más cercano. Leticia le miraba fijamente el rostro a su madre, le daba innumerables besos, intentaba decirle algunas frases para la ocasión, se entrecortaba, y al fin hubo que traerle un vaso de agua y sentarla durante un rato, mientras los varones comenzaban a levantar el parloteo en la sala.

—Ahora Santurce, además de la clínica, trabaja en su colonia cañera. Por la mañana, con su bata de médico, recorre todas las salas donde están los pacientes más delicados, y por la tarde, con una guayabera, como si dijéramos al son del tiple y del güiro, revisa la colonia, a la hora del corte y el pesaje —dijo Leticia, ya calmada en sus pucheros salutatrices.

—Me preocupa enormemente el problema de la balanza de pago —comenzó a decir Santurce, para posar de técnico azucarero— en sus desniveles de exportación y de mieles sobrantes para el consumo interno. Las cuotas asignadas dan un sobrante de 0.5 puntos en las provincias occidentales, y de 0.6 hasta 0.8 en parte de Camagüey y Oriente. En el tratado de Torquay, que después rectificó la conferencia de Londres, había que hacer los cálculos sin los envases y quedábamos a merced de los armadores de Amsterdam, Tokio y Viena, que son los más interesados en adquirir nuestro azúcar al precio de $4.50 por tonelada. En Amsterdam y Tokio, nos ganaban al envasarla entre 0.75 y 0.83, claro que el caso de Viena es muy distinto, adquirían nuestro azúcar para revenderlo en el puerto de Hamburgo, que quería por lo menos iniciar una competencia con los remolacheros, para revender sus cuotas en Siam y Anam, mercados vírgenes, pues no tienen el uso ni de la sacarosa ni de la remolacha. Si se nos limita a nosotros la cuota, y a Perú y México se les dan cuotas libres, pensando que no podrán satisfacer el mercado que les pide azúcar, en poco tiempo nuestros mercados irán adquiriendo en esos sitios, pues como no son cuotas fijas, pueden adquirir a sus clientes con más jugosos márgenes entre la exportación libre de sus azúcares y más favorables ventajas aduanales para sus otros productos, así podrán ir trayendo para sus países maquinaria pesada de ingenio, y en poco tiempo nos arrasarán.

En un momentáneo aparte que logró Alberto con Demetrio, le dijo: —Santurce como siempre insoportable, trae pronto el ajedrez, para ganarle una partida, si no me derrumbo bajo sus disparates firmados, como una estatua de bronce regada por el orine de un gato en celo.

Casi siempre que Alberto jugaba una partida de ajedrez con Santurce, lo engatusaba con una defensa siciliana, para verlo sudoroso lanzarse al asalto, perdiendo astutamente una pieza mayor, alfil o caballo, a trueque de adelantarle todos sus peones en las casillas enemigas. El caballo de Santurce se perdía con torpe temeridad en la fila opuesta, que lo esperaba con sus peones armados de martillos, que comenzaban a pegarle en las patas, nobles herreros acostumbrados a ablandar el hierro, hasta que el caballo, con su jinete en el humo, se derrumbaba en el polvo. La reina de Santurce, en exceso guerrero, contemplando con voracidad halconera la torre más adelantada del castillo real, defendido calmosamente por Alberto, que le ponía una tropilla peleadora, dirigida por el alfil, que comenzaba a hostigarle, mientras que por el otro flanco, la caballería, robusta como el viento del oeste, le cerraba las casillas de las próximas aldeas a donde podría retirarse en su fuga bajo la escarcha.

Los tres peones defendidos por el rey de Alberto, situaban al infantado de la caballería, mientras la suya más ligera y mejor herrada, se colaba en las defensas enemigas, pero respaldada en casillas oblicuas por la reina, tripulando una jaca aragonesa, y el alfil, que parecía dirigir el incesante ataque de los tres peones, que había reemplazado el azadón y la guadaña por dagas con proverbios interjeccionales para ahuyentar a la muerte y espadas con vultúridos en relieve en la medialuna enamorada del cuello de los malditos.

Las piezas del ajedrez habían sido compradas por Andrés Olaya en París a un anticuario de *chinoiseries*. Eran todas de un jade transparente, del tamaño de un puño, parecían absorber la luz y devolverla por los ojos y en la estela de sus movimientos casi fantasmales por las casillas. Cuando el abuelo Olaya jugaba con alguien especialmente invitado a un alón de perdiz y a una partida, las piezas que se abrían por la mitad como con un atornillamiento, estaban llenas de chucherías, caramelos, bombones, bizcochos ingleses, pequeñas botellas de licores raros. Cada vez que alguien perdía una pieza, invitaba a su adversario a que la abriese, para brindar con la pequeña delicia que se rendía, una broma que mitigaba la irritación momentánea y oculta de una torpeza en esa secretamente vanidosa batalla de la inteligencia.

Alberto alzó su rey como para un brindis, desenrolló la pieza, dentro tenía un papelillo chino que levantó, leyendo: —"Esta roca me ten morta; este vino me conforta." Alude sin duda —añadió—, a la alegría del rey entrando en la pelea, debe de estar poseído como de un vino que lo embriague, sin hacerle olvidar ninguno de los detalles del encuentro aunque sea nocturno. Pero detrás de esa embriaguez, la resistencia de una roca. Los grandes reyes, desde Alejandro hasta Gustavo Adolfo de Suecia, entraban en batalla llevados de una alucinación que sin olvidar los grandes conjuntos, le daba un relieve diamantino a todos los detalles, viendo en un solo instante un rostro e innumerables rostros. Pero hay que darle también la oportunidad a los peones, son ellos los que convierten la llanura en un granate —levantó entonces un peón, lo dobló por la cintura, le extrajo otro papelillo y fingió leer—: "La estepa tan bien arde seca como verde." Claro —comentó—, son los peones los que conocen cada palmo del terreno. Donde habrá más sol para que se quiebren los venablillos enemigos, ahuyentando los reflejos heridores. Donde las piedras, de cantos mortales, lanzadas por las catapultas, levantarían ecos que asustarán a la caballería, precipitando su huidizo galope. Como a los jóvenes hay que herirles con las dagas en el rostro, según el consejo del divino Julio, y a los guerreros maduros, de anchos hombros, conviene pegarles con mazas en los costados, levantándoles la sofocación. Como separar a los mensajeros, de extensas trompetas, de los que esperan sus órdenes para atravesar el lago.

Sus dos torres, frente a las piezas mayores de Santurce, sin movilizar sus hombres en el combate, resultaban amenazantes, dominando el espacio donde sus peones con el alfil temerario y la reina avizorando una inmensa extensión, establecían una técnica de presiones sobre el centro del tablero, obligando a Santurce a fijarse en el centro de operaciones, mientras Alberto podía hacer incursiones por los bastiones menos defendidos. La posición de la reina combatiente, recordaba a María Teresa de Austria, en sus batallas con Federico el Grande, cuando en la retaguardia recibía la consulta de todos los movimientos ordenados por su mariscal preferido, el príncipe Kaunitz. El alfil de Alberto parecía mirar de reojo a la reina, que vigilando las casillas envolventes cuidaba su arriesgarse por las filas de los monótonos uniformes negros. Entonces Alberto, aludiendo a la maligna presión ejercida por sus torres, alzó esa pieza como si recibiera un hachazo, o un eucalipto de triple raíz unida se recostase en su centro para doblegarla, extrajo de ella otro papelito enfurruñado, y pareció leer: "Estoy a la sombra y estoy sudando, que harán mis amores que andan segando." Así aludía al peligroso reposo de sus torres, sudorosas por la presión ejercida sobre el centro del tablero, que parecía crujir con aquellas dos moles llenas de guerreros, que mezclaban sus cantos de provocación y sus gritos que parecían agrandar la sanguinaria sed de las hachas, mientras la reina en una región donde podía levantar cortes provisionales, parecía convocar al rey para un acudimiento amoroso.

La reina de Santurce había avanzado hasta situarse al lado de uno de sus caballos, para lanzado al asalto atascarlo tal vez, como el otro alazán perdido por los martillazos de los peones y la inexorable vigilancia de la reina. El fin de Santurce comenzaba a describir círculos de ave agorera. Alberto había lanzado sus peones a un avance incesante, respaldado por la caballería situada en una posición estratégica, como escondida detrás de una colina, con el alfil y la reina dominando desde el centro de la esfera. Cogió uno de sus caballos, y con los dedos, a modo de bambú, pareció quebrarle las patas, dividiéndole en dos, de sus entrañas sacó un papel, y le leyó la sentencia: "Vuelve el gato a la ceniza", refiriéndose a los ataques del caballo de Santurce, que insistía en perderse entre las picas de los peones enardecidos por un triunfo que ya comenzaba a flamear sus banderolas.

Los dos escuadrones de caballería, con el adelantado alfil, los peones de Alberto habían logrado trasponer la tierra de nadie, destruirlos le hubiera costado a Santurce piezas mayores; su reina tenía libertad para cualquier ataque fulmíneo; sus dos torres vigilaban cualquier sorpresa del enemigo. Alberto entonces levantó el alfil, separando el bonete cardenalicio de la base sostenedora, y dijo: "Ver la ganancia al ojo, la muerte el ojo."

Santurce con provinciana cortesía, hizo una reverencia, horizontalizó su rey, levantándose con fingida sonrisa.

—Esta partida se ha elaborado —dijo Alberto—, con total entereza, en recuerdo de la estrategia del Coronel —miraba a Rialta, que bajó los párpados para impregnarse aún más del ausente—, que me relató de niño tantas batallas, sentado en el quicio de su casa, antes de irse a su paz.

—Al comenzar la noche —volvió a decir Alberto, cambiando de tono rápidamente—, como buen criollo, vendré a buscar al familión para comer en algún restaurante, y tú, Demetrio, ya estás sumado.

—Será otro día —replicó doña Augusta, con fina decisión—, pero para hoy ya está distribuido lo que vamos a comer. Están comenzando a hervir las cazuelas y el aroma del perejil le dará aún más animación a la comida.

Alberto se despidió de todos los familiares. Se fue con Demetrio, insistiéndole doña Augusta la asistencia de obligación familiar a la comida. Apenas se retiraron, el resto de la familia fue a sentarse en el portal, acudiendo algunos vecinos antiguos a saludar a Leticia y a hablar de las costumbres provincianas como si se tratase de alguna excursión a los pastos australianos.

Cemí corrió hacia la sala, para buscar los papelitos que había leído su tío Alberto, los fue revisando con calmosa insistencia, todos estaban vacíos de escritura. Entonces fue cuando comprendió, a pesar de sus espaciadas visitas, la compañía que le daba su tío. Adivinó cómo coincidía con él la familia de la sangre y la del espíritu. Pensó que tal vez fuese justo que toda la familia estuviera pendiente de su cuidado y de su agrado.

Leticia comenzó a sacar la ropa de las maletas, y le ordenó con histérico mandonismo a su criada española Concha que pusiese sobre la mesa de comer las piezas, que había que repasar sus botones y después plancharlas. Se demoraba con exceso al terminar cada pieza, sin darle la vuelta al botón para impedir el gasto inútil del fluido. Rialta le hizo cortésmente la indicación, pero Leticia que estaba en el primer cuarto pasando la ropa de las maletas al escaparate, la oyó, interrumpió entonces su tarea y dirigiéndose a la criada Concha, le dijo: —Usted planche como crea que debe hacerlo, no le haga ningún caso. Cuando me haya pagado los cuatro meses que me debe, pues no recibió su pensión y tuve que mandarle una cantidad crecida para que pudiera mantener la casa, entonces podrá decirle a usted lo que quiera, pues siempre lo que ella me debe será muy superior a lo que usted puede gastar sin apagar la plancha.

—Leticia —se limitó a contestarle Rialta, huyendo casi hasta los últimos cuartos, por la vergüenza que le había hecho pasar, humillándola delante de la criada. Doña Augusta pasaba por la puerta que daba del comedor al patio, miró a Leticia con fijeza de regaño maternal y le dijo: —Ya sé que traes la guerra a esta casa, el año que te sumerges en la provincia tenemos que pagarlo todos juntos soportando tus histerismos. Tú sabes que Rialta ha sufrido mucho por la muerte de su esposo, y no debes hacerle esa grosería para lucirte delante de esa gallega —dijo eso para que la sirvienta la oyese, pues había visto una sonrisa de maligno orgullo en Concha, que fingía que no había oído nada—. Reconcíliate con Rialta antes de la comida, que no se den cuenta que tú la has hecho llorar, sino creo que vas a tener que irte con Santurce al hotel Biscuit, pues no vamos a soportarte todos los días tus melindres y tus destempladas salidas de tono. Que le toleremos a Alberto algunas de sus majaderías, ya nos hemos resignado, además Alberto cuando está en calma tiene una alegría que a todos nos fortalece, pero lo tuyo es sólo histerismo abusador con la bondad de la familia.

Sonrió la Concha, contenta de ver a su señora en ese aprieto, pues sabía que con doña Augusta sólo cabía la total capitulación. Como sirvienta española disfrutaba con especial deleite las desavenencias de los amos, como ella decía recordando sus años de servidumbre en el campesinado español.

Rialta mitigó su disgusto entregándose a la siesta. Leticia pasó frente a la cama, mirándola con verdadera ternura, acostándose después a su lado, oyendo con cuidado su respiración, como encariñándose con la pureza de aquel aliento, en el temor de que aquel ritmo pudiese alterarse por su llegada. Le abrió la mano a Rialta, puso sus dedos en aquella tibiedad y así se fue adormeciendo.

Al despertarse Rialta, la misma sorpresa le hizo tironear la mano que ceñía la suya, saliendo Leticia de su siesta con suave sobresalto. Como las hechiceras de la Tesalia lograban las más variadas metamorfosis sobre el mismo sujeto, ya la nueva Leticia, la que había salido del sueño, había olvidado su etapa harpiada al situarse entre los coros angélicos y con excesiva ternura mirar el rostro de su hermana, que acostumbrada a sus metamorfosis, como también salía del sueño, le fue más fácil apoderarse de la nueva región donde ahora volaba el ánima caseramente atormentada de la Leticia, con blando batir bondadoso.

Rialta pudo percibir el sudor de sus manos, provenía de las de Leticia, pues su frente muy mojada tenía de colonia y de jadeante sudoración somnífera. Había dormido acompañada de bellergal y la lucha entre sus nervios siempre al borde de soltar su caja de cohetes y las falsas pastillas para dormir, asaltaba su rostro, desgajándose en lluvia al llegar a las almenas frontales, que se abrían al centro para dar paso a dos olas negras, calzadas sobre haces de cabellos comprados en la peluquería, para que las dos olas vibrasen la majestad de romperse a los pies de un castillo, pero por el contrario, los incesantes movimientos de la cara de Leticia, hacían que muchas veces se hiciese visible el falso acantilado sobre el que avanzaban las dos olas.

Del rostro de Leticia, al dirigirse a su criada Concha, con los labios mordisqueados por la cólera, con los incisivos como piedras de sacrificio del terciario en un hacha sin pulimentar, silbando las palabras, que al pasar por los labios soplaban como una flecha con curare, al rostro de una madre dolorosa, con el que había contemplado a Rialta adormecida, había el tránsito dictado por un geniecillo oriental, sacudiendo su garrafa, de una manta o diablo marino al de una cierva amamantando a un recién nacido abandonado.

Su estable posición económica desde hacía muchos años, sobre todo después de la muerte del Coronel, cuya posición había sido mucho más brillante y arraigada en la mejor esencia familiar, convertía a Leticia en el primer ofrecimiento en enfermedades y enterramientos. Pero las irregularidades de su carácter, más eficaz en el ofrecimiento para las mortandades que para nacimientos, bautizos o bodas, hacía que no fuera tan querida en la familia como ella creía serlo. Todavía tenía Cemí muy pegado en el recuerdo que después de los saludos iniciales, se dirigió apresuradamente hacia él para restregarle las mejillas, diciéndole que estaban manchadas. Cemí se dirigió al espejo más cercano, sólo vio la rojez dejada por el violento movimiento del índice de su tía sobre su rostro pálido, pero sin mancha alguna.

—Te voy a enseñar —dijo dirigiéndose a Rialta—, el traje de sastre que le encargué a la mejor modista de Santa Clara, para regalártelo. Es de un azul muy oscuro, casi negro de reflejos, pues yo creo que ya debes de ir matizando tu luto. A Cemí —siempre lo llamaba por su apellido, no por el diminutivo de su nombre cómo el resto de la familia—, le traje seis panqués, elaborados con una pasta que yo misma fui haciendo, sin fiarme de la cocinera. Hoy se le llama panqué a la antigua panetela y al cake con una pasta disimulada de yemina, harina de grano de oro, y mantequilla muchas veces rancia. Pero cuando yo hago un panqué, el gallinero de la finca con las mejores ponedoras se queda vacío, la mantequilla es de los padres trapenses. Que no coma con exceso Cemí, pues sé que es muy goloso, y después le viene la sofocación esa que me pone muy nerviosa. Por cierto, Rialta, como se va pareciendo a ti, claro que con el cabello corto del padre, que a su vez era el del vasco, padre del padre, que parecía un torete, con la cabeza que se podía destornillar.

Los últimos en llegar al portal donde estaba toda la familia reunida fueron Demetrio y Alberto. Ya doña Augusta se mostraba inquieta, pues eran las ocho y media de una noche de noviembre, muy borrada de luna y con nubes cárdenas presagiosas, y no acababan de llegar los dos invitados que más se esperaban, pues eran quizás las dos personas de la familia que más animaban una mesa. El baño crepuscular le había quitado de la sangre su derrota en ajedrez a Santurce, afrenta que al activarse su flujo sanguinoso por la presión rotativa de la felpa de la toalla, se había escondido en una timidez en acecho, pues sentía la superioridad de Alberto no con la alegría del resto de la familia, sino como un encuentro que le había sido desfavorable por el favor del ambiente para Alberto, mientras él se enfurruñaba y en secreto gemía disminuido.

Doña Augusta indicó que ya podían pasar al comedor. Fue distribuyendo a toda la familia en los asientos que según ella le correspondían. Se sentó en una de las presidencias de la mesa, señalando la otra parte el doctor Santurce. —En el ceremonial clásico dijo—, el que representa la familia invitada debe estar en la presidencia de homenaje. Si Leticia no fuera de la familia, si fuera de otra familia invitada, nos presidiría. Además, Santurce nos puede ayudar en el cuidado de los que están más al alcance de su mano. Sobre todo puede oir las peticiones de la mesa donde están los muchachos—. En efecto, los dos hijos de Leticia y los tres de Rialta se alegraban en una mesa más pequeña, con un mantel muy coloreado, mostrando una juvenil impaciencia por la llegada de la menestra dotada de un humo aromoso que comenzaba a chirriar en la alfombrilla de la lengua.

La inicial entrega de la presidencia a Santurce, tenía todas las peculiaridades de la manera de doña Augusta, por una parte se mostraba con la más depurada cortesía; por la otra, el enlace de esa presidencia con la mesa menor de los muchachos, le restaba cierta jerarquía al puesto otorgado, dándole como una eficiencia de servicio más que el acatamiento a un don o alcurnia de señorío. Los hijos de Augusta disfrutaban con sutileza las dualidades de ese estilo, pero era Alberto el que más rápidamente insinuaba una sonrisa, que desaparecía al tiempo que se esbozaba. —Mucho silencio, turbado sólo por la trituración de las mandíbulas —dijo Santurce, con el rostro vuelto forzadamente sobre la mesa de los garzones. Un tintineo del tenedor sobre la vajilla, hecho con malicia por Cemí, fue la primera violación de la norma dictada por Santurce. El tintineo pareció el eco de la inicial ironía al ofrecer la cabecera al visitante familiar.

Doña Augusta se había preocupado de que la comida ofrecida tuviese de día excepcional, pero sin perder la sencillez familiar. La calidad excepcional se brindaba en el mantel de encaje, en la vajilla de un redondel verde que seguía el contorno de todas las piezas, limitado el círculo verde por los filetes dorados. El esmalte blanco, bruñido especialmente para destellar en esa comida, recogía en la variación de los reflejos la diversidad de los rostros asomados al fugitivo deslizarse de la propia imagen...

A la muerte de Cambita, la hija del oidor, ese mantel que recordaba la época de las gorgueras y de las walonas, había pasado a poder de doña Augusta, que sólo lo mostraba en muy contadas ocasiones, semejantes a las que ella lo había visto en su juventud. El día de la primera invitación a comer hecha a Andrés Olaya en la casa de la hija del oidor, ese mantel, que Augusta recordaba con volantes visos de magia, había mostrado la delicada paciencia de su elaboración, como si lejos de ser destruido cada noche, como la tela de una de las más memorables esperas, se continuase en noches infinitas donde las abejas segregasen una estalactita de fabulosos hilos entrecruzados. El color crema del mantel, sobre el que destellaba la perfección del esmalte blanco de la vajilla, con sus contornos de un verde quemado, conseguía el efecto tonal de una hoja reposada en la mitad del cuerno menguante lunar.

Doña Augusta destapó la sopera, donde humeaba una cuajada sopa de plátanos. —Los he querido rejuvenecer a todos —dijo— transportándolos a su primera niñez y para eso le he añadido a la sopa un poco de tapioca. Se sentirán niños y comenzarán a elogiarla, como si la descubrieran por primera vez. He puesto a sobrenadar unas rositas de maíz, pues hay tantas cosas que nos gustaron de niños y que sin embargo no volveremos a disfrutar. Pero no se intranquilicen, no es la llamada sopa del oeste, pues algunos *gourmets*, en cuanto ven el maíz, creen ver ya las carretas de las emigraciones hacia el oeste, a principios del siglo pasado, en la pradera de los indios sioux —al decir eso, miró la mesa de los garzones, pues intencionadamente había terminado su párrafo para apreciar cómo se polarizaba la atención de sus nietos. Sólo Cemí estiraba su cuello, queriendo perseguir las palabras en el aire, miraba después a sus otros primos, asombrado de que no escuchasen la flechita que su abuela les había lanzado.

—Doña Augusta nos debe haber preparado tantas delicias, que habrá que tener cuidado con el embolia ceroso, el más fulminante de los conocidos —dijo el doctor Santurce.

—Es aquél que en la clínica médica —dijo Alberto, impulsándose en la broma—, Martí ha descrito cuando dice: el corazón se me salió del pecho y lo exhalé en un ay por la garganta.

—Todos los males que se derivan del exceso de comer son menores, decía Hipócrates —añadió el odontólogo Demetrio, que siempre le gustaba mostrar su conocimiento del cuerpo discrepando del doctor Santurce—, que los males que se derivan del exceso de no comer. Añadamos otro cuarto, ahora el de un santo, Pablo llamado de Tarso, que aconseja que el que no coma no se burle del que come, aconsejando también el viceversa. Después de la de un santo, la de un demonio, Antonio Pérez, el asesino que se rebeló opinaba que sólo los grandes estómagos digerían veneno. Por cierto que a José Martí le gustaba mucho esa frase del secretario perverso. Hay que ser muy secretario y muy perverso para enamorarse de una tuerta, sobre todo cuando sabemos que ese ojo tuerto ha sido besado por Felipe II, que el diablo siga bendiciendo por los siglos de los siglos.

—Comienzas como dietético y terminas como teólogo —dijo Alberto—, lo cierto es que todavía no se conocen los secretos de nuestro vaso de barro. El riñón, por ejemplo, segrega catorce jugos, de los que únicamente seis son conocidos. Los chinos distinguen entre el cuerpo derecho y el izquierdo. Consideran la neurosis y la locura, en distintas dosis, la falta de adecuación entre ambas partes del cuerpo. Un médico nuestro sólo aprecia dos ritmos cardiacos, allí donde un médico chino logra encontrar cuatrocientos sonidos bien diferenciados.

—No son sonidos nítidos, sino los que irregularmente brotan de una especie de rasgueo fibrinoso que se origina en el músculo cardiaco —intervino el doctor Santurce, que creyó obligado a traer la última palabra sobre esas cuestiones científicas, a las que como médico creía que debía aportar su autoridad—. Un canario —añadió—, aparentemente tiene doscientas pulsaciones, son sólo otras tantas descargas fibrinosas.

—Troquemos —dijo doña Augusta para terminar la ociosa discusión—, el canario centella por el langostino remolón—. Hizo su entrada el segundo plato en un pulverizado *soufflé* de mariscos, ornado en la superficie por una cuadrilla de langostinos, dispuestos en coro, unidos por parejas, distribuyendo sus pinzas el humo brotante de la masa apretada como un coral blanco. Una pasta de camarones gigantomas, aportados por nuestros pescadores, que creían con ingenuidad que toda la plataforma coralina de la isla estaba incrustada por camadas de camarones, cierto que tan grandes como los encontrados por los pescadores griegos en los cementerios camaroneros, pues este animal ya en su madurez, al sentir la cercanía de la muerte, se abandona a la corriente que lo lleva a ciertas profundidades rocosas, donde se adhiere para bien morir. Formaba parte también del *soufflé*, el pescado llamado emperador, que doña Augusta sólo empleaba en el cansancio del pargo, cuya masa se había extraído primero por círculos y después por hebras; langostas que mostraban el asombro cárdeno conque sus carapachos habían recibido la interrogación de la linterna al quemarles los ojos saltones.

Después de ese plato de tan lograda apariencia de colores abiertos, semejante a un flamígero muy cerca ya de un barroco, permaneciendo gótico por el horneo de la masa y por las alegorías esbozadas por el langostino, doña Augusta quiso que el ritmo de la comida se remansase con una ensalada de remolacha que recibía el espatulazo amarillo de la mayonesa, cruzada con espárragos de Lubeck. Fue entonces cuando Demetrio cometió una torpeza, al trinchar la remolacha se desprendió entera la rodaja, quiso rectificar el error, pero volvió la masa roja irregularmente pinchada a sangrar, por tercera vez Demetrio la recogió, pero por el sitio donde había penetrado el trinchante se rompió la masa, deslizándose: una mitad quedó adherida al tenedor, y la otra, con nueva insistencia maligna, volvió a reposar su herida en el tejido sutil, absorbiendo el líquido rojo con lenta avidez. Al mezclarse el cremoso ancestral del mantel con el monseñorato de la remolacha, quedaron señalados tres islotes de sangría sobre los rosetones. Pero esas tres manchas le dieron en verdad el relieve de esplendor a la comida. En la luz, en la resistente paciencia del artesanado, en los presagios, en la manera como los hilos fijaron la sangre vegetal, las tres manchas entreabrieron como una sombría expectación.

Alberto cogió la caparazón de los dos langostinos, cubrió con ella las dos manchas, que así desaparecieron bajo la cabalgadura de delicados rojeces. —Cemí, dame uno de tus langostinos, pues hemos sido los primeros en saborear su masa, para que cubra la otra media mancha—. Graciosamente remedó, con el langostino de Cemí ya en su mano, que el deleitoso viniese volando, como un dragón incendiando las nubes, hasta caer en el mutilado nido rojo formado por la semiluna de la remolacha.

El friecito de noviembre, cortado por rafagazos norteños, que hacían sonar la copa de los álamos del Prado, justificaba la llegada del pavón sobredorado, suavizadas por la mantequilla las asperezas de sus extremidades, pero con una pechuga capaz de ceñir todo el apetito de la familia y guardarlo abrigado como en una arca de la alianza.

—El zopilote de México es mucho más suave —dijo el mayor de los hijos de Santurce. —Zopilote no, guajolote —le rectificó Cemí—. A mí me han recomendado caldo de pichón de zopilote para curar el asma, para no decir el feo nombre de ese avechucho entre nosotros, pero prefiero morirme a tomar ese petróleo. —Ese caldo debe saber como la leche de la cochina que según los antiguos producía la lepra.

—Se desconoce en realidad el origen de esa enfermedad —dijo Santurce, que como médico no sentía la impropiedad de hablar de cualquier enfermedad a la hora de la comida.

—Hablemos mejor del ruiseñor de Pekín —dijo doña Augusta, molesta por el giro de la conversación. La alusión de Cemí a la leche de la cochina había sido graciosa por lo inesperada, pero el desarrollo de ese tema en esa oportunidad por el doctor Santurce, era tan temible como la posibilidad del ras de mar que comenzaban a vocear los periódicos nocturnos.

—Las manchas rojas del mantel deben haber favorecido el tema de los vultúridos, pero recuerde también, madre, que el ruiseñor de Pekín cantaba para un emperador moribundo —expresó Alberto, comenzando a repartir el pavón vinoso y almendrado.

—Yo sé, Alberto, que toda comida atraviesa su remolino sombrío, pues una reunión de alegría familiar no estaría resuelta si la muerte no comenzase a querer abrir las ventanas, pero las humaredas que despide el pavón pueden ser un conjuro para ahuyentar a Hera, la horrible.

Los mayores sólo probaron algunas lascas del pavo, pero no perdonaron el relleno que estaba elaborado con unas almendras que se deshacían y con unas ciruelas que parecían crecer de nuevo con la provocada segregación del paladar. Los garzones, un poco huidizos aún al refinamiento del *soufflé,* crecieron su gula habladora en torno al almohadón de la pechuga, donde comenzaron a lanzarse tan pronto el pavón dio un corto vuelo de la mesa de los mayores a la mesita de los niños, que cuanto más comían, más rápidamente querían ver al pavón todo plumado, con su pachorra en el corralón.

Al final de la comida, doña Augusta quiso mostrar una travesura en el postre. Presentó en las copas de champagne la más deliciosa crema helada. Después que la familia mostró su más rendido acatamiento al postre sorpresivo, doña Augusta regaló la receta: —Son las cosas sencillas —dijo—, que podemos hacer en la cocina cubana, la repostería más fácil, y que en seguida el paladar declara incomparables. Un coco rallado en conserva, más otra conserva de piña rallada, unidas a la mitad de otra lata de leche condensada, y llega entonces el hada, es decir, la viejita Marie Brizard, para rociar con su anisete la crema olorosa. Al refrigerador, se sirve cuando está bien fría. Luego, la vamos saboreando, recibiendo los elogios de los otros comensales que piden con insistencia el *bis,* como cuando oímos alguna pavana de Lully.

Al mismo tiempo que se servía el postre, doña Augusta le indicó a Baldovina que trajese el frutero, donde mezclaban sus colores las manzanas, peras, mandarinas y uvas. Sobre el pie de cristal el plato con los bordes curvos, donde los colores de las frutas se mostraban por variados listones entrelazados, con predominio del violado y el mandarina disminuidos por la refracción. El frutero se había colocado al centro de la mesa, sobre una de las manchas de remolacha. Alberto cogió uno de los langostinos, lo verticalizó como si fuese a subir por el pie de cristal, hasta hundir sus pinzas en la pulpa más rendida. El frutero, como un árbol marino al recibir el rasponazo de un pez, chisporroteó en una cascada de colores, estirándose el langostino contento de la nueva temperatura, como si quisiera llegar al cielo curvo del plato, pintado de frutas.

Discretamente doña Augusta había eliminado los vinos de la comida. Donde estuviesen reunidos Santurce, Alberto y Demetrio, era preferible evitarlos para no encender discusiones excesivas, pues cualquier nimiedad engendraba un hormiguero bajo la advocación de Pólemos. Santurce con su cientificismo trasnochado, Alberto que era imprevisible y Demetrio siempre a la zaga de los pruritos sabichosos y de la pedantería dura como cuero del médico provinciano, se arremolinaban en discusiones hasta empalidecerse y temblar las manos.

Después café, después los puros, con esas luciérnagas salieron de nuevo al frío del portal, desde donde se divisaban las olas que venían en anchurosos toneletes sobre el Malecón, rompían sus aros, lanzaban sus mantos que querían clavarse en las estrellas amoratadas y después avergonzados se deshilachaban en sucesivas capitulaciones sobre los troncos rocosos.

Transcurrido un tiempo que Demetrio juzgó prudencial para retirarse, invitó a Alberto a que lo acompañase, pero Santurce le dijo que se lo dejara por esa noche, pues tenía que hablar de muchas cosas con él. Los muchachos se dispersaron por las habitaciones que se les habían señalado. Demetrio se fue un poco molesto, pues estaba acostumbrado a irse con Alberto y parlotear hasta la llegada de la madrugada. —Van a volver a jugar ajedrez —les dijo Demetrio un tanto irónico. Se despidió con especial deferencia cariñosa de su hermana Augusta. En la esquina encendió un fósforo, se le vio de nuevo el rostro, pero ahora con visible preocupación.

Subieron Santurce y Alberto por el Prado, hasta llegar a Neptuno, de donde saltaron a un café de la primera calle de San Miguel, a esa hora primera de la noche, todavía no muy trajinada, sobre todo con ese frío y lloviznas casi invisibles. El café estaba vacío. Poco tiempo había transcurrido, cuando penetró un hombre alto, de pelo negrísimo, entreabriendo un libro, después de mirar con mucha fijeza a los otros dos asistentes al café, principalmente a Alberto. No había visto que Santurce y Alberto habían entrado al café juntos, pues en realidad, si se había decidido a tomarse una coñacada, era para entablar conversación con Alberto, a quien había conocido la noche en que se había escapado del colegio y la había emprendido a trompicones con unos maricas endemoniados. Habían después entablado duradera amistad, como se recordará en las páginas sobre la muerte del Coronel. Había pasado muchos años sin volverlo a ver, ahora lo había reconocido de súbito, pero Santurce le franqueaba el camino para acercársele y hablarle. Esperó un largo rato para ver si se deshacía el bloque de hielo acompañante. Pero no, no ocurrió el deshielo para mal de todos.

—Tenía que hablarle, Alberto, de algo familiar que a todos nos disgustará —comenzó el doctor Santurce—. Doña Augusta está enferma de verdadero cuidado. El año pasado cuando estuvo en Santa Clara, Leticia le notó en un seno un abultamiento. En realidad, lo que tiene es un carcinoma del seno izquierdo, en una fase comenzante.

Al oir tan pavorosas noticias, Alberto apuró el coñac, pues sintió que el cuerpo se le enfriaba con asomos de escalofrío. —¿No se le puede dar terapia, para hacer más lento el proceso?—. —Fue lo primero que se le ocurrió decir, para salir un poco a la superficie, pues la noticia lo había derrumbado. Alberto sabía que su sostén en la vida era doña Augusta, ella le daba esa alegría de sentirse seguro y aún joven, pues en realidad la vejez de un hombre comienza el día de la muerte de su madre. Ancianos ya, hay hombres que al llegar a la casa de la madre, ésta les regala un pedazo de chocolate, tal vez regalo de un nieto, pero entonces se establece una especie de homóloga relación juvenil, entre aquella barrita de chocolate, regalo de un nieto a su abuela y de una madre a su hijo. Pero llega el hijo a visitar a su madre, hijo que es solterón, cincuentón y con el bigote cubierto de escarcha otoñal, pero la madre ha guardado esa barrita mágica, para el solo día de la semana en que su hijo la visita, y con el mismo acto juvenil con que su nieto se lo había regalado, la madre se lo entrega a su hijo, que comienza a evocar las galletas de María impregnadas de un chocolate con leche, que su madre, los días que no había colegio, le preparaba, para diferenciarlo del resto de los días semanales, en que el café con leche recibía las absorciones decididas del pan aún chirriante en su corteza de cobre granulado. Y a medida que ese anciano saboreaba ese chocolate, regalo de su madre, ya en una ancianidad venerable, se sentía transportado a la mañana del mundo, como un ciervo que sorprende el momento en que un río secreto aflora a la superficie para dirigirse a su boca en la rumia de unas grosellas.

Alberto a veces mortificaba a su madre, pero lo hacía con el convencimiento de aquella fuerza sutil que él creía inacabable, aquello que a él lo guardaba, pareciéndole imposible que tuviese él que guardarlo, por parecerse seguro, eterno. Jamás había pensado que su madre podía morirse, a pesar de que ya se acercaba a los ochenta años. El aviso lo sorprendió con trágica precisión el mismo día en que doña Augusta había destellado en el centro de su familia como una gema en el centro de sus irradiaciones. Una comida familiar, que había mezclado la gravedad y la sencillez, les avisaba que había llegado la dispersión. Les avisaba que cada uno de aquellos fragmentos, de los que ella ocupaba el centro, tendría que comenzar en un nuevo centro con nuevas irradiaciones. Se vislumbraba ya que Rialta ocuparía el centro del refectorio, después de la muerte de doña Augusta.

—Mira, Alberto, ya yo he pensado en la aplicación de la terapia —respondió el doctor Santurce—, pero te voy a decir, prefiero decírtelo descarnadamente, ella tiene el carcinoma en el lado izquierdo, si le aplicamos la terapia le hará daño al corazón. Yo creo que es preferible que así sea, pues a su edad no puede resistir la operación, y el desarrollo de esa enfermedad hasta su etapa final es pavoroso. Yo preferiría aplicarle la terapia en breves sesiones y ver qué reacciones le produce en el corazón —Santurce hablaba con su calma habitual, inexorable.

El hombre de los cabellos negros cerró el libro, se limpió los labios con una servilleta de papel, y con la cara que no podía disimular su desagrado, se fue perdiendo en la bruma del frío de noviembre. El mediador, el que le sale al paso a la ananké, abandonaba el campo a las potencias de la destrucción. Las parcas ahora podían tejer con un suave ocio voluptuoso.

Hizo su entrada en el café un guitarrista mexicano, con un ridículo y gastado disfraz de charro, pidiéndole la cuota a los parroquianos, empuñando una guitarra manchada como de excreta ratonera, sostenida por unos hierros oxidados que rodeaban su cuello hasta llegar a mantener una filarmónica frente a sus labios hinchados por el alcohol, sobre la que soplaba con un hálito equinal para acompañar el guitarrón destemplado. Vestido todo de negro desalmidonado y anchuroso por el uso de esa ropilla, con tachones de plata soltados por el sombrero y chaqueta, y por el fajín con una enorme hebilla de engarce, se entonaba manchando de saliva arenosa los agujeros de la filarmónica. El exceso de luces le daban al guitarrista mexicano un resplandor infernal, volaba la plata ínfima del cinturón que lo ceñía como si se le fuera a caer la mitad del cuerpo en un charco de agua negra. El rostro sudoroso por la falta de aseo manchaba la caja de la guitarra, se quitaba el sudor de la frente con sus manazas, restregándolas después por la madera gimiente a la ofensa aceitosa. Las pocas veces que usaba pañuelo, le quedaban carbones por la frente, que iban a depositarse en sus arrugas agrietadas, pareciendo los surcos dejados sobre su rostro, los latigazos del rabo del chivo negro que acompaña al diablo.

La primera ocurrencia del charro fue remontarse en la quejumbre de unas coplas. Se le esperaba en el corrido chocarrero, o en alguna décima burlesca. Enloquecido, báquico, lleno el cuerpo de sales amoniacales, lamentoso, este si aborto de ovas y lamas, juró una lamentación rogativa y soltó el taponete:

Dadme grave la pluma
del santo gordo de Aquino,
para en la resta y la suma
entornarme a lo divino.

Más parecía su aspecto el de un averroísta, en el trance de lanzar las siete piedras sobre el Gran Satán de Mina, que el de un implorante de las gracias macizas del aquinatense. Su mismo disfraz de charro al ancharse por el uso sin tregua y la aglomeración de las lluvias, le daba la grotesca presencia de un sufí obeso por los excesos de la contemplación y las vacaciones azucaradas entre visión angélica y contemplación original.

Los jipíos de la copla, respondidos por los apagados toques en la madera, soltaron a volar el pegaso sanguinoso de Alberto, ya de suyo impulsado por la banderilla báquica de la quinta coñacada. Se le fue al hondón que el charro allegado como trompo infernal, quisiese transfigurarse en el buey con alas. La interposición de aquella piedra negra con gualdrapas de plata caligrafiadas a la otomana, desprendía una mula tripulada por el demonio llamado Asmodeo que se iba a su remolino de azufre con piedras hirvientes. Todo él parecía el relieve de un hígado etrusco para la lectura oracular. Era la muerte y la sacaba por la voz como una hiena que patease una guitarra.

Aspiró fuerte el aire que exhalaba el fregadero, se le ancharon los pulmones como un salvavida al inaugurarse, y volvió a remontar:

A vernos mañito, maño,
como en la cruz del amor,
uno encimita del otro
y un clavón entre los dos.

Parecía que entre los redoblantes se abría la ventana, era una de las semanas tremendas más vigiladas por Asmodeo, por donde la desdichada llorando a su hombre, se había humillado una vez más, ahora en el ruego ante el Altísimo, en el tiempo de la concesión peticionaria. Para Alberto le era imposible que después de rogar un entono a lo divino, se apareciese con las piernas temblonas de una meretriz de Málaga, invocando la fatalidad de su dominador con crecedora cuantía de pucheros lacrimógenos. Alberto vació su vidrio de agua frígida sobre el diablón, con máscara de charro lentejuelado. Reaccionó el sombrío guitarrero como gallo colorado, hoguera rociada con sal, o menino estabilizado debajo de un agua de amanecer. Sus ojos fosforaron al recibir la descarga de adrenalina colérica, brotada como un relámpago del Malpighi del félida demoníaco. Dominó la descarga del carbunclo furioso, volviendo a su guitarrón que se alzó de nuevo:

Ay, mare, mi mare,
no quieres ser muertecita,
para no asustar al niño,
Al pie de mi cama tú.

Se levantó el doctor Santurce, temeroso de la camorra cercana. Su despedida zigzagueó ante los ojos borrosos de Alberto. No le contestó.

Parejas de arrullados parroquianos tediosos, habían ido distribuyéndose por el café. En la acera se habían descolgado ansiosos, muy extrañados de un charro desprendiendo coplas, pues todo el que pasaba se turbaba por aquellos jipíos que lo detenían con sus gemidos mortecinos. Los mozos, detrás del marmolite de la barra, a modo de coro apoyaban sus codos en el tedio del servicio de todas las noches, que de pronto juraban que se excepcionaría.

El charro miraba ahora con fijeza a Alberto, parecía que cantaba para él. Sin quitarle de encima sus ojos fosfóricos, volvió con el cantío:

La muerte me está buscando,
y como me puse serio,
me dijo que era jugando,
pero la muerte sigue buscando.

Entonó esa estrofa, donde la muerte y lo cubano se han intuido mutuamente sin alzarle a Alberto de su cara la mirada, que oscurecía más el contorno para poner en el centro sus ojos de fósforo presagioso. Alberto se levantó, se había apoderado de súbito de la amenaza que llevaba la disparatada copla, roció de nuevo al charro con el agua que le quedaba en el vaso, y entonces fue él, el que se remontó con el canto:

La muerte me está jugando
y como me puse alegre,
me dijo fuera seriando,
por eso la sigo esperando.

De la mano con la que el charro sostenía la guitarra, extrajo un puñal que voló hacia el centro de la mesa, ocupada un instante antes por Alberto, que no sufrió ningún daño por la rapidez con que se levantó para contestar la copla, llena de un conjuro espantoso. Volvió Alberto rápido hacia su mesa, desclavó el cuchillo y pudo leer grabado en su hoja la respuesta a su misma copla: *Te seguiré buscando.* Los mozos se precipitaron para tironear a Alberto y señalarle al diablón la retirada, pero éste le daba martinetes a la guitarra como círculo de aislamiento para impedir la acometida. Los callejeros, detenidos por el guitarrero primero y por la refriega después, oscilantes como una brasilera, hicieron el ademán de penetrar al café para emprenderla con el lanzador del cuchillo. Luchaban los callejeros por asirle una manga o algún saliente del pantalón al charro, pero éste manejaba la guitarra atacante como un tirador de lazos en el oeste, hasta que tirándole del ala del sombrero, lograron enceguecerlo, prorrumpiendo el charro en tales gritos que los vecinos preparados ya para saltar a la cama y los esquineros se aunaron al coro de los peregrinos callejeros para suspenderse en el perplejo. Sonaron las sirenas de las perseguidoras, se apearon los policías con sus pisajos ordenancistas. Dos de ellos redujeron al mexicano, y otros dos fueron a buscar a Alberto. Salió el dueño del café y habló en voz baja con el que parecía jefe de los patrulleros.

—Me importa —dijo con voz tonante, mientras con la mano derecha movía con impaciencia el pisajo—, que sea pariente de veteranos. Estaban escandalizando y a los dos me los llevo para la estación. Si tienen frío que se emborrachen en sus casas. Es verdad que este charro es un pesadito, pero en la estación deben conocer el caso, pues toda la cuadra ha paralizado el tráfico. El capitán en la estación dirá la última palabra.

Los de la perseguidora empujaron al charro, que gruñendo, blasfemando, eructando, cayó dentro del carro. Otro de los policías llevó a Alberto en una máquina de alquiler. Al llegar a la estación el policía no hizo señas para el pago, pero Alberto lo hizo y le dio propina, dándole a comprender con la propina que venía de las horas alegres del tono y la levitación provocada. El paseíto del café a la estación había escurrido el zumo de la candela, y asomaba en el charro la bobaliconería bonachona y en Alberto su elasticidad y la soberanía de su desdén.

Esperaron un momento sentados en unos banquillos de vergüenza, hasta que el capitán decidiera sobre su suerte. Habló con el que parecía jefe de la patrulla, y su reacción tuvo algo del fulminante.

—Si es cuñado del Coronel, lo soltamos en seguida, figúrese que él fue mi maestro en El Morro. Era un gran jefe, revisaba desde los calderos de la comida de la tropa hasta la matinal entrada en clase de todos los cadetes. Llámalo, lo quiero conocer. Su otro cuñado, el teniente Hervás, también fue amigo mío. Trabajamos juntos en el cuartel de San Ambrosio. Dile que pase.

Entró Alberto al despacho del capitán. Lo saludó sin tenderle la mano, temiendo algún desaire. Pero no, fue el mismo capitán el que le apretó la mano con mucha efusión, diciéndole, con sorpresa de Alberto: —Qué gusto conocerlo, ahora que sé que es cuñado del que fue coronel Cemí, mi maestro y amigo. Las cosas que hacía, de verdadero maestro, cuando dirigió la academia de El Morro. Figúrese yo había abandonado una guardia, cuestión, como se imaginará, de alguna noviecita, y eso, en el ejército, siempre se ha castigado con severidad. Yo estudiaba, era un buen expediente, y por eso el Coronel me condenó tan sólo a quedarme sin salir a casa las vacaciones de Pascuas. Los días pasaban, me volaban por la cabeza hilos de araña para ver en qué forma podía fugarme. Cuando llegó, víspera de Nochebuena, mi proyecto había madurado en todos sus detalles. Cuando se ha estado tiempo en un espacio limitado, es increíble cómo se llegan a fijar los detalles. Un clavo, una yerba que brota de la piedra, la hora en que una lagartija se aduerme en un cuadrado, las escaleras que forman las tuberías, las ventanas irregularmente cerradas, la hora en que tres postas vigilantes pestañean. ¡Qué sé yo! Las coincidencias, tejidas en la mente, como en todo estado de alucinación, vienen apoyándose en hechos, en figuras, que se llegan a solidificar, a repetir, como en una muralla china. Primero pensé en el tragante de la piscina, grande como una cabeza de hombre, que después de su boca de ingurgite, entraba en unos salideros de piedra muy anchurosos, pero me era muy difícil calcular qué tiempo tendría que estar sin respirar en aquella talanquera de piedra alargada a túnel de penetración y salida desconocidos.

—Aquello fue el intento de una primera salutación, infinitamente rectificada. Creo que reconstruía todos los parapetos, almenas y claraboyas de El Morro, con el mismo cuidado que el arquitecto italiano Juan de Antonelli trazó el plano de Tres Reyes, que como usted sabe fue el primer nombre de esa fortificación. Al fin pude situar la salida del agua de la piscina, después que recorría el túnel de piedra, por una tubería que descendía por el bastión reconstruido por donde entraron los ingleses. Yo creo que pude unir en mi intento la magia del acto de Navidad y la magia del gran baile conque se estrenó la fortaleza. Aproveché el asordamiento producido por el vaciado del agua de la piscina, profundizando los cabeceos somníferos de las tres postas que unificaban la irregularidad de su visión, para trasladarme de mi celdilla a los terraplenes donde están los parapetos para los artilleros. Había conseguido una horquilla, con la que se trasladaban las pacas de alfalfa para los mulos de tiro y los caballos de equitación, y la pensaba utilizar como la soguilla que emplean los guajiros para treparse una palma. Una foscura que enfriaba desde la nuca hasta el dedo gordo del pie, retumbaba por aquellos murallones, cuando comencé a descender por la tubería; me deslizaba un tanto y aplicaba después la horquilla, así llegué a los yerbazales de Cojimar, donde había un botecillo que parecía pintado para mi traslado, me enfilé hacia el acantilado del Malecón, y apagando el farolillo de la cachucha, fingiendo que era un pescador de medianoche, al llegar a tierra dilaté la caja de la respiración transfigurada por el acto de Navidad. Llegué a mi casa con la serenidad de quien ha realizado lo excepcional dentro de la costumbre del sueño.

—Al día siguiente de la Nochebuena, me presenté al Coronel. ¿Cómo está joven, no se ha indigestado con el lechón?, me dijo. A este maestro de la disciplina militar, no le gustaba nunca exagerar las situaciones. Con ese saludo me predisponía a que yo ofreciese mis disculpas. Cómo se pudo fugar, es una pregunta que le hago como militar, porque eso me indica que es un punto vulnerable del castillo. Venga conmigo, para que me diga en qué forma llegó a tierra, me dijo, se levantó, echó a caminar, indicándome que lo siguiese.

—Recorrió parte de la fortaleza, seguido por mí, hasta pararse en el altísimo bastión. Hasta aquí comprendo que pudo llegar, pero éste es el punto límite, pero de aquí en adelante comienza su hazaña. Explíquese ahora, dijo.

—Le expliqué el deslizamiento con aplicación de la horquilla, el aprovechamiento del tumulto del tragante del agua de la piscina. Como antes de llegar a tierra la tubería se bifurcaba, pero entonces apoyado por la horquilla pude echarle mano a una ventana, desde donde, empatando tres pantalones de uniforme, logré saltar a tierra.

—El Coronel me oía con insaciable curiosidad. Recuerdo que me dijo que si volvía a repetir la hazaña me perdonaba el castigo que me correspondía, que era el de expulsión por fuga, estando castigado. Me comprometí a ello, traje la horquilla, los pantalones y comencé a descender otra vez aquel pavoroso bastión. Gracias a esa prueba pude terminar mis estudios. Recuerdo que al día siguiente ya la tubería no estaba en el mismo lugar, habían comenzado nuevas instalaciones en la fortaleza.

Impulsado por su relato el capitán no pudo precisar cómo Alberto sentado, con la cabeza baja, lloraba con lágrimas de vergüenza y de recuerdo. El capitán había colocado su hazaña bajo la advocación del más grande acto naciente, de la Navidad, y ese día su punzante evocación, había llevado a Alberto a la más viviente remembranza del Coronel. La cena que se celebraba presidida por aquella figura titánica y criollísima, siendo un mantenedor y su alegría, desde los preparativos semanas antes hasta el gran día lleno de luces y de las más eficaces pruebas de la amistad, la sangre y el espíritu del símbolo. Como al final, el Coronel sentaba en sus hombros a Violante y la paseaba por el comedor y la sala entre palmadas y canciones festivas.

—Amigo —dijo el capitán—, hace bien en llorar el recuerdo del Coronel, fue un jefe, un maestro, un amigo. También yo lo he llorado muchas veces en muchas noches de desesperación. Ahora lo acompañarán a usted a casa del teniente Hervás, su cuñado, para que coja un poco de brista fuerte y haga más lucida su alegría.

—Le doy las gracias —dijo Alberto—, pero no podría aceptar su gentileza si no pusiese en libertad a ese pobre diablo de charro mexicano.

—Saldrá después que usted, se lo prometo. Aunque ese charro es un habitual de la mala canción y del exagerado culto báquico.

Llamó a su ayudante, le dio órdenes, y Alberto salió de nuevo a la calle, en una noche fresca y lluviosa. Montaron la máquina el chofer y a su lado Alberto, estremecido aún por el recuerdo de los familiares que gimen en el valle de Proserpina, perseguidos por el perro de tres cabezas.

El chofer que había visto las atenciones del capitán para con Alberto, se creyó obligado a movilizar la sin hueso para los más nimios relatos familiares, con la consabida ternura de enseñar la cartera con el grupo en que aparecían su esposa y tres críos. Cómo lo había favorecido un ramalazo de terminales para hacerse de un terrenito y los sucesivos esfuerzos de tablones y puntillas para hacer su carapacho. Todos los meses con lo poco que sobraba llevaba a su casa un túnico azul o rosado para su esposa y una de sus hijas. El otro mes cargaba con otro tuniquito para su otra hija, comenzando también las clases de inglés para su hijo mayor, que era, desde luego, muy despierto. El relato, en la insistencia de la familiaridad, aceró grises de monotonía, cuando al pasar por el café Vista Alegre, Alberto precisó la dispersión de los guitarristas en la medianoche. Le indicó al chofer que se detuviese para hablar con uno de ellos, y después de invitarlo a su traslado para Marianao, previa consulta al auriga, lo situó en el asiento de atrás, donde pudo reposar su instrumento de nacareo y espirales de plata. Comenzaba a oler la mañana punzada por el perfume del rocío, cuando Alberto le pidió el entono para aquel júbilo entreabierto. El guitarrero, con gracia de despertar, separó un grillo húmedo goteando en el puente del cordaje. Sacudió las tripables sonorosas de la guitarra y lentamente la melodía comenzó a traspasar:

Le digo al amanecer
que venga pasito a paso,
con su vestido de raso
acabado de coser.
El sinsonte vuelve ya
a lavarse en el cantío
que va murmurando el río
con alegre libertad.
Su casa, en el caserío,
humea azul el cantar.

Los eucaliptos se barraganaban detrás de la cuneta, lanzaban sus troncones como elefantes que colocasen sus patas en las ancas flordelisadas de los elefantes en cadeneta circense. Por qué troncos tan poderosos sentían el ímpetu de penetrar en las ajenas cortezas, troncos que formaban una monarquía absoluta de sombra y de dominio de la extensión estelar reproducida en un espejo donde aparece un oso empujando las constelaciones. Algunos flamboyanes azules, bajo el creciente lunar, preparaban los arcos, bajo los cuales pasaría *la carpa del primogénito,* homenaje de la nobleza a la prole de la santidad, azul hecho para profundizar el paso de un pescado en una bandeja de cobre martillado. Los álamos, con carne de doncella bajo el rocío, fantasma tierno del alba, verde sin hueso, carne transparente. Los cuadrados de naranjales, con sus flores de evaporaciones mansuetas, lentificaban las oscilaciones de la noche, haciendo de cada árbol un almohadón para San Cristóbal, con el clavo de su cayado hundiendo los hongos venenosos. Las puchas de jazmines, amarradas con cordeles membranosos, colocadas como amuletos para que no tropiecen los ecos y los caballos a la salida del desfiladero.

Hizo una pausa, rasgueó el aire, después se apoyó en la guitarra y comenzamos a oírle:

Es el alba, en su rocío
la hoja pregunta al tacto
si es su carne o cristal frío
lo que siente en su contacto.
Rueda la hoja al río
y en su engaño se desliza,
es la moneda que irisa
el curso de la fluencia.
Es la brisa, una ciencia
de lo eterno se divisa.

La palabra eternidad aparejó un sopor, dando comienzo a un inmenso ejército de tortugas verdes en parada descanso. Tortugas con el espaldar abombado, durmiendo con algas y líquenes sobre el escudo. Dentro de una niebla de amanecer, los chinos aguadores comenzaban a regar las lechugas. El desprendimiento de los vapores hipnóticos de la lechuga, hacía que los chinos manoteasen la niebla, se recostasen en ella con una elasticidad de sala de baile o lanzasen sus palabras pintadas de azul. La inmensa legión de lechugas, montadas en tortugas inmóviles: era el primer sembradío de la eternidad. Sucesivos cuadrados de verdes legionarios y entre ellos los chinos bailantes como muñecos que bailasen manoteando agua sobre el mármol estriado de las tortugas, y de pronto un salto del fantasmita bailante para aislar de la hoja de la lechuga, un gusanillo de cuernos malignos para cariar la superficie verdeante, gesto al tomar el gusanillo del repollo muy semejante al de colocar una mariposa en el contorno de la hoja vigilada, y todo eso realizado bailando y manoteando agua sobre los envíos del sueño que borraba una maldición y colocaba una dicha. Se levantó un viento que enseñaba su puño fuerte para repasar las pelucas verdes de los escudos del animalejo infinitamente dividido por dos. Grandes bandadas de vultúridos verdes subrayaban su fulminante oro y verde, y bermellón, hasta que las nubes colocaban sus picos en su inmensa carnalidad, haciéndolas caer luego por indistinción sobre la copa verde de los árboles, donde tal vez se verificaba el traspaso de su gusanillo. Por un momento el ejército de tortugas vibró como si fuese a ponerse en marcha, pero tan sólo para recibir la protuberancia de las lechugas somníferas. Viendo el guitarrista cómo los chinos manoteaban el agua sobre el inmóvil ejército, sintió de nuevo deseos de echar sus dedos por el canto del alba:

Ceñido el amanecer,
los blancos de Zurbarán,
pompas del rosicler.
Los anillos estarán
con el pepino y el nabo
de las huestes de satán.
Cualquier fin es el pavo,
tocado por la cabeza,
pero ya de nuevo empieza
a madurar por el rabo.

Aparecieron después las plantas que necesitan del fuego para llegar hasta el hombre. Plantas que en sus metamorfosis tienen algún parentesco con la piedra, el fuego les extrae su segunda vida de resina aromosa, pues, en realidad, el tiempo es ese corpúsculo del fuego que recorre un hilo de cobre destruyendo toda configuración que le resista, con la excepción de la piedra a la que puede comunicar una ruptura brutal en la simetría comunicada por el hombre, pero que es capaz de configurarse de nuevo en su reaparición como ruina, con la excepción también de las metamorfosis que él mismo engendra, como el escorpión quemado dentro de un círculo para comenzar un conjuro de procreación estival.

El caguairán amarillo aceptaba la mirada de la hoguerilla para después irse al poliedro bronquial y allí expansionar la sangre, como el agua mustia y lenta de un río al llegar a su océano final, siente como si las sirenas le colocasen ijares y apresura incomprensiblemente su destino como para sumarse a la alegría recipiendaria de quien esperaba con tal absorción que el jinete o el río mustio apresuraran su marcha. Breves sembrados de *calentano*, con su bonachona apariencia de diablo consejero, pero que al fin sirve también para soltar las amarras y crecer de cirro a rabo cometa. *El manajú*, servicial príncipe de su rareza en la expansión, entre la colina pequeña y el río caricioso, toca como humo en un pie y lo afinca, o ya penetra humo por la boca de Eolo y lo tira cóncavo por las posaderas, pero es ya el árbol guardián del río. El manajú que preludia la llegada del líquido andarín a la marina, sacudiendo escamas, limpiando los tapones de las aletas pectorales, devolviendo entrañas, en homenaje a la salitrera, fuego marino que muerde los peplos ondeantes de las Nikés sumergidas y seca las uvas de los caleteros. Allí donde no pudo llegar el fuego, cerca de los acantilados donde el fuego salta porque no puede marcar su pie de danza, la salitrera se lanza al asalto para quitarle al mismo diablo la suspicaz cita higueral, sus frutos semejantes a piedras con las entrañas secas, chamuscadas. Donde el fuego salta, la salitrera se expande por los fundamentos. Es allí, en otras latitudes donde la soledad se completa, donde el reno inmoviliza el árbol fosfórico que lleva sobre su frente, donde se posa el pichón de alción, unión integrada por la absorción en la noche de la soledad sacramental, entre el árbol de piedra conducido por el animal visitador de los acantilados y de los ventisqueros, árbol de piedra que reproduce el zigzagueo de los relámpagos apagados en los montes de hielo, y el ave que penetra junto con la tempestad, fiesta para aquel árbol de piedra llevado hasta la última soledad rocosa. Con las manos un poco entumidas por la frialdad de la neblina, el guitarreo logró apresar el canto de nuevo:

Un collar tiene el cochino,
calvo se queda el faisán,
con los molinos del vino
los titanes se hundirán.
Navaja de la tonsura,
es el cero en la negrura
del relieve de la mar.
Naipes en la arenera,
fija la noche entera
la eternidad... y a fumar.

El final de la décima fue acompañado de un grito enloquecedor lanzado por el mismo guitarrista. El chofer, transportado por el cantío en la brisa del amanecer, no había visto la barrera puesta para detener la marcha, y el último carro tirado por una locomotora que no quiso manchar con un pitazo la nitidez de la mañana, le cerró el camino a la máquina. La tironeó unos metros y después la soltó. El chofer sintió el pecho hundido, Alberto por la brusca detención, rebotó hacia el parabrisas, hiriéndose en la cara, comenzando la sangre a manar, pero un segundo rebote, dañándole la nuca, lo desplomó sin vida. El guitarrista, después de tan trágico susto, corrió hacia la playa, sin dejar de dar grandes gritos. El guardavía al acercarse para la ayuda, extrajo del bolsillo de Alberto, con los cuadrados aún marcados por no haber sido usado, su pañuelo, le tapó el rostro, pero la sangre aún brotando se fue extendiendo siguiendo las cuidadosas divisiones de aquella pieza de hilo, luciendo en una de sus esquinas sus iniciales, delicadamente bordadas por doña Augusta.

Por la mañana, sin haberse recibido noticias de la muerte de Alberto, había comenzado el habitual trajín de Baldovina, abriendo primero la puerta mayor, pasando la gamuza por la melena de la fiera que servía de aldabón, aquella mañana muy húmeda por el exceso de rocío azuloso. Rialta se levantó inquieta, era uno de los días últimos del mes y esperaba sobresaltada el silbato del cartero, anunciando como un mensajero homérico la llegada del cheque de la pensión mensual. Era la única entrada económica con la que contaba. Si en la lejanía no se oía el silbato agudo, tendría de nuevo que acudir a Leticia, y aún no había olvidado la conducta de su hermana el día que recordó groseramente esa deuda delante de la criada. Al fin, sonando entre las nubes primero, llegando después a estremecer al león de la puerta de entrada, el sobre fue entregado y el mensajero volvió a perderse, con sus talones alados, por las lejanas murallas.

Cemí acababa de vestirse para ir al colegio, al pasar su madre le enseñó el sobre que revelaba un relativo sosiego en una breve unidad de tiempo. Pero él recordaba tan sólo la tibieza de la mano que había cogido de las suyas el langostino para que se abrazase al pie de cristal del frutero. Le pareció de nuevo ver al langostino saltar alegre en la cascada de la iridiscencia desprendida por la bandeja con las frutas. Volvió de nuevo el frutero a lanzar una cascada de luz, pero ahora el langostino avanzaba, al refractarse los colores frutales, hacia un cementerio de coral.

Capítulo VIII

En su interior el colegio se abría en dos patios que comunicaban por una puerta pequeña, semejante a la que en los seminarios da entrada al refectorio. Un patio correspondía a la primera enseñanza, niños de nueve a trece años. Los servicios estaban paralelizados con las tres aulas. Las salidas al servicio estaban regladas a una hora determinada, pero como es en extremo difícil que la cronometría impere sobre el corpúsculo de Malpighi o las contracciones finales de la asimilación, bastaba hacer un signo al profesor, para que éste lo dejase ir a su disfrute. El sadismo profesoral, en esa dimensión inapelable, se mostraba a veces de una crueldad otomana. Se recordaba el caso, comentado en secreto, de un estudiante que habiendo pedido permiso para volcar su ciamida de amonio y su azufre orgánico, negado dicho permiso se fue a unos retortijones que se descifraron en peritonitis, haciendo fosa. Ahora, cada alumno, cuando pedía permiso para "ir afuera", trataba de coaccionar sutilmente al profesor, situándose en la posibilidad de ser un adolescente asesinado por los dioses y al profesor en la de ser un sátrapa convulsionado. Cuidaba el patio un alumno de la clase de preparatoria, que entonces era el final de la primera enseñanza, un tal Farraluque, cruzado de vasco semitititánico y de habanera lánguida, que generalmente engendra un leptosomático adolescentario, con una cara tristona y ojerosa, pero dotado de una enorme verga. Era el encargado de vigilar el desfile de los menores por el servicio, en cuyo tiempo de duración un demonio priápico se posesionaba de él furiosamente, pues mientras duraba tal ceremonia desfilante, bailaba, alzaba los brazos como para pulsar aéreas castañuelas, manteniendo siempre toda la verga fuera de la braguueta. Se la enroscaba por los dedos, por el antebrazo, hacía como si le pegase, la regañaba, o la mimaba como a un niño tragón. La parte comprendida entre el balano y el glande era en extremo dimenticable, diríamos cometiendo un disculpable italianismo. Esa improvisada falaroscopía o ceremonia fálica era contemplada, desde las persianas del piso alto, por la doméstica ociosa, que mitad por melindre y mitad por vindicativos deseos, le llevó la esmesura de un chisme priápico a la oreja climatérica de la esposa del hijo de aquel Cuevaroliot, que tanto luchó con Alberto Olaya. Farraluque fue degradado de su puesto de Inspector de servicios escolares y durante varios domingos sucesivos tuvo

212

que refugiarse en el salón de estudios, con rostro de fingida gravedad ante los demás compañeros, pues su sola contemplación se había convertido en una punzada hilarante. El cinismo de su sexualidad lo llevaba a cubrirse con una máscara ceremoniosa, inclinando la cabeza o estrechando la mano con circunspección propia de una despedida académica.

Después que Farraluque fue confinado a un destierro momentáneo de su burlesco poderío, José Cemí tuvo oportunidad de contemplar otro ritual fálico. El órgano sexual de Farraluque reproducía en pequeño su leptosomía corporal. Su glande incluso se parecía a su rostro. La extensión del frenillo se asemejaba a su nariz, la prolongación abultada de la cúpula de la membranilla a su frente abombada. En las clases de bachillerato, la potencia fálica del guajiro Leregas, reinaba como la vara de Aarón. Su gladio demostrativo era la clase de geografía. Se escondía a la izquierda del profesor, en unos bancos amarillentos donde cabían como doce estudiantes. Mientras la clase cabeceaba, oyendo la explicación sobre el Gulf Stream, Leregas extraía su verga —con la misma indiferencia majestuosa del cuadro velazqueño donde se entrega la llave sobre un cojín—, breve como un dedal al principio, pero después como impulsada por un viento titánico, cobraba la longura de un antebrazo de trabajador manual. El órgano sexual de Leregas, no reproducía como el de Farraluque su rostro sino su cuerpo entero. En sus aventuras sexuales, su falo no parecía penetrar sino abrazar el otro cuerpo. Erotismo por compresión, como un osezno que aprieta un castaño, así comenzaban sus primeros mugidos.

Enfrente del profesor que monótonamente recitaba el texto, se situaban, como es frecuente, los alumnos, cincuenta o sesenta a lo sumo, pero a la izquierda, para aprovechar más el espacio, que se convertía en un embutido, dos bancos puestos horizontalmente. Al principio del primer banco, se sentaba Leregas. Como la tarima donde hablaba el profesor sobresalía dos cuartas, éste únicamente podía observar el rostro del coloso fálico. Con total desenvoltura e indiferencia acumulada, Leregas extraía su falo y sus testículos, adquiriendo, como un remolino que se trueca en columna, de un solo ímpetu el reto de un tamaño excepcional. Toda la fila horizontal y el resto de los alumnos en los bancos, contemplaba por debajo de la mesa del profesor, aquel tenaz cirio dispuesto a romper su balano envolvente, con un casquete sanguíneo extremadamente pulimentado. La clase no parpadeaba, profundizaba su silencio, creyendo el dómine que los alumnos seguían morosamente el hilo de su expresión discursiva. Era un corajudo ejercicio que la clase entera se imantase por el seco resplandor fálico del osezno guajiro. El silencio se hacía arbóreo, los más fingían que no mi-

213

raban, otros exageraban su atención a las palabras volanderas e inservibles. Cuando la verga de Leregas se fue desinflando, comenzaron las toses, las risas nerviosas, a tocarse los codos para liberarse del estupefacto que habían atravesado. —Si siguen hablando me voy a ver precisado a expulsar a algunos alumnos de la clase —decía el profesorete, sin poder comprender el paso de la atención silenciosa a una progresiva turbamulta arremolinada.

Un adolescente con un atributo germinativo tan tronitonante, tenía que tener un destino espantoso, según el dictado de la pitia délfica. Los espectadores de la clase pudieron observar que al aludir a las corrientes del golfo, el profesor extendía el brazo curvado como si fuese a acariciar las costas algosas, los corales y las anémonas del Caribe. Después del desenlace, pudimos darnos cuenta que el brazo curvado era como una capota que encubría los ojos pinchados por aquel improvisado Trajano columnario. El dolmen fálico de Leregas aquella mañana imantó con más decisión la ceñida curiosidad de aquellos peregrinos inmóviles en torno de aquel dios Término, que mostraba su desmesura priápica, pero sin ninguna socarronería ni podrida sonrisilla. Inclusive aumentó la habitual monotonía de su sexual tensión, colocando sobre la verga tres libros en octavo mayor, que se movían como tortugas presionadas por la fuerza expansiva de una fumarola. Remedaba una fábula hindú sobre el origen de los mundos. Cuando los libros como tortugas se verticalizaban, quedaban visibles las dos ovas enmarañadas en un nido de tucanes. El golpe de dados en aquella mañana, lanzado por el hastío de los dioses, iba a serle totalmente adverso a la arrogancia vital del poderoso guajiro. Los finales de las sílabas explicativas del profesor, sonaron como crótalos funéreos en un ceremonial de la isla de Chipre. Los alumnos al retirarse, ya finalizada la clase, parecían disciplinantes que esperan el sacerdote druída para la ejecución. Leregas salió de la clase con la cabeza gacha y con aire bobalicón. El profesor seriote, como quien acaricia el perro de un familiar muerto. Cuando ambos se cruzaron, una brusca descarga de adrenalina pasó a los músculos de los brazos del profesor, de tal manera que su mano derecha, movida como un halcón, fue a retumbar en la mejilla derecha de Leregas, y de inmediato su mano izquierda, cruzándose en aspa, en busca de la mejilla izquierda del presuntuoso vitalista. Leregas no tuvo una reacción de indignidad al sentir sus mejillas trocadas en un hangar para dos bofetadas suculentas. Dio un salto de payaso, de bailador cínico, pesada ave de río que da un triple salto entontecido. El mismo absorto de la clase ante el encandilamiento del faro alejandrino del guajiro, siguió al súbito de las bofetadas. El profesor con serena dignidad fue a llevar sus quejas a la dirección, los alumnos al pasar podían descifrar el embarazo del dómine para explicar el inaudito sucedido. Leregas siguió caminando, sin mirar en torno, llegando al salón de estudio con la lengua fuera de la boca. Su lengua tenía el rosado brioso de un perro de aguas. Se podía comparar entonces el tegumento de su glande con el de su cavidad bucal. Ambos ofrecían, desde el punto de vista del color, una rosa violeta, pero el del glande era seco, pulimentado, como en acecho para resistir la dilatación porosa de los momentos de erección; el de la boca abrillantaba sus tonos, reflejados por la saliva ligera, como la penetración de la resaca en un caracol orillero. Aquella tontería, con la que pretendía defenderse del final de la ceremonia priápica, no estaba exenta de cierto coqueteo, de cierto rejuego de indiferencia y de indolencia, como si la excepcional importancia del acto que mostraba, estuviera en él fuera de todo juicio valorativo. Su acto no había sido desafiante, sólo que no hacía el menor esfuerzo de la voluntad por evitarlo. La clase, en el segundo cuadrante de la mañana, transcurría en un tiempo propicio a los agolpamientos de la sangre galopante de los adolescentes, congregados para oir verdaderas naderías de una didáctica cabeceante. Su boca era un elemento receptivo de mera pasividad, donde la saliva reemplazaba el agua maternal. Parecía que había una enemistad entre esos dos órganos, donde la boca venía a situarse en el polo contrario del glande. Su misma bobalicona indiferencia, se colocaba de parte de la femineidad esbozada en el rosado líquido de la boca. Su eros enarcado se abatió totalmente al recibir las dos bofetadas profesorales. El recuerdo dejado por su boca en exceso húmeda, recordaba cómo el falo de los gigantes en el Egipto del paleolítico, o los gigantes engendrados por los ángeles y las hijas de los hombres, no era de un tamaño correspondiente a su gigantismo, sino, por el contrario, un agujero, tal como Miguel Angel pintaba el sexo en la creación de los mundos, donde el glande retrotraído esbozaba su diminuto cimborrio. Casi todos los que formaban el coro de sus espectadores, recordaban aquella temeridad enarcante en una mañana de estío, pero Cemí recordaba con más precisión la boca del desaforado provinciano, donde un pequeño pulpo parecía que se desperezaba, se deshacía en las mejillas como un humo, resbalaba por la canal de la lengua, rompiéndose en el suelo en una flor de hielo con hiladas de sangre.

Después que Leregas fue expulsado del colegio, debemos retomar el hilo del otro ejemplar priápico, Farraluque, que después de haber sido condenado a perder tres salidas dominicales volvió a provocar una prolongada cadeneta sexual, que tocaba en los prodigios. El primer domingo sin salida vagó por los silenciosos

215

patios de recreo, por el salón de estudios que mostraba una vaciedad total. El transcurrir del tiempo se le hacía duro y lento, arena demasiado mojada dentro de la clepsidra. El tiempo se le había convertido en una sucesión de gotas de arena. Cremosa, goteante, interminable crema batida. Quería borrar el tiempo con el sueño, pero el tiempo y el sueño marchaban de espaldas, al final se daban dos palmadas y volvían a empezar como. en los inicios de un duelo, espalda contra espalda, hasta que llegaban a un número convenido, pero los disparos no sonaban. Y sólo se prolongaba el olor del silencio dominical, la silenciosa pólvora algodonosa, que formaban nubes rápidas, carrozas fantasmales que llevaban una carta, con un cochero decapitado que se deshacía como el humo, a cada golpe de su látigo dentro de la niebla.

Farraluque volvía en su hastío a atravesar el patio, cuando observó que la criada del director bajaba la escalera, con el rostro en extremo placentero. Su paso revelaba que quería forzar un encuentro con el sancionado escolar. Era la misma que lo había observado detrás de las persianas, llevándole el drolático chisme a la esposa del director. Cuando pasó por su lado le dijo:

—¿Por qué eres el único que te has quedado este domingo sin visitar a tus familiares? —Estoy castigado —le contestó secamente Farraluque—. Y lo peor del caso es que no sé por qué me han impuesto ese castigo. —El director y su esposa han salido —le contestó la criadita—. Estamos pintando la casa, si nos ayudas, procuraremos recompensarte—. Sin esperar respuesta, cogió por la mano a Farraluque, yendo a su lado mientras subían la escalera. Al llegar a la casa del director, vio que casi todos los objetos estaban empapelados y que el olor de la cal, de los barnices y del aguarrás, agudizaban las evaporaciones de todas esas substancias, escandalizando de súbito los sentidos.

Al llegar a la sala le soltó la mano a Farraluque y con fingida indiferencia trepó una escalerilla y comenzó a resbalar la brocha chorreante de cal por las paredes. Farraluque miró en torno y pudo apreciar que en la cama del primer cuarto la cocinera del director, mestiza mamey de unos diecinueve años henchidos, se sumergía en la intranquila serenidad aparente del sueño. Empujó la puerta entornada. El cuerpo de la prieta mamey reposaba de espaldas. La nitidez de su espalda se prolongaba hasta la bahía de sus glúteos resistentes, como un río profundo y oscuro entre dos colinas de cariciosa vegetación. Parecía que dormía. El ritmo de su respiración era secretamente anhelante, el sudor que le depositaba el estío en cada uno de los hoyuelos de su cuerpo, le comunicaba reflejos azulosos a determinadas regiones de sus espaldas. La sal depositada en cada una de esas hondonadas de su cuerpo parecía arder. Avivaba los reflejos de las tentaciones, unidas a esa lejanía que comunica el sueño. La cercanía retadora del cuerpo y la presencia en la lejanía de la ensoñación.

Farraluque se desnudó en una fulguración y saltó sobre el cuadrado de las delicias. Pero en ese instante la durmiente, sin desperezarse, dio una vuelta completa, ofreciendo la normalidad de su cuerpo al varón recién llegado. La continuidad sin sobresaltos de la respiración de la mestiza, evitaba la sospecha del fingimiento. A medida que el aguijón del leptosomático macrogenitosoma la penetraba, parecía como si se fuera a voltear de nuevo, pero esas oscilaciones no rompían el ámbito de su sueño. Farraluque se encontraba en ese momento de la adolescencia, en el que al terminar la cópula, la erección permanece más allá de sus propios fines, convidando a veces a una masturbación frenética. La inmovilidad de la durmiente comenzaba ya a atemorizarlo, cuando al asomarse a la puerta del segundo cuarto, vio a la españolita que lo había traído de la mano, igualmente adormecida. El cuerpo de la españolita no tenía la distensión del de la mestiza, donde la melodía parecía que iba invadiendo la memoria muscular. Sus senos eran duros como la arcilla primigenia, su tronco tenía la resistencia de los pinares, su flor carnal era una araña gorda, nutrida de la resina de esos mismos pinares. Araña abultada, apretujada como un embutido. El cilindro carnal de un poderoso adolescente, era el requerido para partir el arácnido por su centro. Pero Farraluque había adquirido sus malicias y muy pronto comenzaría a ejercitarlas. Los encuentros secretos de la españolita parecían más oscuros y de más difícil desciframiento. Su sexo parecía encorsetado, como un oso enano en una feria. Puerta de bronce, caballería de nubios, guardaban su virginidad. Labios para instrumentos de viento, duros como espadas.

Cuando Farraluque volvió a saltar sobre el cuadrado plumoso del segundo cuarto, la rotación de la españolita fue inversa a la de la mestiza. Ofrecía la llanura de sus espaldas y su bahía napolitana. Su círculo de cobre se rendía fácilmente a las rotundas embestidas del glande en todas las acumulaciones de su casquete sanguíneo. Eso nos convencía de que la españolita cuidaba teológicamente su virginidad, pero se despreocupaba en cuanto a la doncellez, a la restante integridad de su cuerpo. Las fáciles afluencias de sangre en la adolescencia, hicieron posible el prodigio de que una vez terminada una conjugación normal, pudiera comenzar otra *per angostam viam*. Ese encuentro amoroso recordaba la incorporación de una serpiente muerta por la vencedora silbante. Anillo tras anillo, la otra extensa teoría fláccida iba penetrando en el cuerpo de la serpiente vencedora, en aquellos monstruosos organismos que aún recordaban la indistinción de los comienzos del terciario donde la digestión y la reproducción formaban una sola función. La relajación del túnel a recorrer, demostraba en la españolita que eran frecuentes en su gruta las llegadas de la serpiente marina. La configuración fálica de Farraluque era en extremo propicia a esa penetración retrospectiva, pues su aguijón tenía un exagerado predominio de la longura sobre la raíz barbada. Con la astucia propia de una garduña pirenaica, la españolita dividió el tamaño incorporativo en tres zonas, que motivaban, más que pausas en el sueño, verdaderos resuellos de orgullosa victoria. El primer segmento aditivo correspondía al endurecido casquete del glande, unido a un fragmento rugoso, extremadamente tenso, que se extiende desde el contorno inferior del glande y el balano estirado como una cuerda para la resonancia. La segunda adición traía el sustentáculo de la resistencia, o el tallo propiamente dicho, que era la parte que más comprometía, pues daba el signo de si se abandonaría la incorporación o con denuedo se llegaría hasta el fin. Pero la españolita, con una tenacidad de ceramista clásico, que con sólo dos dedos le abre toda la boca a la jarra, llegó a unir las dos fibrillas de los contrarios, reconciliados en aquellas oscuridades. Torció el rostro y le dijo al macrogenitosoma una frase que éste no comprendió al principio, pero que después lo hizo sonreir con orgullo. Como es frecuente en las peninsulares, a las que su lujo vital las lleva a emplear gran número de expresiones criollas, pero fuera de su significado, la petición dejada caer en el oído del atacante de los dos frentes establecidos, fue: *la ondulación permanente*. Pero esa frase exhalada por el éxtasis de su vehemencia, nada tenía que ver con una dialéctica de las barberías. Consistía en pedir que el conductor de la energía, se golpease con la mano puesta de plano la fundamentación del falo introducido. A cada uno de esos golpes, sus éxtasis se trocaban en ondulaciones corporales. Era una cosquilla de los huesos, que ese golpe avivaba por toda la fluencia de los músculos impregnados de un Eros estelar. Esa frase había llegado a la españolita como un oscuro, pero sus sentidos le habían dado una explicación y una aplicación clara como la luz por los vitrales. Retiró Farraluque su aguijón, muy trabajado en aquella jornada de gloria, pero las ondulaciones continuaron en la hispánica espolique, hasta que lentamente su cuerpo fue transportado por el sueño.

Se prolongó la vibración de la campana, convocando para la asistencia al refectorio. Era el único comensal en aquel salón preparado para cuatrocientos alumnos ausentes en día del Señor. El mármol de la mesa, la blancura de las losas, la venerable masa del pan, las paredes de cal apuntaladas por las moscas, trajeron con sus motivos de Zurbarán, el contrapeso armoniador de aquel domingo orgiástico.

La cocinera del director se encontró el lunes por la noche con la criada de enfrente. Era la única sirvienta de un matrimonio cerca ya de la cuarentena fatal para los desgastes de la reproducción. Observaba día y noche el inmenso tedio de la pareja a la que servía. El aburrimiento era ya el único imán aglutinante de los caminos. Cuando se ayuntaban en espaciado tiempo, el reloj de ese encuentro chirriaba por la oxidación del disgusto cotidiano, del malhumor en punta. Parte de la frustración del ejemplar femenino, se vaciaba en interminables conversaciones droláticas con la criada, al mismo tiempo que le rascaba unos pies reñidos al minueto. La criada le repetía a la señora todo el relato que a su vez había recibido de la cocinera aún con el recuerdo de la fiebre en el éxtasis de recibir tamaño aguijón. La señora exigió reiteraciones en el relato, detalles en las dimensiones, minuciosas pruebas en las progresiones de lamentos y hosanas del encuentro dichoso. La hacía detenerse, volver sobre un fragmento del suceso, dilatar un instante en que el sueño fingido estuvo a punto de trocarse en un alarido guerrero o en las murmuraciones de la flauta. Pero tanto demandaba la señora en el relato, las detalladas descripciones de la lanza y el cuenco, que la criada le decía con extrema humildad: Señora, eso únicamente se puede describir bien cuando uno lo tiene delante, pero, créame, entonces ya uno se olvida de todo y después no puede describir nada en sus detalles.

Llegadas las diez de la noche tibia, la criada comenzó a cerrar las ventanas de la sala, a bajar las ventanas polvosas, preparó el termo para la mesa de noche de la señora. Descorrió las sobrecamas, sacudió los almohadones de la cama que mostraban una voluptuosidad no surcada. Media hora después la señora ganaba el sueño entrecortado por unos suspiros anhelosos. ¿Qué extrañas mariposas venían a posarse al borde mismo de su descanso nocturno?

El segundo domingo para el sancionado transcurrió con un aro subiendo y bajando las hondonadas de un tedio de agua embotellada. Al llegar el crepúsculo una leve brisa comenzó a insinuarse con cautela. Un garzón miquito, hermano de la llamada cocinera mamey, penetró por el patio del colegio en busca de Farraluque. Le dijo que en la casa de enfrente, la señora quería también que le ayudara a pintar la casa. El priápico sintió el orgullo de que su nombre se extendía de la gloriola del patio de la escuela a la fama más anchurosa de la vecinería. Cuando penetró en la casa, vio la escalerilla y a su lado dos cubos de cal, más lejos la brocha, con las cerdillas relucientes, sin ningún residuo de un trabajo anterior. Estaba la brocha sin haber perdido su intacta alegría de un rebuscado elemento para una naturaleza muerta de algún pintor de la escuela de Courbet. Como en una escenografía se situaba de nuevo una puerta entornada. La madura madona fingía sin destreza un sueño de modorra sensual. Farraluque también se creyó obligado a no fingir que creía en la dureza de semejante estado cataléptico. Así, antes de desnudarse, hizo asomar por los brazos todo el escándalo de las progresiones elásticas de su lombriz sonrosada. Sin abandonar el fingimiento de la somnolencia, la mujer empezó a alzar los brazos, a cruzarlos con rapidez, después ponía los dedos índice y medio de cada mano sobre los otros dos, formando un cuadrado, que se soldaba y se rompía frente a las proximidades de la Niké fálica. Cuando Farraluque saltó sobre el cuadrado espumoso por el exceso de almohadones, la mujer se curvó para acercarse a conversar con el instrumento penetrante. Sus labios secos al comienzo, después brevemente humedecidos, comenzaron a deslizarse por la filigrana del tejido poroso del glande. Muchos años más tarde él recordaría el comienzo de esa aventura, asociándola a una lección de historia, donde se consignaba que un emperador chino, mientras desfilaban interminablemente sus tropas, precedidas por las chirimías y atabales de combate, acariciaba una pieza de jade pulimentada casi diríamos con enloquecida artesanía. La viviente intuición de la mujer deseosa, le llevó a mostrar una impresionable especialidad en dos de las ocho partes de que consta un opoparika o unión bucal, según los textos sagrados de la India. Era el llamado mordisqueo de los bordes, es decir, con la punta de dos de sus dedos presionaba hacia abajo el falo, al mismo tiempo que con los labios y los dientes recorría el contorno del casquete. Farraluque sintió algo semejante a la raíz de un caballo encandilado mordido por un tigre recién nacido. Sus dos anteriores encuentros sexuales, habían sido bastos y naturalizados, ahora entraba en el reino de la sutileza y de la diabólica especialización. El otro requisito exigido por el texto sagrado de los hindúes, y en el cual se mostraba también la especialidad, era el pulimiento o torneadura de la alfombrilla lingual en torno a la cúpula del casquete, al mismo tiempo que con rítmicos movimientos cabeceantes, recorría toda la extensión del instrumento operante. Pero la madona a cada recorrido de la alfombrilla, se iba extendiendo con cautela hasta el círculo de cobre, exagerando sus transportes; como si estuviese arrebatada por la bacanal de Tannhauser tanteaba el frenesí ocasionado por el recorrido de la extensión fálica, encaminándose con una energía imperial hacia la gruta siniestra. Cuando creyó que la táctica coordinada del mordisqueo de los bordes y del pulimento de la extensión, iban a su final eyaculante, se lanzó hacia el caracol profundo, pero en ese instante Farraluque llevó con la rapidez que sólo brota del éxtasis su mano derecha a la cabellera de la madona, tirando con furia hacia arriba para mostrar la arrebatada gorgona, chorreante del sudor ocasionado en las profundidades.

Esta vez abandonó la cama, mirando con ojos de félida la alcoba próxima. El final del encuentro anterior, tenía algo de morderse la cola. Su final tan sólo agrandaba el deseo de un inmediato comienzo, pues la extrañeza de aquella inesperada situación, así como la extremada vigilancia ejercida sobre la Circe, afanosa de la gruta de la serpiente, había impedido que la afluencia normal de su energía se manifestase libremente. Quedaba un remanente, que el abrupto final había entrecortado, pesándole un cosquilleo en la nuca, como un corcho inexorable en la línea de flotación.

Con una altiva desnudez, ya sabía lo que le esperaba, penetró en el otro cuarto. Allí estaba el miquito, el hermano de la cocinera del director. Acostado de espaldas, con las piernas alegremente abiertas, mostraba el mismo color mamey de la carne de la hermana, brindando una facilidad externa, pero lleno de complicaciones ingenuas casi indescifrables. Fingía el sueño, pero con una malicia bien visible, pues con un ojo destapado y travieso le daba la vuelta al cuerpo de Farraluque, deteniéndose después en el punto culminante de la lanza.

Su mestizaje no se revelaba en la asimetría del rostro, sino en la brevedad exagerada de la nariz, en unos labios que mostraban la línea de un morado apenas visibles, en unos ojos verdosos de felino amansado, la cabellera cobraba una extensión de exagerada uniformidad, donde era imposible para la mirada aislar una hebra del resto de un grosor de noche cuando va a llover. El óvalo del rostro se cerraba con suavidad, atractivo para la sonriente pequeñez de las partes que albergaba. Los dientes pequeños, de un blanco cremoso. Enseñaba un incisivo cortado en forma triangular, que al sonreir mostraba la movilidad de la punta de su lengua, como si fuese tan sólo la mitad de la de una serpiente bífida. La movilidad de los labios se esbozaba sobre los dientes, tiñéndolos como de reflejos marinos. Tenía tres collares extendidos hasta la mitad del pecho. Los dos primeros de una blancura de masa de coco. El otro, mezclaba una semilla color madera con cinco cuentas rojas. El siena de su cuerpo profundizaba todos esos colores, dándoles un fondo de empalizada de ladrillo en el mediodía dorado. La astuta posición del miquito, decidió a Farraluque para que aceptase el reto del nuevo lecho, con las sábanas onduladas por las rotaciones del cuerpo que mostraba, como una lejana burla sagrada. Antes de penetrar Farraluque en el cuadro gozoso, observó que al rotar Adolfito, ya es hora que le demos su nombre, mostró el falo escondido entre las dos piernas, quedándole una pilosa concavidad, tensa por la presión ejercida por el falo en su escondite. Al empezar el encuentro Adolfito rotaba con increíble sagacidad, pues cuando Farraluque buscaba apuntalarlo, hurtaba la ruta de la serpiente, y cuando con su aguijón se empeñaba en sacar el del otro de su escondite, rotaba de nuevo, prometiéndole más remansada bahía a su espolón. Pero el placer en el miquito parece que consistía en esconderse, en hacer una invencible dificultad en el agresor sexual. No podía siquiera lograr lo que los contemporáneos de Petronio habían puesto de moda, la cópula *inter femora*, el encuentro donde los muslos de las dos piernas provocan el chorro. La búsqueda de una bahía enloquecía a Farraluque, hasta que al fin el licor, en la parábola de su hombría, saltó sobre el pecho del miquito deleitoso, rotando éste al instante, como un bailarín prodigioso, y mostrando, al final del combate su espalda y sus piernas de nuevo diabólicamente abiertas, mientras rotando de nuevo friccionaba con las sábanas su pecho inundado de una savia sin finalidad.

El tercer domingo de castigo, los acontecimientos comenzaron a rodar y a enlazarse desde la mañana. Adolfito se salió de su hermandad con la cocinera del director, para deslizarse hasta el patio y así poder hablar con Farraluque. Ya él había hablado con las dos criadas del director, para que Farraluque pudiera ausentarse del colegio al comenzar el crepúsculo. Le dijo que *alguien*, seducido por su arte de pintar con cal, lo quería conocer. Le dejó la llave del sitio donde habían de coincidir y al despedirse, como para darle seguridad, le dijo que si tenía tiempo iría a darle compañía. Como ya Farraluque descifraba con excesiva facilidad lo que quería decir para él pintura de cal, se limitó a inquirir por el *alguien* que debería ir a visitar. Pero el miquito le dijo que ya lo sabría, chasqueando la lengua en la oquedad de su incisivo triangular.

Los habaneros olfatean, entre las cinco y las seis de la tarde del domingo, ese tedio compartido por las familias, padres e hijos, que abandonan el cine y van de retirada para su casa. Es el momento invariablemente angustioso en que la excepción del tedio se entrega a lo cotidiano soportado por el hombre que rumia su destino, no que lo dirige y lo consume. Farraluque salió de la vaciedad de un patio escolar, en vacaciones de fin de semana, al reto mayor del tedio fuerte en los estados de ánimo, en el sistema nervioso de una ciudad. En el primer café de la esquina, pudo observar cómo el padre de una niña, intentaba quitarle la grasa residual de un mantecado de su blusa blanca con puntitos azules. En la otra esquina una manejadora, toda de blanco, intentaba arrancar a una niña del farol donde se había trabado su globo rojo con negros signos islámicos. Cerca de la alcantarilla, un garzón soltaba su trompo, traspasándolo después a la palma de la mano. Se rascaba la mano, se sentaba en el quicio, después miraba de un extremo a otro de la calle, muy lentamente.

Llegó al número convenido de la calle Concordia. Introdujo el llavín, se desprendió como un cisco y dio un paso casi tambaleándose, pues había llegado a un bosque de niebla. ¿En qué profundos había caído? Después que su vista se fue acostumbrando, pudo darse cuenta que era una carbonería en donde se encontraba. Las primeras divisiones que rodeaban todo el cuadrado, estaban dedicadas al carbón ya muy dividido, para que los clientes se lo fueran llevando en cartuchos. Más arriba, los sacos traídos de la Ciénaga, grandes como pedruscos, extensos como filamentos de luz fría. Por último, las tortas de carbón vegetal, que se entremezclaban al otro carbón para favorecer el crecimiento de la llamarada inicial, cuyo surgimiento le arrancaba tantas maldiciones a los cocineros del siglo pasado, pues había que ser muy diestro para poner a dialogar en su oportunidad el fragmento más combustible de la madera con los pellizcos de la llamarada irritante.

Se adelantó para ver una diminuta pieza, iluminada por un pequeño ojo de buey. Allí se encontraba un hombre, con una madurez cercana a la media secularidad, desnudo, con las medias y los zapatos puestos, con un antifaz que hacía su rostro totalmente irreconocible. Apenas vio la presencia del esperado, se saltó casi para la otra pieza donde la niebla de carbón parecía que pintaba. Como un sacerdote de una hierofanía primaveral, empezó a desnudar al priápico como si le tornease, acariciando y saludando con un sentido reverencial todas las zonas erógenas, principalmente las de mayor longura carnosa. Era regordete, blancón, con pequeños oleajes de grasa en la región ventral. Farraluque comprobó que su papada era del tamaño de su bolsa testicular. La maestría en la incorporación de la serpiente era total, a medida que se dejaba ganar por el cuerpo penetrante se ponía rojo, como si en vez de recibir fuese a parir un monstruoso animal.

El tono apoplético de este tan poderoso incorporador del mundo exterior, fue en crescendo hasta adquirir verdaderos rugidos oraculares. Con las manos en alto apretaba los cordeles que cerraban los sacos carboníferos, hasta que sus dedos comenzaron a sangrar. Recordaba esas estampas, donde aparece Bafameto, el diablo andrógino, poseído por un cerdo desdentado, rodeada la cintura por una serpiente que se cruza en el sitio el sexo, inexorablemente vacío, mostrando su cabeza la serpiente, fláccida, en oscilante suspensión. A la altura de su falo, que no cumplía la ley de la biología evolutiva de que a mayor función mayor órgano, pues, a pesar del neutro empleo que le impartía, su tamaño era de una insignia excepcional, lo que hizo reír a Farraluque, pues lo que en él era una presea de orgullo, algo para mostrar a los trescientos alumnos del patio de los primarios, en el sujeto recipiendario era ocultamiento de indiferencia, flaccidez desdeñada por las raíces de la vida. A esa altura indicada, su falo acostumbrado a eyacular sin el calor de una envoltura carnal, se agitó como impulsado por la levedad de una brisa suave, pues dentro de la carbonería hacía un calor de máquina de vapor naval. Los cuerpos sudaban como si se encontraran en los más secretos pasadizos de una mina de carbón. Introdujo la vacilante verga en una hendidura de carbón, sus movimientos exasperados en los momentos finales de la pasión, hicieron que comenzara a desprenderse un cisco. Tiraba de los cordeles, le daba puñetazos a la concavidad de los sacos, puntapiés a los carbones subdivididos para la venta a los clientes más pobres. Esa sanguínea acumulación de su frenesí, motivaron la hecatombe final de la carbonería. Corría el cisco con el silencio de un río en el amanecer, después los carbones de imponente tamaño natural, aquellos que no están empequeñecidos por la pala, rodaban como en una gruta polifémica. Farraluque y el señor del antifaz fueron a refugiarse a la pequeña pieza vecina. El ruido de las tortas de carbón vegetal, burdos panales negros, era más detonante y de más arrecida frecuencia. Por la pequeñez del local, toda la variedad del carbón venía a rebotar, golpear o a dejar irregulares rayas negras en los cuerpos de estos dos irrisorios gladiadores, unidos por el hierro ablandado de la enajenación de los sexos.

El carbón al chocar con las losetas del suelo, no sonaba en directa relación con su tamaño, sino se deshacía en un crujido semejante a un perro danés que royese a un ratón blanco. Todos los sacos habían perdido su equilibrio de sostén, como si todos ellos hubieran sido golpeados por el maldito furor retrospectivo del caballero del antifaz. Farraluque y su sumando contrario, no podían en la pequeña pieza contigua sostener el hundimiento de la mina. Muy pronto desistieron de cumplimentar el final de su vestimenta y sólo se cubrieron con las piezas para el indispensable pudor. Salió primero el del antifaz, con pliegues faciales aún rubicundos por la entrecortada aventura. Al llegar a la esquina pudo ver de soslayo el globo rojo con negros signos islámicos, que aún seguía golpeando el cínico farol sonriente.

Farraluque sólo tuvo tiempo para ponerse los zapatos, el pantalón y el saco con una espiral negra que recorría todo su espaldar. Cruzó las solapas del saco para no mostrar la vellosilla del pecho. Vio en el centro de la calle, sentados en alegre bisbiseo, al del trompo con Adolfito. Para irse quitando el susto, Farraluque se sentó con los dos golfillos. Creyendo penetrar en su alegría, el miquito le sonreía pensando en su fiesta sexual, pues estaba en ese momento en que la cópula era igualmente placentera para él si la ejercía con una albina dotada de la enorme protuberancia de un fibroma, como en un tronco de palma. No asociaba el placer sexual a ningún sentido estético, ni siquiera a la fascinación de los matices de la simpatía. Igualmente la presencia activa o pasiva de la cópula dependía de la ajena demanda. Si la vez anterior que había estado con Farraluque, se había mostrado tan esquivo, no era por subrayar ningún prejuicio moral, sino para preparar posteriores aventuras. La astucia era en él mucho más fuerte que la varonía, que le era indiferente y aún desconocida.

—¿Ya sabes quién era el *alguien* que te esperaba? —le dijo Adolfito, tan pronto se alejó tirando de los cordeles del muchacho con quien hablaba.

Farraluque contestó alzando los hombros. Después se limitó a decir: —No me interesó quitarle el antifaz.

—Pues detrás del antifaz, te hubieras encontrado con la cara del esposo de la señora de enfrente del colegio. Aquélla que tuviste que tirarle del pelo... terminó Adolfito sonriéndose.

Llegó el último día de clase, por las vacaciones de Navidad, y José Cemí después de despedirse de los poquísimos amigos que tenía en el colegio, penetró en su casa cerca de las cinco de la tarde, pues estuvo un rato sentado en el banco de enfrente de su casa, viendo la marcha de los patinadores hacia el Malecón. Al pasar por la verja, entre la puerta mayor y la puerta por la que se entraba al comedor, observó ya a su tía Leticia y a doña Augusta, hablando con incesancia de su próximo viaje a Santa Clara.

—Estoy enferma —decía Leticia—, y tú me tienes que acompañar, pues si no lo hicieras, no serías una buena madre—. La conversación unas veces se remansaba, cuando Leticia tenía el convencimiento de que su madre la acompañaría en su viaje; otras se volvía intranquila, cuando las voces se alzaban y se cruzaban, y era cuando doña Augusta alegaba que tenía su casa abandonada, que sus otros hijos necesitaban de ella, que estaba aburrida de vivir en provincia cuando tenía casa en Prado. En esos momentos dubitativos para su compañía, se exasperaba su habitual histerismo, apretaba los dientes y sollozaba, reclamaba las sales, se extendía en el sofá, como si estuviera extremadamente mareada. —Está bien —decía doña Augusta, condescendiendo en hacer sus valijas—, me volveré a ir, todas mis cosas quedarán abandonadas. Rialta se volverá a quedar sola con sus muchachos, hundiéndose cada vez más en el recuerdo de José Eugenio. Tu egoísmo, Leticia, es la única enfermedad que tienes, y una madre acaba siempre por someterse al egoísmo de sus hijos. Además, encuentro a Horacio día tras día más propenso a la melancolía, apenas quiere salir a pasear, por otra parte, Alberto está cada día más majadero. Demetrio lo pierde de vista semanas enteras, y cuando regresa está muy intranquilo, y para vencer esa intranquilidad apela a procedimientos que lo vuelven más intranquilo aún, hasta llegar a pelearse con el propio Demetrio, que lo tolera sólo por las cosas que me tiene que agradecer de su época de estudiante sin blanca, pero la verdad que ya comienza a cansarse, pues su mujer lo hostiga para que ponga un límite a su paciencia. Cuando tú, Leticia, me arrastras, todo eso queda abandonado y así nos vas llevando a la dispersión y al caos.

Leticia al ver que llegaba Joseíto, como ella le decía a José Cemí, se dirigió a Rialta, diciéndole: —Si tú quisieras yo me llevaría a Joseíto para que pasase dos semanas conmigo, él no ha estado en el campo, saldrá a ver algún ingenio, alguna granja. Montaría a caballo por la mañana y eso le haría mucho bien para su asma. Lo encuentro que vive muy retraído para su edad. Le hace falta salir, tratar a más gente, tener amigos. Parece que nada más le gusta oírlos a ustedes, cuando le hacen relatos de las Navidades de Jacksonville, de la muerte de los abuelos, y sobre todo de la muerte de su padre. Así lo van haciendo tímido, ya he visto que cuando alguien viene de visita, sale corriendo a esconderse —en realidad Leticia no decía ninguna de esas cosas para inclinar o convencer a Rialta de que le diera permiso para acompañarle en su viaje a Santa Clara, sino para incluir a alguien más de la familia en el séquito de doña Augusta, creyendo que así fortalecía su causa.

Cemí oía la escena con indiferencia, pues en esas solicitaciones familiares le gustaba que fuese su madre la que escogiese. —Yo creo que le haría bien —contestó Rialta, aunque en el fondo no le gustaba separarse de sus hijos—. El aire del campo le hará bien a su asma, aunque es una enfermedad tan rara y especial que a lo mejor le sucede con tantas yerbas y flores que empeora. Pero como va a estar poco tiempo, porque eso sí —dijo cambiando de acento en la expresión—, si está más tiempo iré yo misma a buscarlo.

—No llegaremos a ninguna nota trágica —contestó Leticia disimulando con una sonrisa el efecto desagradable causado por las palabras de Rialta—. A las dos semanas ya está de nuevo contigo —volvió a decir Leticia—, con menos asma y contentísimo y queriendo preparar una nueva excursión.

Rialta consintió para hacerle más agradable los primeros días de doña Augusta, en su traslado un poco forzado para Santa Clara, que estuviese acompañada por uno de sus nietos, para que no fuese tan brusca la separación del resto de la familia. Sabía que Leticia era un temperamento abusivo y dada a la satisfacción de sus menores deseos domésticos. El resentimiento que le había comunicado el casarse con un hombre mayor en edad, del que nunca estuvo enamorada, unido a los años que había tenido que pasar en provincia, una Olaya como ella, que pertenecía a la crema de la crema, a la aristocracia con casa propia en Prado, la habían vuelto muy tenaz en agrandar los detalles de su vivir cotidiano, queriéndolos convertir en una cabalgata convergente hacia sus deseos. Por lo menos, en la despedida José Cemí y doña Augusta estarían en su bando, es decir, en su momentánea compañía en el momento del regreso a la provincia.

Sonaron los primeros avisos para que el tren se pusiera en marcha. Augusta, Rialta con sus tres hijos, Leticia y su esposo, con sus dos hijos, y Demetrio siempre alegre por la contemplación del esposo de Leticia, que le recordaba los amenos días de Isla de Pinos. Se rompió la fila horizontal, pasando los familiares que iban a hacer el viaje al interior de los vagones. Desde la muerte de su padre, Cemí asociaba toda separación a la idea de la muerte. El regreso de toda partida, era la ausencia del morir. A medida que fueron pasando los años, paradojalmente, esa sensación de muerte, que se entrelazaba a sus estados de laxitud, a los comienzos de toda somnolencia, o a la resistencia de un hastío que no se doblega, lo fueron llevando, al cobrar conciencia de esos estados de abstemia, a sentir la vida como una planicie, sobre la que se desenvuelve un espeso zumbido, sin comienzo, sin finalidad, expresión para esos estados de ánimo que redujo con los años, hasta decir con sencillez que la vida era un bulto muy atado, que se desataba al caer en la eternidad.

El tren ya se alejaba y la progresiva lejanía hizo que se fijase en el rostro de su madre, tal vez como nunca lo había hecho. Observó la nobleza serena de su rostro, revelada en sus ojos y en la palidez de su piel. La lejanía parecía ya el elemento propio para que sus ojos adquirieran todo su sentido, el respeto por sus hijos y sus profundas intuiciones familiares. Al paso del tiempo sería el centro sagrado de una inmensa dinastía familiar. Su serenidad, la espera, sin precipitación innoble o interesada, en el desarrollo de las virtudes de sus hijos. Cuando Cemí se acomodó en su asiento, al lado de su Abuela, pudo observar el contraste de los dos rostros. Sobre un fondo común de semejanzas, comenzaban a iniciarse sutiles diferencias, doña Augusta aún lucía majestuosa y con fuerza suficiente para dominar toda la asamblea familiar. Pero la muerte que la trabajaba ya por dentro, era aún más majestuosa que su innata majestuosidad. En su espera se veía ya frente a ella a la muerte que también esperaba. Sus ojeras y los pliegues de la cara se abultaban, avisando la enemistad del corpúsculo de Malpighi con las cuatro casas del corazón. La disminución de su fortuna, las majaderías insolentes de Alberto, la muerte del Coronel, el histerismo de Leticia, en dosis desiguales la intranquilizaban de tal modo que su enfermedad iba venciendo su indiferencia para atenderla con los médicos, preparando su sombría despedida. La lejanía le hizo visible el rostro de su madre, ascendiendo a la plenitud de su destino familiar. La marcha del tren, en la rapidez de las imágenes que fijaba, le daba al rostro de doña Augusta, miriadas de pespuntes que se deshacían de una figura oscilante hacia una nada concreta como una máscara.

Cemí encontró cierto placer en la litera, en contra de su tía, fingiendo náuseas y disgustillos por cuanto veía y tocaba, con su reducción de todas las cosas de uso doméstico, la cama, el servicio, pero lo que más le despertó la atención toda la noche, como era costumbre cuando dormía fuera de su casa, que transcurrió para él en vela, fue la hipóstasis que alcanzó el tiempo, para hacerse visible, a través de su transmutación en una incesante línea gris que cubría la distancia. Cerraba los ojos y lo perseguía la línea gris, como si fuese una gaviota que se metamorfoseara en la línea del horionte, animándolo después con sus chillidos en sus recuerdos de medianoche. Entonces, la línea, al oscilar y reaparecer parecía que chillaba.

La tía Leticia había invitado al hijo de un abogado muy señorial y de un criollismo fiestero, pero de muy noble pinta, por su acuciosidad y fidelidad con la suerte de sus clientes, lo mismo colonos áureos que empleadillos que venían a correr el expediente para jubilarse. El padre de Ricardo Fronesis, que así se llamaba el joven, era de los letrados que aceptaban o rechazaban los *asuntos,* de acuerdo con una recta y no sofisticada interpretación de la ley. Su vida de provincia eran las horas que se pasaba en su biblioteca. El ejercicio de su carrera era un paseo fuera de su biblioteca, copiosa y diversa, en las horas de la mañana, un repaso de algunos amigos, y sobre todo una clásica manera de dosificar el ocio. Su padre había sido un habanero muy dado a los viajes, pero al morir, su hijo se acordó que tenía una carrera con la que podía ayudar a su madre y decidió irse a la provincia, después de su aventura matrimonial en Europa, pues el dinero que tenía que allegar lo conseguiría con menos dolorosa competencia. Era amigo del médico esposo de Leticia, pero con una amistad no dictada por la simpatía, sino por los irrechazables tratos de profesionales, que en las provincias son una exigencia inquebrantable del tedio y de la costumbre.

A las siete de la mañana ya Ricardo Fronesis tocaba la puerta de la tía Leticia. Con cierta sorpresa, pues la puntualidad había sido exactísima, la casa se puso en movimiento para recibir al visitante. Pero ya sabemos que a José Cemí, cuando tenía que dormir en casa de algún pariente, se le endurecían los párpados refractarios al sueño. Así pudo salir de inmediato a recibir a Ricardo Fronesis, y evitarse todas las pamemas de presentación provinciana, con enumeración de méritos y horóscopos de familiares presentes y ausentes ilustres. Rápidamente percibió que Fronesis era muy distinto de lo que hasta entonces había tratado en el colegio y en la vecinería. —Mi padre siempre quiere que me presente a la hora en punto de la cita, pero como todas las virtudes que heredamos, desconocemos el riesgo de su adecuación. Llego a la hora —añadió con gracia juvenil—, y toda la casa duerme. Pero ya usted ve como siempre esas virtudes familiares nos salvan, usted parece que estaba desvelado, y eso hace que yo más que un visitante, sea la primera compañía que deshace el desvelo y nos dice que ya ha empezado una nueva mañana.

Cemí admiró esa rapidez de un adolescente provinciano para, prescindiendo de la presentación, situarse en los principios de un trato amistoso. Había hablado sin titubeos, con una seguridad señorial de burguesía muy elaborada por el aprendizaje noble de la cortesanía más exquisita. En manera ninguna su cortesía lograba eliminar las líneas viriles de su cuerpo y la belleza de su rostro.

Lo demás de la excursión al ingenio Tres suertes, fue para estampa, que hizo retroceder la conversación a una categoría de telón de fondo. El elemento plástico se impuso al verbal. La tía Leticia cubría el rostro con una tupida redecilla, tan paradojal en una excursión campestre, que parecía que los pájaros huían ante el avance de la máquina por la carretera que iba al ingenio, temerosos de ser cogidos en esas redes. La mañana en triunfo, de una nitidez avasalladora, se negaba a justificar la aparición del esposo de Leticia, con un guardapolvo que dejaba caer sin gracia el extremo de un anchuroso cinto anaranjado, puesto de moda por Ralph de Palma, en la época de las carreras en pista, con consultas a las mesas metasíquicas, para comprobar si el Moloch de la velocidad pedía sangre. Otra estampilla golosa, al dejar la máquina para lograr el trencillo que los llevaría al Tres suertes, Leticia distribuyó, de acuerdo con un ordenamiento que sólo tenía su consentimiento —la descomposición de una fila, primero ella, desde luego, y después su esposo, Ricardo Fronesis, José Cemí, y por último, el mayor de sus dos hijos—, los asientos en el tren dirigido por un jamaicano casi rojo, que a intervalos sonaba un pitazo para anunciar la convocatoria de los tripulantes en aquel sitio y dar la señal de despedida. Leticia se valía de toda clase de sutilezas, desde la interposición momentánea de su figura cuando la fila se hacía irregular de acuerdo con su ordenamiento, o una mirada dejada caer sobre su hijo, con una intensidad graduada de acuerdo con su sentido de la ajena observación.

El Tres suertes era un cachimbo de mediados del siglo xix, estirado a ingenio al principio de la República, muy alejado del gran central de la plenitud de la zafra en las cuotas asignadas. Su propietario era el Coronel de la Independencia Castillo Dimás, que pasaba tres meses en el ingenio en la época de la molienda, tres meses en unos cayos que tenía por Cabañas, sitio todo edénico, donde se dormía como una gaviota, se comía como un cazón y se aburría como una marmota en el paranirvana. Pasaba tres meses también con la querindanga habanera, untuosa mestiza octavona ascendida a rubia pintada, dotada de una escandalosa prolijidad gritona en los placeres conyugales. Y el coronel se reservaba para lo mejor de sí mismo, como acostumbraba decir, tres meses por los sótanos de París en los que, a la manera de los ofitas, le rendía culto a la serpiente del mal. Cuando precisaba que venía visita al Tres suertes, corría a su casa y salía después pintiparado con su guayabera de rizados canelones y su pantalón de un azul murillesco, donde el pañuelo rifoso, en el bolsillo posterior derecho, se hacía una nube con grandes iniciales, angelitos de las esquinas.

En el centro de todas aquellas máquinas estaba una anchurosa cubeta, con un ancho de boca de metro y medio, donde por una canaleta se deslizaba la espesa melaza, densa como el calor hiriente. Alrededor de la cubeta, con una atención que parecía extraer peces del líquido, el grupo de visitantes, ordenados también alrededor del círculo de acuerdo con la terrestre jerarquía de la tía Leticia.

—Ahí viene Godofredo, el Diablo —dijo Fronesis, para romper la monotonía de los veedores, aunque procurando que sólo Cemí lo oyese.

Pasaba frente al grupo estacionado en el contorno de la cubeta, un adolescente de extrema belleza, de pelo rojizo como la llama del azufre. Blanquísima la cara, los reflejos de la llamarada del pelo se amortiguaban en una espiral rosada que se hundía, enrojeciéndose, en el cuello claroscuro. Se acercó, o mejor se detuvo para mirar el grupo en torno a la cubeta, cierto que con visible indiferencia. Traía la camisa desabotonada, las mangas cortas, los pantalones remangados, sin medias, así Cemí pudo observar cómo la espiral que se inauguraba con tonos rosados se iba agudizando hasta alcanzar un rojo frutal por todo su cuerpo, que hacía muy visible la dichosa energía de la mancha y los demonios de esa energía tan caros a Blake. Cuando Cemí oyó, Godofredo el Diablo, le pareció que oía aquellos nombres, Tiriel, Ijina o Heuxos, que había subrayado en sus primeras lecturas de Blake.

Toda la belleza de Godofredo el Diablo, estaba ganada por una furia semejante a la del oso tibetano, llamado también demonio chino, que describe incesantes círculos, como si se fuera a morder a sí mismo. Estaba entuertado y con el ojo de polifemo que le quedaba, miraba a todos con reto de maligno, como si por todas partes por donde pasase conociesen su vergüenza. El ojo de nublo era el derecho, el que los teólogos llaman el ojo del canon, pues al que le faltaba no podía leer los libros sagrados en el sacrificio. El que no tuviese ese ojo jamás podría ser sacerdote. Parecía como si inconscientemente Godofredo supiese el valor intrínseco que los cánones le dan a ese ojo, pues se contentaba con ser Godofredo el Diablo. Detrás de la nube que cubría su ojo derecho, su pelo de una noble substancia como el de los animales más fieros, dardeaba en la cuerda de los arqueros del séquito del domador de potros. Su inquieta belleza lo asemejaba a un guerrero griego, que al ser herido en un ojo se hubiese pasado a la fila de los sármatas en sus crueles bullicios.

Bello Polifemo adolescente, al ver que todos se fijaban en su único ojo alzado, maldecía por cada uno de los poros de su belleza jamás reconciliada.

El esposo de Leticia se perdió en vagarosas estadísticas, conversando con el coronel Castillo Dimas, sobre la zafra presente, los convenios, la comparanza con los residuos de mieles de años anteriores. En fin aquella ridícula temática azucarera, como decían los hombres de aquella generación, que hacía que los expertos en problemas azucareros fueran más importantes que todo el país inundado por el paisaje en verde de las cañas. Fronesis sabía disimular su aburrimiento, a cada mirada inexpresiva colocaba una sonrisa cultivada como don bondadoso traído por su madre; el hijo mayor de Leticia no sabía disimular su aburrimiento y con una frecuencia que se hacía más reiterada al paso de la cinta de las estadísticas, regalaba el caimán de un bostezo.

Un tirón de la fisiología la llevó al fingido romanticismo. Le ordenó al chofer que se detuviese, pues siempre que iba al campo entrecortaba un alegato de soledad y de afán de abrazar las buganvillas. Nadie se movió de la máquina, como si compartiesen el secreto de ese romanticismo tardío. Cuando regresó, ya caído el crepúsculo, donde estuvo parada para ceñirse con las buganvillas, se veía un círculo que abrillantaba las yerbas y un pequeño grillo exangüe ya para poder fluir por la improvisada corriente.

Cuando la familia del doctor Santurce se despidió de Ricardo Fronesis, formularon insistentes aunque no verídicos deseos de que se quedara a comer con ellos. Se disculpó Fronesis, alegando un examen matinal, pero ya casi al final de la despedida se viró hacia Cemí y le dijo en entero preludio de una amistad gustosa, que mañana, después de las cinco, lo vendría a buscar para un provinciano café conversable.

Al día siguiente no lo fue a buscar, pero a las cinco menos cuarto Fronesis lo llamó por teléfono, diciéndole que lo esperaba en el café Semíramis, al lado del hotel de frontis colonial, del cual era como una prolongación oficiosa.

Por primera vez Cemí, en su adolescencia, se sintió llamado y llevado a conversar a un rincón. Sintió cómo la palabra amistad tomaba carnalidad. Sintió el nacimiento de la amistad. Aquella cita era la plenitud de su adolescencia. Se sintió llamado, buscado por alguien, más allá del dominio familiar. Además Fronesis mostraba siempre, junto con una alegría que brotaba de su salud espiritual, una dignidad estoica, que parecía alejarse de las cosas para obtener, paradojalmente, su inefable simpatía.

Fronesis le dijo al entrar en la conversación, que había preferido llamarlo telefónicamente a ir a buscarlo, porque se hubiera tenido que quedar de visita, repitiendo con ligeras variantes la visita al Tres suertes, prefiriendo hablar a solas con él, pues como ambos se encontraban en el último año de bachillerato, había mucha tela mágica que cortar. Fronesis salvaba la seca oportunidad de ese lugar común intercalando la palabra mágica, transportando un modismo realista a la noche feérica de Bagdad. Le dijo también que todos los fines de semana se los pasaba en Cárdenas para hacer ejercicios de remos. Cemí observó cómo la angulosidad cortante del paño que cubría sus brazos, ocultaba una musculatura ejercitada en las prácticas violentas de la natación y de la competencia de canoas. Pero eran ejercicios espaciados que no agolpaban sus músculos en racimos vergonzantes, sino dirigían ciegas energías por sus cauces distributivos.

El verde varonil de los ojos de Fronesis, se fijó en un punto de la lejanía y exclamó de pronto: —Ahí viene otra vez Godofredo el Diablo —Cemí dirigió sus miradas en la misma dirección y vio cómo se acercaba el entuertado pelirrojo. Venía silbando una tonadilla dividida como los fragmentos de una serpiente pintada con doradilla.

—Godofredo el Diablo —comenzó a decir Fronesis—, tiene el

gusto extraño de pasar por enfrente de los que él cree que saben su historia, sin mirarles la cara en señal de un odio indiferente, manifestado tan sólo torciendo el rostro. Mi padre como abogado de provincia que está en el centro de casi todos los comentarios que ruedan por el pueblo, sabe su pavorosa historia. Godofredo lo sabe, piensa también que mi padre me la debe de haber relatado y se imagina que a mi vez en cualquier momento voy a comenzar a hacer la historia que termina con su ojo tuerto. No se puede contener, siempre que me ve procura acercarse, pero con el rostro tan torcido, temiendo que si lo miro fijamente puede perder el ojo que le queda.

Godofredo se alucinaba en sus quince años con la esposa de Pablo, el jefe de máquinas del Tres suertes. Pablo a sus treinta y cuatro años, le sacaba a su esposa diez y siete, lo que unido a sus excesos alcohólicos en el sabbat, le daba cierta irregularidad a la distribución de las horas de la noche que tenían que pasar juntos. Fileba, que así se llamaba, algunas noches de estío no lograba licuar la densidad del sueño de Pablo, muy espesado por la carga de espirituosos y broncas vaharadas de los extractos lupulares. A sus requiebros, Pablo colocaba sobre su cabeza un almohadón que impedía que los golpes de las manitas de Fileba lo pudieran despertar. Hasta que cansada se dormía con una rigidez malhumorada, soñando con monstruos que la llevaban desnuda hasta lo alto de las colinas. Se despertaba y Pablo seguía con el almohadón sobre la cabeza. Llovía y la humedad la iba adormeciendo hasta el primer cantío de la madrugada.

Un sábado Godofredo llevó a Pablo a su casa, ayudó a ponerlo en la cama. Estaba tan borracho que casi había que llevarlo sobre los hombros. Se fijó con más cuidado en la palidez de Fileba, en sus ojos agrandados por las mortificaciones de muchas noches. Y empezó a rondar la casa, como un lobezno que sabe que la niña de la casa le ha amarrado una patica a la paloma en la mesa de la cocina.

Creyéndose dueño de un secreto, Godofredo empezó a requebrarla. Ella a negarse a citas y a servir al juego del malvado precoz. Otro sábado que trajo de nuevo a Pablo sobre sus hombros, Fileba lo dejó en la puerta, cuando iba a dar el paso de penetración casera. Pablo se tambaleó, se fue de cabeza al suelo frío de la sala, pero ella le puso una estera y le trajo el almohadón de marras. Mientras preparaba la colación fuerte, se escapaba para echarle un vistazo al embriagado sabatino, vio las rondas luciferinas de Godofredo, pero esta vez apretó bien las ventanas y llamó a unos vecinos para la compañía.

Entonces fue cuando llegó al Tres suertes el padre Eufrasio, en vacaciones de cura enajenado. El mucho estudiar la concupiscencia en San Pablo, la cópula sin placer, le habían tomado todo el tuétano, doblegándole la razón. Cómo lograr en el encuentro amoroso, la lejanía del otro cuerpo y cómo extraer el salto de la energía suprema del gemido del dolor más que de toda inefabilidad placentera, le daban vueltas como un torniquete que se anillase en el espacio, rodeado de grandes vultúridos. Sus vacaciones tenían la disculpa de la visita por unos días a un hermano menor que dirigía cuadrillas de corte cañero. Su enajenación era desconocida por la fauna del Tres suertes, sus prolongadísimas miradas inmutables, o sus silencios vidriados, permanecían indescifrables por los alrededores, donde el mugido de las vacas alejaba toda sutileza teológica sobre el sensorio reproductor.

A la llegada del cura, algunas muchachillas para fingir en el Tres suertes que seguían las costumbres del pueblo cercano, comenzaron a visitarlo. Claro que no sabían nada de su enajenación, ni de su excéntrica problemática concupiscible. Fileba se fue haciendo a la mansedumbre de su costumbre, y el padre Eufrasio fue conociendo de los almohadones de medianoche al uso de Pablo el maquinista. En susurradas confidencias llegaron a manifestarse que ella conjuraba cercanía carnal, y él las terribles acometidas de la carne alejada, que él necesitaba alejar para extraer sus intocadas reservas vitales. En cuanto cobraba conciencia del acto concupiscible, se desinflaba de punta viril, languideciendo irremisiblemente.

Las noches que Pablo le dedicaba al sabbat, comenzaron a ser aprovechadas por Eufrasio y Fileba, y cuando llegaba Pablo el maquinista, podía ir entrando en el sueño sin necesidad de colocar sobre su cabeza el almohadón como escudo. Mientras tanto, Godofredo el Diablo comprobaba todos los sábados la entrada de la pareja en el nidito del hermano menor del cura, que desconocía cómo el Padre iba poniendo en camino métodos muy novedosos para la curación de sus complejos concupiscibles.

Godofredo fue un día a buscar a Pablo a la barra del pueblo, antes de que llegara al cuarto copetín, que según los griegos era el de la demencia. En el camino hacia el Tres suertes, le fue mostrando todo el itinerario de la traición de Fileba. Le dijo que si lo dudaba podía apostarse por los alrededores y ver a la parejita entrar muy decidida en la casa del pecado. Pablo se escondió detrás de un jagüey, y Godofredo en el lateral de la casa más cercana a la puerta, para rematar en la luz escasa el comprobante de la entrada de los amantes. Cercanas las diez, con la exagerada sonrisa de la luna creciente, por un atajo oblicuo, que no era el caminito apisonado que llevaba a la puerta de la casa, la pareja apareció aligerada por la blancura lunar que les regalaba la palidez del pecado.

Cuando Pablo el maquinista comprobó detrás del jagüey, que la verdad, esta vez de acuerdo con la superstición, lo chupaba como un pulpo, se dirigió de nuevo a la barra y se sumó tal ringlera de coñac sin mezcla, que la demencia de muchas cuatro copas multiplicadas lo llevó a tal gritería que la pareja de la guardia rural se acercó, y al ver que era Pablo, lo cubrieron con su capota para evitarle el rocío grueso, lo cuidaron hasta que se convencieron de que la llave describía círculos mayúsculos, pero al fin anclaba en el punto clave de la cerradura. Con una estrellita de claridad, se abalanzó sobre el sofá de la sala, donde se había tomado las primeras fotografías recién casado con Fileba, y allí se hundió en la marejada oxidada de ese mueble comprado de segunda mano para su boda, pero que se mantuvo firme en la primera ocasión trágica en que el maquinista Pablo se derrumbó de veras al poner su demonio al servicio de su destino.

Al llegar a este punto del relato, Cemí se dio cuenta de que Fronesis hacía un esfuerzo para continuarlo, se le veía por ciertas vacilaciones que iba a entrar en el verdadero remolino un tanto atemorizado.

—Godofredo el Diablo rondaba con las uñas las paredes y ventanas, para obtener una mirilla que le permitiese seguir todo el curso de la pasión... Al fin, en un ángulo inferior de la ventana, pudo apostar el ojo izquierdo, por carencia, como ya hemos dicho del ojo del canon. Como quien contempla una aparición marina por los cañutos de un anteojo, pudo precisar una extrañísima combinación de figuras. Fileba desnuda, acostada en la cama lloraba, mostraba toda la plenitud de su cuerpo, pero sin estar recorrida por el placer, antes bien, parecía tan indiferente como frígida. Eufrasio sin los calzones y los pantalones, tenía aún puestos la camiseta y la camisa. De uno de los extremos de la cama se trenzaba una soguilla que venía a enroscarse en los testículos, amoratados por la graduada estrangulación al retroceder Eufrasio con una lentitud casi litúrgica. El falo, en la culminación de su erección, parecía una vela mayor encendida para un ánima muy pecadora. La cara con una rigidez de quemados diedros, recibía manotazos infernales. Cuando al fin saltó la agustiniana razón seminal, la estrangulación testicular había llegado al máximo que podía soportar de anillamiento, y una quejumbre sudorosa que luchaba por no exhalar ayes desmesurados, temblaba por todo el cuerpo del enajenado. Fileba lloraba, tapándose la boca para no gritar, pero sus ojos parecían lanzar fulguraciones de un cobre frío, rayos congelados de una mina de cobre en una interminable estepa siberiana. Sus ojos parecían los de un alción muerto en un frío tempestuoso, entrando en la eternidad con los ojos muy abiertos. Con los ojos de una muerta vio a Eufrasio vestirse de nuevo y abandonar el cuarto sin mirarla siquiera. La lejanía del cuerpo y el orgasmo doloroso, que el enajenado creía inquebrantables exigencias paulinas, habían sido logrados a la perfección.

Muy apresurada llegó a su casa, aún temblaba. Pablo estaba acostado con la luz ya apagada y el almohadón sobre su rostro. Procuró dormirse, fingió durante interminables horas que lo lograba, pero comenzó a observar que las manos de Pablo no se cruzaban, como era su costumbre en los sábados de cansancio nocturno, sobre el almohadón escudo del rostro. Su inquietud parecía presumir un final no esperado al ver la flaccidez de las manos del que la acompañaba en una última noche. Encendió la luz. Vio atemorizada cómo la almohada estaba teñida de sangre, la camisa todavía empapada de agua. La guámpara, al lado del cuello degollado, comenzaba a oxidarse con los coágulos de la sangre. Pablo antes de acostarse, para recuperarse, se había lavado la cara con el agua fresca de la noche. Fileba tiró del almohadón contra el suelo, pero como una gorgona empapada de un múrice sombrío, comenzó a extender hilachas y chorros de sangre. Rápidamente encendió todas las luces, abrió la ventana de la sala. Sus gritos aún se recuerdan por algunos desvelados, en la medianoche del Tres suertes.

Por el amanecer. Godofredo el Diablo se deslizó por frente a la casa de Pablo. Toda la vecinería se agolpaba en la cuadra, aún turbada por los gritos de Fileba. Le llegaron los comentarios que se tejían en torno al perplejo del suicidio del maquinista. Se apresuró a irse por la carretera que a medida que se alejaba del ingenio, la iba envolviendo un ejército indetenible de lianas. Los árboles y los matojos le cerraban el paso. Llevaba colgada del cinto la guámpara de su trabajo de cortador. Gritaba y pateaba a los árboles. Se lanzaba a cortar las lianas, que retrocedían, se curvaban como serpientes verticalizadas. Golpeadas las lianas por su cintura, silbaban como un viento huracanado. Una, entre todas aquellas lianas, le hizo justicia mayor, retrocedió, tomó impulso y le grabó una cruz en el ojo derecho, en el ojo del canon.

Así fue como Godofredo el Diablo perdió el ojo derecho y perdió también la razón. Sus caminatas describen inmensos círculos indetenibles, cuyos radios zigzaguean como la descarga de un rayo. Cuando llega un abril lluvioso, se echa por las cunetas, dejando de temblar su cuerpo, el humus le adormece la fiebre. La lluvia incesante mitiga también las llamaradas del pelo rojo de Godofredo el Diablo, flor maligna de las encrucijadas.

Capítulo IX

Al inaugurarse la mañana, Upsalón ya había encendido su tráfago temprano. Arreglos en las tarjetas, modificaciones de horarios, listas con los nombres equivocados, cambios de aula a última hora para la clase de profesores bienquistos, todas esas minucias que atormentan a la burocracia los días de trabajo excepcional, habían comenzado a rodar. Desde las ocho a las diez de la mañana, los estudiantes candorosos de provincia copiaban en sus libretas las horas de clase. Saludaban a las muchachas que habían sido sus compañeras en todos los días del bachillerato. Si alguno conocía a otros estudiantes de años superiores, se mezclaba con ellos muy orondo, risueño en su disfraz de suficiencia gradual. Los de último año pertenecían a una hierofanía especial: únicamente sus parientes, primos de provincia, podían mezclarse con ellos. Intercambiaban risotadas que eran el asombro de los otros compañeros bisoños. —Mi primo esta noche vendrá conmigo al baile de los novatos —dijo al regresar al grupo, frotándose las manos. —Yo iría con este mismo traje, mi tía de Camagüey me lo regaló —dijo una de las muchachas, se miró de arriba abajo con mirada graciosa, después hizo una reverencia como si recogiese flores en la falda.

La escalera de piedra es el rostro de Upsalón, es también su cola y su tronco. Teniendo entrada por el hospital, que evita la fatiga de la ascensión, todos los estudiantes prefieren esa prueba de reencuentros, saludos y recuerdos. Tiene algo de mercado árabe, de plaza tolosana, de feria de Bagdad; es la entrada a un horno, a una transmutación, en donde ya no permanece en su fiel la indecisión voluptuosa adolescentaria. Se conoce a un amigo, se hace el amor, adquiere su perfil el hastío, la vaciedad. Se transcurría o se conspiraba, se rechazaba el *horror vacui* o se acariciaba el *tedium vitae,* pero es innegable que estamos en presencia de un ser que se esquina, mira opuestas direcciones y al final se echa a andar con firmeza, pero sin predisposición, tal vez sin sentido. No tiene clases por la tarde, pero sin vencer su indecisión se viste para ir a la biblioteca de Upsalón, donde esperará a que el que se sienta a su lado comience a conversar con él. El diálogo no se ha entablado, pero la tarde ha sido vencida. No son aquellos días de finales de bachillerato en que se sentaba en el extremo de un banco, en el relleno del malecón, colgaba un brazo del soporte de hierro y sentía que la noche húmeda lo penetraba y lo tundía.

Oye a los que están hablando en un banco del patio en Upsalón, al grupo que todos los días va a la biblioteca, al que se precipita sobre el profesor para hacerle preguntas banales, sin saber que cada vez que se pone en marcha para esa forzada salutación, se gana una enemistad o un comentario que lo abochornaría si lo oyese.

En la segunda parte de la mañana, desde las diez en adelante, la fluencia ha ido tomando nuevas derivaciones, ya los estudiantes no suben la escalera de piedra hablando, ni se dirigen a la tablilla de avisos en los distintos decanatos, para tomar con precisión en sus cuadernos los horarios de clase. Algunos ya habían regresado a sus casas con visible temor; habían oliscado que en cualquier momento la francachela de protestas podía estallar. Otros, que ya sabían perfectamente todo lo que podía pasar, se fueron situando en la plaza frente a la escalinata. De pronto, ya con los sables desenfundados, llegó la caballería, movilizándose como si fuera a tomar posiciones. Miraban de reojo los grupos estudiantiles, que ocupaban el lado de la plaza frente a la escalera de piedra. Cuchicheaban los estudiantes, formando islotes como si recibieran una consigna. Llegó al grupo una figura apolínea, de perfil voluptuoso, sin ocultar las líneas de una voluntad que muy pronto transmitía su electricidad. Por donde quiera que pasaba se le consultaba, daba instrucciones. La caballería se ocultaba en el lado opuesto al ocupado por los estudiantes. Usaban unas capas carmelitas, color de rata vieja, brillantes por la humedad en sus iridiscencias, como la caparazón de las cucarachas. Hacían vibrar sus espadas en el aire, saltando un alacrán por la sangre que pasaba al acero. Su sombrero de caballería lo sujetaban con una correa, para que la violencia de la arremetida no los dejase en el grotesco militar de la testa al descubierto. La violencia o el caracoleo de los potros justificaba la correa que le restaba toda benevolencia a la papada. El que hacía de Apolo, comandaba estudiantes y no guerreros, por eso la aparición de ese dios, y no de un guerrero, tenía que ser un dios en la luz, no vindicativo, no obscuro, no ctónico. Estaba atento a las vibraciones de la luz, a los cambios malévolos de la brisa, su acecho del momento en que la caballería aseguró la hebilla de la correa que sujetaba el sombrero terminado en punta. Pareció dentro de su acecho buscar como un signo. Tan pronto como vio que la estrella de la espuela se hundía en los ijares de los caballos, dio la señal. Inmediatamente los estudiantes comenzaron a gritar muerte para los tiranos, muerte también para los más ratoneros vasallos babilónicos. Unos, de los islotes arremolinados, sacaron la bandera con la estrella y sus azules de profundidad. De otro islote, al que las radiaciones parecían dar vueltas como un trompo endomingado, extrajeron una corneta, que centró el aguijón de una luz que se refractaba en sus contingencias, a donde también acudía la vibración que como astilla de peces soltaban los machetes al subir por el aire para decidir que la vara vuelva a ser serpiente. El que hacía de Apolo parecía contar de antemano con las empalizadas invisibles que se iban a movilizar para detener a la caballería en los infiernos. Las espuelas picaron para quemar el galope, pero las improvisadas empalizadas burlescas se abrieron, para darle manotazos a los belfos que comenzaron a sangrar al ser cortados por los bocados de plata. Las guaguas comenzaron a llenar la plaza, chillaban sus tripulantes como si ardiesen, lanzaban protestas del timbre, buches del escape petrolero, enormes carteras del tamaño de una tortuga, que cortaban como navajas tibias. Rompieron por las calles que fluían a las plazas, carretas pintadas que ofrecían su temeridad de colores a los cascos equinales, que se estremecían al sentir el asombro de la pulpa aplanada por la presión de la marcha maldita. La pella que cuidaba la doradilla de los buñuelos, se volcó sobre los ojos de los encapuchados. Una puerta de los balcones de la plaza, al abrirse en el susto de la gritería escurrió el agua del canario que cayó en los rostros de los malditos como orine del desprecio, transmutación infinita de la cólera de un ave en su jaula dorada. La mañana, al saltar del amarillo al verde del berro, cantaba para ensordecer a los jinetes que le daban tajos a la carreta de frutas y a la jaula del canario.

El que hacía de jefe de la caballería ocupó el centro de la plaza, destacó al jinete de un caballo gris refractado bajo el agua, para que persiguiese al estudiante que volaba como impulsado por el ritmo de la flauta. A medida que la caballería se extendía por la plaza, parecía ganar alas sus talones de divinidad victoriosa ·al interpretar las reducciones de la luz. Un jinete de bestia negra llevó su espada a la mejilla de un estudiante que se aturdió y vino a caer debajo del caballo sombrío. El parecido a Apolo corrió en su ayuda, perseguido por el caballo color gris bajo el agua. Tiró de sus pies, mientras los que parecían de su guardia llovían piedras sobre el caballo negro y el grisoso espía, partiéndole los cartones de su frente con un escudo sin relieve. El Apolo volante no se detuvo un instante después de su rescate, pues comenzó a lanzarle apóstrofes a los estudiantes que habían huido tan pronto la caballería picó espuelas. Volvían el rostro y ya entonces cobraban verdadero pavor, veían en la lejanía las ancas de los caballos negros y la mirada del vengador que caía sobre ellos, arrancándole pedazos de la camisa con listones rosados, sangre ya raspada.

Así los grupos, entre alaridos y toques de claxons, se fueron deslizando de la plaza a la calle de San Lázaro, donde se impulsarían por esa avenida que lanzaba a los conspiradores desde la escalera de piedra hasta las aguas de la bahía, frente al Palacio presidencial, palmerales y cuadrados coralinos, con los patines de los garzones que parecían cortar la mañana en lascas y después soplarlas como si fuesen un papalote. La plaza de Upsalón tenía algo del cuadrado medieval, de la vecinería en el entono de las canciones del calendario: cohetes de verbena y redoblantes de Semana Santa. Fiestas de la Pasión en el San Juan y fiestas del diciembre para la Epifanía, esplendor de un nacimiento en lo que tiene que morir para renacer. El cuadrado de una plaza tiene algo del cuadrado ptolemeico, todo sucede en sus cuatro ángulos y cada ventana una estrellita fija con sus ojeras de riñonada. Las constelaciones se recuestan en el lado superior del cuadrado como en un barandal. Algunas noches, al recostarse la cabeza de Jehová en ese lado, parece que el barandal cruje y al fin se ahonda en fragmentos apocalípticos.

Dos cuadras después de haber salido de la plaza, algunos estudiantes se dirigieron al parque pequeño, donde de noche descansaban las sirvientas de sus trabajos en alguna casa cercana y los enamorados comenzaban a cansarse en un Eros indiscreto. En la mañana, bañados por una luz intensa, que se apoyaba en el verde raspado de los bancos, donde las fibras de la madera se enarcaban por encima del verde impuesto, los estudiantes volaban gritando en la transparencia de una luz que parecía entrar en las casas con la regalía de su cabellera.

Aprovechándose del pedestal saliente de alguna columna, o extrayendo de algún café una silla crujidora, algunos estudiantes querían que sobre el tumulto el verbo de la justicia poética prevaleciese. Como los delfines y la cipriota diosa surgiendo de la onda, con el fondo resguardado por una opulenta concha manchada por hojillas de líquenes, los adolescentes puestos bajo la advocación de la *eimarmené*, en el arrebato y en el espanto inmediato, hacían esfuerzos de gigantomas por elevarse con la palabra por encima de la gritería. De los caballos negros, opulentos de ancas, brotaba fuego, iluminando aún más la transparencia con la candelada. Las detonaciones impedían la llegada del verbo con alas, el que hacía de Apolo, de perfil melodioso, había señalado los distintos lugares en la distancia donde los estudiantes deberían alzarse con la palabra. Como si escalasen rocas se esforzaban en ser oídos, pero el brillo de la detonación y en ese fulgurar la cara del caballo con su ojo hinchado por la pedrea, ponía un punto final de pesadilla en el cobre de los arengadores.

La caballería parecía confundirse por ese entrecruzamiento de playa, avenida y parque. No podía precisar con eficacia a cuál de los grupos había que perseguir. El encapotado mayor que los comandaba se confundía en la dispersión de los caminos, mientras los estudiantes en la formación de sus islotes repentinos parecían bañarse como en una piscina. En ocasiones un solo jinete perseguía a un estudiante que se aislaba por instantes, recibía refuerzos de piedras y laterías, estaba ya en la otra acera, describía espirales y abochornaba al malvado, que terminaba frenetizado pegando un planazo en una ventana, que soltaba una persiana anclada en la frente del centauro desinflado. El primer turbión que se precipitó hacia el parque, los confundió aún más; por allí siguió la caballería, cuando la alharaca les tironeó el pescuezo, el grueso de los estudiantes saltaba por la avenida, marchando más deprisa, mascullando sus maldiciones con más pozo profundo y libertad.

Entre tantos laberintos, la dispersión iba debilitando la caballería. Su conjunto ya no operaba en su nota coral, sino cada soldado volvía persiguiendo a uno solo de los estudiantes, terminando conque el caballo sudoroso se echaba a reir de las saltantes burlas de los estudiantes. Parecía que comenzaban a amigarse con los estudiantes, pues a pesar de los planazos que recibían en las ancas, sonaban sus belfos con la alegría conque tomaban agua por la mañana. La transparencia de la mañana los hacía reidores al sentir las alas regaladas. Al relincho épico de la inicial acometida, había sucedido un relincho quejumbroso, que los hacía reidores como si las espuelas les produjesen cosquillas y afán de lanzar a los encapotados de sus cabalgaduras. El relincho marcial al apagarse en el eco, era devuelto como una risotada amistosa. La risotada terminaría en un rabo encintado.

Los grupos estudiantiles que se habían ladeado hacia el parque, por diversas calles se iban incorporando de nuevo al aluvión que bajaba por la avenida de San Lázaro, de aceras muy anchas con mucho tráfico desde las primeras horas de la mañana, con público escalonado que después se iba quedando por Galiano, Belascoaín e Infanta, ya para ir a las tiendas o a las distintas iglesias, o hacer las dos cosas sucesivamente, después de oir la misa, de rogar curaciones, suertes amorosas o buenas notas para sus hijos en los exámenes. Se iban deslizando de vidriera en vidriera, gustando los reflejos de una tela, o simplemente, y esto es lo más angustioso, pasando veinte veces por delante de cualquier insignificancia, mero capricho o necesidad a medias, que no se puede hacer suya, y que por lo mismo subraya su brillo, hasta que la estrella se va amortiguando en nuestras apetencias y queda por nuestra subconsciencia como estrella invisible, pero que después resurge en el estudiante y en el soldado, en unos para matar y en otros para dejarse matar. Si trazáramos un círculo momentáneo en torno de aquellos transeúntes matinales, los que salen para sus trabajos, o para fabricar un poco de ocio en sus tijeras caseras, penetramos en el secreto de los seres que están en el contorno, estudiantes y soldados, envueltos en torbellinos de piedra y en los reflejos de los planazos sobre aquellos cuerpos que cantan en la gloria. Las inmensas frustraciones heredadas en la coincidencia de la visión de aquel instante, que presenta como simultáneo en lo exterior, lo que es sucesivo en un yo interior casi sumergido debajo de las piedras de una ruina, motiva esa coincidencia en los contornos de un círculo que está segregando esos dos productos: el que sale a buscar la muerte y el que sale a regalar la muerte. Los que no participan de esos encuentros, eran la causa secreta de esos dualismos de odios entre seres que no se conocen, y donde el dispensador de la vida y el dador de la muerte coinciden en la elaboración de una gota de ópalo donde han pasado trituradas y maceradas, retorcidas como las cactáceas, muchas raíces que en sus prolongaciones se encontraron con algún acantilado que las quemó con su sol.

Al llegar al parque Maceo ya los estudiantes habían recibido nuevos contingentes de alumnos de bachillerato, de las normales, escuelas de comercio; en conjunto serían unos mil estudiantes, que afluían en el sitio donde la situación se iba a hacer más difícil. La caballería había logrado rehacerse y cerca de allí estaba una estación de policía. Pero entonces acudió el veloz como Apolo, de perfil melodioso, dando voces de que recurvaran al mar. El que hacía de jefe de la caballería reunió de nuevo a sus huestes que convergieron por los belfos de las bestias. Se veía como un grotesco rosetón de anca de caballos. Les temblaba todo el cuerpo, después coreaban el aire con sus dos patas traseras, se sentían perseguidos por demonios mosquitos invisibles. Un tribilín sin domicilio conocido, entraba y salía por las patas de los caballos. Alguno de los jinetes quiso con su espadín apuntalar al perrillo, pero fue burlado y raspó el adoquinado, exacerbando chispas que le rozaron los mejillones.

Los gendarmes de la estación salieron rubricando con tiros la persecución, pero ya los estudiantes tenían la salida al mar. Entrando y dispersándose por las calles travesañas a San Lázaro, los estudiantes se hicieron casi invisibles a sus perseguidores. Quedaba el peligro supremo del castillo de la Punta, pero el que remedaba las apariciones de Apolo, dio la consigna de que sin formar un grupo mayor fueran por Refugio, hasta entrar por uno de los costados de Palacio. Hasta ese momento José Cemí había marchado solo desde que los grupos estacionados frente a Upsalón habían partido con sus aleluyas y sus maldiciones. Se ponía el cuenco de la mano, como un caracol, sobre el borde de los labios y lanzaba sus condenaciones. Aunque había sentido la mágica imantación de la plaza, de los grupos arremolinados en el parque, de la retirada envolvente hacia el mar, estaba como en duermevela entre la realidad y el hechizo de aquella mañana. Pero intuía que se iba adentrando en un túnel, en una situación en extremo peligrosa, donde por primera vez sentiría la ausencia de la mano de su padre.

Antes de llegar a Palacio, los estudiantes se fueron situando en los portales del macizo cuadrado de la cigarrería Bock, que ocupaba una rotunda manzana. Al llegar a la esquina de la cigarrería, Cemí pudo ver que en el parque, rodeado de su grupo de ayudantes en la refriega, el que tenía como la luz de Apolo, lanzaba una soga para atrapar el bronce que estaba sobre el pedestal. Una y otra vez lanzaba la soga, hasta que al fin la atrapó por el cuello y comenzó a guindarse de la soga para desprender la falsa estatua. Entonces fue cuando de todas partes empezaron a salir rondas de policías, acompañados de soldados con armas largas. Las descargas eran en ráfagas y Cemí permanecía en su esquina como atolondrado por la sorpresa. No sabía adónde dirigirse, pues el ruido incesante de los disparos, impedía precisar cuál sería la zona de más relativa seguridad. Entonces sintió que una mano cogía la suya, lo tironeó hasta la próxima columna, así fueron saltando de resguardo en columna, cada vez que se hacía una calma en las detonaciones. Detrás del que lo tironeaba, iba otro en su seguimiento, un poco mayor, que asombraba por su calma en la refriega. Así retrocedieron por Refugio, corriendo como gamos perseguidos por serpientes. Al llegar a Prado, un poco remansados ya, el que tiraba el brazo, se volvió hacia él, riéndose. Era Ricardo Fronesis, que lo había reconocido tan pronto se había generalizado el tiroteo y que había corrido en su ayuda. Cemí no pudo expresar en otra forma su alegría que abrazando a Fronesis, poniéndose rojo como la puerta de un horno. Le presentó al que venía en su seguimiento, Eugenio Foción, mayor que Fronesis y que Cemí; representaba unos veinticinco años, muy flaco, con el pelo dorado y agresivo como un halcón, era de los tres el que estaba más sereno. La caminata, los peligros de la marcha, la cercanía de los disparos, no habían logrado alterarlo. Le dio la mano a Cemí con cierta indiferencia, pero éste observó que era una indiferencia que no rechazaba, porque había comenzado por no mostrar una fácil aceptación.

Se oían en la lejanía los disparos, pero cada vez espaciándose más, al mismo tiempo que los estudiantes convergían al Prado y allí se iban dispersando. Cemí con sus dos amigos, Fronesis y Foción, tomaron por la calle Colón, para despedirse al llegar a la esquina de la calle de Trocadero. Mientras cumplimentaban el término de la tumultuosa caminata, Fronesis para iniciar la conversación, pues Cemí mostraba un silencio tímido, dijo que se había matriculado en Derecho y Filosofía y Letras, que su tía Leticia le había dicho que él lo haría en Derecho, lo que hacía que tuviesen asignaturas comunes, así es que se verían con mucha frecuencia. Foción, continuó informando Fronesis, no era estudiante, trabajaba en la oficina de un abogado, y procuraba ser estudioso. Estaba siempre en sus ratos de ocio en Upsalón y con los que allí estudiaban. ¿Por qué? Ya lo sabría en los días sucesivos, cuando se encontrasen de nuevo en la plaza de la colina. El tiempo muy breve en que Fronesis aludió a Foción, mantuvo éste entreabierta una sonrisa no muy anchurosa, pero donde cabía la burla secreta y la alegría manifestada. Las leyes del apathos de los estoicos funcionaron de inmediato, no, no le cayó nada bien Foción a Cemí. Después de darse las manos de despedida, un rato largo Cemí mantuvo el recuerdo de su sonrisa, ofrecida con un artificio que se hacía naturaleza, por la facilidad con que se mantenía en su apariencia vivaz.

Cemí llegó a su casa con el peso de una intranquilidad que se remansaba, más que con la angustia de una crisis nerviosa de quien ha atravesado una obscuridad, una zona peligrosa. La presencia de Fronesis, el conocimiento de Foción, lo habían sobresaltado, pues cuando la revuelta parecía que había llegado a su final, surgía la nueva situación. Al toque en la puerta de su casa había acudido Rialta, que lo esperaba sentada muy cerca de la puerta, ansiosa por ver llegar a su hijo. Con ese olfato típicamente maternal, se había dado perfecta cuenta de que su hijo acudía a la inauguración de las clases en Upsalón y que el curso comenzaría con algazaras y protestas, pues los estudiantes cada día iban penetrando con más ardor en la inquietud protestaria del resto del país. Cuando lo vio llegar se sintió alegre, pues siempre que las madres ven que un hijo parte para un sitio de peligro, se atormentan pensando que fuera de su cuidado le pasará a su hijo lo peor. La alegría de su equivocación maternal se hacía visible en Rialta.
—Tenía ganas ya de que llegaras, he oído decir que ha habido disturbios en Upsalón y he estado toda la mañana rezando para que no te fuera a suceder algo desagradable. Ya sabes que cuando te agitas, el asma te ataca con más violencia. Mi hijo —Rialta se emocionó al decir esto—, perdí a tu padre cuando tenía treinta años, ahora tengo cuarenta y pensar que te pueda suceder algo que ponga en peligro tu vida, ahora que percibo que vas ocupando el lugar de él, pues la muerte habla en ocasiones y sé como madre

que todo lo que tu padre no pudo realizar, tú lo vas haciendo a través de los años, pues en una familia no puede suceder una desgracia de tal magnitud, sin que esa oquedad cumpla una extraña significación, sin que esa ausencia vuelva por su rescate. No es que yo te aconseje que evites el peligro, pues sé que un adolescente tiene que hacer muchas experiencias y no puede rechazar ciertos riesgos que en definitiva enriquecen su gravedad en la vida. Y sé también que esas experiencias hay que hacerlas como una totalidad y no en la dispersión de los puntos de un granero. Un adolescente astuto produce un hombre intranquilo. El egoísmo de los padres hace que muchas veces quisieran que sus hijos adolescentes fueran sus contemporáneos, más que la sucesión, la continuidad de ellos a través de las generaciones, o lo que es aún peor, se dejan arrastrar por sus hijos, y ya éstos están perdidos, pues ninguno de los dos está en su lugar, ninguno representa la fluidez de lo temporal; uno, los padres, porque se dejaron arrastrar; otro, los hijos, que al no tener qué escoger, se perdían al estar en obscuridad en el estómago de un animal mayor. Después, al paso del tiempo, cuando llegan a ver a sus hijos serenos, maduros dentro de su circunstancia, no pueden pensar que fueron esos riesgos, esos peligros, la causa de su serenidad posterior, y que sus consejos egoístas, cuando ya sus hijos son mayores, son un fermento inconcluso, una espina que se va pudriendo en el subconsciente de todas las noches.

—Mientras esperaba tu regreso, pensaba en tu padre y pensaba en ti, rezaba el rosario y me decía: ¿Qué le diré a mi hijo cuando regrese de ese peligro? El paso de cada cuenta del rosario, era el ruego de que una voluntad secreta te acompañase a lo largo de la vida, que siguieses un punto, una palabra, que tuvieses siempre una obsesión que te llevase siempre a buscar lo que se manifiesta y lo que se oculta. Una obsesión que nunca destruyese las cosas, que buscase en lo manifestado lo oculto, en lo secreto lo que asciende para que la luz lo configure. Eso es lo que siempre pido para tí y lo seguiré pidiendo mientras mis dedos puedan recorrer las cuentas de un rosario. Con sencillez yo le pedía esa palabra al Padre y al Espíritu Santo, a tu padre muerto y al espíritu vivo, pues ninguna madre, cuando su hijo regresa del peligro, debe de decirle una palabra inferior. Oyeme lo que te voy a decir: No rehuses el peligro, pero intenta siempre lo más difícil. Hay el peligro que enfrentamos como una sustitución, hay también el peligro que intentan los enfermos, ese es el peligro que no engendra ningún nacimiento en nosotros, el peligro sin epifanía. Pero cuando el hombre, a través de sus días ha intentado lo más difícil, sabe que ha vivido en peligro, aunque su existencia haya sido silenciosa, aunque la sucesión de su oleaje haya sido manso, sabe que ese día que le ha sido asignado para su transfigurarse, verá, no los peces dentro del fluir, lunarejos en la movilidad, sino los peces en la canasta estelar de la eternidad.

—La muerte de tu padre, pudo atolondrarme y destruirme, en el sentido de que me quedé sin respuesta para el resto de mi vivir, pero yo sabía que no me enfermaría, porque siempre conocí que un hecho de esa totalidad engendraría un obscuro que tendría que ser aclarado en la transfiguración que exhala la costumbre de intentar lo más difícil. La muerte de tu padre fue un hecho profundo, sé que mis hijos y yo le daremos profundidad mientras vivamos, porque me dejó soñando que alguno de nosotros daríamos testimonio al transfigurarnos para llenar esa ausencia. También yo intenté lo más difícil, desaparecer, vivir tan sólo en el hecho potencial de la vida de mis hijos. A mí ese hecho, como te decía, de la muerte de tu padre me dejó sin respuesta, pero siempre he soñado, y esa ensoñación será siempre la raíz de mi vivir, que esa sería la causa profunda de tu testimonio, de tu dificultad intentada como transfiguración, de tu respuesta. Algunos impostores pensarán que yo nunca dije estas palabras, que tú las has invencionado, pero cuando tú des la respuesta por el testimonio, tú y yo sabremos que sí las dije y que las diré mientras viva y que tú las seguirás diciendo después que me haya muerto.

Sé que esas son las palabras más hermosas que Cemí oyó en su vida, después de las que leyó en los evangelios, y que nunca oirá otras que lo pongan tan decisivamente en marcha, pero fueron tantas las cosas que recayeron en ese día sobre él, que comenzó a sentir esa indecisión nerviosa que precede a la sibilación bronquial de una crisis asmática. Se sentó en su cuarto de estudio para ver si podía leer, pero la avalancha de lo sucedido hacia el recuerdo, era tan impetuosa que lo hacía retroceder, cambiando de momentánea finalidad. Decidió acostarse, pero el sumergimiento de la almohada lo agudizaba, efecto contrario a los días en que su frescura lo llevaba al sueño como a una ascensión sin lastre, en el olvido gradual de la respiración. Oyó en el comedor la conversación de su madre con sus hermanas, no lo habían querido levantar ni avisarle que iban a comer, pues cuando tenía asma nada le hacía tanto bien como entregarse al sueño, aunque éste fuera producido por las nubes de los polvos fumigatorios, que comenzaban a dilatar el ramaje de su árbol bronquial, hasta lograr la equivalencia armónica entre el espacio interior y el espacio externo, como esos arquitectos que sitúan muchos cristales en sus edificaciones, para causar la impresión de que el espacio no ha sido interrumpido, como una fortaleza volante e invisible, donde el

Icaro, favorecido por la refracción, pudiese mantener su costillar sin derretirse.

Para usar en forma eficaz esos polvos antiasmáticos tenía que cerrar el cuarto donde dormía, pues cualquier corriente dispersaba la lobelia y los yoduros favorables a la expansión bronquial. El humo brotaba espeso y con indetenible rudeza, esas primeras humaredas iban dilatando los bronquios, favoreciendo el ritmo normal de la respiración. Después el humo iba perdiendo espesura y quemándose con lentitud al surgir de las pavesas. Ese humo lento, y yo diría como lentificado, se iba expandiendo por los poros, ocupando todo el organismo, como una divinidad que fuera expandiendo una alfombra para hacer de cada pisada humana una maravillosa escala de ritmos, de algodón y de silencios multiplicados por sus infinitos en las grutas donde se entreabren catedrales o elefantes transparentes, formados por inmóviles oleadas de estalactitas, que parecen colgadas de un techo oscilante por la entrecruzada lluvia de los reflejos.

Ese sueño artificial que lo aliviaba, lo convertía a su vez en el análogo o pareja de los contrarios más inesperados en sus mutaciones. Cuando despertaba tenía la sensación de una colección indefinida de silencios, como esas cacerías consistentes en no alterar la gama de silencios que rodean a un tigre. Era el silencio en acecho, que se desplegaba inferior a la captación auditiva del tigre. En el lomo del elefante, la cesta con la comitiva de flecheros, en el más elaborado de los silencios para propiciar que el animal no sienta la llegada de la otredad a su ámbito. El tigre va penetrando por el hilo del silencio en el laberinto que lo va a destruir. Señorea ya a cabalidad su ámbito, se siente en soledad frente al elefante, que se le hace transparente abandonado a la luz, comienza el tigre a masticar esa luz. Los flecheros irrumpen, hacen añicos el silencio, y el ámbito como una alfombra comienza a envolver con mucha lentitud al tigre frío. En la antítesis de ese silencio que persigue, en otras ocasiones al despertar recordaba *La Promenade*, aquel extraño bosque donde el aduanero Rousseau pinta a su esposa extraviada en un silencio que no quiere quebrar, portando un paraguas para una lluvia imposible, amuleto que parece entregado por su esposo para evitar cualquier sorpresa en ese extraño paseo. A pesar de la natural sorpresa de la esposa por haberse extraviado en el bosque, parece sentirse acompañada. Aquí el silencio no persigue, acompaña. Es nada más que el primer espejo alucinante del bosque, al lado está el camino de regreso. El esposo pintor parece que ha querido colocar a su dama en esa delicadeza de un instante de miedo. Pero la esposa muestra una extrañeza reposada, pues sabe que en cualquier momento de peligro el pintor acudirá en su ayuda. Entonces, ella le entregará su paraguas.

Cuando salía de ese sueño provocado, no obstante la anterior situación dual, se sentía con la alegría de una reconciliación. Por ese artificio iba recuperando su naturaleza. Sensación de haber intervenido en una cacería silenciosa, o de haber tutelado un extravío en un bosque. Silencio de la araña en su ámbito, silencio del ángel en su transparencia universal.

Como a las dos de la mañana, Cemí se despertó, la amalgama de la algazara, la aparición inesperada de Fronesis y su acompañante Foción, y sobre todo las palabras de su madre, unido lo anterior al largo sueño producido por los polvos fumigatorios le producían un afán de volver, como en un reencuentro de su sueño con su circunstancia, a los libros que estaba leyendo. Había abandonado a Suetonio en el capítulo dedicado a Nerón, al que quería leer en el silencio de la medianoche. Recordó a Nerón al lado de su arpista favorito, haciéndolo tañer hasta el desfallecimiento. Sus ejercicios para conservar una voz que sólo existía en sus delirios, tales como acostarse sobre sus espaldas, cubriéndose el pecho con una hoja de plomo, absteniéndose de comer frutas. Su escuela de canto basada en el aforismo helénico: la música no es nada si se la tiene oculta. Inaugurando su temporada en Nápoles, no dejando de cantar mientras transcurría un terremoto. Trayendo jóvenes de Alejandría, para dedicarlos a claqueros, dividiendo la manera de aplaudir en combo, tejas y castañuelas. Estos claqueros usaban una rizada cabellera, una clámide color del múrice y un anillo en la mano izquierda. Pidiendo el pueblo su *voz celestial*, declaró *que sólo cantaría en sus jardines*. Al representar la tragedia *Canacea en el parto*, exigió que las máscaras de los dioses y los actores se pareciesen a su divino rostro. Pasaba gran parte del día, viendo sobre una mesa las carreras de cuadrigas de marfil, cinceladas miniaturas persas. Habiendo recibido de sus admiradores ruegos para que cantase, dijo *que sólo los griegos sabían escuchar y eran dignos de su voz*. Mientras leía el relato de Suetonio, Cemí no estaba enteramente despierto, el humo de aquellas substancias ardiendo permanecía entrelazado a la parte vegetativa de su organismo, aunque percibía que aquel grotesco emperador actor, no era ni un tigre ni una dama perdida en el bosque. No, no era nada de eso lo que veía, se presentaban unas máscaras que tapaban unas carcajadas, no un rostro, que miraban unas nalgas agrandadas como las ancas de los caballos negros de los encapotados en el procesional de los estudiantes.

Ahora la máscara flotaba sobre las olas, se iba deshilachando, extendiéndose, era el sueño que volvía trayendo el cuerpo desde lo estelar hasta depositarlo en la playa. Se acostó de nuevo y para evitar la aparición del ahogo, quemó una pequeña cantidad de los polvos fumigatorios. El humo se fue extendiendo por su cuerpo hasta obscurecerlo con el sueño. El grillo húmedo, escondido detrás de un cuadro con el rostro de Santa Clara, se había envuelto en la sombra de ese sueño. Cemí pudo extraer al grillo de su escondite, se convenció entonces de que estaba despierto. Cuando con dos dedos de su mano derecha apresó el grillo, vio que lo que se había escapado era su sueño.

Serían las cuatro y media de la mañana, cuando Cemí volvió a su cuarto de estudio. Las palabras que le había oído a su madre, le habían comunicado un alegre orgullo. El orgullo consistente en seguir el misterio de una vocación, la humildad dichosa de seguir en un laberinto como si oyéramos una cantata de gracia, no la voluntad haciendo un ejercicio de soga. De la primera lectura de esa noche, había saltado la palabra *neroniano*. Era lo que calificaría siempre el desinflamiento de una conducta sin misterio, lo coruscante, lo cruel, lo preconcebido actuando sobre lo indefenso, actor espectador, lo que espera en frío que la sombra de la gaviota pase por su espejo. Para el segundo desfiladero de esa noche, no acudió a Suetonio, sino al Wilhem Meister. Fue buscando los párrafos que había subrayado y de pronto leyó: "A qué pocos varones les ha sido otorgado el poder de presentarse siempre de modo regulado, lo mismo que los astros, y gobernar tanto el día como la noche, formar sus utensilios domésticos; sembrar y recolectar, conservar y gastar, y recorrer siempre el mismo círculo con calma, amor y acomodación al objeto." ¿Fue una arrogancia de adolescente lo que le llevó a poner al margen de esa frase: ¿Yo? Puede ser que al sentirse enfermo, el reencuentro de la amistad y las palabras dichas por su madre, le otorgasen ese momentáneo orgullo, pero él sabía que era esa alusión a la costumbre de los astros, a su ritmo de eterna seducción creadora, a un Eros que conocía como las estaciones, lo que lo había llevado a esa frase, más con la aceptación de una amorosa confianza, que con la tentación de una luciferina vanidad omnisciente.

Como Cemí había pasado mala noche, Rialta cuidó de que no fuera despertado en las primeras horas de la mañana, durmiendo hasta más allá de las diez. Después le llevó a la cama un tazón de chocolate con una cucharadita de anís. El olor del anís profundizó aún más el esplendor de la mañana. Entró después al baño para asearse con un agua tibia que asegurase el descanso de sus nervios después de la crisis asmática. Se miró al espejo, vio cómo se le marcaban las costillas, las orejas abultadas, las manchas de yoduro se recrudecían en la palidez del rostro. Vinieron a su recuerdo aquellas citas que hacía el tío Demetrio, de los higienistas japoneses: "el que camina mucho, vive mucho, y también, un baño lo más caliente que el recuerpo resista, una vez a la semana, es la juventud eterna". Se sonrió pensando que si esas frases fueran ciertas, él alcanzaría la más potente longevidad. Esa mañana sentía que los pies se le amorataban en el calor del agua, y ayer había caminado en la manifestación estudiantil, agitado, corriendo a veces, perseguido por los caballos de ancas negras. Esos dos aforismos de los higienistas japoneses, lo llevaron al recuerdo de su tío Demetrio, a quien desde la muerte de su tío Alberto apenas había vuelto a ver. Pero Demetrio era un caso patético en esa dimensión; la gente que era de su amistad creyó que había vivido muchos años porque estaba terriblemente avejentado a sus cincuenta y cuatro años. Por eso algunos creyeron, por haberle oído esos proverbios, su divulgación de los estudios médicos, los alardes que hacía de *retour à la nature,* que había alcanzado largos y serenos años, cuando vivió mucho menos de lo que se creía por sus amigos y llevó una existencia muy atormentada, sobre todo después de la muerte del tío Alberto, que era su desahogo para las confidencias familiares, los problemas económicos y los aburrimientos de una existencia que siempre se consideró fracasada.

Después de una noche de asma disfrutaba de una especie de cansancio voluptuoso. Se quedaba en su casa y observaba el crecimiento del trabajo casero, desde Baldovina dando los primeros plumerazos en las persianas de la sala, las ondas dilatorias de un sofrito, el condimento milenario del ajo y del aceite para hacer una sopa que le producía los mismos efectos del baño matinal en la tibiedad de las rodajas de pan absorbiendo el aceite. Al sentarse a la mesa para almorzar tuvo una dicha, semejante a la reiteración del ritmo estelar de la frase de Goethe, vio una taza de caldo muy espeso hecho con el ajiaco almorzado el día anterior. Baldovina pasaba todas las viandas por la maquinilla de moler, junto con la carne de puerco y el tasajo; el resultado era opimo, un caldo que tenía toda la gama gustativa de un almuerzo saboreado por sorbos espaciados. Cuando llegaron unas torrejas como postre, Rialta, recordó que Luis Ruda, el tío del Coronel, para remedar el estilo del vasco Cemí, decía *torrijas,* entonces el nieto, el habanero Cemí, cerró el almuerzo diciendo: —Cuando el general Torrijos se levantó en Tarragona, saboreaba unas torrijas —lo dijo con gracioso acento hispano. Una risotada donde se abrazaron los comensales fue el punto final, oloroso a perejil.

Cemí antes de entrar en la siesta, oyó por radio el cuarteto de Ravel. A la una transmitían siempre un cuarteto; después de un postre de opulencia criolla, ese cuarteto era siempre la marca de un estilo, de una forma. En ese cuarteto por encima de las suspensiones impresionistas, de la pureza conque se intentaba aislar la isla de la sensación, dándole una momentánea soberanía a ese fragmento, la forma cuarteto predominaba, desapareciendo casi la sensación en el continuo de una sonoridad apoyada, donde un fragmento se anegaba de inmediato en la totalidad de una fluencia, impidiendo la unidad de la corriente sonora, los reflejos de cada ola, pues aquella forma contenía implícitas la participación y la justificación, así cada compás estaba hecho en relación con la corriente sonora, con su fluencia en persecución de una suprema esencia y al mismo tiempo parecía mirarle la cara con fijeza a todo el que se le acercaba para dar cuenta de sus actos en el cosmos del sonido.

Todo el cansancio de la noche recayó sobre la siesta, el sueño frustrado en la noche cuando viene a ocupar el sueño de día en la siesta, hace descansar la imaginación, o mejor diríamos que aplasta los sentidos con su peso de obscuridad en un recipiente cuadrado. Cemí salió de la siesta con deseos de salir de la casa y caminar por Obispo y O'Reilly para repasar la librerías. Esas dos calles fueron siempre sus preferidas, en realidad, son una sola en dos tiempos: una para ir a la bahía, y otra para volver a internarse en la ciudad. Por una de esas calles parece que se sigue la luz hasta el mar, después al regreso por una especie de prolongación de la luz, va desde la claridad de la bahía hasta el misterio de la médula de saúco. El obispo baja por una de esas calles, bajo palio, rodeado de farolas. Va a llevarle la extremaunción a un alférez que se muere en un galerón. Sube por la otra calle un general de origen irlandés, rubio muy tostado por largas estancias en el Líbano, porta un bastos florecido, adquirió la costumbre de usar aretes en las campañas de Nápoles. Esas dos calles tienen algo de barajas. Constituyen una de las maravillas del mundo. Raro era el día que Cemí no las transcurría, extendiéndose por sus prolongaciones, la plaza de la Catedral, la plaza de los Gobernadores generales, la plaza de San Francisco, el templete, el embarcadero para la Cabaña, Casablanca o Regla. Los pargos que oyen estupefactos las risotadas de los motores de las lanchas, los garzones desnudos que ascienden con una moneda en la boca, las reglanas casas de santería con la cornucopia de frutas para calmar a los dioses del trueno, la compenetración entre la fijeza estelar y las incesantes mutaciones de las profundidades marinas, contribuyen a formar una región dorada para un hombre que resiste todas las posibilidades del azar con una inmensa sabiduría placentera.

En la librería donde entró, siguiendo una de las estanterías, se podía oir la conversación que mantenían dos personas. Le pareció a Cemí que la voz que oía le era conocida, más por oído su timbre hacia muy poco tiempo, que por su frecuencia en el trato. Al pasar por la puertecilla de la trastienda, miró hacia adentro. Era Eugenio Foción hablando con un joven que a él le era desconocido. La voz de Foción se oía clara y distinta, aunque al final de sus frases se notaba cierto subrayado irónico. Cuando entró el librero, le preguntó: —¿Ya llegó el Goethe de James Joyce, que acaba de publicar en Ginebra? —el librero le hizo un guiño, sabiendo el tono burlón de su pregunta. —No, todavía no, aunque lo estamos esperando en estos días. —Cuando llegue guárdeme un ejemplar, le dijo la persona que hablaba con Foción, que no percibía la burla al referirse a una obra que jamás había sido escrita. La voz era espesa, con ensalivación de merengue endurecida, revelando además el sudor de sus manos y de la frente la violencia de sus crisis neurovegetativas. —En la misma colección aparece un Sartre chino, del siglo VI, antes de Cristo —dijo Foción, pídeselo al librero para que también te lo guarde. —Un Sartre chino habrá encontrado algún punto de contacto entre el wu wei de los taoístas y la nada de los existencialistas sartrianos —dijo la otra persona, comenzando a chasquear la lengua, aumentando visiblemente su nerviosismo. —Lo que sí encontré en la otra librería fueron las Memorias de Marie Brizard. La incomparable licorera francesa es al propio tiempo una sutilísima escritora. La historia de la destilación en Francia, desde la Edad Media, contada por la persona más indicada para hacerlo. Imagínate que por esa obra, Valéry ha firmado un manifiesto, pidiendo para la deliciosa viejita el Premio Nobel. En cuanto termine la obra que ahora estoy leyendo, la correspondencia entre Bernardo de Palissy y el Papa, comenzaré a leer todas esas delicias—. La persona con quien hablaba Foción se despidió de súbito, dio un salto para salir de la trastienda, pasó frente a Cemí sin mirarlo, subió por Obispo para ir al hotel donde vivía solo. Su madre y su padre acababan de divorciarse. Tenía una crisis sexual que se revelaba en una falsa y apresurada inquietud cultural, que se hacía patológica ante las novedades de las librerías y la publicación de obras raras. Foción lo sabía y se gozaba en meterlo en un laberinto para verlo atormentarse. Apenas había salido de la librería, el librero entró a la trastienda y comenzó a reírse de la broma cruel. Se rio el librero, pues Foción permaneció inalterable. Cemí apresuró el paso para evitar encontrarse con Foción.

Vino al recuerdo de Cemí su lectura de Suetonio la noche anterior, y precisó que el diálogo de Foción había sido una situación enteramente neroniana. Conocía a su interlocutor, la dolencia que lo exacerbaba; mientras éste estaba indefenso en su poder, él podía permanecer incólume. Podía jugar, mientras la otra persona se irritaba en su enfermedad. Utilizaba su superioridad intelectual, no para ensanchar el mundo de las personas con quienes hablaba, sino para dejar la marca de su persona y de sus caprichos. Despedazaba la más nimia intención de los demás. de penetrar en su persona, así cuando el librero creyó halagarlo, riéndose de la gracia, lo rechazó con una gravedad que desconcertó al adulón. Cruelmente borraba el rostro de su persona y de sus palabras, para desconcertar a los que intentaban seguirlo. Partía siempre de su innata superioridad, si se le aceptaba esa superioridad reaccionaba con sutiles descargas de ironía, si por el contrario se la negaban, mostraba entonces una indiferencia de caracol, tan peligrosa como su ironía. Hería con un puñal de dos puntas, ironía e indiferencia, y él siempre permanecía en su centro, lanzando una elegante bocanada de humo. Era el árbitro de las situaciones neronianas.

Cemí salió después de comer a dar una vuelta por el Prado. Al sentarse frente a un cine vio un vejete, con unos libros debajo del brazo, que se dirigía al mismo banco donde él estaba sentado. El viejo, bajito, rechoncho, le brindó cigarrillos. Cemí ni siquiera lo miró, le dio las gracias sin aceptárselos. El vejete insistió, Cemí le dijo que no era su costumbre aceptar regalos de quien no conocía. El viejo puso una cara de gárgola llorosa, y Cemí se levantó contrariado por aquella ridícula situación. Siguió bajando por el Prado hasta llegar al Malecón. Desde lejos observó en el recodo sentados a Fronesis y a Foción. Hablaba Fronesis y Foción con la cabeza baja, escondida. Desde lejos percibió que no era el Foción de la librería, desde el gesto con que escuchaba, hasta lo demorado de sus respuestas. Se veía que era otro, menos arrogante, más en personaje secundario. Cemí dio una vuelta en redondo, para no ser visto por los dos amigos conversadores. Cemí no quiso molestarlos, ni penetrar en el ámbito formado en torno de ese diálogo, pues la humildad fingida asumida por Foción, no lograba extraerlo de la doradilla de su especialidad, la situación neroniana.

Esa noche durmió mucho mejor que las anteriores. Hasta las cinco de la mañana no tuvo que usar los polvos fumigatorios y así puso fin al sueño con completo descanso y alegría al ver saltar la mañana por las persianas entreabiertas. El recuerdo de Fronesis y Foción conversando en el recodo del Malecón, volvió con su imagen a punzarlo. No le extrañaba que un ser noble, digno, extremadamente dotado para las cosas del espíritu como Fronesis, pudiera tener relación con un ser neroniano, espectacular y preconcebido como Foción. Sabía que eso era relativamente corriente, pero le confundía ese aislamiento, ese retiro en el confín de la noche, esa imposibilidad, por lo menos él lo interpretó así, de que pudiera llegar un tercero y sentarse con ellos a conversar.

Cuando llegó a Upsalón, le sorprendió el nuevo ambiente que ostentaba, parecía que había obrado un hechizo. La intranquilidad y el tumulto del día anterior se habían trocado en una atmósfera sonriente. Amables bedeles, profesores que hacían grupos con los estudiantes, estuches de mineralogía, con piedras que no serían lanzadas a la cabeza de los polizontes, resoplando un cansancio de cuarentones a marcha forzada. Cemí había matriculado Derecho por complacer a su madre, pensando estudiar Filosofía y Letras, tan pronto terminase aquella carrera. En la facultad donde iba a estudiar había una excesiva aglomeración de estudiantes, discutían con voces que sobresalían de cada coro que se iba formando. Bajaban a la cantina a comer pastelillos que la simpatía lleva a los enamorados y a los amigos. En algunas mesas muchachas de pronunciado pecho potente intercambiaban sonrisas y melindres con jóvenes que parecían en acecho para la caza del unicornio, entre la fuente y las enaguas de una princesita de Westfalia.

Aquel escándalo molestaba a Cemí, que se dirigió a la escuela de Filosofía y Letras, en busca de reposo y de horas serenas. En unos cuantos bancos los estudiantes mantenían una conversación llena, sin tediosas pausas, ni mortandades oficiosas, pero con sosiego, preocupados de que un noble sentido oracional, de ascético ordenamiento, no se rompiese en la alegría de la amistad. La cortesanía se reservaba sus secretos, pero el Eros y Lysis el amistoso, iban ganando sus cien puertas.

De uno de esos grupos se alzó una mano llamándolo, enseguida Cemí percibió a Fronesis. Lo que le llamó la atención fue que apenas llegado Fronesis, ya tenía en torno un coro de muchachas y amigos. Tenía la facultad de crear coordenadas que convergían hacia él. Quien lo conocía, lo encontraba siempre al final de un camino, y además deseaba encontrárselo al final de ese camino. Cemí mismo, acabado de conocerlo, sabía ya que algo había sucedido en su vida, siempre lo vería como esa mano que nos recoge en medio de un tumulto infernal y nos lleva de columna en columna. Cuando levantamos la cara, ya no está, está en el turbión de su alegría que nos vuelve a imantar, como el cocuyo, el punto geométrico, los ojos del gato, la mirada de la madre, que llevan en la noche a una convergencia en el árbol, el encerado, el cuarto de dormir y la inmutable aparecida cuando bajamos los párpados.

Cuando estábamos en presencia de Fronesis, su punto errante no dejaba de acecharlo, de avivarle su ámbito. Hacía recordar aquella frase de Kandinsky, que nos afirma "que un punto vale más en pintura que una figura humana", pero Fronesis mantenía una perpetua relación favorable entre su figura y su punto. Mientras su figura estaba, el punto, recorriendo todas las mansiones del castillo de su ámbito, le daba una presencia de hechizo, semejante al consagrado por los maestros iluministas, los Fouquet, los Limbourg, cuando la lejanía y la placa de la escarcha se unen para lograr un punto errante que logra reemplazar la presencia del castillo rocoso y la inmensa extensión de la blancura.

Su reducción a un punto, avivaba en tal forma su ámbito, que quizá el coro de muchachas y amigos no hubiera alcanzado nunca esa presencia de calidad si no estuviese a su lado escuchándolo, disfrutando de esa llaneza en la luz siempre despierta, pues lo inundaba una especie de cuña de esclarecimiento que donde quiera penetraba como una astilla capaz de comunicar una salud y un esplendor que se iban propagando como el ser substancial que transmite un procesional. En su ausencia el punto retornaba, más que su figura, siguiendo ese consejo del mismo Kandinsky, de que la punta del cuchillo al actuar sobre la placa negra del grabado engendra un punto que rompe su contorno. Y así era la ausencia de Fronesis, cuando el punto empezaba a actuar en el recuerdo, se deshacía como una gárgola en su ámbito, la araña dejaba su tela para abultarse con la sangre de todas las criaturas adheridas, y era entonces un punto inexorable, que engendraba el acecho y la tensión en el más inesperado sitio de un cuadrado.

Las clases eran tediosas y banales, se explicaban asignaturas abiertas en grandes cuadros simplificadores, ni siquiera se ofrecía un extenso material cuantitativo, donde un estudioso pudiese extraer un conocer funcional que cubriese la real y satisficiese metas inmediatas. Al final de las explicaciones, los obligados a remar en aquellas galeras, levantaban como una aleluya al llegar a las nuevas arenas de su liberación, y salían al patio. En esas arenas era donde los esperaba Ricardo Fronesis. Don Quijote había salido del aula cargado de escudetes contingentes: la obra empezaba de esa manera porque Cervantes había estado en prisiones, argumento y desarrollos tomados de un romance carolingio. Le daban la explicación de una obra finista, Don Quijote era el fin de la escolástica, del Amadís y la novela medieval, del héroe que entraba en la región donde el hechizo es la misma costumbre. No señalaban lo que hay de acto participante en el mundo del Oriente, de un espíritu acumulativo instalado en un ambiente romano durante años de su juventud, que con todas las seguridades del Mediterráneo Adriático, se abre a los fabularios orientales. Don Quijote seguía siendo explicado rodeado de contingencias finistas, crítico esqueleto sobre un rucio que va partiendo los ángulos pedregosos de la llanura. Esqueleto crítico con una mandíbula de cartón y un pararrayo de hojalata.

—Me parece insensato opinar como el vulgacho profesoral, que Cervantes comienza el Quijote con las conocidas frases que lo hace por haber estado preso, no debía el Quijote comenzar como lo hace, y no por ocultar su prisión, ya Cervantes había llegado a un momento de su vida en que le importaba una higa el denuesto o el elogio, pues como él dice: "me llegan de todas partes avisos de que me apresure". En mi opinión Don Quijote es un Simbad, que al carecer de circunstancia mágica del ave rok que lo transportaba, se vuelve grotesco. Como Simbad hace salidas, el ave rok puede transportar un elefante, pero si tiene que levantar un esqueleto y dejarlo caer sobre una peladura de roca, el resultado es un grotesco sin movilidad, se muere mientras va ovillando su hilo, pero como no tiene centro umbilical, se trata de un esqueleto, va formando como centro sustitutivo un rosetón de arena en una llanura de polvo. El ave rok levita a Simbad y lo lleva a *l'autre monde,* pero Sancho y su rucio gravitan sobre Don Quijote y lo siguen en sus magulladuras, pruebas de su caída icárica.

—En la cárcel real —continuó diciendo Fronesis, sin que se notase cansancio al oirlo, después de una hora de clase—, se encuentra con Mateo Alemán, que ya tiene escrita la primera parte de Guzmán de Alfarache. Desde sus comienzos se alude en esa obra a un ambiente de prisión "escribe su vida desde las galeras, donde queda forzado al remo". Razón de más para que Cervantes no comenzase con la misma alusión. El caso de Mateo Alemán es extraordinariamente laberíntico y triste en relación con su reclusión; está desde niño en una prisión donde su padre es médico, en su madurez tiene que volver a la cárcel como sancionado. Mientras Cervantes va escribiendo el Quijote, a su lado Mateo Alemán está escribiendo la vida de un santo, Antonio de Padua, que lucha contra el dragón, multiplicado en innumerables espejos diabólicos para su tentación. Si Cervantes hubiese querido escribir contra los libros de caballería, y esa es una de las tonterías que le hemos oído al profesor esta mañana, hubiese escrito una novela picaresca, pero no, lo que hace es un San Antonio de Padua grotesco, que ni siquiera conoce los bultos que lo tientan. Esa mezcla de Simbad sin circunstancia mágica y de San Antonio de Padua sin tentaciones, desenvolviéndose en el desierto castellano, donde la hagiografía falta de circunstancia concupiscible para pecar y de la lloviznita de la gracia para mojar los sentidos, se hace un esqueleto, una lanza a caballo.

En ese respiro, Cemí se aprovechó para colocar una banderilla.
—La crítica ha sido muy burda en nuestro idioma. Al espíritu especioso de Menéndez y Pelayo, brocha gorda que desconoció siem-

pre el barroco, que es lo que interesa de España y de España en
América, es para él un tema ordalía, una prueba de arsénico y de
frecuente descaro. De ahí hemos pasado a la influencia del semi-
nario alemán de filología. Cogen desprevenido a uno de nuestros
clásicos y estudian en él las cláusulas trimembres acentuadas en
la segunda sílaba. Pero penetrar a un escritor en el centro de su
contrapunto, como hace un Thibaudet con Mallarmé, en su estudio donde se va con gran precisión de la palabra al ámbito de la
Orplid, eso lo desconocen beatíficamente. Por ejemplo, en Góngora, es frecuente la alusión a las joyas incaicas, sin embargo,
no se ha estudiado la relación de Góngora con el inca Garcilaso,
en el tiempo en que ambos coincidieron en Córdoba. Los incas en
la imaginación de Góngora; he ahí un delicioso tema. Las verdaderas relaciones de Góngora con el Conde de Villamediana, se
desconocen o se silencian, a pesar de las constantes alusiones de
Quevedo, erupciones más que alusiones. La imaginación retrospectiva, tan fundamental como cuando crea mundo o simples planetas zumbantes, tiene un placer interminable, los relatos que le
hacía el inca Garcilaso a Góngora de una de las eras imaginarias,
la tierra despidiendo imágenes, tienen que haber sobresaltado los
sentidos del racionero mayor, en el momento en que se llevaba
una enorme ración para su metáfora y su venablera.

Fronesis no mostró ninguna sorpresa por la participación de
Cemí; parecía que la esperaba. Estaba en su rostro, aunque no
se le vio, el signo invisible de una alegría no manifestada. La alegría de saber que una persona que está en nuestro ámbito, que es
nuestro amigo, ha ganado también su tiempo, ha hecho también
del tiempo un aliado que lo robustece y lo bruñe, como la marea
volviendo sobre las hojas del coral.

—Cervantes y Góngora —sentenció Fronesis para sentirse más
cerca de Cemí—, hacen una literatura.

—Santa Teresa y Quevedo hacen otra —respondió Cemí, como
para no dejar el tema concluso y volverlo a reavivar. Sonó el timbre para la otra clase.

—Es la trompeta que anuncia la dispersión de Babilonia —dijo
Fronesis, levantando una carcajada que evitó la despedida.

Cemí abandonó las restantes clases, bajó por San Lázaro hasta
la biblioteca que entonces estaba en el castillo de la Fuerza.
Cuando llegó, el estacionario, al que había que llevarle una tarjeta con las generales y la obra que se deseaba leer, hablaba con un
negro viejo que era el que traía los libros a la sala de lectura.
—Cuando me quedo de guardia por la noche —dijo el negro—, es
espantoso lo que se oye. Dicen que es alguien que está vivo en la
muerte, que recorre el castillo buscando la eternidad de su alian-

za, que se murió en la espera de su regreso floridano. El espanto va disminuyendo, porque la voz que se oye es muy melodiosa, al final parece que descansa en un espejo, es entonces el amanecer, la luz se ha llevado toda la melodía.

Vio Cemí la sucesión pedregosa de la fortaleza y de inmediato pensó lo que harían Kafka y Cocteau con aquellos laberintos defensivos. Pero después recordó que su padre había comenzado su carrera militar en la Cabaña, que había sido el director de la Academia Militar de El Morro, que su asma había surgido de la humedad de la Cabaña, que estaba dentro de sus recuerdos en un tiempo súbito, que la reminiscencia no tendría que recurvar sobre él, sino que estaba allá en su presencia pedregosa, con sus laberintos baldeados por el amanecer, con su humedad que provocaba el repliegue del árbol bronquial. El recuerdo de su padre hecho visible en la voz de la madre: busca el peligro de lo más difícil. Recordó cómo también se decía que su padre se aparecía en El Morro, de noche en el pabellón donde daba su clase, buen cumplidor de su sentido misional aun después de muerto.

Vio llegar al centro de la Cabaña a un hombre de color de calabaza seca, con un gran sombrero de yarey. Fueron saliendo las tropas con el uniforme de la época de la toma de la fortaleza de La Habana por los ingleses. El hombre del sombrerón se acercaba a una llave maestra, de excesiva ornamentación barroca, de donde salía una chorreteada de agua, contentada por ver la suerte del truchimán. El hombre colocó sobre una de las troneras una cubeta de agua, mostró después un largo pelo del crinaje de un caballo, lo cortó después en cuatro partes iguales, lo sumergió en el agua, tapó después la cubeta con su sombrero, cuando lo quitó, cada uno de los fragmentos de pelo se agigantaba como un pececillo. Entraron después al campamento una manada de caballos, uno excesivamente intranquilo, era el que buscaba el pelo que le había arrancado el truchimán. Este de inmediato cogió el diminuto pez, lo puso al sol y se convirtió de nuevo en el largo pelo de la cola del caballo. Lo mezcló con el polvo, le unió un poco de agua que salía de la llave ornamentada y cuando pasó el caballo que buscaba su pelo, le dio la bola que había hecho el pelo mezclado con el polvo del camino. El caballo se detuvo, había cogido tétano. Como estaba rodeado de soldados, el truchimán provocó el efecto tetánico, cuando el equino mostraba una verga titánica. La soldadesca vio esa alusión al espíritu germinativo equinal. El de color de calabaza le arrancó un pelo de la crin del caballo con tétano, comenzó el caballo a saltar y ocultó la verga.

Los caballos comenzaron a recorrer la fortaleza, se mezclaron con los soldados que los acariciaron, después de mojarse las manos en la pila barroca. Los cuatro pececillos hinchándose, habían adquirido el tamaño de delfines que tripulaban cuatro caballos. Los cuatro tuvieron que convertirse en caballos marinos para evitar que los peces al seguir en su hinchazón llegasen a estallar. Al final se veía en el centro de la bahía una ballena que agonizaba con lentitud vegetal.

El mismo castillo de la Fuerza parecía que estaba hecho para despedidas, reencuentros, bodas donde los desposados se separaban antes de su primera noche de pasión. Era una piedra que receptaba en toda su entereza la marea lunar. Tenía algo de espejo para la configuración de lo invisible. Alguien se asomaba y la lámina de la bahía reflejaba con fijeza querenciosa la imagen que le ofrecía el pozo preparado. Estar en ese castillo era ya esperar el adensamiento del ectoplasma, del hueso que resiste para la Resurrección. El tablón con la vela encendida en su centro oliscaba el ánima del finado. Como Emma Mariani, en estado de gracia desde los cinco años, se orientaba por el olfato para buscar la Suprema Forma, la madera receptaba los espíritus del mar por el fuego del Espíritu Santo. Si no la cabalgaba la vela encendida, la tabla no se ponía al costado del ahogado, y éste reventaba como un buey, con la máscara agrandada, llena de los innumerables alvéolos dejados por las pirañas.

Al día siguiente, al llegar por la mañana a Upsalón, notó en todos los grupos una festinación, una alharaca casi, que interrumpía las clases. La gravedad socarrona del dios Término parecía estar en el centro de esos grupos. Un solo tema levantaba el comento procaz, seudocientífico, libertino o condenatorio. En el centro, el dios Término, con una mandíbula moviente, que remedaba una risa solfeando un solo hecho, con un enorme falo, y en la mano derecha un cuerno. A cada uno de los ascensos y descensos de la mandíbula, correspondía un movimiento rítmico de la mano con el cuerno que tapaba la hímnica longura del falo.

El comentario alegraba todos los grupos en una esperma naciente. Un relator, y luego las variantes y el juego de las invenciones. Cemí recordó que cuando estaba en el castillo de la Fuerza y fue agraciado con una visión de las que él se reía, había situado delfines sobre caballos que corrían sus mutaciones entre el mundo inorgánico y el tétano. Delfines símbolo de un desvío sexual, que retozan cerca de la concha donde la cipriota diosa se envuelve en sus velos de salitre.

Cemí oía tres o cuatro conversaciones sobre el sucedido. Se entrecruzaban los relatos, se rompían en un poliedro donde los colores semejaban una guacamaya deshaciéndose en una risotada. Chirigotas a lomo de un chivo herniado. Una palmada recia en el hombro de un trigueño, diciéndole: gran puta. El golpeado ripostaba: gran puto. Y el otro que volvía con respuesta: eres tan feo que debía haber dicho esputo. Y el otro, fingiendo amaneramiento: Como decía Víctor Hugo, "el cielo estrellado es un esputo de Dios". Ergolis, remataba, "el cielo estrellado es la gran putería". Pero como sucede siempre, muy cerca de la bufonería está el hieratismo del castigo, cada risotada era una soga que amarraba más al caído. Se levantaba sangrando, un traspiés y otra risotada.

El atleta Baena Albornoz era en extremo viril y forzudo, de él se recordaba que en un juego de foot, al perder su grupo, había dejado los incisivos en señal de protesta en un poste esquinero. En su canoa de regata se deslizaba por el Almendares, entre interjecciones y canciones de boga. Si alguien se dormía con el remo, que era la frase que usaba para los que según su parecer no alcanzaban su marca, los sacudía y después cuando andaban con su pantalón blanco y su camisa de playa, los quería chapuzonar de nuevo. Llegaba a los cafés portuarios de medianoche y con una voz como el cuerno de Roldán estentorizaba: —Si entre vosotros mora algún hijo de Sodoma debe abandonar el local—. Los cinedos con megacolon congénito, desfilaban en una procesión quejumbrosa. Si alguno de los tapiños pretendía quedarse, le gritaba: —Detrás de la máscara se te ven las orejas lilas—. Y avanzaba contra él, lanzando las imprecaciones de Ayax Telamón antes de entrar en combate.

Por el sopor de la corriente del Almendares se deslizaba la canoa, parecía hecha de hilos de araña como la de algunos primitivos americanos. Remando con tal violencia que lo hacía un tigre luchando con el fuego de San Telmo, Baena Albornoz hacía de su remo una espada que magullaba el cobre de las espaldas del mar. Aquel día habían alcanzado buen tiempo en el recorrido de las distancias. Salió del heraclitano fluir, con una risa que enseñaba su heroísmo de pérdida total de incisivos en un tumulto de protesta deportiva. Para mostrar más aún su júbilo, le dijo al timonel enanito que levantase la canoa por la popa, mientras él la cargaba por la proa con el gesto de Heracles paseándose por las costas del Mediterráneo con un bastos en la mano. Así llevó la canoa hasta el castillito de la Chorrera, donde se guardaba todo el instrumental de las competencias. Los remeros, por las fechas que precedían a las regatas, dormían en La Chorrera para estar más de inmediato volcados sobre los ejercicios y para empezar la boga en horas muy tempranas de la mañana.

Ya adentrada la noche, Baena Albornoz abandonaba con sigilo el dormitorio, los insomnes que lo acompañaban en las horas de recuperación del cansancio muscular, ideaban que se iba para algún fiestazo tenorino. Regresaba con el alba, caballándole por las mejillas el júbilo sanguíneo. Una fresca novedad nerviosa, en el presunto vuelco de la esperma, lo llevaba a remar no tan sólo con verdadera ferocidad muscular, pinchado por el yodo algoso y el ultravioleta resbalando por su piel, sino con la agudeza de un rayo expandido como un árbol entre la percepción y la reacción ordenadora. Su voz penetraba como una cuchilla en la quilla de proa, obligándola a extenderse con el viento.

El dormitorio más venteado lo ocupaban los jerarcas de la ancestralidad hercúlea. Cuarto cara a la brisa, con altos puntales de encalado reciente para seguir las bandoneadas lunares. Pasos largos, en el encalado, daban avisos. Bromas la luna espartana las recortaba. Sábanas alzadas a destiempo, un caracoleo de embriaguez obligaba a una retirada vergonzante sin palmatoria ejemplar.

En el sótano dormía el novato Leregas. Después Cemí supo que era aquel provinciano que habían expulsado del colegio por mantener encendida al lado de la mesa del profesor la vela fálica. Llevaban allí en los primeros meses de la iniciación a los que podían dar resultado en las competencias de remo. Su desparpajo como aprendiz deportivo era el mismo al de las mañanas ingenuas de una explicación geográfica, eso le daba a su dotación germinativa un poderoso desarrollo publicitario. En el sótano, traspasada la humedad a las sábanas que lo cubrían, su priapismo se calmaba con el goterón rezumado por las paredes encaladas que se iba amonedando en su nuca, pequeño espejo escarchado por el aliento del reno.

El recuerdo del cráter de Yoculo pasó al sótano, por allí llegaban también las sombras del Scartaris. La sombra anillada de Scartaris sobre el cráter de Sneffels. Era la etapa anterior a la aparición de la rubia Graüben. No estaba allí la raíz del árbol, sino el fuego del nacimiento malo, de la esperma derramada sobre el azufre incandescente. Leregas en la medianoche, con su Eros de gratuidad en la adolescencia, no sudaba pensando en las rubias crenchas de Graüben. Su Eros reaccionaba reconstruyendo por fragmentos las zonas erógenas. Una vista fija de los glúteos separados de las prolongaciones cariciosas de las espaldas. Los muslos enarcaban su sensualidad en la contemplación de una Diana mutilada que expusiese sobre la cama su pierna de yeso. Brazos sin relación con un rostro, le apretaban como cordeles, cada cordel se trocaba en una viborilla lamiendo un poro, parecía que allí bebiese agua de amanecer, sin vigilar al gamo, su enemigo cosmológico. La saturniana canal de las entrepiernas se le trocaba en lo húmedo gelatinoso que tenía que apuntalar con la columna fálica. Veía al otro participante del diálogo carnal como una víctima que corría

261

desnuda desde el ara del sacrificio hasta la columna con un soporte palmeado, la vellocilla resistente al tacto, terminando en un glande en extremo tenso que apuntala un techo salpicado de gránulos de azufre, estrellas errantes y cometas, que al reventar en los acantilados producían una obscuridad que marchaba como un nematelminto por la circulación linfática, hasta deshacerse en la espuma del éxtasis.

Uno de los remeros, punzado con indiscreción por un chocolate de medianoche, se levantó para hacer un vuelco del serpentín intestinal. Con la brisa sigilosa que consentía las contracciones espasmódicas, buscó el disfrute del retrete, al lado de la habitación de los durmientes, cerca de la escalera de piedra que conducía al sótano del Sneffels. Liberado de su carga corredora, se le agudizaron las orejas al escapado del sueño. Oía en Siracusa en la llamada Oreja de Dionisio, los ecos que agrandaban el hálito hasta el mugido. Oyó por los últimos peldaños un deslizamiento aceitado. Percibió a Baena Albornoz, con la toalla enrollada en la cintura, dirijirse en busca del novato que lo esperaba con su lanza pompeyana en acecho. Lucía el atleta mayor toda la perfección de su cuerpo irisado por el eon retrogerminativo. El Adonis sucumbía en el éxtasis bajo el colmillo del cerdoso. Los dos condenados, que al principio estaban de pie, recorridos por la tensión de la electricidad que los inundaba, se fueron curvando relajados por la parábola descendente del placer. Entonces, el Adonis en la expiración del proceso, empezó a morder la madera de un extremo de la camera. El grito del gladiador derrotado que antaño había mordido en un poste del campo de lidia, era semejante a la quejumbre que emitía al rendirse al colmillo del jabato, metamorfoseado en novato triunfador. La onda de recuperación en la dicha, avivó sus sentidos para descubrir en el primer descanso de la escalera la burla y la malignidad del coro de los remeros que testificaban su humillación.

Aturdido miraba en torno buscando la ropa, había olvidado su descenso de Adonai con el manto sobre los muslos que iban a ser heridos. Los remeros que habían descendido para comprobar la humanidad, y aun la carnalidad, de aquel eterno triunfador pítico, lo habían hecho ya en acabada vestimenta, para huir por los más rápidos postillones dando avisos. El jabato metamorfoseado, sin fuerza para enfrentar su desvío, buscó una esquina donde lloraba por anticipado su arrepentimiento; el llanto que le rodaba por el colmillo, en la transfiguración interrumpida, lo llevó a recoger la toalla conque Adonai había descendido al sótano para taparse las pudendas y cubrirse el rostro para hacer más visible su llantera de eunuco poseedor.

Baena Albornoz cogió una trinquete con su vela, lo roció con la gasolina preparada para algún lanchón y saltando como un fuego que ardiese sobre las aguas, subió la escalera y se dirigió al cuarto de los durmientes escapados para maliciar. En ausencia de los cuerpos a los que quería quemar, se lanzaba sobre sus lechos con la vela encendida hendiendo los aires. Las llamas brotaban por las ventanas del castillito, como si fuesen venados con la cornamenta arbórea sacudiendo sus venablos.

Los marineros de guardia tuvieron que usar sus extinguidores. Rescataron al jabato lloroso que desde el sótano no podía ver el fuego de las ventanillas. Casi ahogado por el humo, el Adonis desnudo, extendido en el corredor que conducía a la cámara de los malditos vengadores, con las manos chamuscadas blandía aún la lona encendida con la que había quemado el recinto de los reyes rivales.

Mientras tanto los compañeros de sueño del héroe en la competición amistosa, habían corrido a las oficinas de Upsalón. Allí volcaron el testimonio, dijeron la afrenta. Acuerdo fulmíneo: el jabato eunucoide y el Adonai fueron expulsados con radicaleza extrema de todo el recinto: jardines, castillos, piscinas, gimnasios, pórticos columnarios, espacios simbólicos y reales donde los cuerpos desnudos se mostrasen en la ascensión purificada del día o descendiesen en los torbellinos infernales de la nocturna.

El notición fresco había saltado las empalizadas, motivando una mañana de enmarañados comentarios jocundos. Los glosadores de Ulpiano, Gallo y Modestino, en el Bajo Imperio, eran los que formaban más alharaca en torno al sucedido, sin trascender el relato y la vulgar ciencia de sancionar. Unos aplicaban, con sencillez socarrona, que no había sanción, porque el hecho fue cometido en un sótano. Otros, con malicia aliada de Némesis, decían que la presencia del testimonio traía aparejado el escándalo. Cemí recordó que para un teólogo era materia de escándalo comer una jamonada en viernes. Pero para los glosadores del Bajo Imperio, el escándalo, en la moralina de la conducta, era lo que había que vengar. Cemí comprendió que poco tenía que hacer entre esos comentarios y se dio un salto a la facultad de los habladores de filosofesmas y letrillas.

Fronesis hablaba de que el desvío sexual era una manifestación de la memoria ancestral. El hombre de las eras fabulosas —decía Fronesis sin ninguna exaltación, pues siempre rehusaba todo problematismo sexual, el sexo era para él, como la poesía, materia concluyente, no problemática— tendía a reproducirse en la hibernación, ganaba la sucesión precisamente en la negación del tiempo. El falo se hacía árbol o en la clavícula surgía un árbol, de donde como un fruto se desprendía la criatura. El recuerdo de esas eras fabulosas se conserva en la niñez, en la inocencia de la edad de oro, cuando es casi imposible distinguir cualquier dicotomía. Las estaciones en el hombre no pueden ser sucesivas, es decir, hay hombres en los cuales este estado de inocencia, ese vivir en niñez, pervive toda la vida. El niño que después no es adolescente, adulto y maduro, sino que se fija para siempre en la niñez, tiene siempre tendencia a la sexualidad semejante, es decir, a situar en el sexo la otredad, el otro semejante a sí mismo. Por eso el Dante describe en el infierno a los homosexuales caminando incesantemente, es el caminar del niño para ir descubriendo lo exterior, pero es lo exterior que forma parte del propio paideuma, que es esa substancia configurativa que permite al primitivo, al niño y al poeta ser siempre creadores. El eterno niño, aquél que sigue inocente toda la vida, es el que más atrae la ananké, la fatalidad, pero es al propio tiempo el que tiene el mejor escudo para luchar contra las fuerzas destructivas de la fatalidad o de la necesidad. Los niños cantando en el horno babilónico, el poeta que al realizarse tiene que haber dominado el caos, el primitivo que cree poder forzar la aparición de lo invisible, tienen el mismo paideuma, la misma substancia que es espacio y tiempo, pues señala la región del hechizo y el devenir dentro de sus contornos. Es el tiempo de una transfiguración, que es el momento en que se puede volver a habitar ese estado de inocencia, salvo los que están en estado de gracia, que tal vez puedan habitarlo a perpetuidad, pero hoy en día un hombre que sabe aprovechar su lucidez para perseguir ese enemigo y esa finalidad, es decir, un poeta, se siente inocente porque atrae el castigo, se siente creador porque no puede domesticar el contorno, o lo domestica con demasiada finalidad y entonces no vale la pena; pero aquel Juan Sebastián, constructor de la catedral coral, casado dos veces, con catorce hijos y que se acuesta para morir, oyendo lo que ha escrito para recibir a la muerte, se nos aleja casi hasta esas eras fabulosas. O se siente primitivo cuando cree que no puede alcanzar la vivencia de la divinidad, pero la palabra vivencia en él está cargada de concepto, arranca de la unidad parmenídea, y no tiene nada que ver con ese camino que anda, como Pascal definía al río, hasta que encendamos una cerilla y la acerquemos a nuestro rostro, y la luz se adelante al rostro en la obscuridad de un segundo plano, para que tengamos oscura reminiscencia de una gorgona degollada, para que temblemos como si fuésemos a naufragar.

—Me permite una interrupción —dijo Foción, con la fingida gravedad de los parlamentarios, que le arrancó risas a los otros contertulios—, creo que usted parte de la magia de los surrealistas, que siempre me ha parecido una forma encubierta, escondida entra la fronda de su metaforismo, del mecanicismo que cae en la trampa de lo que intenta combatir, la causalidad dejada por el helenismo en la era de la madurez del Sileno. Un párrafo más y te oímos citar a Novalis, a flor azul y el amor reinventado. No es que yo caiga en el error, de lo cual Nietzsche es el principal culpable, de creer a Sócrates en el juego de la argumentación de los sofistas, cargado de un exceso de crítica que se volvía contra la fábulas y los dioses. Cuando habla del Eros, de la inmortalidad, de Fedro, recurre a los transportes al lado del Cytiso, a oscurecer la visión con el rostro dentro de una capota, a la pradera de los bienaventurados en juego con los cervatillos; sabe, como se ve al final del Lysis, que la amistad es un misterio y que el amor es indefinido.

—Tú sigues creyendo —continuó Foción con una vehemencia que no logró disimular—, que el homosexualismo es la excepción, un vicio traído por el cansancio, o una maldición de los dioses. El escapado de Sodoma es para ti un réprobo que pasa con un manto cubriéndose la cabeza para que el ángel no le cobre en expiación la culpabilidad. Aceptas en frío, como Gide, todo lo que puedes justificar, pero ahí arranca un problema que nunca ha concluido, que nunca se podrá cerrar. Un hombre o lo que sea nunca podrá *justificar* —Foción subrayó la palabra—, por qué es homosexual, dejaría de serlo o no le interesaría seguir en ese camino, si es que alguien puede salir de ese atolladero. La frase paulina a la que los homosexuales le han echado mano, "en los puros todo es puro", es una tontería, se le podría aplicar al ratero, al ultimador o al monedero falso, pero la raíz donde no hay pureza ni impureza, sino un jugo sombrío que se absorbe y que concluye en la sentencia de una flor o en la plenitud morfológica de un fruto, trae desde la profundidad un hecho que no se puede justificar, porque es más profundo que toda justificación. Toda siembra profunda, como decían los taoístas, es en el espacio vacío. Y toda siembra que nos hace temblar, digo esto sin alardes pascalianos, se hace en el espacio sin respuesta, que al fin da una respuesta. Pero es una respuesta que nos es desconocida, no tiene justificación, es un bostezo del vacío. Pero lo tragicómico inesperado es que el hombre puede asimilar esa respuesta. Cuando Electra creyó que había parido un dragón, vio que el monstruo lloraba porque quería ser lactado; sin vacilaciones le da su pecho, saliendo después la leche mezclada con la sangre. Aunque había parido un monstruo, cosa que tendría que desconcertarla, sabía que su respuesta tenía que ser no dejarlo morir de hambre, pues la grandeza del hombre consiste en que puede asimilar lo que le es desconocido. Asimilar en la profundidad es dar respuesta.

—El hombre ha asimilado, lo mismo da que sea un mito de primitivo o un laberinto del período de las culturas, las dos cosas, las semejanzas o las heterogeneidades, los Dióscuros o los ángeles buscando a las hijas del hombre. El hombre golpea un muro y alguien le responde; si el muro se derrumba, no sería la felicidad para los efímeros, sería tal vez el fin del género humano. Pero ya desde el siglo v antes de Cristo, los más frecuentes temas taoístas eran el espejo, el andrógino, el Gran Uno, la esfera, el huevo, el tigre blanco, el búfalo, y desde entonces, cuando el taoísmo tiene la desgracia de decaer, tiene después la desgracia de ponerse a la moda.

—Es muy difícil que un Sócrates que se mueve en una circunstancia donde el homosexualismo no era una excepción, argumente en el sentido de justificación, pues no se sentía réprobo, ni creía haber quebrantado ninguna ley de la reminiscencia o de la inmortalidad. Aunque la presencia de Diotima tiene una raíz hímnica, cosa que también vuelve a realizar en el *Fedro,* se ve que entre los dos hay una desconfianza mutua. Sócrates califica a Diotima de consumado sofista, pero a su vez Diotima desconfía de que Sócrates pueda elevarse hasta la iniciación y las revelaciones más secretas. Diotima cree que el cuerpo del joven hermoso debe transcenderse en la ciencia de lo bello. En el mismo discurso donde se declara a Sócrates amante de Charmides, de Eutidemo, de Agatón y de Alcibiades, Sócrates exhuma a Diotima, como si quisiese demostrar que a través de los cuerpos el Eros produce lo bello, lo bueno y la inmortalidad. ¿Quiso invocar lo bello trascendental que se diluye en el océano universal del Uno Urano?, ¿quiso burlarse?, ¿quiso evidenciar que tenía la razón del sofista y el himno de la Venus Urano? Abandonado como siempre a su daimón en materia del Eros, su posición se resuelve como esos mismos daimones, entre lo estelar y lo terrestre. Pero eso parece unido a lo que es también un enigma del mundo católico: ¿el amor es charitas? Así el Sileno va del cuerpo hermoso al océano universal, como el católico va de lo visible a lo invisible. Pero hay un momento en ese mismo diálogo en que el Sileno se duerme al son de la flauta de Marsyas, en las praderas del mundo pagano, cuando enmudece a la pregunta de si es posible poseer lo bello. Sin embargo, cree que la dicha será el resultado de poseer lo bueno. Su reacción ante lo bello es hierática, pero lo bueno produce en el hombre lo placentero intermedio. Pero en el catolicismo lo bueno es más enigmático que lo bello, la bondad más creadora que la poesía. Debemos enmudecer cuando un hombre penetra en el alegre laberinto de la bondad, tiene una dicha, sabe que al final un dios lo espera para comer el pan de los ángeles.

—Así como algunos tontos creen que la poesía sólo viene a hipostasiarse en el poema, los hay igualmente que vienen a creer con Freud, que sólo el falo, el ano, la boca y la vulva son los órganos sexuales. Sobre todo el aporte de la boca —añadió Foción con una ironía desdeñosa—, convertiría al hombre en un ciclóstomo, el pez boca, que debe tragar agua y botarla por la aleta anal con innegable deleite. A la entrada de cualquier meditación sobre lo sexual, debe inscribirse la frase del Eclesiastés: "Hay camino que al hombre parece derecho; empero su fin son caminos de muerte." Por eso tal vez haya relación entre aquella Venus Urano, de que hablaba Diotima, y la vuelta al Padre de los católicos. De la frase del Eclesiastés derivamos que hay caminos derechos, que esos caminos tienen una finalidad, y no obstante, son caminos para la muerte. En el problema sexual me parece que hay algo dentro de su finalidad, bien una reminiscencia, o bien por los sentidos transfigurados la irrupción de una desemejanza que no ha logrado dominar, que ha hecho que el hombre se abandone a un error que la costumbre ha hecho llevadero, o tal vez que el hombre permanece en ese camino de muerte porque ignora cuál es el otro.

—Pero si se abandona a un posible error por la costumbre, es también cierto que igualmente se abandona al otro error, por una costumbre extraña, por una especie de costumbre perseguida que se amolda a su extrañeza. Que en cualquier momento, en materia sexual, el hombre puede cambiar de rumbo, lo revelan ciertas teorías sobre la fecundación, capaces de hacer variar la suerte del género humano. El gameto, o sea el órgano reproductor femenino, no necesita de ningún complementario, sino una temperatura que motive la escisión del gameto. El argumento contrario también puede ser válido, es decir, por arborescencia que brota en la hibernación, ya del falo o de las clavículas como en la extraña tribu de los idumeos, un desprendimiento de la semilla que al contacto del aire, o de la temperatura subterránea, despierta la nueva criatura. Así como la glándula pineal parece haberse atrofiado, el sexo parece que tomó un camino, o se mantuvo en la costumbre de un camino que por huir del espacio, se apoyó en el primer punto, los sexos, que encontró en su errancia.

—La aparición de la mujer en el séptimo día, dándole a la palabra día la aceptación temporal que le da San Jerónimo, revela un estado androginal previo. Cuando después se alude que en el día del Juicio Final las mujeres embarazadas y las que están lactando serán pasadas a cuchillo, se nos revela una situación muy rara en relación con la mujer, en los principios de la no existencia apocalíptica, y al final, su destrucción. En el Génesis, cada día de la creación va acompañado de las distintas especies de animales que van surgiendo e inmediatamente se ocupa de su fecundación. Llega el día quinto en que el hombre es creado, lo creó hombre y mujer, le dice también lo que ha dicho a todas las especies: crece y multiplícate. Pero cómo va a ser su reproducción, si tiene que esperar al día siete para que surja la mujer. El enigma de los comienzos ha continuado por la secularidad, pues aún surgiendo la mujer para la pareja, el tema que nos punza será eterno. ¿Y si no hubiera surgido la mujer, o si se llegase a extinguir?, ¿cuál sería el remedio? Todo lo que hoy nos parece desvío sexual, surge en una reminiscencia, o en algo que yo me atrevería a llamar, sin temor a ninguna pedantería, una hipertelia de la inmortalidad, o sea una busca de la creación, de la sucesión de la criatura, más allá de toda causalidad de la sangre y aún del espíritu, la creación de algo hecho por el hombre, totalmente desconocido aún por la especie. La nueva especie justificaría toda hipertelia de la inmortalidad.

—Pero esa hipertelia de la inmortalidad que usted señala es lo mismo que la Venus Urania o celeste, de Diotima, ¿o va más allá de todo eso? —le interrumpió Fronesis, con una sencillez que no lograba ocultar su meditación de esos temas.

—Le ruego no me interrumpa —le respondió Foción casi con un exabrupto, tanta era la pasión con que hablaba—, déjeme llegar al final, pues este es uno de los nudos que todo hombre tiene que zafar a su manera. Después lo volveremos a oir con mucho gusto, aquí a todos nos interesa como usted lo ha zafado, o si lo ha apretado aún más, hasta confundirlo con el resto del tejido del cordel —Foción le dio a su continuación un tono más amistoso, pues había cobrado conciencia de la aspereza de su respuesta.

—El griego tuvo un concepto muy evidente de la existencia de lo que llamó la diada indefinida. El emparejamiento sin estar regido por la conciencia en la finalidad del sentido. Entre los hindúes existió también la sexualidad indefinida, es decir, la sexualidad que no tiene por qué encarnarse tan sólo en los órganos sexuales. En la Edad Media se le da cada día más importancia a la secta hereje de los catáricos, que consideraban pecado todo contacto con la mujer. Y esto sí es en extremo divertido —al llegar a ese punto de su exposición, Foción se rio con risa tan abierta que se le vio entre los últimos molares una carie, piedrecilla calcinada por algún diablo—, muchos de los trovadores pertenecían a esa herejía, cantaban a la mujer que no deseaban poseer:

Viene la duda sobre un punto
y mi corazón vuelve siempre a su angustia.

Todo lo que el hermano me niega,
me lo regala su hermana.

—En esa estrofilla se ve cómo un trovador huye de una herejía para caer en otra. El hermano se niega a pecar, pero el trovador no quiere pecar con la hermana. Su canción no va dirigida al balcón que se le abre, luego el verdadero tema de su canto es la otra ventana cerrada. Pero hay más, la herejía de Barba Jacob, condenado en 1507 afirmando que moriría degollado y después de su resurrección las mujeres concebirían sin varón. Afirmaba que el pecado original consistía en la cópula con Eva, sin tener nada que ver con la manzana. Yo diría que esa segunda iglesia, que según Barba Jacob comenzaría después de su resurrección, representaría cabalmente esa hipertelia de la inmortalidad. Por cierto, (no se crea que lo digo para halagar el estado de inocencia que añora Fronesis), creía también Barba Jacob que el estado de perfección era el estado de inocencia, estado en que no aparecía la mujer. Recuerde usted aquel poeta Barba Jacob, que estuvo en La Habana hace pocos meses, debe haber tomado su nombre de aquel heresiarca demoníaco del XVI, pues no sólo tenía semejanza en el patronímico sino que era un homosexual propagandista de su odio a la mujer. Tiene un soneto, que es su ars poética, en el que termina consignando su ideal de vida artística, "pulir mi obra y cultivar mis vicios". Su demonismo siempre me ha parecido anacrónico, creía en el vicio y en las obras pulidas, dos tonterías que sólo existen para los posesos frígidos.

—Retomo el hilo, pero no teman —continuó Foción, mirando de reojo a Fronesis, como si sólo hablase para él—, pues ya el carrete se va extinguiendo bajo las patas graciosas del gato que nos mira: el reloj, y ya también Cemí se ha fijado varias veces en su milanesa, para decirnos que no hay nada más espantoso que la eternidad verbal. Sigo mi viaje por la India, en el Kamasutra, uno de sus libros sagrados, en el capítulo dedicado al Oparistaka o fricción bucal, se habla de que el cunilingüe, como decían los contemporáneos de Petronio, sólo se puede ejercer entre nobles. En el Japón, en la era de los shaguns o barones feudales de dura mano guerrera, se consentía el homosexualismo como privilegio de esa casta guerrera. Pero no voy a seguir haciendo una historia de la humanidad desde el punto de vista de la Venus Urania, pues sólo he querido demostrar que esa excepción, ese desvío, esa enfermedad, esa infrasexualidad clandestina delincuencial, o como se quiera llamar, ha predominado en tribus arcádicas, en naciones enteras a través de milenios, como en China donde existió la dinastía de los queridos adolescentes, existiendo inclusive un emperador llamado *El puerco* que colocó en el trono a su querido de quince años, al que hubo de estrangular, pues sus excesos sanguinarios no tenían límites; en herejías, en textos sagrados, en himnos guerreros, en hombres cansados como Leonardo —*mude sich gedacht,* creía estar cansado, decía Goethe en una frase magistral refiriéndose a Leonardo—, o en hombres devorados por una energía demoníaca, como Julio César o César Borgia, o en· las vulgares estadísticas de los sexólogos como Havelock Ellis, que nos afirma que el 75 por ciento de los hombres de la sociedad inglesa ha hecho prácticas homosexuales. Ahora recuerdo aquel ridículo médico alemán que iba de aldea en aldea, con una película sobre la vida de Wilde, haciendo una nociva y pedestre propaganda sobre la divulgación homosexual. Pero toda propaganda, ya sea sobre la inseminación artificial o sobre las virtudes salutíferas de las zanahorias, daña en su raíz la lenta evaporación de todo lo verdadero. Para los griegos la lenta emanación o *aporroia* producía el súbito de la *terateia* o maravilla natural. La propaganda de la toronja en polvo, lo único que ha logrado es que cada día guste más el champagne, de la misma manera, como diría Cemí —se veía que al hacer esta referencia, Foción quería ganarse a Cemí contra Fronesis—, que la propaganda que hacen los profesores de la llamada por ellos sencillez ática, lo que ha logrado es la vuelta a Góngora y al barroco ornamentado como la cola de la diosa Juno —terminó Foción su párrafo riéndose.

—Me molestaría poner en la balanza de Osiris, para defender algún punto de vista, los gansos hinchados del valle de la tenebrosa Hera, pero por lo menos al lado de la plenitud armoniosa de Bach, se puede poner la plenitud misteriosa de Shakespeare. Bach se muestra detrás de su vitrina, su casa, el palacio de Postdam, sus lecciones de órgano, su asistencia a los oficios dominicales, pero Shakespeare parece como si tuviese el propósito de no mostrarse, de no estar mucho tiempo ni en el mismo sitio ni oficio. Está en la concha de *The Globe,* donde se mezcla lo natural con lo elaborado alquímico, donde el noble alterna con el jayán; se esconde entre el público disfrazado para oir los comentarios de lo que ha escrito la víspera, infunde, refunde y confunde lo que toca y lo que expele, conoce a los nobles porque se frota el cuerpo con ellos y a las rameras por la tradición oral, pero todo le viene bien, su energía diabólica tiene la seda y tiene el fuego. Paradojalmente la música de Bach está dentro de lo que los griegos llamaban el *logos optikos,* ver hasta el sonido, mientras que en Shakespeare su flujo verbal, el más creador que se ha conocido, es la humareda que sale de la gruta para ahogar a la pitia en la revelación. Ambos fueron barrocos, pero el barroquismo de Bach, es mineral, combinatorio, mansamente pitagórico, mientras el barroquismo de Shakespeare depende de un internamiento en el caracol que cruje y levanta el chisporroteo de sus metáforas. La metáfora en él es la cornamenta del ciervo en la niñez, caballo para Orfeo, Ganimedes y Anfión, el ciervo buscado y perdido, el ciervo y el niño, el ciervo y el príncipe. Duerme en la noche como el ciervo con su cornamenta arbórea llena de pájaros diminutos, en el amanecer neblinoso sacude su candelabro frontal oscilante de pájaros, sus metáforas por los palacios subterráneos. Shakespeare tiene la misma plenitud de Bach, aunque no estoy seguro que se haya casado dos veces y engendrado catorce hijos.

—La historia de los grandes hechizados, que se desenvolvieron en el mundo fenoménico como si fuese el mundo invisible, desde Hernando de Soto al conde de Villamediana, está cercada de indiferencia, que a veces como una rana de oro lanza una bocanada de rocío, o de un odio que desde la niebla dispara su ballesta para hundir una armadura sin cuerpo, que se inclina para recoger una venera de diamantes, agrandada por el llanto de homenaje al Conde de Villamediana. Sus contemporáneos le odiaron hasta después de su muerte, pues sus amigos le regalan un acto de contrición y la llegada de un sacerdote que le permite sus pecados, "lo absolvió, dice su amigo don Luis de Góngora, porque dio señas dos o tres veces de contrición, apretando la mano al clérigo que le pedía estas señas, y llevándolo a su casa antes de que expirara, hubo lugar de darle la unción y absolverlo otra vez, por las señas que dio de abajar la cabeza dos veces". Góngora, su amigo, intenta salvar su alma, de aquél que siendo el Correo mayor de Aragón, que presidía la entrada de los reyes en la ciudad, fue "enterrado en un ataúd de ahorcado", pues la corte para evitar el escándalo, pedía su enterramiento inmediato. Quevedo, su enemigo, dice, "en el alma pocas señas de remedio, despedida sin diligencia exterior suya ni de la Iglesia, tuvo su fin más aplauso que misericordia". Su odio lo lleva a reiterar la perdición de su alma. Se dice que al morir, la Inquisición llevaba con sigilo su proceso de sodomía y que uno de su servidumbre había sido ejecutado por el pecado nefando.

—Pero aquel ser maldito, fermento, sin embargo, de rebelión contra la corte, fue tendido ante el pueblo de Dios, con los brazos abiertos en cruz, mostrando en su costado tal agujero sanguinolento de ballesta, que "aun en un toro diera horror", como dijera con espanto Góngora al huir alucinado de la corte. Villamediana enamorando a la esposa del rey, raptando a su sobrina, escandalizando en las corridas de toros, jugando a lo tahur y despilfarrando el dinero en caballos y piedras, haciendo burlas con sus costumbres secretas y sus amigos clandestinos, fue una energía diabólica utilizada contra la monarquía decadente, por eso este hechizado permanece con los brazos abiertos en cruz ante el desfile del pueblo, en rendimiento a su aliado secreto en la rebeldía, aliado también con los poetas de la rebelión verbal. Este hechizado se destruye para destruir. Cuando lo matan, lo muestran con los brazos abiertos en cruz ante el misterio de su vida. El raptor continúa escapándose con un cuerpo sin sexo, el tahur adelanta su baraja para forzar un destino sellado.

Cuando terminó Foción su rostro estaba muy enrojecido, era la reacción pudorosa de quien no está acostumbrado a hablar durante algún tiempo delante de más de una persona que escucha. Su rojez momentánea no se debía a la posible desaprobación de sus palabras, lo cual le importaba muy poco. Parecía haber hablado para provocar la respuesta de Fronesis. Cuando dejó de hablar, su boca diluía una sonrisa semejante a la del jinete Rampin, en el Acrópolis, voluptuosidad, ironía, malicia, provocación, arrogancia alegre, la pulpa fina de los labios agudizada por el blancor de los dientes pequeños, invadidos por la humedad codiciosa.

—Aludido en distintas ocasiones por el señor Foción, me veo en la obligación de contestarle— se veía que Fronesis quería remedar el estilo burlón con que Foción había comenzado a hablar, devolviéndole golpe por golpe, pues era innegable que se sentía molesto por la forma como Foción había expuesto sus puntos de vista. Con rapidez había comprendido que gran parte de lo dicho por Foción estaba soplado en una cerbatana contra él—. Pero antes quiero aludir —continuó Fronesis—, al próximo viaje de Foción al ducado de York. Le deseo que ningún desprendimiento polar se acerque a las costas de la bahía, para que el marmotismo engendrado por los excesos de la rigidez no le provoque excesivas pesadillas tumultuosas. Hago votos para que su estufa, como la de Descartes, permanezca encendida. Digo eso sin *eironeia,* pues Unamuno que se burlaba de los filósofos de estufa, murió durmiendo frente a una estufa, tal vez demasiado cargada de carbón, dos combustiones excesivas produjeron la chispa de su muerte. Desde luego que Foción, arrebatado por la piedra solar de que hablaban los griegos, alcanzará la longevidad. Que así sea —al llegar a decir eso, se veía, claro que con una salud candorosa, de la que estaba muy lejos la malicia voluptuosa de Foción, que Fronesis a su vez procuraba mortificar a Foción, que permanecía cerrado en su impasibilidad.

—El ha querido prever nuestras citas, poco ha faltado para que me llame *doctissimus puer,* que es la manera latina de llamarme muchacho filomático. Por espíritu de mortificación, voy a comenzar con una cita de Novalis, pero es para mortificarme a mí mismo, no para molestar a Foción.

—Tú sabes —le interrumpió Foción—, que tú eres mi mejor amigo y que no he querido disgustarte, tan sólo que eres bastante timorato y ocultas casi siempre lo esencial de tu pensamiento.

—Eso que has dicho, según tú, para no disgustarme, es casi lo único que me puede disgustar. Si algo admiro en los griegos es su develamiento, no el ocultamiento esotérico de los egipcios. El develamiento entre los amantes de la sabiduría, el desnudo en las formas que crearon, su reconocimiento, *anagnórisis* en el teatro y en la vida, su escaso charlatanismo frente a la muerte, engendran en mí una admiración donde el asombro no se extingue. Nunca hablo para ocultar, lo único que me lleva al silencio es cuando percibo la sensación de la muerte. Pero sé tan bien como lo puedes saber tú, que la fuga, el desvío y la anormalidad, están también creadas por las fuerzas germinativas, porque si no tendríamos que hablar de fuga en relación con un centro que todos desconocemos; de desvío en relación con una estructura que se reitera, estructura que no aparece por ninguna parte; de anormalidad, cuando sabemos que los excesos de razón llevan a las *aporías* y al divertido relativismo de lo verdadero. Yo, como monsieur La Palisse, sé que hay élan vital y voluntad de muerte.

—Cuando oigo hablar a Foción, me causa la impresión de que contempla un *phaecasion,* un zapato blanco usado por los griegos y los romanos, por igual lo calzaban los sacerdotes, los cortesanos y los cómicos. De ahí él deriva que entre los griegos y los romanos la función sacerdotal coincidía con la comedia, que como a los cómicos se les atribuían malas costumbres, también se las podemos atribuir a los sacerdotes, que como ese zapato blanco era usado también en la corte, se daban allí orgías a donde asistían los sacerdotes y los cómicos, de tal manera que como es de suponer, Blanca Nieves usaba chapines blancos, podemos afirmar que el garzón de Ida, el copero Ganimedes, se había metamorfoseado en Blanca Nieves, y que los enanos alegres que la seguían por la nieve, representaban una herejía, pues de su reino toda mujer era enviada al destierro, hasta que encontrase el Santo Grial.

—Me alegra, querido Fronesis, que a mis delirios opongas tus delirios. Pero al menos mis delirios no son derivados, ansiosamente esperamos que nos muestres tus verdaderos delirios.

—Cuando Foción sale de su trance —replicó Fronesis—, cree que todo lo que ve y oye está arrebatado por la pitia que acaba de abandonarlo. No invocaré a Pallas Atenea, lo que haría reir a Foción y tal vez a mí mismo, para que me proteja en este encuentro cerca de los muros que guardan a Elena de Troya, pero tampoco invocaré a Belghepor, lo que haría las delicias de Foción, y no sé si yo sabré disimular mi sonrisa, para que me pinche con su tridente.

—Cuando hablamos de homosexualismo me parece a veces que generalizamos con exceso, otras pienso que hemos caído tan sólo en las zarzas del sexo. De lo que he visto y oído, para que no se crea con Foción que mis delirios son derivados, voy a extraer algunos ejemplos malignos. Veo ahora, en mi recuerdo, a un hispano robusto, tal vez un carbonero, que en un día de playa se acerca a la mansedumbre del agua orillera. Abandona las sandalias en las arenas y con un pie saborea la tibiedad de la onda. Cruje por la delicia voluptuosa, su cuerpo parece recorrido por un calambre que le aclara los canales venosos, y nos dan un ¡ay! por donde se le ha derrumbado toda la virilidad. Por un momento es un tránsfuga de su costumbre vital. Conozco a otra piel hombruna, que asistía con isócrona periodicidad cameral a los encuentros con su queridita. Toda su sexualidad consistía en que le doblasen los párpados y se los irritasen con las uñas. En esa sensibilidad hecha como de plumilla, rondaba la traición sexual. En otro caso, un buen preñador, le gustaba asistir a las casas de lenocinio para que la mujer como un Laocoonte con máscara, lo ciñese por la espalda. Y sólo así, poseído por la mujer que no lo poseía, podía expresar el vuelco del líquido feliz. Pero hay algo más laberíntico, conozco un profesor de estética que nos visitó hace pocos meses, tenorio de oficio, que cuando entraba en la batalla de amor, se ponía el bloomer de la mujer, *conditio sine qua non* ocurría sus éxtasis y transfiguración carnales. En todos esos pequeños demonios visitadores, hay la reminiscencia de un menoscabo de la sexualidad, sin embargo, todos eran ínclitos varones, con la voz ronca como un parche sioux. Se mecían en una hamaca, eran y no eran homosexuales. Pero eran todos seres aquejados por un desvío, aunque no se pudiera señalar en relación con qué centro se verificaba ese desvío.

—No se conservan de César defensas del vicio que le atribuyen, por el contrario cuando se le confía la conquista de la Galia Cabelluda, algún malicioso alza la voz para decir que eso será obra muy difícil para una mujer, el divino Julio no se encoleriza ni niega la imputación, se limita a decir que la reina Semíramis rigió las Sirias y que las Amazonas se extendieron en son de conquista por el Asia. Esa clásica confianza que lo llevó a actuar siempre como una divinidad, ni siquiera se interesa en la inculpación hecha, sino, por el contrario, que aun aceptando lo mismo ser rey que reina, así lo manifiesta con frecuencia imperial, sabiendo que sus decisiones, por eso rehusaba los augures o no les hacía caso, serían las de un dios que descendía, paradójicamente, de la diosa

Venus. Con César se vuelve a los reyes de la Etruria, siendo cuestor ya declaraba su descendencia de Anco Marcio, y todos recordamos por nuestras lecturas de Plutarco, que Numa Pompilio mantuvo relaciones sexuales con las ninfas, de tal manera que los romanos veían en la sexualidad de uno de sus descendientes, algo tan misterioso, que aunque en las coplillas se le satirizaba por ser la reina de Bitinia, cuado muere ven en la noche romana, durante siete días, una estrella que se fija en el chisporroteo de su extensísima cabellera. Cuando está tendido y comienza a arder se lanzan los plañideros sobre las llamas como para anegarse en la divinidad.

—Dentro de lo que voy viendo, salta ahora el nombre de Cellini. Tanto César como el Cellini estaban en el centro de una esfera vital habitada en todas sus irradiaciones. En sus Memorias lo mismo consigna que estuvo desde las diez de la noche hasta el amanecer refocilándose en una hostería con la bella Angélica, que se muestra respetuoso en su testamento con la señora Petra, su legítima esposa, a la que le sembró varios hijos; pero cuando el Bandinelli, en su disputa por un Hércules ridículo, le dice "gran sodomita", para humillarlo ante el Gran Duque, Benvenuto se limita a contestarle: "Ojalá yo supiese ejercer tan noble arte, porque se dice que lo usó Júpiter con Ganimedes en el Olimpo, y aquí en la tierra lo usan los mayores emperadores y reyes del mundo, yo soy un pobre y humilde hombrecillo, que no podría ni sabría entrometerme en cosa tan admirable." Eso no impide que se burle de los hombres que "mueven sus manecitas de telaraña, con una vocecilla de mosquito."

—El que se muestra con un candor inopinado es el marqués de Casanova, o también puede ser que la sutileza y la *politesse* del siglo XVIII, lo lleven a un embozamiento, pero es lo cierto que en sus Memorias, se encuentra con la belleza de algunos *soprani castrata,* se deshace en las más tiernas *flatteries* en torno a la belleza de esos garzones. Pero cuando llega el momento de la vehemencia, inventa fabulaciones para evitar la confesión nefanda, después de paseos y caricias con un supuesto joveneto, ante sus requiebros declara que es una muchacha que al quedar en la orfandad, tuvo que disfrazarse de cantante, para ganar dinero con su voz de contratenor disfrazado. Pero cómo es posible que le guste como garzón, lo que después, declarada la fabulilla simplota, disfruta como doncella. Eso revela que tanto Casanova, como el mismo Gide, usaban la máscara del sincerismo, pero el cinismo en estado puro es tan difícil como el total verbo que oculta. El todo o nada en materia confidencial, oculta siempre la otra mitad, donde se sabe buscado por un halcón que sí destruye la verdad. Es tan extensa la cantidad de sensaciones que se ocultan detrás del rostro o máscara de la palabra homosexual, que comprende desde los aquejados por un innegable desvío sexual que fueron grandes guerreros, hasta hombres que ofrecen una sexualidad medianamente normal, pero que se erizan o retuercen cuando su piel saborea la insinuación de las algas marinas, recibiendo con el chapuzón de las aguas, la investidura de su espíritu maternal.

—El griego permaneció siempre fiel a lo que llamaba el *dromenón,* el hecho realizado, que era para ellos como un teorema, como una conversación desenvuelta como una danza, o una carrera donde los cuerpos hermosos eran impulsados por la luz. El *dromenón* era en el espacio como la aparición de la flor, una medida que respiraba. El cuerpo, como se ve en el Charmides de Platón, es el súbito de la reminiscencia. El cuerpo es la permanencia de un oleaje innumerable, la forma de un recuerdo, es decir, una imagen. En cada hombre esa imagen repta con mutaciones casi inapresables, pero ese inasible tiene la medida de su sexualidad. El porqué lo fálico es siempre inasible, pero ese inasible es el color obscuro que pasa al éxtasis que se vuelca sobre otro inasible, no sobre la recepción de lo sensible que el hombre desconoce en su devolución germinativa, como en las teogonías hindúes la sucesión infinita de loto y tortuga es la creación. Lo que puede saber el loto de la tortuga, es también lo que puede saber uno del otro inasible, por eso es para mí casi imposible hablar de cualquier forma de sexualidad, pues algo que puede existir en su apariencia comunicante y no en su esencia, como puede existir también en su esencia comunicante y no en su apariencia, es como si hablásemos de algún atributo formal que puede estar en su cuerpo pero no en su sombra, o en su sombra pero no en su cuerpo. Y como el cuerpo es imagen de Dios y la sombra es imagen del diablo, es hablar de algo que lo mismo puede ser creador en Dios, como puede ser creador en el diablo. Y sólo nuestro amigo Foción puede ser mistagogo y teólogo, puede encontrar la misma cualificación en Dios y en el diablo.

—No me hagas decir cosas que yo ni siquiera he rozado —le interrumpió Foción casi gritando—, pues tú sabes que en el Evangelio de San Mateo se afirma que también los eunucos pueden estar en el paraíso, es decir, los considera como cuerpos sin mácula, gloriosos en la luz.

—No voy a responderle a Foción; ha gritado, parece que se siente perdido. Cuando alguien me grita, es precisamente cuando no lo oigo.

—*Dove si grida non e vera scienza* —volvió Foción a decir, bajando la voz como para una pronta reconciliación—, donde hay gritería no hay verdadera ciencia, decía Leonardo, aunque la cita se la he leído a Ortega y Gasset. Procuraré que mi cornetín requinto no vaya a destruir la sutileza de tu *membrani timpani*. Discúlpame mis gritos y mi ciencia mentirosa. Te ruego que prosigas.

—Para que su majadería no le propicie a Foción un ánimo placentero —siguió Fronesis—, vamos a ver lo que hay en su cita de San Mateo, cita traída con más mala intención que ánimo de reforzar una tesis. No, no es esta una cita traída por los cabellos, parece traída en una inscripción grabada a navaja por las posaderas de un eunuco de la dinastía de los Colmeno, en Bizancio.

Los labios de Foción se plegaron airados ante la grosería que acababa de cometer Fronesis, era el reverso de la risa del jinete Rampin en la Acrópolis. Fronesis notó la reacción de Foción. Le dio una palmada suave en el hombro, después con la misma mano le apretó ligeramente el cuello. Así pudo notar también el exceso de calor producido por la reacción de Foción a su frase. El sudor caliente del cuello de Foción se fue extendiendo como un aguarrás por el cuenco de la mano de Fronesis. —Ahora es el momento en que tengo que decirlo, tú también eres mi mejor amigo —le dijo Fronesis, para desvirtuar la mala impresión causada por su frase no sólo en Foción, sino también el desagrado en Cemí—. Tú eres mi mejor amigo —volvió a repetir Fronesis—, pero eres también mi mejor inasible y cuanto más te desenmascaras parece que tú inasible vas recogiendo todas esas máscaras que vas abandonando.

Foción no levantaba la mirada del piso, como queriendo dejar pasar inadvertidas las frases halagadoras de Fronesis, como si tampoco quisiera darle importancia al espíritu de reconciliación que las había dictado. Era puro teatro de Foción, frente a los demás escuchas, fingir un poco de cólera, pues en el fondo su simpatía por Fronesis no dependía de rasguños ni de insultos. Por eso a veces Fronesis lanzaba un brulote contra Foción, sabía que el coro lo tomaba como una agresión, pero Foción en el fondo lo tomaba como una broma, que se le hacía agradable pues sólo participaban Fronesis y él en el espíritu secreto de esas alusiones.

—Desde que el neuma universal —continuó Fronesis—, soportó un espacio interior ejercitado en los cuerpos, en realidad el laberinto corporal es la única forma de aprehensión de ese espacio ocupado totalmente por ese neuma o hálito universal, pues el hombre apareció como una transición misteriosa entre el espíritu de un espacio errante y el hálito hipostasiado en un laberinto que era su cuerpo. Pero lo que asombra es la permanencia de ese cuerpo que se hace y deshace por instantes, con un disgusto tan grande que lo que maravilla es que no sea ya una especie extinguida.

—En un códice mexicano sobre la creación, aparecen dos figuras humanas que suponemos androginales, pues si no se reproducirían por los procedimientos habituales. Una de las figuras aprieta con su mano el antebrazo de la otra. Ambas figuras tienen la mano en la cadera, como si fuesen a dilatar sus cajas de aire. Un neuma o hálito del tamaño de una hoja de tabaco se establece entre las dos bocas. Aquí tenemos que aludir a la eterna extrañeza de la atrofia de la glándula pineal. ¿Sería como un espejo venido de la lámina que forma la corteza cerebral para empañarse al recoger ese hálito y llevarlo hasta el agujero de la nuca, donde brotaría la nueva criatura? En esas poéticas regiones de los orígenes, cualquier delirio fundamentado era permitido, pues podemos utilizar la frase de Tertuliano, hecha para darle gravitación a la absurdidad necesaria de épocas muy posteriores, es cierto porque es imposible.

—Pero no podemos apoyarnos tan sólo en el delirio poético, sino vamos a apoyarnos también en lo que pudiéramos llamar el delirio científico. Se ha hablado entre nosotros —se veía que quería evitar nombrar a Foción, para no volver a molestarlo—, de los orígenes sexuales. Se ha hablado también de que Freud aumentó los habituales vehículos de la expresión sexual, añadiéndole la boca y el ano, ese pozo negro como decían algunos contemporáneos de Rabelais. Pero lo que algunos estiman como una ampliación de Freud, es en el fondo una restricción si lo comparamos con las Leyes de Manú, probablemente siete mil años antes de Cristo. Allí se señalan once órganos de los sentidos. Entre los cinco primeros que llama órganos de la inteligencia, se indica la lengua. Los otros cinco sentidos los llama órganos de la acción, el primero que enumera entre ellos es el orificio interior del tubo intestinal. Con esa cantidad de órganos sensoriales, el doble más uno de los que generalmente nos enseñan a nosotros, se comprende que en el Libro II, estancia 102, de las Leyes de Manú, se indiquen las oraciones que han de hacerse en pie por la mañana, por los pecados que se hayan podido cometer durante la noche *sin saberlo*. Hay otras oraciones que deben decirse sentado, a la caída de la tarde, para borrar toda mancha de pecado a pesar suyo. El subrayado aparece en el versículo—. Para hacerlo visible, Fronesis hizo un gracioso gesto, como si pasase una línea por debajo de las palabras.

—Luego parece —añadió Foción—, que entre los hindúes hay el pecado en el que la voluntad está ausente, un pecado predeterminado, que el hombre acata, sin mirarle fijamente los ojos.

—Es como si ambos —replicó Fronesis—, viéramos en medio del camino un hombre muerto. Usted forma su premisa mayor: todos los hombres son mortales. Yo veo lo mismo, pero mi premisa es: este hombre puede ser inmortal. Usted quiere reemplazar el laberinto contemporáneo por el de los mitos, demostrar que hay hombres que se apartan de toda dicotomía, por una reminiscencia del Uno Urano. Pero en mi opinión lo sexual hay que verlo después de la respiración y la digestión. Respirar, ahí están ya los sirénidos con sus pulmones dobles y sus branquias que se dilatan en busca de las capas altas del aire, con su respiración laberíntica, que es un término usado por los naturalistas, por la que el serpentín intestinal, verdadera serpiente, respira cuando la sirena trepa hasta las hojas de la palmera. Aquella branquia gigante, sobre la que se apoya su cuerpo ladeado, le sirve para la locomoción por las arenas donde se aventura.

—La idea errónea de Goethe de la existencia de un hueso en la base lingual, partiría tal vez de esa lámina ósea que soporta el laberinto bucal a ambos lados de la cabeza del pez, un arco branquial que asimila igualmente el oxígeno en el mar o en la brisa. Al *Anabas scandens,* uno de esos peces trepadores, se le ha visto hasta cien metros alejado de la costa, con el saco pulmonar dilatado al máximo por el yodo marino. Entre esos *scandens,* sirénidos trepadores, existe el llamado besador, cuya delicia consiste en colocar el círculo de su boca exactamente en la boca de otro pez, libre de toda gracia amorosa. ¿Por qué lo hace entonces? Algunos naturalistas afirman que para quitarse de los dientes las fibrillas algosas. Es ingenuo, la raíz lúdica de ese acto es inseparable de la sensación placentera. Pero para nosotros, lo valioso es que el pez está ya en tierra, camino de la palmera.

—El gobio, que es considerado el pez más inteligente, vive casi siempre en tierra, con el ojo acomodado a la visión de la lejanía, como los demás animales terrestres. Los salamandrinos no tienen branquias ni pulmones, respiran por la piel y los intestinos. Seguimos en una región poética científica, después de las sirenas, las salamandras... A medida que ascendemos en la escala de los vertebrados la respiración se va haciendo más uniforme, pero tiene que quedar la reminiscencia de aquellos laberintos, de aquellas infinitas diversidades, originadas por esas especies errantes entre el agua y la tierra, entre la tierra y la infinitud.

—Por la presión de los mitos androginales, por la reminiscencia de un organismo sutilizado por todo el recorrido de la escala animal de la que su cuerpo se constituye en un centro de prodigiosa concurrencia, por el encantamiento de su situación entre el ángel caído y el esplendor de la resurrección de los cuerpos, el hombre no ha podido encontrar ningún pensamiento que lo destruya, superando así la creación del demiurgo. Está en su naturaleza el Uno Urano, como la diada de los complementarios, de la misma manera que tiene pulmones de caballo que le permiten ir a marcha forzada desde la llanura de los gritos hasta la ciudad de los diálogos; cuello corto como la tortuga, que le autoriza al rostro por instantes el asombro avaricioso o la indiferencia; o su sueño, como la gaviota, asimila en su profundidad el compás del oleaje, soporta la inmensa llanura de lo temporal que toca a su cuerpo y retrocede con la carga de aquel punto que sigue en su misma amenaza en la lejanía inmóvil. Su cuerpo como soporta todos los impulsos, se reabre en la diversidad de los sentidos, pero el vicio y la repugnancia le llegan cuando sólo recoge una hilacha de la brisa y sus experiencias se vuelven polvorientas al insistir en un solo sentido.

Fronesis se detuvo al ver que avanzaba hacia él la rubia Lucía. Tenía enroscada sobre la cabellera una trenza artificial, que le daba a la movilidad de su cuerpo de veinte años, cierta solemnidad meramente plástica a su figura de Piero della Francesca. Mostraba una blusilla de seda con un estampado de pequeñas cerezas entreabiertas en hojas verdeantes. La saya era de un azul profundo, que de lejos se ennegrecía y de cerca el azul recuperaba su fiesta matinal. Los zapatos, sin mucho tacón, blancos, blancura que sumada a la seda de la blusa, le regalaba al oro de su rostro y a la miel no destilada de su cabellera, un tono arielesco, como el desprendimiento de las llamas, una elástica voluptuosidad de tigrillo retozón en el yerbazal húmedo.

Lucía se alojaba en la misma casa de huéspedes que una amiga estudiante de Fronesis. Buscaba trabajo con la lentitud que le aconsejaba su ánimo liviano. Al comenzar el curso sin tener ningún entretenimiento, acompañaba a su amiga por los corredores y los entreactos de ocio. En la pensión ganaba simpatía por el imán romántico del que busca trabajo sin encontrarlo. Pero no habían llegado los días en que todas las muchachas de la pensión la alejaban un tanto por convencimiento de que el ocio sin empleo voluntario la llenaba de un Eros menor. Por aquellos primeros días del curso engañaba con su ingenuo enamoramiento a los adolescentes rifosos, que por otra parte se mostraban muy poco interesados en aclarar su identidad estudiantil. El verdor de las trifolias, el suave oro rociado de su piel, la seda afanosa de retirarse a su lejanía de reflejos, le daban a su presencia una blandura de arcilla, donde los dedos de los presuntos atacantes en sus escaramuzas trenzaban una cestería de delicias.

Le dio la mano a Fronesis, sosteniendo con exageración la otra mano apretada. —Te he estado esperando, como me dijiste, media hora en la mesa de la Asociación de Derecho, pero ya yo sabía dónde encontrarte. Vámonos, vámonos, si sigues aquí con tus amigos la mañana se escapa. Acuérdate que tienes que decirme algo acerca de las preguntas que te hice el otro día —se veía que no existían tales preguntas, sino lanzaba ese lazo para justificar la retirada de Fronesis, a quien por otra parte, en su perplejo, se le veían las pocas ganas que tenía de retirarse.

—Ah, es verdad —le respondió Fronesis, que para no desmentirla hacía como que mordía la celada— repasamos a los griegos en sus alegres sutilezas y el tiempo se me enredó en sus trampas, pero ¡ay de mí! hay que escoger también el camino de la mayéutica, oh, Circe —al decir esto, la risa de Fronesis casi destruía el avance de las sílabas— me abandono a tu filtro, caigo en tus abismos —en realidad, en su respuesta había más de bostezo que de asentimiento. Todavía muy joven, no tenía una salida rápida para escapar a la tentación de la mujer que nos acecha, sin poderla diferenciar de la muchachita que comienza a amarnos con balbuceos, pero cuyas vacilaciones fatigan a veces el Eros inmediato de un adolescente. Sin embargo, esos balbuceos son los que después se descifran en las campanillas de la fiesta de bodas.

Sin soltar la mano de Fronesis, lo tironeaba para que se fuera con ella. Miró a los dos amigos con fingido rostro de sometimiento a lo inevitable. Al fin se despidió, empezaron a caminar por los jardines hasta que los dos cuerpos se fueron diluyendo en un cono de luz demasiado violento. En la forma en que la luz descomponía los dos cuerpos, sólo iba surgiendo la mano de ella como la de un pequeño halcón amarillo que se desprendía desde las alturas sin soltar el palomo atrapado. Su mano de halcón con un lazo en el cuello, las piernas de Fronesis, sus labios como la aleta anal de los peces sirénidos, resbalando por las arenas hasta que una nube se posó sobre sus cuerpos y su sombra los unió con una manteca de serpiente.

—Ella cree que lo va a secar como arista seca el fuego, según el verso de Herrera —dijo Foción—, pero ya Fronesis está convencido de que es una piruja. Ella cree que engaña y Fronesis finge que está engañado. Fronesis, desde luego, llevándose la mejor parte. Hay que tener siempre confianza en la seguridad con que se va desarrollando su destino. Pero ahora —cambió de tono al decirlo—, ya tú conoces lo que nosotros creemos de todo ese *imbroglio*, ahora es tu turno. Yo, como los personajes de los diálogos platónicos, te prometo relatarle con exactitud a Fronesis todo lo que te oiga. Creéme, por Júpiter, que seré un buen mensajero para transmitirle lo que la *pitia* te dicte.

—Platón el dialéctico o el de los mitos androginales —comenzó a decir Cemí—, ha estado constantemente rememorado por Foción o por Fronesis, pero ¡por todos los dioses del Helicón! yo voy a aludir a Aristóteles en su concepto de la substancia, que revela que no está tan lejos de la reminiscencia platónica. El apoyarme al comenzar en Aristóteles, muestra bien a las claras que no voy a quedarme en el delirio poético, ni tampoco en el delirio científico, tal vez me quedaría con los dos a la vez, pues no sé por qué un hombre de nuestra época no se va a emocionar con un arquetipo alcanzado, de la misma manera que un primitivo al contemplar que el río está en el mismo sitio que lo había dejado la noche anterior.

—Aristóteles nos afirma que "la substancia de un ser consiste en ser lo que era", lo cual quiere decir la presencia en la permanencia, con lo que al mismo tiempo el verbo se sitúa en el espacio y en el tiempo. El ser está y ese estar es siempre en la permanencia. Pero no se crea, mi inquieto Foción, que voy a seguir utilizando esa jerga, ni usted ni yo vamos a ser escolásticos, y por eso no creo que debamos ir más allá de los libros de la metafísica aristotélica para tener un sentido que no sea vagoroso de la esencia y la substancia, algo como para contestar alguna interrogación inopinada, como por ejemplo. ¿la gota de oro de los alquimistas del período taoísta, es una esencia o una substancia? Y podernos sentir dignificados al responder con entereza que ese tema no tiene nada que ver con el ser esencial o el ser substancial de los aristotélicos. Pero lo que nos interesa saber es que ese *ser* tiene reminiscencia y tiene permanencia. El estar en su permanencia no puede tener contingencia. Desde que el ser surgió en nosotros, en la cultura griega no se altera por el andrógino o por la diada universal, que hay una categoría superior al sexo, que recuerda los mitos androginales o al que se proyecta sobre los misterios complementarios. Pero como hubo épocas anteriores a la aparición del ser en los griegos, y como casi toda la filosofía contemporánea se dirige a barrenar el ser aristotélico, podemos todavía buscar el juego de las imágenes sexuales en los muslos de oro, las orejas paridoras, las derivaciones de la relación excesiva del escita con su corcel, o de la cópula de la madre de Alejandro con una serpiente; apenas la imagen logra un punto de apoyo, la tierra vuela encontrando un centro en todas partes, logrando ese punto surge la esfera, ya tenemos un cosmos cuyo centro es la imagen, flotando en el aceite de la reminiscencia y en las brumas de un devenir que se mueve tan sólo en las llanuras de la cantidad como abstracción.

—San Agustín parece estar convencido de que el amor es un germen que se siembra también en la muerte. Así como a los biólogos, y a Goethe también, les ha seducido que dentro de la misma especie perfeccionada surja otra nueva especie, San Agustín creía que el Eros mataba algo dentro de nosotros. El amor, dice, mata "lo que hemos sido", la substancia que recuerda, los mitos previos al dualismo de los sexos, para que lleguemos "a ser lo que no éramos". Luego ya estamos en otra encrucijada: ¿los deseos sexuales surgen de la reminiscencia o del intento de formar una nueva especie, un nuevo ser, un nuevo cuerpo? En otra de sus sentencias, que guarda estrecha relación con la anterior, nos dice que el alma se enferma cuando pierde el sentimiento del dolor. La conclusión no puede ser otra, que hay un Eros de muerte que se expresa a través del sentimiento del dolor. En el pasaje de San Mateo, que aquí se ha citado, se alude a los eunucos que cantarán en el paraíso, expresando la muerte del Eros, el dolor, un salto que ni ellos mismos saben de qué reminiscencia viene ni a qué nueva especie lo conducirá. Es la avalancha de la muerte que viene sobre nosotros, es el demonio que juega su partida por adelantado, pues en el valle de la gloria no habrá bodas y todos seremos como los ángeles. Cuando por el pecado de la caída, todo se hizo concupiscible, el diablo jugó otra partida, creó dentro de la caída otra caída. El hombre procreó dentro de lo concupiscible, pero con esa segunda caída o concupiscencia, el diablo lo vuelve a llevar a su estado de inocencia, al mito indiferenciado. Es decir, el hombre va a la mujer con concupiscencia, pero el hombre vuelve al hombre por falsa inocencia, por la sombra que el demonio le regala como compañía de su cuerpo, por laberinto intestinal respirante, por escorpión que asciende en busca de la vulva para matar a su hembra.

—Prefiero retroceder a otra empalizada: el tomismo. Ahí se suma la Grecia aristotélica a la verdad revelada, es decir, como si se reuniera la substancia reminiscente de los griegos con la substancia participante en el ser substancial de los cristianos. Santo Tomás cuando habla de los pecados de lujuria, lo primero que hace su habitual método es señalar el antecedente en la patrística y principalmente en San Agustín. La frase del vehemente cartaginés que cita es: "De todos los vicios el pésimo es el que se hace contra la naturaleza." Sin rebajar la severidad agustiniana, el aquinatense lleva la maza de su razonamiento a golpear otras piedras duras, situadas en otra margen del río. En Santo Tomás hay siempre la concepción del hombre y de sus sentidos, como algo glorioso, hecho para establecer la verdad que deberá reinar en la gloria. Es decir, para Santo Tomás, la visión beatífica es una operación intelectiva, o lo que es lo mismo, al alcance de los sentidos del hombre. Entre los tres concurrentes de la visión beatífica, cita la fruición, y con frecuencia dice, "la posesión o fruición". Le llama también a la posesión, "la potencia apetitiva". Luego señala un éxtasis donde se vuelcan: apetito, posesión y delectación frutal. Y ese éxtasis que él señala, es el de la visión de la gloria.

Santo Tomás señala como dos de los pecados contra el Espíritu

Santo: la envidia de la gracia fraterna y el temor desordenado de la muerte. El aquinatense comprende de inmediato que hay una gracia fraterna, regalo del Espíritu Santo, que va a ser muy odiada, muy envidiada. Al colocar también entre los pecados contra el Espíritu Santo, el temor desordenado de la muerte, quiere dar a conocer que hay un amor desordenado de la muerte, o un temor ordenado de la muerte, que son tolerables. Pero lo que queda en su fascinación de misterio es que hay una gracia fraterna, que va a ser muy combatida, que se puede caracterizar por un amor desordenado de la muerte, un apetito fruitivo que excluye la participación en el misterio de la Suprema Forma; ahí empiezan los desvíos pues existirán siempre los hombres que van por la obscuridad a participar en la forma, en la luz, pero existirán también los insuficientes, aquellos que van por la luz besando como locos las estatuas griegas de los lanzadores de discos, hasta hundirse en la obscuridad descensional y fría. Pero estos desdichados ni siquiera se acogen a la sentencia de Edipo: ¡ah obscuridad, mi luz!, sino se arrastran por la luz como ahogados, hasta que encuentran la obscuridad donde flotan. No ven cómo la noche al caer sobre el árbol le presta la fluencia inmóvil, se han quitado como un sayón la placenta creadora de la noche, sino que como saurios trepando por el poliedro de la luz, van a caer en la noche como benévola, como muerte. El hombre que ve claro en lo obscuro, jamás podrá estar dañado, pero el que ve obscuro en lo claro, jamás tendrá misterio sexual, haga lo que haga, al cobrar conciencia de ese acto tendrá una culpabilidad morosa, que es la única cosa que logra erotizarlo. Siente la culpabilidad, la presunta culpabilidad que sólo está en él, del acto de la madre al engendrarlo. Siente en frío, pudiéramos decir, el acto de la madre al guardarlo en su interior, y se vuelve pasivo, entregado, abrazado a un fantasma que él hizo culpable, arrancando con una espada esa falsa chispa fantasmal de un cuerpo cuya semilla permanecerá siempre en la gloria. El recuerdo de un acto es su culpabilidad, pues todo acto tiene que ser puro, sin reminiscencia y sin devenir, a no ser que el acto transcurra en la *noche perniciosa* del capítulo undécimo de *La Odisea,* cuando la enmarañada Circe guía en el descenso al sombrío Hades. Convertida la sangre del sacrificio en espejo, acuden las almas regidas por Perséfona. A Tiresias, el hombre-mujer-hombre le hace la promesa de un hoyo lleno de sangre negra. La madre de Odiseo se pierde en el valle de las sombras gimientes, tres veces se le acerca para abrazarla, pero la madre huye, hasta que al fin le dice sus deseos. "Procura volver lo antes posible a la luz, aprende estas cosas y relátalas luego a tu esposa." Cemí hizo una pausa, detenido por el recuerdo de las palabras de su madre: "Vive en el peligro de obtener lo más difícil." La única manera de ascender del infierno, llevando la espiga de trigo, el bastos coloreado de hojas y abejas, cuando la madre hablando desde su muerte, desde las profundidades del sombrío Hades, se vuelve esquiva a las prolongaciones del hijo en las tinieblas, quiere huir del hijo para que el hijo regrese a la luz. Cuando el hijo desciende a las profundidades, para ver en el espejo de la sangre negra el rostro de la madre, la madre huye, prefiere la ausencia del hijo, la ascensión del hijo a la luz germinativa. El susto de la madre en el sombrío Hades, debe haber sido muy poderoso. Contempla en silencio que al acudimiento del espejo de la negra sangre, la de los muertos, el primero es Tiresias, el hechicero rey tebano, con su pequeño cetro de oro cruzado sobre el pecho, el hombre-mujer-hombre que aconseja "sacrificar sagradas hecatombes a las deidades que posea el anchuroso Urano". La madre que ve el peligro de toda conversación con Tiresias, desaparece, se pierde, no contesta durante tres veces al llamado del hijo, para que que vuelva a la luz. No te quedes en los infiernos, parece decirle, a pesar de la disculpa de que has descendido al Hades para encontrarme, pero no me veas, asciende, no me mires en los reflejos de la sangre negra, para verme no te asomes al espejo de la muerte.

Foción lo oía como quien vigila el desprendimiento de una rama en relación con la piedra que va a cubrir, con el tigre que va a despertar, con el chapuzón que va a sembrar en la corriente. Era una atención derivada. Sabía que había llegado Cemí a su diálogo con Fronesis, no para intranquilizarlo con torpes intriguillas de celos entre amigos, no para agrandar la malla de rebote, pues ya había comprendido que tanto Cemí como Fronesis, eran los únicos amigos que podía soportar, de niñez ganada por la soledad, las lecturas, el contrapunto familiar profundizando los pasos de la figura. Caso contrario al de Cemí, desde el día que lo había conocido, su simpathos lo recogió como un ensanchamiento de las distancias vencido por la compañía. Sabía que podía hablar con Cemí el día entero de Fronesis, sin que le mostrase indiferencia o cansancio. Adivinaba que Fronesis hablaría con Cemí de él en una forma derivada. Cualquiera que fuese el sesgo de la conversación, sabía que el hermetismo verbal de Fronesis acabaría de cascarse y eso le motivaba por anticipado una secreta alegría. Su erotismo por Fronesis se limitaba al placer de colmarlo, de ocuparlo, de situarse en todas las encrucijadas que podían acecharlo, de estar en su almohada en forma de mosca, de ser un oscilante hilo amoratado en el reverso de sus párpados. Fronesis lo había hecho conspirador, mistagogo, iniciado pitagórico, experto en dólmenes paleolíticos, innumerables máscaras de sus pesadillas en lo cotidiano, pues por una ley trágica de su temperamento, tendía a alejar los objetos del mundo exterior y a bracear en un río muy lento para alcanzarlos. Fronesis era para él un arquetipo de lo inalcanzable, cosa que sólo existía porque comenzaba por ponerlo a horcajadas en un punto errante que oscilaba en un claroscuro inmenso.

—Mientras, San Agustín —continuó Cemí—, volcaba su vehemencia sobre su amigo Alipio, huía de su madre y reconocía la existencia de una substancia del mal, la que más que substancia era la vida verdadera que le correspondía a Satán. El agua rebota sobre la piedra donde sueña Santa Mónica. Gime y llama a su hijo. Sabe que su hijo está sobre el hechizo de los *trastornadores,* de los tentadores, pero no olvidará aquella medida circunspecta que la llevaba al temor de los viajes, por no morir en una tierra extraña que dificultase su resurrección, sin sus hijos y el hechizo de su ciudad. Llama a su hijo, pero éste rectifica su sueño. Es ella la que va hacia la roca de su hijo. Pero su sueño vuelve para favorecerla, ya no es una roca, es una regla, es una escolar medición de madera, donde se ha refugiado la madre para gemir y llamar, pero es ahora el hijo el que bracea hacia aquella medida de su niñez, pero a medida que se acerca es la roca que resuelve unitivamente el sueño de la madre y la voluntad del hijo. No hay una substancia del mal, no hay una región destinada a Satán, los que pensaban que la fascinación de la materia eran las lentejuelas del diablo, olvidaban que al verbo encarnado responde el cuerpo para la resurrección en la gloria. Luego el diablo no puede habitar más de una noche la sombra del higueral en el desierto.

—Es raro que San Agustín, demasiado vehemente en la amistad, durante los años de su juventud, además de la influencia de Platón, le dé su rechazo airado al pecado contra natura. Por el contrario, Santo Tomás, aristotélico, ve el vicio contra natura en una forma peculiar, que parece rehusar la fogosidad condenatoria de Agustín. Sin embargo, a Santo Tomás le fue otorgado el don de los ángeles en el sexo, disfrutó de una regalada castidad en la gracia, nunca fue tentado por el halcón que se escapa de la zarza del sexo.

—*El vicio contra natura,* nos dice en la Suma, *no es especie de lujuria.* Se ve que se obstina para llevar fuera del cuerpo a la lujuria en el pecado contra natura. Lo sitúa fuera de toda caída. *En el pecado contra natura nadie injuria a nadie.* Su respeto al cuerpo le quiere evitar esa mancilla, la relación entre el creador y la criatura no puede soportar ese lunarejo. El cuerpo hecho para cantar en la gloria, no recibirá esa injuria. *Los vicios contra natura no son los pecados más graves entre los pecados de la lujuria,* vuelve a decir, parece que el aquinatense considere la lujuria como una equivocación de la semilla de la germinación, pecado grosero de exceso, pues poco más adelante, en la Suma nos dice: *El adulterio, el estupro, el rapto, el sacrilegio, contrarían más la caridad del prójimo que el acto contra natura,* parece, si nos apresuramos un poco, que reconoce una aridez demoníaca, una semilla yerta sembrada en la noche perniciosa. Pero al fin, Santo Tomás dice, después de un largo rodeo, lo que tiene que decir refiriéndose al pecado contra natura; *no se contiene bajo la malicia, sino bajo la bestialidad.*

Los dos dialogantes no habían perdido la soledad que los rodeaba. Las aulas habían quedado vacías, por los corredores el silencio se extendía como una serpiente. Sentado en un banco, con una soledad que se hacía inoportuna por su subrayado, Foción observaba los gestos, las modulaciones de la voz en el desarrollo, la intensidad de la mirada que viajaba con las palabras. ¿Oía como un espectador ocupado tan sólo en la reconstrucción de una imagen interior? Cemí observó que le temblaban las manos a Foción, que su rostro estaba en exceso regido por la sobreatención. No se extrañó por la conclusión, se diría que la esperaba, lo que sí parecía que lo había sorprendido era el camino escogido, el punto a que había llegado y las sorprendentes derivaciones que ofrecía.

—Pero si es un bestialismo —se apresuró a decir Foción—, y las bestias no pueden pecar, no es un pecado en el hombre bestia que lo comete. Le añado la frase de Pascal, de que el hombre es tanto más bestia cuanto más quiere ser ángel. ¿Es una bestia o un ángel? En ninguno de los dos casos puede pecar. Es una bestia el homosexual, pero no un pecador. Me temo que esa tesis llegue a tener muchos partidarios.

—Sé que no podrás sacar plausibles consecuencias del razonamiento del aquinatense —le respondió imperturbable Cemí—, porque desconoces que nada de eso le puede interesar a él, pues nos quiere llevar al tema final de su obra, la resurrección; si hay un hombre con esa mancha, sabe que como bestia no resucita, por eso cuando tuvo que comentar el pasaje de San Mateo, de los eunucos en el paraíso, declaró que sus luces no le permitían ver claro en ese misterio.

—Pero aunque en la resurrección cesará la generación, los miembros se conservarán para la integridad corporal y no para los actos de su destrucción cuando existía la materia corruptible. Toda materia, nos afirma Santo Tomás, será restaurada por Dios, luego es plausible pensar que los eunucos serán retocados, enderezados y mejorados de voz. No podrá ser enmendado su desarreglo, por desaparecer en el valle de la gloria la fornicación con mujer. Serán restaurados en su integridad, pero en un sitio donde no hay fornicación ni con hombre ni con mujer. Se les restaurará a la normalidad de la cópula con mujeres, pero en un lugar donde ya el fornicio con hembra placentera está abolido. Ese será, tal vez, su castigo.

—Quizá la resurrección de los cuerpos sea el verdadero nombre de lo que Fronesis llamó la hipertelia de la inmortalidad... Cemí se detuvo, se oían disparos que iban en aumento. Ahora comprendía la extrañeza del silencio que los había ceñido. Los estudiantes de Upsalon salían de una asamblea rubricada a balazos. Al salir del aula un grupo pequeño de hombres y mujeres más corajudo agredía a otro más numeroso, pero con menos ánima peleadora. Los disparos espaciados iban impulsando la salida tumultuosa de los asambleístas. Corrían los ujieres y la policía para separar a los participantes en la improvisada promaquia.

—Hasta pronto —le dijo Foción—, ya nos veremos después de mi viaje. Felicidades, me sorprendiste con tu Santo Tomás de Aquino heterodoxo—. Corrió Foción hacía los grupos en discordia, penetrando en la asamblea. Ya no se oían los disparos, Foción desapareció en aquel momentáneo remolino. Cemí sabiendo que nada tenía que hacer en esas arrebatadas sirtes, se fue escurriendo por los pasillos, llegó a la puerta, mirando en torno, vio que el tumulto no había invadido la jardinería y llegó sin contratiempo alguno a la escalera central. Ya muchos estudiantes atemorizados por los disparos, nuncio de futuras reyertas, iban desapareciendo por los aledaños de la escalera, con fingida lentitud, para disimular sus rostros que se iban volviendo lívidos, inhibidos por el temor de los disparos oídos cuando el ambiente de Upsalon parecía más calmoso.

Se detuvo indeciso en el último peldaño de la escalera. No sabía si ir a pie hasta su casa o coger una guagua. De pronto, entre el tumulto de los pífanos, vio que avanzaba un enorme falo, rodeado de una doble hilera de linajudas damas romanas, cada una de ellas llevaba una coronilla, que con suaves movimientos de danza parecía que depositaban sobre el túmulo donde el falo se movía tembloroso. El glande remedaba el rojo seco de la cornalina. El resto del balano estaba formado de hojas de yagruma pintadas con cal blanca. La escandalosa multiplicación de la refracción solar, caía sobre la cal del balano devorándola, de tal manera que se veía el casquete cónico de la cornalina queriendo penetrar en las casas, o golpeando las mejillas de las doncellas que acababan de descubrir el insomnio interrogante de la sudoración nocturna.

Un genio suspendido sobre el *phallus*, acercaba el círculo de flores a la boca abierta de la cornalina, como una rana cantando al respirar, luego lo alejaba, perseguido por las doncellas romanas, que tendían sus manos como para clavarle las uñas; otras veces, como un tiburón, se reía dentro del círculo de flores. El genio que volaba en la promesa de la corona para la cornalina fálica, estaba rodeado de innumerables *kabeiroi*, demonios enanos que portaban unos falos casi del tamaño de su cuerpo, que golpeaban a las vírgenes romanas y luego se perdían en la muchedumbre, enredándose en sus piernas y golpeando en sus cuerpos con su enorme rabo fálico. La carcajada de esos enanos tenía una anchura de onda semejante a la rolliza longura de sus aguijones. La carroza y la figura del genio, con su volante círculo de flores, avanzaban protegidos por un palio, sostenido por cuatro lanzas, que remedaban serpientes que ascendían entrelazadas para terminar en un rostro que angustiosamente se metamorfoseaba en una punta de falo, partido al centro como una boca. Cada una de las cuatro lanzas estaban empuñadas por doncellas y garzones desnudos, que en cada uno de los descansos acariciaba la espiral ascendente de la serpiente fálica. La carroza estaba tirada por unos toros minoanos, con los atributos germinativos tornados por el calor y el esfuerzo de un color ladrillo de horno. Sobre los toros garzones alados danzando y ungiendo con aceite los cuernos cubiertos de hojas y abejas. Un grupo de robustas matronas precede a la carroza, soplando en extensas trompetas. Formando como la cara de la carroza, una vulva de mujer opulenta, tamaño proporcionado al falo que conducía la carreta, estaba acompañada por dos geniecillos que con graciosos movimientos parecían indicarle al falo el sitio de su destino y el final de sus oscilaciones. Un lazo negro, del tamaño de un murciélago gigante, cubría casi la vulva, temblorosa por el mugido de los toros, pero la sombra del animal enemigo de la sangre, tapaba el círculo de las flores, cada vez que los toros daban un paso y el casquete de cornalina avanzaba, rodeado de chillones enanos fálicos.

Capítulo X

Todavía Cemí se sentía demasiado rodeado por aquella mañana, cuando decidió bajar por San Lázaro hasta su casa. Iba repasando las cosas que Fronesis y Foción habían dicho con aparente objetividad. Pensaba también en la novela que yacía oculta detrás de aquellas palabras. Pero no lograba reconstruir en qué forma se hipostasiaban las palabras oídas. A Fronesis lo había conocido a través de una excursión y un relato. Fuera de su tío Alberto, había sido la única persona que se había dirigido a él. Sentía que en su conocimiento de Foción había azar, pero que en el de Fronesis había elección. Sentía también que en ese azar y en esa elección había igual profundidad, idéntico destino. En cuanto a Foción, sentía que su inseparable era de otra índole, lo veía en una pesadilla con ojos dilatados de gato, corriendo de Fronesis hacia él, para luego rebotar de nuevo hacia Fronesis, pero con un destino atrapado en esa trayectoria reversible, más inquietante que verdaderamente destructivo, pues ni Fronesis ni él estaban dispuestos a disfrazarse de ratones para complacer el ronroneo de Foción. Pero no, todavía él no conocía lo suficiente a Foción, se decía, al par que caminaba con visible alegría, como para afirmar que se estaba deslizando en los elegantes pareados de una gatomaquia.

Al pasar cerca del parquecito Eloy Alfaro, sintió que una imantación guiaba su mirada, de pronto le pareció ver cómo una oruga recorría una hoja de lechuga. La madera verde del banco, mordida por una luz insistente, hacía ondular en una marejada a dos figuras. Se destacaron entonces nítidas, demasiado metálicas en sus aristas, surgiendo de un fondo que corría a ocultarse en una reminiscencia aún tan cercana, que le parecía una brillante somnolencia, dos orugas que se interrogaban con sus cuernecillos, en la moteada superficie de una hoja de malanga. Eran Lucía y Fronesis. La concha primaveral del verde y las fresas de la seda se exhibían en el brazo que se apoyaba en el hombro de Fronesis. Pero mientras el fondo verde del blanco, profundizando en su dimensión de lejanía, parecía ocultar los recursos voluptuosos de aquel brazo recorrido por la untuosa saliva de la oruga, la nariz decidida de Fronesis, la línea que surgía de su frente para formar un irreprochable ángulo recto con la aleta que interpretaba la menor variante de la brisa como un gamo, le daba su imposible rechazo. Su nariz tenía algo de la de un centinela ateniense negándose a acariciar un gato persa o a leer una misiva secreta de Artajerjes.

Por la tarde, Cemí, todavía atolondrado por la veloz diversidad asumida por aquella mañana, decidió ponerse a la sombra de un cinema. Presentaban una variante de la Isolda, puesta al alcance de los hijos del siglo. El espíritu del mal había sido reemplazado por una corcova que se perdía entre los trigales mirando de reojo. El rey tembleteante sustituido por un escopetero morón, que tenía también algo de relojero decapitado. El enano del reojo robaba las escopetas para sacarle en la detonación las cuencas negras que después apoyaba en el pecho del nadador sobredorado. Una canoa de carrera londinense, levantaba como un túmulo a los dos amantes, entre fanfarrias y hachones. El enano del reojo recibía una guindalla junto con una chiva paridora. Por lo que al final, con los amantes muertos y las igualitarias colgaduras, la escogida entre el bien y el mal había quedado inoficiosa.

Una vieja costumbre de Cemí le deparó de súbito un descubrimiento al entrar en la cámara oscura. Antes de proyectarse en el pantallón que lo miraba, su vista lograba la acomodación saltando por los rostros de los espectadores. Cuando ya había precisado algunos rostros, se hundía entonces en la convocatoria del punto central de la lona ensombrecida, pero en ese salto sobre los rostros, lograba amortiguar el encandilamiento de la luz callejera y su traspaso a la pantalla rayada. Desde las primeras pesquisas del acomodamiento, su globo ocular tropezó con dos mejillas que muy lentamente frotaban sus láminas. Las dos orugas habían reemplazado el verde de la lechuza por las sombras diestramente manejadas por el italiano de Porta. Allí estaban Lucía y Fronesis, en el eterno retorno de sus posturas: Lucía, estirando el aliento de la serpiente de sus brazos; Fronesis inmutable, cortando con su perfil subrayado, perfil que agudizaba tanto sus contornos como un hacha para fragmentar la serpiente.

Cada vez que el proyector situaba un claro, Cemí miraba con cautela las lentas variantes en las posiciones de la pareja. Se veía que la hembra se subdividía y anegaba cada vez más presionada por las hormigas del Eros. Sus labios iban trazando el ornamento de un círculo húmedo en la garganta de Fronesis. La mejilla de Lucía repasaba incesantemente la de su amante, como los escudos frotados de dos combatientes sonámbulos. Al adelantar Lucía sus mejillas la espalda extendía su reto y la calipigia emergía como un delfín que nivela su lomo con el cristal de la onda.

Al anterior claro del proyector, siguió un oscuro tempestuoso. Isolda corre a la orilla del mar, la hebra de oro traída por el pájaro vuela sobre sus trenzas anudadas en alto moño. Su cuerpo reposa semidormido en la arena. Un cangrejo que no sabe disimular su asombro, no puede penetrar en el círculo que la rodea, donde la misma onda, en la prolongación de su insatisfacción voluptuosa, lame y se retira. El cuerpo de Tristán ejercitado ya para luchar con el dragón, se alza en una gritería frente a la cuadriga solar, como un ánfora de vino sus emanaciones hacen retroceder a la onda, que luego avanza sobre el círculo para despertar a Isolda sobresaltada, con los pezones agrietados por el salitre.

Con la espalda sobre la arena, las dos manos en la nuca, Isolda flexiona sus piernas. Muestra por un instante sus entrepiernas, donde la hebra de oro traída por el pájaro se ha metamorfoseado en un crinaje o yerbazal picoteado por una siguapa. La piel rosada se ha trocado en una estribación retorcida como una tripita de apéndice intestinal. La planicie de nieve coloreada que convidaba desde su piel, son ahora las ondulaciones de un terreno carbonífero. El proyector fija un claro anchuroso, donde la mirada de Cemí se lanza sobre la pareja. Ve a Fronesis que con ademán incontrastable quita de su hombro la mano de Lucía. Ve, debajo de su nariz de centinela helénico, los labios que esbozan un gesto de asco. Ve a Lucía con la cabeza baja, perdido casi el aliento. Ve a Fronesis cruzarse el índice sobre los labios, indicando silencio. Ve que Lucía comienza a sollozar.

Cemí temió que cualquier ademán indiscreto de la pareja lo precisara, sospechando su vigilancia. Suposición gratuita, pero que había que evitar, pues Cemí creyó que una coincidencia podía ser valorada como una persecución maliciosa. Se levantó buscando la diagonal opuesta al sitio ocupado por el desganado y la atacante. Otro claro señaló un nuevo peligro no reconocido hasta ese momento. En el punto medio de la diagonal, Cemí vio otro rasguño que el diablo hacía visible. Estaba sentado, con inquietud que se desataba mirona hacia la pareja, Foción, que parecía oir, desde su discreta lejanía, los movimientos y los cuchicheos de los amantes. No disimulaba el escaso interés que tenía por la nerviosa contemporánea de un mito. Su película, su caza, su incitatus, era la pareja. Su acecho era el de un félida separando con lentitud sombrosa los yerbazales para caer sobre la presa. ¿Había Foción seguido a la pareja de enamorados? ¿Estaba en el cine cuando entraron los motivadores de su acecho? Apenas Cemí sintió que se le iban levantando esas preguntas, se fue de nuevo a la calle para evitar la hiperbólica recurrencia que motivó los pequeños móviles de la conducta ajena. Cemí evitaba dejarse tentar por el demonio azul de la banalidad caprichosa.

La sola posibilidad de dejarse enmallar en un laberinto menor, le hacía darse puñadas en la frente. Notaba que ese laberinto menor le era muy necesario a muchos bueyes ahogados por un humo de redoma. Foción se deshacía, era casi lo que llenaba la otra mitad de su vida, la suma de increíbles minucias sin Ariadna y sin Minotauro. Su enferma capacidad de espera, le hacía seguir cualquier laberinto hasta la línea del horizonte, donde un inmenso tedio había bruñido su rostro hasta otorgarle cierta nobleza de lo indiferente, lejano o desdeñoso. Su autodestrucción en lo temporal lo reconciliaba multiplicando espejos en torno a cualquier manifestación fenoménica. Cuando la liebre del sucedido estaba al alcance de su mano, estaba ya desangrando, la frecuencia de esos ejercicios en la infinitud le cerraba la fuente de la voluptuosidad. Acuchillaba en tal forma la distancia entre el deseo y lo deseado, que al final lo deseado levantaba como un Perseo la cabeza decapitada de sus deseos.

Lucía, humillada, sentía el peligro final a que podían conducirla sus sollozos, pero también precisaba lo inexorable de los caminos hacia Fronesis. Desde su posición, aún llorando sentía el riesgo de sus lágrimas, pero cuando se ponía a ver su situación desde la perspectiva de Fronesis, se sentía perdida sin remedio; aún en el plano de un erotismo inmediato, intuía los excesos de laberintos, avances y retrocesos a que le arrastraría la fascinación que sobre ella ejercía Fronesis, fascinación que sólo podía interpretar en el esguince eléctrico de sus nervios, cuando se sentía invadida por aquella imagen que al descender a su interior comenzaba por quemarle la piel en el rozar. Luego la imagen iba ascendiendo, dejando en su espacio interior el recorrido de la memoria muscular que al fin desprendía la imagen de la incitación, para volver a circulizarse en una energía que no encontraba su espiral de salida. Lucía en su adolescencia descubría los secretos de ese ergon, de esa energía, como decían los griegos, en círculos lentos que iban de la nebulosa al fósforo, de la reconstrucción a la pulverización de la imagen. En un oscuro del proyector, aumentado por la ofuscación de su vergüenza, la imagen de Fronesis descendió hasta perderse en las profundidades de Lucía. Cuando ascendió el espejo de la imagen sólo mostraba un punto, pero ese movimiento de la rotura de la imagen motivó dos respuestas diversas. Lucía se levantó para irse. Fronesis, sin evitar su retirada, le apretó el brazo diciéndole: por la noche te voy a buscar. Sacudió Lucía el brazo de la mano que la ceñía. Por los corredores, ya abría la cartera, encontró el creyón rojo húmedo. Mientras se retocaba el círculo de los labios, la imagen, rotos los cristales del espejo, estaba ya en la otra cámara, donde se abandonaba a una danza en la que los cuerpos se enlazaban o separaban acorralados por las almas. Fronesis cruzó las piernas, encendió un cigarro largo, creyó que el fósforo se extenuaba, pero la imagen cobró fuerza para situar en la luz su silueta de centinela helénico.

Foción quiso comprobar, ya que no podía el significado, la extensión y veracidad de la retirada de Lucía. Fue hasta el servicio, revisó las hileras de las lunetas, se acercó lo más que pudo hasta la puerta. No, no había sido estratégica la retirada de Lucía. Foción volvió a ocupar su sitio y comenzó a humear una espera inquieta. El cigarro, humedecido e impulsado por sus nervios, le quemaba la punta de los dedos. Tomó su decisión por lo menos prudente. Fue a sentarse al lado de Fronesis, en el asiento dejado vacío por Lucía.

Su nerviosismo se disipó en el perplejo de ver el recibimiento que le hacía Fronesis, con total adecuación ante su alevosa impertinencia. Su turbación se hizo menos exterior, pero más laberíntica al oscilar en su espacio interior. La serenidad de Fronesis llegaba a enloquecerlo. Creyó que fingía, para no anonadarse en la total indiferencia de la recepción. Foción era un enfermo que creía que la normalidad era la enfermedad. Su energía mal conducida, su fiebre permanente no aparecía en momentos excepcionales, sino que le era connatural. Su precipitación fuera de todo ritmo de penetración y de retirada, lo hacía acercarse a las posiciones desplazadas por los otros, tratando de llevar, de traspasar lo que él creía que eran las normalidades de su caos, siempre en estado de hervor; por eso sólo sentía el frío, la indiferencia de los demás. No podía interpretar el estado de ánimo de Fronesis hacia él, lo dejaba hacer, sabiendo que si llegaba al punto de cocción, el único esterilizado en esa amistad sería el propio Foción. Fronesis lo observaba con ironía, con ternura, con disculpas, sin jugar con él, lo observaba con la partida ganada, sólo que perder no le interesaba a Foción. A su manera era un místico, ennoblecido por el ocio voluptuoso, obsesionado por la persecución de un fruto errante en el espacio vacío. Fronesis comprendía la nobleza final de la vida de su amigo, por eso lo toleraba con cierta pasión, donde el *sed intelligere* spinozista se había convertido en el *ordo amoris* agustiniano, con más predominio del primer ingrediente, quedando de la partida ganada, como hemos dicho, por anticipado, una amistad noble, austera, tolerante e inteligente. Comprendía la nobleza del laberinto de Foción, pero rehusaba acompañarlo hasta la puerta de salida, puerta donde estaban unas inscripciones y unos símbolos que a él nunca le interesaría descifrar.

Fronesis se hizo que no veía las sonrisillas de Foción ante las vacilaciones de los dos amantes y cómo la muerte triunfaba del Eros, pero en ese momento el que triunfaba era Fronesis. Se levantó para irse. Foción lo siguió con total capitulación.

—Te veo esta noche en el recodo del Malecón —le dijo Foción con cierta disimulada súplica.

—Si puedo iré, tengo la noche con muchos enredos. Unos amigos de papá llegan de Santa Clara y tengo que esperarlos. Quisiera ir, porque sé que te vas mañana... Fronesis no le quiso decir el verdadero motivo de su forzada ausencia. Sabía que eso lo complicaría más que su ausencia por la noche.

Foción no insistió en la creencia de que Fronesis no faltaría, que se zafaría de esa visita ridícula. La parte noble de Foción, rechazaba que en los demás pudiera existir la mentira, sin comprender que los demás tenían a veces que emplearla para librarse de su parte impura, de su maligna fascinación. No era ese el caso de Fronesis, era la noche en que su trato con Lucía tendría su configuración y desenlace; por eso no podía dedicársela a la despedida de Foción. Este se ausentaba la noche en que Fronesis se presentaba ante una interrogación que quería ver metamorfoseada en respuesta. Tenía que llevar la huida de Lucía a un abrazo con sus *logos spermatikos*.

Caminaron unas cuadras y entraron en ese café que viene invariablemente después de una película, con pocas ganas de hablar, pues el silencio forzado de la cámara oscura estaba todavía en ellos; pero muy pronto tuvieron esquinado, frente a una cerveza, a Cemí, ya liberado de su temor de que creyeran que vigilaba a Foción vigilando a Fronesis. Cemí estaba alertado por la incorporación báquica. Fronesis y Foción se sacudían todavía las telarañas de las sombras.

—Estamos hechos, sin duda, para formar la triada pitagórica —dijo Fronesis—, el azar me une con Foción en el Hades del cine y el azar nos une con Cemí en la luz.

—Bienvenido a la cofradía de los lupulares, cofradía que desde Nuremberg a La Habana tiene muchos adeptos. Lupulares, no de lobo, sino de lúpulo, fecundo en sanos vigores y en canciones metafísicas —le respondió Cemí. Su alegre respuesta estaba hecha para desalojar los antecedentes extraños del reencuentro.

—Se ve que te sientes tan contento como Napoleón en su isla, según acostumbraba a decir Goethe —intervino Foción con una expresión ambigua, pues dejaba en el aire la tristeza o jubileo que podía resignar Cemí frente al copetín solitario.

—¿Estás en acecho de alguna Isolda? —le dijo Fronesis.

—La única Isolda que ha cantado en el acantilado o dicho su *sermo rusticus,* que ha cimbreado por la acera de enfrente, ha sido la de un amante amigo —adelantó Cemí para tentar a Fronesis.

—¿Estaba muy encandilada Lucía, cuando desfiló solitaria, sin las Walkirias de su casa de huéspedes? —le preguntó Fronesis, comprendiendo de inmediato la alusión de Cemí.

—Se iba alargando las cejas como una apsara o ninfa del templo de Kajuraho —le dijo Cemí, para asegurarle que la saleta de la pensión donde vivía Lucía seguiría abierta para él.

Apresuraron el paso báquico los tres amigos. Fronesis le añadió a su cerveza un poco de scotisch, Foción, unas líneas de coñacada, con lo que alcanzaron a Cemí, que llevaba el paso más lento de la cerveza. Entonces vieron que llegaba un hombre cuarentón, pero delgado y en extremo avivado, con una trigueñez de argelino y un mechón renegrido que se le derrumbaba por la frente, teniendo que sacudir la cabeza hacia atrás para que el pelo no lo cegase. Tenía algo de prestidigitador, de diplomático egipcio. Iba seguido de un pelirrojo de unos veinte años, atolondrado, mirando de reojo dentro de una amistad que parecía en extremo reciente. Se sentaron en asientos pullman, uno frente del otro. Los dos parecían venir de otros cafés, donde por sus vacilaciones y su rectificar gestos, aseguraban haber ido más allá de la cuarta copa.

El maduro trigueño sacó de una bolsa de cuero unas piezas que parecían de hueso, las que estaban enfundadas en un tapetillo verde aceituna. Eran unos cepillos chinos de dientes, cuyo mango labrado remedaba un poliedro donde alternaban esferas y encajes de huesos. Se los iba a regalar al pelirrojo para que vendiéndolos remediase su miseria, pero éste no pudo llegar al final del ofrecimiento caritativo. Enarboló un vaso y vació su agua sobre el rostro del trigueño. El agua al bruñir el mechón frontal le dio una contextura de ébano pulimentado como mármol. Salió corriendo el pelirrojo, llevando en su mano el cepillo chino de dientes. Permaneció inmutable el maduro, sabiendo el escaso valor del poliedro de hueso trabajado, sabiendo tal vez que sus piernas no le acompañarían a una cacería del pelirrojo endemoniado de súbito.

El camarero al acercarse con otra ronda para los tres amigos, les transmitió el suceso: —Lo único que dijo fue: pensar que yo le iba a propiciar que asomase su rostro a un espejo de metal, estilo de los últimos ptolomeos. Y que le iba a regalar todos los cepillos chinos; pero es un niño diablo, y ahora, sentado en el quicio de una esquina, debe de estar dándole vueltas al poliedro.

Los tres amigos se levantaron para irse, después del incidental jeroglífico, pues todo había sucedido como entrecortado por cuchillos giradores. Para prepararse su probable ausencia en el recodo, Fronesis invitó a Cemí a que los acompañase, para así mitigar la tensión de la espera y la desazón de la ausencia en un amigo como Foción, siempre rodeado de sierpes y de fantasmas descifradores de ecos rodados.

Al llegar a su casa, Cemí se abandonó a meditar sobre el grado y esencia de sus dos primeras amistades. En realidad se iba destacando, en el rezumo de innumerables detalles, el carácter de Fronesis, que iba ganando sus momentos con una serenidad tal vez con un tanto de afectación, donde la salud y el destino derivaban de su choque o roce furtivo con las personas y las situaciones, una desenvoltura coloreada, amena y digna. Lo que más le atraía a Cemí de Fronesis, era su desenvoltura en cosas de cultura; no sólo mostraba el haber picoteado en muchas ramas del árbol del conocimiento universal, sino que después envolvía en sus mismas hojas la almendra de una exacerbada pasión crítica. Conocía y después pulverizaba lo aprendido con igual dignidad crítica, con ánimo continuo y lleno. Era una de sus características en el trato diario, la uniformidad señorial. No era un demagogo de la conducta que mostraba sus caprichos errantes, sus excentricidades, sus cariacontecidos alardes de personalidad, dependiendo la irregularidad de sus humores del café con leche ingerido o de la orinada gatuna en la sobrecama de invierno. Su señorío pastoreaba el rebaño de sus días con más uso de la flauta que del cayado. La uniformidad de su carácter enloquecía a los poetastros, a los teatristas existenciales, a los cineastas con pantalones color marrón, a esa fauna que para mostrarse temperamental escupía en un pañuelo con ajenas iniciales, prestado un día de dolor de cabeza fingido.

Su vida era más atormentada que la de toda esa familia, pero mostraba un exterior irreprochable. Su destino lo profundizaba en una forma severa. La inmensa mariquera lo consideraba pedanteado, reiterado, de reacciones esperadas, ceremonioso, pero sentía su innata superioridad como un ijar. En realidad ese grupillo no tenía reacción frente a Fronesis. Lo que consideraban pedantería, era un hechizo de sabiduría convertido en amistosa costumbre. La seguridad de su desenvoltura, que los banales veían como reiteración, era el cumplimiento de un destino cuyo sustento desconocían. Era ceremonioso porque era fuerte, tierno, amistoso, porque daba la sensación de que despertaba en la dicha y se adormecía en la confianza deseosa. La ausencia de fundamentación, de descenso a las profundidades del Hades o del yo secreto ascendido hasta el sí mismo integrado o unificado en una proyección luminosa, de gran parte de sus contemporáneos, hacía que éstos deslizaran los más sombríos puntos de vista, los equívocos envidiosos más miserables, cuando se enfrentaban con el desprecio sereno, el férreo desdén de Fronesis. Pero ya él lo había dicho riéndose, tenía dos amigos. Uno, Foción, en sus descensos al Hades. Cemí, el otro, cuando regresaba a la luz. Sabía que una triada amistosa es ganar la adolescencia. De ahí su sentirse dichoso, sentía la fuerza sagrada de tener un amigo apasionado y un amigo que lo escrutaba, que lo creía entre líneas, que lo repasaba, como dos centinelas que mientras uno dormía, el otro vigilaba su sueño y al mismo tiempo, en acecho, evitaba que las aves portadoras de presagio penetrasen por su frente.

Foción era muy distinto, hasta ahora sólo le había mostrado a Cemí su derivación, es decir, el carácter derivado de su trato con Fronesis. Pero esos caracteres, como la más reciente apreciación sobre las culturas decadentes, estaban llenos de soterradas fascinaciones. Así la conducta de Foción no estaba en las raíces de su fundamentación, sino en la serie de puntos que recorría un móvil hasta un punto dado. La configuración de su conducta era nada más que un punto de su movimiento, es decir, había en su raíz un equívoco, su conducta no adquiría nunca forma, una forma última del devenir de la materia, según la frase de los escolásticos, sino una potencialidad deseosa, que apenas salía de su guarida, se perdía en una escala de Jacob, de lo proteico que se hacía protervo por un escalonamiento furtivo de metamorfosis, fuera de todo ritmo y sucesión.

Cemí salió de su casa, después de un reposo conversacional de la comida. Un seguro instinto lo llevaba al convencimiento de que ya estaría Foción en su garita de posta polaca. Cemí se había demorado en algún banco del Prado, pues quería llegar al recodo del Malecón cuando ya estuvieran Fronesis y Foción conversando; pero apenas llegó pudo precisar, no sólo la ausencia de Fronesis sino el endemoniado desasosiego, como una dosis muy alta de azogue de león rojo, recetada por Paracelso, que eso producía en Foción. Desde el principio de su llegada vio el torrente, el hervor de aguas confundidas que invadían a Foción. Cuando Cemí le preguntó cómo se encontraba de estado de ánimo, le respondió con una tristeza arrogante: —Me siento como la indicación que algunas veces hace Brahms en sus sinfonías, *poco allegreto sin llegar al lamentoso*. No estoy alegre, pero sencillamente no tengo nada de que lamentarme. Vine porque era la única manera de comprobar la ausencia de Fronesis. Vine también porque si ese hecho pasaba, era entonces imprescindible que tú y yo habláramos esa ausencia del caro mío Fronesis. Sobre todo ahora que se te ve que estás en la recurva del asma y se te ve alegre y fuerte como si llegaras a las primeras playas del mundo en los días de la creación—. Lo que Foción no precisaba era que la única alegría que pesaba en Cemí era su amistad con ellos dos, ya cada uno por su parte, ya el acecho de Fronesis por Foción. Era sentir la profundidad placentera de que se penetraba en una alegría inteligente, la serena nobleza que se alzaba hasta enfrentarse con un hiriente destino. Dentro de esa alegría, a veces, Cemí sentía el dolor de la adquisición de cosas esenciales, pues en toda amistad por *quiditaria,* por apegada a las esencias que sea, hay siempre el dolor de la cosa perecedera y la falsa alegría de lo concupiscible, el dolor de las adquisiciones hechas por los sentidos transfigurados.

—En seguida me di cuenta de la impresión que te había causado la frase de Fronesis, la hipertelia de la inmortalidad, que usó en nuestra última conversación en la colina —soltó como un exabrupto Foción, para entrar en cancha verbal.

—Me gusta en él —le respondió Cemí—, esa manera de situarse en el centro umbilical de las cuestiones. Me causa la impresión de que en cada uno de los momentos de su integración lo visitó la gracia. Tiene lo que los chinos llaman li, es decir, conducta de orientación cósmica, la configuración, la forma perfecta que se adopta frente a un hecho, tal vez lo que dentro de la tradición clásica nuestra se puede llamar belleza dentro de un estilo. Es como un estratega que siempre ofrece a la ofensiva un flanco muy cuidado. No puede ser sorprendido. Avanzando parece que revisa los centinelas de la retaguardia. Sabe lo que le falta y lo busca con afán. Tiene una madurez que no se esclaviza al crecimiento y una sabiduría que no prescinde del suceso inmediato, pero tampoco le rinde una adulonería beata. Su sabiduría tiene una excelente fortuna. Es un estudiante que sabe siempre la bola que le sale; pero claro, el azar actúa sobre un continuo, donde la respuesta salta como una chispa. Comienza por estudiarse los cien interrogatorios de tal manera que no puede perder, pero la pregunta que trae en su pico el pájaro del azar, es precisamente la fruta que le gusta, que es mejor y que merece más la pena de bruñirla y repasarla.

—Eso que tú dices —le respondió Foción—, se ve en la conversación del otro día sobre los mitos germinativos. Ese es el tema que más me apasiona, es mi tema, sin embargo, para Fronesis es más bien un tema de circunstancia; pero cuando dijo "hipertelia de la inmortalidad", tanto tú como yo nos dimos cuenta que había puesto la flecha en el blanco.

—Parece como si hubiera tenido un maestro de campo —dijo Cemí—, aislado en la soberanía de su biblioteca. Una especie de Salastano de Santa Clara. Desde que era un niño el maestro había adivinado que él era el elegido, al mismo tiempo que se asimilaba las raíces de las verdaderas innovaciones del maestro.

En sus viajes, en la maestría del saber, en la taberna, en la pensión, se encontraba con lo que mejor podía favorecer su intuición y su conocimiento. Causa la impresión de que su padre, a quien no conozco, sin ser un creador, es hombre de un saber principal. Habrá viajado y logrado una excelente colección de infolios. Le ha transmitido a su hijo las lenguas románicas. Es un estoico, un católico de los primeros tiempos, donde los misterios órficos pasaban al signo del cordero. Su madre, austriaca criolla, trasunto de la nobleza ancestral de la Europa oriental, vive rodeada de objetos de arte, los que valora dentro de las últimas y más profundas apreciaciones sobre el estilo, la vida y la expresión. Por eso transmite a su amistad el orgullo de los que la disfrutan. Se siente uno a su lado un poco como los Dióscuros, la pareja que penetra en la profundidad, entre las imprecaciones de las amazonas. En la desintegración contemporánea, ofrece una poesía con la resistencia de lo unánime, un conocimiento que armado de un robusto análogo aristotélico, busca la otra mitad desconocida... Esa impresión causada puede ser cierta o invencionada, pero su gravitación parece unir sentido y destino con mucho aprieto. Su *fortitudo* de gravitación hacia el centro de la tierra, hace que todo lo que se le invencione le caiga bien, tenga que demostrarse que no es cierto, para no creerlo, pues todo lo favorable que se le atribuye en un momento dado parece ser cierto.

—Es muy justo tu Fronesis por Quinto Curcio, el biógrafo de Alejandro el Magno, tan leído por Luis XIV y por Napoleón. Esa impresión también me la causa a mí. Sólo que tu juicio brota del *intelligere*, y el mío de las profundidades del infierno. La amistad de Fronesis para ti es fortalecedora, como se deriva del retrato que acabas de hacer, es robusta y clásica. Pero Fronesis es para mí —hizo una pausa y miró a Cemí con tristeza—, claro que sin saberlo, yo diría que hasta queriéndolo evitar, mi demonio, mi oscurecedor, mi enemigo inconsciente, el que me destruye. Soy un hígado etrusco, donde los hechiceros hacían adivinaciones, destruido no por un buitre, sino por un faisán que se mueve en una tapicería, donde cada hilo está elaborado por devanadoras que han jurado mi destrucción.

—Quizás la resultante sea ese retrato que tú has hecho del hombre venturoso, no sé por qué recuerdo el retrato de Le Nôtre, del marqués de Saint Simon, que inclusive, si al saludar al Papa le daba unas cachetadas, éste se sonreía. Pero ya a estas alturas de nuestra amistad tú debes conocer, no sólo la resultante, sino las vicisitudes de la formación de la sangre de Fronesis. Si no conoces su sangre, no podrás conocer la posibilidad del espíritu en Fronesis, a horcajadas sobre la sangre o pegándole con grandes varas, es el caballo que monta el espíritu absoluto, recordando la expresión de Hegel. No es un problema de complementarios a lo que juegan el espíritu y la sangre en él, sino a un círculo de lo absoluto, donde ambos peces se sumergen a tal profundidad que ya nada se puede descifrar por la lámina, por la piel, por la corteza del palmeral.

—Pero contra lo que pudiera pensarse, Fronesis no es un hombre de fácil apreciación, no se le llega fácilmente con una lazada. Los demagogos de la sicología de profundidad, del laberinto de la infra conciencia, corren el riesgo de equivocarse con él. Su inmutable exterior, su falta de jeremiada los confunde. El destino le podrá dar un manotazo, pero es innegable que como un caballo escita está parado en dos patas a la orilla del mar huracanado.

—No se le puede conocer —añadió Cemí—, con intentos de penetrar con un farol en sus profundidades. Es más fácil dejarse invadir por él, no intentar sorprenderlo, saber que es amigo tuyo y mío nos aclara más cosas que si intentáramos acorralarlo en su presunto laberinto. Pero aunque no creo que sea imprescindible, tampoco totalmente contingente conocer su acarreo, cómo se fue haciendo en el tiempo, me gustaría conocerlo en sus momentos anteriores, cuando aún no había nacido—. Cemí intuía que parte de la venganza, del demonismo de Foción, se cebaría en los secretos de su amigo ausente. Le abría el camino, sabiendo que Foción reaccionaría procurando por todos sus medios destruir el retrato clásico de Fronesis que a medias había hecho Cemí. A su manera, sentía el acercamiento de Cemí a Fronesis como un desafío. Su simpatía por los seres estaba tan dañada que le gustaba ser el profeta de algunos de sus amigos, pero si éstos recibían algún elogio de persona ajena, reaccionaba entonces como un Anticristo, rebajándole cualidades, oscureciendo algunas de sus aristas a esos mismos amigos a los cuales un cuarto de hora antes había considerado irreprochables, arquetipo de la amistad inteligente, amantes de la sabiduría como Charmides en presencia del Sileno.

—El padre de Fronesis, ahora el sesudo abogadote de Cubanacán, era hijo de un diplomático cubano en Viena —comenzó diciendo Foción—. La pasión del conocimiento y los escarceos de la galantería tiraban su manta con igual decisión. Conocía la colección de marfiles de los Habsburgo, tan acuciosamente como las distintas clases de mujeres vienesas. Esas condiciones que tú sorprendes en Fronesis, estaban sin desarrollar en su padre. Buscaba siempre, ansiosamente, la otra mitad que se esconde en la sombra. Su notable señorío de criollo, además del tren de vida que llevaba por su puesto diplomático, le permitían ser el amigo de Hoffmannsthal, de Schnitzler, de Alban Berg y al mismo tiempo saber cuál era la última doncella que al salir del coro no tomaba el camino de su casa. A la que había que convidar a champagne, con una *flatterie* del siglo XVIII, y a la que había que darle unos buenos manotazos en los fondillos. Pero quizás una sola vez en su vida se quedó sin adecuación y sin respuesta. Y eso lo perdió... o hizo que su vida cogiese otro camino. Entre San Petersburgo y París, Diaghilev, en Viena, mostró sus danzas con algunas doncellas vienesas aficionadas, en una sociedad muy distinguida, que iban a considerar un honor para toda su vida haber bailado en un coro donde la primera bailarina, la Chernichova, pertenecía a la historia del ballet en su gran época. Era una temporada que entre descansos, excursiones, visitas palacianas, intercambio entre las academias de baile, demoraría un mes. El padre de Fronesis había hecho una amistad de todos los días con Diaghilev, que le preguntaba con voracidad, con esa voracidad cosmológica que era casi su principal característica, acerca de ritmos negroides, tambores yorubas, brujería e invocación de los muertos. En el coro de doncellas vienesas incorporadas, la señorita Sunster miraba con asustados ojos esmeraldinos a aquel criollo, distinguido día y noche por Diaghilev con su conversación más acuciosa. A veces, Fronesis padre hablaba y Diaghilev tomaba notas en un cuadernillo, dibujando más que escribiendo las cosas que oía por primera vez. Cuando Diaghilev, que era un hombre de decisiones casi brutales, por la tremenda energía que volcaba en todo lo que era su inmediato, vio el embobamiento de la Sunster por el diplomático criollo, forzó su solución en una primera comida en un reservado para la conversación de temas exóticos, entre los taponazos del champagne y un Eros travieso, especializado en rápidas cosquillas con fino varillaje rococó. Al mes las tiendas de los bailarines se plegaron de nuevo, para acampar una temporada larga en París, y la Sunster puesta de acuerdo con el criollo, se fugó de su casa, formada por una madre de bondades clásicas, padre ingeniero y hermanas amantes de paulinas soluciones epistolares. La familia de la mejor tradición de la burguesía vienesa, supo llevar el asunto con el mejor pulso para que no trascendiese. Dijeron que la Chernichova se había prendado de las virtudes incipientes de la aficionada y había recomendado a la familia aquella excursión danzante. Y la familia desde luego había aceptado esa proposición, que a cualquiera podía llenar de orgullo. Fronesis padre se mezcló con la compañía en tal forma que muchos pensaron que era un joven escenógrafo, rival de Delaunay. Poco tiempo después, la Sunster tuvo que pedir una habitual licencia que la dispensase de su presencia en el coro. Sus pies habían comenzado a dilatarse, sus fatigosos suspiros, el engrandecimiento de su rostro, fuera de la simetría exigida por las estatuas vienesas, revelaban que ya puedes saludar, si tales son tus deseos, a Ricardo Fronesis, envuelto en sus collares placentéricos, en su verdadero nimbo de hipertelia inmortal. Pero ahí es donde el ridículo comenzó a rondar tan plácida y acostumbrada situación romántica. Toda esa situación que te he descrito con la mayor brevedad, no era nada más que una comedia de enredos y equivocaciones.

Al llegar a este momento del relato de Foción, nunca pudo precisar Cemí, y eso que durante muchos años había reconstruido la escena pieza por pieza, es decir, cuál era la circunstancia de Foción al hacer el relato. Foción entregaba esos secretos familiares para vengarse por la ausencia de Fronesis. Esa solución le parecía muy simplista. ¿Hacía el relato para inferiorizar la sangre de Fronesis? Después de muchos años de pensar en esa manera de Foción, Cemí creyó darle alguna solución. Había un fondo angélico en aquella presunta traición de la amistad. Foción quería revelar que la sangre de Fronesis era profunda, complicada, llena de remolinos, que no era tan sólo el hijo del abogadote de Cubanacán, que tenía en su biblioteca la *ex optima latinitatis autoribus,* para citar entre los tresillistas de liceum alguna melcochada virgiliana. Había demonios, misterios en el pasado de Fronesis, como un dragón con rostro de centinela helénico avanzaba seguido de una cohorte de vultúridos, murciélagos, brazos de nieve en la medianoche encadenada, sembrados de lunares que crecían como coágulos sanguinolentos y abejas gigantes escondidas detrás de flores sulfurosas. Su Eros se extendía hasta el pasado de Fronesis, exhumaba los demonios del pasado, rodeados de verjas despertadas en los cementerios vieneses, pero lo que él no podía permitir era que alguien pensase que la sangre de Fronesis era una sangre dura, fría, que se podía cortar en rodajas como una sobreasada.

—Mientras la carreta de los saltimbanquis seguía en la isla de San Luis, el diplomático Fronesis, acariciando el recién nacido, se iba enterando de muchas cosas menores, que siempre conocía al final, cuando ya la situación estaba hecha en sus duros bloques, pero comenzaba a fluir, a licuarse en un sirope de remolacha, que sustituía los espejos de sangre humeante a la entrada del Hades.

—Fronesis, mientras acariciaba a su hijo, fue conociendo las siguientes verdades que no se dejaban acariciar. Primero, la señorita Sunster no tenía por él el más insignificante interés. Lo había utilizado económicamente para seguir en la compañía en su marcha a París. Su interés enloquecedor era Diaghilev. Segundo. Diaghilev sentía por la señorita Sunster menos interés que el que ella sentía por Fronesis. Tercero, Diaghilev era un endemoniado

303

pederasta activo, que sentía una poderosa atracción por Fronesis padre, como era sabido por todas las variantes de sonrisas en la compañía de ballet.

Fronesis padre se dio cuenta que había hecho el ridículo, que había caído en una trampa. De esa trampa iba con lentitud ingurgitando, ascendiendo, sus manos en repaso incesante de las guedejas de su hijo Ricardo. Entonces fue cuando la familia del ingeniero Sunster, que había permanecido en acecho, irrumpió para traer una posible solución.

El ingeniero Sunster visitó a Fronesis en París, y pudo tejer con habilidad un contrapunto para salvar su inquietud familiar y el vacío de Fronesis. Le habló de que tenía otra hija, vienesa, rubia, exacta a la anterior que él había padecido, pero sin fuerza centrífuga, dispuesta a criar el hijo como si fuera suyo. Su hija, la alucinada por Diaghilev, había estado sometida a tratamiento de los mejores siquiatras, pero todos habían llegado a idéntica conclusión. Se trataba de una sicosis sexual, no de una neurosis de angustia. Esa sicosis se le revelaba en forma de dromomanía mitomaníaca, caminaba, caminaba y bailaba por las noches de Viena, en seguimiento de dólmenes viriles. Pero todo el fragmento de enajenación familiar le había correspondido a la fugada. El resto de su rebaño de féminas tenía, en tono menor, el carácter de María Teresa de Austria y la devoción de Santa Isabel de Hungría. Nosotros descendemos del caballero Juan Sibiesky, el defensor de Viena frente a la caballería de los árabes, por cuya memoria le juraba que su hija María Teresa Sunster borraría la afrenta hecha por su hermana, que sería buena esposa, buena madre, y sobre todo que regiría su casa con la nobleza casamentera de los Habsburgo, *Austria est Imperare Orbi Universo*. Un criollo instalado en el estilo universal de los Austrias, es lo que le ofrecía para reemplazar lo errante y la tiniebla de la escapada en la canasta de los saltimbanquis.

—Fronesis no contestó a la invitación de parentela, rogó con cortesía astuta que el ingeniero lo invitase a su casa. Desde su primera visita, Fronesis padre se encantó de la solución adoptada por el ingeniero Sunster. La bailarina fugada era esa desviación momentánea que sólo ofrecen las grandes familias, cuando en medio de aquellos candelabros y jarras de metal con esmalte, estilo gupta, alguien se endemonia por el sexo, la frustración o el rapto. La familia demostraba que la secularidad no la había adormecido con ese "grano de audacia" que recomiendan aún los más prudentes jesuitas. Conoció a María Teresa Sunster, todo lo contrario de una doncella que va a buscar como una bailarina barajera una energía que la desprecia. Todo lo contrario de una fingida enamorada que utiliza lo que encuentra como un puente para llegar a la otra ribera. María Teresa Sunster, por la nobleza de su sangre, por su señoría sin énfasis que iba a llevarse muy bien mientras vivió, con la distinción criolla, se echó sobre sus hombros la excepción errática de un momento en que su sangre se confundió. Pronto supo que Fronesis era hijo de diplomático, amigo de Hofmannsthal, que sabía hablar de paños de Liverpool, de la cábala en el reverso de los cuadros de Durero, de la escuela de equitación española en Viena. Lo escogió como una dama lectora de *Il Cortegiano*, por las condiciones que deben exornar a un caballero. Después del hotelucho de la ridiculez de la bailarina dolménica, de las risotadas en un infierno cabaretero, María Teresa Sunster volvía por la tradición de la tapicería vienesa, en las glorietas cortesanas de la venatoria, sabía que un caballero debe buscar una dama y que una dama debe buscar una flor. Un sábado por la mañana, día que no se trabajaba en la embajada y día también de descanso para el ingeniero, las puertas barrocas de San Esteban se abrieron para elaborar un estilo de lo cotidiano sublimado, que hubiera hecho las delicias del Barón de Humboldt, obsesionado por reproducir la sociedad de Weimar donde quiera que abriese sus valijas.

—En ese relato está toda la sangre de Fronesis, la bailarina fugada, la enamorada de Diaghilev, pues detrás de su impasible está uno de los temperamentos más demoníacos que se pueden conocer. Al reducir la esposa de Fronesis padre la extensión de sus experiencias vitales, lo llevó a una erudición casi de hechicería, que transmitió al hijo en conversaciones que aliviaban su hastío en Santa Clara. Su madre tiene el estilo de la época de María Teresa de Austria, su padre podía haber hablado con Humboldt, el hijo reúne ambas cosas, pero en su sangre está la fugada, la maldición, los hilos que se confunden, porque esa vida, y eso incuestionable, le interesa a los dioses y éstos pueden colocar en el paño que se teje una guedeja que deteriore y ofusque los cordeles que las parcas le quieren regalar.

—Me ha gustado el relato que me has hecho, pero no las conclusiones que sacas del mismo —le dijo Cemí—. Discrepo de ti en eso, pues en mi opinión la verdadera madre de Fronesis fue María Teresa Sunster, hay un rumor que él oye y sigue, no un *daimon* que le aconseje romper y fugarse. Perfecciona un estilo, aunque no es nada fácil precisar cómo es ese estilo. No inaugura un río, una fiesta, nuevos conjuros para la ceremonia de los muertos. Tú tomas parte, Foción, por la bailarina fugada, por los laberintos que ese ancestro puede levantar en el hijo, por ese espectro que comienza a gritar en el humo de la sangre; yo por María Teresa, madre de un hijo que no es suyo, por su padre que reemplaza sus años vieneses por ejercicios de mortificación en Santa Clara, por Fronesis, hijo de un dragón con dos cabezas, quizás la bailarina endemoniada sea la que mire con más ternura al Arcángel que viene a destruirla.

Se detuvo de golpe la máquina frente al recodo donde hablaban los dos amigos, el frenazo les sacó un poco el rostro por la ventanilla de la portezuela: —Vamos, Foción, que nos embarcamos mañana y todavía sin la maleta, y con lo que te demoras tú en aceptar y en rechazar. Te hemos estado buscando toda la noche, y al fin, habla que te habla, te encontramos en el recodo del Malecón, esperando que el oleaje te lleve a las costas floridanas.

Foción, un poco aturdido por la irrupción, le dio la mano a Cemí, pero un tanto emocionado no le sacaba los ojos del rostro.

—Después de las vacaciones de diciembre, nos volveremos a encontrar, ojalá sea aquí mismo. Dile a Fronesis que me alegré por su ausencia —al decir eso le guiñó el ojo a Cemí, dándole a entender que lo que le decía era mentira.

—No pierdas cuidado, se lo diré —le contestó Cemí para alegrar la sombría despedida de Foción—, se pondrá *plus triste que jamais* —al oírlo, fue la primera vez en toda la noche que Foción se sonrió.

Una estrella verde, fría como la menta, pasó por encima del árbol bronquial de Cemí. Sintió que su trompetica de plata, sus alvéolos bronquiales, comenzaban a tañer. Cogió por Consulado, silenciosa a esa hora como una plaza de iglesia. Todos en su casa dormían. Cogió la caja de los polvos fumigatorios, los apiló en forma cónica, comenzaron a arder. La colcha enrollada a sus pies, se fue extendiendo hasta cubrir su rostro, levemente sudoroso, con innegables signos de angustia y malestar.

¿Qué hacía, mientras transcurría el relato de sus ancestros familiares, el joven Ricardo Fronesis? Lo vemos silbar en la esquina de la pensión donde vive Lucía. Inmediatamente Fronesis llegó a la puerta de la pensión y a la primera persona que allí encontró le dijo: —Por favor, a Lucía, que la estoy esperando. —¿De parte de quien le digo? —Ya ella sabe —contestó Fronesis, evitando dar el nombre, deshacer al presunto testigo.

Apareció Lucía y Fronesis no dio ninguna muestra de sobresalto, se sentía muy seguro en los fines que aquella noche iba a otorgar. Su chaqueta azul oscuro servía de claroscuro para disminuir la pronunciación silbante de los senos, la masa de azul disminuía las puntas del animal carbunclo. La chaqueta traía como unos signos islámicos de plata. La luna, blanqueado el atrio escondido por las columnas, le recordaba a la doncella el día del sacrificio. En la noche, cada paso que se daba, una ascensión en la escalera que muestra el sacrificio, el holocausto de la doncella ante el pueblo. La luna, completa, tenía una cara del tamaño de un fondo de balde, círculo regado con leche condensada, a su derecha, un ciervo blanqueado se curva en acecho voluptuoso de la fruta, con el sexo acentuado como una enorme tijera de sastre.

La sayuela era de un amarillo de fondo contrapunteado por incesantes hilos negros de araña. El amarillo abrillantado por la luna fría, parecía preludiar la navegación galante entre escollos que merecían una pausa para la convocatoria de la flauta, al paso que las redes de los arácnidos llevaban el soplo de la floresta por laberintos de gemidos, por sospechas que se cumplimentaban picoteando en cada poro de la piel.

Fueron a un apartamento que le había prestado un amigo villaclareño, que lo vivía cuando venía a sus días habaneros de negocios y entrevistas. Lucía, con curiosidad de mujer poco profunda, que se entrega al marchamo de la especie, revisó escondrijos y gavetas, cuando ya Fronesis lucía pleno en su desnudo. Nerviosilla, se había quitado primero la falda y los pantaloncitos, de tal manera que toda la atención de Fronesis recayó, con el subrayado en claroscuro de las otras partes todavía ocultas, en las zonas erógenas, en la esbeltez de las piernas, en la expresión que ofrecía fragmentos extensos del cuerpo, como los muslos que unidos ocultan el rostro del delicioso enemigo.

—Tápate eso, cochina —le dijo Fronesis, dándole un pequeño golpe en el monte venusino. Se rio ella con una risa fría, no cínica. No podía adivinar lo que iba pasando por la imaginación de Fronesis. Las escoriaciones de las entrepiernas de Isolda, con sus pellejos roqueros y su nidos de golondrinas, volvieron a surgir en su imaginación, pero ahora con modalidad distinta e idéntica náusea. Le parecía ver en el monte venusino una reducción llorosa de la cara de Lucía, otras veces un informe rostro fetal, deshecho, lleno de cortadas, con costurones, causándole la impresión de que la cara deshecha y llorosa se burlaba de sus indecisiones, de una inercia celenterada que endurecía su cuerpo con escudetes quitinosos. Los dos cuerpos, desnudos, uno al lado del otro, estaban en una tregua que no sabían como romper. La mano derecha de Fronesis comenzó con lentitud a repasar la yerbecilla del monte. A medida que su mano acariciaba y apretaba la vulva, empezaba a sentir la humedad secreta de la mujer. Subterráneo al lado de una pradera oscura, con un agua lechosa que extiende infinitamente la capa bermeja de un bufón suicida. Todavía el carrete con el oro de su energía no podía recorrer la miel, la leche, el aceite y el vino, esparcido en el canal de la mujer, logrando el suficiente azogue para el dominio de la imagen por la vara trocada en serpiente, de la serpiente que no se deja fragmentar por la rueda dentada. La primitividad de su experiencia se apoyaba en la penetración de la mano, no en la energía que recorría el *phallus*. Mientras sus dedos penetraban en el canal de la mujer, Lucía cruzaba su mano con la de Fronesis, comenzando el estímulo del viril, pero se cruzaba la humedad con la sequedad, pues el balano de Fronesis estaba fláccido como una vaina secada por el sol. Pero la visión, formada por los innumerables ojos de cada cuerpo, no penetraba en la oscuridad del voluptuoso retador. Uno a otro se sentían como impedimentos; innumerables mares, invisibles deshielos, impedían que uno pusiese la mano en el secreto transfigurativo del otro, para lograr la suspensión donde los contrarios se anegan en el Uno Unico.

La presencia a su lado del cuerpo de Lucía parecía que obturaba sus sentidos. No lograba alejarla, convertirla en imagen, para que pudiese circular más libremente por sus centros nerviosos. Entonces, Fronesis cogió su camiseta asfixiada casi bajo la balumba de toda su ropa, y la puso a navegar en el río de la imagen. Le pidió a Lucía sus tijeras. Del espaldar de la camiseta cortó una circunferencia, y en el centro cortó otro agujero del tamaño del canal penetrante de la vulva. Tapó el sexo con la lana circulizada. Ya al final de toda esa labor como de sastre submarino, había logrado alejar el cuerpo de la momentánea enemiga y se sentía recorrido por una comezón que se iba trocando en un cormejón, para darle a ese momento una expresión de voluptuosidad verbal. Cuando precisó que el agujero de la lana cubría el círculo por el que se entraba al río de la fémina, el gallo de Eros anunció el alba de su aguijón posesivo.

Lucía no sabía calificar de ridículo aquel inusitado uso de la camiseta, pero sus ojos, al salir de la cama para comenzar a vestirse, lucían desmesurados, indescifrables aquellas tijeras que habían preludiado el pico del gallo. Estaba sobre la cama la camiseta con el círculo que le había sido amputado, como si el cuerpo que había de ceñir llorase su incompletez. En el suelo el más pequeño círculo recortado, del tamaño de la pequeña entrada de la gruta, se mantenía tenaz en su insignificancia. Era un pequeño círculo de lana que había abierto una ruta, pero que ahora se mostraba sombrío como un parche para tapar un ojo. Un parche que había traído claridad a lo oscuro, pero que topaba con su mancha por la que se ve la luz del éxtasis. Fronesis apretó la camisa picoteada y el pequeño círculo y los hundió en su bolsillo. Así acompañó a Lucía hasta la casa de huéspedes. Sobre sus muslos sentía el peso de esos dos círculos concéntricos de la camiseta como si fuese un amuleto.

La máquina que recogió a Foción, estaba tripulada por jóvenes que la llenaban hasta el límite, hubo que hacer un esfuerzo para incluir al llamado. Dos de ellos se iban al día siguiente con Foción, todos eran compañeros de los últimos años de bachillerato y de las piscinas de natación. Foción los conocía porque uno de ellos era el hijo del director de la oficina donde él trabajaba. Foción pedía licencia, se iba a ver a sus padres a Nueva York, unas veces regresaba al cumplirse el mes de licencia, y otras veces estaba hasta un año sin regresar, pero como el padre de Foción y el director de la oficina eran amigos, bastaba una carta de su padre para que comenzase a trabajar de nuevo. Los dos estudiantes que se iban con Foción eran a su vez hijos de amigos del director de la oficina y de su padre. Sabiendo que Foción tenía muchas noches excesivas, habían querido asegurar la mañana siguiente del viaje, por eso lo habían ido a buscar, para depositarlo con toda seguridad en su casa. Lo primero que hicieron fue preguntarle por Fronesis, pues les había parecido muy raro no verlo en su compañía, y en su lugar un amigo desconocido, por el que preguntaron con insistente curiosidad. Foción que tendía a decir la verdad por temperamento y para evitar laberintos, se limitó a decirles que Fronesis le había prometido ir a despedirlo, pero que quizá complicaciones con su noviecita le habían impedido ir a acompañarlo. Eso lo mortificaba un poco pues no le gustaba hacer ningún viaje sin despedirse de él. Pero que un amigo de Fronesis, al que hacía pocos días que conocía, lo había acompañado y así habían estado casi toda la noche hablando de Fronesis.

—Mal desde luego —dijo uno de los acompañantes—. Sin duda le rindieron un homenaje dual a su ausencia.

—Hablar mal de los amigos ausentes es muy anacrónico. Es preferible hablar bien y que el que nos escucha lea entre línea. Si se habla mal de alguien, de inmediato se engendra una reacción síquica, que hace que lo favorezcamos. Yo, en realidad, no sé cuando hablo mal o bien de alguien. Cemí, que es la persona con quien hablaba, conoce más a Fronesis que a mí. No hace tampoco mucho tiempo que se conocen, pero entre ellos hay amistad de familia. Si hubiera cometido la tontería de decirle que Fronesis es buena persona, de inmediato hubiera reaccionado diciéndose: es un hipócrita, me cree chismoso y cree que si habla mal, se lo voy a repetir a Fronesis. Si hubiera cometido la otra tontería de hablarle mal de Fronesis, hubiera pensado: está furioso porque Fronesis lo ha dejado plantado, quiere que yo se lo repita para molestar a Fronesis, y que entonces sea éste el que me considere chismoso. Cemí es un habanero del centro de la ciudad, que tiene el suficiente ocio para darle muchas vueltas a cualquier cosa, por insignificante que pueda ser. Es asmático, su incorporación anormal del aire lo mantiene siempre tenso, como en sobreaviso, tiende a colocarlo todo en la escala de Jacob, entre cielo y tierra como los semidioses. Su cara tiene algo raro, como una tristeza irónica, parece decir, todo puede llegar a la grandeza, pero todo es una miseria, qué le vamos a hacer.

—Ese Cemí que tú dices —dijo el hijo del director de la oficina donde trabajaba Foción— debe ser el hijo de un Coronel del que mi padre habla todos los días. Habían estudiado juntos la carrera de ingenieros; después entraron en el ejército. Mi padre siempre dice que fue el hombre de más fuerza expansiva que ha conocido, que tenía la facultad, por dondequiera que pasaba, de construir, de modificar la circunstancia. Desgraciadamente murió muy joven. Un día llévalo a la oficina para que se lo presentes a papá, le darás un alegrón.

—Ahora comprendo —replicó Foción— por qué desde que se conocieron Fronesis y Cemí, se llevan tan bien. Los dos tienen clase, pertenecen a "los mejores", en el sentido clásico, de exigirse mucho a sí mismo. Una familia de letrados con una familia de clase militar culta. En mi ausencia los dos se harán más amigos.

—Los dos —siguió Foción—, atraviesan esa etapa que entre nosotros es la verdadera consagración de la familia, la etapa de la ruina. No es la ruina económica, los dos tienen buena situación de burguesía. Es algo más profundo, es la ruina por la frustración de un destino familiar, y, entonces, a buscar otro destino, pero así es como resultan "los mejores". La ruina, entre nosotros, engendra la mejor metamorfosis, una clase que puede competir en fineza con las mejores del mundo. En presencia de ellos, de su nobleza, de su presencia de los mejores, uno siente una confianza clásica, nos sentimos más fuertes en nuestra miseria.

—Ya veo que no han hablado mal del primer ausente, porque ahora estás hablando bien del otro ausente —dijo el hijo del director de la oficina de Foción—. Y si algo no se le puede negar a Foción —añadió—, es el ojo que tiene para conocer a la gente, para prenderse a la calidad como una lapa o guaicán. Nuestro amigo Foción revela también que tiene clase, por su rapidez para conocer a los mejores.

—Aunque me agito en el tenebroso Hades, admiro a los nobles que lanzan sus jabalinas en los Campos Elíseos —respondió Foción, con fingido tono de burla alegre.

Foción vivía solo en una espaciosa casa de Miramar. Se despidió del grupo, rogándole puntualidad para la siguiente mañana que era la de su viaje. La casa se desplegaba en un frente de residencia, que sin ser palaciana lucía su amplitud de burgueses ricos. Entre la casa y las verjas y los muros que le rodeaban, el jardín sentía el ancla de la luna fría en el acercamiento de las espinas de sus hojas y en el silencio metálico de las guayabas. Un grillo pisando en el centro de una corola, fingía que una mano lo tironeaba hacia la tierra apisonada por la gravitación lunar.

La llave entró blandamente en la cerradura, al empujar la puerta miró hacia el extremo de la calle, el farol osciló y lo confundió un tanto la imagen, eso hizo que se fijase con más detenimiento; sentado en un quicio estaba el pelirrojo que había salido corriendo después de llevarse un cepillo chino de limpiarse los dientes. La luz del farol aclaraba la extrema blancura de la mano puesta en la mejilla, el pelo se lanzaba detrás del faro, confundiéndose las dos llamaradas en una sola lasca de metal cuyos reflejos siguiesen el extremo torcido hacia dentro... Mostraba el reposo angustiado, la noche después de un día muy cansado de vino y de extrañas incitaciones. La noche le regalaba una nobleza momentánea, como un adolescente que ha estado preso y al recobrar la libertad siente que se le trueca en una encrucijada. Se siente menos ágil y tiene que escoger un camino. Inmóvil, no siente las oscilaciones del dispensador de la evidencia, que su rostro grita en el vaivén del pájaro aprisionado en la farola.

Foción cerró de nuevo la puerta y se encaminó hacia el pelirrojo, en uno de cuyos bolsillos el mango de hueso labrado del cepillo chino, transparentado, parecía un peine. Sintió como si sus pies resbalasen por una arena de roca, como si fuese un pescado envuelto en papel de lija, un rechinar, una aspereza, ese ruido del proyector de las candilejas, ese llamado del cigarro ya consumido que empieza a quemar la piel, y de pronto se sintió en un círculo erizado de una luz restregada, se sintió dentro de un círculo que ardía con el pelirrojo.

—¿Me vendes ese cepillo chino? Me hace falta —le dijo Foción.

El pelirrojo, dueño del círculo que llameaba, no le contestó. La farola, como en un salto mortal, con las manos hacia abajo, agarró las palabras de Foción y las trasbordó al trapecio con cal reciente.

—¿No tienes frío? Es tarde, estás desabrigado con esa camisa abierta, te vas a helar.

El pelirrojo ni siquiera se esforzaba en fingir que no le interesaban esas preguntas. Su rechazo a admitir que había alguien más dentro del círculo luciferino, era de una indiferencia hierática, ni miraba ni oía al que había irrumpido dentro de la luz batida por la farola.

—El frío te ha vuelto mudo —le dijo Foción—, como esos viajeros que al llegar al Polo sienten que han perdido la voz, teniendo que descifrar el humo que sale de sus gargantas para entenderse. Tú ni siquieras dejas leer el humo que puede salir de tu boca —Foción procuró darle un tono de zumba extraña a lo que decía, para tantear una nueva situación, pero lo que provocó fue una mirada de odio acumulado que pareció rastrillar el recorrido de la farola. El cuerpo había permanecido inmutable, el odio se había acumulado en el verdor de los ojos que se disolvían en el topacio de la conjuntiva de un coyote paseando la noche electrizada.

Entonces fue —ya Foción se sentía arruinado en su demanda— cuando se resguardó por entero en una carta.

—Vivo cerca de aquí, si me quieres acompañar descorchamos un Felipe II, que dará las órdenes oportunas para el deshielo de esta noche.

Foción al terminar de lanzar esa invitación, dio media vuelta y se dirigió de nuevo a su casa. Sin mucha sorpresa, pues de inmediato supo que había hecho una jugada atrevida y que la había ganado. Vio que el pelirrojo se levantaba y lo seguía con el silencio del gato, sin nada que se pareciese a la alegría del perro en juego con su sombra.

A uno de los lados de la casa de Fronesis, había un camino por el que entraba la máquina a un apartamento con dos pisos; en el de abajo se guardaba la máquina, y en el de arriba Foción había puesto su cuarto de estudio donde dormía cuando llegaba tarde a su casa y no quería despertar a sus padres, o cuando su familia estaba de viaje para no sentir el frío de la casa vacía, llena del eco de los ausentes, o cuando quería hablar con algún amigo sin ser molestado.

Subió por la escalerilla de hierro que lo conducía al piso alto, que sólo tenía un cuarto grande, en tres de sus paredes estantería repleta de libros, su mesa de escribir con una estatuilla en bronce de Narciso, una jarra griega con un Efebo desnudo que se ejercita en unos compases de flauta, y al *viejo sabio niño* Laotsé, cuando después de escribir su libro sobre los dictados del cielo silencioso, se fue tripulando un búfalo hacia el oeste, que provocaba su risa de renovado ser naciente en su reclamación de las brumas. Cuando alguien lo visitaba, como para aclararle su carácter por medio del animismo de los objetos que lo rodeaban, señalaba el Narciso y decía: La imagen de la imagen, la nada. Señalaba el aprendizaje del adolescente griego, y decía: El deseo que conoce, el conocimiento por el hilo continuo del sonido de los infiernos. Parecía después que le daba una pequeña palmada en las ancas del búfalo montado por Laotsé y decía: El huevo empolla en el espacio vacío. Eso lo hacía Foción los días en que estaba para burlarse de sus visitantes, con un poco de escenografía para aquéllos, que, como él gustaba de decir, necesitan un primer acto con muchos personajes que tropiezan unos con otros.

Encendió Foción la luz fría y el cuarto se llenó de una opalescencia disecada. Le dijo al pelirrojo que podía sentarse mientras él preparaba la bebida. Se apartó como unos cuatro metros, dándole la espalda al diablejo. Retrocedió y miró con fijeza al maligno. Le puso una mano sobre la cabellera que mostraba un azul casi negro, miel que se extendía y un amarillo de gavilán en reposo. Lo siguió mirando, pero el extraño visitante bajaba la cabeza y en aquella fría eternidad nunca coincidían la mirada de las dos sombras, la tentadora y la cariciosa, lanzada en una pista circular.

Mientras Foción preparaba el coñac, se fijó en la pared: vio un animal extraño. El pelirrojo había alzado la mano con un cuchillo; la sombra dejaba en la pared la rotundidad de la muerte con brazo de cemento. El cuchillo alzado parecía una cuña que penetraba en la pared, agrietándola, pero dejando intacto el silencio. El cuchillo entrando en la pared, como una sombra alimentada de cal, entonces comenzó a oir:

—Ya yo sabía que hoy era el día en que tendría que matar a alguien. Estaba señalado. Desde el día que mi madre dejó de acariciarme la frente, porque me huí de mi casa, sólo me he encontrado con viciosos y miserables. Desde el canalla que llegó a mi pueblo, organizando grupos de jugadores de pelota, con el que vine para La Habana, que no se demoró mucho en mostrarme sus asquerosas pretensiones, a pesar de que se pasaba el día diciendo que era mi amigo y que me quería ayudar. Después dormí en los parques, en el muro del Malecón, vendí periódicos, y siempre esos malvados detrás de uno, diciéndole que lo querían ayudar, ya yo no les contestaba y los miraba fijamente, y poco después la invitación a la misma cosa, "a pasar un rato". Y después, con el que usted me vio en el café, con una maleta llena de medallas antiguas, pero ese yo creo que era un idiota, sin dejar de ser un vicioso. Me llamaba Arcángeli, que según él había matado a un sabio alemán de otras épocas. Ganas tenía de matarlo yo a él, pero me limité a coger el cepillo chino y a salir corriendo para no matarlo. Pero ya yo sabía que este día no terminaría sin que yo matase a alguien. ¿Por qué no van a buscar mujeres, vampiros, viciosos y degenerados? Y después usted, debajo del farol, dándome conversación, para empezar la misma historia que ya yo me sé de memoria. Haciéndose los buenos —mientras Foción oía al pelirrojo, se iba quitando la camiseta, al levantarla para sacársela por la cabeza, creyó que esa era la oportunidad para que le asestase la cuchillada, pero pasó ese momentáneo oscuro, sin que ocurriese nada—. ¿A usted qué le puede importar —siguió diciendo la voz—, que yo tenga frío, que yo pase hambre, si todos ustedes lo que tienen es una idea fija, devoradora, que los hace más hambrientos que los lobos? Tienen hambre de un alimento que desconocen, pero que necesitan más que el pan.

Foción se volvió con la mirada en los ojos del pelirrojo: —Mírame bien —le dijo, al mismo tiempo que señalaba con su índice el círculo negro que se había trazado, con la tetilla izquierda como centro. Entonces el pelirrojo tuvo que oir, con el cuchillo alzado, lo que Foción con lentitud le iba diciendo.

—Tú dices que hoy era el día que tú habías escogido para matar a alguien, pero da la casualidad que hoy es el día que yo había escogido para matarme. Ya tú ves que tenía trazado este círculo negro, para que no pudiera equivocarme en el blanco escogido. Así es que los dos hemos coincidido. No sé cómo estarán mis padres, empieza a importarme un bledo la amistad, tengo que reunirme con muchos mentecatos para tener unas cuantas pesetas en el bolsillo. La suma de los días se me hace insoportable, no tengo ya la voluntad dispuesta para perseguir ninguna finalidad, mi energía, si es que la tengo y si a eso se puede llamar energía, se me hace laberíntica, irresoluble, apenas va más allá de mi piel. La única alegría me la has dado tú al final de esta noche, sé que hay alguien dispuesto a complacerme, que estás dispuesto a matarme. Al fin me he encontrado a alguien dispuesto a hacer algo por mí, que me dispensa de un trabajo banal, que está. dispuesto a matarme —Foción al terminar de formular esa invitación, avanzó hacia el pelirrojo, agrandado en su blancura el fragmento de piel encerrado en el círculo negro—. Mátame —le dijo—, pon tu brazo en lugar del mío, hazme ese favor, que no sea yo el que tenga que matarme.

El pelirrojo con segura lentitud fue bajando el cuchillo. Foción dio la vuelta para ir a buscar los dos vasos con coñac. Vio entonces cómo el maligno se iba desnudando, y que colocaba el cuchillo debajo de las dos almohadas. De dos tragos extinguió el coñac caliente por la boca estrecha de la copa con sus entrañas muy cóncavas. La copa en sus manos lucía tan sombría como el cuchillo. El pelirrojo mostró sus espaldas. Foción no apagó la lámpara de la mesa de noche, arrastró la mesa hasta los pies de la cama, le dio la vuelta a la pantalla para evitar la excesiva curiosidad de la luz.

A las seis de la mañana ya Foción estaba en pie, cerrando sin ruido sus dos maletas. Sin ponerse los zapatos fue ganando peldaño tras peldaño de la escalerilla, sentado en el último peldaño se puso los zapatos. Se encaminó hacia la esquina, pero ya la farola diluida en la anchurosa claridad del alba, había perdido su présago de vultúridos. Su luz inútil tenía algo de naipe arrinconado, su jugada, entre dos sierpes enlazadas por la cola, era ya un vaso de agua volcado.

El rechinar súbito de los frenos puso a vuelo las cabelleras lacias por el agua matinal de los que iban en la máquina en busca de Foción, que en su esquina de espera, muy ensimismado, como para evitar que la máquina se detuviese, echó a correr para impedir que el ruido del motor echado a andar de nuevo pudiese despertar al dormido pelirrojo. Se oyó tan sólo el ruido de la portezuela, entre las cabelleras lacias por el peine clasificado frente al espejo matinal, la cabellera de Foción se excepcionaba porque el peine no había logrado distribuir lo que el retiramiento del cuchillo no había logrado unificar.

El pelirrojo dio una vuelta para liberarse de la sábana, los ojos se le fueron agrandando en la comprobación de la ausencia de Foción. Dio un salto para salir de la cama, otro salto para caer dentro de los pantalones y camisa. El salto hizo que cayese el cepillo chino, lo pisoteó al mismo tiempo que se mordía los labios. Fue después hacia la zapatera donde quedaban tres o cuatro zapatos viejos, comenzó a escupirlos, se echó después hacia atrás el balano y con todo el glande descubierto orinó en los zapatos viejos. Eran los zapatos con los cuales Foción trabajaba en el jardín. La piel irrigada con la ciamida de amonio del orine, se cuarteó rompiendo las pequeñas aglomeraciones terrosas y devolviendo la semilla fría e inutilizada que recibía.

Fue después hacia la mesa de escribir. Una de sus manos se adelantó al Narciso para apretarlo. La otra mano se perdió en el cuello de la jarra con el aprendiz de flautista. Le dio un puntapié a la lámpara en la mesa de noche sin apagarla. Descendió con furia por la escalerilla de hierro, después miró con fijeza los dos pisos, moviendo la cabeza de arriba a abajo con desprecio. Lanzó el Narciso hacia lo alto de la escalera, rodándola en todos sus peldaños. Vino a caer en el plato del gato, lamido en la suculencia de algún ganoideo reciente, abrillantado el esmalte de baratillo reflejó la imagen del único que quería ser al mismo tiempo el otro. El tañedor griego quedó intacto en el fragmento correspondiente al romperse la flauta. Su orfismo pulió la superficie de los ramajes, al mismo tiempo que multiplicaba las parejas de hojas.

—¿Quién anda por ahí? —gritó el viejo madrugador de la casa

de al lado. Se oyeron unos perros que ladraban y lloraban. El pelirrojo se curvó en su retirada para que su cuerpo fuera tapado por la enredadera del muro. Dentro del cuarto de Foción, el búfalo, tripulado por el maestro del vacío y del cielo silencioso, se sintió de nuevo dueño de la montaña y del lago y del oeste, impulsado por el sonido de las colgadas placas de nefrita, la piedra sonora.

Después que Fronesis dejó a Lucía en la casa de huéspedes, sentía la imagen del suceso hecha un retortijo de oquedad y sabor herrumbroso. Sabor de mascar hojas. Sabor de los labios cortados al apretarse. La lejanía lograda por su parábola seminal, se había cerrado y ahora lo oprimía como los descensos de un techo de pesadilla. La camiseta, con el círculo mayor y menor requerido por la tijera para lograr la entrada al río subterráneo de la mujer, se agrandaba en el recuerdo de la humedad humillante. Necesitaba de una oscuridad que lo rebasase al arrancarle la imagen opresora.

Fue bajando por San Lázaro, hasta llegar al parque Maceo, cruzó la calle para coger la acera ancha del Malecón. Las olas se hacían inaudibles, sin llegar casi al silencio, pues parecían guiadas por el vaho lunar. Parecían haber abandonado su ritmo propio, para ganar sus progresiones en la fatalidad a una ley desconocida. Fronesis dio un salto para trepar al muro, sintiendo en su bolsillo el grandor que iba cobrando la camiseta.

La lentitud del retiramiento del oleaje le iba sacando la inhibición al borrarle la imagen, por estiramiento la imagen se iba a lomo de los corderos espumosos. Le parecía que el oleaje no llegaba hasta el acantilado, sino que lo tocaba blandamente y se iba llevando fragmentos de piedras que habían sido mirados con insultante fijeza. Sentía que el oleaje volvía, lo tocaba y se retiraba sin esas murmuraciones que hacían que los reyes locos estiraran la piel de sus caballos en el mar, dándoles bastonazos. La mansedumbre de aquella sucesión salía sin ruido de la matriz fundadora, de la fiestera cochinilla, de la concha mordida por las pelotas de los termitas. Luego la luna con su peluca escarchada, vieja buscona trocada en capitán de guardia, gente de armas cambiada en piltrafa napolitana, sonriente con el descaro del frenillo del glande, penetraba en la guardadora, la gaveta cilíndrica de los primeros acantilados del mundo, cuando puesta a nivel de la vulva que duerme en la playa, paraliza la sucesión del oleaje y la imagen tironeada por la sucesión infinita deja de saltar como los salmones ante la migaja albina. Veía a Lucía con las piernas abiertas, manándole de la gruta un oleaje silencioso, cuyo movimiento lentísimo se percibía al ponerle la mano encima y sentir la caricia de la fluencia. Y la luna reducida al tamaño de una pelota de tripa de pato, en el momento en que se detenía la fluencia, saltaba como un corderillo escarbando gozoso por los riscos, se escondía para pasar la noche en el mesón de tablas podridas, en la fiestera, gaveta cilíndrica, cochinilla, gruta manadora, estalactita de alcanfor, piedra pómez para el pico tenso del gallo dormido. Y la imagen de Lucía, que se mantenía en momentáneos círculos de fósforo, desaparecía, se reconstruía, copiaba la sombra de un ánade que chillaba, volvía a unir su gelatina más temblorosa, más debilitada en su centro de contracción. Después el círculo de fósforo se trocaba en un medallón barroco vienés y su espacio estaba ocupado por una bailarina que saltaba y rechazaba, que gemía en persecución de un dios escondido en su pereza fría. La ornamentación del medallón barroco se trocaba en cuatro varillas de un gris acero muy pulimentado, donde María Teresa Sunster, su guardiana legal, en el centro de una mesa de Nochebuena, con un gesto imperativo, con un inexorable ceremonial, miraba un rincón oscuro para marcar la entrada de los coperos. El oleaje al dispersarse iba levantando de la mesa a cada uno de los invitados, que se retiraban sin tiempo para dar las gracias, pero con una cara en extremo bondadosa.

Saltó otra vez Fronesis para buscar tierra y se echó de nuevo en su caminata para sacudir la imagen que cambiaba de rostro en una triada opresora hecha visible en los retiramientos del oleaje. Pero a medida que se abría paso en la noche orillera, la humedad descendía al bolsillo con la camiseta agrandada como una boa brasilera. Aquella frialdad de lana mojada por sus muslos, le causaba la náusea babosa de un caracol tintorero o de un quimbombó cortado al centro para una naturaleza muerta, aquella baba de vaca al lado del de copas.

Un nuevo salto al muro, ahora con más cuidado y en acecho. La lentitud del oleaje apenas se oía al tocar el acantilado y retirarse con igual lentitud. Fronesis miró en torno, ni una máquina, ni un paseante. El muro servía de división entre la luz limitada de los faroles y la oscuridad sin límites de la marina. Extrajo la camiseta y con disimulada impulsión la lanzó a la voracidad invisible de las aguas. Se fue abriendo la camiseta, con el agujero en las espaldas, retrocediendo en cada vuelco que le propinaba el término del acantilado. La gran serpiente marina rondaba la camiseta de lana, sin perder su pereza, la iba alejando de la salvaguarda de la escollera, en la que hubiera sido una delicia, al bajar la marea, ponerse a secar en el sol tierno del amanecer.

La camiseta misma antes de anegarse, se fue circulizando como una serpiente a la que alguien ha trasmitido la inmortalidad, pero al mismo tiempo en las concavidades gordezuelas del cuerpo del hombre fue apareciendo la serpiente fálica, era necesario crear al perder precisamente la inmortalidad. Así el hombre fue mortal, pero creador y la serpiente fálica se convirtió en un fragmento que debe resurgir. Fronesis sentía que los dos círculos de la camiseta al desaparecer en el oleaje, desaparecerían también de sus terrores para dar paso a la serpiente circuncidada. Desaparecían las dos abstracciones circulares, también desaparecían los yerbazales, las escoriaciones, los brotes musgosos, donde el nuevo serpentín del octavo día se trocaba en un honguillo con una pequeña corona planetaria en torno al glande de un marfil coloidal. Era el *Moloch horridus*, el lagarto de gorguera demoníaca, a la entrada de la gruta, que impedía con su peluca la penetración de la fiestera cochinilla. Pero el dios hombre que orinaba sangre para reanimar los huesos en el infierno, silbó en los aires barrenderos, para retrotraer la lluvia a los caminos del viento. La mitra que usaba tenía alteraciones moteadas, jaspe de tigre. La cara de negruras y todo el cuerpo de un ébano puntiagudo. Una sobrepelliz muy ondulada de ornamentos, le caía sobre la espalda y los pectorales, marcándole la glútea y la vulva verdosa. Las orejas trabajadas en mosaicos azules. El hombre dios tenía un collar de oro con espaciosidades de caracoles corroídos por el salitre yodado, reverso en olores de la canela. Las espaldas con unas correas donde parecía que corrían unos ratones de llamas. Las rodillas traía envueltas en el moteado del tigre donde colgaban los caracoles con olores difíciles. En la mano izquierda, mosaicos con cinco ángulos. En la mano derecha, un báculo de cátedra episcopal, la serpiente fálica empuñada por el padre. En el enroscado del báculo, toda la pedrería. Era un báculo rebajado a bastón, se empuñaba como espada. Y silbaba en el hombre dios, deshilachando la camiseta, hendiéndola, trocándola en un serpentín de bosta donde una vaca hundía una de sus patas creyendo ser anillada por la serpiente que penetra en la imagen de la imagen, a semejanza de la nada en cada uno de los anillos fragmentarios que la oprimen en un bostezo. Cuando la camiseta hizo su ingurgite final, Fronesis saltó a tierra y se puso de nuevo en su caminata.

Se acercaba al castillo de la Punta, donde un centinela con la capota de lluvia no salía de la garita, cigarro tras cigarro. Llegó al recodo del Malecón. La luna, rodeada de nubes con las entrañas muy cárdenas, sumaba espirales anaranjadas, como unas espirales clownescas trocadas en serpientes de anillos javaneses. Un pequeño velero entró raudo en el golfillo del recodo, las aguas lentificadas en su penetración cobraban un brillo vidriado de cerámica, donde una colonia de caballitos de mar dormía a la sombra de un pulpo en aguas de escasa profundidad. El viento se levantó ahora de la tierra hacia el mar, y el velero, semejante a la incesante refracción visual del pez, dio una vuelta rapidísima, como si de nuevo el hombre dios, con sus sobrepellices de tigre moteado, le hubiese soplado en el oído una orden perentoria de ejecución inmediata, pero de finalidad desconocida, ondulante.

Saltaban peces para morder las puntas de las estrellas puestas casi al nivel del mar. El efecto era que el pez se doraba en ese éxtasis de suspensión. Fronesis ya no podía vislumbrar la camiseta de doble círculo destruida por la serpiente marina. El centinela en la garita, al encender otro cigarro, parecía hacer contacto con el pez fuera del agua, estableciendo un momentáneo arco voltaico donde la serpiente fálica mostraba en la sucesión de sus collarines las pulgadas de penetración en las vértebras del ulular protoplasmático. Sobre la cuerda del arco voltaico, tendido entre el cigarro del centinela y la cola astillada del pez, las máscaras de los cuerpos ectoplasmáticos mostraban extrañas abolladuras, cicatrices, lamparones inflamados. En la cresta del arco voltaico danzaban sus borronaduras las concentraciones del fósforo nocturno, inmensa piel sin ojos, pero ornada de mamas tan numerosas como las estrellas. Después, a un lado del arco voltaico, caía la máscara. Al otro lado caía el cuerpo, saco de arena, paquete de piedra molida, acrecentado por la humedad hidratante. En realidad no era un cuerpo el que caía, sino un embrión de arena, ungüento lunar y tachonazos de fósforo.

Saltó otra vez al muro del recodo, donde tantas veces se había reunido con Foción, donde había comenzado su diálogo con Cemí. Saltó para sentarse, pero otra vez se sentó de espalda al mar. A lo largo del Relleno y de todo el nuevo Malecón, la medianoche fría nadaba en silencio sin interrupciones. El extenso muro entre la noche que avanzaba hacia el mar y el oleaje que volvía siempre hacia tierra, y el puntico grotesco que él ocupaba en esa zona divisoria, lo llevó, como si hubiese sufrido una mutilación reciente, a hundir la cara en las dos manos juntas, con los dos codos apoyados en las piernas. Era la postura de algunas momias del período copto, encontradas con el encogimiento placentario. Empezaba a sentirse protegido cuando comenzó a llover.

Surgían espaciadamente máquinas con juerguistas dormitantes en su regreso, otros sobresaltados en la sorpresa, traídos por el vino o la concha venusina. Al pasar frente al encogido placentario, daban un claxonazo con el intento de sacarlo tiritando de su ovillo. Algunos parecían ver, en lo brumoso de la noche costera, las contracciones de sus sollozos.

Al pasar las máquinas frente a él se detenían o amortiguaban la velocidad con curiosidad extrañamente agresiva.

—Tiñosa, tiñosa —comenzaron a gritarle—. Tiñosa, tiñosa —y el más malandrín de los borrachos arracimados, le lanzó una caja de dulces vacía que rebotó contra la puntera de su zapato.

El centinela con la capota calada por la humedad de la medianoche salió de la garita y proyectó sobre el cuerpo ovillado de Fronesis la luz fija de su linterna. Dio unas palmadas mientras chupaba en la vitola desmesurada. —Amigo —le gritó a Fronesis—, váyase ya para su casa a dormir, mañana será otro día y quizá usted se sienta más alegre—. La luz violenta sobre el rostro de Fronesis adquirió la vibración de un toque de retirada. La noche, sombra del can en las constelaciones, fue saltando la figura ovillada, para seguir su jugarreta con su eterna pelotilla de tripa de pato, cada yaki un signo del zodíaco en la palma de la mano.

Ascendiendo la escalinata universitaria, Cemí observó la ausencia de grupos, las parejas muy espaciadas, los más eran estudiantes que iban a buscar copias y folletos para los exámenes señalados después de las navegaciones navideñas, los adquirían y después se retiraban problematizados. Tendrían en ese asueto que divertirse y estudiar, tener el júbilo navideño y la ceniza del disciplinante. Los provincianos que se abandonaban al bailongo, después tenían que escribir cartas sombrías a sus hermanas para que les endulzaran la recepción familiar al cerrarse el curso. Pero los disciplinantes escaseaban el gracioso relato de sus recuerdos al llegar la madurez, se sentían desinflados y perdedores. Sin recuerdos, o se iban a la querendanga, chocando con el hijo mayor, defensor de la madre dolorosa, o se mordían el brazo con el solterón que escribe la carta de despedida, con el cisne negro en el directo humeante. Toda disciplina tiene que estar acompañada por la gracia que regala la imagen, pues amputarse la posibilidad del recuerdo es acto que sólo los místicos pueden conllevar, al vivir en el éxtasis la plenitud del paraíso. Religioso y estudiante, religioso por delante, dice San Juan de la Cruz, cuando lleva el olvido de la criatura a un rendimiento en el comienzo de la alabanza.

Pero Cemí no pensaba en el plieguillo mugriento que iba a adquirir detrás de los horribles enrejados, donde los estudiantes en fila adquirían esas pócimas de saber cartaginés. Mientras estaba en la fila surgía en él la impulsión de una imagen, cuando ya se acercaba su turno la imagen soldaba sus fragmentos oscilantes en un rostro. Cuando estuvo frente a la ventanilla el rostro anónimo que contemplaba adquirió la presencia del rostro de Fronesis. El impulso hacia la imagen rompió los cristales del rostro anónimo, y al reaparecer su deseo había elaborado la imagen de la búsqueda anterior, por encima de la realidad anónima que contemplaba. Al salir de la fila su mano empuñaba el cuadernillo, pero la imagen, más que la marcha, lo iban guiando a la escuela, donde pensaba encontrar a Fronesis. La retirada de Foción hacía imprescindible a Fronesis. Aunque sus conversaciones con Foción eran derivadas, al faltar este amortiguador, el trampolín de las apetencias cotidianas lo llevaba al salto a las aguas de Fronesis.

Ni siquiera quiso disimular su alegría cuando vio el pequeño grupo, y en su centro a Fronesis, con la circulación enrojeciéndole el rostro por la pasión de lo que decía. La primera palabra que oyó Cemí fue: Transmutación de todos los valores. Sorprendió a Fronesis en una mañana muy excepcional, pues desde que lo había conocido ni en sus gestos ni en sus palabras le había lucido ni apasionado ni desapasionado, mucho menos probándose los bigotes de la Alta Engadina. La astucia innata de su inteligencia, lo llevaba siempre que expresaba alguna idea peligrosa a decirla con una sencillez no subrayada. Su estilo habitual parecía develar, hacer voluptuosamente visible, la sencillez criolla de un tabaco conversado después de la comida y la sencillez de un bastardo legalizado entre los señores vieneses. Ni siquiera su conversación mostraba la fusión de los dos estilos, la resultante final era la de un criollo que quiere pasar inadvertido, como si sus ideas estuviesen subordinadas a un trasfondo ondulante, como un punto de una desconocida esfera inmóvil.

—Cemí, siéntate en esta silla de clavezón de plata y aleja a la negra parca —dijo homéricamente, como un saludo de cariñosa burla que quiere mostrarse como si esperase al visitador—, tú nos puedes ayudar en lo que estamos hablando. Cuando Nietzsche empezó con su obsesión de la transmutación de todos los valores y reaccionó contra la objetividad, la compasión ante el sufrimiento, el sentido histórico, la sumisión al gusto extranjero, la vulgaridad ante los pequeños hechos y el espíritu científico, no pudo prever que gran parte de sus reacciones iban a ser baldías, pues la mayoría de esos acusados, sin desaparecer, aceptaban otras formas, otros se derrumbarían sin ningún sagitario que los flechase. En otros acusados era preferible su existencia, no su sobrevivencia como él pensaría, a su desaparición. El mayor error de Nietzsche fue en materia religiosa, como ha demostrado Scheler; lo guiaba no la plenitud de un sentimiento sino un resentimiento, dependiendo más de una reacción que de una acción, de una nueva creación de valores.

—Veo —le contestó Cemí—, que todavía sigues dependiendo de tu apellido Fronesis, la sabiduría, el que fluye, el que se mueve; no quieres llamarte Noesis, el deseo de la novedad, lo que deviene sin cesar. La acción de Nietzsche estaba destinada a levantar a su manera lo helénico, y a reaccionar contra el cristianismo, pero esa acción y reacción en nuestros días no se puede presentar en esa forma, pues hubo que reaccionar contra el seudo espíritu dionisíaco, y su reacción anticristiana era la destrucción de muchas verdades helénicas, el orfismo y el pitagorismo, por ejemplo, modalidades de lo griego en las que él no profundizó. Su acción y reacción han engendrado una reacción ante su acción y una acción ante su reacción.

—Hay dos Nietzsche, el profesor que reacciona contra los profesores y el disfrazado de príncipe Vogelfrei (fuera de ley). Fuera de ley, en una dimensión creadora, significa dentro de lo sexual, pero ahí también se separó de la tierra de los condenados, se abandonó a la barrera de agua, pero no pudo habitar la isla. Dentro de lo sexual, y esa es su principal humillación, tuvo que abandonarse al espíritu errante. No pudo llegar a la configuración de lo sexual, a la isla. Quedó poseso y poseído por la barrera de agua, por la matria de la ensoñación. De ahí derivó, más que de Goethe, su gran devoción por Claudio de Lorena, todos los días de igual perfección insuperable, decía refiriéndose a esa pintura. Vivía en los ventisqueros de la Alta Engadina, pero amaba el mar en calma a la manera de los griegos. No tenía espíritu posesor, no podía ver el padre como Tolstoi, era poseído como lo revela el versículo del Zaratustra: "Yo vivo mi propia luz, yo absorbo en mí las llamas que brotan de mi cuerpo..." Su cuerpo era el círculo de su misoginia, no el más poderoso instrumento para el diálogo que posee el hombre. Su *vogelfrei*, su fuera de ley, no era nunca su *vogelon*, su acto sexual, su acto en una palabra. En el mismo Zaratustra, nos dice que tiene hambre dentro de su saciedad, pero nunca tiene hambre hipertélica, creadora, que va más allá de su finalidad, para buscar complementarios inocentes y misteriosos.

—Su reacción contra el espíritu objetivo, era una de las manifestaciones de su odio a Hegel, cuando éste quiso llevar el principio de identidad de los griegos a sus últimas consecuencias, derivando el espíritu objetivo, lo absoluto. Mallarmé derivó la poesía pura del espíritu absoluto hegeliano. Era un apasionado lector de la obra hegeliana sobre el espíritu absoluto. En Hegel el espíritu absoluto era la gloria de la inmediaticidad, pero para los griegos la unanimidad o identidad era un telón de fondo. Sobre ese fondo salían las naves llenas de las tinajas que contenían las cenizas de los muertos. Así como consecuencia de que la obra de arte nace de una voluntad arbitraria, llega a afirmar que el artista es el consejero de su dios. Subjetivismo primero, y después para reaccionar en la forma habitual de su orgullo, tuerce el ordenamiento teofónico, es decir, él es el creador y Dios es la criatura. Una de sus variantes fue pensada por Nietzsche, cuando nos dice que Dios mismo en forma de serpiente fue el que tentó oculto en el árbol del conocimiento, así descansaba de ser Dios. El diablo, dice Nietzsche, es la ociosidad de Dios, cada siete días... Al final de su *Introducción al saber absoluto,* Hegel termina con un versículo que hubiera hecho las delicias del maestro Estéfano: "De la copa de este reino de los espíritus espuma para sí su infinitud", sólo que en Hegel el reino de los espíritus es el espíritu que se sabe a sí mismo como espíritu, es la conciencia de la identidad. Al romper la relación entre el creador y la criatura, por el orgullo que enfatiza la criatura, toda verdadera creación le fue ajena.

—Nietzsche fue un hombre de una rara intensidad crítica cuando en su época reaccionó contra el espíritu objetivo, pero de escasa profundidad cuando no pudo captar que no hay espíritu objetivo porque hay Espíritu Santo. En su libro sobre la Trinidad, San Agustín tiene una exigencia constante: Buscad siempre su rostro *(Quaerite facien eius semper).* Pero el que tiene el Espíritu Santo lo transmite al poner las manos sobre lo que le rodea en la inmediatez o en la lejanía. "Por la imposición de las manos de los apóstoles, se comunicaba el Espíritu Santo", por eso Simón el Mago no pedía el poder de otorgar el Espíritu Santo, sino el de transmitirlo. Así se puede formar un inmenso procesional de esclarecimiento por el que circulan incesantes carbones. Los griegos llegaron a la pareja de todas las cosas, pero el cristiano puede decir, desde la flor hasta el falo, este es el dedo de Dios. *Repertum,* en latín encontrado, es sinónimo de reperiendi, engendrado, parido. Todo lo que uno encuentra, todo con lo que uno se empareja, ha sido parido por uno mismo. La pareja ha sido, paradojalmente, la comprobación de la autogenia.

—Dejemos esos temas, o por lo menos la derivación de esos temas, para el regreso de Foción —dijo Fronesis—. Ya te hemos oído arremeter contra el espíritu objetivo, ahora yo voy a escoger otro blanco de Nietzsche para dispararle algunas flechas, su reacción contra el compadecerse por el que sufre. Declaro que es un tema para que tú consumas un turno, pero precisamente quiero mostrar mi jadeo, mi angustia, pues aunque esta cuestión no tiene el aspecto de una *quaestio* para mí, en mi interior es un tema que me atenacea y no me quiere soltar. No lo domino, pero es un tema que me obsesiona, y es entre los amigos donde me gusta mostrar, no lo que conozco, con desdén o frialdad, sino lo que desconozco con ardor, el amoroso desconocido, para usar palabras que recuerdan en algo los acentos agustinianos, si es que Cemí no me lo toma a mal.

—*Ego te absolvo,* por mí puedes comenzar tu plegaria al Eros desconocido —le respondió Cemí, pasando por alto deliberadamente contestarle su alusión a Foción, pues aunque le pareció sorprender en Fronesis como un secreto deseo de hablar del ausente, también le pareció sorprender que había intuido que él esquivaba la alusión, sin que le interesase desvirtuar esa presunción.

—Nietzsche creía —continuó Fronesis— que en el sufrimiento había una raíz de sumisión, por eso su desprecio a la compasión por todo el que sufre. Esa actitud revela sus fallas en la cultura griega, su desconocimiento de todo el medioevo, su costoso error de situar todos los valores nobles del espíritu en el Renacimiento. Pero el hombre sabe que en toda rebelión hay sufrimiento. Los valores filisteos son los que desconocen que el sufrimiento es prometeico, que el hombre sufre porque no puede ser un dios, porque no es inmutable. El cumplimiento de todo destino es sufrimiento. En el mismo éxtasis consecuente del Eros apoyado, el dolor se hace indefinido. Si el éxtasis es doloroso, si el cansancio posterior al éxtasis es dolor en la extenuación, tenemos que arribar a conclusiones diametralmente opuestas a las nietzcheanas, es decir, que todo creador que sopla la criatura, siente que su energía rompe el poro, y esa acumulación energética sobre lo que no tiene salida, produce sufrimiento en todo lo que es conducción, circulación, círculo orgánico. El sufrimiento no es más que la rotura del círculo en que toda criatura está inscripta. El cordel, símbolo de todo el mediterráneo costero, el cordel sostenedor, soporta y se rompe angustiado; las manos crispadas, para resguardar o para alcanzar, son símbolos del sufrimiento. "Cada palabra, dice Kafka, retorcida en manos de los espíritus —este retorcimiento de las manos es su ademán característico— se convierte en una larga lanza dirigida contra el que habla." La tensión, el peso que sostiene una delgada capa de hielo, lo que va trepando por el cordel y sabe que uno de sus extremos ha sido incendiado, todo eso tiene que ser sufrimiento.

Otro error nietzscheano fue ese rechazo del sufrimiento para aceptar lo que él llama los valores nobles. Creyó que esos valores se expresaban en el Renacimiento, en César Borgia, ni siquiera derivó de su Montaigne, de quien confiesa más de una vez que lo leía con fervor, el culto de Julio César, "el más grande milagro de la naturaleza", según declaraba el voluptuoso del Perigord. Desde el punto de vista de la descarga energética, del golpe seco halconero, no se detiene en César, sino en un jefe pandillero, en el sutilizador de los venenos; toda esa caterva de puñalitos grabados le interesaron más que la romanidad de Hispania, Galia o Bretaña. Un secuestro con brocados por Olivareto da Fermo, le interesaba más que la Europa en marcha para reconquistar el sepulcro del Resucitado. En una miniatura del siglo xv, con tema de venatoria, el júbilo es circular y radiante, desde los perros que saltan hasta los que lamen las piernas de los lanceros, las parejas de enamorados sobre una blanca hacanea, los halcones que huyen de los canes después de haberse abatido sobre una perdiz de vuelo corto. Al fondo se ve una lagunilla, donde sin oir las provocaciones del cuerno de caza o de la parábola de los halcones, unos pescadores en el julio de las truchas, sin perder su ensimismamiento, se ríen con el pez fuera del agua. Pero esa alegría, esos valores nobles, no los encontraremos tan sólo en las arrogancias de una venatoria, podemos repasar las miniaturas del duque de Berry, donde vemos un campesino que parece abombar el pecho como para entonar una romanza, sacudir un gajo de bellotas para provocar la complacencia de una piara de cerdos. El perro al lado del jubiloso campesino, mira con ternura la glotonería de los inmundos. El anchuroso pecho del porquero, alegre frente a la voracidad de su rebaño, está en la miniatura bajo el signo de escorpión y el sagitario. El escorpión que le muerde el sexo y el sagitario que sobre su hombro se enemista con una constelación. Su gesto al sacudir el gajo de bellotas a sus puercos, tiene la misma arrogancia de un rey jurando el trono. Ese porquerizo está en la gran tradición clásica; al repartir las bellotas tiene también la alegría de Eumeo, el divinal porquerizo, al reconocer a Odiseo antes de que éste dé sus terribles pruebas en la sala de los pretendientes. Eumeo no le regala una romanza, pero comienza ofreciéndole a Odiseo el anchuroso lomo del puerco de blanca dentadura. En todos esos porquerizos hay la alegría de una fidelidad teofónica. Están siempre en espera de un dios. Son nobles. Viven la posibilidad de ver el rostro de un dios invisible. Mientras esperan, sacrifican todos los días, cuidan su rebaño de gruñones, hechos para abismarse en los demonios. Todo sacrificio *de,* es su sufrir *con.* Esperan al dios invisible y se van convirtiendo en dioses visibles. Eumeo, el divinal porquerizo, es el primer reconociente. Reconocer, tener halcón para el signo, es lo propio del noble.

—*Ego te absolvo,* por segunda vez —le dijo Cemí. El *ego te absolvo* de Cemí, aun dicho sin énfasis hierofánico, se dilató por los planos inferiores, los menos avisados por la luz, por la superficie casi vinosa de los bancos de madera, por el sostén corintio de las columnas, fue perdiendo por la onda de la ironía su impulsión baritonal, hasta que se recuperó de nuevo en la altura de los ventanales, deteniéndose, como en un escarceo angélico, en el avivado ángulo de cal de las paredes, donde se fue debilitando como las sandalias por los corredores de un claustro románico. Comenzó de nuevo a levantarse como la oración a ese Eros desconocido, eco que respondía al susurro de las sandalias al desaparecer en un claroscuro.

—Déjame dar una zambullida en el Helesponto o en la piscina de Siloé, pero ya me vas pareciendo un marcionita que quiere unir Platón, Euclides y Aristóteles, con Cristo, Pedro y Pablo. Ya al final de su vida de creación, Nietzsche añade a esas que tú has señalado, en su última obra *Ecce Homo,* otras malignidades de la cultura europea, y arremete muy justamente contra el sentido histórico y el espíritu científico. Es cierto que el mirar hacia atrás, buscando un desarrollo para el porvenir, trae como consecuencia empobrecer la misma tradición. Pero ni lo histórico, ni la futuridad, ni la tradición, despiertan el ejercicio, la conducta del hombre y eso ha sido él el que mejor y más profundamente lo ha visto. Pero el deseo, el deseo que se hace coral, el deseo que al penetrar logra, por la superficie del sueño compartido, elabora la verdadera urdimbre de lo histórico, eso se le escapó. *Difícil luchar contra el deseo; lo que quiere lo compra con el alma,* la vieja frase de Heráclito abarca la totalidad de la conducta del hombre. Lo único que logra lo supra histórico es el deseo, que no termina en el diálogo, sino que se vuelve sobre el espíritu universal, anterior a la misma aparición de la tierra.

—Podemos recoger la impulsión de la afirmación nietzcheana de transmutar todos los valores, pero los valores que hay que encontrar y fundamentar son muy otros en nuestra época que los que él pensó. Una reunión de estudiosos que se acerquen a nuevas asignaturas en el futuro, por ejemplo: Historia del fuego, de la gota de agua, del hálito, de la emanación o *aporroia* de los griegos. Una historia del fuego, que comience por presentar su lucha con los elementos neptúnicos o ácueos, cómo se extiende el fuego, el fuego en el árbol, colores de la llama, la hoguera y el viento, la zarza ardida de Moisés, el sol y el gallo blanco, el sol y el gallo colorado entre los germanos, en fin, las transmutaciones del fuego en energía, todos esos temas que son los primeros que se me ocurren, y que el hombre de hoy necesita para adentrarse en nuevas regiones de profundidad. Se habla con exceso de la homosexualidad, ya desde el punto ético o del científico, pero se tienen muy pocas ideas precisas sobre la androginia. El andrógino primitivo que pasa al culto esférico de la totalidad y de la perfección, que pasa al *ápeiron* de los griegos y a la esfera universal de los cristianos. En la época de Carlomagno, Europa se llenó del símbolo de la esfera, el emperador, los doce pares, los maestros del *quadrivium,* los primeros murales románicos, se ornaban con la perfección giróvaga del círculo, y se encuentra también entre los taoístas, con la esencial importancia que le daban a la indistinción sexual del hálito, formando el huevo del Gran Uno, del que brotaron dualizados el cielo y la tierra, todas esas referencias a la androginia en el mundo de los taoístas, de los platónicos y de los gnósticos alejandrinos, la casi totalidad del mundo antiguo, y del que apenas sobrenadan vestigios en Havelock Ellis, en el *Corydon* de Gide y en el mismo Freud, que intentan llevar todas esas cosmologías al empequeñecedor espíritu científico, hijo de aquel espíritu objetivo, de aquel absoluto circulizado. No pueden creer que un Fou Hi, el rey fundador, fuese engendrado por un bastón flotando sobre las aguas, un símbolo de la unión de la energía actuando sobre el espíritu maternal de las aguas. Cerca de la encina de Membre, Abraham tiene la visión de los tres mancebos que se le presentan, sin decidirse a llamarle señor a ninguno de los tres, pues era una triada indistinta en su esplendor. En otra visión subsiguiente, dos de los ángeles de la primera aparición marchan hacia Sodoma, de donde volverán sin duda hacia la rueda de la indistinción... El ánima, elemento femenino, aire, ying, recibe la fecundación del éter, elemento masculino, yang, animus, sin necesidad de las antípodas de los reproductores fisiológicos. Según las etimologías de Vico, de *coelum,* que lo mismo significa "punzón", que "el gran cuerpo del aire", los egipcios derivaron la universalidad de la cuña, forma piramidal, como un instrumento hecho para destruir el tiempo, logrando la eternidad de la piedra para asimilar todo el potencial creador del viento magnético del desierto. Amon fue el dios único de los tebanos, después fue identificado como Amon Ra, era el Uno Unico, la esencia de las esencias, el generador que no era engendrado, era padre de los padres y a la vez madre de las madres. Significa estar oculto, es lo invisible que engendra en lo oculto, como diría Heráclito del oráculo, está oculto, pero hace señales, signos. Al mismo Trombonazo, el gigante rabelesiano, se le subraya que su verga es del tamaño de una caña de pescar, después se contenta con el mero juego, la insignificancia de aludirla como "mi tallito de coral". Una arrogancia que termina con los juegos infantiles a la orilla del mar, cuando después de haber acariciado un caracol, retrotrae el balano, y contempla su glande, como para colocarlo en el aire que penetra en el caracol.

Como si esa alusión al caracol, lograse una especial convocatoria, comenzaron a llegar los estudiantes que se iban a examinar. Fronesis sintió los ecos de las últimas sílabas de Cemí, los conjuros del caracol, y vio cómo llegaban parejas, después grupos, hasta formar una pequeña multitud que esperaba que se abriesen las puertas del aula donde los examinandos darían sus grotescas pruebas. El timbre que anunciaba las horas sonó como un chirrido que se prolonga, como un caracol inmaturo, todavía relleno de guijas y de tierra no asimilada. Fronesis bruscamente se despidió de Cemí, y desapareció en la prisa por ocupar los primeros asientos. Se cerró la puerta del aula, Cemí la miró de arriba a abajo como un Polifemo beodo que le saliese al encuentro para impedirle seguir tratando esas cuestiones dentro de la tradición goethiana de una "precisa fantasía perceptiva", que era casi la manera como el *intelligere* se abrazaba con su Éros, deseoso fanatismo de conocimiento que era la sombra del árbol de la vida, no en las antípodas del árbol del conocimiento, sino en la sombra que une el cielo silencioso de los taoístas con el verbo que fecunda la ciudad como sobrenaturaleza.

Cemí se fue hundiendo de nuevo por la extensión de la calle de San Lázaro. Era la unidad de extensión de sus caminatas, salir de la Universidad, detenerse en algunas esquinas con bodegas grandes a la española, muy acudidas por todas las menudencias de la vecinería. Siempre había un tipo de excepción, el que se apartaba de la necesidad menor, el anárquico escapado de la cofradía de los lupulares, el guajiro rezagado que hace esperas de turno o se desorienta en unas vacaciones, el amante de la comadrona, el billetero que guarda el azar en el bolsillo de la guayabera, en el descanso de su mercaduría errante. Cemí se sonrió al ver un guajiro almidonado, ya por la tercera carrilera lupular, que hipante y con los labios espumantes decía: "Estoy como lo soñó Martí, la poesía sabrosa, sacada de la guitarra con azúcar, con el lazo azul que le puso mi chiquita. Clara, clarita, clara como el agua, siempre viene bien. Nada de estrambote ni de estrambótica, yo me escapaba de la escuela, aquel endiablado profesor viejo que yo le puse Chicho Calvo, que me profetizó que yo haría mejor en sacar una carreta de aguacates y zanahorias, que estudiar, pero se equivocó de medio a medio, nunca vendí aguacates, soy guagüero a mucha honra, hip, hip. Eso sí, le pego a la guitarra en el mismo centro, nací poeta, hip, hip. A oir el que quiera:

Oiga, caballero,
el cantar yo traigo,
traigo aquí el cantar,
triste como el mar,
soy un buen jilguero.

Al decir *triste como el mar*, Cemí pudo de un reojo, unir el amarillo chispeante de la cerveza con el amarillo ensalivado del diente de oro del cantor, con el amarillo más noble, surcado de un verde creador, de una boñiga que ya, por lo menos, comenzaba por alegrar a un moscardón con un precioso collarín escarlata. A Cemí le pareció oir el bordoneo festivo del insecto. Salió una mestiza de la cuartería cercana, enfundada en un túnico azul muy pálido, con aretes de coral. A la mestiza no le interesaba romper la tradición ni recrearla, de un rojo de perro masticando nubes algodonosas, con la nariz de suave ondulación como se ve en algunas apsaras de los templos indios. —Eso sí —dijo— en cuanto él se entona, todo el mundo se aglomera para oirlo—. Como quiera que la única persona que estaba en la esquina era Cemí, éste apresuró el paso para evitar ser "todo el mundo".

El cervecero levantó de nuevo el entono:

El que se va y no viene,
busca el ají que no tiene.
El que viene y no se va,
más nunca le pesará,
más nunca le pesará...

Pero ya Cemí estaba en la otra esquina y la espuma de la cerveza comenzaba a rodar por los labios de la mestiza, a humedecer su túnico azul. La cerveza, como un canario que toma el sol con las alas muy abiertas, se fue deslizando hasta la cloaca, orine del Pegaso, al recibir la saeta del guagüero, mientras se cerraban todas las ventanas al corpúsculo de la verdadera alegría solar. El canario encolerizado golpeaba con sus pequeñas alas la infernal saetilla, logrando, con la ayuda de la mañana, rechazarla.

Al llegar a su casa Cemí pudo notar cierta extrañeza. Leticia y el doctor con sus hijos y la criada, habían llegado de Santa Clara. El doctor, después de la muerte del tío Alberto, se limitaba a su mecedora y a echarle mano a cualquier revista o periódico, para tocarlos con el mentón en cada cabezazo. Acercar de nuevo las gafas, después verlas rodar de nuevo por la canal de la nariz. Otras veces, pasmo de una erudición inexistente, parecía que las gafas saltarían para servir de malla a los mosquitos. De vez en cuando levantaba los ojos del periódico y los fijaba en Leticia, que comenzaba de nuevo con su eterno tema, llevarse a su madre para Santa Clara. Sus hijos limpiaban los patines para ir al parque de las Misiones, donde buscarían a las hijas del notario Cortés de Lara, que le cobraba una casita en Revillagigedo. Doña Augusta, ya muy enferma, que se resistía, que quería quedarse con sus otras hijas, que a los argumentos de soledad esgrimidos por Leticia, oponía sus contraataques con disculpas fundamentadas en su enfermedad. Los gestos trágicos, de altivez romana: —Sé lo que tengo, sé que no puedo vivir mucho tiempo más. Quiero descansar, quiero ya ver a mi madre y a mi padre, a mis hijos muertos, a José Eugenio, a toda mi familia que ya está entre los muertos. Y tú siempre, Leticia, tironeándome, queriéndome llevar para Santa Clara. No comprendes que ya yo me voy a morir, déjame morir en mi propia casa, con mis hijos, con mis nietos—. Pero ni el argumento de la muerte de doña Augusta hacía retroceder a las exigencias de Leticia, que formulaba de nuevo su petición, esgrimiendo un perfumador, abriendo una caja de pañuelos, probándose una pamela de alas caídas por la gravitación de un ramillete de uvas. Y el doctor: —Leticia, es el primer mes que hemos llegado, quizás más adelante doña Augusta cambie de opinión. Violante, vete vistiendo para ir por la noche a ver a Rambal, hoy estrena *Un americano en Madrid*. Enséñale a Joseíto lo que le hemos traído, la litografía con la entrevista entre Carlos el Temerario y el rey Felipe, dale a Eloísa la novela *Corazón*, de Amicis; dale también a Violante el pavorreal que le hemos traído. —Claro —volvía Leticia—, como a ti no te importa vivir separado de tu madre, cambias la conversación, y lo mismo hablas de una chirringa que de un pavorreal, que del combate homérico entre una cotorra y un plumero. Pero esta vez si no me voy con mi madre, me quedo con ella. Yo no creo que su enfermedad sea grave —bien sabía ella que su madre tendría que morir muy pronto— pero quiero estar a su lado y distraerla en su enfermedad. Además, no quiero ver a ese Rambal de pacotilla, ya no vienen compañías de calidad, sino ese folletinero, que ni al conde Kostia se le ocurriría elogiar. He visto bailar a Tórtola Valencia y a Vicente Escudero, he oído cantar a la Tetrazzini y a Martinelli, he visto *El Zar Saltán*, cuando vino la compañía de ópera rusa. Bien me puedo pasar sin ver a tu Rambal. Lo que tú quieres es distraerte, pero yo prefiero que adquieras un miquito a tener que ver ese Rambal, disfrazado de chino, de detective inglés o de turista tonto. Si voy, me quedaré dormida, y en el entreacto volveré a rogarle a mamá que venga con nosotros a Santa Clara. Me moriré diciendo que no quiero separarme de mi madre... Sollozos, llantos, pañuelos con Guerlain. Doña Augusta, sujetando el pañuelo con la colonia sobre la frente de Leticia, comienza también a llorar.

La nobleza de su muerte próxima recibía la serpentina del histerismo familiar. Pero, en realidad, miraba el rostro noblemente triste de Rialta, que veía aquella lamentable escena familiar como si se acercara a un ventanal lluvioso. Los años siguientes a la muerte de su esposo, había vivido dedicada al culto del ausente. Eso dignificaba su rostro, sus ademanes y sus palabras. Parecía siempre recordar que lo más valioso de su ser estaba de parte de lo invisible y de lo sagrado. Doña Augusta, a pesar de los aspavientos de Leticia, se fijaba en Rialta, sabiendo que estaba enferma y que se tendría que operar. Doña Augusta se sabía enferma, se inquietaba por el cambio de vida que tendría que asumir Rialta a su muerte. Ya ella no estaría a su lado para defenderla de las brusquedades familiares. Sería la misma Rialta la que tendría que proteger a sus hijos de las asimetrías del azar y del destino. Rialta estaba enferma de un fibroma y el mismo doctor Santurce había aconsejado la operación, con el temor de que el tejido donde se afirmaba el crecimiento fibromoso pudiera degenerar en cáncer. Eso era, en realidad, lo que preocupaba a doña Augusta, obligada por el histerismo de Leticia a torcer las inquietudes, fundamentales para la familia, que la punzaban esa noche. Miraba a Rialta, recorría cada uno de los momentos de su vida dolorosa. Mientras sujetaba el pañuelo perfumado en la frente de Leticia, pensaba en José Eugenio muriendo en un hospital, a pesar de la jerarquía que se había ganado dentro de la brevedad de su vida. Pensaba en Rialta, fiel a su memoria, que ahora tendría que operarse, pasando los momentos terribles de pensar que sus hijos podían quedarse solos, cuidados por doña Augusta que estaba tan cerca ya de la muerte.

Cemí había sorprendido la tierna mirada de doña Augusta a su madre. Le molestaba que el histerismo familiar pudiera prevalecer sobre una situación trágica encarnada en su madre. La cara de ella reflejaba la tristeza de un destino que se reitera en su amargura. Después de la muerte de su esposo, tener que operarse.

—Señores, yo creo —dijo Cemí—, que ya es hora de ir a acostarse. Mañana hablaré con el doctor Santurce sobre la operación de mamá, pero estas conversaciones tienen mucho de fastidio y algo de abuso. Cuando alguien de la familia, y en este caso es mi madre, va a sufrir un riesgo, una operación o un viaje peligroso, lo menos que se puede hacer es que cada cual margine su pequeño egoísmo y su cantaleta. Lo único de veras lastimoso aquí es la operación de mi madre, todo lo demás es una comedia que aglomera la risa, pero no la puede hacer estallar. Conque, señores, a dormir—. Santurce miró a Leticia, pero no se atrevió a decir nada. Esta le disparó a Cemí una acerada mirada de odio, con sus ojos de un gris escarchado. Sus labios parecían cerrarle el paso a sus palabras con una espada extraída de un horno. Lentamente los familiares se fueron distribuyendo por las piezas que se les habían asignado. Una tras otra se fueron apagando las luces. Doña Augusta y Rialta dormirían en el primer cuarto. El gato, extenso negro con los bordes de un gris recién tejido, saltó sobre un sillón de cuero. Cemí encendió el primer cigarro de aquella noche.

Al terminar las clases de la mañana, no quiso encaminarse a la escalinata para evitar los entrecruzamientos, esa sensación tan desagradable del ir y venir de los apresurados, de los que llegan sudorosos y se retiran con ojos saltones, como si profetizaran su nueva morada. Por eso quiso retirarse por la salida que está frente al hospital, que le recordaba, aunque el parecido estaba forzado por su imaginación, el *Octroi de Plaisance,* del aduanero Rousseau, pero en lugar del gendarme, en lo alto de la casilla en la medianoche, la voz de Fronesis que le gritaba su nombre en la plenitud de la mañana.

—*Bona lux,* como saludaban los etruscos —le dijo Cemí, disimulando con una sonrisilla la pedantería cariñosa.

—*Ex templo,* en seguida entre los romanos. Todo lo que no es en seguida es demoníaco, dice Kierkegaard —le contestó Fronesis. La vaciedad de la mañana se había trocado de pronto en la alegría de su encuentro.

—Vamos en seguida al cafecito de enfrente para hablar un poco —a Fronesis le pareció que la palabra cafecito, dicha por Cemí, bailaba en la mañana.

En el mostrador las frutas, corteza rugosa del mamey, escamas de la piña, morado y amarillo de los mangos, colaboraban también a la esbeltez de aquella mañana, que parecía mantenida por las paticas del sinsonte al estremecerse para lanzar el chorro de sonidos. Despachaban unos guajiros que tenían una finca en Santa María del Rosario, de donde traían las frutas para los batidos. Se oía el chirriar de la batidora fragmentando el hielo, mientras, por el contrario, la visión se hacía placentera al fijarse los ramajes y flores que separaban al café de la casa vecina. Cemí observó ese especial favor que tiene el cubano para diferenciar el espacio, para evitar su monotonía, como al lado de la Universidad, al lado de una casa de típica burguesía vedadesca, se entreabre un café de pueblo, con sus mesas mal pulimentadas, pero donde la leche hierve como en la trastienda de la casa de un arreador de ganado.

—La última vez que hablamos —comenzó diciendo Cemí—, varias veces tú aludiste a Foción, y yo desvié la conversación porque no quería hablar de él donde nos oyesen, pero creo que tenía tantas ganas de recordarlo como tú. Verdad que es un tipo especial, diferente de todos nosotros, los que tenemos la misma edad. El es el que habla, no con más desparpajo, de lo que presume, sino como si tuviese un especial sadismo en comprometerse en cada una de las cosas que dice. Al revés de lo que decía Talleyrand, no habla para ocultar su pensamiento, sino para develarlo a tambor y zancadas. Es, pudiéramos decir paradojalmente, un *engagé* con su sexo y sus sensaciones. No parece que quiera escandalizar, sino mostrar naturalmente una naturaleza poco natural. Sé que su verdadera relación es contigo, pero, sin embargo, creo que disfruto del placer de observarlo con más nitidez que tú mismo. Se me ocurre ahora esto que aclara un poco lo que quiero decir. Ustedes, Foción y tú, son materia relacionable; Foción y yo nos reconocemos como perspectivas observables. Fronesis y Cemí —quiso evitar el tuteo— somos materia relacionada. Ustedes son amigos porque en la raíz de esa amistad está lo que destruye, lo incesantemente relacionable, pero que nunca está relacionado. Tú y yo somos amigos —ahora creyó oportuno el tuteo— porque estamos relacionados, nos acompañamos, nuestro diálogo está asegurado por la claridad y la oscuridad de los dos. Ni tu claridad intenta extinguir mi oscuridad, ni mi caos intenta dinamitar tu ordenamiento natural. Por eso siempre distingo esas dos clases de amistad: la relacionable o esfíngica y la relacionada o dialogal. Cuando Foción habla contigo va de las palabras a su instinto; cuando yo lo hago, asciendo de mis instintos a las palabras, dialogo, busco un sentido, una teoría de peces, como decían los griegos, o un desarrollo del plexo solar en el espacio vacío, como dicen los iniciadores del taoísmo. Quizá yo tenga ahora más confusión en mis ideas —de lo que estoy muy contento, pues el aceite cuando no arde es cuando gravita— que Foción, pero tengo mucha más claridad en mis instintos que él. Pero a mí no se me ha escapado que tú lo tratas dentro del orden de la caridad, es lo que le da a tu amistad con él su profundidad. Claro que no es el pobre caos de sus instintos lo que te seduce en Foción; tú lo tratas, lo sientes más bien como fijador. Es un caos, el de Foción, que tú dominas, ordenas, distribuyes. Es un caos que tú necesitas para las hogueras de tu cosmos. Coges unos cuantos gajos resinosos de Foción, los enciendes y entonces te ves la cara con más claridad en el espejo del cuarto de baño.

—¿Quién es Foción —siguió diciendo Cemí—, cómo es su familia, qué le sucedió en su vida que parece que todo está como oculto? Tanto habla de sí mismo, en voz alta, que cuando se extinguen sus palabras parece un fantasmón, ya no está, es rabo de nube.

—En casi todo has acertado —le respondió Fronesis—, salvo en unas pocas cosas que no son las más importantes, pero, en este caso, de las más decisivas. Tu símil de la madera resinosa de Foción, para verme la cara en el espejo, me inquieta un tanto. El espejo del cuarto de baño es casi siempre el último recuerdo del suicidio, o del que se muere sin saberlo, pero no sé por qué al oírte hablar de la madera resinosa, pensé en seguida en la pira funeral—. Al decir eso Fronesis, no pudo descifrar Cemí si lo decía con ironía, o se había dejado llevar por una expresión no gobernada, pues cualquier forma de ironía macabra estaba reñida con su "manera".

—Tus deseos de conocer lo que rodea a la vida de Foción, me decide a pensar que ya él te debe de haber hablado de la mía, y como casi siempre esas formas de conocimiento familiar se verifican en pareja, después que por él has conocido toda mi circunstancia, quieres conocer por mí las de Foción. He ahí como funciona, en la intimidad del trato, el análogo aristotélico —dijo Fronesis, sonriéndose.

—Pues bien, el relato de la vida de Foción tiene interés para llenar esta mañana y todas las siguientes mañanas del mundo, pues es la historia de una realidad y de una sobrerrealidad. El padre de nuestro amigo Foción, llamado Nicolás Foción, tenía un hermano, dos o tres años más joven, Juliano. Los dos vivían en Industria casi esquina a Neptuno. Su casa, por un lado, daba a una calle de mucho movimiento, desde por la mañana; por la otra esquina a un barrio de un silencio muy extraño. Si preciso esos detalles, es por su relevancia en relación con las cosas que sucedieron después. En la esquina que daba a las calles del silencio extraño, se mudó poco después una muchacha en la que se fijaron los dos hermanos. Estaba en los últimos años del bachillerato, y por la tarde, después que ya había terminado las clases, se arreglaba con el cuidado característico de sus diecisiete años. La tranquila calidad de su piel, las flores pequeñitas que algunas veces parecían sobrenadar en su pelo castaño, muy sensible a los reflejos de la luz matizada, atrajeron a los dos hermanos. Nicolás y Juliano la habían visto con ojos donde su imagen se hundía cada vez más. Ninguno de los dos hicieron comentarios entre sí. Jamás uno de ellos habló al otro de la muchacha de la ventana de la esquina, de sus flores, de la noble serenidad de su piel. De los dos tipos opuestos, que tienden siempre a estar cerca, que tienden también a ser hermanos, Nicolás era de los que no piensan nunca en decirle nada a la muchacha con flores en la cabellera, pero que un día, sin saber cómo, la abordan y le dicen todo lo que hay que decirle, y Juliano, que era de los que frente a la muchacha con flores en la cabellera, todos los días piensan en decirle lo esencial, sin decidirse nunca a ello aunque coincidan en un portalón un día de lluvia. Así Nicolás termina la carrera de medicina, trabaja desde joven y se casa con la muchacha de las flores en la cabellera, mientras que Juliano no termina nada de lo que emprende, no encuentra trabajo y las flores y la cabellera son la substancia de una melancolía que aúlla en la medianoche.

—Celita, a pesar de las flores que podían transfigurarla, era tan sólo un brote hogareño primordial, como dicen los estadígrafos del determinismo. Su padre, decisivamente cansado antes de llegar a los cincuenta años, mitad procurador y mitad periodista, en lo único que se había excedido era en las tres cajetillas de la fuma expectorante. Su madre era la típica cienfueguera venida a La Habana para desempeñar un aula de profesora. Vieron la boda con el mediquillo como el surgir de lo estelar matutino. El padre de Celita llegó tarde esa noche a su casa, se había dirigido a otro amigo periodista para que fuese el primer gacetillero anunciador. Los tres lápices en el florero de la maestra cienfueguera bailaron una pastorela en el tapiz de la mañana jubilosa.

—Después del himeneo paulino, se distribuyeron en forma consabida. En la sala, un estante de cómoda sabiduría, los cuatro butacones, el clásico sofá para vulgaridades románticas, y el espejo inquieto por no apresar ninguna sombra *vivace*. En el primer cuarto, Celita y Nicolás cerrando puertas y ventanas cuando la pasión triunfaba sobre la brisa, y ya en la medianoche abriendo puertas y ventanas cuando la brisa predominaba sobre la pasión extinguida. En el segundo cuarto, el periodista y la maestra cienfueguera, colocando en la línea de su horizonte la naranjada del desayuno. Después, el servicio, que paradojalmente era el único recinto poético de la casa, cuando en la medianoche, sin que nadie abriese la llave, la ducha comenzaba una llovizna que duraba casi un cuarto de hora. Seguía la cocina, donde de vez en cuando un guayabito se llevaba en su rabo el poco fuego sagrado que allí había. Y ya llegamos a lo que más nos interesa, en la azotea un cuarto, y en el cuarto la cama del esperador eterno, Juliano, que todavía, ya pasados algunos años, seguía viendo las flores húmedas, más que las deshechas coincidencias de los días de lluvia, en la cabellera de Celita.

—Nicolás salía al campo en estudios y consultas de casos especiales, su clientela era cada vez más espumosa y crecedora, por el contrario, Juliano aumentaba su hastío cervecero. Cuando la espuma de su cerveza llegó a alcanzar el nivel de la clientela espumosa de su hermano, la trocó por la barata somnolencia, con ilustraciones de los acompañamientos de la guzla mora, de las esencias del láudano. Paseaba por la azotea antes de penetrar en el sueño, las luces ardían dentro de casas de papel, pagodas cuyo techo temblaba, más suave que la brisa. Se asomaba después al descanso de la escalera, la falda de Celita se agitaba al recibir la onda de las campanas de San Pedro, después veía cómo extendía la mano para voltear el dial, comenzaba a oirse un fundamentado informe del presidente de la Academia de Ciencias de Connecticut, sobre las anormalidades de la pituitaria. La onda seguía tañendo en la cabeza de Juliano, hasta llevarlo a derrumbarse de nuevo en la cama. El crujido del bastidor era el eco final de la enorme dignidad del tañido petrínico.

—Las excursiones médicas del doctor aumentaron su frecuencia. Juliano, envuelto en la masa coral de su somnolencia, no pasaba del descanso de la escalera, pero Celita, irritada por las ausencias científicas, comenzó por ascender con titubeos el caracol somnífero. Los titubeos se debían tan sólo a la presencia calmosa del periodista y a la ausencia nerviosa de la maestra cienfueguera.

—La coincidencia de la búsqueda de una cinta para el sombrero de la maestra, de un caso de tifus grave en el valle del Mayabeque en el doctor, y unas firmas en la planilla para su jubilación en el periodista, provocaron la hecatombe. Eran ya las cuatro y media de la tarde cuando Celita salió de su siesta, con cuatro faunillos en los cuatro pilares de su cama. La casa, en su entereza de soledad, sudaba el ornamento de su escayolada. La cerradura de la puerta de la calle, recién abrillantada, dejaba pasar sin filtrarla la cuantía de una luz hecha para embadurnar los sentidos, agrietándolos y como haciéndoles boca.

—Cuando el doctor llegó al Mayabeque, habían ya pasado el trámite de consulta y extremaunción, era el momento de los cuchicheos para el tendido. Después de acompañar los primeros momentos de la elocuencia de la melancolía familiar, de repartir entre los hombrecitos de la familia las píldoras lenitivas de los envíos soponciales, picó claxon de nuevo hacia La Habana. Al llegar a su casa respiró puro ámbito sin moradores. Pero para su desdicha la ausencia no era una sensación para un péndulo, un vaso de agua muy al borde de la mesa: era una ausencia que tenía algo de las primeras contracciones de la materia, el silencio de un cuerpo al desprenderse de otro, la gota que expresa largos corredores sumergidos. Esperó en la sala la llegada de los familiares caseros. Entresacó una brisa, requebró noticias, nada, el timbre de aviso inmutable en su ocio blándulo. Las horas pasaban y lo que no se anunciaba era el sobresalto del timbre.

—El aburrimiento de la espera lo llevó a pensar en la escalera que conducía al cuarto de su hermano. Pero al final de aquel laberinto encontraría el martillazo que destruiría su vida de animal de razón. Precisemos lo poco que hay que precisar, para ver qué se encontró Nicolás al final del laberinto, el toro que no lo mató pero se llevó su razón prendida en uno de sus cuernos. Esta vez el toro no hundiría sus pitones en la ingle del hombre, como buscando y amortajando los secretos de su esperma, sino proclamaría que sus cuernos se llevaban el trofeo de su razón, que era la que impedía que sus cuernos apuntalasen el equilibrio de las colecciones estelares.

—Pero retomemos el hilo, el mismo tedio había llevado previamente a Celita a un aventurarse por el laberinto de la escalera que conducía a la pieza alta de Juliano. Aquella tarde él había aumentado las gotas de láudano; sobre su cama, rodeando el sueño su desnudez, como si se hubiese quedado dormido al lado de un río, mostraba un cuerpo mórbido por la timidez de su adolescencia, infinitamente posesivo por su rendimiento al mundo externo del vegetal, los párpados como una cerradura fidelizada por el láudano, le daban su rechazo a toda cabalgadura de la flecha en la luz. Las piernas abiertas, recostadas en la hoja del sueño, mostraban la lujuria que se ve en el interior de un huevo pintado por el Bosco, y la voluptuosidad lentísima de adormecerse cerca de una fuente de Cranach.

—Silenciosamente Celita comenzó su develamiento. Evitaba los ruidos más soterrados. Sentía que el resbalar del corpiño por la seda del refajo podía tocar en la raíz somnífera de Juliano, y despertarlo en sobresalto indomeñable, precipitándose toda la cascada sobre su nuca. Inmóvil el balancín, puso la mano sobre el espaldar para evitar cualquier indiscreción de la cámara en la nueva proporción de sus mutaciones, por su llegada al ámbito del sueño provocado. Tocando el balancín, parecía decirle que no fuera a despertar, despertando a Juliano. Celita desnuda fue buscando el sueño desnudo del que nunca se atrevió a elogiarle las flores rojas de su cabellera. Comenzó a ceñir al dormido. Este se despertó con el cuerpo entre sus manos. Los dos dadores, las dos salivas, las dos humedades esenciales se anegaron en sus complementarios. Ingurgitó Juliano de sus profundidades somníferas, y al abrir los ojos se encontró con Celita, sonriente y con esa malicia poco demoníaca que otorga el placer, que resbalaba sus labios por los suyos, con líquidos movimientos que parecían desprenderse de una juncia y avanzar resguardados por los húmedos helechos. Después de haber ascendido Juliano, desde el sueño hasta la configuración de Celita ceñida en un abrazo de sierpe, descendió después de haber visto el rostro a la barca que navega con el pez que lleva un alma a su lado. Vio el rostro, el rostro con flores rojas en la cabellera, y ya tenía que morir. Las algas del sueño dejaron escapar momentáneamente ese pájaro; después se abatió sobre el légamo del río, desapareciendo.

—Celita recibió en el centro de su árbol el peso de imponentes distancias, aglomeraciones de hormigas, distribuciones sombrías de emigraciones mongólicas, voces ululantes entre animales de nieve, susurros trocados en mareas golpeadas. Del oleaje crepuscular brotaba como una alfombra titánica que envolvía los gemidos y todos esos deshechos de la luna al astillarse. Y Celita fue cerrando los ojos en el sueño; momentos después Juliano abría los suyos en la muerte. Ambos se habían incorporado una dicha en la eternidad, Celita había ascendido por el éxtasis al sueño, Juliano había descendido después de ver el rostro a las grutas frías de Proserpina. Pero faltaba, tal vez, una tercera figura en esa trágica composición: la locura. El médico interpretó rectamente la palidez de su hermano. Celita despertó y vio a su lado a su esposo Nicolás con el pulso del hermano en sus manos y moviendo la cabeza, enfrentando el lance con incomprensible seriedad científica. Vio que se dirigía a ella, casi con su voz de siempre y le decía: Eudoxia, era el nombre de su enfermera, este cliente se ha quedado muerto en la consulta, padecía del corazón, entretén a los clientes de turno, diles que yo me siento indispuesto y después avisaremos a sus familiares. Había perdido la razón.

—Después de la muerte de Juliano, Celita tuvo que desarrollar a cabalidad su papel de enfermera Eudoxia. La locura del médico consistía en que por la mañana comenzaba a recibir una clientela inexistente. Encerrado en su gabinete de consulta, a las diez de la mañana, se dirigía a Celita. trocada ya para siempre en la enfermera Eudoxia, y le decía: Que pase el primer cliente. Comenzaba la consulta: Lo encuentro mejor, la presión se va normalizando, siga tomando las píldoras, sobre todo nada de sal en las comidas, venga a fin de semana.

—Le daba la mano al vacío y se despedía con la sonriente ceremonia de un médico. Se dirigía después a Celita Eudoxia: Que pase el próximo cliente. Y así daba diez consultas por la mañana y otras diez por la tarde. No había nadie en la espera. Se daban las consultas a un paciente que sólo su locura fijaba en la realidad. Todos los días desfilaban veinte personas que no existían; hablaba con el aire, le daba recetas al cesto crecido en persona. Celita Eudoxia tenía que seguir con la más tersa razón toda la minuciosidad de aquella locura. A las siete u ocho de la noche, de acuerdo con la extensión que le daba a cada uno de los consultantes, volvía a recuperar la razón. Entonces Eudoxia volvía a ser Celita.

—Los otros médicos le habían dicho a Celita que tuviese mucho cuidado con el reparto de los turnos ideales dados por aquel médico enloquecido. Un error, la penetración de la luz en aquella mentalidad errante y podría traer como consecuencia un fulminante ataque, un hachazo, la interrogación de un bisturí en sus carnes rosadas. Celita ponía los turnos en el sofá y en las sillas y a medida que iban entrando en el consultorio aquellas figuras creadas por su esposo enloquecido, los iba recogiendo. Oía los consejos que le daba a los pacientes, es decir, al bulto de aire que se encontraba frente a él, y cuando las sílabas se iban perdiendo, se preparaba ya para dar paso al próximo consultante inexistente. Tan pronto terminaba su trabajo enteléquico, se dirigía a la seudo Eudoxia, y le decía: Salgamos, Celita, a coger un poco de brisa. Hoy comemos fuera de casa. Tengo ganas de tomarme una sopa de cebolla.

—Terminada la consulta, recuperaba la razón. Mientras tanto, vivían de una pensión decorosa otorgada por el Colegio Médico, en vista de aquella enajenación lamentable. Así estuvo veinte años, dando esas consultas a seres creados por su imaginación de loco, trocando de diez de la mañana a ocho de la noche, a Celita en la enfermera Eudoxia, y durante el resto del día a la enfermera en la esposa, cambiando la almidonada cofia por las flores en la húmeda cabellera de Celita.

—Cuando estuvo veinte años en ese consultorio de sombras, se acogió a la jubilación. Entonces, como ya no tenía que dar consultas, su locura se igualó con su razón. Jugaba al ajedrez, cuidaba con extremada acuciosidad la educación de Foción, se abandonaba a la literatura de los gnósticos alejandrinos.

—Cuando Celita apareció preñada, no se podía precisar cuál de los dos hermanos había sido el flechador. Foción fue creciendo viendo lo irreal, lo inexistente, encerrado en un cuarto durante muchas horas. La cofia y las flores en la cabellera llegaron a ser leídas por él como un reloj que avisaba el alejamiento y la recurrencia, el silencio y el parloteo, la razón minuciosa puesta al servicio de la locura, y la locura trabajando con un esmero, con una detenida acuciosidad, como si se encontrase en la plenitud de la razón alcanzada por los griegos.

—El doctor Foción no mandó nunca a su hijo a la escuela. Él mismo se encargó de enseñarle desde la historia del cero hasta las variaciones de las funciones en trigonometría, recorriendo un extenso paisaje cultural, metafísico y teológico, al encuadrar esas variaciones entre el cero y el infinito. —Entre el cero, decía, que soy yo, y el infinito, que siguiendo a los griegos, no quiero que seas tú, sin agotar todo el conocimiento de lo posible finito. Pero Foción abría los ojos, rodeado de un interminable ejercicio de fantasmas. Su padre dando consejos medicinales a bultos de aire, oyendo cómo su madre unas veces era llamada Eudoxia y otras Celita. Paseaba con su padre, conversaba con su madre, rodeado por la locura creció sin pecado original. Sus sentidos no segregaban materia concupiscible, sino datos de conocimiento que avanzaban o retrocedían hasta la imagen, flotando como los pedúnculos de una gorgona que no lograban descifrar el légamo del río.

—Pero ahora, otra pregunta, aunque él alardea de su homosexualismo, ¿en realidad lo es? Según me han dicho estuvo casado, ¿es eso cierto? Por tu relato se desprende que aquellos fantasmas incubaron un homúnculo de cristal, que vive dentro del binomio de Newton o del triángulo de Pascal y que respira azogue. Pero de repente, el homúnculo lanza una arenga clandestina en su palacio subterráneo, y comienzan a surgir las tentaciones. Las larvas se lanzan sobre un esqueleto en el desierto, dejando un rastro calcinado donde comienza a florecer una cactácea. El homúnculo comienza a jugar con el cacto, cae una lluvia de arenas.

—Por herencia —dijo Fronesis—, ya a los diez y siete años, Foción estaba en disposición de casarse con la muchacha de la esquina, tuviese o no flores en el pelo castaño. Así lo hizo, pero sin romper la ecuación algebraica en que vivía. Le hizo ver que sumergiéndose en agua caliente y tocando su falo, los gametos se escindían engendrando el coágulo vital. A los nueve meses de casados, su mujer tuvo algunas hemorragias y trastornos. Fue a verse al consultorio, donde estaba inscrita para alumbrar su comodidad a precios módicos. Sorpresa. El médico le dijo que su membrana himenal estaba tensa e intocada como la vejiga de una gaita escocesa. Llegó a la casa con amargo lloro, la que seguía siendo virgen como una madona prerrafaelista, en la mano lirios de ausencia y pureza, cíngulos de estrella en la frente.

—Foción tenía, por el abstracto desarrollo de su niñez y adolescencia, el complejo de la vagina dentada, veía la vulva de la mujer como una inmensa boca que le devoraba el falo. Como no penetraba, los bordes de la cisterna femenina se le convirtieron en una laguna infernal donde hervían espumarajos que desprendían monstruos cornezuelos, ya colas de sirenas napolitanas, ya centauros con prepotentes vergas erguidas a los requerimientos del dios Pan.

—El doctor Foción quiso que su hijo saliese de aquella llanura de nieve. Se dirigió a un amigo periodista, que había llegado a tener, revés de la cuadriga aquilina, muchas correas innobles en su mano. Le habló para que "el muchacho comenzase a trabajar", y el periodista, cuarentón armado de todas las malicias, se mostró hipócritamente contento por poder ayudar a su viejo amigo. El adolescente tenía los sentidos vagorosos de la madre, irritados por la inadecuada adaptación de su matrimonio, y el viejo periodista trabajando con aquellos sentidos preparaba sus fuegos artificiales en confidencias prefabricadas y en insinuaciones respaldadas por todo el platónico fabulario androginal.

—Comenzaron a irisarse las seducciones de una amistad peligrosa. De la cerveza lenta y conversacional, después se fue proyectando en Foción la conciencia de una conducta clandestina, es decir, fingía una excursión para aislarse unos días con el periodista. Decía que tenía exámenes o fingía horas especiales de trabajo, para reunirse con el amigo y tomarse todo su tiempo en un desfile interminable de cervezas, con variantes en la jamonada y frecuentes envíos croquetales. De allí pasaron al reservado de algunos restaurantes, donde la exuberancia de la propinación cruzaba el índice sobre los labios de los camareros. En aquellas soledades conversadas con jerez seco, agrandadas con despojos de aves presagiosas por el aceite que se retiraba con respetuosas reverencias, fueron llegando a las confidencias, y Foción enseñó su baraja, la forma y señal de sus incompletos abrazos con la esposa, el lloro de la misma al ser reconocida como virgo. Su cópula interfémora, como decían los romanos de la decadencia, cómo no podía recorrer el puente trazado entre el abrazo y la penetración. Soportado por el periodista el aluvión confidencial, decidió situarse en mitad de ese puente.

—Mira, el día que yo no pude ir a la cita con Foción y contigo, tenía que verme con Lucía, me pasó, cierto que tan sólo un instante, lo mismo que a Foción. Pero hice en la camiseta un agujero que tapaba el resto del sexo de Lucía, que se escondía detrás del círculo protector. Había un misterio mayor, a él acudí y creo que eso me salvó. Esas son cosas que suceden, casi siempre suceden, claro que con variantes, y que cada cual resuelve o no resuelve nunca. Habrá siempre los que las resolvieron y los que no las resolvieron, pero toda confidencia, en esa dimensión, es inmoral, le da una participación a un tercero, y ya entonces más nunca se resolverá, pues la claridad que desciende simultáneamente sobre dos personas nunca puede vencer un oscuro, un enigma, un reto a lo inconcluso, que requiere un tiempo para un tiempo, cada retador tiene su propio escogido enemigo.

—Esas confidencias llevaron a Foción a un desfiladero, pues para huir de esa anormal situación matrimonial cayó en el homosexualismo, conducido por la mano de aquel viejo *connaiseur* de las relaciones sexuales entre hombre y hombre. En uno de esos reservados los enigmas que lo atormentaban le fueron rendidos, y Foción sin conocer la energía penetrante, fue objeto penetrado por el aguijón ajeno. Reconstruye qué homúnculo: muy cerca la locura y su madre siguiendo con la minuciosidad que podía salvarla, con todos los recursos de su razón puestos al servicio de la locura, y él casado, pero sin saber volcarse sobre la fémina, y luego poseído por un viejo cínico, y él mismo aún en plena adolescencia, terminando en un cinismo noble, pues la naturaleza le regaló un caos pero no le dio la fuerza suficiente para luchar contra él. Se siente destruido, pero no tiene fuerza destructora.

—¿Y ha seguido casado? —le preguntó Cemí anonadado por el relato, lanzando esa pregunta un tanto banal, para aflorar de nuevo a la superficie y encontrarse de nuevo con los ojos fríos de Fronesis.

—No solamente sigue casado, sino que ha tenido un hijo. Será un nuevo homúnculo, entre espejos, azogue y terrores sexuales.

—¿Y cómo pudiste enterarte de todas esas cosas, que supongo no serán conocidas de todo el mundo? —dijo Cemí.

—Todas esas aventuras sombrías y droláticas, se las contó un viejo amigo a mi padre. Mi padre me dijo que la persona del relato es muy verídica y muy conocedora de los enredijos habaneros. Lo que sí me extrañó de mi padre, es que después de hacerme el relato, no me regaló algún apólogo paternal, terminando en consejos de ruptura amistosa con la rama familiar del homúnculo. Terminado el relato, no hizo ningún comentario, no me dio ningún consejo.

—¿Y en cuanto a su amistad contigo? —le preguntó Cemí.

Fronesis soltó una carcajada, fuerte, viril, de noble y alegre dominio de sí mismo, como si llenase en su totalidad el oscuro de una gruta. Le tendió la mano, cogió por un camino opuesto al que tendría que seguir Cemí. Se oyó una segunda carcajada de Fronesis. Cemí se sintió más aturdido que confuso, la carcajada final penetraba en sus oídos como una ancha corriente de aire.

Después de su conversación con Fronesis, Cemí se dirigió a la clínica donde acababan de operar a su madre. Aquella mañana antes de dirigirse a la Universidad había estado en la clínica para verla. Cuando salió del cuarto, llevada en una camilla a la mesa de operaciones, Cemí en una pavorosa indecisión nerviosa, salió para ir caminando hasta la Universidad donde tuvo el extraño encuentro con Fronesis. Era la pócima que necesitaba para remansar la desusada intranquilidad que lo corroía. Le pareció que caminaba al encuentro de una buena noticia.

Cuando llegó a la clínica, ya su madre, instalada de nuevo en su habitación, volvía en sí lentamente, recobrando el sentido y la temperatura en una forma que hacía presumir un restablecimiento seguro y rápido. A pesar de la tenebrosa conversación mantenida con Fronesis, había rebasado su incertidumbre matinal, oponiendo a su caos otro necesario caos, con el que necesariamente su caos inicial logró organizarse en el preludio dichoso, que tuvo cuando llegó en el momento en que se había terminado la operación. Doña Augusta solícita y ya alegre por el éxito, parecía haber recuperado una momentánea tregua en sus males. Leticia parlanchina. Sus dos hermanas, Violante y Eloísa, sentadas una al lado de otra, sin hablar, como atemorizadas. Los hijos de Leticia, asomados a la terraza, veían desfilar a los patinadores sudorosos, como si siguiesen los dictados de una música oída con auricular, incomunicable, que se extingue a cada impulso de las piernas sobre las municiones rodadas.

El doctor Santurce lo recibió con aspavientos jubilosos.

—Ven conmigo, ven, ven, quiero que seas de los primeros en ver esa monstruosa adherencia que el cuerpo es capaz de asimilar y nutrir. Ven para que veas un fibroma de diez y siete libras, con todos sus tejidos bien regados por el trabajo del corazón. Por eso a mí no me asombró cuando el cardiólogo después de diagnosticar una esclerosis aórtica con hipertrofia ventricular izquierda, terminaba no contraindicando la operación. El desarrollo del fibroma necesitaba ese trabajo excesivo del corazón, pero al extirparse el tumor, el ritmo circulatorio volverá a su normalidad. La misma aorta volverá a recuperar su elasticidad primitiva, tan pronto la circulación vuelva a recuperar la demanda sanguínea de una capilaridad normal.

Dentro de una vasija transparente, como una olla de cristal, se encontraba el fibroma del tamaño de un jamón grande. En las partes de la vasija donde se apoyaba, el tejido se amorataba por la más pronta detención de la sangre. El resto del fibroma mostraba todavía tejidos bermejos, debilitados hasta el rosa o crecidos a un rojo de horno. Algunas estrías azules se distinguían del resto de aquella sobrante carnación, cobrando como una cabrilleante coloración de arcoiris rodeado de nubes todavía presagiosas. Los tejidos por donde había resbalado el bisturí, lucían más abrill.nt tados, como si hubiesen sido acariciados por el acero en su más elaborada fineza de penetración. En su fragmento visible semejaba una península recortada de un mapa, con sus huellas eruptivas, los extraños recorridos de la lava, sus arrogancias orográficas y sus treguas de deslizamiento hidrográfico. Aquellas insensibles fibras parecían, dentro de la vasija de cristal, un dragón atravesado por una lanza, por un rayo de luz, por una hebra de energía capaz de destruir esas minas de cartón y de carbón, extendiéndose por sus galerías como una mano que se va abriendo hasta dejar inscripciones indescifrables en paredones oscilantes, como si su base estuviese aconsejada por los avances y retrocesos de las aguas de penetración coralina, somnolientas, que llegan hasta montes estallantes del apisonado de la noche húmeda y metálica. El fibroma parecía todavía un coral vivaz en su arborescencia subterránea. Las fibras que mostraban su sonroso hacían pensar en la esclerosis aórtica, cómo aquellas células se habían ido endureciendo y esclerosando por un trabajo que las dañaba al estar destinado al enriquecimiento de las células sobrantes, monstruosas, pero necesitadas también del riego que evitaría la putrefacción de aquella monstruosidad derivada. De la misma manera la hipertrofia ventricular izquierda se había formado por el excesivo trabajo para satisfacer la demanda sanguínea del crecimiento progresivo de la adherencia. Aquellas diez y siete libras de fibras inservibles le habían hecho al organismo una demanda perentoria como si se tratara de un sustitutivo logrado por el mismo cuerpo para restablecer un equilibrio tan necesario como fatal. En la satisfacción de aquella excrecencia, el organismo había tenido que destruir el desarrollo normal, la simple estabilidad vital, de las más impotentes vísceras. Deshecha la elasticidad aórtica y agrandando hasta el exceso el ventrículo izquierdo, el organismo lograba emparejarse con el monstruo que lo habitaba. Para conseguir una normalidad sustitutiva, había sido necesario crear nuevas anormalidades, con las que el monstruo adherente lograba su normalidad anormal y una salud que se mantenía a base de su propia destrucción. De la misma manera, en los cuerpos que logra la imaginación, hay que destruir el elemento serpiente para dar paso al elemento dragón, un organismo que está hecho para devorarse en el círculo, tiene que destruirse para que irrumpa una nueva bestia, surgiendo del lago sulfúrico, pidiéndole prestadas sus garras a los grandes vultúridos y su cráneo al can tricéfalo que cuida las moradas subterráneas. El fibroma tenía así que existir como una monstruosidad que lograba en el organismo nuevos medios de asimilación de aquella sorpresa, buscando un equilibrio más alto y más tenso. El aceite de rábano (como en las destilaciones alquimistas, un líquido oro pálido), iba predominando en aquellos tejidos sobre el color agua de lluvia, más amarillo potencia que el agua de la lámina fluyente. Tanto el aceite de rábano como el agua de lluvia, parecían que le iban dando a esos desprendidos tejidos una coloración amarillenta, como una lámina de oro conservada prodigiosamente en un Libro de Horas. El agua que envolvía aquellos tejidos tenía algo del *theion hudor,* del agua divina, grotesca agua sulfurosa de los alquimistas, con su facultad de colorear los cuerpos sobre los que resbalaba con una lentitud invisible. El amarillo de los iluministas, abrillantado por el *theion hudor,* comenzaba a encuadrar los azules, los violetas, los rosados, con los que aquellas fibras en su frasco para una secularidad, disimulaban·su monstruosidad con los colores conque se van desprendiendo de la noche las botacillas del alba.

—Ya tu madre debe de haber recuperado el sentido —le dijo el doctor Santurce, cortando el ensimismamiento en que había caído Cemí—. La operación fue larga, duró más de tres horas, pero en ningún momento tuvo riesgo. Dice el doctor Nogueira que tu madre tiene la contextura del jiquí, un organismo de una resistencia prodigiosa. No obstante, para disminuir el riesgo de la hipertrofia ventricular izquierda, empleó una pequeña dosis de digitalina. Por eso, quizás encuentres a tu madre ahora un poco nerviosa, tal vez con la respiración un poco fatigada.

Así seguía, hilando palabra tras palabra como el cálculo monótono de la parábola de la caída de una cascada. Era insensible a que su chachareo molestaba a Cemí. Frente a su tío político, Cemí no reaccionaba con la violencia irónica de su tío Alberto, sino con un acumulamiento de silencio que al final lo abandonaba a una interminable extenuación grisosa.

Al entrar en el cuarto vio cómo los ojos de su madre caían sobre su rostro. Aquellos ojos tiernos, acuosos, esperadores, que lo bañaban siempre en su cercanía y en su lejanía. Que tenían esa facultad sorprendente y única: le acercaban lo lejano, le alejaban lo cercano. Borraban para él lo inmediato y lo distante, para lograr el apego tierno, la compañía omnicomprensiva. Aquella mirada, aunque estuviese enterrada, parecería siempre que lo seguía mirando, como si le diese una interminable alegría su llegada, como si disculpase sus despedidas. Sólo las madres poseen esa mirada que entraña una sabiduría triste y noble, algo que jamás se podrá precisar lo que es, pero que necesita el regio acompañamiento de la mirada de las madres. Sólo las madres saben mirar, tienen la sabiduría de la mirada, no miran para seguir las vicisitudes de una figura en el tiempo, el desplazamiento del móvil en las carrileras del movimiento, miran para ver el nacimiento y la muerte, algo que es la unidad de un gran sufrimiento con la epifanía de la criatura. Le causaba esa mirada la impresión leída en una vieja receta para curar el asma. Se señala en un bejucubí la altura de la persona dañada, luego se corta y se manda a una lejanía en otra ciudad. La mirada de su madre le parecía que ocupaba una lejanía alcanzada tan sólo por el sueño en una ciudad abandonada por sus moradores. Sin embargo, él la miraba y se encontraba con la mirada de su madre que salía de aquella ciudad calcinada o hundida para recibirlo.

Sobre la mesa de noche distinguió un ramo de flores de color cremoso, con unos puntos atigrados, sostenidos por un pedúnculo verde con blancas nubes de contorno violáceo. A su lado una caja semejante a la rodela de Harún Al Raschid, dorada y en su centro un ramaje heráldico. La caja abierta mostraba un pastel inglés de frutas. La masa de un amarillo de onza vieja, mostraba grajeas rojas y verdes, con interpolación de dátiles y almendras de Reus. En la base de la caja asomaba una tarjeta, Cemí se acercó para leerla: Sus agradecidos amigos, María Teresa Sunster y Ricardo Fronesis. Se sonrió; cuando levantó los ojos se encontró de nuevo con la mirada de su madre. Era esa la forma de sabiduría que deseaba que lo acompañase siempre.

Capítulo XI

La vieja frase adivinatoria, el *ver delante*, lo acompañó desde que salió de su casa por la mañana. Cemí salió viendo delante a Ricardo Fronesis. Le parecía que se acercaba a los innumerables espejos que pueblan el universo, cada uno con un nombre distinto, corteza de un árbol, cara de una vaca, espaldas entre puertas automáticas, y que a cada uno de esos espejos asomaba su rostro, devolviéndole invariablemente el rostro de Ricardo Fronesis. Su imagen tendía para él a diluirse en una forma tan incesante como una cascada contra un chorro de agua. Su amistad no había alcanzado, después del rostro multiplicado por la incesante cabellera de los sentidos, ese punto en que el Eros reúne todas las aguas y comienza la lucha entre el oscilar y la fijeza de un rostro, la amistad deja de ser entonces un ejercicio de la sabiduría para formar parte de "la percepción inmediata de las cosas", el deseo innumerable ha saltado sus hormigas y ya no nos preocupará la búsqueda de la Unidad sagrada, indual, que encontramos en un rostro, en la médula, en el espejo universal.

Constantemente "veía delante" a Fronesis, pero qué forma adquiría su presencia, en qué consistía su imprescindible. Fronesis ejercía la fascinación de la plenitud de un desarrollo en la adolescencia. Entre los quince y los veinte y cinco años, determinados seres ofrecen una gravedad visible y una embriaguez secreta, que en realidad parece un ofrecimiento de la vida a la muerte, no rendírsele torpemente a la muerte, sino rendirle una alabanza, desde la raíz misma de la vida, como si presintiesen la risa de los gránulos entreabriéndose en el dorado de la nueva estación. Si esos seres mueren al tiempo que se extingue su adolescencia, se convierten en mitos anhelantes en el círculo donde se desenvolvieron, en el escenario, dilatado o simplemente amistoso, en el que su vida se fue realizando. Si por el contrario, gozan de años y venturas regaladas, entonces parece como si hubiesen tenido un destino adverso, se les ve y se les recuerda en ese paréntesis de horas privilegiadas, en que su gravitación y la fuerza que los hizo vivir como seducidos por algo secreto, alcanzó su medida más alta. Cemí no había conocido a nadie como Fronesis que tuviese una más natural adecuación a la fuerza y a la seducción de la cultura viviente y a ese precio que las horas nos imponen por su deslizarse y por la oportunidad que nos brindan.

No obstante le parecía inverosímil y excéntrico el Eros que Fronesis ejercía sobre Foción. La raíz de Fronesis era la eticidad, entre el bien y el mal escogía, sin que su voluntad o el dolor de su elección se hiciesen visibles, el bien y la sabiduría. No había en él excesos verbales para apuntalar cualquiera de sus puntos de vista, se diría que no perseguía sino que se le mostraban en su evidencia natural aquellas cosas por las cuales mostraba simpatía o una demora cariciosa. Su eticidad parecía un producto tan misterioso como afianzado, brindado por la secularidad que había recibido por la calidad de su sangre, que le daba un impulso tenaz, pero llevado con serena confianza y tranquilo navegar dentro de sus fines. Pero tanto esa secularidad que se le había regalado, como la calidad de su sangre que avivaba ese presente de lo temporal acumulado, tenían unos ojos sorprendentes en su reposo, ojos que permanecían después que la neblina de lo circunstancial se escurría, mirada que igualaba lo lejano con lo cercano en la nobleza de su permanencia entre los cuerpos y los árboles.

El error aportado por los sentidos de Foción al acercarse a Fronesis, consistía en que aquella imagen era la forma que adquiría para él lo insaciable. Pero así como intuía que jamás podría saciarse con el cuerpo de Fronesis, pues hacía tiempo que estaba convencido de que, sin siquiera proponérselo, Fronesis jugaba con él, adquiriendo una perspectiva donde al final era siempre grotescamente derribado del caballo, no obstante, había hecho una transposición, en la que su verbo de energía sexual ya no solicitaba el otro cuerpo, es decir, ya no buscaba su encarnación, ir del hecho al cuerpo, sino, por el contrario, partiendo de su cuerpo, lograba la *aireación,* la sutilización, el neuma absoluto del otro cuerpo. Volatizaba la figura de Fronesis, pero ahí estaba su insaciable, reconstruir los añicos para lograr siquiera la posibilidad de su imagen, donde sus sentidos volvían a sentirse estremecidos por un fervor sin apoyo, se diría un halcón persiguiendo un *neuma,* el propio espíritu del vuelo.

La amistad entre Fronesis y Cemí tenía justificaciones mucho más esenciales, no tenía el romanticismo superficial de la unión de los complementarios, ni lo insaciable que se apoya en una imagen enloquecida en la crecida de las aguas. Por el contrario, Cemí sabía que la amistad de Fronesis le hacía rechazar muchas cosas, hacía que muchas cosas se alejaran de él con ademanes furiosos, queriendo después vengarse y cobrar por la nobleza de esa amistad un precio de mercader vindicativo. La serena agudeza de Fronesis lo llevó a separar, desde los primeros días de su trato, haciéndoselo visible, las dos amistades que lo rodeaban, la de Foción que consideraba plebeya y experimentalista, y la de Cemí, noble y esencial.

La amistad de Cemí era siempre una llegada, un reencuentro, una mañana estéril que por su presencia se tornaba poderosa y suscitante, alegre y tranquilamente habitable. Era una librería desértica, no liberada de ese ensimismamiento de ir apoyando la mirada sobre la ringlera de libros, y de pronto, ver que llegaba con él la variedad del diálogo extendido hasta el final de la tarde. Era el café, con la segunda copa batida de tedio, y la llegada de Cemí prestándole a unos libros que lo acompañaban, la decisión de una conversación cuya calidad pocas veces era compartida, pero que se cumplía como una flecha a su destino. En muchas horas muertas, en días enteros apretando el cuello como un garfio incesante, la llegada de Cemí, la posibilidad de llamarlo a su casa, lo trasladaba, de los seres que lo rodeaban, a una región donde las horas fluían más llenas, menos irritadas, más amigas del hombre. Causaba la sensación de ser el trasmutador de las horas, tenía el secreto de las metamorfosis del tiempo, las horas habitadas por un lirón o por una *Emys rugosa,* las trocaba en horas del halcón o en las de un gato de electrizado bigote. Andando el tiempo, todos los que habían conocido a Cemí estaban convencidos alegremente de que era el hombre que mejor había dominado el tiempo, un tiempo tan difícil como el tropical —donde Saturno siempre decapita a Cronos—, que le había profundizado más misteriosos sembradíos, que había esperado la furia mortal de ese tiempo con más robusta confianza para rendirlo y exprimirle su médula ondulante y la fijeza del ámbito de su rechazo y su soberanía.

La amistad de Fronesis y Cemí estaba sostenida por una sorpresa que ambos habían asimilado con una alegría que vencía sus soledades, los abusos de su soledad de adolescentes.. Era esa amistad de compañía, sin la que la soledad se vuelva sobre sí misma y el yo comience a lastimarse y a gemir, al sentirse incesantemente dañado. Cemí había sentido como una sorpresa, una sorpresa que era un preciso regalo, la llegada de Fronesis a su ámbito, que a su edad más se muestra en sus rechazos que en su aceptación. La cultura, el ancestro y la profunda cortesía de gestos y de sentimientos, mostrados siempre en una precisa oportunidad, se conjugaban en él con una fascinación que hacía su compañía siempre dichosa. La *res universalis,* desde la unidad de Parménides hasta el Uno de Giordano Bruno, lo ayudaban a estar siempre en el centro de todas las *questio* que se presentaban, aún con el disfraz de los más burdos temas contemporáneos. Su ancestro, lo más avivado vienés con lo criollo más voluptuoso y refinado, había dado en él un resultado sobrio, fuerte, amistoso o clásicamente noble. Para él no parecía estar dicho lo que se consigna en los Proverbios: "Mas ellos a su propia sangre ponen acechanza." No tenía que vigilar su sangre, difícilmente lo podría sorprender con una maniobra inesperada. Su sangre ascendía por uno de los cañutos del tridente cerca de su sabiduría y su cortesía, mientras lanzaba irónicamente un buche de agua sobre un delfín escurridizo.

Pero Fronesis también se había sorprendido al conocer a Cemí. Había visto qué era lo que lo rodeaba. La fortaleza que le venía por la línea de su padre, cómo la muerte del Coronel se había convertido en una ausencia tan latidora y creciente como la más inmediata e inmaculada presencia. Esa visibilidad de la ausencia, ese dominio de la ausencia, era el más fuerte signo de Cemí. En él lo que no estaba, estaba; lo invisible ocupaba el primer plano en lo visible, convirtiéndose en un visible de una vertiginosa posibilidad; la ausencia era presencia, penetración, *ocupatio* de los estoicos. La ausencia no era nunca en él ese Génesis al revés, que se ha señalado en Mallarmé, por el contrario era tan naturaleza como los cuerpos desenvolviendo las proporciones del ritmo. Sabía que Cemí estaba hecho por un acarreo de tan refinada sutileza como el que él poseía. Hijo Cemí de un cubano ingeniero, con la disciplina de un militar de escuela europea, con abuelo vasco enriquecido por su trabajo al frente de un central, ligado a su vez con familia de libertadores por su esposa de excepcional delicadeza moral y física, todo eso al morir el Coronel en la fuerza de su juventud se había convertido en la fuerza potencial que latía en las profundidades de aquella ausencia. La madre de Cemí, por los Olaya descendía de lusitano y por los Rosado de una sólida familia sevillana que ocupaba puestos en el ejército y la clerecía. Mientras Cemí seguía esos cursos matinales de bachillerato, asistía todas las tardes a la biblioteca, donde su curiosidad filosófica tomaba notas, al mismo tiempo que su innegable fanatismo por los problemas de la expresión profundizaba, casi desde su niñez, los problemas goethianos de morfología. Al igual que Fronesis, la apasionada lectura de Platón lo había llevado de la mano a polarizar su cultura. Las grandes rapsodias del *Fedro* y el *Fedón* lo llevaban a esa mezcla de exaltación y de lamento que constituyen el amor y la muerte en la fulguración de su conjunto. El alucinado fervor por la unidad, trazado en el *Parménides* de una manera que posiblemente no será superada jamás, lo llevaba al misticismo de la relación entre el creador y la criatura y al convencimiento de la existencia de una médula universal que rige las series y las excepciones. En el *Charmides* encontraría la seducción de las relaciones entre la sabiduría y la memoria. "Sólo sabemos lo que recordamos", era la conclusión délfica de aquella cultura, que andando los siglos encontraría en Proust la tristeza de los innumerables seres y cosas que mueren en nosotros cuando se extinguen nuestros recuerdos. Y los meses inolvidables de su adolescencia, transcurridos en el *Timeo*, que le enseñaba el pitagorismo y las relaciones entre los egipcios y el mundo helénico. Y el aparente descanso ofrecido por el *Simposio*, engendrando los mitos de la androginia primitiva y la búsqueda de la imagen en la reproducción y en los complementarios sexuales de la Topos Urano y de la Venus celeste.

Tanto a Fronesis como a Cemí, su *simpathos* por la sensibilidad creadora contemporánea en sus dos fases, de reavivamiento del pasado como de búsqueda de un desconocido, les era muy cercano. Era la prueba de una recta interpretación del pasado, así como la decisión misteriosa de lanzarse a la *incunnabula*, pero eso era más bien debido a sus apasionadas lecturas del pasado creador, que había tenido que sufrir un riesgo, interpretar un desconocido y lanzarse a perseguir elementos creadores aún no configurados. Cuando el resto de los estudiantes se mostraba desdeñoso y burlón y la mayoría de los profesores no podía vencer sus afasias o sus letargirias, Fronesis, Cemí y Foción escandalizaban trayendo los dioses nuevos, la palabra sin cascar, en su puro amarillo yeminal, y las combinatorias y las proporciones que podían trazar nuevos juegos y nuevas ironías. Sabían que el conformismo en la expresión y en las ideas tomaba en el mundo contemporáneo innumerables variantes y disfraces, pues exigía del intelectual la servidumbre, el mecanismo de un absoluto causal, para que abandonase su posición verdaderamente heroica de ser, como en las grandes épocas, creador de valores, de formas, el saludador de lo viviente creador y acusador de lo amortajado en bloques de hielo, que todavía osa fluir en el río de lo temporal.

Lo que es tan sólo novedad se extingue en formas elementales. Pero tanto Fronesis como Cemí sabían que lo verídico nuevo es una fatalidad, un irrecusable cumplimiento. La profundidad relacionable entre la espera y el llamado, en los más grandes creadores contemporáneos, se cumple en una anunciación que les avisa que son naturaleza que tiene que crecer hasta sobrenaturaleza, que es derivación que tiene que lograr de nuevo ser creadora. Naturaleza que tiene que alcanzar sobrenaturaleza y contranaturaleza, avanzar retrocediendo y retroceder avanzando, salvándose de un acecho pero vislumbrando un peligro mayor, entre lo germinativo y lo tanático, estar siempre escuchando, acariciar y despedirse, irrumpir y ofrecer una superficie reconocible que lo ciega.

Cemí seguía avanzando por los corredores universitarios, donde estudiaban los filósofos, viendo siempre delante a Fronesis. Se abrió la puerta, acababa de terminar la clase y Fronesis, seguido de un grupo de amigos, levantaba la voz en comentario de lo oído durante la hora susurrante en que el dómine había repetido sus monocordes recitados. Mientras los alumnos abandonaban la clase con visible alegría *cantabile,* el profesor rompía los cuadrados de su pañuelo para reabsorber de nuevo el sudor, extendía las manos, haciendo visible en los puños de la camisa los gemelos de topacio brasilero, colocaba de nuevo las gafas en su estuche, y cambiando sonrisas ornamentales se iba retirando con la culpabilidad de ser un tránsfuga de la plenitud de la alegría matinal.

—Nos hablan —decía Fronesis colérico— de las águilas sobre la cabeza de Pitágoras, y la eterna referencia al muslo de oro, para comenzar solapadamente a disminuirlo, pero de su relación con Apolo Pytio, donde empiezan a cantar los números, guardan silencio. Si al menos nos enseñaran a contar, aunque fuera del uno al siete, de acuerdo con los símbolos numerales pitagóricos, tendríamos el encantamiento de la proporción y las columnas de los templos griegos y de las catedrales medievales. Así, en Apolo comienza el Uno, *a* igual *sin, polys* igual a varios, exclusión de la multiplicidad. La moneda, la diversidad, el sol.

—Dos —le respondió Cemí—, binario o dicha, diferenciación, contrario, principio de la pluralidad. Análogo en Aristóteles, doble en los egipcios, recipiente, pasividad, vegetal. La luna, lo relacionable, la esposa, la antítesis, la sombra. El doble, el magnetismo, la proyección del cuerpo. El doble, el Ka, se escribe X, lo positivo y negativo de la energía eléctrica. Gato viene de Ka, el animal más magnético, que relaciona con la punta de sus bigotes.

—El ternario —volvió Fronesis—, el triángulo equilátero, el más bello, según Platón. "El por qué, dice Platón, sería largo de contar. Pero el que nos demostrase que estamos en un error, recibiría de nosotros una favorable acogida." La Trinidad. El triángulo equilátero era el llamado por los pitagóricos la Athena, la Tritogenia, nacida del cerebro de Zeus. Trifolia griega: bien, verdad y belleza. En el tiempo: pasado, presente y futuro. En el espacio: la línea, el plano y el volumen. En la danza clásica de la época de Lully: *Fuite, opposition y ensemble.* En los misterios: el Padre, el Verbo y el Espíritu Santo.

—El cuaternario —siguió Cemí—, el tetractus, el Nombre Inefable, "la fuente de la naturaleza que fluye siempre, Dios". El pequeño cuaternario que es el cuatro. El gran cuaternario, en la suma de los cuatro primeros números pares con los cuatro impares: ... $1 + 3 + 5 + 7 = 16$ y $2 + 4 + 6 + 8 = 20$. Sumados dan el gran cuaternario, el 36, la clave del mundo según los pitagóricos, la raíz de la eternidad en el curso de las estaciones.

—La pentada, el cinco —dijo de nuevo Fronesis como si cantase—, compuesto de los dos primeros números. El número hembra, el 2, sumado al número macho, el 3. Es el número esférico, porque multiplicado por sí mismo varias veces, la desinencia del producto mantiene su fidelidad a sí mismo. El rosetón pentagonal, según Ptolomeo. Al pentágono estrellado o pentagrama los pitagóricos y neoplatónicos lo llaman *pentalfa*, símbolo de plenitud vital. Ley de la Taza de Oro, de los vasos egipcios y griegos. Número de Afrodita, espejo universal, *ora pro nobis*.

—El hexaedro o suma de seis perfecciones, de seis triángulos equiláteros —retomó el canto numeral Cemí—, cuando está inscrito en un círculo. El hexagrama, el sello de Salomón, el seudohexágono estrellado. Serie 6, opuesta a la serie 5, que en los chinos corresponde al Gran Yin, al Norte Invierno, al emblema del agua. El Agua y la Madera, el 6 y el 8, tres parejas y cuatro parejas. Agentes y dominios celestes, los seis *Tsongs*. Cuadrado de centro 6, que engendra innumerables figuras. Seis, que repetido en su centro, permite recordar los días del año. Teoría china de los tubos musicales, unida a los cuadrados mágicos. Seis tubos machos y seis tubos hembras, mito musical de los doce tubos. Danzas sexuales basadas en el acoplamiento de los doce tubos musicales, que hicieron bailar a una pareja de faisanes. Tubos musicales que están hechos para imitar las alas del faisán, símbolo del resurgir como fénix.

—Septenario, número del ritmo —continuó Fronesis, haciendo el gesto de un largo resuello—, el ritmo logrado por el herrero ablandando el hierro al fuego, tin tan tan, tin tan tan... La Zikurat de los babilonios, la torre de los siete pasos. Los siete planetas, los siete metales en la mesa de la fundación aplastados por el martillo de Thor. La perla rosada, en el centro de los siete metales, destruida para siempre, infinitud de su búsqueda en la melodía infinita, en la reminiscencia, que lucha contra el oleaje, alejándose sin cesar, Heptaplo, de Pico de la Mirándola, donde traza los signos cabalísticos de los siete días de la creación. "Las esferas, nos recuerda Cicerón en *El sueño de Escipión,* producen siete sonidos distintos, el siete es el ruido de todo lo que existe. Y a los hombres que han sabido imitar esa armonía, con la lira y la voz, les es más propicio el regreso a ese reino sublime, de la misma manera que otros por su genio son transportados a la altura de los conocimientos divinos." Tin tan tan, tin tan tan... tan —terminó Fronesis, un tanto absorto, como si oyese el sonido de las constelaciones moviéndose en proporción a sus acordes.

El coro de los estudiantes que había oído por primera vez el hechizo de los numerales cargados de símbolos pitagóricos, prorrumpió en aplausos mezclados con risotadas de alegría amigotera. Cemí abrazó a Fronesis, más para darle las gracias por la fineza que había tenido con su madre, que por la pequeña proeza del conteo a dúo que habían hecho.

—Recuerda —dijo Cemí—, que Herder se le hacía insufrible a Goethe, porque en su presencia tenía la costumbre de aplaudir alguna cosa que le gustaba dicha por el guardián de Margarita.

—Los que nos oían —le contestó Fronesis—, estaban ansiosos de ser simples masas corales, no participar en el ascenso del número en el canto. Eso es uno de los signos de lo cuantitativo en nuestra época, su comodidad para convertirse en coro, aunque halle o no los grandes acentos trágicos. Son la vergonzante respuesta de sometimiento al destino, o mejor de ausencia total para enfrentarse con el *fatum*. Serían incapaces de salir a enterrar a su hermano en contra de la prohibición que les dictan las propias leyes de su destino trágico. Como hay la poesía en estado puro, hay también el coro en estado puro en los tiempos que corren, que tiene la obligación impuesta de no rebelarse, de no participar, de no enterrar a su hermano muerto. Creen que nos halagaban con sus aplausos y nos entristecían. Nosotros les ofrecíamos una elemental entrada de la cuerda, que ellos deberían de haber sido los encargados de convertir en un desarrollo sinfónico. Aplaudir y reírse es su función de circo. El misterio del coro ha cesado, como un jabalí acorralado ha terminado por ser atravesado por una lanza de plomo. El coro que discutía, que murmuraba, cuya voz se alzaba a los grandes lamentos, defendiendo y protegiendo a su héroe, languidece en su función de aplaudir. A su vista, los perros devorarán a su hermano muerto, y aplaudirán la caída de toda decisión prometeica, de arrancarle el egoísmo de su maldición a los dioses o a los hombres. Todos se quedarían en su palacio de vergüenza, al lado de Ismene, repitiendo sus palabras a Antígona: "¿Y qué, oh desdichada, si las cosas están así, podré remediar yo, tanto si desobedezco como si acato las órdenes?" Antígona rechaza después la decisión de Ismene de compartir su destino, pues se había refugiado tan sólo en sus palabras y no había sentido su destino de acatar las leyes de Júpiter y no las del tirano Creonte. "Tú, en verdad, preferiste vivir, y yo morir." Eso separó la decisión de las dos hermanas para siempre.

—Ese coro que no se rebela ante la prohibición pavorosa, que no participa, que no sigue al escogido para interpretar y deshacer el *fatum*, ha venido a reemplazar a los antiguos dragones, cuya sola función era engullir doncellas y héroes. El dragón entra en el combate que lo va a destruir en condiciones de desigualdad, que es lo que le da su grandeza. Por donde quiera lo rodean los envíos pestíferos, que él mismo elabora como una emanación de su maldito, llega a un lago y lo pudre, engulle la ternura del vellón como una cobarde regalía, tira su respiración contra las puertas de la ciudad que se derrumban en una llamarada de azufre. San Jorge, etimológicamente el labrador, conoce la tierra y sus exhalaciones odoríferas. Su armadura se anega en la luz. El dragón no tiene misión, puede vivir derrumbado en el lago, adelantando la pezuña para las contracciones de la alimentación que no transmuta. El dragón tiene que engullir la hija inocente, que aguarda abrazada a su oveja. El dragón duerme en el hervidero del lago y la doncella espera su oración. Es el momento en que pasa el caballero, cuya vida es sólo encaminarse a cubrir de ofrendas a su hermano insepulto. San Jorge es la réplica cristiana de Antígona, sólo que en el primero actúa la gracia en la victoria y en el sacrificio, y a Antígona la fatalidad la ciega, entierra a su hermano muerto pero provoca la muerte de su escogido Hemón. "Un Dios gravemente irritado contra mí me sacudía la cabeza y me lanzó por funestas sendas", dice el tirano Creonte levantando el cadáver de su hijo. Pero San Jorge es el esplendor frente al dragón; entrando mutilado en la gloria ha escuchado la gracia que lo lleva a la eternidad de la gloria. Su destino es el más risueño de la naturaleza, cuando el martirio lo lleva, transformada su mutilación, a la suprema esencia de la sobrenaturaleza. Los dos enemigos, Antígona y Creonte, son derrumbados por el *fatum,* una no logra enterrar a su hermano muerto, su grandeza está en ponerse en marcha para enterrarlo, y Creonte pierde a su hijo cuando se decidía a escuchar el oráculo del hechicero Tiresias, hombre —mujer, ciego— visionario, dios burlón, el antitrágico, el cínico, el voluptuoso infinito, más allá de la carcajada fálica del dios Término, el acariciador de las ágatas de Birmania, dureza y transparencia.

—En el mundo helénico —prosiguió Fronesis—, los dragones aparecen en las escolleras de las Simplégades, rodeados de cuevas donde descansan los pescadores de las substancias que tiñen. Están allí en acecho para engullir a los náufragos, o huyen llevándose a la madre de los peregrinos, lanzándoles peñascos del Hades para evitar su rescate. Los moradores de las Simplégades quieren apoderarse de los náufragos para ofrecerlos como ofrenda en el sacrificio, pero entonces les sale al paso el dragón, evitando el sacrificio horrible a los dioses, pero tan sólo para engullir él esas víctimas de los naufragios. Parece como si se le hubiese brindado al dragón un destino opulento, salvar a los náufragos, pero que éste, aborto del Hades, lo hubiese rehusado. Sale al paso, en el mundo griego, para evitar el mal de ajenía y ofrendarse a sí mismo; de igual manera que el coro, en los días nuestros, sólo soporta las exigencias de sus contracciones y le sale al paso a los aventureros que quieren aumentar su dosis de pecado original, impidiendo la *felix culpa,* el mal como un momentáneo aventurarse en la noche, enriqueciéndose con las suntuosas lecciones de sus caprichos. En nuestra época sólo el dragón puede mentir, puede engullir, puede transformar la mentira en la piel del mundo.

—La serpiente crece a dragón y disminuye a oso. En un himnario de Fayum, se dice "el dragón de cara de león y su madre la Materia". Ya podemos reconstruir la línea: coro, dragón, materia. Y era creencia de toda la religiosidad medieval que la materia había formado el cuerpo del Príncipe de las Tinieblas. Es esa materia la que lucha contra los *eones* del héroe, de la poesía y de la luz. Pero la línea que anteriormente señalábamos contenía su devoración, coro, dragón, materia, Arbol de la muerte. Severo de Antioquía ha señalado los signos de los miembros de la muerte: "No se conocen los unos a los otros, ni tienen noción unos de otros, sólo conocen su propia voz, ven solamente lo que está delante de los ojos. Si cualquiera de ellos grita, entonces se entienden". Eso es lo único que perciben y se lanzan con impetuosidad halconera sobre la gritería. No conocen nada más, desconocen totalmente la lejanía; la creación de la ley de la extensión por el Arbol de la Vida la aborrecen, reposando en la eternidad de su ceguera. Todos los días al despertar el dragón le lleva una carreta de piedras al Arbol de la Muerte.

—En esa extensión que media entre el día del Juicio Final —intervino Cemí, aprovechándose de la pausa forzada por el cansancio de Fronesis—, cuando la tenebrosa frase de Jesús: *Ay de las mujeres lactantes y de las embarazadas porque serán pasadas a cuchillo,* y el banquete final que se dará en Jerusalén, después de la extinción del género humano, en que Cristo convocará a las alimañas y a las bestias del bosque, habrá tiempo para que el demonio prepare una de sus tretas.

—El Maligno se encontrará entonces en el día del Juicio Universal, frente a la Resurrección. Su vencimiento parece ser definitivo, ya no hay muerte y los cuerpos de gloria cantarán su esplendor. Pero es innegable que esas mujeres lactantes o preñadas, tendrán la secreta idea de continuar en sus hijos la aventura del vivir. Tendrán ellas que aceptar, por los hijos que lactan o los que lleven entrañados, la destrucción de sus vidas por la promesa de la resurrección. La resurrección les promete con entereza que esos hijos que lactan aparecerán en la cita final en el cumplimiento de su desarrollo y en el esplendor de una vida plena, cuya promesa llegará también hasta las madres preñadas, que ese día, en una promesa que es más aterradora pues no han visto aún el rostro de su secreto entrañado, verán el hijo que no pudieron acariciar en el momento en que le enseñaban la luz terrenal, con un cuerpo que en el día de la plenitud tendrán que comprobar con unos ojos que les nacerán para ese momento de mortal reconocimiento. Tendrán que contentarse con ver un cuerpo que no logró desprenderse de sus entrañas y cuya vida les será relatada por el relámpago de la vida eterna y no por sus maternales cuidados.

—Y lo que agravará aún más su terrible momento de escoger entre la destrucción de esos cuerpos y la resurrección de sus sobrecuerpos en el Valle de la Gloria, será que tendrán que decidirse con una dialéctica amaestrada en el racionalismo tomista, que les demostrará según razón y no según imagen, que la resurrección era el único final que se podía esperar. Se abandonarán a su razón, la mañana en que el angel anuncia que la tierra ha comenzado a temblar y las madres tienen que ver morir a sus hijos recién nacidos y los aún nonatos en aras de la resurrección. No se habla de que les serán entregados sentidos nuevos para tan inusitado suceder; su vieja razón es lo único que les será permitido utilizar rodeadas de la tierra que tiembla.

—En ese momento su razón tomista tiene que estar convencida de dos postulados aparentemente antitéticos en la naturaleza humana como son la repugnancia de la muerte y la resurrección. El sutil y vagaroso convencimiento de la resurrección tiene que llevar a las madres a la aceptación de su muerte y la de sus hijos, abandonándose al convencimiento de una forma natural que seguirá actuando después de la muerte conforme a la naturaleza. Tienen que estar convencidas de que su materia está hecha para la muerte y su forma para la resurrección. Rodeadas del espanto del día final, tienen que soportar la sorpresa de una forma que hasta ese momento hipostasiada totalmente en su naturaleza, se libera ofreciéndole a esas madres la resurrección en función de esa conveniencia formal. Y mientras han vivido en la naturaleza, en ese día en que su razón enloquecida tendrá que convencerlas de la terrible muerte de sus hijos para que vivan eternamente, tendrán que estar convencidas de que la muerte es contranaturaleza, y que lo que era desconocido para ellas, la resurrección, es naturaleza que se les presenta por primera vez para matar a sus hijos.

—Será tan monstruoso —continuó Fronesis—, como ver a San Jorge, el destructor del dragón, del monstruo, convertido en un monstruo también para entrar en el reino de los cielos. Como el dragón escogitando fuego sulfúreo, vemos a San Jorge en tierra, costuroneado, con una piedra gibosa sobre el pecho. Una rueda de acero punteado recorrió su cuerpo para trocarlo en una llaga amasijada. ¿No había luchado contra el dragón, cuyo cuerpo está lleno de dientes de sierra, quemantes como el ácido de la sal? Latigazos devoraron sus carnes, enseñando los huesos abrillantados. Zapatos de hierro con carbunclos sustituyen las antiguas espuelas. Al final, pidiendo que lo llevaran al templo de Apolo, los dioses paganos se negaron por sus propias cabezas huecas, entonces San Jorge afirmó sus dioses al cortársele la cabeza. Tan monstruoso como el dragón de su victoria, así como aquel se despeñó en la absorbente vaciedad de los abismos, con su larga barba cortada y su fuego de muñecón engullidor, San Jorge entra en el reino roto por todos los ojos porosos, con la piel corrugada por los restriegos del látigo y con el hueco sanguinolento de la cabeza quitada por el espadón del emperador infestado. Monstruo vencido y monstruo vencedor, cada uno a su lugar para la eternidad.

—San Jorge gana la bienaventuranza con los mismos signos monstruosos que el dragón sumergido sin hálito en el lago de azufre. Ambos ascienden con su vestidura monstruosa a ocupar su distinto sitio en la eternidad. El cuerpo del dragón atravesado por la lanza, San Jorge decapitado, sin piel, chamuscado, triturado casi. Ambos se asemejan en la monstruosidad, pero se diferenciarán el día del Juicio Final, de la cita en el valle del esplendor de los cuerpos en la Resurrección.

—En espera de ese día, quizá la misma víspera, cuando la palabra de vida le exija a las madres tan súbito y pavoroso sacrificio, el demonio aparecerá como la culminación de la energía acumulada por el conocimiento y como el mejor intérprete de esa inocencia de las madres. En ese momento las condiciones térmicas en las que siempre ha vivido el demonio, tratarán de prevalecer sobre la doctrina de la gracia y el racionalismo tomista de la resurrección. Tratará de que tanto el óvulo como la esperma puedan excusar su diálogo, volviendo a los antiguos mitos, como el paso errante de los idumeos por el *Génesis*. Desesperadas las madres de no poder amparar a sus hijos lactantes en ese día de la resurrección, comenzarán a oir al diablo, sensibilizadas a sus argumentos de impedir la resurrección por medio del fuego y de la energía que destruye toda resistencia. Colocará el diablo por toda la tierra gigantescas cubas donde se concentrará la energía capaz de destruir todas las cadenetas nucleares. Y así mientras Jesús brinda un final, el banquete de la total destrucción, el diablo ofrecerá un comienzo, el conocimiento unido a una edad de oro, que el conocimiento nos lleve a la inocencia. Entonces, al volcar sobre la cadera de la tierra sus cubas ígnitas y aparecer los comienzos, la serpiente tendrá la alegría de que por haber ofrecido la tentación a los inocentes paradisíacos, su memoria ancestral le recordará que es a ella a la que se debe la perdurabilidad del estar en la tierra, y que con la alegría de las madres por ver qué demonio ha salvado a sus hijos, comienza la nueva vida con el reinado del conocimiento eliminando las tinieblas. Será entonces cuando el demonio vencerá una de las condiciones que le han sido impuestas, su condición de príncipe de incógnito. Se quitará su antifaz, aparecerá sonriendo, orgulloso de haber salvado al género humano y de haber impedido la celebración del banquete en la ciudad de su odio, en la Santa Salem, en donde Cristo, rodeado de animales, oficiará en el fracaso total del conocimiento, de la energía, de la rebeldía frente a los dioses. Las madres al lado de Satán, con sus hijos salvados, instaladas de nuevo en el Paraíso, celebrarán su definitiva victoria. No habrá que borrar el grafito del Palatinado, en el que Cristo soporta su martirio como un inocente, tan sólo que la inocencia está representada con figura de asno, según la imaginación de hombres bondadosos, no de malvados ni de herejes, mientras los ángeles de la caída vuelven a ocupar el Paraíso. Serán los tiempos en que la serpiente se enroscará en la cruz, adorada por los ofitas que le rinden vasallaje, la serpiente de metal, invencionada por Moisés para salvar a los mordidos de sierpe. "Quienquiera que siendo mordido, la mirare, vivirá", en esas palabras dichas por el Padre a Moisés, hay como un anticipo de lo que el Hijo dirá después en relación con su cuerpo y su sangre y el que beba del agua de su fuente. En su nueva visita Cristo se encontrará con Satán, príncipe de la Tierra, instalado con toda voluptuosidad en sus dominios, y Cristo tendrá que usar todas las astucias de los declarados en rebeldía para luchar con unos seres nutridos de quebrantahuesos y búhos, de animales acuáticos sin escamas y sin agallas, con todo el cuerpo pintado de figuras, que han seguido con el mayor detenimiento todas las prescripciones entregadas a Moisés, para violarlas en todos sus detalles. Quitada la serpiente de la cruz, que obligaba a mirar hacia lo alto a los que buscaban vivir y no morir de veneno, y colocado en su sitio el demonio, Cristo en su venida, como triunfador con su espada, para cumplir su frase, *he venido a meter espada*, podrá entonces dar la orden al ángel para el toque de queda y la definitiva diana matinal, la muerte y la vida eterna en la Resurrección.

—Ese será el día —siguió Fronesis—, en que el dragón monstruoso y San Jorge trocado en un monstruo por las torturas, se diferenciarán al alcanzar el inusitado esplendor del día y la noche que no se repetirán, finales. Se verá en el cielo, convulsionado en vapores bermejos y en relámpagos abiertos como aves de Juno, la constelación del Dragón. Sus pies y sus manos tendrán la originalidad transparente de los diamantes, con uñas de hierro adquiridas a martillazos de Thor. Su inmenso acordeón corporal al despertar incomodará a la bóveda encogida. Su lenta respiración armoniosa procurará un fruncimiento imperceptible en el telón lleno de ojos. Tiene la inmovilidad de una vida secular, pero el brillo que como sudor lo recubre, atestigua un organismo que puede ser comprobado por la caricia del claroscuro estelar. En medio de una grandeza babilónica, la constelación del Dragón ya no atrapará más doncellas ni corderos, ni se enfrentará con los héroes de armadura solar. Está inmóvil, fría y su exudación disfrutada por los mortales en el plenilunio revela una agonía que se convierte en éxtasis rodeada de miradas de estrellas errantes.

—En ese día de la resurrección veremos a San Jorge con su cuerpo intacto como su armadura de reflejos bruñidos. Su lanza buscará los pellejos de la garganta del dragón para hundirse con la muerte en el cuenco. De pronto, la constelación del Dragón, "aparece con su cola arrastrando la tercera parte de las estrellas del cielo", y enfrente la mujer en gesto de parir, y mientras el dragón intenta engullirle el hijo, Jesús lo rescata y manda la madre al desierto por mil doscientos sesenta días, según el Apocalipsis. El dragón se libera de su encadenamiento de mil años, según el mismo texto. La constelación del Dragón comienza a recorrer el cielo, apartándose las estrellas ante sus coletazos de fuego chorreante. Pero de nuevo San Jorge le avisará con sus milagrosas espuelas a su corcel para que salte cansando al dragón. Impulsado por los estallidos terrenales de ese día de la resurrección, San Jorge tripulando ahora a Pegaso, se derrumbará sobre la constelación del Dragón rompiendo sus eslabones de estrellas, su cabeza de carbunclo y su engordado buche de luna palúdica... En ese momento en que Fronesis describía la victoria del San Jorge de la resurrección, sobre la constelación del Dragón, se oyó el tumulto de los alumnos filosofantes para entrar en clase. Fronesis hundió su mano en el bolsillo del saco, tal vez un poco tembloroso, sacó un sobre y le dijo a Cemí: Te hago este insignificante regalo, *excuse-moi de cet enfantillage*.

Cemí buscó el rostro de Fronesis, al mismo tiempo que recibía el sobre observó en el lento despliegue de los labios de Fronesis una timidez que no podía disimularse; abrió el sobre y leyó en un papel escrito a mano con tinta verde:

RETRATO DE JOSE CEMI

No libró ningún combate, pues jadear
fue la costumbre establecida entre su hálito
y la brisa o la tempestad.
Su nombre es también Thelema Semí,
su voluntad puede buscar un cuerpo
en la sombra, la sombra de un árbol
y el árbol que está a la entrada del infierno.
Fue fiel a Orfeo y a Proserpina.

Reverenció a sus amigos, a la melodía,
ya la que se oculta, o la que hace temblar
en el estío a las hojas.
El arte lo acompañó todos los días,
la naturaleza le regaló su calma y su fiebre.
Calmoso como la noche,
la fiebre le hizo agotar la sed
en ríos sumergidos,
pues él buscaba un río y no un camino.
Tiempo le fue dado para alcanzar la dicha,
pudo oirle a Pascal:
los ríos son caminos que andan.
Así todo lo que creyó en la fiebre,
lo comprendió después calmosamente.
Es en lo que cree, está donde conoce,
entre una columna de aire y la piedra del sacrificio.

Cemí se detuvo por la sorpresa del obsequio de Fronesis. Una de las mayores sorpresas de su vida, una de las cuatro o cinco que recibimos mientras transcurrimos en la indiferencia y el hastío. La nobleza de Fronesis acababa de darle una prueba de amistad que sabía era totalmente insólita en quien la otorgaba. A medida que fueron pasando los años para Cemí, sabría que eso únicamente lo había hecho Fronesis una vez en su existir. El obsequio de las flores a su madre había sido un modelo de la más fina cortesanía, pero hacerle un poema era algo tan misterioso como uno es misterio para sí mismo. El rostro de Fronesis se fijó para el resto de su vida en las aguas interiores de Cemí. Su sonrisa al ofrecer el poema, su timidez al huir casi, la plenitud de que daba muestras al acercarse *al otro* en el voluptuoso y engañador egoismo de la adolescencia.

Fue a esperar a Fronesis a la salida de la clase, pero no estaba y al preguntar si había asistido a la lección, le dijeron que era el único día que había faltado. La noble timidez de Fronesis, sin hacerse enigmática ni esbozar una contención irónica ante la fluencia de los sentimientos, comenzó a inquietar a Cemí. Eran las últimas lecciones, antes de iniciarse las vacaciones de Navidad, eso hacía más codiciosos los deseos de hablar con él. El obsequio de Fronesis lo había desconcertado un tanto al no encontrar por su parte continuidad a ese gesto de fineza amistosa, tomado como una fatalidad en la decisión de dos vidas. Sabía que en Fronesis, "gesto de fineza amistosa" tenía una raíz muy soterrada. No tenía el secreto afán de hacer visible un sentimiento que aunque podía ir más alla del rendimiento de la cortesanía, la expresaba en verdad, en una forma y con un ademán que la ingenuidad adolescente de Cemí hacía semejantes a las grandes épocas del estilo. Cemí lo fue a buscar al final de la clase, para regalarle una pequeña llama de plata peruana, donde ese tierno animal mostraba una graciosa esbeltez, que colgaba de la leontina de su reloj de bolsillo, regalo a su vez de su madre, y que en una ocasión Fronesis había recorrido con delectación, señalando la irreprochable artesanía de aquellos plateros.

Al llegar la noche había leído innumerables veces el poema, pero cuando llegó la hora de dormir sabía que llegaría al reverso doloroso de aquel disfrute. No obstante, Cemí no se confundiría suponiendo algún trasfondo en la retirada de Fronesis, sabía que era demasiado noble, para después de la prueba del poema intentar mortificarlo, ni tampoco suponía una fingida frialdad aparente para evitar la reciprocidad sentimental de él. La conducta de Fronesis evitaba siempre ser deliberada tanto como espontánea. Lo que le preocupaba era, haciendo del sueño de aquella noche cada vez más una cosa inalcanzable, no encontrarlo cuando por la mañana lo fuese a buscar a su casa. Cemí era todavía muy joven para poder percibir un temperamento de la constitución espiritual de Fronesis, el esperado gesto de retirada después de una acción en que su afectividad se había entregado sin reservas. La edad y la formación de Fronesis lo alejaban de ese regusto un poco sádico que se adquiere al alejarse la juventud o agrietarse el carácter, con nuestras acciones de bondad, de desprendimiento o de generosidad. Con los años nos gusta percibir la línea de desarrollo que en los demás produce un acto nuestro de bondad, y nos desconcertamos como sucede la mayoría de las veces, si notamos una reacción indiferente o inadecuada al esfuerzo por producir ese brote de bondad, de ahí que tantas personas maduras tengan a flor de labios palabras de condenación o de misantrópica incredulidad en el linaje humano. Ese desencanto que no existe en la juventud, cuando ese gesto de bondad nace de un misterio, tiene un desarrollo invisible y no se detiene a observar la coloración de permanencia de esa ancla lanzada al ajeno calado. Lo que en realidad inquietaba a Cemí, era que el misterio de Fronesis había obrado y el suyo no había podido manifestarse por la retirada de su amigo. Lo hubiera calmado que la llama de plata peruana regalada por su madre, produjese en Fronesis la misma resonancia que el poema le había producido a él. En la imposibilidad de poder contestar al poema con el poema, eso le hubiera producido a Cemí una desagradable sensación de reciprocidad exterior; quería contestar a ese gesto, que a él le había parecido incomparable en lo amistoso y en la nobleza del trato, con el desprendimiento de un regalo tierno y cariñoso

hecho por su madre, que su imaginación precisaba debía producir en Fronesis las mismas resonancias que en él había producido
el poema.

La noche pasada en vela fue el mejor preludio para la confianza
matinal. Cuando se dirigió a la casa de Fronesis, estaba seguro de
que no lo encontraría. En efecto, le informaron que había partido
para Santa Clara, a pasar con su familia las vacaciones de Navidad. La noche lo había preparado para la aceptación de ese
hecho; era una sorpresa, pues más bien el curso de su insomnio
parecía motivado por la desaparición súbita de Fronesis, tan pronto
le había entregado el regalo. Pero al despertar, su valoración de
esa ausencia había casi desaparecido, para darle paso a una adecuación que a él mismo le sorprendía, sabía que no lo encontraría
en su casa, pero esa noble ausencia destruiría el desconcierto de
la primera, convirtiéndose en un hecho que no se valora, tan incontrastable como una aparición que sabemos que más nunca se re-
petirá en el curso del tiempo. Esas dos ausencias últimas desaparecían para darle paso a una aparición, al hecho de la llegada
de Fronesis a su vida, y el testimonio del poema.

Por la noche, después de la comida se fue a pasear al Prado, encaminándose al recodo del Malecón. Era la última posibilidad que
había invencionado para encontrarse con Fronesis. Vio en el mismo sitio donde se había sentado tantas veces, un rostro inmutable
y unas piernas que se movían como a compás de una cancioncilla
tarareada. Era Foción. Cuando estuvo más cerca, se fijó en sus
labios extremadamente plegados como los de alguien que espera
encolerizado, casi a punto de romper la espera. De inmediato vis-
lumbró que esperaba a Fronesis, que la alegría que precisó en aquel
rostro, era tan sólo que se valoraba su presencia en función de una
ausencia cuyo acudimiento se suponía casi imposible. Pero lo que
Foción no podía suponer era que estaban en igualdad de condiciones. Foción era el único puente que le quedaba a Cemí para
llegar a la región donde se podía verificar una probable aproxi-
mación de Fronesis. Pero para los dos ese puente había dejado de
existir, se había hundido con un silencio que ninguno de los dos
podría descifrar.

—¿Qué nos trae el correo de York? —le dijo Cemí, queriendo
mostrar saludo y alborozo. El tiempo ocupado en lanzar la pregunta, desapareció agrandado por el espacio con los nuevos signos que
se hacían visibles en Foción a su regreso. Más ceñido, la cara le
había cobrado una palidez avinagrada, parecía que tenía los zapatos muy apretados, como si al ceñirlos hubiese querido romper
los cordones, mordidos siempre por una idea única, alrededor de
la cual zumbaban pequeños planetoides con anillos de cobre. Sus

labios más ejercitados por la prosodia inglesa en el vocablo de menos sílabas, caían sobre nuestras indefensas palabras acuchillándolas antes de que pudiesen llegar a la playa de su delicia expresiva. Cuando callaba parecía que las palabras se amolaban en sus labios, invisible chisporroteo del diablejo.

—¿Y el Habsburgo villaclareño? —preguntó Foción refiriéndose a Fronesis, sabiendo que era inútil fingir indiferencia. Sabía que si fingía, Cemí lo supondría más demorado aún por sus deseos de ver a Fronesis.

—Se fue para saborear humanísticamente las vacaciones de Navidad, para observar las metamorfosis del acto saciente de Aristóteles en la Epifanía —le respondió Cemí.

—Ya lo iremos a buscar —contestó secamente Foción. No dijo más, como para no diluir la firmeza de su decisión. —¿Qué tal de vida galante en Nueva York? —le preguntó irónicamente Cemí, adelantando una sonrisa—. ¿Habrás hecho tamañas locuras? Las termas de Caracalla, los baños turcos te habrán enseñado todos sus laberintos—. Cemí quería hacer hablar de inmediato a Foción de los temas de su incesante predilección, para evitar que se enredase en las infinitas sugerencias que la ausencia de Fronesis podía motivarle, perdiéndose en maldiciones, truenos condenatorios y en los juegos de su infernal ironía.

—Desde que Lucano recitaba, para burlarse, versos de Nerón, soplando inflados cuescos en las termas públicas, dejaron de interesarme —le respondió Foción a las insinuaciones de Cemí—. Los baños turcos neoyorquinos se han convertido en la escafandra de un Breughel al que las estructuras y sustituciones de la pintura abstracta impiden su aparición por la lámina definida. Los surrealistas no saben encontrar temas inmediatos, tienen que enclavarse en mitologías nórdicas o en el taponazo de ruptura de lo babilónico presionado por los datos sensoriales: el fonógrafo que se traga a la cantante, las infinitas columnas dóricas que rodean a un carnicero al penetrar en un corredor. Pero lo maravilloso natural de los *Proverbios* o de las *Tentaciones,* en su pululación indetenible, no saben encontrarlo en el fluir contemporáneo. Creo que si a Dalí se le ocurriese pintar un baño turco neoyorquino, lo haría siguiendo la técnica de Vermeer de Delft: pintaría en la cama de descanso, después que el corpúsculo de Malpighi ascendiese bufando el sollozo de cada poro, un falo erguido con la técnica de quien pinta el sombrero de copa de los Arnolfini. No tiene la técnica adecuada para pintar un hecho del mundo contemporáneo. Con una técnica de sumados añicos, arracimada, zurcida, no se puede levantar un puente para llegar a la ciudad que está más allá del río. Lo que pinta se le desploma sobre una estructura de sostén podrido, gimiente. A veces es tan sólo la misma estructura la que se adelanta en una infinitud de cero albino, sin decorados y sin arbustos, como el esqueleto de un mamuth reconstruido, colocado con las dos patas delanteras sobre un cielo rastrillado, donde el hacha de los escaladores sacrifica tan sólo astillas de mármol y no columnas para la defensa del hombre.

—Veo que traes un nuevo lenguaje, monumental, titánico y bíblico —le interrumpió Cemí.

—No lo niego —le contestó Foción sin inmutarse—, Nueva York es una mezcla de Moisés adolescente, Caín provecto y el bastón fálico de Whitman, realizando sagrados engendros. El saxofón, penetrando en la Biblia, la deshace en innumerables papelillos que caen desde lo alto de los rascacielos.

—Pero tú comprenderás —continuó Foción— que no fui a Nueva York para hacer crítica de arte. Desde mi primer día de hotel, sabía que no iba a estar ocioso en esa ciudad, más ninivita que egipcia. Y no creas que digo eso para aludir a Nínive en sus sílabas traídas tan sólo por el humo de la reminiscencia... Salía de mi cuarto de hotel, después de una siesta llena de faunillos. De pronto, rápida, casi una sombra, se me quedan bailando en los ojos las hebras de una cabellera de miel tostada. Pensé encontrarla al bajar en el elevador, pero más rápida que mis miradas había desaparecido. La imagen, llegada como por innumerable reflejos, ninguno de los cuales se precisaba, se apoderó de mí de un ímpetu, no siendo impedida por el tono vagaroso de los reflejos de abrirse en mi pozo interior. Creo que es la manera favorita del Eros para penetrarnos. Las aletas de la nariz, el sudor de la piel, la coloración carnal de la garganta, la indecisión de la mirada unida a la firmeza de los labios, forman reflejos, reflejos flechas que vencen todas las compuertas y que terminan por hacer coincidir el Eros de la lejanía y la cercanía del poro que fingimos recorrer.

—Los sentidos asimilan con más derivación esos reflejos que si la totalidad del cuerpo, en la más dominada intimidad, cayese sobre nosotros. En la iluminación de nuestra sexualidad, cada sentido tiene que mostrar una estenopatía natural, es decir, cada reflejo al penetrar por nuestros ojos, tiende a estabilizarse, no a desaparecer en la línea del horizonte, sino a hipostasiarse. Aquella Daisy que desde la primera vez que la vi, me huyó sin saberlo, iba a ser en el resto de mis días en esa ciudad, el constante reflejo infernal, la hilacha amarilla en la inmensa extensión de hielo.

—Cuando yo salía de mi cuarto, adelantando hacia el elevador con la mayor rapidez, ella salía también, reflejo; se deslizaba desde el elevador a su habitación, en el extremo del corredor, como lo entrevisto, como el reflejo de una patinadora. La puerta de su cuarto cortaba la figura al sesgo, la mitad de su cuerpo parecía que recogía la otra mitad para llevarla en una cesta de agua, ondulante, variable, reflejo flecha.

—Pude precisar el sitio de trabajo, las reuniones con sus amigas, las personas a quienes saludaba. Dejé, naturalmente, que me viera. Sin fingirlo, no creo que nunca precisara mi imagen. Creo que sus pesadillas, sus profundidades, sus danzas nocturnas, al bajar la marea, sobre las arenas, trazaban en el momento de su marcha un hilo de Ariadna entre su partida y su arribada, entre su sueño y el recuerdo del sueño. Era la inasible y cada día se me hacía más sueño, más pesadilla.

—Llegué al convencimiento de lo inútil de esperarla, que ese pájaro nunca se abatiría sobre mis redes. Decidí irrumpir en su pesadilla; no, no era irrumpir, era tan sólo que mi pesadilla tocara en la frente a su pesadilla. Trabajaba en la casa de un anticuario de objetos chinos. Cuando estaba sola en la tienda, pasaba una y otra vez por delante de las vidrieras, pero nuestras posiciones eran siempre fatalmente incidentes, jamás lograba que mi mirada entrara por la suya, a pesar de que permanecía inmóvil largo rato, para que tuviese que tropezar con mi presencia. No creo que ni se tomase la molestia de hacerlo adrede. No era la dama que no perdona, era la ceguera somnolienta de las nieves. Actuaba como esos animalillos de las profundidades, que son las circunstancias, lo exterior, lo que les presta ojos para ir del hecho a la percepción.

—Pensé entrar en la tienda, pero no, si se ha dado cuenta de mi insistencia y lo disimula, al encontrarse sola conmigo puede reaccionar en una forma que no me es previsible. Desde el mutismo forzado a una gritería para forzar la llegada de los que están en la trastienda. Pensarás, querido Cemí, que mi relato va adquiriendo un aspecto detectivesco, pero esta historieta tiene de todo, hay que seguirla por innumerables laberintos, hasta que en su final le llega la mejor solución paradisíaca.

—Un día que salía de su trabajo en casa del anticuario, me le acerqué, caminando a su lado hasta que creí necesario decirle que vivíamos en el mismo hotel, que tenía deseos de conocerla y que si quería la acompañaba, ya que llevábamos la misma dirección. Detuvo en seco el paso, parecía que se le contraía todo el cuerpo, sobre todo la cara esbozó el principio de una terrífica parálisis enrojecida y espumosa. Fue tan resuelto su gesto, que la única resolución que me quedó fue apresurar mi caminata y procurar llegar más tarde al hotel para no encontrármela. Dentro de mi confusión pude observar en el mozo del elevador un afán de sonreírme y de trabar conversación conmigo. Rubio de facciones asimétricas, no tuve el menor deseo de contestarle su sonrisa. Como sucede siempre, comenzaba por despreciar la clave del laberinto que se me rendía.

—Tú sabes —siguió hablando Foción, con malicia pues Cemí entendió de inmediato que se refería a Fronesis— que frente a una cosa aconsejada por mis sentidos, en cuanto se me hace imposible, me establezco a su lado como un dolmen. Al día siguiente me paseaba por el corredor de mi piso de hotel, dejando pasar mi turno. Cuando entré estábamos solos el mozo y yo. Esta vez no se limitó a sonreírme, me dijo: "Señor, usted pierde el tiempo con Daisy, vaya por otro camino que es el único para acercársele. Vaya a buscar a su hermano al colegio y usted verá cómo lo que hasta ahora ha sido un imposible, se le entrega." Nunca he podido saber si el mozo me habló por su cuenta, o si estaba de acuerdo con los dos hermanos para propiciarles sus aventuras.

—En disimulados cuchicheos por el recibidor pude precisar el colegio en que estudiaba, la hora de salida y que era el mejor alumno del último año de High School. Así como la hermana rehusaba siquiera mirarme, el hermano en cuanto lo abordé me dijo:

—¿El cubano que vive en el mismo piso del hotel de nosotros? Me gustaría algún día ir a La Habana, para recorrer los sitios donde estuvo Hart Crane. ¿Ha oído usted hablar de él? Me gustaría hacer mi tesis, cuando me gradúe de *bachelor,* sobre las simpatías de Crane por las frutas tropicales, cómo buscó en la Isla del Tesoro un soporte a su inocencia.

—Me sorprendió —volvió a decir Foción—, ese delicioso inicio de conversación, en extremo afectuosa, con la imperceptible pedantería de un adolescente de dieciocho años, que vuelca de inmediato los temas que lo golpean. Crane era una fascinante invitación para iniciar esa amistad bajo el signo de los Dióscuros, invocados tantas veces por Orfeo mientras remaba y cantaba con los argonautas.

—En otro de mis viajes a Nueva York, yo había conocido a un librero que había mantenido una relación muy peculiar con Crane y por esa fuente de información sabía cosas de su mayor intimidad. Pero preferí no llevar esa primera conversación por el camino de las obsesiones que habían rondado a Crane, así que decidí circunscribirme a lo literario. Le dije que me parecía muy bien que Crane situara en el exilio el nuevo purgatorio, que el exilio era una forma de inocencia, una ausencia de lucidez para la bondad o la maldad, una suspensión en el tiempo, como al soñar con "la demasiada picante sidra", y con "la demasiada suave nieve", buscaba en donde están "las bayonetas para que el escorpión no crezca", como esa inmensa inocencia avivaba su sexualidad hasta la desintegración y la locura, hasta tener que buscar la muerte en la gran madre marina.

—Hablando del visitador de nuestra isla, llegamos al hotel. El mozo del elevador fingió la seriedad del canciller de las moradas subterráneas en los cultos egipcios de la muerte. Lo invité a pasar a mi cuarto, no me contestó con palabras, se contentó con sonreirse y asentir con la cabeza. Cerré la puerta con un gozoso estremecimiento de alegría, pues puse mi mano sobre la cabellera del hermano de Daisy, pero no como lo he hecho tantas veces, como una operación de tanteo, sino con el convencimiento de que después caería rendido el cuello. Pero antes, la descripción brevísima de Narciso en el centro de mi cámara. Los muslos de las piernas deslizantes, con los reflejos azules de la madera muy pulimentada, abrían las piernas como tijeras de algodón, la columna vertebral se esbozaba apenas rendida por las suaves curvaturas de la piel que se abullonaba como para encubrir las vértebras que mantenían el cuadrado de toda la espalda, con un espacio calmoso como para jugar un ajedrez lento y de imprevistas tácticas perversas.

—No creo que haya que describir nada más, lo que resta es muy limitado y sé, como yo en el fondo, que aborreces la pornografía, que es el espacio que media entre la puerta que se cierra y la sábana que se descorre. Pero a estas alturas del relato no ha ocurrido nada que sea de especial mención. Es ahora cuando empieza la fiesta grande. Fui a buscar a George, que así se llamaba el hermano de Daisy, a sitio de seguro encuentro, otras veces él tocaba en mi puerta con lentitud incomprensible a sus pocos años. Sabia lentitud, pues si me demoraba en abrirle, George, asimilaba demasiado pronto la infidelidad. Su pasión era perfecta hasta donde es posible, rechazaba la negatividad de los celos. Su mano de algodón se retiraba, se intuía que otra araña estaba haciendo su tela. Así sabía cuando le abría que era la respuesta del deseo. La verdad era, como habrás comprendido después del lujo de mis descripciones, que casi siempre le abría. Mientras sus dedos caían sobre el timbre de aviso, yo repetía los versos de Whitman, "todo venía a formar parte de aquel niño que salía cada día y que aún sale y saldrá todos los días". Así era, gozaba su cuerpo de una inmensa fuerza incorporativa, de esa modulación de la naturaleza que une los pistilos con la brisa para una germinación desconocida.

—Un día en que el dios Pan sopló con más *pathos* en nuestros frecuentes diálogos felices, sucedió lo inesperado, del espejo de un escaparate, de la misma extensión de las paredes, como una condensación del polvo de la alfombra, ¡qué sé yo! surgió la misma Daisy desnuda.

—Alcanzábamos ya la altura del Monte Blanco, el orgasmo alcanzaba ese punto en que las hormigas concurren a un ápice y después se deshacen en la espuma. Saltó sobre la cama y se abrazó totalmente con su hermano, sus dos cuerpos unidos por la tensión fálica de George, en la culminación del ser poseído. Retrocedí yo en el éxtasis y empecé a buscar con mis manos el cuerpo de Daisy. Pero aquel retroceso tajante que yo le había visto cuando al salir de su trabajo la abordé, asomó de nuevo en ella, pero con redoblada ferocidad de rechazo.

Al llegar a ese momento del relato de Foción, mientras lo oía Cemí pensaba cómo el mismo desarrollo temporal, en la misma unidad de tiempo en que Fronesis en Upsalón hablaba sobre San Jorge y Daisy saltaba sobre la cama, se puede bifurcar en dos manifestaciones espaciales pero de opuesto signo. La plenitud de San Jorge en la resurrección cayendo sobre la constelación del Dragón, se igualaba con la sombría grandeza del asesinato de Layo y la sucesión sagrada de un mundo incestuoso en el momento en que en un cuarto de hotel, Daisy saltaba sobre su hermano George para recibir y devolver el éxtasis, neutralizando un fuego condenado.

—George buscaba el diálogo con el homosexual posesivo, Daisy sí era de raíz incestuosa, pero como su hermano no era un rey de Grecia, tenía que ser poseído para poseer. Pero George deseaba calmarse en sí mismo, no transmitir el fuego, sino abandonarse a las últimas posibilidades del éxtasis no compartido. Así la triada incestuosa se escindió en diada androginal y en diada clitoidea, días para George y días para Daisy. Pero con esperada frecuencia volvíamos al ternario, a unir sol, tierra y luna, aunque yo casi siempre me inclinaba a la *luna silentiae amicae.*

—¿Qué diría Fronesis de ese relato? —dijo Cemí—. No creo que se asustaría ni por la aventurilla andrógina, ni por el incesto, pero sí por una especie de pecado contra la luz, *non lumine notus,* no se mueven por la luz, sino por el sueño con el saurio.

—Fronesis y yo —le respondió—, estamos en la misma cuerda floja pascaliana, él cuanto más ángel, no logra ser bestia, y yo, cuanto más bestia soy, no logro ser ángel. Nos unimos por nuestros complementarios en el sentido de unirnos por lo que no logramos ninguno de los dos. Su no bestia y mi no ángel cambian de sitio en los extremos de la cuerda floja.

Se oyeron en la lejanía, cada vez más cercanos, los golpes rotos de la madera sobre la piedra. El Malecón profundizaba la entrada de la medianoche. Quedaban pocas parejas sentadas en el muro. Los ruidos de los palos de la policía, a medida que se iban acercando sonaban como si no moliesen cristal de roca. Las espaldas de Foción y de Cemí comenzaban a sopesar la frialdad lunar. Caminaron unas cuadras y en la misma esquina donde por primera vez se despidieron Fronesis, Foción y Cemí, volvieron a darse las manos sin mirarse mucho las caras.

Al llegar el ómnibus a Colón, el cansancio llegó también para Foción, sentía que su cabeza se ladeaba, sus piernas extendidas se volvían pesadas y las manos buscaban sus bolsillos con desarreglada frecuencia. El ómnibus, si tropezaba con una piedrecilla daba un triple salto de algodón, como un avestruz con una pesadilla ligera. De allí a Santa Clara, a la misma ciudad, el camino se hacía seco, rasante, desértico. El esqueleto y el vegetal quemado ascendían de la tierra que crujía para ahogar la semilla. Aquella sequedad hacía que todo adquiriese un aspecto de justificación. La *finalidad* perseguida ahogaba el fin sin fines de todos los días. Cambiarle el agua al canario se hace aún dentro del sueño de la mañana, firmar un nuevo arrendamiento se hace con el guante del esqueleto. La ciudad parecía estar formada de casas vacías, y llegan los nuevos moradores y se ponen en fila numerada y cada uno se va a dormir a la casa vacía. ¿Estarán envenenados los frutos fríos que han dejado?

En el recorrido más silencioso de la zona desértica, Foción pudo oír algunas voces distintas. Señora cuarentona, en gris con florecitas moradas, que va a ver a una hija recién parida. Va inquieta, quiere llegar cuando aún la hija está en la cama del paritorio. Señor calvo, explica dos días en aquella universidad y tres días en La Habana, habla con un vecino vegetariano sobre las excentricidades de Juan Jacobo. El vecino que es melómano, quiere hablar de las partituras que Rousseau ejecutaba en la corte, pero el profesor desea echar un párrafo magistral sobre su colaboración taxidérmica en un sijú platanero, que lleva en su maleta para una escuela primaria. Leptosomático, mitomaníaco sexual, que va a ver a su *maîtresse,* profesora de piano, que lo recibe en su apartamento con jamón y libros de pintura para la secuencia reposada del fornicio. Foción se sonreía en medio de aquella grotesca sinfonieta de finalidades, se sentía, un poco paradojalmente, la kantiana paloma de la finalidad sin fin. Dueño de la resistencia del aire y de todas las estantes resistencias. En la lejanía, la minervina figura de Fronesis aclaraba todos sus enigmas.

Le había escrito a Fronesis a Santa Clara, diciéndole la hora en que deseaba verlo en un café de la plaza principal de la ciudad. Le había extrañado llegar al hotel y no encontrar allí a Fronesis esperándolo, adelantándose amistosamente, con su habitual cortesanía y natural dominio de las formas, a la cita pedida. Eso hizo que se demorara en el baño, sin fijar su pensamiento, pero con todo el cuerpo sumergido en que algo estaba pasando con su ruedecilla en sentido contrario a su ventura. Ni la esquivez ni la reticencia se barajaban jamás en la conducta de Fronesis, se sentía sin alardes dueño de sí mismo y muy instalado en el centro de su microcosmos, para utilizar formas intermedias o sospechosas, por el contrario siempre llegaba cuando se le esperaba y su ninfa más secreta le aconsejaba que acudiese porque siempre se le esperaba con fervor.

Por eso Foción salió del hotel a la mesa del café donde le había dado la cita, más indeciso que en el visible fortitudo de su próximo encuentro placentero. Se sentó en una mesa esquinada (era el café y la mesa donde Fronesis le había hecho a Cemí el relato del pelirrojo). Pidió cerveza, sabiendo que era la bebida que le gustaba beber a Fronesis, cantando los *Metaphysics songs in a tavern,* de Purcell. De la otra esquina del portal salió una persona que se dirigió de inmediato a la mesa ocupada por Foción. Era el padre de Fronesis, el color de la piel hizo que de inmediato lo reconociera Foción. El tiempo que empleó en atravesar el local ocupado por las mesas, lo empleó Foción en recuperarse de la palidez que lo invadió, al ver que la persona que llegaba no era la esperada.

—Vengo a conocerlo —dijo con una sequedad mortal—. Vengo a decirle que no quiero que usted ande más con mi hijo. Se lo digo de entrada, porque lo poco que tenemos que hablar se deriva todo de que no lo quiero ver más con mi hijo.

—Lamento haberlo conocido —le contestó Foción con natural dignidad— bajo un signo tan conminativo. Pero eso usted se lo puede decir a su hijo, pero no a mí, escojo mis amistades, y si la persona escogida la acepta, no acostumbro a contar con la aquiescencia de un tercero, aunque ese sea su padre. Usted se lo puede decir a su hijo, apenas vea en él la menor señal de retraimiento, tenga la seguridad de que no lo molestaré más. Reconozca, señor, que su actitud es impropia.

—Propia o impropia, tengo derecho a cuidar el desarrollo de mi hijo y estoy más que convencido que usted es nocivo a ese desarrollo —le respondió enrojeciendo el padre de Fronesis.

—Me parece que usted no está muy seguro que si le indica a su hijo que no ande conmigo, él cumpla sus órdenes, de otra manera no interpreto su actitud —dijo Foción.

—No estoy dispuesto, a las buenas o con cualquier otra forma que estime pertinente, a que usted siga con mi hijo —volvió a decir el padre de Fronesis, arrugándosele la frente marcada por amenazadores nubes coléricas.

—Si usted no fuera el padre de la única persona a quien llamo mi amigo, tenga la seguridad que no le consentiría su forma grosera y amenazadora —le contestó Foción.

El doctor Fronesis se replegó sobre sí mismo, la conversación había llegado a su ápice de peligrosidad. Parecía percibir que Foción era de más cuidado de lo que él había pensado. Creía que se iba a encontrar con una hiena gemebunda y lo que le había salido al paso era un animal elástico, que aceptaba el combate. La situación de Foción al encarar una situación tan difícil iba ganando la subconciencia. Adivinaba que el amigo de su hijo no era un badulaque, podía ser un vicioso, pero ahora comprendía, un poco demasiado tarde, que su hijo no podía tener un amigo que no fuera un hombre, que aún en situación de inferioridad no dejaba de mirarlo de frente. Había creído que en ese momento de la enojosa conversación, tendría ganada la partida. Al no ser así, se sintió un poco desconcertado.

Foción aprovechó la pausa y se lanzó al asalto. —Usted frustró su destino y yo desconozco en qué grado se habrá acostumbrado a esa frustración, cuando huyó de Diaghilev y cuando huyó de la que seguía a Diaghilev. Es al menos disculpable que un hombre en quien se aposenta una frustración para toda su vida, quiera impedir que la yerba florezca, pero se hace más difícil que quiera que su propio hijo se hunda en la nada y en el tedio mortal de un profesorcillo provinciano. Quizá no necesite que yo le diga que su hijo continúa un destino que en usted se estancó. No desconoce, y por eso corre con una equivocación que le dicta su propia frustración. a "salvar a su hijo", cuando lo que hace es obligarle a una salida que puede ser trágica, o por lo menos dolorosa, que usted vive en la tranquila furia venenosa de su *soif étanchée,* de que habla Gide. Usted no logrará que su hijo se aparte de mi camino, (cosa que podrá hacer en cualquier momento, pues hay una inmensa zona en que le soy totalmente indiferente), pero por razones morales, paradojalmente las más opuestas a las que le suponen, no dejará de andar conmigo. Lo que sí es seguro que reaccionará en contra suya, pues él está seguro que usted ha obrado mal, en primer lugar al humillarme en mi natural orgullo de persona. Luego, por haber tomado una decisión sin haber hablado con él, con lo que se sentirá también humillado. Además por el abuso de confianza que significa haberse apoderado de una carta que no le pertenece. Añada a todo lo anterior la ridiculez de esta escena. Oiga bien, señor, lo último que le voy a decir —al ser sorprendido por el dominio de la situación asumido por Foción, el padre de Fronesis se levantó para retirarse sin despedirse y sin mirar siquiera a su interlocutor— no quiero —continuó Foción—, incurrir en una fácil profecía momentánea, tenga la seguridad de que la reacción de su hijo a su conducta será trágica para su destino y acabará con la última posibilidad de que usted cumpliera el suyo.

Desgraciadamente fue la profecía de Foción que se cumplió

con más exactitud.

Cuando Cemí desde el Espigón quería llegar al Parque Central, meditaba siempre en los dos caminos por los que se decidiría, de acuerdo con sus humores y sus fastidios. Cuando quería detenerse en alguna conversación o vidriera, ver algún amigo o las corbatas de moda, oir el pregón de algún número de billete o ver los libros más recientes, enfilaba su paciencia acumulativa por Obispo. Cuando quería caminar más de prisa, molesto por cualquier interrupción, remontaba por Obrapía, para hacer su catarsis deambulatoria con menos paréntesis y excepciones. Le maravillaba que dos calles, en un paralelismo tan cercano, pudieran ofrecer dos estilos, dos ansiedades, dos maneras de llegar, tan distintas e igualmente paralelas, sin poder ni querer juntarse jamás. Las calles se vuelven más indescifrables que los que por ellas transitan, transitan los que llevan en los ojos la prisa del amor, o la del negocio tintineante, o el señorío del hastío agresivo. Pero la más comercial de las calles, si de pronto se suelta por ella un niño con su perro o su trusa de playa. basta para hacerle cambiar la habitual cara con la que hace cien años contempla la luna de los carboneros. Después, vuelve a cerrarse, como una planta en extremo sensitiva, y vuelve a enseñar la dentadura orificada de los días de balance.

Así de pronto percibió que aquélla que él escogió como silenciosa, alrededor de un café esquinado se perturbaba en concéntricos que llegaban a dañar tres cuadras. La persona sentada en ese café la había sustraido de su ritmo normal, por el solo hecho de su presencia y de su verba, de tal manera que en aquella línea silenciosa, como cortadas por una tijera, aparecían varias cuadras como si se enmascarasen súbitamente para penetrar en una fiesta avérnica, que parecía haber ascendido de las profundidades con imperceptibles crujidos terrenales. Las máscaras parecían ocupar un islote, aconsejadas por el húmedo radical del espíritu nocturno.

A medida que Cemí fue penetrando en la porción dañada de la extensa línea silenciosa, tenía la sensación de que la imagen dura, impenetrable de Foción avanzaba hacia él, en una forma tan rotunda que sonaban sus zapatos sobre el puente tendido entre el comienzo de la noche y la ausencia que quería sujetar a su doble.

Al llegar a la esquina el triunfo de Foción sobre la metamorfosis de esa calle era incuestionable y risueño. Había saltado varias veces la copa que media entre la embriaguez y la demencia báquica. Pero todavía mantenía cierto estado de naturaleza en el delirio. En frente estaba el pelirrojo, el adolescente que había querido robar al numismata. Lo había acompañado en algunas copas, pero carecía de la levitación de Foción, de su espiral centrífuga que lo disparaba al mundo estelar con una continuidad sedosa, invitante y protectora.

Desde la esquina, Foción estaba de espalda, podía haber esquivado un encuentro tan retador. Pero ya Cemí poseía esa madurez de instintos que lo llevaba en la ocasión de peligro a insistir, a querer penetrar más en la divinidad puesta zahareña. No era esa cosa vulgar, el llamado por los contemporáneos espíritu de aventura, lo que lo mantenía sin retroceder en la esquina, frente a una situación de desenlace tejido por parcas desconocidas. Sabía, reverso de ese miserable y pornográfico espíritu de aventuras, que huir de un peligro creaba otro más inasible aún, especie de escala de Jacob al revés, en que las divinidades plutónicas, como volcadas por una cornucopia de lo nocturno, desembarcan incesantemente sobre la tierra apesadumbrada, que no les preparó un triunfal recibimiento.

Avanzó hacia la mesa; cuando estuvo cerca de Foción, sin que éste todavía lo hubiese visto, oyó que decía, con voz donde el zumo de la uva producía más ronquera que vacilación:

—Entre los dioses egipcios, Anobis o Anubis, Hermanoubis o Hermes Anoubis, nombres de reyes dioses, derivados de *ano*, que significa alto. Luego, como si el hombre tuviese dos cuerpos, o su cuerpo se dividiese en dos partes que no se muestran muy conciliadoras, el ano significa la parte alta del cuerpo bajo. Este dios abre a los muertos el camino del otro mundo, tiene la visión alta, el ano del cuerpo inferior, que le permite ver y guiar a los muertos. Es lo alto de lo bajo y lo bajo de lo alto, conoce los dos caminos de la Tau. Entre los vivos tiene la visión baja, el ano del cuerpo superior, y la visión alta entre los muertos, es entonces el ano del cuerpo inferior, pero la ausencia del cuerpo en las moradas subterráneas, hace que lo alto de lo bajo sea el guardián de todos los caminos en ausencia de la luz. Por eso Fronesis entre los egipcios significa sabiduría aplicada, entre los griegos el que se adelanta, el que corre, el que comprende, el bondadoso, el virtuoso, el que fluye. Pero, ay, hasta las etimologías nos separan. Porque enfrente está el sentido contrario, la detención del movimiento de la naturaleza, el encadenamiento, el vivir molesto, el desaliento, la anía del dios Anubis, que quiere guiar donde no hay caminos, que ofrece lo alto del cuerpo inferior, el ano, el anillo de Saturno, en el valle de los muertos.

Ya Cemí está frente a Foción, apenas lo ve éste hace un gesto con sus manos como queriendo abrazarlo. La imagen del amigo que ha llegado le tiembla en los ojos, pero Foción apenas puede levantarse, sus manos en mitad del camino que buscaban el abrazo, caen pesadamente. Sus ojos enturbiados ven a Cemí, como traído por una marea, por su madre, la disfrazada de enfermera, al lado del consultado enloquecido que da las más puntuales recetas.

—Llegaste en el momento en que evocaba a Fronesis, pero quiero conmemorar tu llegada con versos oraculares—. Con sílabas fuertes, martilladas, Foción comenzó a recitar:

> *Fronesis el corredor,*
> *se adelanta con la jabalina.*
> *Pero yo soy de la tribu de los Oxirrincos,*
> *tengo el hocico puntiagudo,*
> ed elli avea del cul fatto trombetta.
> *Pero no se adelanta frente al jabato,*
> *¿No es el dueño de la jabalina de oro?*
> *¿Y yo? Un puerco en colmillos*
> *para la trompa de caza,*
> *el adorador de Anubis,*
> *dios del camino del ano.*

—Los griegos —continuó Foción—, después de vencer el momentáneo anublamiento enviado por la embriaguez, no pierden la vista de este dios Anubis. Le evocan en todas sus metamorfosis y transformaciones sexuales. En la conversión sexual de Isis, de muchacha en prepotente garzón, en el sueño de su madre Teletusa, abre el cortejo Anubis, en forma de perro infernal, alegre por la aplicación del nombre de Isis al recién nacido, nombre que lo mismo se aplica al efebo que a la doncella. En trance de himeneo, la doncella Isis, disfrazada por su madre de varón, ruega a la divinidad que le dio el nombre con dos sexos, su transformación en un ser posesivo, y ya al salir del templo, sus pasos eran de pisadas más fuertes, su blancura se había evaporado y sentía el licor fortitudo que comenzaba a recorrer todo su cuerpo, ansioso de volcarse. Los dioses que acompañaban a Anubis, en el sueño de Teletusa, portaban la serpiente fálica anillada a un gajo de árbol, pero la serpiente es un andrógino astuto que depende de su asimilación a la sombra de un árbol, sometida a la matriz de los vegetales. Por eso el Anubis egipcio es el Mercurio de los griegos, y así vemos en algunas fórmulas alquímicas como el azufre representa la esperma del padre y el Mercurio es un monstruo coagulado que forma la substancia del embrión. Es siempre un embrión anterior a todo el dualismo sexual.

Ya Foción hablaba tan sólo para que lo oyese Cemí. Por el ritmo de esos temas, con las variantes cristalinas aportadas por su embriaguez, creía estar acompañado no sólo por Cemí, sino también por Fronesis. Aunque ninguno de los dos estuviese presente, constantemente hablaba de esa mitología sexual, para acercar a sus dos amigos, pues en esa orquestación los tres tocaban sus diversos instrumentos.

Foción hizo una pausa. —Se trata tan sólo de lo que los retóricos medievales llamaban un metaplasma exagerado —dijo cambiando bruscamente el desarrollo temático por esa burlesca referencia. El pelirrojo aprovechó la ocasión para levantarse y dirigirse al mingitorio.

—Nos burlamos de la ortografía de la naturaleza, y caemos en la anástrofa y en lugar de rumor enenigo, decimos enemigo rumor. Todos estos retóricos se rebelan contra la ortografía de la cipriota diosa, como si fueran unos celtas brumosos. La anástrofa recuerda la anía del rey egipcio Anubis, como la golorrea no tiene que ver nada con la gonorrea.

Cemí observó que el pelirrojo, al salir del mingitorio, muy cautelosamente, sin mirar a Foción, se retiró por el sitio opuesto donde estaba sentado el peligroso endemoniado. Cemí no hizo ningún comentario, pero viendo Foción que pasaba el tiempo y no regresaba el pelirrojo, le hizo una seña a Cemí para que se acercara y en el tono más bajo de su voz le fue diciendo:

—Tiene un Edipo tan tronado, que su madre me llama incesantemente para calmarse y huirle. Un día estaba enfermo y vio con evidencia en qué forma su madre lo atraía. Su madre lo reoja, estaba siempre sobresaltada, sus horas de sueño eran las que más le inquietaban. Pero este *skitalietz* congénito, se escapaba de su casa y así su madre podía descansar y adormirse. Sabía que su hijo estaría de correrías al fugarse, y además por qué clase de correrías andaría, pero temía las horas en que los instintos de su hijo enceguecerían, cuando la buscaría como un poseso. En esos días yo lo conocí, estaba tan exasperado por el hambre y su morbidez dislocada, que incluso quiso matarme, pero tuvo tan mala suerte que le enseñé el círculo que me había dibujado sobre el corazón, pues ese mismo día sin aspavientos y sin la menor influencia del Stavrogin dostoyevskiano, yo había querido matarme. Desde que llegué de Nueva York, volvimos a encontrarnos, parecía que venía huyendo de alguien y que al fin tropezaba conmigo. Venía huyendo del rechazo que le daba su madre, aterrorizada por la forma en que el hijo le demostraba su vehemencia amorosa. Su madre se me presentó, me habló y me rogó. Me dijo que cuando su hijo me encontraba, ella podía descansar, dormir sin miedo. Me rogó que buscara a su hijo, no que lo tolerase cuando huía de su rechazo Le parecía normal que su hijo se abandonase al Eros de los griegos, con tal de que no fuera monstruosamente incestuoso. Lo único que hace siempre el homosexualismo, ja, ja, ja, ja, já, es evitar un mal mayor, en mi caso, ja, já, no me he suicidado, pero creo que me he vuelto loco, ja, ja, já—. Foción se abrió toda la portañuela, extrajo su verga, Cemí pudo observar que era de un tamaño escandalosamente alongado, y se puso a orinar como Heracles la espuma crecedora de la cerveza. Se reclinó hacia atrás en la silla y comenzó a ponerse rígido. Cemí sin saber qué hacer se dirigió al mingitorio. Allí donde alumbraba la bombilla, pudo ver en un dibujo coloreado, una mujer muy abierta de piernas, con una rata que quiere hundirse en la vulva, mientras que un enano intenta pegarle con una contundencia de clava en el frontal del roedor para que penetre frenéticamente en la gruta barbada.

Cuando Cemí salió del mingitorio, vio que un grupo de hombres en una máquina se llevaba a Foción. Al acercarse de nuevo a la mesa el camarero decía: —Pobre diablo, está más loco que una cabra española solitaria por los riscos—. El orine con un *allegreto* escurría de las losetas bizantinas del café a la acera. Después adquiría un tono meditativo, lento, su recorrido por la acera le daba al orine una vacilación de bostezo amarillo. Pero al saltar de la acera a la calle, espumaba de nuevo, se alborozaba batiendo sus cristalitos, el caos cloacal con sus vaharadas azufrosas rompía los pequeños islotes de la ciamida de amonio. Los bigotes del caos cloacal, como en una fuente infernal, peinaban con agua de orine sus extremos de aleta anal de sirénido con el gato de Anubis, lo alto de lo bajo.

Foción había desaparecido, Fronesis también, por motivos muy diversos, pero era lo cierto que la sucesión de los días, por esas dos ausencias, una conocida por Cemí, la otra, la de Fronesis, totalmente desconocida, había comenzado a pesar en una forma excesiva sobre los últimos año de la adolescencia de Cemí. Los amigos como Fronesis y Foción, son tan misteriosos y raros como el zorro azul corriendo por las estepas siberianas. Pero todavía es mucho más difícil su encuentro, pues no dependen de una búsqueda, de una venatoria por la ciudad, llegan como en una aparición y se van en una forma indescifrable. Causaron al principio de su trato, la impresión de que eran una compañía para siempre, cuando despertamos, ay, ya no están, se sumergieron en una fluencia indetenible, no los podemos rescatar, ya no contestarán a nuestra llamada, aunque nuestro gusto más soterrado les pertenecerá para siempre.

Estaba mucho tiempo sentado en su cuarto de estudio, viendo desfilar como en un tiro al blanco, la punta encendida de sus cigarros. Contemplaba las chispas, pero no las avivaba, de tal manera que eran frecuentes las veces que las cerillas le quemaban los dedos, mientras la lumbre debilitada por el grosor de las cenizas terminaba por extinguirse en la alianza de la humedad de la saliva con el rescoldo invasor.

El ejercicio de la poesía, la búsqueda verbal de finalidad desconocida, le iban desarrollando una extraña percepción por las palabras que adquieren un relieve animista en los agrupamientos espaciales, sentadas como sibilas en una asamblea de espíritus. Cuando su visión le entregaba una palabra en cualquier relación que pudiera tener con la realidad, esa palabra le parecía que pasaba a sus manos, y aunque la palabra le permaneciese invisible, liberada de la visión de donde había partido, iba adquiriendo una rueda donde giraba incesantemente la modulación invisible y la modelación palpable, luego entre una modelación intangible y una modulación casi visible, pues parecía que llegaba a tocar sus formas, cerrando un poco los ojos. Así fue adquiriendo la ambivalencia entre el espacio gnóstico, el que expresa, el que conoce, el de la diferencia de densidad que se contrae para parir, y la cantidad, que en unidad de tiempo reaviva la mirada, el carácter sagrado de lo que en un instante pasa de la visión que ondula a la mirada que se fija. Espacio gnóstico, árbol, hombre, ciudad, agrupamientos espaciales donde el hombre es el punto medio entre naturaleza y sobrenaturaleza. La gracia de la mirada, aliada con la cantidad encarnada en el tiempo, como el tiempo aliado con el fuego en la preparación de lo incorporativo, va evaporando un sentido para el agrupamiento espacial. Una evaporación coincidente, ascendente también, como si le llevase un homenaje al cielo paternal. Otras veces esa evaporación terrenal se encontraba un camino inverso con el aliento, punto también que descendía de los dioses a las inmensas extensiones de la nocturna.

Por la tarde había bajado por la calle de Obispo, y como hacía pocos días que había cobrado su pequeño sueldo, se fijaba en las vidrieras para comprar alguna figura de artesanía. Casi siempre la adquisición del objeto se debía a que ya frente a la vitrina, cuando comenzaban a distinguirse algunos pespuntes coloreados, en el momento en que su mirada lo distinguía y lo aislaba del resto de los objetos, lo adelantaba como una pieza de ajedrez que penetra en un mundo que logra en un instante recomponer todos sus cristales. Sabía que esa pieza que se adelantaba era un punto que lograba una infinita corriente de analogía, corriente que hacía una regia reverencia, como una tritogenia de gran tamaño, que quería mostrarle su rendimiento, su piel para la caricia y el enigma de su permanencia.

De la vitrina su mirada logró aislar dos estatuillas de bronce. Ese aislamiento, ese rencor con el que tropieza la mirada, esa brusquedad de lo que se contrae para pegar, le daban la impresión de alguien que con ceño amenazador toca nuestra puerta, o de si nos detuviesen por el hombro cuando marchamos apresurados. Pero era innegable que las figuras agrupadas en la vitrina, no querían o no podían organizarse en ciudad, retablo o potestades jerarquizadas. Estaban en secreto como impulsadas por un viento de emigración, esperaban tal vez una voz que le dijese al buey, a la bailarina y al guerrero, o a la madera, el jade o el cuarzo, la señal de la partida. El espíritu del cuerno de caza, colocado sobre aquel túmulo, parecía señalar el nacimiento de la nueva ciudad y la dispersión de aquellas cenizas volvía a componer infinitos reencuentros.

Una de la estatuillas era una bacante, el pie alzado con dócil voluptuosidad, en cada mano un címbalo, como acabado de tañer, una piel de chivo le tapaba el sexo; por el otro extremo la piel se curvaba sobre uno de sus brazos, casi todo el resto de la piel le cubría la espalda, viéndose al aire los cascos del chivo, como si quisiera dejar, ya que no en la tierra, en la transparencia sensual que rodeaba a la bacante, la muestra de su temblor ante la piel pulimentada que se extendía por la pierna, mecida suavemente por los números de la danza. La piel del chivo, en sus agrietadas ondulaciones, sentía los deseos de clavar sus cuernos en el cuerpo danzario, como si fuese un árbol, para fijar los restos del compás y la serpiente.

La otra estatuilla era un Cupido, cupidón, cupiditas, significaba deseo, a quien la ausencia de arco, era esa tal vez su justificación en el rastro donde la había comprado, trocaba en un ángel. Las flechas que aún lucía en el carcaj que llevaba en las espaldas, le daban aspecto de doncel persa en una miniatura, de atleta griego o de inca en el séquito del prodigioso Viracocha. Una cinta de muy poca anchura se deslizaba por el sexo, el pecho y el entrante que señalaba en la espalda la tensión de todo el cuerpo por el esfuerzo de disparar el arco, corriendo con el impulso comunicado por las alas. Mientras una de las alas, en el trabajo de fundición de la mezcla, era una prolongación del cuerpo, la otra tenía la mitad tornillada, como si se le hubiera caído un fragmento alado. El tornillo improvisaba una reciedumbre esquemática cubista, martillando el ala sobre el cuerpo, como si el ángel hubiera salido mal parado en su visita nocturna a la fragua de Vulcano. Un tornillo clavado al ala de un ángel, era una mezcla de maquinismo y martirio, como una marca grabada con furia en la transparencia del ángel.

Días antes, en su mismo cuarto de estudio, había observado una copa de plata maciza que había traído de Puebla, al lado de un gamo chino, elaborado en madera de una sola pieza. A su lado, solo en otra mesa, un ventilador que venía a inquietar el gamo, más de lo que en él es característico, cuando se acercaba a la copa de plata, con su temor ancestral, cosmológico, a la hora de abrevar, después de haber recorrido la región de los pastos. El gamo asustado porque veía levantarse un improvisado aire de tormenta, ya no mostraba al lado de la copa su habitual posición placentera, la piel le temblaba, como cuando intuía el paso del soplo sobre la yerba, el vaho de la serpiente sobre la capa defensiva del rocío.

Para tranquilidad del gamo de madera, había no sólo que alejar la copa, sino también que apagar el ventilador. Cemí llevó la copa poblana a la parte superior del pequeño estante, entre el ángel y la bacante. Entonces comprendió que la desazón caótica que mostraba la vitrina de la calle de Obispo, se remansaba en la caoba pulimentada que cerraba por arriba el estante, al situarse la copa entre las dos estatuillas de bronce. Parecía que el ángel corría y saltaba sin marearse por el círculo de los bordes de la copa, y que la bacante, fatigada del golpear de sus címbalos y de sus aparatosos saltos, se hundía hasta el pie de la copa, donde el ángel intentaba recuperarla para los juegos de la luz redonda por los bordes de la copa.

Los días que lograba esos agrupamientos donde una corriente de fuerza lograba detenerse en el centro de una composición, Cemí se notaba alegre sin jactancias. Era una gravedad alegre, una bondad pudorosa, que permitía que los demás lo molestasen o hiriesen sin por eso sentirse tocado. Cualquier grosería o errancia lograba su habitual serie de puntos, como si la trasladase a la protesta del juego de pelota o el asesinato de Cayo Graco, mostrando la representación de esa composición la misma existencia de la triangularidad de un triángulo.

Sin embargo, derivaba de esa alegría causada por esos unitivos agrupamientos espaciales, una reacción en los demás, arisca y a veces destemplada, como de suprema desconfianza. Notaba que se producía en los otros un excesivo índice de refracción. Frente a esa alegría, para no desconcertar, para no irritar, quería mostrar un renunciamiento, hundirse por el silencio en el polvo, al llegar a convencerse, por ingrávidos modos, que las ciudades invencionadas por esos agrupamientos, al ser contemplados por otros peregrinos, que hacían gesto de cólera, levantando los puños, amenazando, se volvían opacas e intraducibles. Jamás llegaría Cemí a tolerar que su alegría pudiera desconcertar, la aceptación de que la alegría de cada cual tuviera, en relación con los que están en otra ribera, una predestinación para anular toda resultante tonal en la alegría.

Eso lo llevó a meditar cómo se producían en él esas recomposiciones espaciales, ese ordenamiento de lo invisible, ese sentido de las estalactitas. Pudo precisar que esos agrupamientos eran de raíz temporal, que no tenían nada que ver con los agrupamientos espaciales, que son siempre una naturaleza muerta; para el espectador la fluencia del tiempo convertía esas ciudades espaciales en figuras, por las que el tiempo al pasar y repasar, como los trabajos de las mareas en las plataformas coralinas, formaba como un eterno retorno de las figuras que por estar situadas en la lejanía eran un permanente embrión. La esencia del tiempo, que es lo inasible, por su propio movimiento, que expresa toda distancia, logra reconstruir esas ciudades tibetanas, que gozan de todos los mirajes, la gama de cuarzo de la vía contemplativa, pero en las que no logramos penetrar, pues no le ha sido otorgado al hombre un tiempo en el que todos los animales comiencen a hablarle, todo lo exterior a producir una irradiación que lo reduzca a un ente diamante sin murallas. El hombre sabe que no puede penetrar en esas ciudades, pero hay en él la inquietante fascinación de esas imágenes, que son la única realidad que viene hacia nosotros, que nos muerde, sanguijuela que muerde sin boca, que por una manera completiva que soporta la imagen, como gran parte de la pintura egipcia, nos hiere precisamente con aquello de que carece.

Sanguijuela que muerde sin boca... Lo hecho para morder no existe, pero la imagen en la lejanía es siempre completiva, de tal manera que la ausencia bucal se niega por las flotantes islas violáceas, coléricas como ronchas, bien visibles en la piel, como si la boca ausente de la sanguijuela hubiera actuado sobre la piel con la realidad de una vesícula urdicante.

Otro día, por la mañana, antes de salir para la universidad, estaba sentado en la saleta, frente a un estante. Los libros, hacia atrás de uno de los compartimientos, dejaban un espacio donde había colocado al azar las más diversas figuras. De pronto, observó que todos aquellos objetos adquirían una dirección, una cantidad que se movilizaba en una dirección, observó también que esa dirección y esa cantidad se expresaban. Una minerva de marmolina, en su escudo ondulaba una serpiente, su casco para luchar contra el viento, no como algunas reinas egipcias que cubrían sus cabezas con un casco, con el remedo de un pájaro, con las dos alas abiertas sobre las dos orejas y el pico sobre la frente. Recordaba una pieza de cerámica, donde Minerva extrae de la arcilla el cuerpo de un caballo, por eso no se extrañó al ver a un caballito chino, con el pecho y las ancas muy alzados, con un círculo bermejo en torno de los ojos como si fuese un conejo. El caballito se escondía en un sombreado recodo de libros. Delante del caballo, un tanto resguardado, dos ositos de ébano, dos diablitos chinos. Los dientes blanquísimos de los diablitos chinos, como un antecedente del cofre peruano, de plata con relieves de media luna y morteros para el maíz, levantado por cuatro incas, en cuyas piernas un tanto curvadas se veía el esfuerzo sostenedor. Delante del cofre de plata peruana, tres elefantes de marfil, uno sostenía un aleph, una bola de vidrio transparente. El trabajo de las patas de los tres elefantes recordaba los cuclillos de los cuatro sostenedores incaicos. El más chico de los elefantes tenía los colmillos rotos. Cemí prefería decir que aún no le habían brotado los colmillos, para evitar todo conjuro sombrío. Delante de los tres elefantes, dos tabaqueras con grabados alusivos a las delicias de los fumadores. Uno de los grabados mostraba en su parte superior una banderola que decía: La granja. En la parte inferior del grabado decía otra inscripción: Tabaco superior de la Vuelta Abajo. Más abajo una dirección: Calle de la Amargura 6, Habana. El grabado mostraba una empalizada de piedra, con una puertecita. La granja estaba enclavada entre una fila de pinares y un río que parecía el San Juan y Martínez. Delante de la empalizada se veían tres figuras: un arriero, que, a pie, dirigía un caballo con un serón muy cargado; delante del arriero, un caballero de indumentaria cotidiana, se paseaba apacible, como quien viene de la casa de la novia muy esperanzado. o va a su casa donde lo espera una esposa fidelísima; en la esquina, otro caballero, este sí enigmático y apesadumbrado, parecía regresar de un entierro, o meditar sombríamente en una quiebra que lo ronda. Su sombrero de copa lo acercaba a los últimos años de Stendhal neurótico diplomático retirado, con las escapadas a las bibliotecas de Londres, de José Antonio Saco, cuando se iba a documentar sobre la esclavitud egipcia. Lo curioso era la coincidencia en el instante de una calle, de un arriero, un caballero diligente y otro preocupado y solemne.

La solución de esta extraña triada coincidente, venía dada por el otro grabado. La banderola del otro grabado decía: la sopimpa habanera de 1948. En el óvalo del grabado, hombre y mujer danzantes, los ojos muy irritados, es el fervor deseoso el que los hace mirarse sobresaltados. El le aprieta la pequeña cintura. Ella con elegante *langueur* deja caer su mano sobre el hombro del acompañante. A ambos lados del grabado, ceñidos por guirnaldetas, una inscripción bilingüe: "Nueva y superior fábrica de tabacos puros de la Vuelta Abajo," calle de los Oficios 79, de G. LL. y C. De esta fábrica tendremos un depósito en S. Thomas. A la derecha del óvalo, la misma inscripción en francés: *Fabrique nouvelle et super de cigarres pures de la Vuelta Abajo. Rue des Oficios 79. de G. LL. y C. Nous aurons un dépot de cette fabrique à S. Thomas.* Era un anuncio, con la ingenuidad publicitaria del siglo xix en el que se veían el campesino, el hombre cotidiano y el elegante, transcurriendo por delante de una granja criolla, con secretas y elaboradas fascinaciones. Una de esas fascinaciones brotaba de las humaredas de la hoja y de las deslizantes delicias de la danza.

Esa inmensa zona poblada, desde la Minerva de marmolina, los grabados cubanos para fumadores, se igualaba con las dos estatuillas de bronce, el ángel y las bacantes, a ambos lados de la copa poblana. Vio primero con terror, después con una cotidiana alegría, la coincidencia de su ombligo, de su *omphalos,* con el centro de un dolmen universal fálico. Esos agrupamientos con dimensión que se expresa y con una dirección como soplada eran pensamiento creado, eran animales de imágenes duracionables, que acercaban su cuerpo a la tierra para que él pudiera cabalgarlos.

Acariciaba un día Cemí la palabra copta *Tamiela,* que se descompone en nuestro idioma en diversas palabras de significación muy distinta. Fluía el cantío de las vocales y el gozoso paladeo de la *e. Tamiela,* le sonaba como flauta, silencio, sabio, labial, piel. Pero esta vez el poliedro verbal configuraba las mismas raíces del infierno. Numerosas escamas imbricadas formaban los reflejos de ese cuerpo verbal nadador. *Tamiela* significa también reserva, granero, buhardilla, depósito, sedimento, tesoro, letrina, despacho, habitación, morada. La noche en que se encontró por primera vez con esa palabra le parecía una serpiente que suavemente reptaba entre la yerba húmeda del río, comenzando después de su lento transcurrir a chisporrotear las hojas por donde había pasado, fijándose en el resto de la noche como un agazapado lince carbunclo.

Las palabras que se volvían a esconder detrás de Tamiela, se subdividían en meros reflejos. Así, por ejemplo, aludía a reserva de carácter y a ser propietario de una prudencia, de una *reserva,* a donde dirigirse en caso de peligro; *granero y buhardilla* se igualaban tan pronto alguien habitara el granero, pues aportaba la recolección de las cosechas, los desarreglos de un individualismo que todavía no había encontrado su concha; *depósito y sedimento,* se equiparaban tan pronto una ley oculta de gravitación fuera apisonando los objetos guardados por su semejanza, por su peso o su fundamentación oleaginosa, que los lleva a buscar el centro infernal de la tierra; *tesoro y letrina,* uniendo la energía solar y la excreta, el ojo del tigre y la bilis, el sitio donde se guardaba lo más valioso con lo más insignificante y descreado, pero que, sin embargo, favorecía el curso de las estaciones con su demoníaca y sulfurosa ayuda a la tierra. Nos aconseja cuidado con los distingos. Nos aconseja el gran Uno, el tesoro de la excreta y la excreta del tesoro; *despacho, habitación y morada,* es decir, donde se trabaja, donde se duerme y donde transcurrimos, tal vez la casa japonesa, con sus ideales tabiques corredizos, todo al alcance de la mano, todo dispuesto a caer en el sueño, todo preparado para un paseo dentro de la misma casa, con sumados y afluentes, con glorieta para la *ocasión* y el *sitio*.

Pero *Tamiela*, la deliciosa y variada palabra copta, que ya vimos subdividida como los anillos de una serpiente, volvía después a integrarse en un solo signo, en francés *poche, buche* en castellano. Eran mutaciones que no alteraban su substancia. Después de las diez variantes señaladas, se resumía en una sola palabra, lanzaba un *buche,* donde estaban las diez mutaciones. Eran los cinco buches lanzados desde la tierra de las tinieblas, por los cinco príncipes pestilenciales.

En una de esas noches, tren interminable detrás del cigarro, se le hicieron muy visibles todos los momento de un día que se encontraba en las oficinas de Derecho en Upsalón. Buscaba, con fluencia de sudores y sobresaltos respirantes, un expediente momentáneamente perdido. Miraba desde su asiento al minucioso e insignificante espectáculo. Tanta vulgaridad, prolongada como un acto operático, llegó a romper los resortes de sus habituales inhibiciones. Y dijo, alzando la voz con una ahuecada entrada tenorina: —Me siento un poco Copérnico, voy a formular las leyes de las cosas perdidas o sumergidas por un azar oscuro. Primera ley: el papel tiende a traspapelarse. Segunda ley: el papel tiende a adquirir forma piramidal en el centro de la gaveta; al abrirse ésta, el papel pasa a la parte superior, donde se agazapa. Tercera ley: existe el gnomo que tira de las esquinas del papel, saltando de mesa en mesa; si esperamos calmosamente, el gnomo trae de nuevo el papel al sitio donde se perdió; si nos irritamos, el mismo gnomo, tirando del papel, sigue huyendo de mesa en mesa, hasta que se hace invisible por hibernación, esperando la sorpresa de una necedad para reaparecer. Cuarta ley: cuando la atención descansa, el gnomo huye frenéticamente, sabiendo que todas las fronteras están abiertas—. Hizo una pausa y todos los empleadillos lo miraron extrañados. Se oyó una gran carcajada, pero su eco mate no pudo llegar a la cornisa.

Felizmente no fue dolorosa para él una de las primeras rupturas de sus inhibiciones de adolescente. En aquel momento le comunicó una alegría titánica oir otra carcajada de alguien que lo había escuchado sin que él precisara su figura. Se volvió; era Ricardo Fronesis que llegaba, su carcajada le había causado la sensación de un abrazo. Pero, ahora, en la medianoche, el recuerdo de aquella carcajada, de aquella única respuesta, lo entristecía hasta la misma desesperación. Ahora ya sabía con exactitud que tendría que esperar mucho tiempo para encontrar dialogantes inesperados a sus silencios o a sus carcajadas.

¿Qué pasaba en aquel cuarto donde la cortina había sido tironeada por una mano nerviosa? Allí estaban María Teresa Sunster, el doctor y su hijo; no costaría mucho trabajo, no había que tener un gran don de observación para poder precisar que los tres estaban reunidos por alguna cuestión de extrema gravedad familiar.

Pasaban los días y Ricardo Fronesis no le dirigía la palabra a su padre ni a la que estaba puesta desde su nacimiento en el lugar de su madre. Para no subrayar que no les hablaba, procuraba evitarlos. Cuando los tres coincidían a la hora de las comidas, Ricardo dejaba que su padre hablase para no seguir el diálogo. Su madre lo retomaba para disimular la situación creada, procurando que no se hiciera enteramente visible para el padre. Como entre los tres existía siempre una extrema delicadeza en el trato, la simple cortesía, desprovista de su raíz afectiva, hacía la frialdad más sensible y peligrosa.

Aquella noche apenas llegó Ricardo, irrumpieron María Teresa y el doctor. Este último sospechaba cuál era la causa del silencio de su hijo. Adivinando el riesgo de tratar a solas con su hijo la grave cuestión que los separaba, había querido que su madre escuchara la conversación que él temía que los alejara por mucho tiempo. Cuando tomó la decisión de hablar con Foción en el café, no pensó la trascendencia que tendría esa irrupción en el destino de su hijo. Pero cuando terminó de hablar con Foción, la última palabra oída lo convenció nada menos que de la partida de su hijo por mucho tiempo. Hacía un último esfuerzo, como por cumplir un itinerario, pero con el convencimiento de que esa causa estaba perdida sin apelaciones. Pero también sabía que esa escena tenía que suceder delante de María Teresa Sunster, sin la cual ese acto final resultaría insatisfactorio.

Tanto el doctor como su esposa entraron en el cuarto de su hijo con visible indecisión, tal vez, como quien desea aclarar verbalmente una situación que ya los hechos han explicado en demasía. En realidad, la más indefensa de los tres era la señora Sunster, pues desconocía la causa del retraimiento familiar de Ricardo, pero intuía que era alguna incorrección de autoridad en su esposo, lo que nunca había sucedido en el devenir de su vida familiar, el hecho insólito adquiría de inmediato el relieve de una excepcional virulencia.

La señora María Teresa colocó sus manos en la cabellera de Ricardo, la impasibilidad fue respuesta.

El doctor evitaba su penetración verbal en la escena, sabiendo cuál era su papel por anticipado, y que al menos su silencio demoraría el desenlace, dejando la responsabilidad de los hechos conductores a cargo de su esposa.

—¿Qué es lo que te pasa, Ricardito, que no nos quieres hablar?— Ya sin vacilaciones, la señora Sunster se situaba en el centro de la escena y asumía su responsabilidad. Se veía el diminutivo que había empleado, contraatacar la enormidad del hecho de un hijo que no quiere hablarles a sus padres. Silbó el diminutivo, al mismo tiempo que los dedos de la señora Sunster penetraban en la cabellera de Ricardo Fronesis.

—No es que yo no quiera hablarles —le respondió—, pero, por el contrario, es que han sucedido cosas y no me hablan a mí, permanecerán siempre silenciosas en la más insensata mudez. Ciertas zonas de nuestro trato de todos lo días, se han vuelto mudas. En la vida cotidiana el enmudecimiento significa regiones dañadas; enfermas de mal trato o desconsideración, nuestras vidas parecían que marchaban acompasadamente, pero eso sucedía porque no surgía un obstáculo, una dificultad, algo de más difícil desciframiento. Pero apenas surgió, la reacción fue inadecuada en tal forma que destruyó la alegría y trajo la mudez.

—Los días pasaban y no me llegaba ninguna carta de Foción. Fui al café y me dijeron que lo habían visto a usted, papá, hablando con una persona mucho más joven y en una forma tan extraña que los más romos camareros sorprendieron que algo raro pasaba. Lo demás, creo que es demasiado fácil reconstruir, el diálogo sobre todo, usted papá no me dijo nada de ese encuentro, eso me hace pensar que su conciencia está en crisis. Lo que hablaron ustedes dos le pareció que era necesario ocultármelo. De sobra sabe usted las causas de mi silencio, es mi única protesta. Lo que temo es que tendrá que pasar algún tiempo sin que volvamos a hablarnos.

—Difícilmente los padres son geniales, pero cómo quieren a sus hijos, pues el que ha creado una familia, es decir, una semilla, la cuida, y es tonto pensar que un padre prefiere la tempestad a la prudencia —comenzó a decir el doctor—. Los hijos cuando no ven esa línea de permanencia, se abandonan a la excentricidad, pues permanecer y autodestruirse es demasiado profundo para ellos, y ellos prefieren danzar fuera de todo centro, en el capricho y las maneras errantes. No ven el camino escogido por su padre, al que quieren, pero que en el fondo consideran un tonto de la noria, que en la humildad fortaleció su orgullo y en la semejanza supo encontrar las hilachas de una evaporación muy lenta, que hay que esperar mucho tiempo para que se produzca y acompañar con muchos cuidados. Los padres nos pasamos la vida ocultando y domesticando nuestros demonios y después, con una arrogancia más banal de la que ellos creen tener, nuestros hijos entreabren delante de nosotros los mismos demonios como si fueran paraguas.

Pero ahí el secreto orgullo de ser padre, la delicada humildad que tiene que mostrar para con sus hijos, cuando éstos le echan en cara la incomprensión de sus demonios, olvidando que en la mayoría de los casos el padre había lanzado por la ventana esos mismos demonios, cuando el hijo entraba por la puerta con ellos posados sobre su hombro, así truecan los demonios en cortinas. Y hay que tener mucha humildad para ver a nuestros hijos alimentarse de nuestras sobras y que por encima de nosotros consideren que el suyo es un nuevo alimento más misterioso y profundo.

—La verdadera rebeldía de los hijos para con sus padres —empezó a contestarle su hijo, sabiendo que su padre era difícil de intimidar en ese reino—, consistirá en no querer ser padres. Pero a veces, la semilla tiene que ser impulsada por el viento, pues una estirpe no puede ser conducida como un papalote, apartando los ojos de los rayos solares, desde una azotea con barandales de hierro.

—Yo he sufrido como pocos los riesgos de esas semillas llevadas por el viento —volvió de nuevo el padre que aún se sentía firme en su posición—. Y tus amistades, y la actitud que asumes ahora, y la situación rídicula a la que me precipitaste, son las derivaciones de un viento que agitó mi semilla en mi juventud. Pero lo que más me sorprende es que tú lejos de querer profundizar esa raíz, que sabes que estuvo mal sembrada, te complazcas cada vez que puedes en soplarle una tormenta.

—Usted razona en falso; parece decir, como yo me equivoqué no quiero que mi hijo se equivoque, y eso lo lleva a caer en la neurosis del rechazo, típica de nuestra época, cuando quiere evitar un mal mayor. Todavía los antiguos conservadores creían en la *felix culpa,* el pecado necesario que nos pone en camino de la salvación...

—Y ustedes los nuevos ángeles caídos —volvió a argüir el doctor—, ni siquiera tienen el precio costoso de la rebeldía, por eso no me hables de a *la redención por la culpa,* sólo se sienten seguros en la caída, escarban más y más mientras descienden. No hay redención, no hay *felix culpa* en los nuevos ángeles rebeldes, porque han comenzado por suprimir la línea divisoria entre el bien y el mal. Comienzan por arrepentirse antes de llegar a la profundidad o al verdadero remolino del pecado.

—Pero no nos hemos reunido para lograr un *anatema sit* tridentino, para llegar a acuerdos teológicos entre los grados del pecado y la gracia, y la responsabilidad que se deriva de su burda dosificación humana. Tu amistad con Foción es la risa de toda la colonia villaclareña universitaria. Foción es una especie de apóstol dantoniano de la amistad griega, pero lo que más me hace reir, es que adopta una gravedad patibularia para hacer semejante defensa. Su estilo de propagandista vaporoso es susceptible de fáciles parodias. Ya hay en el mismo Upsalón, pues has de saber que me han contado muchas cosas, quien remeda su voz baritonal y entona la frase de Péguy, que este desdichado repite varias veces al día: Prefiero el amor al genio y la amistad al amor. Si Péguy hubiera adivinado que la nobleza de esa frase iba a ser convertida por este miserable en una serpiente que mira entre las lianas de un río podrido, no la hubiera extraído de sus profundidades. Y lo que más me molesta es que en la misma Upsalón hasta los más maliciosos están convencidos de que tú no eres homosexual, de que en el fondo te ríes de él. Lo que me exaspera es que tú, por razones morales precisamente, lo trates o disimules copiosamente que te obligas a tratarlo. Si tú fueras su amigo, si fueras su igual en oir extasiado el caramillo de Teócrito, si prefirieras la flauta de Alcibiades a los escitas domadores de potros, para recordar los años en que las muchachas vienesas se reían con nosotros al repasar las églogas virgilianas, entonces hubiera considerado esa amistad como un hecho fatal, por eso digo que el pecado en ustedes no les sirve, no tiene profundidad o fatalidad, es sólo una tonta derivación normativa. Es un resentimiento que surge por no tener verdadera fatalidad, ahí es hasta donde ustedes llegan en su concepto del mal. Peca contra los dioses, apodérate de una nueva energía; peca contra la muerte por el hambre de la imaginación que quiere resucitar, pero no tengas rebeldía menor, que es la única dañina, que te lleva a romper la norma de juececillos con peluca de nieve.

—Es la primera alegría que he tenido en estos últimos días —comenzó su respuesta Ricardo, con agilidad que se hizo imperceptiblemente alegre—, el ver que todavía mi padre es peligroso en una discusión, que salta con garbo el desierto de un regaño. Pero en nuestros días, todos los padres se creen un poco Abraham, a quien su hijo lleva a lo alto de la colina para ejercitar su cuchillo, en aquella época en que los padres tenían más fe en Dios que en sus hijos, pero ahora los hijos tienen más fe en una tembladera que en sus padres. Los hijos vivieron durante muchos siglos *in antiquium documentun,* en el Antiguo Testamento, con el temor de que iban a ser sacrificados a un Dios desconocido. Pero no tema, padre, que yo no tiraré la manta por su reverso, si oigo alguna voz que en secreto me ordena que lo sacrifique, creeré que es la voz del diablo.

—Usted, padre, posee lo que yo me atrevería, yo que casi no me decido a nada, llamar el complejo de Diaghilev. Es un complejo que se engendra por el espacio de la huida de alguien o de algo, que no ha sido llenado con nada. La característica esencial de Diaghilev era su fuerza espermática para aglutinar. Allí donde había un dualismo, su calor espermático lograba la unidad primigenia. Usted huyó, huyó hasta el último rincón, donde la única disculpa es encontrarse con el diablo, pero usted, por desgracia no encontró ese punto final, esa tregua de Dios, diríamos paradojalmente, donde al huir, al fin reposamos en el encuentro con el diablo. Una invisible, una imperceptible huida es la suya. Su vida no es más que oír esa gota que cae, esa gota que no cae de su huida.

—Stendhal nos ha relatado el caso del pintor Biogi, huidizo de Napoleón, cuando ya la gloria de éste alcanzaba su plenitud. Es tan ilusorio creer que el que huye de un ajeno destino alcanzará el suyo, como pensar que permaneciendo en el ámbito de un aparente destino subordinado, romperá su posibilidad de ponerse a flote. Hoy sólo podemos recordar al pintor Biogi por su ilusoria ridiculez de huir de las cordiales llamadas que le hacía Napoleón. Creía que porque huía, iba a ser un gran pintor. Le brindaron, Napoleón y Berthier, un puesto en las milicias, pero el contestó que "ese oficio le parecía rudo, por mostrar al hombre bajo un aspecto mezquino y que por nada ingresaría en él". Napoleón lo atendió durante un mes en una forma en extremo cordial, pero él deseó seguir su viaje por Italia, en busca de nuevos paisajes culturales. Cuando el triunfo de Arcola, Napoleón le dio dinero y encargos al embajador de la República Francesa en Florencia, para que le entregara algún dinerillo, veinte luises, al pintor Biogi, con el ruego además de que lo fuera a visitar. El artista que se soñaba rescatado, contestó que tenía trabajo en Florencia y que hacer un viaje que no estaba dentro de la órbita de sus estudios "lo contrariaba sobremanera". Tanto insistió el ministro que al fin el joven tomó el coche y se dirigió a ver a Napoleón. Le brindó entonces, ya no el puesto de miliciano, sino el de oficial. "Quiero ser pintor", repuso el joven, "y los honores propios de la guerra, que acabo de presenciar, los estragos que naturalmente produce y de los que no puede culparse a nadie, no me han hecho cambiar de opinión sobre este oficio rudo y que muestra al hombre bajo un aspecto mezquino, el del interés personal, exaltado hasta la furia". Un día Napoleón le dijo que dada su obstinación de ser pintor, debería pintarle la batalla de Rivoli. "Yo no soy un pintor de batallas, sino un paisajista", le respondió. Napoleón vuelve a insistir: "Píntame, entonces, la meseta de Rivoli y las montañas que la rodean, con el Adigio deslizándose al fondo del valle." "Un paisaje sin hojas es una cosa muy triste y no le va a producir ningún placer", rearguyó el pintor. "Pues bien", contesta Napoleón, "píntelo como usted quiera; Berthier, dale una escolta para que lo lleven a ese paisaje". Al fin, pintó la meseta de Rivoli, pero sin aludir a la batalla que allí había tenido lugar. Le pagaron veinticinco luises, devolvió seis, alegando que no había gastado más. Biogi pasó el resto de su vida en Bretaña; hoy se le recuerda por esa anécdota, su pintura fue radicalmente insignificante.

—Pero Foción no es Diaghilev, hasta en eso ha habido una disminución —volvió otra vez el padre, que tenía esa manera cubana de cuando se impulsaba en una discusión le era muy difícil retroceder—. Se puede huir de Diaghilev y se puede sucumbir ante Foción, fíjate que son la misma cosa, aunque en su apariencia de signo contrario. Cuando digo sucumbir, me refiero únicamente a que por orden de la caridad, por desafiar a los que les molesta esa amistad, por no sentirte disminuido ante lo que crees que es una injusticia, lo sigas tratando. Yo no era bailarín, no era escenógrafo, no quería rivalizar con Fokine o Massine, así es que el *logos spermatikos* de Diaghilev poco tenía que hacer conmigo. Aparte de que pasaron cosas que si tú las desconoces, no debo ser yo precisamente el que te las relate. No creo que su imantación seminal librase de mi remolino las pasiones que yo pudiera tener insubordinadas, así como tampoco creo que los demonios domésticos de Foción sirvan para dictar ordenanzas a tu caos. Creo que tú te equivocas más al valorar mis relaciones con Diaghilev, que yo al decir sobre las inutilidades de tu trato con Foción.

—Pero, papá, se trataba de que fuera bailarín, presionado por la demoníaca síntesis seminal de Diaghilev. Pero en su huida, usted corrió tanto que sólo se detuvo en su bufete abogadil villaclareño. Eso puede estar bien, cada uno se detiene donde quiere, y no es cosa de pasarnos la vida regalándole a cada cual el fragmento aditivo, que según nosotros le hizo falta a cada vida para completar su destino. Si lo juzgo es porque usted se vuelve hacia mí y quiere penetrar en mi destino. Eso me obliga a ripostar, utilizando cuantas armas creo tener para demostrar lo inadecuado de esa penetración en mi coto de caza. Si no, crea que me mostraría no indiferente, pero mucho menos violento, como parece que lo estoy ahora, por el sitio donde usted juzgó oportuno detenerse.

María Sunster había permanecido silenciosa. Creía que era una situación muy tensa entre el padre y el hijo, y que su intervención podía producir una derivación que trajese un nuevo enojo o una momentánea confusión. Pensaba que su silencio podría ser esclarecedor, pero ya había podido observar en el desarrollo de la conversación que su silencio no había logrado siquiera apartar las primeras sirtes. Como quiera que ya había ensayado todas las consecuencias de su silencio, salió de él diciendo lo más peligroso de cuanto se había dicho; al llegar la conversación al punto que ella llevaría ya no era posible el menor retroceso. Se vio que el padre y el hijo sintieron lo inapelable de la región alcanzada.

—No creo yo —dijo la señora Sunster—, que se trate de un problema de destino, de porvenir; es, por el contrario, una vuelta al pasado. Ricardo ha sentido deseos de ir a buscar a su madre. Nunca habíamos hablado con él de su madre, de mi hermana, dejando que los años fueran articulando su propio lenguaje, formado de murmuraciones, cuchicheos, suposiciones; ahora ya ha llegado a sus propias conclusiones, ya debe sentir el deseo o mejor el hambre de lo primigenio. Por eso creo que los sucesos externos que pudieron engendrar su reacción, son en el fondo un deseo indetenible de ir en busca de su madre. Pero lo que él todavía no ha podido adivinar es que yo sacrifiqué lo que había en mí de maternidad, que nunca quise tener hijos para que él fuera mi único hijo. Pero demasiado sé que sólo podía intervenir en su formación, pero no en su sangre, ahora tiene que salir forzosamente a buscar a su madre. Lo que me desespera es que desde que nació, nada hemos sabido de la morada de su madre, y eso lo convertirá en un argonauta permanentemente errante y excéntrico, pues su destino, ojalá me equivoque, consistirá en enredarse en su pasado, pues una madre oculta, o a quien la fatalidad ocultó, es más indescifrable que un monstruo mitad sirena y mitad ave.

—Yo no me vi nacer, por eso mi madre será siempre usted, quizá si hubiera tenido hijos, entonces no la hubiera considerado mi madre, pero desde el punto de vista de la sangre, la suya es igual a la de su hermana, y siempre la vi como mi madre y la seguiré viendo hasta que me muera. No puedo salir a buscar a mi madre, puesto que está aquí a mi lado. Ahora, al decirme que no es mi madre, es cuando yo, y creo que no tengo que excederme imaginativamente, la considero más madre mía que nunca, pues sé que ese sacrificio que usted ha hecho con tan aparente naturalidad, justicia todo lo contrario, es decir, que es mi madre, ahora me he visto nacer de nuevo y ahora si sé que nadie más que usted puede ser mi madre.

—Creía que esta conversación —comenzó diciendo el doctor Fronesis—, no podía tener solución y la ha tenido para los tres dentro del mismo círculo. María Teresa tenía que, delante de ti, rendir su secreto, como tú, que lo sabías tanto como lo guardabas, tienes que aceptar su sacrificio, y así lo has hecho y los dos han encontrado una inmejorable solución. Por eso creo que ahora sí puedes hacer un largo viaje, te lo aconsejo y te lo facilito, con la única condición, según el dictado de los clásicos, que cuando estemos más viejos, nos hagas el relato de tus aventuras.

Ricardo acercó a su padre y a la que él quería llamar su madre, hizo que se abrazaran, al mismo tiempo que él los abrazaba a los dos. Siempre pensó que su padre intuyendo la solución que había adoptado, se le adelantó con esa invitación al viaje, para trocar la ruptura en asentimiento. Le pareció que había sido un golpe maestro de su padre y lo abrazó sin reservas.

Su Abuela doña Augusta no dio la batalla contra la muerte en la forma en que lo hizo Carmen Aybar, Cambita, la hija del oidor, que se apoyó en el sueño para entrar en el sombrío Erebo. Doña Augusta recibía los golpes de la sombra en la fortaleza de su tronco vegetativo. Se inclinaba más, caminaba con extrema dificultad, la anorexia se había apoderado de ella en tal forma que estaba toda una tarde, la mañana entera, o desde el crepúsculo hasta la hora de dormir, sentada en su sillón de ébano colonial. La muerte de don Andrés, la de su hijo el niño violinista, la del Coronel, la de Alberto, formaban recuerdos que iban creciendo todos los días en ella como una marea impulsada por la luna de los muertos. Había llegado a esa edad en que su muerte coincidía con infinitas desapariciones, con sumergimientos, con treguas dictadas por trabajadores secretos. Tuvieron que llevarla a la clínica para aplicarle un tratamiento muy cuidadoso con más ceñida vigilancia de las alarmantes pausas de su ritmo vital. Su mirada caía sobre las personas y las cosas con la profundidad de la niebla, pues su mirada parecía se perdía largo tiempo por el centro inefable de las figuras o por las nuevas extensiones donde chillaban los pájaros en un amanecer desconocido.

La misma raíz de su vivir y de su estilo parecía querer testimoniar que entre su casa y su salida para la clínica, mediaba una distancia de muerte, un espacio ocupado por los signos del *tempus destruendi*. El abandonar la casa por enfermedad, era en el caso de doña Augusta, enfermedad de muerte, lo único que tenía fuerza bastante para motivar ese hecho era la muerte. A Cemí le gustaba visitarla en la clínica a la hora del crepúsculo. Salía Rialta o algún otro familiar muy cercano. Cemí iba como a reemplazarlos, se encontraba a esa hora solo con su Abuela, por eso era la preferida para su visita. Entonces pudo percibir que aquel ser era bondadoso hasta con la muerte. No le respondía con muestras de irascible desesperación ni siquiera con gestos visibles de cansancio, en ese combate en que se extenuaba. Mostraba hasta en esos momentos un tacto de una abismática exquisitez, para no darle a comprender a la muerte su inoportunidad. Parecía que le había otorgado a la muerte una cortesanía, una fineza momentánea, desconcertándola por una recepción llena de bondad y aun de cariño. No podía sentarse ya en ningún sillón, pero al sentarse en la cama el hilo de su bata se mezclaba con la blancura de las sábanas, y al mezclarse esa blancura con la de la cal de las paredes, comenzaba la ronda de una inmensa indistinción.

—Abuela, cada día siento más lo que mamá se va pareciendo a usted. Las dos tienen lo que yo llamaría el mismo ritmo interpretado de la naturaleza. En los últimos tiempos, la mayoría de las personas me causan la impresión de que están encerradas, sin salida. Pero ustedes dos parecen dictadas, como si continuasen unas letras que les caen en el oído. Nada más que tienen que oir, seguir un sonido... No tienen interrupciones, cuando hablan no parece que buscan las palabras, sino que siguiesen un punto, que es el que lo aclara todo. Es como si obedeciesen, como si hubiesen hecho un juramento para que la cantidad de luz no disminuya en el mundo, se sabe que ustedes han hecho un sacrificio, que han renunciado a muy extensas regiones, yo diría que hasta la vida misma, si una vida maravillosa no apareciera en ustedes, en una forma tal que los demás no sabemos ni para qué existimos, ni cómo llevamos nuestros días, pues sólo parece que nos hemos desprendido de la esfera alta de que hablan los místicos, sin haber encontrado todavía la isla donde los cervatos y los sentidos saltan.

—Pero, mi querido nieto Cemí, tú observas todo eso en tu madre y en mí, porque lo propio tuyo es captar ese ritmo de crecimiento para la naturaleza. Una lentitud muy poco frecuente, la lentitud de la naturaleza, frente a la cual tú colocas una lentitud de observación, que es también naturaleza. Gracias a Dios que esa lentitud para llevar la observación a una extensión fabulosa, está acompañada de una memoria hiperbólica. Entre muchos gestos, muchas palabras, muchos sonidos, después que los has observado entre el sueño y la vigilia, sabes el que va a acompañar a la memoria secularmente. La visita de nuestras impresiones es de una rapidez inasible, pero tu don de observación espera como en un teatro donde tienen que pasar, reaparecer, dejarse acariciar o mostrarse esquivas, esas impresiones que luego son ligeras como larvas, pero entonces tu memoria les da una substancia como el limo de los comienzos, como una piedra que recogiese la imagen de la sombra del pez. Tú hablas del ritmo de crecimiento de la naturaleza, pero hay que tener mucha humildad para poder observarlo, seguirlo y reverenciarlo. En eso yo también observo que tú eres de nuestra familia, la mayoría de las personas interrumpen, favorecen el vacío, hacen exclamaciones, torpes exigencias o declaman arias fantasmales, pero tú observas ese ritmo que hace el cumplimiento, el cumplimiento de lo que desconocemos, pero que, como tú dices, nos ha sido dictado como el signo principal de nuestro vivir. Hemos sido dictados, es decir, éramos necesarios para que el cumplimiento de una voz superior tocase orilla, se sintiese en terreno seguro. La rítmica interpretación de la voz superior, sin intervención de la voluntad casi, es decir, una voluntad que ya venía envuelta por un destino superior, nos hacía disfrutar de un impulso que era al mismo tiempo una aclaración...

La Abuela se interrumpió por la llegada del doctor Santurce. Cemí intercambió con él rápidos saludos, y como era ya entrada la noche, se despidió. La Abuela lo siguió con la mirada, hasta que el ángulo del corredor cortó su figura.

Cemí salió por la terraza que rodeaba a los pabellones de enfermos. Estaba para rendirse el crepúsculo a la noche de invierno con su capote de espesa lana veteada. Alzó el rostro apesadumbrado aún por el recuerdo de su Abuela, y pudo ver un álamo grande de tronco y de copa, hinchado por la cercanía de las nubes que querían romper sus toneles rodados. Al lado del álamo, en el jardín del pabellón de los desrazonados, vio un hombre joven con su uniforme blanco, describiendo incesantes círculos alrededor del álamo agrandado por una raíz cuidada. Era Foción. Volvía en sus círculos una y otra vez como si el álamo fuera su Dios y su destino. "Desde que despierta, dijo un enfermero que pasó cerca de Cemí, hasta que se acuesta está dándole vueltas al árbol. Ni la lluvia ni el sol pueden apartarlo de sus vueltas y revueltas, del círculo completo que le echa a la madera." Foción se detuvo un instante para recoger una piedrecilla y guardársela en el bolsillo. Mostraba una sequedad que le favorecía la enjutez; el sol, mientras él seguía su círculo, le metía energía más allá de la piel, después la noche, en una inmovilidad que llegaba hasta el punto final de su plomada, le daba la proporción áurea para el reparto de la acumulación. Su razón desquiciada funcionaba en un cuerpo en el fiel de lo que el día regaba y la noche absorbe. La enorme cuantía de círculos que sumaba durante el día, la abría en espirales, tan sumergidos como silenciosos, mientras la nocturna lo acogía. Pero, en ese fiel del día y de la noche, Cemí supo de súbito que el árbol para Foción, regado por sus incesantes y enloquecidos paseos circulares, era Fronesis.

Al día siguiente su Abuela amaneció ya sin sentido, sin recuperarlo hasta después de su muerte en la eternidad; mientras duró su letargo, su familia de hijos y nietos, con casi toda la parentela restante, se iba turnando para acompañarla en sus últimas horas. Cemí creyó, quería engañarse que quizás la letargiria de doña Augusta duraría como la de su madre doña Cambita, la hija del oidor. Durante la noche anterior, en que ya su Abuela entró en coma, había habido lluvias sin descanso acompañadas de un relampagueo que dejaba muchas hendiduras en un cielo de sangre de toro, hendiduras que mostraban después un violado con nubes de moscas grandes. Llegó un padre dominico con los óleos. Los familiares se arremolinaron para darle paso, después se fueron arrodillando, coreando las oraciones del ritual. Al aplicarle la cruz de aceite sobre la frente, doña Augusta abrió los ojos, ya casi sin vida, pero la oscuridad tempestuosa de aquella noche le comunicó a la mirada de vidrio los reflejos de una plancha de metal electrizada, antes de recuperar el frío de su eternidad sin reproche.

Leticia abandonó el cuarto donde ya había muerto doña Augusta, dando gritos y haciendo ademán de quererse lanzar por la barandilla de la terraza. El doctor Santurce la quiso sujetar por el brazo. Rialta se abrazó a sus tres hijos llorando, reverentes con la serenidad de la *rígida nieve,* la muerte, de que hablaba Garcilaso.

Cemí al recorrer la misma terraza donde había contemplado las rondas circulares de Foción, buscó el árbol. Los emblemas bíblicos de la noche en que se moría su Abuela, le estaban destinados. Un rayo le había extraído las raíces, removiéndole las carnes con su fuego atolondrado. Un banco, hundido en la tierra, soportaba toda la extensión del troncón ennegrecido como si le hubiera pasado un hierro candente para marcarlo. Con la muerte del árbol, su guardián había desaparecido. Cemí miró el contorno con inquieto detenimiento. El rayo que había destruido el árbol había liberado a Foción de la adoración de su eternidad circular.

Capítulo XII

Desde que Atrio Flaminio, capitán de legiones, se había iniciado en el estudio del arte de la guerra, la paz octaviana se había extendido por el orbe en los hexámetros de Virgilio y en las granjeras satisfacciones horacianas. Las legiones se habían corrompido en los juegos de azar y en las lánguidas influencias orientales. Los jefes de legiones se esforzaban en lograr las doncellas de las familias patricias, donde la belleza estaba reforzada por la dote y muchas veces la dote hacía olvidar las exigencias de la belleza y el encanto de la honestidad. Eso en el mejor de los casos, pues había jefes de legiones que preferían abrevar sus apetencias con los más escogidos jinetes de su escolta.

Atrio Flaminio era un capitán que sabía aprovechar una tregua. Asistía desde los talleres de forja de espadas, hasta las salas donde la parada en tercia o en cuarta desprendía chispas y rabos de colores. Si recibía influencias orientales, era en los ejercicios de respiración perfeccionados por los grandes fundadores de religiones de la China y de la India, para aumentar la resistencia de la caja respirante, absorbiendo toda la cantidad de espacio puro y devolviendo el aire contaminado. Eso hacía que la legión que él capitaneaba entrase en combate arrebatada por las alas del viento. Reforzaba un flanco momentáneamente deshecho de sus aliados, o entraba por el centro de los escuadrones enemigos que se replegaban empavorecidos, como si hubiesen sorprendido sobre sus banderolas aves presagiosas del sombrío cuerno de la retirada y de la muerte.

Había llegado del Canadá a los Trópicos, y por eso al recorrer los patios de los nuevos parientes, corría, saltaba y gritaba, buscando apoyo aun en los muebles, cuyo barniz empañaba con la delicadeza de su mano de garzón mimado. Entraba corriendo por el patio en busca de la abuela que vigilaba algún plato especial, cerca de la cocinera sentada esperando velazqueñamente el punto de cocción. La abuela lo acariciaba, como si su mano al recorrer sus mejillas en una especial acumulación del tiempo repasase tres generaciones. Pero muy pronto la indescifrable movilidad de esos años de la infancia, lo llevaban a recorrer de nuevo el patio, ahora saltando y saltando. La abuela lució plena, abandonando su vigilancia del plato seleccionado, para dedicarle todo su cuidado a la graciosa visita del infante. Fue a buscar la pelotilla grabada como por un humo de los más diversos colores que se destrenzaban en espirales como en el origen del mundo. Lo que tiene de demiurgo todo niño parecía convertir la diminuta pelota en un planeta que sólo siguiese las leyes de su capricho, pero los caprichos de un niño tienen una misteriosa gravedad. Dueño ya de su planeta gomoso, se lanzaba por el patio, por la hilera de cuartos, como si saltase por las cabecitas estelares del camino de Santiago. La abuela María la Luna voceaba el nombre del infante, cantaba tonadas para congregar de nuevo a los niños perdidos, pero entonces, silenciando los rebotes de la pelotilla, se complacía y reía el gozo de esconderse. Entró en el cuarto de estudio y comenzó a lanzar su pelota coloreada sobre los lomos de los libros alineados por canterías de inteligente voluptuosidad como en los jardines. Al dar la pelota en uno de los nervios del lomo de la piel holandesa, o bien rebotaba tan fulmínea, o bien perdía su elasticidad en una forma que el garzón se quedaba perplejo en el centro de la pieza de estudio. Entraba su abuela, buscaba la pelota y se la entregaba de nuevo, y el garzón se ensimismaba como si nada de lo que sucedía tuviese un sentido. Salía de su ensimismamiento pegando un salto y vuelta a correr y a saltar por el patio. Ahora está en la saleta y comienza a fijarse en la jarra danesa, mientras la Abuela sentada por el cansancio de la vigilancia del niño, mueve el balance con la inquietud que le comunica su incipiente disnea, producida por la cuidadosa persecución. Coge la pieza danesa, revisa con lentitud los motivos grabados, la vuelve a poner en el mismo lugar. Recuerda los motivos: los barcos pequeños, como aquellos que son de plata y se exhiben en las vitrinas, en la bahía resuelta en un simplista cuadrado escolar. Las murallas que ciñen las plazas y el palacio real, con el burgomaestre recibiendo una comisión de estudiantes chinos, que le muestran una colección de estampas de la China de las montañas y los lagos. Luego, ya por la mañana, los ómnibus a la puerta mayor de las murallas, para recorrer los castillos medievales y las fábricas de vajillas. El círculo superior de la jarra es un castillo muy almenado, que no precisa si es de nuevo las murallas que inician, con su puerto de cuadrados escolares, donde están anclados unos barcos que parecen ballenas con una bandera danesa arponada. El niño coge de nuevo la pieza danesa, quiere memorizar los motivos que se tienden a lo largo de la carretera hasta el castillo rocoso que almena el cuello de la jarra. Reintegra la jarra al sitio de su costumbre, pero ahora un manotazo la derrumba, la vuelve fragmentos con motivos completos y añicos indescifrables. La abuela no quiere exagerar el daño para que el niño no hiperbolice su miedo, comienza a recoger en silencio todos los pedazos de la jarra, a guardarlos en un paquete y a ponerle cintas y cordeles, como si fuese —la abuela no es irónica—, un regalo recibido por la mañana. Suena el timbre. ¿Serán los padres que llegan para regañar al niño? Ahora la Abuela tiembla y aprieta al niño contra su pecho.

—Compadre, no lo quisiera contar, pero mire usted que lo invisible se mostró ridículo aquella noche. Era un día sábado, muy apacible, que hasta el comienzo mismo de la noche mostró su circunspección. A veces lo invisible, que tiene una pesada gravitación, y en eso se diferencia de lo irreal, que tiende más bien a levitar, se muestra limitado, reiterado, con lamentable tendencia al lugar común. Me dormí con un sueño ocupado y hojoso hasta la medianoche. Así que me desperté con una mitad del cuerpo muy descansado, aunque no podría precisar cuál era esa mitad. Aunque la medianoche es muy propensa a las barrabasadas con lo invisible, no me desperté sobresaltado. Casi despertándome en esa medianoche, noté un ruido que venía del sitio donde se mostraba el sillón. Lancé lentamente la mirada, todavía me quedaba un residuo indeciso del sueño, hacia el sitio del ruido. El sillón y el ruido no se me mostraron en una sola acabada sensación hasta que encendí la lámpara. Pero entonces pude notar con cortante precisión que el sillón se movía sin impulsarse, se movía sobre sí mismo pudiéramos decir. Desde el primer momento tuve la seguridad de que no había sido el roce de algún ladrón, ni tampoco un enojoso tropiezo con el gato en persecución de su enemigo. La movilidad del sillón tenía tal sencillez, aun en el marco feérico de la medianoche, que pude volver a dormirme. Al despertarme sentí que la otra mitad de mi cuerpo se había añadido a la otra mitad desconocida, que al despertarme en la medianoche ya lucía descansada y plena dentro de una melodiosa circulación que se había remansado a la sombra húmeda.

—En la medianoche siguiente, casi a la misma hora, volví a despertarme, pero la forma tan burda en que lo invisible se me regalaba, me hacía esperarlo ni siquiera con indiferencia, mejor con cierto desdén por la forma tan apresurada con que ese invisible hacía su aparición. Estaba aún entre la vigilia y el sueño, yo creo que un poco más de la parte del sueño, cuando acompañando al ruido del sillón, comencé a oir como unas carcajadas, cuyo ruido cuando ya estuve totalmente despierto, vino a situarme cabalmente encima del sillón en movimiento. Eran las habituales grandes carcajadas, las de un bajo ruso en una canción popular, o las de un personaje shakespiriano, pringoso y con un exageradísimo diafragma ecuatorial. Me levanté, recorrí todas las piezas de la casa, y sólo me encontré la pequeñísima sorpresa del gato escarbando una esquina del patio. Creo que lo hacía por distraerse, sin ninguna finalidad, pues al verme continuó escarbando como quien realiza un trabajo sin propósito conocido y por lo tanto no cree que pueda surgir la suspicacia de la competencia. Cuando regresé a mi cuarto, ya el gato estaba en su cojín dormido. Me senté en el borde de la cama para aprovechar mejor ese dúo entre el sillón balanceado y las carcajadas que en círculos concéntricos se situaban sobre el ruido del sillón al moverse. Parecía que esas carcajadas fueran naciendo con el propósito de sentarse sobre el sillón, mejor, sobre el ruido del sillón al moverse. Apagué la lámpara y volví a quedarme dormido. Como dos horas después volví a despertarme, pero esta vez al sillón y a las carcajadas se añadió un tercer instrumento, la puerta del cuarto; detrás del sillón se había abierto, y así permanecía como esos músicos que en las orquestas sólo irrumpen en muy contados momentos de unas errantes partituras que los necesitan, así la puerta abierta añadía al sillón balanceado y a las carcajadas una posibilidad muda que tendría tan sólo una brevísima participación en un tiempo desconocido. Un momento después ya yo estaba convencido de que eso era lo otro que tendría que suceder. Sin embargo, el silencio de la puerta abierta, el sillón en movimiento y las carcajadas, se mezclaban con entera corrección. Era un silencio que no desafinaba. Yo los oía a los tres, sentado en la cama y con el rostro apoyado en las dos manos. Me levanté, el gato seguía durmiendo en su cojín, y de nuevo, no por mis propios pasos, sino guiado por el improvisado trío, que parecía sonar para acompañarme tan sólo esos tres metros de la marcha de mi casa al patio. Entonces, no lo había hecho en los treinta años que vivía en esa casa, comencé a fijarme, con exasperada lentitud, en el patio.

Juan Longo era un crítico musical que en su edad mayor había quedado viudo, después de muchos años de felicidad doméstica, de un vivir exquisito, de un noble sentido para la cortesanía y la amistad. Los primeros días de viudo se replegó a un deslizarse aislado, en los recuerdos de sus vastos sumandos de horas placenteras. El matrimonio había querido vivir en un ambiente prerrafaelista, pero pasados algunos meses, el crítico viudo recogió todos los libros de Ruskin, que estaban en la estantería de la sala, y los llevó a los baúles sombríos del último cuarto donde se guardaban partituras que el tiempo había dorado con cansancio, una heladera para hacer mantecado a mano en los días de estío gaditano, y los cascos de viejos sombreros con los que su esposa había asistido a las mejores noches de Nijinsky. La jarra griega con el motivo de la esfinge sobre una peana marmórea, fue llevada al claroscuro de la sala, y en su reemplazo, en un primer plano, la jarra griega con el faunillo encandilando toda la pastoral, comenzó a lavarse en los sentidos apagados y en los juegos arteriales, carentes de todo elástico para las bromas de Eros, del heptogenario crítico musical. Las estampas japonesas con damas en su peinador fueron reemplazadas por motivos de pesca, en un retiro donde coincidían poetas y guerreros, cuyo único ejercicio era ya la melancólica contemplación del curso de la líquida corriente, pero en los cuales aún, rodeados de los escollos amoratados de las ojeras, saltaba el pez de la mirada.

Después de un tiempo muy breve que estimó discreto para su luto, comenzó de nuevo su asistencia a *vernissages,* a reuniones crepusculares que se daban para oir un nuevo disco de Bela Bártok. Estaba ya muy acostumbrado al vivir matrimonial, a esa agradable monotonía de todos los días, a contarle a una persona las cosas desagradables, que mientras ella no fuera su causa, nos darán la razón y el mimo. Una persona, en fin, que tuviese para nosotros una armoniosa lentitud, cuando todo pasa a nuestro lado con los ojos cerrados y en un dislocado frenesí. Encontró muy pronto en esos ambientes de artísticas melindrosidades, una cincuentona rebajada de la aglomeración irregular de las grasas por la calistenia sueca, el Hebert suizo y la ducha a presión. Disimulaba, como una taimada dedicada al espionaje, que fuera profesora de cultura física. Lo ocultó más todavía, cuando vio la propensión que le mostraba el crítico musical, que por su refinamiento prerrafaelista se hubiera horripilado al enterarse del terrible menester a que se dedicaba la cuitada. No había tiempo que perder, y rodeados de un grupo de esteticistas fatigados, entraron con dignísima majestad por la puerta mayor de la catedral habanera, oyéndose muy cerca las progresiones lentas del oleaje marino, viejo guerrero con muchas heridas.

La recién casada cayó muy pronto en un terror metafísico de lo temporal. Los veinte años de diferencia que había en el nuevo matrimonio, hacían que ella, la beneficiada en ese cortejo cronológico, pusiera el oído de la alucinación al conteo del goterón inexorable. El pescado poco santificado por el óleo, las lechugas y el amarillo terroso del papayo, se reiteraron tanto en las comidas, que el crítico musical sólo de sentarse a la mesa se nauseaba, le parecía oler al gato saboreando el peine de la esqueletada de un parguillo. Viendo que el tedio gastronómico se apoderaba del crítico, la esposa decidió acompañar las comidas con una crátera llena de leche cremosa, seguida de barquillos o de panales que le recordaban al cuitado sus años de adolescente, cuando su madre vigilaba exageradamente su bronquitis. Las sopas cargadas de substancia, torpes al hígado; las frutas densas de pulpa, propicias a las fulmíneas revulsiones del azúcar; los guisos, tridentes de sofritos complicados, tendenciosos a las intoxicaciones de pesadilla, fueron suprimidos por los dictados de esta circe infernal. La crátera batida, aumentando su dosis, adquirió su antigua majestad de recorrido por la sala de los pretendientes. Las virtudes somníferas de la leche fueron ganando la voluntad del crítico, comenzando sus exageradas dormiciones, doblegándole la voluntad y la médula. Por algunas lecturas de divulgación de la teofonía egipcia, la esposa conocía que la hibernación destruye la terrible sucesión de la gota temporal. La seguridad de tener el esposo a su lado durmiendo, ahuyentaba la muerte.

Atrio Flaminio, el capitán de legiones, había tenido noticias de que la guerra había comenzado de nuevo en la Capadocia. Aquella mañana, al llegar al campo donde estaban las tiendas del ejército, con sus banderolas repletas de águilas que se abalanzaban gritando, sus compañeros de armas comenzaron a vivar su nombre, a saludarlo con estruendosas muestras de alegría. Sabían que su destreza y su valor disminuían, paradojalmente, la posibilidad de la muerte. Saludó a la romana, con espléndido gesto apolíneo; aun los legionarios de otras compañías mezclaron sus gritos a los de sus soldados. —Nada más que sabemos vencer, desconocemos a la muerte, que tendrá que esforzarse hasta cansarse para reconocer a uno solo de nosotros —dijo, después del saludo. —Ordena ya la partida, si se acerca la muerte la decapitaremos —fue la respuesta que en un inmenso eco llegó a sus oídos—. Atrio Flaminio saludó de nuevo y se fue a conversar con los otros jefes de la expedición y de las ciudades señaladas para abolir sus murallas.

Atrio Flaminio llegó con sus tropas a la provincia de Mileto, donde se celebraban juegos en honor de Zeus Cronión. Cada uno de los guerreros de aquella provincia era una hazaña. Habían ceñido guirnaldetas de mirtos en alguna pítica o ístmica. Flaminio observó por sus avanzadas que cada uno de aquellos gimnastas trocados en guerreros, mantenía la distribución de sus dotes por orgullosas individualidades. Los lanzadores de jabalina se impulsaban con sus lanzas y después se detenían en la armoniosa esbeltez de quien va a lanzar una vara alada. Los levantadores de pesos, de acumulados músculos como un bisonte, convergían el índice de sus fuerzas hacia lo alto, un poco como Atlas, sostenedor de planetas. Los especializados en la promaquia, aunque rematasen con daga, buscaban al otro luchador con base y altura semejantes a la suya, para ser más aclamados cuando el contrario rogase una tregua. No podían ser distribuidos por falanges formadas por atletas semejantes en sus diestros ejercicios, pues las rivalidades entre ellos los hacía sentirse enemigos en la cercanía de la competencia. Distribuidos al azar, no se entusiasmaban con el canto guerrero al final de la pelea, sino soñaban con aclamaciones en el circo y la entrega de la torre de plata en disputa. Flaminio seguido por las avanzadas exploradoras, llegó a observar, a estudiar diremos, los ejercicios al amanecer de las tropas enemigas. Vio con alegría cómo el soldado de fila, menos los veteranos de muchos escarceos anteriores, no se mezclaba con los atletas. Los soldados, desde los bisoños hasta los llenos de cicatrices, observaban los círculos donde los gimnastas convertían el aire frío del amanecer en un espejo empañado, pero donde aún podía vislumbrarse el juego de sus proporciones y la docilidad de la sangre extendiéndose por sus fragmentos, como un río conducido por Heracles.

Flaminio precisó que aun mezclados los guerreros y los gimnastas dejaban ver sus diferencias. Distribuyó sus tropas en guerrillas móviles y tropas de resistencia. En grupos de cuatro guerreros ligerísimos caerían sobre cada uno de los presuntos gimnastas, cuando éstos atacasen recreándose en el poderío y la esbeltez de sus cuerpos. Mientras las tropas regulares de sus enemigos se lanzasen al asalto, sus legionarios mantendrían tácticas de resistencia para fatigarlos. Es decir, con la simetría de una maniobra calculada con excelencia, las tropas de Atrio Flaminio pelearían en dos planos superpuestos y giratorios. Lanzadas al asalto las guerrillas móviles, procurarían en sus primeras embestidas fatigar a los gimnastas, después volverían a la retaguardia de las tropas regulares en amurallada resistencia. De esa manera los gimnastas tuvieron la pavorosa sensación de que el batallón enemigo lanzaba sobre ellos un relámpago de ataque de caballería. Acorralados por todas partes, los gimnastas procuraron buscar refugio en sus otras tropas regulares, pero éstas eran diezmadas por una resistencia de piedra.

Embriagado por la alegría de atacar al lado de sus tropas, Flaminio no pudo oir los primeros gritos de victoria. El capitán de legiones perdonó a las tropas regulares; después de quitarles las armas, los mandó para sus casas con regalos de comestibles para sus familiares. A los gimnastas, antes de regalarles la libertad, les exigió una función circense para sus tropas.

Días después de la batalla asistieron las tropas de Flaminio a la función de la victoria. Comenzaron los hurras, las aclamaciones a los momentos decisivos del encuentro. Llegó el momento del desfile de los gimnastas. Sus movimientos eran gravemente rítmicos, sus rostros trágicos como de quienes han jurado cumplir una última misión. Se pusieron en marcha con una decisión que recorría sus músculos, fuertes sus pasos en la arena caliente. Al centro de los espectadores estaba Atrio Flaminio, con sus ayudantes y los hierros del combate. Al pasar frente al capitán, fuertes en la unidad de su juramento, lanzaron contra él sus jabalinas, sus bolas de hierro, sus venablos, sus discos de bordes cortantes, quedándose inmóviles como para esperar la muerte. Fácilmente la algarada fue dominada y encadenados los gimnastas. Flaminio apenas sufrió riesgo alguno, pues había asistido con su coraza ornada de sierpes, que remedaba el escudo de Pallas Atenea.

Flaminio, admirador del gesto valeroso, ordenó que los gimnastas fuesen puestos en libertad y que regresaran a sus casas con todas sus armas.

Al despertar, la jarra danesa me pareció más importante que el astro de la mañana. Al dirigirme al sitio que ocupaba en la repisa del estante con los libros, le pregunté a la abuela si conservaba los fragmentos de la jarra, pero me miró sorprendida, como si le hubiese hecho una pregunta sin antecedentes ni consecuentes. Ya podía andar sin intranquilidad hacia su contemplación, ver sus barquitos, sus carreteras llenas de ómnibus que se dirigían al castillo rocoso en el cuello de la jarra. Pero cuando estuve frente a la jarra, me sorprendió mi propia reacción, me sentí entristecido, como si de pronto hubiese surgido un obstáculo en mi camino. Me pareció que se había disipado un encantamiento. Llegó el niño de nuevo para ver a su abuela, pero ya no se quería apartar de ella, que lanzaba con mano temblorosa la pelota por el patio, pero parecía que la pelota hubiese perdido su saltante elasticidad, rodaba con torpeza hasta el caño central del patio y allí se detenía como carente de ánimo y del placer de sus anteriores correrías. El niño retrocedía hacia su abuela, parecía indiferente a la suerte de la pelotilla. La abuela redobló sus bríos y la lanzó con más fuerza hacia el traspatio, pero entonces el garzón comenzó a gritar y a llorar, a darle la espalda a su abuela como si no le quisiese ver la cara. La abuela comenzó a intranquilizarse, pues tenía que estar toda la tarde cuidando al niño, y si éste no jugaba tendría que adivinar sus pensamientos, penetrar como un pájaro en su cabecita, pues para una abuela no hay nada más atemorizador que ver a su nieto pequeño reducido a la inmovilidad, sin saber por qué motivo y por qué adversa divinidad. Cuando un niño se ensimisma en algo que no es el juego, la abuela siente el tiempo como un castigo. Parece entonces como si antes de morir la abuela el tiempo se le hubiese vuelto indescifrable.

La abuela llevó al niño, tuvo casi que empujarlo con dulzura, frente a la jarra danesa. Pero el niño no modificó su indiferencia. Entonces la abuela le puso la jarra en sus manos, pero se limitó a darle vueltas, sin ningún cuidado, y otras muchas vueltas; sin fijarse en sus motivos, parecía que su mirada cruzaba la carretera con más velocidad que los ómnibus, llenos de pasajeros gritones que se dirigían al castillo. La abuela deseó que rompiese la jarra, pero el niño con extremo cuidado la llevó al mismo punto de la repisa. Tentó casi al niño poniendo la pelota cerca de la jarra, pero el niño no se fijó ni en la pelota ni en la jarra. No sonó el timbre con la llegada de los padres, pero la abuela apretó al niño contra su pecho, como si alguien se lo fuera a robar.

Aquella medianoche, sin el menor sobresalto, como en su vigilia de otras ocasiones, se encontró al despertar con el sillón, las carcajadas y la puerta que daba al patio, como si fuesen instrumentos ya muy bien afinados para su trío. Encima del patio el cabrito lunar cuadraba de blancura el centro de irrigación cariñosa de la casa que era la vaciedad de un cuadrado. La fuerza de un cuadrado generalmente era absorbente, era un vacío, que como la boca de algunas serpientes, atraía hacia su centro el tranquilo desenvolverse de esa familia, a los paseantes y los visitantes. El vacío del patio de una casa es su fragmento más hablador, es, pudiéramos decir, su totalidad habladora. Es un vacío que puede ser discreto, sigiloso o aterrorizador. Cuando la familia va de excursión, se demora en el extranjero, o pasa un fin de semana en la playa, la cara de ese vacío se vuelve fosca, parece como si no se hubiese afeitado.

La influencia de aquel trío, que aquel hombre en su totalidad parecía haber asimilado, hacía, sin embargo, rechinar el patio. El signo absorbente de aquel cuadrado vacío se trocaba, al recibir los envíos de aquel ridículo concierto, en una ferocidad impelente. Caminaba, mandaba, exigía. Arañaba con sus exigencias. Pero aquel hombre, dócil, no obstante, al trío, comenzó a interpretar las palabras del cuadrado vacío. Se empezó a vestir. La improvisada impelencia del patio fue adquiriendo para él la misma claridad de lenguaje que el de la acostumbrada absorción. Con tanta claridad interpretaba su lenguaje de impelencia, que pudo ponerse los zapatos sin la ayuda del calzador, el pie pudo deslizarse sin la menor fricción con la piel de caballo que lo ceñía con molestia, sobre todo cuando pasaban días sin usarla. Los exabruptos de aquella impelencia se cumplimentaban por él, como las órdenes de un capitán en el desierto.

Acabó de vestirse con el natural cuidado de siempre, con la lentitud que se tomaba para afeitarse antes de encaminarse a su trabajo de todos los días. Le pareció como si en un instante su casa abriese todas las puertas, esperase el sueño de sus familiares, como si la fuerza de la impelencia del cuadrado vacío, lo levantase en un remolino y lo depositase en el más amable esclarecimiento callejero obtenido por un farol.

Sería algo más de las tres de la madrugada cuando comenzó a descender por el Prado, rumbo a la Avenida de las Misiones. El inviernillo caracoleaba como un alazán cabalgado por el niño infante Baltasar. A medida que avanzaba por el parque, veía los asientos más vacíos. Al llegar a la calle Refugio, tal vez por la sugestión del nombre, sintió como si fuese transportado a una región de total entrega y confianza, como si esa región estuviese guardada por su madre. Eso lo hizo avanzar con entera seguridad. Cuando llegó a la calle Genios, no era ya tan sólo su madre la que lo acompañaba; una divinidad propicia, un geniecillo parecía que guiaba su camino, iluminándolo con chispas, con una claridad que giraba como una rueda, como si lo estelar se hipostasiase en una claridad que lo precedía, dejando en sus contornos fría e inmovilizada a la noche.

Al llegar al final del parque, dobló a la derecha por el Parque de las Misiones, hasta llegar al anfiteatro. Se asomó para ver el proscenio. Entonces observó allí también un vacío tan impelente como el del patio de su casa. Reinaba la misma atmósfera, como si en el centro del proscenio estuviesen ofreciendo su trío el sillón balanceado, la espiral de las carcajadas y la puerta abierta. Seguí por el camino que rodeaba el anfiteatro, hasta penetrar por el centro arenoso, con su doble fila de pétreas estatuas, producidas por un momento muy feliz de la nobleza de la artesanía española. En el último banco se vislumbraba sentado un hombre vestido de un carmelita encendido, teniendo a su lado un anacrónico sombrero de castor, de ala tan ligera que parecía que con el impulso del viento se echaría a caminar. Me fui acercando fingiendo naturalidad, como si aquella aparición fuese algo con lo que yo contaba como espectáculo para aquella medianoche. Ya estaba cerca de él y pude observarlo con relativo detenimiento. Su cara era de un rosado muy brilloso; como la noche aún permanecía bastante lunada, parecía un ungüento rosado lo que tenía sobre las mejillas. ¿Qué hacía con sus dos manos en incesante movimiento? En la mano derecha tenía una aguja con un larguísimo hilo negro. En su mano izquierda se veía una media a la que zurcía. Puntada tras puntada y un rostro rosado con luna; aunque la noche era fresca parecía sudar.

Era más bien enjuto, con el pelo abundoso, pero enteramente blanco; su mansa sonrisa parecía que le caía en el pecho con suave movimiento rotativo. Su exagerada benévola sonrisa tenía algo del jarabe bronquial. Todo el tiempo que el paseante lo vio, le vio los dientes en la sonrisa.

404

Al pasar frente a él, me detuve. Extremó entonces el cuidado de sus puntadas. Dentro de la media había algo que facilitaba su labor. Al mirarme no pude precisar cómo eran sus ojos, digo que me miró, porque dirigió su cara hacia la mía. Extrajo de la media lo que facilitaba la entrada y salida de la aguja. Entre su índice y el pulgar estaba lo que le daba peso a la madera y seguridad a las puntadas que daba el hombre vestido de carmelita. Era un pequeño cuerpo de una gran semejanza lunar. Me lo enseñó y oi claramente lo que me dijo, su acento era el de un extranjero que hablaba con mucha corrección nuestro idioma, o el de un cubano que hubiese estado mucho tiempo por extrañas tierras. Me dijo: *es un huevo de marfil*. El rosado de sus mejillas apresuró sus pasos hacia el bermejo, los dientes, sin exageración, se hicieron más visibles que la sonrisa. Elevó más el huevo de marfil, como para ponerlo a la altura de mis ojos.

Ya yo no tenía que hacer nada más frente a aquel hombre y sin apresurarme cogí otra vez mi camino. Llegué al apostadero con las lanchas que van hacia Casablanca o a la Cabaña. Los remeros, cerca del farol encendido, dormían un sueño que no se turbaba, cuando los peces querían morder los reflejos de aquella luz. Dormían un sueño tan abisal, con tal sombra de plomo, que detenían la alegría de los coletazos de la avalancha de los peces.

La influencia lunar sobre el cuadrado vacío del patio de mi casa, luego sobre el proscenio igualmente vacío, después sobre el huevo de marfil, hasta ese momento de mi transcurrir había sido muy decisiva. El mismo huevo de marfil parecía una luna achicada por procedimientos incaicos, como la reducción que hacen de los cráneos. Pero la cercanía del amanecer iba anulando esa influencia del arruinado, menguante cabrito lunar. Seguimos caminando hasta llegar a la peligrosa zona de los cafés portuarios. Un barco sueco había soltado su tripulación, inundando aquella zona con sus cachetes de un rojo acumulado, con su pelo entre el estropajo y la seda, mitad peleles y mitad personajes de cuentos infantiles. Tomaban las bebidas más fuertes, como si jugasen a las bolas de colores en algún parque, cuidados por una tía solterona y pecosa. La embriaguez en ellos no era alegre ni gemebunda, parecía que salían de los bares con una cantimplora de ginebra para dársela a los bacalaos pequeños. Cuando salían del bar no estaban alegres ni gemebundos, daban un salto como un ánade, como un ganso cualquiera.

La puerta de uno de aquellos bares se abrió empujada por un grupo de aquellos marineros, seis de ellos llevaban cargado a otro marinero sueco, manándole sangre del pecho; tenía allí clavado un puñal con una empuñadura muy labrada, como si hubiese sido elaborada en Bagdad por plateros que conservasen la gran tradición del califato. El paseante de la medianoche se acercó al marinero hasta verle las sierpes tatuadas que se le enroscaban en el cuello. La sangre cubría aquellas sierpes, como si hubiesen sido picoteadas por águilas al descubrirles sus nidos. El barco sueco estaba anclado en Tallapiedra, por la escalerilla de uno de sus costados condujeron el apuñalado, que sin quejarse lucía los ojos entornados. Los perros portuarios comenzaron a lamer los coágulos de sangre, desde la salida del bar hasta el primer peldaño de la escalerilla del barco. Eran perros sin amo, perros de luna portuaria, que retornaban a la sangre.

El paseante siguió por la Aduana, donde un gran cargamento de cebolla, tapado con una lona húmeda, le hizo pensar en la corteza lunar y en la porcelana china llamada cáscara de cebolla. Llegó hasta donde estaban atracados los veleros; por el humo que desprendía la cocina, parecía que habían comenzado a preparar el desayuno, aunque todavía no asomaba la claridad de la mañana. Miró en torno para iniciar el regreso. Al pasar frente al bar de donde habían sacado el marinero apuñalado, vio que conversaban los mismos hombres que habían subido al herido por la escalerilla. Un marinero sueco, dando grandes zancadas por la misma escalerilla, salió dirigiéndose al grupo que estaba frente al bar. Ya cerca de ellos les dijo: —Aún no ha comenzado a confesarse con el pastor. Ya yo les contaré—. Dio media vuelta y entró de nuevo en el barco.

La esposa del crítico musical, a pesar de la dormición obtenida en su compañero prerrafaelista para vencer los desgarrones de la temporalidad, ensayaba procedimientos más radicales para ahuyentar sus temores, pues en periódicas unidades de tiempo que se reiteraban, ingurgitaba el dormido, y aunque ella acudía de inmediato con la crátera espumosa, éste pedía concreciones más sólidas en la incorporación, siquiera una sopa de ajo, ya un miñote con setas chinas. Eso hacía temblar a la esposa, se sentía aún insegura en las técnicas que manejaba como presuntas llaves de la dormición.

En la noche, aunque dormía, dio muestras de intranquilidad, queriendo moverse a ambos lados de la almohada verticalizada en la que apoyaba su cuerpo, movido con la ayuda de su esposa. Pero aquella noche la esposa quiso ir más allá de las virtudes somníferas de la leche. Espejo sobre el aliento y mano sobre la tetilla izquierda, la llevaron a comprobar la mansedumbre del oleaje de aquel sueño. Adelantó la mano derecha fingiendo extensiones cariciosas por el cuello, luego fue presionando las carótidas para ahondar la catalepsia. El crítico musical falto de irrigación por los centros nerviosos, al cerrarse la columnata sanguínea que ascendía al cerebro, se desplomó en una zona casi indistinta con la muerte. La esposa le tapó con tapones la entrada de aire por la nariz y por los oídos. Ella sabía que no eran los tapones de cera, usados para defenderse de las sirenas, pues para la ocasión más ayudaban tacos negros, reveladores de las cercanías de las parcas, derramando sus sombríos velos. El oxígeno que trae vida, al ser suprimido, por ley esperada suprime la muerte, regala la inmortalidad que se disfruta a la sombra de algunos valles egipcios.

Esperó la mañana para, con más cuidado, terminar los ejercicios catalépticos. Una varilla de plata, usada en las recepciones que daba el crítico en su época áurea, para remover los trozos de hielo en las profundidades de la wiskada, sirvió para las primeras pruebas de enroscamientos linguales. La prueba resultaba un tanto violenta, el crítico parecía que se iba a desperezar, pues emitió con lentitud unos bostezos muy redondeados, pero dio comienzo a los vuelcos retrotráctiles de la lengua, como un oso hormiguero que se embriagase con miel de hormigas. El frío de la varilla de plata se diluyó en el punto de congelación morado lingual. La tráquea rechinó como la de un ahorcado, cuando la lengua comenzó a hundirse por las profundidades de la garganta.

La presión por las carótidas y los ejercicios retrotráctiles deben comenzarse en edad temprana, pero si en algún caso los extremos se tocaban era en el del crítico musical, pues a los setenta años largos su esposa lo había puesto a tamaña prueba, que debe comenzarse a los pocos meses de nacido y ayudado por padres conocedores de los misterios de la dormición.

Sin embargo, el heptágono cronológico fue muy propicio a su iniciación cataléptica. La cabeza caía con levedad, hundiéndose un poco más en la almohada cuando las carótidas eran presionadas. De la misma manera en los ejercicios de retrocesos linguales, al principio creyó el crítico que la varilla de plata traía aparejada alguna oblea de delicias, pero la mente poco rociada al cerrársele los canutos de la sangre, favorecía una extrema flaccidez que le era propicia a los enroscamientos linguales en la varilla de plata.

Cubrió con cera todo el cuerpo del crítico, para evitar que insectos misteriosos lo penetrasen, como recordaba de algunos derviches que sumergidos durante cierto tiempo habían reaparecido con parte del cuerpo devorado por las hormigas blancas, esas pirañas terrenales. Revisaba las sábanas, los colchones, las fundas, pues había leído que en el trance cataléptico, en prueba de sumergimiento, una sierpilla había entrado por la nariz, llegando hasta el nido algodonoso del cerebelo, abrevando en el cráneo como si fuese una cazuela poblada de un consomé frío.

Cada uno de estos ejercicios había que prepararlo con un cuidado tan exagerado, semejante al trabajo de las abejas dentro de un poliedro de cuarzo.

No se trataba de provocar un primer estado cataléptico, de llevar un sujeto al sueño, sino, por el contrario, ya en el sueño, prolongarlo indefinidamente, prolongarlo hasta regiones bien diferenciadas de la muerte. Conservarlo en un sueño como si ya en la muerte, destilase algunas gotas de vida. Saber que goteaba, aunque fuese un gotear invisible, aseguraba el residuo lejano de algún manantial.

Sus muchos años hacían que el crítico no pudiese entrar en un total estado cataléptico, caía más bien en un sonambulismo permanente. La afluencia de sangre que se detenía en la presión de la carótida, era muy pequeña, pues habitualmente bastaba la crátera espumosa para sumirlo en una modorra semejante a la de un osillo perezoso en un parque londinense. Su lengua se espesaba sin mucho esfuerzo, en años de inactividad, sin necesidad de obturar la tráquea, derrumbándose la lengua por los abismos. Su estado de sonambulismo le permitía ver con los ojos cerrados. De tal manera que su esposa no podía evitar, trágicamente, los estados de ánimo que con tristeza afluían al rostro del crítico musical. Cuando la mano de la esposa iba en busca de la tráquea, la cara del dormido iba adquiriendo el desmesuramiento facial de los ahorcados. Cuando la varilla de plata comenzó a enrollar la lengua, la boca del crítico remedaba la de un osezno haciendo bellaquerías en un bosque de pinos. Cuando el estado cataléptico era total, su rostro benévolo remedaba el de un rey pastor, cuyo cuerpo yerto era mostrado ante el pueblo, con el gesto cansado de acariciar un corderillo que a su vez le lamía las mejillas.

Llegado Atrio Flaminio, nuestro capitán de legiones, a la Tesalia, donde ya era conocido por el eco de su victoria sobre los gimnastas, se vino a encontrar con enemigos que le arrancarían un perplejo. Su fama iba ya adquiriendo esa resonancia que no se deriva de la realidad de un hecho dominado, sino de la tradición oral que regala una indetenible progresión, cuando el pueblo es el que anuncia las proezas, pues lo que llega hasta sus dominios recibe esa regalía, sin la que la inmortalidad de gran estilo se siente siempre en zozobra y como cerca de un eclipse.

La Tesalia había sido siempre pasto de hechicerías. Al llegar a esa región, las legiones de Flaminio, que eran de las más valientes del ejército romano, sentían escalofríos nocturnos, al abrevar en las fuentes se desvanecían o se quedaban paralizados de súbito como

408

si los músculos se les trocasen en bronce. La Tesalia entera ardía en conjuros, aparecidos, holoturias flotantes en el aire, nubes que disparaban flechas y piedras. Algunas regiones sicilianas son muy sensibles a las fórmulas para adentrarse en lo invisible. La antigua Etruria había sentido como pocos pueblos los dictados de las elevaciones del fuego, las oraciones de la crepitación de la madera, los talismanes encontrados al remover las cenizas. Los soldados de esas regiones habían comenzado a temblar. Al pasarles revista su jefe, bajaban la cabeza y mirando sus ojos, Flaminio los encontraba inertes como la cuencas de las estatuas.

Habló con algunos de los viejos soldados de sus terrores, pero esos supersticiosos irremediables le aconsejaron que reemplazase las armas por guadañas, para cortarle los pies a los aparecidos, de acuerdo con una antigua creencia de la Etruria. Flaminio se decidió por otra solución. Escogió una tropilla en extremo ligera, para que fuese a Delfos a consultar a la pitia. La hechicera se negó a entregar sus secretos a los invasores. Cuatro de sus soldados la sacaron a punta de lanza de su guarida, cerca de un agujero en la tierra que desprendía vapores hirviendo, con pequeñas piedras veteadas de verde. La pitia arrebatada se mordía los labios y la lengua y miraba con odio a los que le querían arrebatar sus oráculos en contra de sus hermanos los griegos armoniosos. Al fin convulsa, rodó por el suelo, y los soldados con su lanza apartaban su rostro de la tierra, pues quería morderla. Todo su rostro espantoso se llenaba de tierra y de sangre.

Antes de arrebatarse en el trance, traía ya en la mano una piedra; después, a medida que se frenetizaba, logró arrastrando la otra mano por la tierra, asir otra piedra, la que ocultaba cerrando el puño hasta deshacer la piedra en polvillo. El rostro cubierto de sangre en aumento, sintió cómo se restregaba con el polvo de la piedra. Las lanzas, de perfil heridor, trazaban sierpes por sus espaldas, por su rostro, tatuando también sus brazos. Antes de expirar musitó lentamente: Piedra y pedernal. Abrió una de sus manos, rodó lo que quedaba de la piedra deshecha en polvo; la otra mano, quemada por el pedernal, comenzó a arder.

Después que la pitia expiró, corrieron los legionarios en busca de Atrio Flaminio, acorralado por la hechicería en la Tesalia. La guardia aún temblorosa, le repitió las frases finales de la mediadora oracular. Flaminio se dejó invadir por la sentencia, permaneció durante toda la siesta dándole vueltas al poliedro enviado por lo invisible. El sueño como una leve brisa rodó sobre su piel, hasta parecer que lo envolvía en una piel mayor. Saltó de esa piel mayor como si le diese un pinchazo con su daga. El tiempo en que se había abandonado a la extensión de la siesta, se había convertido en un espejo giratorio. Había entrado en aquella región con un poliedro cuya iridiscencia lo cegaba. Salía con un escudo metálico donde podía fijar la refracción solar, listo ya para dar las órdenes del combate.

En la orden del día consignó que los legionarios debían sigilosamente acercarse al río en busca de piedras y piedras de pedernal. Las piedras deberían coserse a los bordes de las capas o en los extremos de las botas, para lograr un cuerpo más pesadumbroso. Las piedras de pedernal debían ligarse a la armadura en la principalía del plexo. Los legionarios acostumbrados al ahorro de comentarios a toda orden de Flaminio, se sintieron extrañados ante aquellos consejos que dificultaban la velocidad de la marcha en las primeros arremetidas de los legionarios más jóvenes. El miedo que se había apoderado de los soldados etruscos, ante aquellas órdenes sibilinas comenzó a remansarse.

Apenas se había extinguido el crepúsculo, cuando toda la hechicería de la Tesalia comenzó a silbar, a desprender de los árboles extrañas túnicas, a movilizar aéreos bultos arenosos con rostros de lechuza. A veces golpeaba tan sólo el silbo huracanado, dejando el rostro de los legionarios cortado por carámbanos como cuchillos. Caballos de humo transparentes entraban por los batallones romanos, abriendo remolinos que espantaban a los arqueros, pues sus flechas se anegaban en pechos de nubes, en peras de cristal ablandadas que se hacían invisibles en el aire. Firmes en sus filas, los legionarios continuaban dándole tajos al aire, lanzando piedras, traspasando con sus lanzas meras transparencias de espectros con bocaza de francachela para la muerte.

Al percibir que el ataque de los legionarios se anulaba, por ser inapresables las nebulosas agresoras, toda la hechicería de la Tesalia se puso en marcha. Aquellos fantasmones apretaban a los soldados romanos para transportarlos, y después, desde los abismos, precipitarlos. Pero allí estaba la pesadumbre de las piedras aconsejadas por Atrio Flaminio, interpretando las palabras dejadas caer por la pitia. Temblaban de furor aquellos ectoplasmas cuando querían levantar el peso de uno de aquellos soldados, y se atolondraban por la profundidad de la piedra, quedándose los soldados intactos como árboles con las raíces extendidas entre el llano y el acantilado. Aquellas venenosas holoturias aéreas se lanzaron sobre los pechos legionarios, pero allí se encontraban guardadas en cueros del toro sostenedor de Europa, las piedras de pedernal. Al choque con los pechos alzados se levantaban chispas, respaldadas por la oscuridad del cuero donde yacían, cuya satisfacción levantaba una evidencia que atolondraba aquellas ánimas ululantes. Al llegar la mañana, aumentada por la chispa de la piedra de pedernal, los ectoplasmas combatientes se volvieron a su penitencia. Los legionarios comenzaron de nuevo sus aclamaciones para Flaminio. Llegaron, más veloces aún por el imán de la coral triunfante, los mensajeros romanos. Las nuevas órdenes recibidas decían que Flaminio pasaba a ser el general supremo de la expedición.

Esa mañana sí fue cierto, la mestiza de pelo rubio que limpiaba por horas, había lanzado con exceso de poderío el palo de trapear sobre el fondo del descanso del librero. Vibró toda la caja de madera, rodó la jarra danesa hasta el borde de la repisa, allí pareció arrepentirse, pero después como si alguien la hubiera soplado, se lanzó por el pequeño risco. La mestiza sintió el ruido de la jarra al fragmentarse, su pelambre cerdosa electrizada por el susto. Se pasó la mano por la cabeza, la caspa de doradilla que arrastró lograba balancearla de la sorpresa. Se acercaba la abuela atraída por la hecatombe doméstica. Irremediable el logro de la fragmentación la anciana trataba de limitar el pavor de la sirvienta. No era miedo al regaño, de sobra conocía la bondad de la abuela, era miedo al conjuro de ruptura. Miedo a la jarra caída como salazón, temor al espejo cuando se astilla sin verse la presión de la mano que le dio el hachazo. La doradilla de sus cerdas erectas acompañaba, como un resplandor infernal, los pedazos inconexos por el suelo de la jarra danesa.

La abuela acompañada por la mestiza asustada, comenzó a recoger los pedazos de la jarra. Pero aquel roto pareció que abría timbres y campanillas. Poco tiempo después llegó el nieto, un ropón de lana blanca lo cubría y un gorro de la misma lana, pero con los bordes de una cinta azul muy apagado, precauciones todas por lo mucho que había tosido durante la noche. La abuela recorrió sus mejillas con sus manos, hasta que adquirió conciencia de sus sarmientos acariciadores. Entonces se entristeció, dejó de acariciar. El nieto parecía aquella mañana muy seguro en sus movimientos. Dominaba el patio, daba palmadas frente al gato, se colocaba con ademán decidido al lado de los objetos que caían alegremente, como una cascada en su visión. En el sitio donde había estado la jarra pasó varias veces con suavidad la palma de la mano, parecía que acariciase la madera. La abuela, como en éxtasis, dejaba que el garzón se alejase por una pradera tan blanca como un escarchado; cuando abría los ojos el niño en el patio, daba palmadas para atrapar una mariposa. Cuando se paró frente a la gaveta donde estaban guardados los fragmentos de la jarra, comenzó a cantar las canciones de cuna con las que lo depositaban en la noche blanda. Esa mañana el garzón hizo el descubrimiento del pequeño traspatio. Corrió con temeridad por el patio, sin perder el impulso ladeó la semiluna de la mesa del comedor y se paró en el traspatio. Había llegado al fin de la casa. Miró en torno para apoderarse del ámbito. A la derecha, la cocina; a la izquierda, el cuarto de la criada, con algunos muebles viejos. Penetró en la cocina, en un cajón estaban los poliedros carbonarios, elaborados por abejas malditas, oscuros panales para la digestión del diablo. En una de las hornillas, asfixiadas por las cenizas, saltaban las pavesas. Cogió de la caja de madera uno de aquellos poliedros negros. No sólo descubrió aquella mañana el traspatio, sino también cómo la mano se le podía oscurecer. El carbón que tenía en la mano, lo extendió por la pared, quedó una raya negra. Vio la coincidencia de su mano oscurecida y aquella línea; por la ligera presión del trazado, la cal sobre la línea, comenzó a llover su ceniza, deteniéndose leve sobre la divisoria sombría. La otra cal, por debajo de la línea, sintió también la arribada de la pequeña fuerza contraída y comenzó a crujir agrietándose con exceso de discreción.

Salió de la cocina para penetrar en el cuarto de la criada. Un baúl, un sillón y la cama, eran todos los muebles. Se quedó en la puerta sin decidirse a entrar. Salió del cuarto de la criada y pudo precisar que la criada había penetrado en el traspatio. Pareció que llenaba todo aquel recinto, que extendidas las dos manos, con una penetraba en la cocina, con la otra, en su cuarto. La criada ya en su cuarto, se sentó en el sillón y comenzó a mecerse.

El garzón corrió hacia donde estaba su abuela. Reclinó el rostro en la falda de su abuela sentada. Parecía que se iba quedando dormido. Fuera de la falda quedaba un pequeño fragmento de mejilla. La abuela buscó aquel pedacito de la piel rosada de su nieto y comenzó a acariciarlo. El niño no oyó el timbre que avisaba que sus padres venían a buscarlo. La abuela no lo quiso sobresaltar, sacándolo bruscamente del sueño. Pero observó que el niño se estremecía.

El trío de la medianoche estaba ya muy adentro del desvelado. En un orden sucesivo había recibido las llamadas de: sillón balanceado, carcajada en espiral, puerta abierta y patio impelente. Esa medianoche, como la anterior, el patio lanzó su silenciosa arenga con órdenes perentorias y el desvelado se puso en marcha. Esta vez no buscó la noche portuaria, sino la madrugada en los mercados. Se encaminó por la avenida de Carlos III con sus figurones de piedra, de los que sólo percibimos el peinado, con su raya al centro y sus dos conchas de vuelco marino. Era el momento en que se descorrían las lonas en el mercado, se sacaban los cestos con las frutas rociadas por la humedad de la mañana.

En las casetas recónditas el farol portátil se colgaba de la presunta entrada. Pero lo raro era que siendo una madrugada bastante clara, todas las luces estuvieran encendidas, semejantes a un hombre que durmiese con los ojos abiertos. Los chinos corrían con dos cestas de lechuga colgadas en los extremos de una madera flexible sobre el hombro y en la otra mano el farol, parecía que nadaban.

En una de las esquinas del mercado se encontraba sentado un matrimonio. El esposo era ciego, ella, a su lado, tenía un extraño oficio, mejor, un complejo cuidado. Entre los dos se encontraba una caja de barnizada madera, con una tapa de cristal, por donde se podía ver la cáscara de las frutas más ricas de color en esa estación, y entre ellas grupos de fresas, distribuidas con especial simetría como para cumplimentar un ejercicio de composición. Como la señora en ese momento situaba las fresas, parecía que pintaba, distribuyendo la gama caliente, aunque al tacto la frutilla cuidada por el rocío, lucía gélida por la humedad del alba entreabierta.

El paseante, a quien ya conocemos como el intérprete magistral del patio impelente, se detuvo frente a la caja de frutas, con las fresas distribuidas en una certera ordenanza de color. Sobre la caja había una inscripción que decía: no se vende. El matrimonio lucía una confianza serena dentro de su ambiente, por eso no preguntó nada. Además que cualquier pregunta rompería la simetría que formaban aquellas dos personas y la caja de frutas coloreadas. Se decidió a seguir su paseo, extrañamente colocado frente a la madrugada.

Sin embargo, había sucedido algo decisivo para aquel matrimonio, que era un reto conjetural para los que pasaban en el trajín del mercado. Al llegar aquella mañana a su sitio en la esquina del mercado, el ciego lucía una sonrisa burlona y triste como si alguien se hubiera querido mofar de él. El ciego vaciló en hacer su relato, pero como sabía que tarde o temprano se lo contaría a su mujer, decidió hacerlo en las primeras horas de la mañana.

—Mira que suceden cosas increíbles —comenzó diciéndole—, ayer tuve un sueño de lo más raro. Soñé que había recuperado la vista, pero con el nuevo sentido parece que había entrado en mi interior un diablejo de tinieblas. Aunque fui a misa para lo de la acción de gracias, al llegar a casa disfruté a medias que veía, pues estaba en soledad, tú habías salido a comprar un nuevo cristal para la caja de madera, pues vi que el anterior estaba hecho añicos. En ese momento llegó a casa una muchacha que parecía limosnera, me pidió que la dejara descansar. Me dijo que estaría caminando toda la vida, pues su padre que era un joyero, la había mandado a llevar un anillo con piedras diversas y un trío de diamantes en el montante, pero que un grupo de gangsters se lo había arrebatado. Me dijo que jamás volvería a su casa, pues su padre la golpearía y no creería nada de lo que ella dijese. En eso se oyó una patada dada a la puerta, después un empujón y cuatro hombres que entraron en la sala, armados de stars de ráfagas y de ametralladoras. El más joven de los cuatro gangsters se dirigió a la limosnera y comenzó a untarle caricias en el cuello. Cuando el hombre recuperado iba a saltar para defenderla, la pequeña se sonreía con el más joven de los malvados. El más viejo de los gangsters, que era el que parecía jefe por la calidad de su paño en el vestir y por la enorme dimensión de la funda de su pistola, le dijo que le daba el brillante si los dejaba un rato en la casa, hasta que desapareciese la policía que los perseguía. Entonces la muchacha fingió que se ponía seria con el joven gangster que la requebraba y se acercó al que ya no era ciego para decirle: Sálvame, sálvame, en tus manos está que yo le devuelva a mi padre el brillante. Si dejaba que me acariciase era para que no me matara. Tengo ganas de regresar a mi casa, de ver de nuevo a mi madre. Sálvame, sálvame, y así seguía en sus sollozos, hasta que los cuatro gangsters, ya más seguros, se retiraron, dejando el brillante en paradojal prueba de su palabra. Lo hacían para si se encontraban con la policía y los registraban, no llevar pruebas de convicción que harían que los encarcelaran de nuevo.

—Como una hora después tocó a la puerta el padre de la muchacha. Cuando le abrieron, el hombre entró apoplético en su cólera como un basilisco. En cuanto lo vio, la disfrazada limosnera cambió de aspecto, demostró de nuevo que su innata hipocresía le hacía favorable las más rápidas metamorfosis, saltaba de insecto del diablo a puro ángel en un vaivén de hamaca. Dijo que el hombre le había cogido el brillante, y que le exigía para su devolución que se dejase acariciar, pero que ella se negaba aunque la hubiera matado. Entonces el padre comenzó a golpear al hombre bueno, cogió el palo de trapear y le propinó tales amoratamientos que lo dejó por muerto. Al irse la pequeña malvada le pegó con los pies en la cara, haciéndolo sangrar.

Pero, felizmente, aquel día al despertar se encontró como siempre ciego, pero sin ninguna escoriación a lo largo de su piel. —Has sido fiel al sueño, lo has relatado como te sucedió —le dijo su esposa, en frase que sólo su esposo entendió a medias. ¿Cómo su esposa sabía que había sido fiel a la verdad del sueño? Ella, detalle por detalle, había soñado lo mismo que su esposo. Interpretó esa semejanza de sueños como un aviso para ambos.

Había hecho la promesa, para que su esposo recuperase la vista, de ir todos los días al mercado, desde la madrugada, para que los asistentes y compradores viesen las frutas como don de color y gloria de los sentidos. Las mejores frutas y allí donde el color parecía debilitarse colocaba los grupos de fresa. En ocasiones abría un anón, para que se apreciase la elaboración interna de aquel prodigio de luna fría elaborado por abejas acuáticas, y ponía a su lado las fresas de epicarpio más tierno, con toda la gama moluscoidal del rosa. Su arte era una promesa y una pureza, si alguien lo dudaba podía leer en letras mayúsculas: NO SE VENDE.

Pero aquella coincidencia en el sueño, la rareza de un sueño dual, el relato de lo soñado y su lectura en un espejo de identidad, la hicieron cambiar la promesa. ¿Cuál sería ese cambio? Todavía no lo podía precisar, pero sentía ya la levadura de la nueva promesa creciendo dentro de su cuerpo, tirando casi de su cuerpo.

El paseante siguió su camino, hasta dejar muy atrás el mercado. Llegó a un foso, estaba rodeado de animales que parecían invencionados por el Bosco. Se sonrió, supo que no había llegado al paraíso, todos aquellos animales estaban enjaulados. El foso estaba rodeado de lanzas de hierro, separadas unas de otras por una anchura como de dos pulgadas, el grosor de las lanzas dificultaba la visión. Puso su rostro entre dos lanzas, abajo los animales dormían; pudo observar que en el extremo del círculo estaba un niño como de tres o cuatro años, envuelto en un ropón de lana y con una capucha que sólo dejaba ver la cara, aunque él no lo podía precisar por la distancia y la niebla de la madrugada. Cambió de posición en el círculo del foso, pero no podía ver el rostro, comenzaba por oscilar, hacerse borroso, después desaparecía. Entonces se le ocurrió poner el rostro entre dos lanzas y así recorrer el círculo. Pero cuanto más se acercaba al niño del ropón, más lejos se situaba éste en la visión. Desaparecía.

El crítico de música había cumplido ciento catorce años, y a su lado la mujer que lo cuidaba había enloquecido. Una urna de cristal, en la que se había hecho el vacío absoluto, guardaba el cuerpo del dormido. Soñaba encontrar cuatro grandes imanes, para mantener la urna en el centro de la cámara, pero aunque esa idea la seducía, pensaba también que alejaría al dormido de sus inenarrables cuidados. Las enloquecidas meticulosidades aplicadas al crítico eran el único signo que demostraba que el dormido no había descendido todavía al fúnebre Hades. Cuanto más se perfeccionaba el reposo del crítico musical, la guardiana enloquecida menos separaba sus ojos de la urna de cristal. El más ligero movimiento del durmiente, la hacía pensar que había abandonado la dormición, que podía morir. De inmediato vigilaba los tapones de la nariz y de los oídos, la caparazón de cera que recubría todo el cuerpo, observaba con una lupa si alguna hormiga blanca había vencido el aislamiento del vacío absoluto. El sueño era total, la incesante contemplación del vencimiento del tiempo la había enloquecido. El tiempo destruido sólo mostraba el sueño y la locura.

Mientras aquella inmensa línea cataléptica recorría la dirección opuesta de la sucesión temporal, la Asociación de críticos de música seguía sus periódicas reuniones, donde la wiskada eternal se unía con el queso holandés vaporoso. La deglución de los chicharrones de arroz traía el recuerdo de las sentencias confucianas sobre la gobernación musical. Esa remembranza de la China clásica, generalmente unía a los críticos barbados con los imberbes, los que se mostraban serenos en la reunión con los que infernizaban con Baco en cama regalada. El whisky en la gratuidad favorece la elocuencia crítica, tanto como para los alquimistas el polvo de amatista. Aquellos profesionales de la crítica, a quienes la habitualidad de sus temas sólo les arranca un bostezo, galopados por el escocés en la roca verban y distribuyen como endriagos.

Aquella noche los pocos viejos respetados y los jóvenes que le querían sacar lascas a ese respeto, se habían entrecruzado en un desarrollo temático; el crítico que los jóvenes afirmaban que había desaparecido, era el mismo que los barbados afirmaban que no lo habían enterrado. Su obra había sido parca, honesta, de rica artesanía, pero al surgir su nombre para el homenaje, no podían afirmar que estaba vivo, tampoco que hubiera sido enterrado. Se hicieron investigaciones de lupa erudicional y de chismes esquineros. Un cartero que conservaba las listas para los aguinaldos pascuales, durante tres generaciones, dio la dirección última y única. La directiva de la Asociación de críticos musicales le pidió una entrevista a la esposa enajenada, para hacerle un homenaje al más longevo de los asociados. Había marcado pautas al gusto, canon al atrevimiento, Pegaso a la tradición. Después con exquisitez se había retirado al silencio y a no molestar la fluencia del río heraclitano.

La enajenada sintió que el tiempo se agazapaba en un nuevo acto naciente. Eran de nuevo solicitados, el estado cataléptico no sólo había extendido el tiempo, sino remozado una curiosidad por el crítico de música, que se dejaba sentir a los ciento catorce años, pero que en su etapa precataléptica había sido totalmente inexistente.

La esposa se sintió acorralada por el anuncio de la visita, le pareció como si todos los años que ella había vencido, tomasen de pronto un tridente y marchasen a pincharla. ¿Qué hacer? Como había problematizado en su enajenación, la solución vendría de la propia enajenación. Empezó por destaponar al crítico, con el cuchillo paleta de la mantequilla fue raspando la cera, aplicó la mano en sentido traslativo en torno al cuello y en particular de la carótida. Roció el cuerpo con limón y naranja agria y llegó a la violencia rotativa con sus manos en los centros neurálgicos. Viejas botellas pintadas sirvieron de recipiente a un agua muy férvida que se volcaba sobre los pies del durmiente. Recordó con cierto sentimentalismo que su esposo, tierna pedantería reminiscente de su niñez latinista, en el almuerzo reclamaba *frigidae aquae*, y al asomarse el baño crepuscular probaba la *fervidae aquae*. Le vino el recuerdo cómo su esposo a la manera de un voluptuoso contemporáneo de Petronio, se acercaba al agua tibia, después de quitarse las sandalias y con no disimulado temblor, moviendo los pies introducidos en la bañadera, con la alegría de una trucha, comprobaba si el agua tenía las condiciones térmicas que su cuerpo requería para librarse de impurezas.

Media hora antes de la llegada de la directiva de los críticos musicales, la esposa extrajo de una vitrina un disco atronador, donde los instrumentos de percusión más primitivos rompían casi sus parches calentados para prolongar la sonoridad por valles y colinas. Una colección de tambores yorubas estremecía la cristalería exhumada para la recepción. La palidez del durmiente se fue acogiendo a un ritmo circular, dictado por la sangre impulsada siquiera levemente por la agudeza de la percusión. La esposa extrajo el cuerpo de la urna y con el aceite que tenía para abrillantar su cabello, remedo de algún ritual egipcio, frotó al lentificado crítico, para lograr alguna irrigación en el primer lóbulo frontal que le permitiese, por entre las sopladas cortinas del sueño, balbucear algunas frases a los nuevos críticos musicales.

Sonó el timbre, la guardiana del dormido se apresuró a acudir a la puerta herrumbrosa que gimió como la de un castillo templario con varias roscas secularizadas de cerrazón. Algunos críticos del atonalismo tomaron nota en sus cuadernos de ese chirrido. La esposa enajenada desenfundó sus zalemas y sus bruscas solemnidades para la recepción. Pasaron después a la cámara donde reposaba el crítico entre almohadones de un abullonamiento tan exagerado que recordaba a los últimos Valois. Las cuatro perillas de la cama Reina Ana fueron acariciadas con delectación por los visitadores esteticistas.

Apenas llegó la comitiva a su cuarto, el crítico adelantó la cabeza del almohadón y alzando el índice de la mano derecha fue diciendo con lenta voz oracular:

—Primero, en nuestra época la crítica musical tenía que reflejar el sueño que borra el tiempo y la casualidad (la esposa se sobresaltó, creyó que podía aludir a su catalepsia secreta). El sueño era el reflejo de lo simultáneo. Existía pues un sonido que estaba por encima de la sucesión de sonidos. Así como algunos pueblos primitivos conocieron la visión completiva, por encima de toda unidad visual, existe también la sonoridad completiva por encima de toda sonoridad abandonada al tiempo.

—Después la crítica intentó bracear rudamente en el nadismo musical, pero la crítica que no puede captar el remolino descensional, menos puede captar la sonoridad parada en la nada. La crítica sí puede captar la vaciedad de la sonoridad, pues el vacío tolera el absoluto del fluir. Un vacío donde el nacer y el fluir están en la misma albúmina del huevo.

Guardó silencio y los otros críticos visitadores se asombraron viendo cómo el tiempo transcurrido había enriquecido lo que ellos llamaban su imagen de concepto. Fueron abandonando la cámara del burlador del tiempo, para levantar la cristalería dorada por el escocés de marca real. La enajenada disimuló su tristeza al pensar que esa interrupción de la durmición del crítico le costaría tal vez cinco años menos de estar a horcajadas sobre el tiempo insensibilizado.

La esposa entró en el cuarto; fingiendo carantoñas comenzó a acariciar el cuello del crítico, presionando con levedad las carótidas hasta llevarlo de nuevo al sueño sin tiempo. Entonces volvió a los tapones, a la caparazón de cera, a vigilar lupa en ristre cualquier aparición de exápodos. Rodó el cuerpo hasta la urna, después gamuzó los cristales hasta dejarlos matinales en su transparencia.

Mientras se verificaba esa cuidadosa recuperación cataléptica, el más barbado y el más imberbe de los críticos habían hecho un aparte de los demás visitadores. Comentaban las palabras del más longevo de los críticos musicales. El más imberbe adelantaba que prefería llamarle a la sonoridad completiva, sin por eso dejar de admirar las afirmaciones del gran vencedor de lo temporal, sonoridad por recurrencia. El más barbado respondió que eso sólo era un problema de metodología, y que prefería llamarle sonoridad insoluble en el tiempo, soluble en el vacío. En ese momento de sus disquisiciones, ambos estuvieron de acuerdo en regresar a casa del longevo, para que dijese una más esclarecedora palabra en torno a esa sonoridad nominal o metodológica que tanto los conturbaba. Su sentencia final tenía que ser preciosa, un inapelable colofón en una rúbrica de oro.

Regresaron a la casa del crítico, la puerta estaba abierta. Tocaron el timbre pero nadie respondió. Decidieron penetrar en la cámara del dichoso intemporal. Se quedaron un poco *gelés* en el perplejo. Sobre la cama la urna con el cuerpo del durmiente, y a su lado la enajenada con la mano apretando tiernamente el cuello. Salieron sin hacer ruido, la escarcha también silenciosa.

Al día siguiente convocaron con toda urgencia a la directiva de la Asociación de críticos musicales. Con la voz temblorosa dieron cuenta de lo sucedido. Se tomó de inmediato el acuerdo de llevar la urna de cristal al pórtico del Auditorium, para que la curiosidad de los melómanos desfilase con toda solemnidad ante la figura adormecida del más longevo de los críticos musicales. La directiva se trasladó de inmediato a la casa del crítico. Presenciaron en la camerata la misma composición de figuras: la urna con el cuerpo del durmiente y a su lado la esposa enajenada pulsando el cuello de aquél ante quien el tiempo se rendía sin condiciones. Se había liberado de Júpiter Cronión, y lo que es más difícil, se había liberado también de Saturno.

Con un cuidado que recordaba las ceremonias de *El retorno de las cenizas,* la urna en hombros de sus compañeros, rodeada de antorchas, fue trasladada al triunfete de la música. Una guardia permanente de críticos musicales presenciaba el inmenso desfile de los afanosos de contemplar aquel milagro musical.

Los dos descubridores del esplendor somnífero y antitemporal del más depurado de los adormecidos, velaban el sueño de la esposa enajenada. Tan pronto despertase sería trasladada al Auditorium, con las más exquisitas rendiciones, para que participase del desfile rendido al tiempo decapitado y humillado por las ensoñaciones del crítico, tripulante único de un ʹtrineo ornado de campanillas indescifrables.

Atrio Flaminio abrevió las fiestas que lo exaltaban al mando supremo de las legiones romanas, para caer sobre Larisa y entrar en combate con la hechicería que tiene la cifra de la carroña, intérprete de los círculos de las aves de tiña y ojos de azufre. Entre el polvo batiente de la pelea, preferían buscar la muerte antes que rendir la vida. Se comprobaban los cadáveres, pero se despreciaba la vida. Aquella hechicería de Larisa prefería arrancarle la nariz a un muerto que acariciar por el *sabbat* el rostro de un adolescente temeroso.

Las legiones de la tenebrosa Hera, salidas por algún agujero de la tierra, buscaban en lo más ardido del encuentro los cadáveres romanos para mutilarlos y añadirlos a los cuerpos incompletos de los escapados del infierno. Los miembros que les arrancaban a los muertos para pegarlos con saliva de lechuza a sus cuerpos incompletos, quedaban como carbonizados. Como la batalla se desarrollaba cerca de un cementerio, Atrio Flaminio y, toda la tropa romana, vieron cómo colocados sobre losas sepulcrales, sus muertos eran acudidos de enanos y rapidísimos hechiceros, que comenzaban a cortar narices, orejas, brazos o piernas, y se las adherían a sus sombrías mutilaciones. En otras ocasiones soltaban ratones que comenzaban por ablandar el tejido, después los hechiceros enanos, corriendo como orates incendiados, desjarretaban el cuerpo del vencido, cortaban una de sus piernas y se las adherían, brillando como aquel pitagórico muslo de oro.

Atrio Flaminio fulguró una ordenanza. Cada muerto legionario conservaría a su lado un guardián, para que los escapados del infierno no pudieran cumplimentar su terrible oficio. Los enanos enfurecidos se pegaban un rebote contra la armadura en su cuero con pedernal. La hechicería terminó por huir tripulando unos ratones gigantomas, del tamaño de puercos feriados, nutridos con la azafétida, flor de pantanos, y con unos honguillos venenosos tan sólo para el hombre, semejantes a falos de glande albino.

Al llegar a Tamesa, puerto para embarcar al Oriente, Flaminio sintió la arribada de las calenturas. No obstante la neblina que le zumbaba los oídos y le recorría todo el cuerpo, haciéndolo espeso como el plomo, dio la orden, ya llegada la flota, de partir a la mañana siguiente. Pero ya al acercarse la mañana sintió que sus sentidos no podían dictar ningún asimiento, la armadura le pareció que era algodón donde flotaba. Comenzó a sentir semejanzas entre la cabeza llena de nieblas que tendían a congelarse, y el temblor de las piernas que le huían la pisada, trocándolo en un inmóvil gamo con alas. Se sentía ligero, pero sin gravitación. Le parecía que huía, que volaba, pero al intentar poner el pie en la arena, se deshacía el polvillo de las rocas milenarias. Intentaba alcanzar el acantilado, pero las piedras como holoturias se transfundían en la transparencia. Cuando eran grandes temblores lograba ceñirse la armadura y recostaba sobre una de las piernas su espada, entonces le parecía que pesaba menos que el día en que su cuerpo desnudo se había bañado en el Eurotas, después de asustar con palmadas a un potro domado. Se avergonzaba cuando después de ceñirse todos los armamentos, daba traspiés y se iba de cabeza contra la línea de su tienda de general supremo de las tropas romanas.

Convocó a los jefes de las distintas armas, para declararles sus deseos en la enfermedad y en la muerte. Les dijo que lo dejaran con una pequeña escolta y que todo el grueso de las tropas entrase en la Capadocia. Los jefes subalternos sabían que las órdenes de Atrio Flaminio eran irrebatibles. Y así por la mañana comenzaron a embarcarse los soldados, diciéndoles que el jefe embarcaría último para vigilar el desfile y la penetración de las tropas en la flota.

Las fiebres continuaron emborronándole su visión de las banderolas romanas en los muros de la Capadocia. Para castigar la presencia de sus deseos incumplidos, comenzó por echarse a dormir sobre la tierra, luego cuando la humedad del alba lo pinchaba en escalofríos, regó una pajuza de yerbas quemadas para llorar y estirarse en la noche, queriendo alcanzar los primeros pífanos que penetrarían en la Capadocia.

Los raptos de las hechicerías combatientes, las leyendas transmitidas por los escuadrones etruscos, la pesadilla de ratones gigantes engullendo narices y orejas de muertos, habían atemorizado en Roma a los soldados más bisoños que se mostraban renuentes a combatir en los caminos hacia el Oriente.

Llegaron noticias de que los estoicos, indicadores del suicidio coral, habían comenzado a ejercitarlo antes de ser enrolados para marchar hacia la Capadocia. Cerca de Larisa, un romano venerable por sus otoños, había matado a su hijo de edad militar, que ya había sido enrolado en las tropas. Le dio alcance y lo degolló, antes que verlo arrebatado por los hechiceros, con la nariz arrancada. Esa nariz podía pasar en otro rostro a su lado, reconociendo a medias a su hijo, que estaría en el fúnebre Orco, como desnarigado total. Después de la degollación, el venerable osciló colgado de un ramo de tamarindo. Su hijo, con el guardián a su lado, designado por Atrio Flaminio, retuvo su satisfactoria nariz de romano clásico. Pero el padre degollador perdió su nariz, por el cuchillo de las heladas en la corrupción de sus humores. Para liberarlo de la voluntaria trampa del cordel, un íncubo lo incluyó en la degollina. Tuvo que entrar en el valle de Proserpina con la mano abierta en mitad de la cara. Es ahora que el hijo, en la garganta de las sombras, cuando pasa al lado de su padre, no lo reconoce, y el padre gime al ver el cuello dolorido, aunque la nariz del hijo le impide que la visión lo transfigure en el abrazo. Cuando llegó la noticia del sucedido al agonizante jefe supremo de las tropas, éste se emocionó al sentir que cualquier destino que se fabrique para reemplazar la muerte en una batalla, no sólo crea el oprobio entre los vivientes, sino que logra que las sombras de los allegados no se reconozcan en el infierno.

Cuando los soldados que iban a ser embarcados pasaban cerca de la tienda de Flaminio, éste hacía un ilusorio esfuerzo por prenderse de sus capas para que así al menos lo llevasen arrastrado a la nave almirante de la flota. Los soldados casi llorosos tenían que ser empujados por las lanzas para que penetrasen en los barcos.

Al fin, Atrio Flaminio, vencedor de los gimnastas y de los hechiceros, intérprete inspirado de los dictados de la pitia, guardián de los muertos romanos frente a la mutilación, entregó el hálito al hacer un desgarrador esfuerzo por prenderse de la capota de uno de los soldados que se acercó a su tienda. Así logró no ver la retaguardia de sus tropas que le abandonaban el sitio de las murallas. La noticia de su muerte se mantuvo en secreto. Vinieron los jefes más importantes del asedio para preparar una estratagema. Lo embarcaron por la noche para que no fuese visto por ningún soldado. Al llegar a la tienda del lugarteniente de Flaminio, deliberaron los jefes. Llegaron al acuerdo de preparar en tal forma su cadáver, que cuando se diese la orden de la arremetida final, las tropas viesen la figura de Atrio Flaminio. Lo amarrarían a su corcel y anudarían su espada a su mano derecha. Al ver de nuevo a su jefe, las tropas sintieron de nuevo el bronce que el jefe supremo había volcado en su coraje. Fue de un solo ímpetu como se desplomaron las murallas de la Capadocia. La soldadesca no pudo abandonarse a sus francachelas vinosas; la noticia de que el jefe había muerto en el combate colgó lazos negros en los escudos, cerró todas las tabernas.

Aquella medianoche parecía que veía delante de sí una larga línea que después iba recorriendo, pues todo se fue desenfundando en una esperada sucesión. El sillón, las espirales carcajeantes, el patio impelente, todo eso por esperado, se ganó por añadidura. Pero ahora todo era extraño y conocido, recorría los caminos que inauguraba pero sin la menor extrañeza; había tirado de una línea, y lo extraño y la costumbre se habían fundido en tal forma que la costumbre se había transformado en una Navidad.

Así, sin la menor confusión, llegó a un taller de cerámica, se sentó con los artesanos, los que preparaban el barro, los que hacían el cuerpo o la boca de la jarra, parecía que aquel puesto le estaba reservado, todos lo miraban con ojos conocidos. Era como un premio que se recibía, pero por tantos actos de justificación que no había sorpresas ni posibilidad de injusticia. Su premio, antes de morirse, había sido llegar a ese taller de cerámica, sentarse frente a una mesa llena de jarras danesas y pasarles por el vidriado una tela muy fina, para limpiarlas de toda adherencia, terror alado de los coleccionistas.

Cuando el vidriado de la jarra parecía un espejo egipcio de metal, se le acercó un como doncel árabe, can babuchas de un amarillo poniente y chaquetilla azul con botones de hueso cremoso;

sin hablarle ni mirarlo, le enseñó una tarjeta pequeña, con una dirección en relieve bien visible. Antes de salir del taller de cerámica, revisó con detenimiento la jarra danesa, su composición en espiral, desde el pequeño cuadrado de la bahía, con sus barquitos propios de una pizarra escolar hasta el castillo rocoso que rodeaba la boca de la jarra como si pretendiera defenderla. Cerca de la puerta de salida había una mesita, donde estaba el muchacho de la babucha que le hacía una seña para que se acercara, era para envolverle la jarra, un papel con espirales en amarillo y azul rodeó la jarra, desde su base portuaria hasta su boca defendida por el anillo rocoso de la fortaleza.

Notó que apresuraba el paso para llegar a la casa señalada por la tarjeta. Tocó el timbre y de súbito la puerta se abrió; detrás estaba un muchacho como de tres años, con un ropón blanco ribeteado de un tafetán azul muy claro. Al llegar a ese momento de su vida, no pudo evitar estremecerse desde su raíz. El rostro del muchacho que le abrió la puerta era el mismo que había entrevisto, que ahora se mostraba en su plenitud, en la verja que rodeaba el foso. Era la visión que le había hecho colocar su rostro en cada pareja de las lanzas que formaban la verja del foso. El muchacho cogió la jarra que se le entregaba y corrió hacia el sofá situado frente a la puerta, donde estaba sentada la abuela. —Da las gracias—, le dijo la señora anciana. El muchacho corrió hacia la puerta, se sonrió con el momentáneo visitador, y le dijo: —Gracias. La puerta se fue cerrando con lentitud, con silenciosa lentitud, con la eternidad de la lentitud silenciosa.

Nuestro paseante de la medianoche seguía un camino que se presentaba sin término, por lo menos sin meta obligada. Pasó frente a la salida de los cines, paseó por la avenida portuaria sin reconocer ni importarle nada de lo que había visto en noches anteriores. Sentía que la fuerza impelente del patio de su casa se había extinguido en él, pero que al mismo tiempo había nacido, para reemplazar a la anterior, una fuerza de absorción, especialmente constituida para atraerlo a su centro absorbente o de imantación. No podía precisar cómo esa fuerza de absorción había comenzado a zumbar sobre él, ni siquiera el signo de su existencia se manifestaba en una forma de imperiosa preferencia en la diversidad de los caminos. Pero sabía que al final de sus pasos mal contados, de la inexplicable noche, de la inaudible explicación de sus paseos, se encontraría, como un papel dentro de una nuez, la claridad lunar recorriendo su destino, su *ananké*, huevo cascado, fruta abierta, en toda su cantidad de substancia. ¿Sería su destino el paréntesis ocupado por la luz lunar? ¿Sería una romería lo que saltaba en el paréntesis, en un mero esclarecimiento lunar sin sentido, con árboles escarchados?

De pronto precisó que había llegado al parque en el costado del Auditorium. Pero vio también un extensísimo procesional, que en parejas, le daba tres veces la vuelta al parque. Sin preguntar cuál era el motivo, se unió a la fila, sabía que ese recorrido era un fragmento de la cantidad que le había sido asignada en esa nocturna. Aquella procesión enroscada tres veces en torno al parque, liberaba la extensión al vencer de toda diversidad. Iba convirtiendo el final de su paseo en lo que los matemáticos llaman reducción de factores comunes. Y al final, todavía no lo sabía, se encontraría con una ecuación, una urna de cristal.

No preguntó, durante las horas que formó en ese procesional, qué se veía al final del recorrido. Pero los comentarios iban llegando a él sin esperarlos y al final pudo zurcir toda la tela. Un crítico musical que había alcanzado una longevidad de ciento catorce años, permaneciendo adormecido casi durante medio siglo, había despertado y mostrado tan trascendentales opiniones en la valoración de la nueva música, que había motivado que lo expusieran en una urna de cristal a la curiosidad de nativos y extranjeros. Y la teoría de curiosos había sido incesante, miles de personas habían asomado su rostro al cristal que cubría al crítico vencedor del tiempo y de la temática musical contemporánea, en sus fases más temerosas e indescifrables.

Le llegó su turno y asomó la cara con natural indiferencia. Un lento escalofrío lo petrificó, lo recorrió como un relámpago que se extendiese por todo su árbol nervioso. Vio al garzón que le había abierto la puerta, recogiendo la jarra danesa. Su rostro enmarcado por la cinta azul de la capucha estaba pálido, la sangre se insinuaba, pero se detenía ganada por lo inerte. El ropón que lo cubría ocupaba un pequeño espacio dentro de la urna. Las dos pequeñas manos cruzadas sobre el pecho, sostenían una flor tan blanca como el ropón. El rosicler de sus mejillas se había solemnizado, era el rosado celeste crepuscular. La muerte debió dar un alarido gozoso al precipitarse sobre aquel rosado de boca de conejo cogido en una trampa. En el tiempo que estuvo asomado a la urna, le pareció que el ropón se prolongaba, como si su final reposase en las nubes.

Pudo retroceder ante esa visión. Rodó los escalones, cuando vinieron en su ayuda para levantarlo no necesitó de ese auxilio. Ya estaba otra vez de pie, la noche astillada mostraba su absorción en la otra ribera del río. Pudo llegar a la otra margen, dando saltos de piedra en piedra. Una inmensa estepa de nieve con sus márgenes azuladas lo esperaba con una hoguera crepitante. En aquella hoguera comenzó, lentamente, a calentarse las manos.

La esposa enajenada del crítico musical, al despertar se encontró sin la urna de cristal y con dos personas que le eran desconocidas, sentadas en dos sillas, que hablaban en voz baja aunque pudo entreoir algunas palabras que su esposo en su estado precataléptico repetía con frecuencia. Iba a gritar para avisar a los vecinos de tan intempestiva visita, pero los ademanes de subrayada fineza de la guardia visitadora, la obligaron a esperar el curso de los acontecimientos. El más viejo de los dos, que era paradojalmente el más temerario, se enfrentó con la vieja replegada como una garduña, diciéndole con un énfasis proclive a despertar un eco burlón en todo aquel que no fuera su joven amigo, siempre ardido como receptáculo de toda novedad: —Su esposo está en el templo de la música, proclamando el triunfo de la sonoridad extratemporal. El pueblo ansioso de ver un gajo de roble tan venerable desfila ante su cuerpo ni exánime ni viviente, sólo vencedor del tiempo. La fluencia no tiene armas para destruirlo, mientras él fluye en el tiempo circular, cada instante es la eternidad y el propio instante. Ha salido fuera de su existir, no solamente de su ser, *ex-sistere,* fuera del ser —dijo, procurando decirlo con sencillez, sin lograrlo—, para lograr un ser del tiempo, una médula del tiempo, un ser como imagen del tiempo. Vencedor del concepto temporal de los griegos al alcanzar un número del movimiento, 114 años indubitables, en que se burló del mayor enemigo, pero en un existir extratemporal, pues existió no en el tiempo, sino en el sueño. Su movimiento, ya aceptado que fue puramente extratemporal, no tuvo ni antecedentes ni consecuentes, pues el sueño se le convirtió en una planicie sin acantilado comenzante ni árbol final. Su noble existencia va mucho más allá de la manera de encarar el tiempo en Plotino. Este diferenciaba eternidad como naturaleza y tiempo como devenir en el mundo visual, pero nuestro crítico alcanzó la eternidad sin devenir, pero en el mundo visual, pues ahí está en su urna de cristal frente a un inmenso procesional. Vencedor del tiempo tomista, del *nunc fluens,* ahora fluye, pues es innegable que en la dormición del tiempo no va a su río. Si el índice se hundiese en las carnes del crítico para trazar el *ahora,* percibiría que el dedo ni se hunde en la vida ni se detiene frente a la muerte. No es lo inerte, es lo rígido, pero si fuera posible con esa rigidez suave del sueño. Es lo rígido suave, no lo yerto. No se podría poner en su urna la inscripción: el crítico yacente, sino otra, que es la que le conviene como un anillo: inmóvil vuela el ahora, o también: vuela ahora inmóvil, o: él ahora inmóvil vuela.

—Ha destruido el sutil distingo escolástico entre causa, causación y causalidad, o entre nacimiento, lo que engendra el nacimiento, y el nacimiento y su finalidad, pero su acto naciente transcurre en una infinitud recorrida por el durmiente en ese punto que vuela. Ha vencido también el tiempo como *entre*, según la acepción de algunos contemporáneos, pues en su sueño es imposible separar el tiempo que fue del que se está elaborando. Ese *entre* que parece ser el último refugio dialéctico de los mortales, penetración de un ciego en la fugacidad que cree duración, porque ese *entre* es la negación de toda penetración, quedando como un acto que se dirige a una roca, pero al llegar a ella ese acto se ha trocado en espuma, sólo que desde el punto de vista de la temporalidad, el hombre no es esa roca sino una roca de utilería que parece regalada por las Danaidas o por Sísifo, por los dioses malditos de un designio estéril.

—Después de estar más de cincuenta años adormecido, al volver al mundo del devenir visual, se adelantó a todos los críticos musicales con su teoría de la sonoridad como imagen del vacío, por la diferencia de las dos densidades, como el remolino dentro del caos. Ese desnivel de las dos densidades produce un *entre* la absorción y la impelencia, en el centro mismo del vacío, ahí irrumpe la imagen de la sonoridad. Ese sueño de medio siglo es precisamente el tiempo que hace falta para que el hombre pueda navegar hacia la estrella más cercana. Caminando, dentro de ese sueño de cinco veces diez años, el hombre puede llegar a la luna, sin apresurarse, en un maestoso lentísimo.

—No hable más tonterías —dijo con un chillido la esposa enajenada—, lléveme junto a mi esposo, quiero ver la urna de cristal. Un descuido puede producir la caída de la cascada de la temporalidad, y mi esposo, recuperando el tiempo, perecería de seguro—. Esbozó el gesto de una gata que sale de su agonía para saltar sobre la garganta de un provocador irónico.

Fue introducida en un Rolls con las portezuelas inicialadas de signos heráldicos. El auriga fue a tocar el claxon para liberarse de los enredos del procesional, pero la transportada esposa enajenada, le dijo palmeándole el hombro con furor: —Cuide esa brusquedad sonora, le puede destruir su *membrani timpani,* y por ahí mismo penetrar la hormiga blanca hasta sus meninges, matándolo. Silencio, si los procesionistas no se separan al paso de la máquina, es preferible que nos bajemos y vayamos caminando, hasta detenernos frente a la urna de cristal. Yo creo que ya el desfile ha durado un tiempo que puede perjudicar el absoluto de su sueño. Mañana, en el amanecer, que es la hora más peligrosa para su regreso al devenir, me llevaré la urna para casa.

La enajenación le otorgaba una rapidez que la cronología rechazaba. Se acercó, vigilada de cerca por los críticos acompañantes, a la urna. Los procesionantes la dejaron pasar, no sin que se formase un remolino, pues querían ver la pareja del durmiente y su guardiana enloquecida. Al poner su rostro en la urna, se oyó tal chillido, que bastó también para astillar la noche y hacer que la cuidadora del sueño infinitamente extensivo descendiese al tenebroso Erebo. ¿Qué vio al asomarse a la urna? El rostro de un guerrero romano, crispado en un gesto de infinita desesperación, tratando de alcanzar con sus manos la capa, las botas, la espada de los legionarios que pasaban para combatir en lejanas tierras. El rostro revelaba una acometividad gimiente e impotente, lloraba por la desesperación de no poder sumergirse en el fuego de la batalla. En su lecho de paja, el rostro encendido por la piedra, cuando había jurado el devenir y las alas de las tropas transportadas hacia las pruebas de la lejanía, sentía que la sangre se negaba a obedecerle y se le enredaba en el rostro, formando falsos círculos negados a la movilidad. En lugar de un crítico musical, rendido al sueño para vencer el tiempo, el rostro de un general romano que gemía inmovilizado al borrarse para él la posibilidad de alcanzar la muerte en el remolino de las batallas.

El chillido de la enajenada, más poderoso que las temidas hormigas blancas, penetrando por las orejas del durmiente, provocó una vibración corporal en el crítico que lo llevó dormido a la recepción de Proserpina. ¿Cuándo el coro inmenso de los procesionantes percibirá que ya no duerme? Ya el crítico percibe las gotas de lo temporal, pero no como el resto de los mortales, pues la muerte, no el sueño, comienza a regalarle, ahora sí de verdad, lo eterno, donde ya el tiempo no se deja vencer, ha comenzado por no existir ese pecado.

Alrededor de la base de la cúpula de ese templo, ahora en ruinas, existía un balconcillo por donde asomaban los monjes para sus oraciones de medianoche; parece que esas ruinas de un templo cristiano habían sido edificadas en su época de esplendor sobre las ruinas de una academia de filósofos paganos. A esas ruinas llegaron dos centuriones para jugar a la taba, habían cumplido sus guardias y antes de hundirse en la taberna querían tener la seguridad de quien se enfrentaría con los rigores de la convidada. Cuando ya se iban a sentar sobre el jaramago para comenzar el juego, se desprendió un busto del balcón que rodeaba la base de la cúpula. Era la figura de un geómetra muy ensimismado, que al caer había clavado en la tierrecilla el compás esgrimido por su mano derecha, mezclada con piedra y escayola ornamentada, la vieja tierra agrietada. Los dos centuriones lan-

zaron al espacio la figura desprendida que se fue a clavar en el
sostén de hierro que le servía de soporte en los barandales de la
cúpula. Había quedado perfectamente empotrada la figura en el
soporte, fijo el compás en el aire que se quería poblar de demos-
traciones y del fugato de las espirales. Comenzaron a lanzar sus
dados. Apuntaban tantos en la yerba, rectificaban con una guija
de río, procurando no dejar rastro. Rodó un dado y al detenerse
marcaba dos puntos negros. El otro dado tuvo un recorrido más
accidentado, tropezó con piedrecillas y hondonadas fangosas, y
al fin detuvo su marcha, sobre la cremosa superficie del dado quedaron impresos tres puntos negros. Vieron entonces los dos centuriones volar un espanto. La figura del ensimismado, compás en
mano, se lanzó de nuevo al espacio. Al caer en tierra la punta
del compás cayó sobre la superficie del dado que mostraba la
triada. Saltó el dado con furia, tropezó con una piedra del tamaño de un cangrejo, retrocediendo hacia el dado con el que formaba pareja, su superficie mostraba también ahora los dos puntos negros. El cuatro aportado por los dos dados, uno al lado
del otro, como si las dos superficies hubiesen unido sus aguas.
Quedó el cuatro debajo de la cúpula en ruinas, al centro de la
nave mayor a igual distancia de las dos naves colaterales. Los dos
centuriones se cubrieron con una sola capota, del cuello surgía
como una cabeza de tortuga grande, y evitando dar traspiés, se
fueron con paso de marcha forzada.

Capítulo XIII

Al finalizar el crepúsculo —oficinistas más lentos y especializados, regresos de citas, invitaciones a comer—, los ómnibus abren sus puertas, no a los tumultuosos vecinos de los pasajeros matinales, sino a un tipo de viajero con un cansancio más noble. El pasajero de ómnibus, en el crepúsculo, todavía se mantiene más jerarquizado, como si en una forma inconsciente despreciase a los tripulantes oficiosos de otras horas, que aquél estima innobles. No sólo precisa con detenimiento el rostro de los otros pasajeros, sino pesca más finas curiosidades de las vitrinas iluminadas. El trayecto que vence es también generalmente más extenso que el del tripulante matinal. Eso lo lleva a detallar más ennoblecedoras posturas, como si posase para un escultor que desea una posición mantenida al menos durante la primera media hora de trabajo.

Aunque aquel ómnibus ofrecía curiosas modificaciones, los pasajeros las soportaban sin exceso de asombro, y parecía que habían asimilado sus extraños procedimientos. A la derecha del timón, un círculo de acero bruñido giraba sus piñones guiados por la testa decapitada de un toro. Giraba la testa cuando alcanzaba el ómnibus mayor velocidad, los cuernos se abrillantaban como un fósforo que inauguraba su energía. De pronto, la testa esbozó una nota roja, el cansancio le hacía asomar la punta de la lengua, y el fósforo irritado de los cuernos comenzó a palidecer. El ómnibus se fue abandonando a una lentitud, en aumento a pesar de los reojos del timón, hasta que se detuvo sin la menor violencia. El conductor levantó la testa taurina, la guardó en una caja negrísima, se viró hacia los tripulantes y les dijo:

—Voy a llamar a la central, para que envíen otra testa de toro, si alguno está apurado le devuelvo su pasaje. Los que quieran esperar, les aconsejo que enciendan un cigarro o se hagan amigos de sus vecinos.

No tardó en llegar el mecánico, sudoroso, un poco sombrío. Se viró hacia el conductor: —Es un descuido suyo, no vio que la cabeza rotaba más de dos horas en el mismo sentido. Ya yo les he dicho, en las clases prácticas, que entonces hay que hacer el cambio en la espiral rotatoria. Si rotaba de derecha a izquierda, las dos horas que le siguen la testa tiene que girar en sentido inverso.

—Ahora tiene —prosiguió—. que apurarse; con cuidado, para

que el pasaje recupere su tiempo y a usted le hagan menos rebaja en la central. Ya se dijo que en esta primera semana de ensayo, se rebajará la mitad de lo acostumbrado. Andando —y dio unas palmadas conminatorias.

En el tiempo que el ómnibus estaba detenido, subió un señor alto, de piel cansada, con una mirada que al llegar al objeto parecía transparentarlo. *Ligero transparente,* eran las primeras palabras que se levantaban en nosotros al mirarlo. Sus bolsillos sonaron indiscretamente una excesiva cantidad de monedas, para llevarlas fuera de un monedero, aunque el viajero estaba atento a su tintineo, como quien sabe el valor de lo que oculta.

Regresaba de El Tesoro, casa de antigüedades, a donde había ido para ver unas monedas griegas y decidir sobre su autenticidad y la época de su acuñación. Se había abstenido de comprar aquellos dracmas, porque había observado que el relieve de las figuras grabadas había disminuido. Los dracmas auténticos de su colección, tanto la Minerva de una de las caras, como el Pegaso del reverso, mantenían su relieve en una forma sorprendente. Podía verse en esos dracmas, cómo el rostro de la Minerva mantenía con orgullo su nariz exageradamente griega. El anticuario desconocía lo que desde el período de Winckelmann, se llaman *monedas forradas,* con un baño de plata o de oro, como una con la cabeza de Alejandro de la colección del Duque de Caraffa, en Nápoles, "tan perfecta es la forma y la conservación, que solamente por el peso se puede conocer la ficción", decía el citado historiador. Se mostraba partidario de creer que los griegos al acuñar sus monedas, cargaban en la mezcla del relieve substancias más nobles y resistentes. Aquellos anticuarios maliciosos procuraban, para atrapar a curiosos incautos, que el relieve se fuera apagando. Los auténticos mantenían el relieve de las hebras del crinaje del casco de la Minerva, los grupos plumosos de las alas del Pegaso, sus cascos, las prolongaciones de la cola, en una regularidad tan tranquilamente asombrosa como la precisión de los rostros atenienses aún en el recuerdo. Pensaba que, tal vez, los numismatas del período petrarquista, hubieran avivado el relieve con algún *germen universal,* resto de la alquimia medieval, aplicado a los descubrimientos renacentistas. O algún cobre, traído de los Urales o de alguna región igualmente lejana y desconocida, la que al participar en la mezcla, mantenía el relieve diferenciado del resto de la superficie de la lámina, tratado con materiales más cotidianos e innobles. En la puerta de la casa de antigüedades, el anticuario trataba de convencer al comprador frustrado de la veracidad de los papeles que acompañaban a cada dracma, pero el comprador de prisa (se veía que estaba acuciado por la cercanía de la hora de la comida) le decía: —Tendríamos que aplicar principios de la heurística para estudiar ese papel de comprobación de monedas, pero éstas tienen que ver con la cultura, en este caso el sentido del relieve en los griegos, y no con documentos, que plantean otros problemas al intentar su desciframiento.

Salió a la calle y tuvo la alegría de ver en la esquina el ómnibus, detenido en sus reparaciones. Así ganaba tiempo y se precipitó hacia su asiento, tintineándole ligeramente las monedas griegas de su colección al sentarse. ¿Qué le importaban a los demás las monedas griegas? Su aire de despreocupación, causaba la impresión del que es dueño de un tesoro que a nadie le interesa.

Martincillo, el ebanista, apagó la bombilla del árbol de Navidad. Aquellas Pascuas eran muy sombrías, su esposa y su cuñada habían ido a visitar a su hermano, que tenía casa de playa en Varadero. Se vistió, dándole una última mirada a la mancha que el cigarrillo había dejado en el extremo de la mesa de noche. Bajó, para dirigirse a su mueblería, por la calle de Obispo, se detuvo para incorporarse dos pasteles de carne, pidió agua después y comenzó a oir el tumulto indiscreto que alguna porción de su intestino grueso, malhumorado, levantaba como un asordinado trombón de vara. Al llegar a la mueblería, sintió que el olor del aguarrás, que había utilizado el día anterior de trabajo, todavía evaporaba sus corpúsculos. Pintaba un gamo, con reminiscencia de un tapiz francés que había visto en un museo neoyorquino, y también sentía que su memoria filtraba un gallo chino de buena suerte, que había visto en casa de un amigo rico, que vendía tijeras para cortar flores y máquinas de escribir reconstruidas. Sus excesos de bermellón y sus plumerazos de verde, hicieron que al apretar los tubos de ambos colores, tan necesarios a sus gamos, como son necesarios a los gamos naturales las grandes hojas verdeantes, comprobara que se habían agotado. Se recordó de la pasta de dientes, con el latón retorcido, engurruñado a fuerza de enrollarla como una alfombra y de abrirla en espiral. Dejó sus diseños y se asomó a la ventana, pero las azoteas colindantes no ofrecían ningún motivo para mantener su curiosidad enhiesta. Esperaba a una amantilla, con la que se entregaba al amor, poniéndole unos papeles mojados en el suelo al tiempo que le ponía un pañuelo en la boca, para que esta Abissag, esta *rugido o trueno* del placer, no fuera a empavorecer la apacible mañana de la casa de huéspedes. Se fue convenciendo de que ya no vendría la placentera, y se puso de nuevo el saco para abandonar el estudio. Subió por O'Reilly y se sentó en un café para esperar a un amigo, que le soportaba sus crisis de vaciedad pero a quien odiaba con odio de larva del subconsciente, pues hablaba y comía mejor que él, pero aunque lo imitaba en la conversación y repetía las cosas del amigo como si fueran suyas, al mismo tiempo que intentaba dilatar su diafragma ecuatorial para mostrar que tenía alegría incorporativa y dárselas de vital o glotón artístico, su vida le impedía el disfrute de la amistad y el secreto del instante. Pero ese día el amigo no apareció y Martincillo tuvo que meter su silla en la mesa, como una cincha en su costillar. Puso el tabaco ensalivado en el borde de la mesa. Como había estado contorneando el frustrado esbozo de un gamo, tenía aún en la saliva el sabor de los colores utilizados, de tal manera que su saliva era como la del gamo fatigado en una venatoria, áspera, espesa y como con mezcla de arena. Pidió una cerveza refrigerada y una coteleta de langosta con tomates. Un pequeño fragmento del crustáceo saltó del vaso por la fuerza del comprimido. La saliva de su tabaco rodó en meandros enigmáticos. Muy pronto la errante corrosiva vino a tropezar con la masa de langosta. El cuarteado de la saliva se hundía agrietando la masa blancona, hasta formar como un latiguillo de parto incomprensible. Había engendrado como unos puntos nuevos salitreros. Unos corpúsculos que eran como la sal de la maldición. Martincillo se disgustó ante el nuevo engendro y con un golpe del meñique aventó la sal de nueva criatura que no conociera la gracia. Puso en marcha otra cervecita, pero temeroso de los engendros de la langosta, la reemplazó por un puñado de ostiones, relumbrantes por el fósforo venusino. La trepidación de la calle comercial llevó al salto del ostión, contrayéndose la masa al descubrir la madera, extendiéndose después el blanco, mientras el fragmento negruzco, como un lunar, se centraba. Una nueva chupada a la tagarna agrietó la saliva con puntitos de siena. Tembló de nuevo la mesa al bajar la cortina de acero ondulado, y la saliva extendió sus flagelos hasta el ostión. Montó la saliva del gamo el ostión, con deleite en los poros que se abrían en la masa, con un chillido concluyente. La fuerza corrosiva de la tagarna destruyó la masa de los ostiones, extendiendo como engendro distintas rayas de vinagre. Para disimular la contemplación del fetocillo, tendió la mirada por el espejo hispánico del café, donde fue saltando por las letras de un rótulo: Todo muy barato. Al rastrillar la silla para ceñirse despedidas, brotó una invisible chispa, que fragmentó la sentencia, aislando: TODO. Al mismo tiempo que ensalivaba de nuevo la tagarna, miró sin fijeza al camarero y le preguntó inútilmente como quien sabe de antemano lo consumido: ¿Cuánto es? La mañana aturdida que penetraba en el café, el reflejo de los espejos y de las copas, fragmentaron la interrogación, dejando en su aislamiento el: ES. Cuando llegó a la esquina, soldó de nuevo los hechos y las palabras en una nueva perentoria sentencia, fue como una revelación en un súbito anonadador. La desolación de los engendros de salitre y vinagreta lo atemorizaban como una viruela que devora una víscera. De pronto se soldó en su frente y la amargura de la saliva pareció unir de nuevo el babilónico rompecabeza: TODO ES SAL Y VINAGRE. Un escalofrío, hilillos de sudor por la palma de la mano. El pañuelo guardó avaramente aquellas gotas, incapaz de retener el sentido fuerte, no divisible de su rudeza coherente, de un refrán. Pronto la paremiología oriental invadió sus aterrorizadas imágenes, y de oscuro a manga temible empezaron a zarandearlo expresiones como todo y nada, hasta reemplazar la primera subrayada sentencia por otra más vagarosa y ondulante: TODO ES NADA. Y ya entonces las piernas comenzaron a flaquearle. Tomó el ómnibus, allí detenido para su arreglo, y se sentó muy cerca del anticuario. Muy pronto, el veneno de sentirse artista le levantó el desdén para el vecino, a quien desconocía, pero el tono único del color de su corbata se lo hizo repulsivo. Mas el anticuario, mucho más valioso que el mueblero temeroso, no le precisó su llegada. No precisó las modificaciones de la columna de aire a la llegada del artífice de la cepillada de yodo blanco, a pesar de que adelantó el exceso narigotudo por la ventanilla, motivando la risa estruendosa del seráfico pregonero del mamey.

Adalberto Kuller se preocupaba en la poesía más de la voluptuosidad que del aliento, de la evaporación vital que las palabras lograban atesorar. Temblorosa en aquella tarde, fue para él una alegría tersa, cuando vio el ómnibus detenido, recuperado ya del arreglo de su avería. No tendría que agotarse, en pasos cortos y de disimulado aburrimiento, en la espera de aquella puerta idiota que lo recogía como si fuera una rama desgobernada, suelta, de un arraigamiento invisible. Al cerrarse, la puerta lo persiguió, dándole golpecitos en la espalda, como diciéndole a los oídos de su espalda, las razones de su apresuramiento matinal, ya que lucía como voluptuosidades mortecinas, leves músicas nocturnas enredadas en sus párpados.

Roxana era la rosada motivación de aquella zozobra en el crepúsculo. Piel de extendidas palideces, piernas largas, labios húmedos para impulsar la frescura de las palabras, cabellos de oro sombreado, dispuestos a pasar el recuerdo como una miel saboreada en las exigencias voraces de la transpiración de la medianoche, levantaban los signos de las modulaciones de lo temporal, el tiempo señalado en la preparación de las delicias. Le faltaban tres meses para cumplir dieciocho años, como esas finezas gastronómicas que dependen de la exactitud de la medición temporal en el horneado. Se veía que un tiempo fino había soplado una arenilla dorada sobre el excitante melocotón. Pero la comparación con esa fruta, inevitable en el caso de Roxana, encandilaba más aún a Adalberto Kuller, pues según algunos maliciosos, la fruta metafórica mostraba tendencia a dejarse morder, menos por el joven que extendía sus sílabas voluptuosas para reemplazar aquel cuerpo implacable, que era fácil para los indiferentes, pero frenético en la negación para los obstinados enloquecidos, que se polarizaban, con verdadera savia nocturna, al rocío del melocotón.

Entre los obstinados enloquecidos era el primero Adalberto Kuller. La evocación de las palabras poéticas, tenía sus sentidos inflamados, pues buscando la palabra que interpretase con fidelidad cada signo de su cuerpo, lograba transfundirse en un océano universal, voluptuoso y errante, donde se diluía en el innumerable oleaje que invariablemente venía a rodar de nuevo el cuerpo de Roxana, abandonado en la playa. Su voracidad anhelosa sólo podía compararse a la reiteración del oleaje sobre el acantilado. Pero aquel cuerpo maldito y delicioso, se le escabullía, se le enredaban innumerables dificultades, se perdía, como si allí lo esperasen novedosas voluptuosidades, en una glorieta de improvisados ramajes. La realidad, excesiva en su negación para él, hacía que su imaginación trazase el diseño preciso de los frecuentes otorgamientos en Roxana de su jardín de delicias, en relación con el resto de los brutales efímeros. Cada porción de infierno, donde estaba su realidad ferozmente negada, estaba balanceada por el infinito paraíso del deleite donde su imaginación situaba a "los otros" en el goce. De tal manera, que mientras él se sumía en su paila infernal, contemplaba un paraíso donde estaba el resto de los humanos, recibiendo cada uno algún fragmento gozoso otorgado por Roxana, mientras cada vez que él le hablaba le viraba el rostro, le subrayaba un desdén, le hacía señales inequívocas de sus deseos de que se retirase, de que se hiciese invisible.

Llegaban a Adalberto Kuller las más concluyentes noticias sobre los instantes más afortunados de Roxana. A quien se le entregaba, donde se encerraba con sus amantes de una noche ardida pero inconsecuente, pues Roxana no reiteraba sus delicias en el mismo pecho con lunas iguales. Hasta los más malignos precisaban las formas en que se particularizaba el placer en sus hoyuelos. Sus débiles aleluyas en el combate de Eros, llegaban a sus oídos como un ánade presagioso y desolado. Todas esas noticias trasladadas a Adalberto, por mensajeros mitad burlones y mitad malvados, le sorbían los tuétanos, le arremolinaban la lujuria, lo hacían aullar como los torniquetes de placer en una lámina del Bosco.

Al comenzar la puesta del sol, Roxana revisaba los pétalos, escudriñaba las raíces de las flores de su jardín. Sentía esa atracción por las flores, que las sensualidades excesivas pero cultivadas sienten por la acumulación de la reverberación del reflejo, de todo cuerpo de gloria alzado dentro de la masa transparente de la luz. Adalberto turbado por la reminiscencia sensual de los estambres y los pistilos, recordaba esos contactos sexuales de ciertas plantas que necesitan del aire tibio para transportar el estambre hasta el recipiente femenino, que cuece la mezcla hasta que la hace ascender al Uno germinativo. Veía su substancia, su germen, impulsado por la brisa, y a Roxana en la punta final de la siesta, acicalados sus muslos de rosado molusco, recibir en sus pistilos las secretas palabras de su germen, ondulando todo su cuerpo hasta que una espuma le entreabría los labios temblorosos.

Adalberto se recostó en la verja de entrada del jardín de Roxana. Frenetizado por la negativa y por los rumores que, silenciosamente, lo tomaban por asalto, se decidió a volcar su enloquecido erotismo con signo inverso y comenzó a insultar a Roxana. Pero las primeras palabras injuriosas, que fueron un vulgarísimo "le doy cien pesos por una de sus noches", produjeron el resultado que no esperaba en ese momento, pero que ansiaba hacía meses, faltándole todas las sutilezas en los recursos habituales de la pasión. Roxana le contestó: —Muy bien, esta noche nos podemos ver. Pero me tienes que dar los cien pesos por adelantado. Lo tomaré como un trabajo, una noche bien remunerada. También yo tengo necesidad, aunque la disimulo hablando un rato con las flores.

Roxana tenía sus honestidades y aquella noche decidió ganarse los cien pesos. Que al menos el pobre Adalberto se sintiese desvalijado con deleite y donosura. Los dedos de Roxana entraban y salían de su cuerpo, como un panadero en las formas habituales de la harina. Sus párpados absorbían la humedad que le habían regalado y la guardaba en la reminiscencia hostigadora. Roxana recorrió su espada y esbozó, sacándola de un profundo pozo, la fertilidad de las praderas androginales. La energía, rastrillada por el rencor, se volcó varias veces en las bahías, muy mal al descubierto, de la deseosa enigmática. Al fin, la laxitud invadió a Adalberto, su cansancio restaba a Roxana para la huida. Nadando en el sueño se le alejaba, tendía las manos que se le doblegaban, que eran impedidas por el oleaje de anclar de nuevo en la retirada de aquel cuerpo, al fin descubierto y recorrido, al que le llegaba de nuevo la noche, donde, ay, se transfundía.

Al siguiente crepúsculo, Adalberto se esquinó de nuevo para ver a Roxana, que estaba en su reiterado jardín de siempre, en éxtasis, como si contemplase la ascensión del inaudible secreto de las flores. Apenas la apresurada de la noche anterior precisó a Adalberto, corrió a ocultarse, dejando la tierra entreabierta, sonriente a su benévola humedad, mientras las flores oscilaban con una irónica ternura, sin precisar los motivos de la rápida ausencia de Roxana. Adalberto se acercó a la verja de la entrada de la casa. El nacimiento de los largos tallos de las flores, y los árboles pequeños, estaban removidos y espolvoreados. Muy cerca vio una caja, cargada con los membretes y las cifras de los envíos oficiales. Precisó un rótulo: *Polvos para matar la filoxera*. Precio cien pesos. El dinero que la displicencia y la incomprensible majadería sexual de Roxana le habían arrancado, estaba en aquella caja, repleta de los polvos que provocarían el cósmico terror mortal de la filoxera.

Adalberto sintió que le temblaban las piernas. Se apresuró para coger el ómnibus, detenido por la avería de la cabeza del toro en los piñones. No había asiento, pero el transporte repleto le disminuyó la estatura de la imagen atormentadora. Se oyó el timbre, traqueteó el ómnibus y Adalberto evitaba mirar por la ventanilla, donde le parecía que se asomaba Roxana.

Vivo, después de su abandono de la soldadesca, de sus correrías mexicanas, donde gustaba de bailar enmascarado, volvió otra vez al cascarón desvencijado, sólo que ya Mamita se había ido a su eternal sombreado. Cortó la baba de su melancolía al impulsarse para llegar a la cuarentona Lupita, que descansaba de las visitas quincenales del sensual taoísta. La Lupita al principio de su acercamiento, lo fue enlazando con ternuras que querían ocupar el sitio de Mamita; los tres hermanos que le quedaban no lo querían tratar por miedo a que los considerasen cómplices de su deserción. En el vacío de la parentela, la Lupita se colaba con un deslizante sigilo. Vivo no pasaba de los veinte años, tenía concentrada su energía en un enredado remolino, y la Lupita decidió aprovecharle todo el tuétano con un redoblante temporal, pues el ejercicio con el sensual taoísta le oponía un laberinto muy lento al volcarse de su humedad germinativa. La cansaba, la prolongaba, le extendía la piel en innumerables alfileres que crujían imantados, después inacabadas colchas cariciosas, pero él apartaba con crueldad retorcida, como los cuernos de un chivo roquero, el toque central ígnito. Como el taoísta era dadivoso, aquellas demoras quedaban tan sólo como una mortificación. Pero cuando pasaron unos años, el taoísta se fue acogiendo al no hacer, huía de todas las variantes del tintineo del jade, y como una sombra prolongada hasta romper su contorno, ya no volvió más. Lupita buscaba un cambio en el entrelazarse de los cuerpos, reemplazar el no hacer taoísta por un incesante quehacer artesanal. Entonces fue cuando se operó el retorno de Vivo. Era un guajiro que sumaba muchas mañanas de insatisfacción, traía el chile mexicano rezumado por la piel, su vivir entrecortado le hacía más agudo el apetecer los complementarios. Un día al terminar la ducha, Vivo empezó a recortarse unos callos, pero su misma riqueza de capilaridad hizo que la sangre se fuera más allá de sus chanclos de baño, se extendió por debajo de la puerta, asomando un aviso sanguinolento. Lupita desde hacía días rondaba las duchas de Vivo, e interrogó en la puerta. A pesar de que Vivo le hacía el relato de la insignificante cortadura, la Lupita se empeñó en llevarlo a su cuarto, para aplicarle una desinfección. Aplicó los medicamentos, friccionó las piernas, metió las manos por los muslos resistentes, cuando miró hacia arriba, el falo de Vivo, como un enrollado parasol, pesaba sobre su frente. Lupita no vaciló en esconder en su cuerpo la fruta que había hecho suya. Fue una fiesta y la Lupita se liberó de toda la influencia taoísta, el "no hacer" quedó pulverizado en innumerables fragmentos deseosos.

Las pesquisas de la Lupita a la hora de la ducha de Vivo llegaron a una exactitud irreprochable, era tironeado hacia su cuarto después que la felpa secante había avivado los paseos de la sangre. Lupita estaba necesitada de recuperar el tiempo que había perdido con el taoísta. Le fue brindando almuerzos, chocolate después de la siesta, lo llamó Vivino para diferenciar su ternura, lo puso al servicio de sus sentidos. Lo fue convirtiendo en una pieza, que tenía que adelantarse todos los días por el camino que conducía hacia sus regiones más oscuras. Vivino cumplía la finalidad a que lo habían relegado, pieza que se encaja en una oquedad que lo espera. Pero descuidaba buscar trabajo, se abandonaba, en el almuerzo y el chocolate tenía lo suficiente para rendirse al sueño y darle de lado a la eficacia de todos los días. Salía del sueño, la Lupita lo tironeaba para apoderarse de su energía sin descanso, y volvía de nuevo al sueño, para de nuevo recuperarse con el chocolate.

La vecinería hizo el comento adecuado a la somnolencia, le exigieron casi la participación a los familiares, para evitar el embrujo. Creyeron que el daño lo podría llevar a la muerte. En realidad, Vivo sólo tenía un lento y progresivo embrutecimiento, encajado entre el diario refocilarse y el abundoso gigotillo que le regalaba la Lupita; tan sólo había perdido la apetencia laborable, la insobornable frescura de su lomo, extendido tan sólo al recorrido caricioso, renuente a la sudoración provocada.

Tránquilo, el hermano mayor de Vivino, lo sacó de su covacha un sábado por la tarde para llevarlo a ver a un conguito oracular que daba soluciones infusas. Vivino al principio se negaba a la asistencia, diciendo que estaba mejor que nunca, que dormía como regado por una ducha tibia. Tránquilo le hizo nacer la urgencia de la visita, diciéndole que estaba aquejado de mal de muerte, que su misma varonía, la flor de su energía, iría decreciendo como un ovillo de seda podrido. Para impresionarlo, Tránquilo le pasó la mano por la frente diciéndole: Estás frío, aunque eres muy joven, pero pareces la cestilla de hielo que rodea al vino, suponiendo que aún te quede sangre de la buena. Cuando los humores no vienen bien, la sangre se enfría. Creo que todavía estamos a tiempo para que tu ánima no te huya y permanezca en tu cuerpo bien clavada.

El conguito infuso a quien lo llevó Tránquilo, tenía su desmesurado redondel, papada como bolsa notarial, glútea como lavamanos, ojos tortuosos que fijaban la mirada por una secularidad. Lo contempló primero como quien ve salir de un espejo ahumado la nebulosa renuente a la figuración. Después, pareció que había detenido a Vivino, que se lo tragaba, y que ya en su interior, tenía los ojos muy cerrados, empezaba a determinarlo por la rumia. Empezó a decirle: —Todo depende que me contestes bien. ¿Cuando tú te acuestas con ella, no has observado que te duermes y despiertas en distinta posición, que cuando despiertas la ranura de ella está en dirección de tu rostro? Entonces ella evapora como un zumo de amapola con cebolla, eso forma una espiral que te recorre y te enreda el cuerpo. Eso es lo que te da sueño. Procura que al dormirte y al despertarte, tu cara y la de ella estén en el mismo frente. Vete a casa de este anticuario —musitó la dirección como un ensalmo—. Allí pregunta por el acordeón de Madagascar. Le dirás que es para sonarlo en un fiestongo, que te cobre tan sólo por el alquiler. Vete a casa de tu hermano por la mañana, te desnudas y empiezas a abrir y cerrar el acordeón. Sin que tú lo veas, la espiral que ella sumerge en tus entrañas se va escapando por los poros—. Sobre una bandeja de cobre que parecía una lasca de mamey dominicano, Tránquilo soltó una ringlera de pesetas. Saludó y de allí se fueron los dos para la casa del anticuario.

Cuando entró en la casa que le había indicado, salía lentamente un hombre alto, vestido de un azul que parecía negro veteado. Al oir que preguntaban por el acordeón de Madagascar se volvió sonriéndose, pero detrás de la voz no pudo precisar el bulto que la ingurgitaba. Le empapelaron el acordeón extrayente. Tránquilo lo acompañó hasta la esquina, donde también lo esperaba el ómnibus cabeceante, durante el tiempo que renovaban en los piñones rotativos la decapitada cabeza del toro.

José Cemí regresaba de casa de Chacha, la mestiza de exquisita bondad, de rostro parecido a la Duse, medium visionaria, con el don de precisar las imágenes acabalgadas, de detener los recuerdos, de fijar las nubes que se alargan en la región de los muertos. Sentado un día en un banco del Prado había conocido a dos pintores. Uno, que lo era de oficio, pintaba poco. El otro, antes de morir, aclarándose el llamado, pintó y llenó sus libretas con sus indecisiones poderosas, con sus balbuceos que querían romper una cáscara para alcanzar la nueva forma. Después, volvió a encontrarle en casa de un conocido coleccionista, eran años de penuria y los burócratas que querían mostrar pinta fina, o de ocio bien llevado, compraban discos o alguna estatuilla a lo Eric Hill o a lo Brancusi, que mostraban después en la tertulia nocturnal, entre sonrisitas de ironía gala y alguna manzanilla servida en unas largas copas florentinas, regalo de la condesa de Merlín a una tía del coleccionista, que a su vez coleccionaba piezas de porcelana del Retiro. El pintor, muy corpulento, ostentando la fineza de su espíritu en las líneas bondadosas y amargas del rostro, ya estaba acorralado por la muerte. Cuando uno llegaba a la reunión ya él estaba allí, cuando nos retirábamos, ya él se había marchado sin darnos cuenta. Cuando la muerte lo aclaró, murió de una enfermedad que le sacó la sangre de las venas, empezamos a oir el zumbido de la muerte. Poco tiempo después de conocerlo, le llegó la muerte; por esa cercanía, amistad y muerte, estaba en el recuerdo como un aparte amenazador. Así era como la amistad agazapada, reducida, ovillada, que prolongada podía alcanzar la infinitud; era al mismo tiempo la muerte, que sin vacilaciones había cogido rápidamente, con sus garras de ratón ligadas por el hombro a nuestro errante melancólico, y cuando de nuevo torcíamos el rostro, ya él no estaba. Pero arañaba con las telas, donde el aceite rechazaba a la muerte; aparecían las líneas con sus rasguños, como si ante la invasión del agua de la fría extensión, que no piensa, pero se apodera de todas las grutas, hubiera avizorado el paredón, cruzándolo de letras inventadas en un instante, deshechas en la sucesión de un tiempo maldito. Pero ahora miramos fijamente el paredón, y lo vemos deslizarse, levantando la solapa del saco por el viento frío; encendiendo un cigarro, prolongándose el fuego por el que penetramos en su rostro indescifrable, apresurado, con algo que nuestra cobardía califica de desdén, porque al reconstruirse en nuestra mirada, al alzarse en el ápice del fuego momentáneo, siente la diferencia de densidades de las dos regiones.

En la calle General Lee vivía la espiritista mestiza, con ese rostro sabio y bondadoso adquirido por nuestras cuarteronas, donde la pobreza, la magia, la desigualdad anárquica de la familia, las recetas de plantas curativas, los maleficios, la cábala onírica, la pobreza arrinconada y sin salida, la esquina de parla municipal y cominera, el diálogo último, para desesperación conversacional y fatalista, con los ídolos, han dejado tan penetrantes surcos. El rostro de la mujer cubana, blanca o mestiza, al llegar a sus sesenta años, cobra como un blanco enigma de bondad. "Los desengaños, dicen nuestras viejas, como si fuesen alfileres que diabólicos enanitos van dejando sobre nuestro cuerpo. Ciérrense los ojos y déjese en el recuerdo el rostro de nuestras madres, tan cansado, caminar hacia nosotros, diciendo nuestros nombres con silabeo lento, tan graciosa y secularmente modulado."

Chacha ofrecía la madurez de ese rostro de bondad y sabiduría. Su rostro era el de la mujer vieja que ya no distingue entre sus hijos y el resto de la humanidad. —Siéntense los caballeros dijo con acento no de humildad, sino de fina obsequiosidad y de cortesanía. El magistrado rechoncho, el pintor amigo del pintor muerto y José Cemí se distribuyeron en dos sillas y un sofá. Chacha, en el centro, distendió más aún su rostro. Miró el aire concentrado en el centro de la cámara y como si fuese extrayendo las palabras de las profundidades, muy lentamente, fue diciendo:

—La persona por quien ustedes se vienen a interesar, era muy distinguida, no en el sentido habitual de ese término. Era persona de mucho valer, pero no como se dice eso de un político, de un hombre rico o de un comerciante cualquiera.

Aquí se detuvo. Comenzó de nuevo: Era muy distinguido, algo así como un artista, un pintor tal vez . Nueva pausa. Los formantes del coro nos miramos, el acierto había sido pleno. El rostro de Chacha comenzó a sudar muy levemente. Su piel, bajo el rocío transpirante se ennobleció. Hermandad del rocío y del tono de la voz.

—Ustedes no deben preocuparse continuó , por su muerte última, pues la persona por qu en ustedes se vienen a interesar ya se había muerto varias veces. En su vida tuvo tres muertes, eso le permite ahora tener más paz, pues está como en su propia región. Son pocas las personas que acabadas de desencarnar, se muestran incorporadas a su nueva vida en la muerte. Las tres muertes que tuvo le preludiaron el camino. Se ve que estaba muy amigado con la muerte . Hablaba con mucha lentitud, rompiendo después las palabras con una irisación despaciosa. Habló después de la novia. Detalles de su casa. Retrató al desencarnado tal como lo veía en esos momentos. Nos asombró el parecido del retrato. El magistrado, el otro pintor y José Cemí, sintieron a una el momento de despedirse. Con la misma extraña fineza acompañó Chacha a los visitantes hasta la puerta. Inclinó con reverencia la cabeza. Si en otra ocasión los puedo servir, hónrome con su visita. Desde ahora, incluyéndolo a él, todos somos buenos amigos.

Caminamos hasta la esquina, huyéndole al comentario. Teníamos la sensación de un gran final de acto entre lo real y lo irreal, entre la imagen y su contenido. Recordamos la heroica penuria del pintor. Sus visitas a la novia, que vivía en Santos Suárez, regresando en interminables caminatas, por carecer de los cinco centavos para pagar el regreso. De la forma solemne, reconcentrada, inmisericorde, como quien reverencia de nuevo al justiciero, al implacable, con que oía los tríos y cuartetos de Beethoven. Sus comentarios, en una noche muy lluviosa, en el cuarto del magistrado, sobre *El tío Goriot*. Recordaba José Cemí cómo el pintor había extraído de su billetera, y aquí había que recordar también que el nombre no hacía a la cosa, una cita de esa obra de Balzac. "Tal vez haya en la naturaleza humana una tendencia a hacer soportar todo a quienes todo lo sufren por humildad verdadera, por debilidad o por indiferencia". Y el comentario sencillo: qué bien ha hecho Balzac en unir la humildad, la debilidad y la indiferencia.

Cemí se despidió de los otros dos acompañantes, y vio con extrañeza el ómnibus detenido. La nueva testa coloreada en el piñón rotatorio le comunicaba la energía de su estreno. Al sentarse Cemí notó la excesiva trepidación de la arrancada. Vio la testa fresca, sonriente, del toro decapitado, las oleadas que le invadían al rotar en el círculo aceitado, suave por el pulimento caricioso de la inauguración de su fuerza.

El anticuario iba sentado al lado de una trigueña charlosa indetenible, con otras dos muchachas sentadas en el asiento de enfrente, las tres pretenciosas empleadillas del *Ten Cent* del Vedado. De pie, a su lado tenía al ebanista Martincillo, mirando con desdén alegre, el cloqueo saltado después del descansillo. Delante de Martincillo, Vivino con su acordeón sobre las piernas. Delante de ambos, el enamorado Adalberto Kuller, en su lejanía para disimular los suspiros envueltos en papel de estraza. En el asiento de la otra banda, frente al anticuario, José Cemí, momentáneamente indescifrable por el regreso del otro mundo, por el recuerdo de la cara de Chacha, madre serenísima, la madre que había reconocido tan pronto en la fragancia límpida del aire, a la amistad invocada, a un Eros que se movía entre la figura y la temblorosa imagen del recuerdo, que había sabido soplar lo preciso para estremecernos.

Martincillo se reconcentraba en un impedimento, mañana sería el cumpleaños de su queridita, y estaba cenizo de blanca, puro desvencijo acuoso su bolsillo. La conversación del anticuario con la tencenera, centró a Martincillo. Las dos tenceneras le enseñaban unos papelones a la sentada al lado del anticuario. Análisis de salud, cifras de sangre, orina, parásitos, tiempo del cierre de la sangre. Una de ellas comentaba que se había hecho varios de los análisis, variables, con amistosas cifras, pero que ella seguía sintiéndose mal. La que estaba a su lado, le guiñaba el ojo y le afirmaba que todo eso desaparecería tan pronto se casara. Tú siempre con tus cosas, le respondía la otra. Y la sentada al lado del anticuario, apuntaba silencio, como temerosa de que hubiera pelea o alusiones comprometidas a la novietería.

—Por eso hay que hacerse esos análisis cada instante —terció el anticuario—; otro al finalizar el año, el día de la cena de Nochebuena. Le voy a decir cómo hacer esas averiguaciones al minuto. Cada instante lleva un pez fuera del agua y lo único que me interesa es atraparlo. Primera vez en mi vida que a mi lado unas muchachas sacan esos papeles de análisis en un ómnibus, aprovecho esa excepción para mostrarles mi secreto. Si no es por la ocasión, remolino de coincidencias que se detienen en escultura, ¿cómo podríamos mostrar la sabiduría? La vida es una red de situaciones indeterminadas, cada coincidencia es algo que quiere hablar a nuestro lado, si la interpretamos incorporamos una forma, dominamos una transparencia. Dispénseme, pero esa situación indeterminada, una muchacha en un ómnibus, con unos análisis, a mi lado, adquiere forma, tengo que interpretarla, porque es muy posible que eso no se vuelva a repetir mientras yo viva. Lo único que puede interesarme es la coincidencia de mi yo en la diversidad de las situaciones. Si dejo pasar esas coincidencias, me siento morir cuando las interpreto, soy el artífice de un milagro, he dominado el acto informe de la naturaleza.

En el Nacimiento, en los días pascuales, puede hacer muchas cosas. Puede comprobar la salud, no por medio de análisis, sino dentro del mismo cuerpo. Cierre usted los ojos, si le aparecen estrellas, digamos por el norte del reverso de los párpados, cuide mal de cabeza, intoxicaciones, malos flujos, endurecimientos de las arterias cerebrales; si las estrellas cabecean por el sur, busque males del cuerpo, que después iremos diciendo sus flejes particulares. Si por el este del reverso del párpado le aparecen líneas verticales, compruebe romadizos de brazo y pierna derecha. Si las rayas asoman por el reojo siniestro, busque males del otro brazo y pierna. Si las estrellas norteñas le localizan males de cabeza, hágase una cruz de yodo en la cara, por donde compruebe que los poros han asimilado más yodo, hay por allí debilidades, caries que acechan, cimientos crujientes. En ese día de averiguaciones faciales, sin purgarse, póngase a unas ingerencias ácueas y aduérmase sombroso.

—Para comprobar la cualificación del tronco, apóyese en la bisagra distributiva del diafragma. Para el pecho, trácese una línea de color caliente, ya amaranto, ya amarillo naranja, que vaya de la tetilla izquierda perdiéndose en el radar axilar del lado diestro. Búsquese, no tan sólo color disminuido, como ya vimos en la cruz yodada del rostro, sino más bien las vibraciones o arrugas de la línea coloreada, los sitios donde siente como si se le opacase la respiración. Para las comprobaciones abdominales, la raya sería vertical—. Aquí las muchachas torcieron el rostro, temiendo alguna indiscreción del incógnito anticuario, pero el punto de su silencio justo en el instante de un traqueteo del ómnibus y de un ligero sobresalto en los ojos de la cabeza del toro joven, que giraba en los piñones aceitados.

El traqueteo del ómnibus obligó al anticuario a torcer el rostro. Se fijó en el pulso del que estaba a su lado, en la otra fila paralela de asientos. Extrajo ese pulso unas iniciales: J. C. Un escalofrío lo recorrió, se acababa de verificar silenciosamente algo que venía a ser un complementario tan forzado como prodigioso en su vida. Ya no se moriría intranquilo, incompleto. Se había verificado el signo que le permitiría recorrer su último camino, con expresión para su pasado y con esclarecimiento para su futuridad.

De pie, al lado del anticuario, Martincillo, y delante de éste, Adalberto Kuller, sin querer fijarse en los rostros de los pasajeros apretujados, para que no le observasen los llorados surcos de su melancolía. Martincillo sentía más que nunca la sórdida vaciedad de su bolsillo, era el cumpleaños de una de sus queriditas, mimosa, gemidora en el trance y relatora de las juergas donde el ebanista se mostraba generoso a costa de algún amigo picoteado. Oyó el retintín de las monedas del anticuario, que sonaron en sus oídos como campanillas pequinesas... Le pareció que aquel tontillo que llevaba las monedas a flor de bolsillo era un infeliz, un antiartista, un burgués sin alegría ni expresión. Había comprado una voluminosa revista de *antique* brilloso y un pañuelo grande, casi mejor una manteleta, para con ella ceñir el cuello de su amada. Tan disímiles cosas tenían un punto de voluptuosidad coincidente, hacer más plausible el placer, dentro de las incomodidades conque vivía en su cuartucho, pues el papel brillante lo extendía por el suelo, como espartano lecho que reemplazase la cama de holgura soñada, y el pañuelo se lo ceñía a la boca, para impedir los gritos conque la afanosa doncella acompañaba la penetración del aguijón del ebanista. ¿Por falta de dinero aquel papel se quedaría sin el comunicado calor de los cuerpos al refocilarse, y la manteleta se quedaría sin apagar los ecos frenéticos de la doncella, como una Ménade posesa por un vino blanco?

Al primer traqueteo del ómnibus en marcha, extendió la mano, pero el pudor lo inhibió, llevándole sudor frío al frentón. Se veía ya como náufrago en aquellas olas de papel, quería gritar, pero la manteleta le tapaba la boca enloqueciéndolo. Y el cuerpo, melodioso en las sombras de su trigueñez, giraba en los reflejos del papel, después estimulaba con ambas manos la pañoleta, piel de chivo dionisíaco, que comenzaba a arder, empezaba a danzar, agrandándose la glútea y los senos por las paredes, como si fuesen sombras gigantomas sopladas por el aliento del falo acrecido por la mandrágora. Ya no se pudo contener, afirmó la punta de la mano, sutilizada por el uso del pañuelo y extrajo la bolsita donde danzaban y cantaban las monedas.

Observó la indiferencia del rostro del anticuario, parecía haber echado anclas en las dos aspas cruzadas de una abstracción. Martincillo recorrió con los dedos la fineza de la piel de la bolsita con las monedas. Para disimular sus nervios, insistió en el trabajo manual volcado sobre la bolsita, zafó el broche, extrajo unas monedas. Aprovechándose en una esquina entrecortada por la sombra, que el lleno del ómnibus aumentaba, sacó la moneda y la precisó con un reojo de fulguración semita. No, no eran las habituales, vio un Pegaso graciosísimo, ligero, con alas que parecían por lo exactas y enjutas, élitros de insectos centelleantes. En el reverso, una Minerva espléndida, con su clásica y robusta nariz, su casco que llevaba aún a los bajos menesteres del empleo de las monedas, el refinamiento de la aristía de la protección minervina en medio del remolino de la pelea. Pero, ay, el pintor se convenció de inmediato que con ellas no podría comprar el regalo del cumpleaños de su *maitresse,* que sería pagado con creces en la otra hora de la verdad, al revolcarse en las sábanas del *antique* brillante, mientras su extensa nariz dividía en dos fragmentos, como dos cortinas, la cabellera que cubría la nuca, ingurgitando ráfagas de voluptuosa energía.

Vio el acordeón de Madagascar, los entrantes y salientes de su fuelle. Con calculado disimulo, fue sembrando las moneditas en los entrantes, donde las sombras opacaban el rebrillo. Pero un nuevo traqueteo del ómnibus, impulsado por el fuelle, hizo saltar las monedas, como una cosecha puesta a flotar por la llegada no avisada del aquilón. Un escalofrío recorrió a Martincillo. ¿Qué hacer de nuevo, sin llamar la atención de los pasajeros? Fingió que había caído un cisco sobre el fuelle del acordeón, fingimiento que le permitió concentrar en su mano, una a una, las monedas griegas. Perdida esa finalidad, buscaría otro procedimiento para deshacerse del bolsín. Muy pronto, su irresponsabilidad facilitaba cualquier meta, lo encontró en el vecinito de enfrente, el Adalberto Kuller quejumbroso, desterrado, anegado en aguas sin sentido por recibidas burlas de amor. Aprovechó el instante en que el pasaje se apelotonó hacia los piñones giratorios, por una curva intempestiva, que no había sido plausiblemente calculada por Lagrange, en cuya curva Adalberto había alzado los brazos como un implorante ante uno de los cardinales del almuecín, para lanzarle en el bolsillo derecho la bolsita con las monedas historiadas, pero inservibles para los improvisados silenciadores y las ofrendas venusianas del ardido ebanista en precario.

José Cemí había observado los dos giros infamantes del narigudo priápico. La rapidez vehemente con que había extraído la bolsilla del viajero indiferente y oracular, y la frialdad cínica con que la había deslizado en el bolsillo de la pobre chaqueta del quejumbroso. Para librarse de una rastra agrandada como un cortejo de consagraciones en Bombay, el ómnibus tuvo que buscar casi apoyo en una cuneta amplia y plana, que evitó los sombríos mazazos del hecatonquero. José Cemí aprovechó el cegato colectivo que había dejado tan inaudita medida de salvación, para estirar el cuerpo flexible y la mano extensa como una jabalina y extraer la bolsita voladora. Vio en el viajero de las monedas como un majestuoso descanso dentro de un éxtasis. Parecía como si hubiera roto todas las causalidades, o mejor, como si todas las causalidades hubiesen coincidido en su bolsillo tintineantes, como un venado cuando salta un reflejo y el árbol de sus cuernos se descompone para evitar la graciosa lanzada de Adonis. Así las monedas volvieron al bolsillo del viajero que engendraba hechos, nidos en lo temporal.

Al día siguiente, comienzo de un domingo que iniciaba su parábola de hastío, José Cemí salió para sentarse un rato en la Avenida de las Misiones. Al llevarse la mano al bolsillo para asegurarse el llavero sorprendió al tacto una tarjeta. La leyó con una sorpresa que mantendría su fuerza de sorpresa durante todo el domingo. Decía la tarjeta: "Oppiano Licario le agradece la devolución de las monedas. Era un hecho esperado por mí durante más de veinte años. Venga a visitarme, en Espada 615. Como la colección de monedas era antigua quiero celebrar su devolución con una botella extraída de las ruinas de Pompeya. Yo he esperado veinte años; usted ganaría en el tiempo otros veinte años. Perfecta equivalencia para el destino de cada uno de nosotros. No se asombre de la forma en que le doy las gracias. En la vida de uno y otro ha sucedido algo sencillamente importante. Lo espero, para que usted no tenga que esperar. Conocí a su tío Alberto, vi morir a su padre. Hace veinte años del primer encuentro, diez del segundo, tiempo de ambos sucedidos importantísimos para usted y para mí, en que se engendró la causal de las variaciones que terminan en el infierno de un ómnibus, con su gesto que cierra un círculo. En la sombra de ese círculo ya yo me puedo morir."

Cemí llegó a la casa indicada, Espada 615. Se dirigió al mozo del elevador y le preguntó por la persona que deseaba ver: Oppiano Licario. Muy bien suba, fue la cortante respuesta. Abrió la portezuela del elevador para introducir al visitante, abrió de nuevo la portezuela, salió al pasillo y le indicó un departamento que se encontraba en su extremo. Era el séptimo piso. Cemí siguió la dirección indicada; como era su antigua costumbre siempre que pasaba frente a una pared que se prolongaba, le gustaba pasar los dedos a lo largo de la extensión edificada. Se asomó a uno de los ventanales; al mirar hacia abajo pudo precisar a Oppiano Licario, vestido con un pantalón amarillo y con una blanca camiseta de gimnasio. Le pareció ver poleas, sacos areneros para hacer peleas de sombras, pedales, lonas para el pancracio. Procuraba precisar la visión, pues una difuminada extrañeza pulverizaba el juego de las figuras. ¿Quiénes rodeaban a Oppiano Licario? Tuvo como la sensación de una nebulosa que se va trocando en figuración, de nebulosa que se convertía en serpiente a la que se le rajaba la piel, de ahí salía un indeterminado cuerpo hecho para la danza. Eran Martincillo, Adalberto Kuller y Vivino. Martincillo, dentro de un círculo, picaba con su flautín un cangrejo furioso que ladraba como un perro. Adalberto Kuller, sobre dos espirales entrelazadas, restos de una lona circular que se había fragmentado en su centro, procuraba caricaturizar el aparecido con cara de cangrejo llameante, que sonaba a cada toque del flautín como un can estígico. En ese momento, Vivino con pantaloncillo y camiseta gimnásticos, se curvaba hacia atrás, como si se fuera a tocar los talones, mientras Martincillo, en un paréntesis de su dúo de flautín y cangrejo, abría y cerraba el acordeón de Madagascar. Oppiano Licario, apresurando el paso, se acercó a la mesa que estaba en los comienzos del salón, empuñó una varilla de metal y golpeó el triángulo de bronce que sobre un soporte reposaba en el centro de la mesa. Golpeó el triángulo y mientras la onda sonora se dilataba, exclamó como una orden: Estilo sistáltico. El ritmo se volvió crecedor, adquirió su *crescendo*. El acordeón de Madagascar, el flautín, el cangrejo lanza llamas, el diseño caricaturesco, el triángulo de cobre, se avivaron, parecían brillar y entreabrir carcajadas. Martincillo, Adalberto Kuller y Vivino, apresuraron sus movimientos, como aconsejados por una danza que inauguraba su frenesí.

El mozo del elevador irrumpió de nuevo en el pasillo, donde le había indicado a Cemí que se encontraba la persona buscada. —Señor, señor, me he equivocado de dirección, es abajo, venga conmigo. Me pareció haberle oído Urbano Vicario, ese sí vive en el séptimo piso. Pero la persona que usted busca vive en la planta baja. No es la primera vez que tengo la misma equivocación, a Vicario lo vienen a ver muchas más gentes. Pero como me equivoco, me fijo mucho más en las que vienen a ver a Licario. De esa manera, nadie de los que vienen a ver a Vicario conoce a Licario, pero usted puede estar seguro de que todas las visitas de Licario han oído el nombre de Vicario. Una vez le confesé al señor Licario mi error y me contestó: Eso es bueno, subir y después bajar, así llegan a mi casa ya con la imagen del huevo celeste —repetía el mozo, atorándose en su propia risa.

Abrió la portezuela. —Siga por aquí —dijo. Su índice marcó una dirección—. Después dé la vuelta —su brazo entero acompañó la señal de la recurva—. Si no lo esperan, toque bastante el timbre. El señor Licario parece que hay que subirlo de una mina. El timbre se lo sube seguro—. Cemí premió su locuacidad satisfecha con unas moneditas, que unieron su tintineo a la risa impulsada del mozuelo.

Pasó todo lo contrario de lo que le habían dicho. No tuvo ni que tocar el timbre, Licario le abrió de inmediato la puerta sin necesitar de llamada. La pieza era muy distinta de lo que él había visto desde el séptimo piso. No había nadie en su interior. Sólo la mesa, con el triángulo de bronce y una varilla metálica para provocar la sonoridad. Vibraron los dos metales. Oppiano Licario presentaba un pantalón negro y una camisa muy blanca. Mientras se prolongaba la vibración exclamó: —Estilo hesicástico.

—Veo, señor --le dijo a Cemí—, que usted mantiene la tradición del *ethos* musical de los pitagóricos, los acompañamientos musicales del culto de Dionisos. —Veo —le dijo Licario con cierta malicia que no pudo evitar—, que ha pasado del estilo sistálico, o de las pasiones tumultuosas, al estilo hesicástico, o del equilibrio anímico, en muy breve tiempo.

Licario golpeó de nuevo el triángulo con la varilla y dijo: Entonces, podemos ya empezar.

Capítulo XIV

Repasaba Oppiano Licario la fija diversidad de los otoños que habían bailado a lo largo de su espina dorsal. Al llegar a la desdichada página cuarenta de esa colección de otoños, los recuerdos perdían sus afiladuras, las sensaciones se reían de sus sucesiones y el carrusel dejaba de ser cortado por su mirada cuando se perdía detrás de la cintura de los cocoteros. Un murmullo, la resaca soñolienta impulsada por los insufribles desiertos de la luna, comenzaba a rodearlo. Salvo algún día a la semana, en que se precipitaba en la notaría donde trabajaba, desacompasado y olvidado de los cuartos de reloj, sin que el resto de los empleados se sobresaltasen o esperasen en resguardado silencio los regaños tercos del cartulario. Ni siquiera sucedía la interrupción de una conversación ni los más nuevos clientes se fijaban en él. Otro día de la semana quería hacerse excepcional, cuando Licario compraba algún cuaderno de pintura abstracta en Trieste, y algunos de sus amigos le acudían para oirlo afirmar reiteradamente que lo abstracto terminaba en lo figurativo y lo figurativo terminaba en lo abstracto. Pero ese día quería precisar contorno y entorno, con circunferencia y círculo, qué era lo que había sumado, qué constante de iluminación y qué estaciones sombrosas se precisaban por los corredores de espejos. Cuántas veces al ladearse para escurrirse frente a lo fenoménico, lograba alcanzar los reflejos de lo luminoso, la respiración inapresable de los arquetipos.

¿Con qué se había quedado al repasar esos sumandos fríos, algodonosos? Acariciaba y repasaba la estatura intemporal de esa escala de Jacob, que a veces creía haber levantado al lado de la escalerilla que descendía al cuarto de la más vieja criada de la casa. Frente a cada realidad, lograba sentirse a veces su persona en la momentánea pareja de hilos de araña formada con el hecho fugaz. Cuando un hecho cualquiera de su cotidianidad le recordaba una cita, una situación histórica, no sabía si sonreirse o gozarse de esa irrealidad sustitutiva, que a veces venía mansamente a ocupar la anterior oquedad. No se decidía a presumir de haber logrado ese *pondus imaginationis,* mediante el cual la imaginación retorna como hecho de habitual circunstancia, soplando tan levemente que sólo parecía avisarle a las más ligeras plumas del canario, a las que se iban a marchar a la siguiente mañana.

Licario, con la punta de la lengua especializada en sabores

amargos, por los excesos adorantes de la hoja, refrescada por la miniatura no laberíntica de los ríos pinareños, caía en las brumas densas de la cerveza, "que por fieros países va con sus claras ondas discurriendo". Su madre y su hermana lo esperaban ya para almorzar; criollas trigueñas y sabias y empleado cuarentón, medían sus horas de asimilación con gran delicadeza y precisión, para incorporar los alimentos con despacioso señorío, hacer sobremesas nemónicas y unas siestas rodeadas por los cuatro ríos del Paraíso. Su madre al verlo ingurgitar los contraídos lúpulos del Escalda, con la misma lenta pesadumbre que los estetas vieneses de la época de Von Hoffmannsthal se insinuaban en un coctel de champagne, adelantó el tridente con una aceituna gigantoma; se apoderó de ella Licario con un palillo sintético y silabeó:

...*mas ni la encarcelada nuez mezquina*
ni el membrillo pudieran anudados,
si la sabrosa oliva
no serenara el bacanal diluvio.

La madre oía con su natural dominio, con una graciosa robustez madura que espera siempre lo mejor, los acompañamientos, la nota de conciliador corno con la que su hijo Licario respondía, siempre en sobreaviso, como si siguiera cada hecho en puntillas hasta poderlo pellizcar. Le causaba una sabia alegría romana, ese instrumento con el que su hijo respondía y que ella creía fluir como la única alegría que él se había conquistado. Su hijo daba siempre esa respuesta, sin inmutarse, haciendo invisible todo esfuerzo en la respuesta, como si esperase que de un cúmulo tal de nubes tuviese que salir invariablemente la chispa de esa pregunta. La alegría de la hermana, viéndolo en la mesa —todavía no había podido asimilarlo en una superficie extensa y sin arrugas—, se revelaba en disimuladas sonrisas, que lo acuchillaban, que a veces le daban a sus respuestas, a sus acompañamientos, una sofocación, como quien, en inverso sentido, realiza un acto de magia precedido y acompañado por los aplausos, cuyos peligrosos sumandos son capaces de preludiar la solución apocalíptica, el *oscurecimiento* antes del reencuentro. En el momento en que le sirvieron agua exclamó: *Aguada de pasajeros.* La madre pensó: si además de pedir agua nos evoca un pueblo, nos da una alegría. Quizás, pensó la hermana, la criada no lo entienda y su única reacción cuando se irrita es que ensordece por tres días. Además, se le puede ocurrir que se burlan de ella, y después se venga en sus parloteos en la fuente del parque, rodeada de un parlamento en cuyo subconsciente la Bastilla es tomada a cámara lenta. Reclamó su primer turno el picadillo rellollante, con su cauda repasada por la cuenca del Mediterráneo: olivas para el buho griego y las pasas del oriente medio, con las alcaparras que desaparecen en el conjunto, sin rendir el sabor tonal en las primeras capillas gustativas. Exclamó: *faisán rendido en Praga*. Una transmutación imaginativa para saltar lo vulgar, si pone en el sitio del picadillo de res, pensó alegre la madre, la gentileza coloreada del faisán, nos gana con el primor de la excepción que compara, retrocediendo la abuchada cara de la realidad cortada por el bandazo de una puerta. —¿Si es una res picadita —le dijo la hermana—, por qué le llamas faisán? Además, ¿quién mezclaría en las exigencias clásicas del grupo, un despedazado alón de faisán con pasas, que no puede reemplazar al borgoña deslizándose como el Ródano por el tejido cadmeo de la mandarina? (Acuchillado, riéndose con sobresalto, en la pregunta de su hermana se veía la influencia cuarentona que Licario había ejercido en su casa y moradores.) —Acuérdate —le contestó Licario, que no se decidía a explanar delante de su hermana su *Súmula, nunca infusa, de excepciones morfológicas*—, el día de la tediosa visita a casa de Jorge Cochrane, llegado de su bien remunerado secretariado de las minas de Caibarién, la conversación lentísima y los ademanes de cera, nos hacían pensar en el espeso sueño *post rem* que nos llegaría después de la retirada con los cuatro Haig and Haig, corriendo por vuestras venas, "entre las olas y las dulces estrellas del Tártaro". Jorge Cochrane —continuó Licario—, nos habló de su viaje a la Europa oriental y lo único que le oí de interés en toda la noche, fue cuando nos relató la excesiva cuantía de faisanes en los criaderos cercanos a Praga, lo que hace que hasta los zapateros o los cepilladores, tengan con bostezada frecuencia picadillo de faisán en sus mesas apuntaladas, cubiertas de un hule de color homogéneo con flecos de mordidas ratoneras. Quizás eso tenga alguna relación con la infernal progresión imaginativa de Kafka, me contestó Cochrane, aún en las épocas en que más se distanciaba del padre, en que tenía que acodarse más tiempo en los puentes, camino por la tarde a la casa de Brod y podía saborear con repelencia un picadillo de faisán—. Licario había acabado de hablar con su hermana, con un silogismo de sobresalto, con lo que era una de sus más reiteradas delicias, demostrar, hacer visible algo que fuera inaceptable para el espectador, o provocar dialécticamente una iluminación que encegueciese por exceso de confianza al que oía, en sus conceptos y sensaciones más habituales y adormecidas. En la conversación de sobremesa, la madre tocó lo que para ella constituía el inagotable tema de la economía doméstica, desarrollando el tema paradojal en la balanza de los precios de la carestía del pan y la baja de la harina. —Es tan extraño —concluyó—, como si nos regalaran las naranjas y luego nos cobraran por su ambrosía el precio del licor de la inmortalidad del conde de Cagliostro—. Miró fijamente a su hijo, queriéndole recordar sus descuidos y olvidos en los aportes de su mesada, pero éste se limitó a decir: *enigmas, enigmas de los contorniati, nudo gordiano entre la circulación y el placer inmanente, conmemorativo de las monedas.* La madre no le contestó, sabía hacía años que era imposible regañar a un cuarentón tan irremediable, pertinaz, entregado ciegamente a sus reducciones de monstruos a colomba domesticidad, o de impesadas bagatelas, abiertas de pronto como un quitasol en un desembarco imperial en Túnez. Le acercó la taza china de café, recientemente adquirida en la última cobranza, y Licario se la incorporó, poniéndole ijares en su memoria, y diciendo, al tiempo que se levantaba para irse a cumplimentar el sábado muy cargado de trabajo en la notaría:

. . . las tazas débilmente cristalinas,
y las que el chino fabricó y conserva
en las que pudre al sol conchas marinas,
con las que antigua sucesión reserva. . .

La despedida de Licario le pareció a su madre y a la hermana demasiado súbita, pues acostumbraba a comunicarle a sus actos y decisiones más nimios, un enlace lento y como si le sobrase tiempo entre sus adecuaciones y sus enigmas. Esa precipitación dio origen a que la madre y la hermana levantasen innumerables cuchicheos y suposiciones. —Ha llegado a tener tal perfección —dijo la madre—, en esa manera, no digo método, porque desconozco totalmente su finalidad, que me atemoriza si todas esas adecuaciones, ahora que ha llegado a los cuarenta años no logra aclararlas en un sentido final. Si esas hilachas, esos vermes pensantes, sonrió levemente la madre al sentir esa momentánea arribada pascaliana a la sobremesa, se le enfrían, se enroscará calcificándose, y su final será una locura benévola o un entonamiento de aciertos mágicos, inencontrables, irreconstruibles, como un bólido azufroso caído en el desierto, al lado de un higueral, donde quedaron prendidos algunos fragmentos de la capa de un diablo manso, cazurro, y recontador de riquezas aparentes. El está ahora —continuó la madre—, en un momento muy difícil, si no se nos aclara en una combinatoria o en una piedra filosofal, no nos parecerá un estoico persiguiendo lo que él ha creído que es el soberano bien de su vida, sino un energúmeno que aúlla inconexas sentencias zoroástricas, o un cándido embaucador que regala astillas de la Tabla de Esmeraldas de los egipcios. Y no sé si podrá resistir esa banal desesperación de madurez, pues como lo educamos cuidadosamente en la tradición católica, sabe que no puede desesperarse sin irritar al Paracleto. No podrá así sostenerse en la desesperación, sentirse cómodo de ese espanto de ser siempre respuesta al instante, de estar acariciando la yerba por donde el conejo va a reaparecer en la superficie. Tiemblo cada vez que lo oigo en una de esas mágicas adecuaciones; lo veo como un niño que se adelanta sobre el mar en un trampolín serruchado, en esa trampa que nadie sabe quién le ha tendido. Me temo —continuó la madre, ya un poco sofocada—, que cuando algo muy desagradable le ocurra —quería decir, cuando yo me muera—, vaya a dar a una casa de huéspedes, donde lo burlen y lo juzguen un excéntrico candoroso. Y como a esas casas de huéspedes acuden tantas mujeres de enredo, lejos de tener respeto por ese misterio que él simboliza, y que tú y yo sabemos respetar, termine casado con quien lo soporte sin considerarlo, sin intuir siquiera levemente esas numerosas colonias de hormigas que hacen invisibles agujeros en su cerebro. Lo considerarán una víctima de la alta cultura, como existen esas víctimas de las novelas policiales, que prefieren entrar en sus casas por la ventana. Y los domingos, en el hastío de las cuatro de la tarde, en el café de la esquina, lo bautizarán con el grotesco de Aladino de la filología, mientras el que acuñó la frase, creyéndose un estudiante de cervecería alemana, trata de provocarlo en duelo.

—Pero madre —contestó la hermana para desplazar la tristeza que se había ido anudando—, cuando él la llama a usted "la sombra de mi extensión",[1] nos da a comprender que su evidencia, su más descansada visualidad es el espacio que usted ciñe como naturaleza, o en su pensamiento como objeto naturalizable. Cuando nos dice que lo menos interesante de la persona es su alma, y lo más la forma, es decir, la materia constituida; en qué forma lo que se vio y tocó, reobra sobre el cuerpo sutilizando más el tegumento. Puedo estar redondeando un sorite, me decía, pero lo que hago es observar con mucho cuidado el húmedo coral de la boca del perro dálmata. Hasta que una persona no se constituye en su visibilidad, como un colibrí pinareño o un caracol de Nuevitas, no logro soplarla por la boca, reencontrar allí un alma. Que curioso es, recuerdo que me dijo un día de lluvia, sin que lo que me dijo tuviese que ver nada con un estado de ánimo impresionista, que las narices del príncipe de Conde, de Pascal y de María de Inglaterra, fuesen tan parecidas; las tres narices buscaban el

---

[1] Es más natural el artificio del arte fictivo, como es más artificial lo natural nacido sustituyendo.

carácter. Eso me llevó a la conclusión, continuó diciendo, sin que sus palabras procurasen tener nada de enigmáticas, que los cuatro autorretratos de Van Gogh, en el museo de San Petersburgo, eran apócrifos; buscaba el ahora sorprendido copista *la intensidad,* y los cuatro retratos fueron embalados para la planicie. Cuando era un muchacho, su maestro le mandó hacer un cuento como ejercicio de composición. Oppiano escribió unas páginas que su profesor estimó frívolas e incomprensibles. En una escuela rural rusa, un maestrillo trata de explicar la concepción copernicana del mundo, toses, fatigas, y tener que abandonar el aula con velones y agua de nieve. Mejoraba al poco rato; retornar el hilo de la explicación, comenzar de nuevo por el antiguo cuadrado, y el profesor volver a sus colores y a la elegante elasticidad corporal del ruso cuando habla. Llegar a los anillos copernicanos de nuevo, reiteración de las fatigas y volver a descifrar el cuadrante lunar en el patio, mientras se desabrochaba el cuello y anulaba la violenta sudoración. Al profesor de Oppiano ese cuentecillo le pareció una impertinencia y aludió a que tenía un proceso relacionable mental montaraz e inconsecuente. Al revisar el trabajo, puso al margen, después de la mediatizada calificación: luciérnaga errante. Años más tarde, el profesor de Oppiano, al leer en uno de los morfólogos puestos de moda, que el espíritu estepario rechazaba la concepción copernicana del mundo, se liberó llevándole aquella caja de dátiles, cuyo regalo a usted le pareció incomprensible, pues jamás al maestrillo se le había visto incurrir en elegantes dispendios, aunque se hablaba *sotto voce* de que sus crisis de conciencia eran muy fieras, haciéndole casi aullar.

—Recuerdo —contestó doña Engracia—, el día que el hombrecito, muy alegre, pero un poco convulso y como desconfiado, se hizo anunciar como un examinador del tribunal de historia, que Oppiano acababa de rebasar. Tu padre tenía ya esa despreocupación, esa indescifrable indiferencia de los que se van a morir algunos meses después. Estaba en el traspatio y parecía perderse siguiendo las huellas húmedas de los insectos por las hojas de las begonias. No estoy muy segura de que hiciera eso, ¿pero qué otro gesto podríamos atribuirle con más exactitud? A mí me sorprendió la llegada del profesor, que parecía aún retener la extrañeza del momento del examen. Comenzó a elogiar a Licario, pero los excesos en el ditirambo no lograban disminuir la sorpresa de quien se encuentra en una encrucijada, entre la excesiva torneadura de la agudeza dialéctica, la nobleza de un azar concurrente o los girones de un conjuro maligno. Tu padre se acercó a la sala de recibo, pero al ver que el profesor hablaba demasiado de prisa, prefirió regresar a lo de los insectos en el traspatio.

—Figúrese usted, señora, que el profesor auxiliar me dijo que le hiciera a su discípulo Licario, las preguntas más sorprendentes. Entonces yo, por pura broma, empecé a preguntarle burlas históricas, datos casi mágicos. Sentía, además, que el deseo de hacerle esas errantes y exóticas preguntas se hacía incontenible en mí. Al hacerme esa indicación el otro profesor, comprobaba que al estar frente al alumno descendía por mi interior, haciéndose perentorio, el afán de ir hacia esas preguntas, como si fuesen formas, ejercicios de larguísimos y soterrados procesos, que en el instante de la pregunta se deshicieran fatalmente en torno a ese nudo. Hablaba como si todavía estuviese en la pesadilla, en que al preguntar por primera vez sentía que se apoderaba de él una respuesta reversible, dictada casi por la persona que al azar se dejaba preguntar. Licario, ante cada pregunta permanecía en estado de tranquila lucidez, sin exagerar la serenidad ni la *eimarmené* de la pregunta lanzada a su ciega aventura. A la tercera o cuarta pregunta, se apoderó de mí el impetuoso deseo de soltar, como instrumento que sólo poseyese una cantidad limitada, fatal de notas y que después, extinguida medusas, quedase inorgánicamente exánime, perdido el tesoro de su fatal espacialidad.

—¿Cómo se llamaba el perro que acompañaba a Robespierre en sus paseos por Arras? le pregunté a Licario, por burla diría, si no sintiese en mí la brusca agitación de la fatalidad de esa pregunta.

—Brown, me contestó, como afirmando que el diablo joven, en contra de la opinión de los paremiólogos, sabe más al responder que al preguntar. Lo curioso era que respondía, no con naturalidad, sino como naturaleza, como las lianas que esperan el escondite del fugitivo.

—¿Qué estatura tenía Napoleón? Confieso que esa pregunta la hice como si me abandonase a una línea de apoyo, a un ritmo que no me pertenecía, como una especie de pitia dialéctica, de sobresalto que en ese momento se deja acariciar la cabellera.

—Cuatro, ocho, contestó de nuevo Licario, mirando de abajo para arriba como quien busca en el espacio una altura y se limita a leer los zancos alcanzados por la corredora.

—Me aventuré con más rapidez a la otra pregunta como si al dar un salto, la otra pregunta fuese la próxima roca donde debía asegurar el pie:

—¿Y Luis XIV cuánto medía? Recuerde la manera de pasear por Fontainebleau que ambos tenían y que revela al hombre de muy escasa estatura; adelantándose al cortejo, luego van apareciendo los cortesanos, disimulados en la composición, para que la soledad los destacase del volumen claroscuro de los cortesanos. *Sans avoir*, dice Saint Simon, *ni voix ni musique, il chantait dans ses particuliers les endroits les plus à sa louange des prologues des opéras.*

—Cinco, dos, añadió más que contestó Licario, al tiempo que miraba momentáneamente, al ladearse, la pared donde se recostaban con sus nervios a cuesta las próximas víctimas de los examinadores. Al oir en la forma en que se desenvolvía el examen de Licario, estaban tocados por un terror congelado. Les parecía diabólicamente imposible rebasar la cuchilla examinadora, que con sus rebrillos de menguante parecía confirmar que aquella mañana serían un millón los llamados, pero sólo uno el elegido. La fila recostada en la pared, que le daba varias vueltas a la cámara, se había endurecido ante aquel examen como una pasta no usada durante muchos años, y que después comprobábamos que no se puede usar, que ha vuelto a cristalizar en arena playera.

—En la última pregunta que le hiciese a Licario, ya habíamos establecido la más acabada adecuación entre nuestras dos corrientes causales. Me parecía que aun durmiendo me contestaría las inmotivadas, amoratadas preguntas de cualquiera de mis pesadillas. ¿Usted cree que Enriqueta de Inglaterra fue envenenada?

—Como no se le hizo la autopsia, no se puede determinar si el jugo de achicoria que tomó en una sofocación, fue suficiente para destruir su vieja úlcera nerviosa de infanta desterrada, contestó Licario, saltando su mirada por las centifolias moscovitas de las losas del suelo. El profesor se dirigió a otro de los examinadores, alejado de la mesa, curioseando con las muchachas de un colegio monjil, enredándolas en sus maliciosas preguntas inconsecuentes, en sus devaneos de cuarentón hurgador e indiscreto. Estaba comiendo un pedazo de chocolate almendrado, con licor de cerezas, innoble manufactura floridana, cuando oyó que el profesor lo convidaba a penetrar en el misterio de Licario rogándole lanzase una pregunta en aquellas redes. Cuchicheó al oído de la muchacha, que le daba candorosas vueltas al pamelón azul turquí, rodado con un pañuelito inicialado en colonia. Por sus labios el chocolate ínfimo se había cristalizado en la sequedad nerviosa de la doncellita. Se rio para evitarse hacer la pregunta en aquella sala hipóstila de aterrados disciplinantes. Ante la insistencia del profesorucho en trance de ridícula galanía provenzal, con una voz subdividida, haciendo un molinillo de su coraje vocal, dijo: ¿dónde poder adquirir el mejor chocolate del mundo? Miró a Licario, pero el vidriado de su hacecillo nervioso tambaleó la figura, sentándola dentro de la fuga de un témpano.

455

—En la Rue de Rivoli, número diecisiete, sala de exposición, primer piso, contestó Licario, demostrando que en sus respuestas poseía con igual indiferente precisión el *scherzo* mozartiano que el *maestoso* de los románticos. Las risas que comenzaban a rendirse cuando lanzó su pregunta la dominica doncella, desaparecieron ante el tono frío de la respuesta de ese juego banal, que tenía el helado desenvolvimiento de las letras de Patmos, cerrando los antiguos banquetes.

—La priora dominica parecía enredar su irritación, apenas disimulándola. Se congelaba con furia serpentina, amoratando su rosado canadiense. El colérico plegado de sus labios desaparecía en esa cicatriz dejada por el martirio de su tonsura adolescente. El profesor se inclinó, remedando con el ceremonial que puede remedar un paidólogo, *horrors referens!* para secuestrar con ese fingido respeto la colerilla que endurecía a la priora. La rotación de las miradas del profesor se hundía desde el salivado cacao siena, cristalizado blandamente en los labios de la doncella, hasta el desaparecido arenal, mortecinas olas marmóreas, de las heladas cicatrices del rostro de la priora.

—Venerable priora, dijo el provenzalista de ocasión, quisiera usted hacernos el honor de la última pregunta; la más noble sin duda, siempre estaba dispuesto al culebreo de la facundia, la de la retirada. Más que pregunta es despedida, y ¿quién mejor, su venerable consejo nos ayude, para despedir a Licario, en lo que tiene de misterio, de *acutezza*, de soterrada concurrencia hecha, de pronto, configuración y surtidor?

—A la dominica se le fruncía lentamente el paño blanco, mar muerto, y antes de hablar se despegó de la loseta, que parecía ascenderla como una peana giradora de la época del Dupin de Poe. Al fin su voz se alzó como el oboe cuando asciende sobre el agudo. ¿Cuánto miden los labios del diablo? La estridencia de la voz al alzarse había puesto al descubierto la tensión *gelée*, impartiéndole un sutil penduleo ondulatorio transversal, cada vez que hablaba irritada por un desnivel de la circunstancia.

—4,444 millas, dijo Licario cansado ya de ese paréntesis probatorio mantenido durante tanto tiempo en la cuerda invisible de su indiferencia. La priora enrojeció; osciló en frío, recuperándose como la peana recorrida por el fósforo gatuno de Junio. Terminó con un gesto de pesada nobleza; se sonrió con subrayada brevedad, como cuando en su juventud se despertaba oyendo las alondras de Montreal, y dijo ¿para qué más? Que le dé cuenta a quien se lo dio, dijo cerrando la extrañeza de los dones comprobados en aquel interrogatorio matinal de Licario.

—La priora volvió a cerrarse como un mogote crepuscular. Había quedado inconforme como ante un ejecutado sobreviviente en la plaza de la Grêve. Dio unos trancos diedros y con su enorme pañuelo del tamaño de una manteleta, restregó los labios manchados de la doncellita que lanzaba la otra pregunta, y la tironeó despiadadamente con la mano forrada en la elefantita pañoleta. Se rompió la hilera de los próximos examinados implorantes, y se acercaron al avispón que ya comenzaba a rodear a la priora. Dicen que era necesario soplarle en la boca, pues así de acuerdo con la conseja de San Francisco, se evaporaría de súbito si era el diablo. Los tres examinantes rodearon a Licario, transportándolo más que sacándolo de la cámara de tortura, descendiéndolo por la escalera forrado de una nube, y al fin lo dejaron en el *carrefour* de la esquina del instituto.

El preguntador al acercarse a la casa de Licario, creía que se iba a encontrar con rusos emigrados al sur americano y vueltos por el sembradío de auranciáceas de los alrededores habaneros. En el portal doña Engracia y su hija, introducían cintas encajeras con botones forrados de tafetán mustio. La conversación, susurrada, volvía a su perentorio cíclico. Licario leía: el profesor deseó la tregua de desconocer el Enchiridión repasado. Así el profesor pudo transmitir las sorpresas y las desazones del coro que vio examinarse a Licario. Y los asustados finales, cuando se olvidaron de la casualidad examinante y cobraron el terror de que alguien había soplado a Licario en aquella puerta, frente a los hombrecitos examinadores y a la priora secante. —Cualquier desconfianza o burla hecha a su naturaleza, a su *res extensa* —dijo doña Engracia, levantando los ojos de la puntada—, se paga con una contracción y aun petrificación, como si impidiese una circulización el trabajo de los dos círculos comunicantes. La buena priora sintió ese endurecimiento que según los textos sagrados indica que el maligno está en nosotros. Con ese instante en piedra pagó su burla de lo que Santo Tomás llamó camino de la casualidad de la causa eficiente—. El profesor retrocedió saludando hasta que lo devoraron las sombras bajas del jardín. Las begonias seguían imprimiendo las letras dejadas por los insectos en sus hojas, borrándose de nuevo en los ojos del padre de Licario.

El ancestro había dotado a Licario desde su nacimiento de una poderosa *res extensa,* a la que se visualizaría desde su niñez. La cogitanda había comenzado a irrumpir, a dividir o a hacer sutiles ejercicios de respiración suspensiva en la zona extensionable. En él muy pronto la extensión y la cogitanda se habían mezclado en equivalencias de una planicie surcada constantemente por trineos, de tal manera que cada corpúsculo de nieve presentaba el recuerdo de las cuchillas de sostén del móvil. La *ocupatio* de la extensión por la cogitanda era tan cabal, que en él la casualidad y sus efectos reobraban incesantemente en corrientes alternas, produciendo el nuevo ordenamiento absoluto del ente cognocente. Partía de la cartesiana progresión matemática. La analogía de dos términos de la progresión desarrollaban una tercera progresión o marcha hasta abarcar el tercer punto de desconocimiento. En los dos primeros términos pervivía aún mucha nostalgia de la substancia extensible. Era el hallazgo del tercer punto desconocido, al tiempo de recobrar, el que visualizaba y extraía lentamente de la extensión la analogía de los dos primeros móviles. El ente cognocente lograba su esfera siempre en relación con el tercer móvil errante, desconocido, dado hasta ese momento por las disfrazadas mutaciones de la evocación ancestral. Si pensamos en los paseos de Robespierre en Arras y en su compañía de pobreza y castidad, precisamos de inmediato que el tercer punto desconocido es aquí el nombre de su perro. Por eso, en todos aquellos años de su vida, es su perro Brown, el punto móvil dominante, al cual hay que arribar para que su pobreza y su castidad se visualicen y se rindan al sentido. Así, en la intersección de ese ordenamiento espacial de los dos puntos de analogía, con el temporal móvil desconocido, situaba Lícario lo que él llamaba la *Silogística poética*. Se apoyaba en un silogismo del Dante, que aparece en su *De monarchia,* donde la premisa menor, "Todos los gramáticos corren", lograba recobrar en un logos poético sobre la lluvia de móviles no situables, puntos errantes y humaredas, no dispuestos sino a enmallarse en dos puntos emparejados de una irrealidad gravitada como conclusión. Otras veces, ese tercer punto errante, enclavado en su propia identidad, lograba crear una evidencia reaparecida, distanciada las más de las veces de la primera naturaleza en su realidad. ¿Qué hace posible que una sentencia griega, "el sol tiene un tamaño de pie de hombre", que une lo irrecusable de su no veracidad con la decisiva creación de un logos poético, el hombre la sienta como perteneciente a esa otra veracidad que sólo nos acompaña cuando hemos atravesado el muro de Anfión? En otras ocasiones, el tercer móvil de desconocimiento, revela a través de la ofuscadora seguridad de una forma, aparentemente dominada por las mallas de la analogía, su conversión en un cuerpo no subordinado a los tres puntos anteriores, pues aquella inicial morfología iba a la zaga de una esencia esperada, cuando de pronto el resultado fue la presencia de otro neuma que aseguró su forma misteriosamente. En su *Teoría de los colores,* Goethe nos afirma: "Quien a la madrugada, al despertarse, que es cuando la retina está particularmente sensible, mira fijamente al crucero de la ventana, que se recorta sobre el firmamento aclarado por el alba, y a continuación cierra los ojos o mira hacia un lugar completamente oscuro, percibirá durante algún tiempo una cruz negra sobre fondo claro". Partiendo de una observación puramente científica, Goethe, nos revela su goticismo jugando una sorprendente partida a su postrenacentista voluntad cognocente, sintiendo al leerlo más bien la vivencia de una experiencia mística, como si la luz como tema teocéntrico se hubiese impuesto en él como por sorpresa y regalo a la luz como problema de los ópticos del período newtoniano. En la misma *Teoría de los colores,* hay observaciones que parecen prefigurar escenas del Fausto. En el crepúsculo, Goethe penetra en un mesón, donde se encuentra una muchacha de piel muy blanca, cabellos no diferenciados de la noche, corselete color escarlata, que le ofrece las primeras atenciones recogidas con ávida delicia. La observa en la penumbra. Cuando se aleja, percibe en la pared un rostro negro rodeado de luz y el color del vestido adquiere una tonalidad verde mar. ¿No percibimos en esa situación de sorpresa y color, de candor protegido por la señal verticalizada, como un cosmos que reencuentra los primeros escarceos de Margarita con el doctor de la nueva sangre? Licario se nutría, en su extensibilidad cogitada, de esas dos corrientes: una ascensión del germen hasta el acto de participar, que es conocimiento para la muerte, y luego en el despertar poético de un cosmos que se revertía del acto hasta el germen por el misterioso laberinto de la imagen cognocente.

Licario estaba siempre como en sobreaviso de las frases que buscan hechos, sueños o sombras, que nacen como incompletas y que les vemos el pedúnculo flotando en la región que vendría con una furiosa causalidad a sumársele. Ellas mismas parecían reclamar con imperio grotesco o majestuoso una giba o un caracol que las hacía sonreír, siguiendo después tan orondas como si fuese su *sabat* costumbroso. Estas sentencias no quedaban nunca como verso ni participación en metáfora, pues su aparición era de irrupción o fraccionamiento casi brutal, y necesaria en esa llegada parecía borrar la compañía, hasta que después comenzaba a lucir sus temerarias exigencias de completarse. Era el reverso del verso o la metáfora que vienen de nacimiento con su sucesión y sus sílabas rodadas. Si oía decir: *qué me importa, yo no lo he buscado,* lo oía tan aislado y suficiente en su islote, luciendo un orgullo de luciferino rechazo, que lo rastrillaba con frecuencia en su demonología, que hasta que no encontraba la frase de Pascal, *conozco aquel en quien he creído,* no lucía calmado en su exorcismo verbal. Otras veces la sentencia arrasaba y ascendía por sus dentros y era entonces cuando más se desencadenaba. Una vez oyó: *diez mil mastines tienen que ser ejecutados,* y comenzó por atravesar unas tierras feudales, habitando unas estaciones de garduñas del sacro imperio y de corzas oyendo misas.

Las situaciones históricas eran para Licario una concurrencia fijada en la temporalidad, pero que seguían en sus nuevas posibles combinatorias su ofrecimiento de perenne surgimiento en el tiempo. Las concurrencias históricas eran válidas para él, cuando ofrecían en la temporal persecución de su relieve, un formarse y deshacerse, como si en el cambio espacial de las figuras recibiesen nuevas corrientes o desfiles, que permitían que aquella primera situación fuese tan sólo un laberinto unitivo, cuyo nuevo fragmento de temporalidad iba sumando nuevas caras, reconocibles por la primera jugarreta ofrecida en su primera temporalidad. Era fascinante que Jaime, rey de Nápoles y de Sicilia, se ciñese con andrajos y tuviera por movible lecho unas parihuelas, detrás iba el cortejo de gentiles hombres con suntuosidad de corte, mulas enjaezadas con joyas en la frente; detrás del camastro marchaba solitaria la litera real. Un pirrónico glosaba esa situación histórica, en forma que molestaba a Licario, al decirnos: "representaba a pesar del séquito, una autoridad ligera e insegura". Pero esa autoridad fundamentada en el misterio, en el amenazante juego a que se prestaba, en las inseguras formas a las que se acogía voluntariamente, tenía que ser decisiva y terrible. La concurrencia de Licario para la nueva situación temporal se aprestaba, colocaba en la próxima litera abandonada a un muchachillo de insignificancia y rejuego; desconocida la voluntad burla sombría del rey, la tropa se mostraba perpleja, tal vez en silencioso susto, pero con fidelidad misteriosa al rey pobre de la parihuela. El rey desconocido desaparecía, se ocultaba, para contemplar la indecisión subordinada de su tropa. O para llegar a saciarse en su misterioso origen divino, durante su ausencia ordenaba que el muchachillo ocupase la litera de andrajos. Constantemente comprobaba el fiel de su poderío, su tropa siguiendo el signo en la nube.

La velada en casa de Jorge Cochrane había roto sus habituales marcas tediosas. Todo se cumplimentaba con una regularidad marcada con flechitas, que hasta cuando penetró la bandeja con los estereotipados Martini enguindados, los habladores apenas alzaron la sorpresa de la sal palatal. Cochrane se demoraba hablando de los cordeles eléctricos envueltos en un amianto irrompible, encontrados en las ruinas del palacio de Sargón, y que demostraban que allí la civilización dejaba en hormigas tibetanas a los cientificistas actuales. Siguió una pausa que chapoteó largamente como un remo en un canal palustre. Entonces, Licario se decidió a presentar su *Cubilete de cuatro relojes*. Comenzó mostrando en orden sucesivo cuatro sonetos con tema relojero, para que entresacasen dos versos sucesivos y se lo comunicasen, anotando previamente la hora y minutos en un papel escondido —escogido el tema por preferencia a un instante antologado, o a un tiempo cercano de inmediata referencia—, y que él precisaría si la suerte obligada y concurrente se rendía favorable.

La esposa de Cochrane se fijó en el soneto de Francisco López de Zárate (1619-1651), *Al que tenía un reloj con las cenizas de su amada por arena,* y había entonado en cántico de sílabas los dos versos:

...culto y reliquias restituye al templo,
que de un color son todas las cenizas.

Licario le otorgó las dos y cuarto nocherniegas. Traído el papelito juguetón, se comprobó el acierto de la primera prueba del juego. Los escogedores de este soneto de tema macabro y lunático, son dados a señalar empinadas horas de medianoche. Se fijaba en la sílaba subrayada por los labios y el aliento de los dos versos, y Licario recobraba los minutos del señalamiento virtuosista. Ante la amenaza de los aplausos, el adivinador temporal amenazó con suspender las tres suertes restantes.

Había entresacado Jorge Cochrane el soneto de Luis Sandoval y Zapata (siglo XVII) con titulación *Un velón que era candil y reloj,* y había apuntado los versos:

...aquella diligencia, con que naces,
influye en el estrago con que expiras.

Licario rebuscó cuidadosamente los movimientos labiales de Cochrane, pues por sus padres ingleses abreviaba mucho las sílabas, pero persiguió como un mastín guardián del aliento las equivalencias de ambas prosodias, y le precisó las once y veinticinco de la mañana; traído el peligroso anotado, la coincidencia de nuevo llegó asombros y bretes de interpretación. El descifrador temporal conocía que los anclados en este soneto rompían en preferencias matinales, desfilando en un cuadrante desde el amanecer hasta la bisagra de las doce, pues el descender con candil y reloj, era signo de madrugadores asustados por las brujas o el despertar del Scotisch con soda.

La sobrina de Cochrane llevaba su prerrafaelismo hasta parecer que despreciaba el tiempo fijado en un reloj, pero queriéndolo acariciar en el soneto de Gabriel Bocángel (1608-1658), *A un velón que era juntamente reloj, moralizando su forma*, deslizaba por sus labios la vihuela de las eses amortiguando el cordaje de las erres:

> ...*esta llama, que, al sol desvanecida,*
> *más que llama parece mariposa.*

Fue ese el primer verso fallón, sin que Licario por cortesanía pudiese ofrecer disculpas. Le había marcado al reloj de la rosada prerrafaelista, las seis y veinte de la tarde, pero la doncellita muy currutaca perdiz, y temblándole la contentura por la fineza de los labios, trajo la papeleta del *badinage* con las seis y diez y nueve de la tarde. El error modal se debió a que la doncellita había aspirado hasta desaparecerla la cuarta sílaba de *desvanecida*. Licario por cortesanía le añadió la sílaba secuestrada, pero se le olvidó descontar esa sílaba y la desdeñosa prerrafaelista ganaba la jugarreta. No fue un olvido de Licario, sino que rehusó el acierto fundamentado en una sílaba traicionada. Era muy de su adolescencia despectiva de los sonetos relojeros, haber escogido esos juegos de llama y mariposa, pero muy pronto, a pesar del hielo verde de sus ojeras y su piel de indiferente espía danesa, ardería y desaparecería. En la rabia de su fuga de los Cochrane, Licario les relató la traición de la sílaba y se recapturó excelente medidor del tiempo.

A la hermana de Licario llegó la hora moralizante y senequista en el último soneto de la prueba relojera, con Charles Dalibray, (1600-1653), *Sur une horloge de sable;* a los que ahí se insertaban, segundo cuadrante, se les comprendía de siesta a entrada del crepúsculo. En un francés de muchacha americana con cuatro años de *Sacré Coeur*, impulsó con gobernada elegancia las sílabas:

> *Jalis Damon je m'appelais,*
> *Que la divine grace...*

Licario afirmó al instante del final del recitativo, cuatro y media de la tarde. Trajo la papeleta y se vieron las dos seguridades coincidentes, la del trazo en sus decisiones y la exclamación de acierto fulmíneo. Le dio la hermana un beso en la frente, para aumentar las condiciones hierofánticas del rocío helado de la medianoche. Licario se apoderó de la ironía del beso, su hermanita aullaba silenciosamente por despedirse. Roto el elevador, tuvieron que entorpecerse en el descenso de la escalinata. Al llegar al descansillo, se abrieron dos nuevas escaleras; una, que se le veía al final el respiro de la puerta. De la otra preguntó la sobrina de Cochrane: ¿A dónde nos conduciría? Pero su tío se defendió alegando que era la primera vez que se rompía el elevador y que jamás podía haberla utilizado, ya que era juramentado contra la sucesión de los peldaños. La puerta mayor estaba guarnida por una corpulenta vallisoletana, que no dijo más que lo suficiente inesperado: Caramba, bastante noche encima.

Antes de despedirse fueron cogidos en cadeneta por un llevadero angor de salón.

(Fijemos ahora el inocente terrorismo nominalista. Oppiano, de Oppianus Claudius, senador estoico; Licario, el Icaro, en el esplendor cognocente de su orgullo, sin comenzar, goteante, a fundirse.)

Licario logró mantener su apresuramiento hasta que llegó a la notaría. El salón de espera estaba arremolinado, los clientes habían abandonado sus bancos y se acercaban a la otra sala de las firmas. El primer salón más pequeño hacía que los clientes al abandonar sus asientos causaran la impresión de una turba de asaltantes. Esta última sensación atenaceó y aterrorizó a Licario con tal violencia que le produjo un trastrueque de vivencias. Regresaba de la Sorbonne, cuando se encontró con incesantes grupos de jóvenes que lo invitaban él no sabía a qué, pues aumentaban en círculos incomprensibles desde jóvenes fugados de las escuelas hasta los errantes, que no podían precisar un familiar ni siquiera un dato; sin embargo, a todos por igual, al sudarles la piel se les ennoblecía una juventud, que en ese momento encontraba su destino. Licario no comprendía esos espumarajos, esas interrupciones populares, pero captó de inmediato que tampoco podía replegarse en su capa, pues al debilitarse a ojos vistos para todos, al mostrar una indiferencia que a nadie le interesaría justificar y que él, menos que nadie, podría justificar en esos momentos de arrastrar, en que la jauría al doblar la esquina se creía que perseguía, no a un jabalí como los aristócratas, sino su destino y el de la tosca *Humanité;* sabía de su destrucción elemental, rapidísima; pasarían por encima de él hasta incrustarlo en la pared con los huesos ablandados, como un trabajo secular resuelto en un instante por la frecuencia de los elementos concurrentes, por una regalía, como si de pronto una multitud sintiese una claridad maldita y decisiva para operar en un punto, para desembarcar todas aquellas pintarrajeadas flotillas en una sola bahía napolitana, voluptuosa y traidora. Licario venía sudoroso de la cátedra de religión comparada de la Sorbonne, y también estaba en esa edad en que el sudor sobre la piel se transpira en una voluptuosidad delicada. Aunque él se burlase del siglo, en su camino de la Sorbonne al tercer piso de *La concha de oro,* sudaba, sudaba, como los golfillos embestidores de todas las esquinas, y abandonó sus horas fijas de regreso, para perderse correteando por aquellos enigmas. Fue arrastrado, se abandonó, gozó en perderse y en rendirse a las arenas donde nacía algún río. Oscilaba entre las risotadas sin motivación y el ruido entrecortado de las armas improvisadas: bandejas afiladas como guillotinas; patas de mesa rococó convertidas en clavas de rápidos molinetes; espejos venecianos espolvoreados para cegar; sillas de Virginia convertidas en escafandra para aturdir y obligar al traspiés pellizcado por la puñalada. Entraron los *sans-culottes* en la casa vacía del barón Rothschild, y ellos mismos se fueron aturdiendo, cayeron en laberíntica flaccidez estival y se fueron extendiendo por las piezas, como si quisieran destruir la casa inundándola, intuyendo que cuando la casa estuviese llena de asaltantes querulosos, se cerrarían las compuertas y morirían abrazados a los objetos que iban a robar. Las turbas se fueron estirando, desapareciendo, cuando Licario solo en la sala de cerámica, tiró de una banqueta tafileteada de verde y se sentó frente a una vitrina vacía, donde rezaba la misteriosa inscripción: *Piezas de la vajilla de trifolia de cerezos, de la familia imperial del Japón, desaparecida en vida del barón.* Lucky Kamariskaia había logrado que su llorosa piel de eslava y que sus ojos suavemente restregados en el asombro del alba, se mantuviesen prometedores en el suave otoño de un destierro parisino. Había llegado al barón recomendado para trabajar en el ferrocarril de la zona Austria-Rusia. Días después el barón al enviarle unas orquídeas de Tokio, sabía que el monóculo de Mourny miraba en la misma dirección de su camino. Hizo fiebres en una porfía de diminutos relojes abrillantados, de bombones hipnóticos y algas paradisíacas de la Polinesia. Se enteró, en una confidencia muy apresuradamente bien pagada, que Mourny traqueteaba por los anticuarios buscando la trifolia de cerezos. Entonces le echó mano a una antigua *maîtresse,* Hortensia Schneider, isóldica y escamoteadora belleza prusiana, ahora en sus cuarenta años rebajados, pero con ojeras y labios comunicantes como los pinos del Rhin. Al envejecer tan wagnerianamente había cambiado, en su desmesurado concepto de la grandeza, de continente, y ahora en la China seguía en su papel isóldico, limitándose a ser la querida del emperador. Muchas de las piezas chinas del British Museum, tienen la siguiente órbita, trazada por un historiador: "Perteneció a una favorita, fue traída de Pekín por el mariscal de Palikao, que la ofreció al Emperador, quien a su vez... la regaló a la bella Hortensia Schneider..." Pero muy pronto la

Kamariskaia no se limitó a engañar al barón, sino a ausentarlo durante semanas. Se rendía así a la escandalosa vitalidad de los adolescentes sorbonianos durante el primer cuadrante de la medianoche. En la última entrevista, provocada fríamente por el barón para registrar la casa y ver qué se quedaba por las gavetas secretas, empapeló de nuevo la trifolia de cerezos y la envitrinó con quejumbrosos melindres. Al imposibilizarse la Kamariskaia, las piezas con la trifolia imperial empezaron a arañarlo con la dominada extensión de sus esmaltes blancos, sus cantos y círculos dorados al fuego de horno, a pesar de su anchura de papel de cebolla, y la gracia del ramito de cerezos que hacía que la mirada saltase de los blancos para apresar la sonrisa de su gracioso acabado. Una mañana ya de retirada, recibió momentáneamente a su secretario Charles Haas en la sala de cerámica; hacía pocos días que estaba en su nueva vitrina la trifolia imperial. El secretario, activado de sangre por el ultravioleta matinal, comenzó a hablar, impulsándose sobre sí mismo, miró la vajilla y comenzó la íntima destrucción del barón: Ahora hay dos colecciones, una que yo le recomendé a Mourny para la Kamariskaia, y que no la pudo encontrar, hasta que un día sorprendido vi que ésta se hacía con ella. Quizás su excelencia, la Kamariskaia, con un frenesí de eslava desterrada, se ha dado al culto sorboniano, y sus valores han caído al extremo de que quizás a un precio desacostumbrado haya pasado a su poder. La Kamariskaia siempre me decía al pasar frente a la vajilla: Sobre todo, como dicen los filósofos a la *mode,* no querer saber los últimos secretos. Como insuperable *connaisseur,* Haas al reconocer un objeto de su gusto y apetencia, daba un brinquito de sorpresa hacia atrás, y después, más aplomado, comenzaba el elogio verbal de la pieza. Pero el barón con su fusta de trailla matinal, cortó, sin despedirse, las afirmaciones y saboreos de su secretario. Día tras día, fue rompiendo una pieza de la trifolia de cerezos, hasta que Licario, tirado por las turbas, sentado en un banquillo de tafilete verde, sintiendo cómo el sudor le enfriaba gozosamente la piel, pudo reconstruir la historia de la vajilla, apoyándose en la desaforada excepción de un asalto.

Los agentes de contrataciones y los clientes estaban aglomerados frente al salón de firmas. Algunos al reconocer a Licario se apartaban y a otros tenía que aplicarles el ijar de un codazo. Pues una de las cosas que más impulsaban a Licario era el asombro, para reducirlo por el absurdo a la exacerbación megárica racionalista, a una extensión que pudiese ser cortada, señaladas sus manchas de contornos y las súbitas aprehensiones de la cogitanda. En el centro del salón, Fretepsícore, guajiro espeso, con piel de calabacín y cejas polifémicas como para la digestión de los mosquitos de Calabazar, dueño de un bodegón de ingenio, con una parábola imposible de ser calculada por Lagrange, desde la venta del sinapismo hasta unos cuartitos recoletos; desde la historiada salud de la hogaza hasta la zapatilla para la tubería rectora. Empuñaba una guinea, como si fuese un forro y trazó con risotadas de dientes carbonizados por la glucosa, un círculo con las uñas sobre las losas sin imaginación de la notaría, blancas y negras. Soltó la guinea, que pegó un aletazo, remontándose. De ese primer desprendimiento cayó un pequeño bolsín, con la cantidad mayor que tenía que ser pagada para adquirir un terrenito por el Díaz Mero; pegó la guinea un segundo aletazo, mucho más breve que el primero, y rodó la otra cantidad de la completa para la contratación. Se sobresaltó el notario cuando Fretepsícore, agilísimo, recogió los dos bolsos y los plantó en la mesa, empezando el conteo. Al comprobar la justa cantidad, el notario empezó a dar fe con unas risotadas hipantes, haciendo brusca y alargando las sílabas cuando empezaron las firmas. Ya había finalizado el redondeamiento del instrumento notarial, y sin aflojarse el perplejo notario y testigos, cuando Fretepsícore, tan desconfiado como charloso, comenzó a relatar: Yo había llegado para la bodega del ingenio principal de Calabazar, venía de la bodega del ingenio de Agujas, cuando me di cuenta que el Salado olió el dinero escondido y comenzó a rondarme; me lanzaba las frases habituales, como: mucho trabajo, eh; quizás hoy llueva por la tarde; y yo más serio y sin respuestas que el sijú. Dormía en la bodega, asegurando las talanqueras y con la mano penetrando por el sueño y la respiración para asegurar las dos bolsas mayores y menor, como éstas que ustedes han visto ahora. Me despertaba y oía los pasos del Salado, parecía que con una soga iba apretando la bodega para adelgazarla y ahogarme a mí que estaba adentro. Me fingía dormido, y los pasos comenzaban a redoblar, trayéndome un sudor frío de sábana de hilo, espesándose la saliva como si fuese un pisotón de arena. Por la mañana el Salado pasaba sin saludarme y sin repetirme ya sus habituales preguntas tontas, parecía que algo secreto y convenido se había establecido entre nosotros. Una noche trabancada comenzó a llover, parecía que se había caído el ingenio y sólo se oía la lluvia en torno a la bodega. Entonces, el Salado comenzó a tocar la puerta, al principio lento y sin hacer mucho ruido; luego gritando y dándole patadas a la puerta. Me echaba mantas sobre los hombros y el miedo les permitía volver a las esquinas donde se agazapaban. El Salado venía a buscarme en la noche perfecta: la lluvia trazaba un círculo alrededor de la bodega, aislándole del resto planetario. Ibamos a hablar frente por frente, dentro de la noche y sin que nadie nos pudiese oir. Yo me decidía ya a abrirle la puerta, cuando vi a esta misma guinea, amodorrada por la lluvia, sin decidirse a dormir picada por los jejenes de los días ventosos. Me dirigí hacia la guinea, casi inmovilizada por la pesadez del sueño que no lograba habitarla; el primer paquete de dinero se lo enterré en lo más profundo del ala; el otro, no lo sumergía tanto para no impedirle que pudiera remontar, y después la azoré, desapareciendo. Ahora había que abrirle al Salado; había ido amortiguando sus golpes, más bien arañaba la puerta, y musitaba que abriesen pues hasta los huesos los tenía como cartón mojado. Al entrar me di cuenta que él había adivinado que el dinero no estaba ya conmigo, se mostraba despreocupado, caminó unos pasos, los rectificó, y me dijo con una familiaridad que él se regalaba: dame un poco de aguardiente, y se pasaba la mano por el frentón sumado de lagartijas maliciosas, ya del color de su piel. Apuró con los labios muy plegados, como para mostrar la naturalidad de lo bebido; entreabrió y dándole vueltas a los ojos, de fingida despreocupación, abrevió el adiosillo. Al día siguiente, la guinea dormía con un ojo abierto por el cañaveral. Durante días, la sorprendía interponiendo su tela gris o sus mil cuencas detrás del verde. Otras veces la respiraba casi, era un fruncimiento levísimo de unas cuantas cañas descubriendo el cortejo. Por la misma agudeza de la mirada persiguiendo enloquecida, sorprendía el ondular, imperceptible para el primer ojo, el detenimiento de una caña y ya me sabía que la guinea estaba en la base del bambú, adormecida. Luego fue chupando el verde (entintándose de homocromía, decía el sabichoso inyectador de las guineas). Era una sutileza diabólica la que podía precisarla, un punto blanco o gris pasando venablillo de gnomo. Pero después no había diminuto tridente capaz de pellizcarla, vencida verdeante sin rescate en lo homogéneo. De nuevo sorprendía al Salado adivinándome, sabía, volvía a saludarme al paso, el hundimiento de la guinea carnavalesca en las masas del verde. Un noche, semiadormecido, en la bodega, me desperté tocando los ladrillos vueltos a su horno y con los ojos tirados por el ardimiento. Me asomé a la ventana, el Salado, para acorralar a la guinea alucinante le había dado fuego al cañaveral. Los que andaban por aquella medianoche sin zapatos de sobresalto, deteniendo el ganado y los puercos rabiosos, no lo sabían. Entre los mirones falsamente preocupados se veía al Salado saltar entre las llamas lanzando paletadas y baldes, y buscando la manera de apoyar el comienzo de la contracandela. Apartaba cada caña en apariencia para sofrenarla, pero buscaba las alas anchas de la guinea. Sabía que el fuego se iba comiendo el verdeante y al ir reapareciendo la incipiente carmelitana ceniza, el verde del avechucho se doblegaba, entregándose a sus manipuleos. Pero el ave se tapaba con doblegada genialidad, llevando ya más de los tres cuartos del cañaveral consumido y retrocedía al verde defensivo donde se hundía. Ahora Fretepsícore, dijo golpeando el pecho astillado por los picotazos, se ganaba el último asombro: Estaba de nuevo la guinea en la ventana, el súbito del fuego le había rendido otra vez su grisote y sus ojuelos. Pegó un salto de aletazo mayor y cayó la bolsa más gordezuela de moneda. Remontó después pobremente, y entregó el otro lío atadito con los recursos menores.

Hastiando un crepúsculo, Licario leía un periódico, que lo mismo podía ser *La Gaceta veneciana*, de 1524, o una *Recopilación de avisos para mercaderes de Amsterdam*, de la misma fecha. Así se liberaba, recibiendo las primeras brisas marinas del atardecer de junio, de la temporalidad. Leía sobre el asesinato de un senador. Habían comenzado a desfilar frente a su mansión, unos como somnolientos con las manos metidas en los bolsillos. A la primera aparición entró el senador, recabó la pistola y le suprimió el seguro, repasando las cápsulas de cisnes negros del directo. Después desfiló otro más, con la mano también perdida en el bolsillo. Después muchos más en la humareda precisa que esbozaban. El senador pareció asegurado de nuevo. De pronto, uno de los que desfilaban rompió la sucesión. Sacó la mano del bolsillo el paseante y golpeó la verja de entrada, abriéndola. Preparábase a hacer fuego con la pistola el senador, cuando desapareció la figura de precisa somnolencia, como si sus ejecuciones brotasen concentrando de nuevo las evaporaciones del sueño. Continuó el desfile reiterando, las sucesiones ahora se dirigían a la verja para abrirla en simulacro, haciendo idénticos gestos que fueron calmando las cabriolas de la pistola por el yerbajo del terror. Después del primero que comenzaba uno de los nuevos esbozos, los demás desfilantes lo hacían tan automáticamente que el senador apoyaba la cabeza en las dos manos cruzadas en su nuca y llegaba a coquetear indiferencia con el procesional. Los dos movimientos cortantes, carne de granadillo, sacaban lentamente la mano del bolsillo del pantalón; giraban, se acercaban a la verja ya abierta, y levantaban los brazos como una invocación al hastío de los dioses. Se rompió de nuevo el círculo, tiovivo de la muerte, uno de los desfilantes no se limitó a tocar simbólicamente la verja abierta. Dio unos pasos más y llegó hasta los primeros peldaños que conducían al portal donde el senador se mecía con la pistola en *corsi e ricorsi*. Al ver el nuevo avance del primero de los desfilantes, iba el senador a botar la candela, cuando aquella figura fue reemplazada por otra, repitiendo los mismos gestos del terciopelo ante una galería de espejos. El senador se convencía, entre el enfriamiento de uno de sus círculos sanguinosos, que jamás podría aislar la primera figura, detenerla, fijarla, para hacerle fuego. Pues si se desembarazaba de sus encapsulados cisnes negros, la otra figura comenzaría a invadir su destino, destruyendo la concurrencia no reducible hacia un hecho. Los desfilantes sacaban la mano del bolsillo del pantalón, tocaban la verja ya abierta, y subían los peldaños como si todavía no pudiesen intuir la escala de la luz final que les estaba asignada. La intensidad natural de gestos del senador, cada vez que una de las figuras rompía la rueda, se adormecía de nuevo ante el desfile, imposibilitada de ganar fragmentos. Solamente había una diferencia, en cada una de las esculturas realizadas por la primera figura. Cada variación se acompañaba de un nuevo *in crescendo* de desfilantes. Los que desfilaron con las manos en los bolsillos del pantalón no alcanzaban tres docenas de guardia de rescate, pero los que fueron subiendo los peldaños llegaban a alcanzar la cuantía de la guardia suiza de Versalles. El senador comprobaba también una diferencia en el paso del desfile. Las primeras figuras eran lentas y parecían llegar nadando por debajo del mar. Los cambios en las situaciones se lograban en la misma unidad temporal, pues el aumento de las figuras apenas podía ser señalado al apresurar la velocidad su carrusel en el terror. *Pour la mère de Dieu!* otra mutación de los desfilantes, traspasan los peldaños, atraviesan el portal y abren las dos manos ante el cuello del senador. Este precisa ya el disparo, pero tiene también ahora la otra figura tenaceando también sus manos. Con la rapidez de una retirada, los procesionantes van aumentando su intensidad en la temporalidad. La próxima mutación, y el senador amoratado, muerto de dos días, lamido con intermitencias por su perro de aguas, junto con la pistola y la gaceta ensalivados, ablandados por la humedad cúprica, inútiles por la proyección de la luz sanguinaria en la rueda ausente de Santa Genoveva.

Faltaría un cuarto de hora para que resonase el preludio del *Faust*. La ópera constituía para Licario un ritual de reclamación porosa. Desde la inquietud alevosa de la corbata en el espejo hasta la distensión del sorbete de medianoche, sentía que cada una de las porciones del tiempo que confluían en la ópera, le producían la sensación de una gran piel en la que podía penetrar o tironear de ella, para en su flaccidez apoderarse de algunos de sus nuevos rejuegos de cono de cristal en la visión. Las manos que parecían arder ante la taquilla, como ante la tribuna de los Gracos; las filas hechas y rotas como en un conjuro de espesa salmodia, y el asiento que permanecía vacío a nuestro lado, mientras vamos trazando el rostro de Charmides y la comunicación del Eros con Fedro, establecida con el más reciente de nuestros amigos. A medida que aumentaba el lleno de la platea, el silencio comenzaba a dictar órdenes a los helechos y líquenes de aquel mundo arquetípico deseoso de brindarse, de ser respirado. Tenía ese rocoso cosmos recién descubierto la sonrisa de doradilla marina, la mañana de valva entreabierta, los cabellos golpeando los flancos del caballo favorecido por una corriente de guijas y de estalactitas en cuclillas. Por los pasillos iban entrando los mariscales colorinescos con los médicos de calculadas sombras y arrugas, despidiéndose en voz muy baja como si se guardasen inaprensibles secretos; los abanicos momentáneamente desprendidos de manos irónicas muy breves, golpeaban la trenzada nieve de las pecheras con botones de platino inicialados, desprendiendo un papel de lentejuela mordido por ratones blancos. En ese momento Licario, precisó el lleno de toda la platea, menos el siguiente asiento al suyo. Se levantó también dentro de él, como un remolino lento, la frase que había sentido en dos ocasiones anteriores, separadas por un tiempo que ahora no podía determinar. Acababa de hacérsele de nuevo visible la frase: *a su lado, a la izquierda,* cuando entró despreocupadamente confiado, no diferenciado, redondeado sumando a la pasta de la homogeneidad restante, el melómano que completaba las dos mil testas retocadas de la platea. Faltaba un minuto para el plegado del cortinado, y Licario, al fin, apresaba el cuerpo, escapado las dos ocasiones anteriores, que debía completar la expresión: *a su lado, a la izquierda.* Precisó en el minuto: una cara rosada, pero de un rosado acerado, aplicadamente nervioso; el tórax inapresable en la dictada sutileza de la respiración, que parecía incorporar el ámbito como los vegetales, y las piernas, liberadas de querer aparecer inmóviles, las situaba, así parecían dominadas, en un círculo de extensión del asiento no ocupado totalmente con elegante desprendimiento. No se sintió ni rozado, tan cabalmente ocupaba su asiento el que parecía llegado de la eternidad, para situarse *a la izquierda* de Licario. Saboreaba éste el instantáneo retrato ganado por Licario en un reojo, cuando se levantó en su interior otra sentencia de remolino lento: *no podrás hablar con él en el intermezzo.* En el *Gay Lussac,* donde vivía Licario en París, cada cuarto parecía una modesta *suite,* por su extensión, su ventana con tiesto naranja y cortina a franjas verdes, y la manera cómo el visitante era desaparecido, ocultado al resto de la vecinería para el amor o la conspiración, la decantación de una sílaba o del ajenjo Picón. Con su Littré, su Patrística, la Rivadeneyra, los Bibliófilos andaluces, sus Amyot, Licario se sentaba frente a una fuente en un parque para verificar una cita del epistolario de Antonio Pérez en el destierro, o a *contrario sensu* se dirigía a la Biblioteca para repasar la calidad matinal del gato gris en el cojín naranja, sentado al lado de la silla del estacionario, comprobando un verso de Joachim du Bellay (*Couvert d'un poil gris argentin-Ras et poli comme satin*, del Epitafio de un gato). Licario podía adquirir esos listones o relieves cognocentes gracias a un don de vaciedad para su contorno. Su cuarto parecía flotar sobre las aguas regido por el vientecillo del recordar y precisar. Si hubiera destacado ese habitáculo, de inmediato hubiera ganado su historia universal y se hubiera perdido en las coordenadas de su tela de araña hasta reaparecer de nuevo con el verbo preciso de su secreto. Las voces que exhalaba ese cuartucho, como si varias personas hablaran detrás de sus mesas conceptuables y sus puños de encarnación histórica, no formaban nubecillas con las que tropezaría Licario. Pero un día en el habitual proceso en que una voz toma camino hasta nosotros, cerró el libro y abrió la ventana, por donde como una gran ave entró la banal sentencia: *el cuarto de la izquierda*. Se dirigió a la patrona, que le dijo: —Toma la llave y reconstruye lo que allí puede haber pasado, a veces la filología se hace presente de inmediato, sin mirarnos, y es cuando ustedes los sorbonianos se quedan perplejos. Son capaces de derivar más precisiones de la roca donde se sentó Mario en las ruinas de Cartago, que de un cuarto a su lado en el *Gay Lussac* contemporáneo. Por eso no encuentran nunca trabajo y la gente ríe. Claro, usted es suramericano y tiene una fabulosa reserva para permanecer ocioso. Y si se decidieran a trabajar, ¿qué harían? Lo que tienen enfrente es la selva—. Licario se retiró con la llave del cuarto de la izquierda, sabiendo que la patrona impulsada por su verba, después de describir su habitual parábola, terminaba con una rociada de cochino, puerco, miserable, y el portazo. Y a la mañana siguiente se presentaba sonriente, mostrando un amapolón recién cortado y una nueva marca de queso. Y si antes hacía reir con su proliferación de raza, ahora daba naúsea con sus cautelas infernales. Licario sabía que descendía a la región donde no hay visión reconstruible. Penetró en el cuarto de su izquierda y lo que halló fue el emparedado de cal. No había una inscripción ni esas vergüenzas del abandono de nuestra mansión a las moscas. Pero ese vaciado dejado por sus moradores tenía la fuerza impulsiva de un colchón de circo. Y Licario fue desprendido a un café donde acudía antes de acostarse, pues le gustaba adormecerse después de haber sentido una presencia tumultuosa, una divinidad oriental de muchos brazos y rostros, pues creía que su sueño no debía arrancar de las divinidades doctas y serenas, sino de alguna que otra Ménade o Euménide furiosa y destemplada. Así su sueño tenía labor asignada como Hércules, un décimo sexto trabajo de todas las noches, vencer lo que antes de acostarse había implorado, gritado o traspasado su cabeza al enano gruñón. El café estaba sentado por odiosos para todo noctambulismo. A las doce mediadas los fantasmones recogían sus pipas y sus chales, sintiendo ya la cruda apetencia del frío de las sábanas de lino, cambiadas y perfumadas el último sábado, oleando por los muslos extendidos. En ese cafetín parece que se brindaban dulces de monjas y licores benedictinos, algunas parejas trastabilladas asomaban naricillas, pero hacían polvorosas, en otras ocasiones un retirado *frates minores* argelino, de conchosa y erudita corpulencia, ceñía a las parejas desaprensivas y les picaba la falda del corrimiento con la puerta giradora. Un cafetucho para preparar un preludio somnífero, fuerte y despectivo de aventurillas, pues algunos antes de adormecerse necesitan la oblea de unas cuantas mesas redondeadas y sus cambios de fantasmones. Licario sintetizó un aguardiente con limón y sirope, cuando de nuevo le martilló la rondalla: *a su lado, a la izquierda.* Tornó la cabezota de desmesuramiento en la muralla parietal, y vio la mesa a su alcance vacía y con un clasificable agrupamiento de los desperdicios y vasos anubados. Parecía que después de haber dinamitado con platino cuatro o cinco emparedados se había hecho uno solo con la mesa, pues causaba la impresión que ésa que se había quedado sola iba a dialogar con alguien esperado para la transmisión de un secreto. La mesa olía ya a vaciedad y las sillas formando indescifrables reemplazaban a los habladores sin turno. Rápido como un pescador que alza su pita ante una vibración no registrada, galopó la mirada hasta la puerta, que giraba, giraba perdiendo ya el hombre elegido para presidir el misterio eslavo de una mesa de café.

El director quería dar más relieve en la escena a Mefistófeles y Marta, que a los requiebres de Fausto y Margarita. Marta exigía los dos testigos para convencerse de la muerte de su esposo y Mefisto la confundía con una helada ponderación, hablándole de tesoros y de luces, de olvidos y de soplados envíos verbales del alejado. Marta le habla a Mefisto de que ya tiene que apresurarse para que le rasquen la pelleja. Mefisto, en efecto, le reconoce la dureza de los otoños que se acercan, y que si no fuese agente de comercio y tuviera que ir día a día moviendo los campanarios de las villas, probaría suerte. Al decir *campanario* la cara de Mefisto se envuelve lunada y los dientes escarchan. Margarita le pregunta a Fausto si no se siente ya el helor de la primera madrugada, y aclarada por ese vientecillo para los huesos levanta con brevedad el tema de la invisible acometida de los chismosos en sus capas agujereadas. Pasan errantes algunos madrugadores, disimulándose con algunos silbidos que avivan el lince. Licario sintió a su izquierda un estremecimiento trepando por propia escalerilla. Parado sobre su banqueta, como si se apoderase del punto central de la ópera, disparaba dos veces sobre el palco principal, asegurando la presa que se doblegaba como si se apoyara en lentos resortes de humo. Pegó un salto medido hacia uno de los corredores, y como en un acto final con telón rapidísimo, se apoyó el revólver en el punto que se le ha asignado, saltándose. Era el 19 de junio de 1910, los almanaques registran la fecha con inútil sobriedad, olvidándose de ese único Fausto eslavo, donde Margarita no tuvo tiempo para desarrollar las virtudes ascensionales del hombre occidental.

Licario volvía a repasar el cuarto a su izquierda en el *Gay Lussac*. Los conspiradores se impulsaban en Pólemos y Belphegor furiosos, pero se remansaban de pronto, planeando siempre en un punto: debía ser Logakón el pulso hecho para rematar en la noche del *Faust*. Tenía Logakón ojos bondadosos pero implacables con los conejos de cartón y los ánades caracoleantes de los tiros al blanco. Los iba apagando en la cabeza, quedando al final una cinta barrida de roedores maliciosos y lentitudes simbolistas de aves de arenilla ribereña. Pero esta crueldad abstracta y simbólica, tendría que recurvar, impulsada por el índice invariable de los conspiradores, hacia una anatomía leonardesca con círculos tatuados en la tetilla izquierda. Noches alternadas los conspiradores venían por el embudo al cuarto de la izquierda, movían sus agrandadas opiniones, y a medida que se iba doblegando el eco, el acuerdo invariable se apostillaba: Logakón, nacido ya con la puntería invariable, era también el escogido, el preexistido, para llevar esas afinaciones contra el Destructivo, el moloch búlgaro cogiendo hombrecitos para darles dentelladas. Logakón exigía el misterio del azar, la nube que le diese órdenes por una señal incuestionable. Volvían los nocturnos diciendo que ningún misterio tan resuelto, tan signario como haber nacido con esa puntería que había que canalizarla contra el Destructivo. Logakón continuaba invariable, el azar lo escogía a él, le daba una ceguera, le inflaba la sangre, ascendiendo negra por las cañas pulidas por el diablo. Pero las afinaciones contra el blanco eran conciencia medular de visibilidad, y esa misma conciencia lo ofuscaba y le impedía, lo aclaraba tanto que le servía de límite y ahí estaba. Se negó Logakón y despidió a los malévolos nocturnos, con temeraria rotundidad. Pero esa misma noche primera de ausencia conspirante, penetró la patrona, rendida, girasol en ristre, cartesiana y con locuacidad apaleada de la gran época de Le Sage —Tonterías, bestialismos, apreciable Logakón —comenzó diciendo disparada—, tú eres eslavo y crees que tienes que modificar el cuadro que te han regalado la naturaleza y tu artificio: Crees que sólo existes cuando metes la cabeza en la tela, y en ese hueco que tu *sotisse* ha dejado, crees que está tu personalidad con tu revelación. La tela se reconstruye mil veces y lo que queda es tu tontería. La historia no es un registro de tonterías. Quieren hacer historia a la fuerza reventona, pisoteando cuantos cuadros se compongan para las comprobaciones de tu tacto y tu juego de adivinaciones. Pero mira, abandónate al trabajo de tu voluptuosidad inteligente, no te fijas en mi sobrina, dieciocho años de mandarina celta. Acaricia, repasa el cuadro, no sigas con tus cabezazos. Pero cuántas cosas no disimulan tus conspiradores; cuánta impotencia hay en ti cuando noche tras noche te reúnes con ellos a desbarrar, y ellos quieren lo que tú no puedes querer, pues te debates entre la conciencia y el azar, entre la puntería con la que naciste y lo que alguien, fuera de ti, tira contra el conejito, ay, el infeliz conejito, el tonto ánade, tonterías y sombras tontas, será siempre irresoluble. Un cuerpo, una comprobación, el misterio de la voluptuosidad en la naturaleza, y desaparecen esas sombras donde ustedes están enterrados con sus gritos de cafetuchos, pero son todos unos Antígonas con pantalones, que le roban a los perros y a los cuervos sus carroñas. Sé que a ti esas tonterías te muerden más que a ninguno y jamás mirarás a mi sobrina, el misterio de su crecimiento te parece menos misterioso que ir contra el Destructivo—. Cerró la puerta con lentitud, el girasol dejó unos cuantos pétalos en la habitación de Logakón, y su conciencia medular comenzó a reclamar los conejitos de cartón y los ánades aguados pasaron con las plumas alzadas para propiciar su rendimiento.

El blanco propuesto por la patrona a Logakón, le parecía a veces demasiado cíclico, de un juego manoseado, y creía que podía disparar contra él hasta adormecido. Luego se desataba esa cerrazón, esa clausura, y la propuesta de la patrona hervía espirales y nubes primigenias sin referencia alguna al centro de su elipse. Logakón se decía: —es una ingenua trampa de la patrona; cree que yo soy un elemental eslavo, y que me voy a rendir a los primeros arañazos de su sobrina en mis centros de energía eléctrica —pero luego volvían nuevos espirales arremolinados—: la patrona sabe que le voy a hacer a su sobrina el mismo caso de un algodón de museo, que jamás me podrá interesar su albérchigo y sus perfumes, la cadeneta de sus frases tiernas. Quizás haya querido ponerme entre dos imanes para inmovilizarme; ella cree que nunca me enamoraré de su sobrina y que nunca tampoco me decida a reemplazar los conejitos de cartón por bultos con sombra. Pero si no hay ninguna de las dos cosas, la expiación, la culpabilidad, me machacarán por dentro como un flotante de cobre mal soldado. Si me decido por los conspiradores sin esperar su *ya yo lo sabía* y las ensalivadas alusiones a la necesidad de interpolación que necesita el eslavo en su texto y en su vida. De todas maneras, la sobrina se reirá de mis sudores y cuanto más temido sea, me verá más infeliz y las voces más imperceptibles serán rellenadas por bolas de colores como las conmemoraciones de Liliputh. ¿Será la patrona una divinidad con las riendas de mi destino y conocerá todos mis túneles y puertas secretas? Al lanzar la patrona en mi vida a su sobrina, me ha tirado una pimienta tan enceguecedora, que en estos días cada vez que tropezaba con un mueble, o se me perdía mi rostro en el espejo al afeitarme, me comparaba a Edipo tropezando con cactus sicilianos y plátanos atenienses. Ella cree que es imposible que yo me acerque a su sobrina, pero también está convencida de que yo voy a actuar por reacción a su pensamiento, pero ¿puedo desligar a la sobrina de la patrona de los lejanos deseos que la rigen, de ese juego de azar concurrente que yo les exijo a los conspiradores para decidirme?— Sintió por la ligereza del apoyo de sus pisadas el paso de la sobrina frente a su puerta; abrió rapidísimo y la tomó por la mano, tironeándola al interior, al tiempo que le despertaba una risa mantenida indescifrable para él; inocente y maliciosa, era la sobrina y la patrona, y parecía por la cultura de sus instintos que ese juego no le agarraba de improviso. Se dejó tironear con suavidad y oía en el centro del cuarto, sin asentir, pero dispuesta a llegar al final, que preveía inútil y desinflado: —Mira —le dijo Logakón—, mañana por la tarde, hora de merienda, sin que el polvo de los bizcochos te impida hablar —añadió esa insinuación burlesca para debilitar la posible sorpresa de la sobrina—, le dices a tu tía que yo te llamé y te besé en la frente y que te quise seguir acariciando, pero que tú retrocediste hasta el final del corredor y que desde ese extremo me atemorizaste gritando como Lucrecia—. El caos a que lo sometía la patrona, lanzando su vida a una brújula de confusiones, a un Logakón, nacido para héroe eslavo, pero no hecho a los infinitos infiernos gozosos de un hotelito como el *Gay Lussac,* le era intolerable y lo estallaba por instantes de vergüenza. Esa misma noche se entregó al pleno de los conspiradores, regalándole la más cobarde aquiescencia, y marcándole el paseo de Marta y Mefistófeles donde debía reemplazar el ánade sagrado por el destructivo cíclico, vulgar e iterativo según los sortilegios para cascar el instante de la patrona. La última treta de Logakón en el *Gay Lussac* también le falló: al día siguiente cuando la patrona entró al cuarto de los conspiradores y la vaciedad que lo copaba, arrinconados camastros y jofaina en mesa de noche apoyada en la pared, y dicho por la sobrina, soplando bizcochos, en la trampilla en la que sabía que no se iba a deslizar su cartesiana tía que dijo moviendo la cabeza, pues tenía por Logakón algo como simpatía anárquica, pues en realidad el concepto del *simpathos* no encapsulaba la índole de su acercamiento: —Tonto, siempre tengo que comenzar diciéndolo dos veces, tonto Logakón, quiere resolver con la cabezota —en realidad era un traslado muy débil de la expresión que empleó *(la grande tête avec pous)*—, lo que se da ya resuelto por la culebrilla de los instintos. Cuando tiene que elegir se ensordece, y entonces cree que tiene que decidirse, pues si no está en traición. No tiene raza y elegir es para él su acto potencial de equivocación. Detrás de su espalda nadie elige ¿lo sabrá tal vez? Y por eso tiene que estar siempre apresurado, hasta para matar—. Al día siguiente, después de la irrupción eslava de Logakón en los paseos de Marta y Mefistófeles, reapareció la patrona en el cuarto de Licario. —El bueno de Logakón —comenzó diciendo, abandonando su girasol en la mesa de noche, ocupada en su cuarta parte por el *Speculum Historiale*—, no supo desenredar la madeja y tuvo que asesinar. Era muy débil en el engaño y no sabía abandonarse a las insinuaciones que adormecen al toro negro. A la entrada de un laberinto, quería dinamitar los mármoles del pórtico, contentándose con que un gran pedazo de mármol le tajase el cuello. Creo que los dos podemos compadecerlo. No pudo ni enamorarse de mi sobrina, ni ser su amigo, las dos fuerzas que lo podían haber salvado. Pero esas gentes siempre tienen que estar equivocados y esa es la única razón de que sus bandazos nos peguen cerca. ¿Se dio cuenta, Licario, que esta mañana perfumé las sábanas de su cama? —recogió su girasol y cerró la puerta, como soplada, con un arte de misteriosa justeza.

¿Quién habrá surgido por el poliedro de la puerta giradora? Tendría que reaparecer con las extremidades de los sirénidos, de los maniquíes, de los cuerpos de los acudidores de milagros. Comenzaba la primera medianoche, cuando Licario con la cuarentona conciencia crítica de sus insomnios, comprobó voces y tres figuras, por el jardín de enfrente. Una, hablando de todos los reparos y olvidos; y las otras dos, cambiando con incesancia de postura, se disfrazaban de oídos, pero eran convictos esperadores, guardadores pagos de la razón retrocediendo. ¿Surgía por el extremo de la puerta giradora, precipitado imperceptible, pero mágicamente recobrable, un Logakón que acababa de presidir la mesa eslava de un cafetucho? Licario descendió para ocupar las primeras empalizadas de su jardín, oculto el cuerpo detrás de la oreja crecida a mármol monumental. Parecía que la figura central, manejando su locuacidad no como grotesco, sino como pico de ave irritado por el frío del placentario mamón lunar, se iba al fin a regalar como Logakón, pero el final se alejaba y las nuevas sombras lo entintaban irreconocible, disfrazado en espiral, decapitado jinete pirulero con el manteo de las crecidas lunares.

—"Si introduzco como raíces los pies en la tierra ¿podría afirmarse que era un peregrino Logakón de medianoche? me aseguro en altura y secularidad, y enriquezco mi piel como un paño puesto

476

ante la noche para recoger el rocío". Lanzadas estas sentencias los acompañantes jardineros hacían afirmaciones de mulitos al proscenio; le pasaban la mano por el costado y los brazos como si estuviesen aceitados, o desaparecían para disimular su vigilancia. Sumergía más de la mitad de las piernas en el dosificado fangal de los roquedales, aumentando la espesura de su piel ectodermo ante Faetón fustazo. Pero al llegar las brisas coladas por Marbella en el surgimiento de la Benévola, se iba derrumbando despacioso hasta recogerse calcetín por la base y comenzar a desgañitarse, entreabriendo el párpado pegajoso a moco de golondrina del Pacífico. Esa noche enconizaba la furia del impedimento y le contestaba a los guardianes dialécticos, cómo el sueño se oponía al sueño vegetativo, cómo la cordialidad comunicante, la filia, era la enemiga de la ciudad según orden de caridad. Cuano se adormecía se le caían las raíces y perdía los regalados parapetos de la altura y cuando se recobraba en los aspavientos del alba, quería trasladar su árbol sintético al infernal centro de la tierra según los griegos. Incluso lo apuntalaron, para favorecer los primeros prendimientos terrosos, con trancas de ácana a prueba del Eolo cabezón tropical. Vana sutileza precautoria, seguía invariable el caído naipe matinal. A veces el posible Logakón, amanecía grotesco en su derrumbaíto, el ácana en hélice lo premiaba con una cruz en su duermevela, y si el perro escogitante llegaba primero que los guardias dialécticos, empezaba el ácana a caer sobre las estriaciones con alfileres de capitanía, o venía el duramen sobre los huesos frontales dándose campanas.

—Hay que buscar un pozo —decía Logakón Posible— hacerle para la boca un redondel de tierra prendida a un granadillo antiplutónico, para empezar a crecer cabeza abajo, hacia el centro de Circe, y Eurídice alelada por el cordaje virtuoso. La tapa será giróvaga para el acudimiento perentorio, no vaya a ser que sin echar raíces me recupere cuervo o angelote. A la tercia noche pegó en los nudillos de aviso y lucía como mordidas. Y comenzó con pequeña boca de pargo en tierra, debilitándose aún: El primer día de enterramiento cabeza abajo, las dos piernas recortaban su anchura, como para unirse en una sola absorción terrígena, mientras prendía la tierra por los pies y sus nudillos venosos; sentía que la circulación linfática se apresuraba y que la sangre se hacía lenta tendiendo a la cuajada, pero me recorría ya la frescura de la tierra, que me tocaba como preludio de los riachuelos sumergidos; a la segunda noche por el barrio zambo de Proserpina, fueron los brazos los que comenzaron su adelgazamiento, haciéndose tan despiertos para la sutileza aérea, que los veía moverse como cintas; me estremecía, noté que este estremecimiento era mucho más afinado que los que había esbozado antes de obturarse el boquerón del pozo, cuando comprobé un diminuto buho, la bullonada pluma alejaba la repugnancia de su método para la plata lombriz, que quería posarse en mis dos brazos, sus saltos revelaban sus indecisiones para escoger uno de los brazos. Pero, ay, al tercer día, y por eso ordené el voltejeo de la tapa del pozo, apareció el Cerbero, ladrándole a la vista y mordiendo en las raíces prendidas en los dos días de sumergimiento. Yo llevaba, según los consejos de los más sabios órficos, unas galletas enmieladas, que le lanzaba al Can con unos brazos que al extenderse en su delgadeza temblaban a cada punzada del aire, pero con ese nuevo trabajo de los brazos ramaje, desaparecían los más exquisitos instantes de la transformación arbórea. El Cerbero me había llevado a pelotearme entre las dos pinzas del alacrán; si salvaba las raíces, inutilizaba el crecimiento de penetración de mis nuevos ramajes en el aire, y si, por el contrario, reforzaba los delicados brotes hojosos, el Can se ensañaba con mis raíces. En ese rejuego infernal, noté que algunas varas comenzaban a secarse en un amarillo vejestorio. El centro infernal me dilemaba de una manera tan odiosa y descompuesta, que me decidí a tocar en los nudillos de aviso, desinflando tan terrible intentona. En cuanto a los guardianes dialécticos les diré suavemente que les será muy provechoso no acudir más a este jardín, podrían enfermar, inquietando inútilmente a los árboles de los roquedales. Ea, a dormirse una buena secularidad correspondiente —y les pegó con el ramaje de sus brazos para apresurarlos.

Al ocurrir la muerte de doña Engracia de Sotomayor, cumpliéndose las profecías, Licario fue a vivir a una pieza en la azotea de su hermana, ya casada con un ingeniero obsesionado en la persecución de lo que él llamaba *el espejo de la médula*. Tenía por Licario aglomerada admiración, pues constituía en su opinión la más alta cifra de lo que llamaba *el reconocimiento medular*, o sea la coincidencia de persona y naturaleza en una sola médula. La muerte de doña Engracia ocurrió cuando Licario había refinado su técnica de medición temporal. El cuarto de Licario era una pieza estilo Balzac, la cama, la mesa, la cacharrería, los libros, todo era allí manual y repasado con frecuencia por la amistosa distancia de la mano; todo también desempolvado por la lentísima dominación de la mirada. No faltaba en la pieza una tronada ironía: la esfera armilar reproducida a tamaño de la que se encuentra en El Escorial, acariciada en su movimiento de rotación, en los paseos sombríos, con cerosos dedos largos de monarca luético aficionado a la guitarra.

En los dominios espaciales, Licario había llegado al *perfice* de su pieza Balzac y su esfera armilar, pero el exquisito animal para lo temporal había regresado al virtuosismo infantil, cuando en los días de repaso recordaba todas las dinastías europeas, o cuando en el primitivo juego del burro brincado, se saltaba a un compañero escolar, sin pedir viola o descanso, remontándose, lo que le presagiaba desde temprano las sublimaciones de *El Ícaro.* Se sentía por esos días como unos apresuramientos de la sangre y en la mente un anublamiento de instantes; consultada persona que pudiese tener ese secreto, Licario apresó que esos apresuramientos tenían el peligro de poderlo llevar a las declamatorias esquinas del Hades, donde Proserpina cela sus espigas de trigo. El mal cobró reciedumbre, enceguiciéndolo hasta casi desfallecer; le habían mandado unos estímulos con los que apenas lograba salir de la camera y formándose en torno el coro de familiares que procuran distraerse mientras llega la Lenta Asaltante. Veía el amontonamiento de carboncillos recibiendo la frescura de los reflejos del árbol enano, donde se apoyaba una arbórea de sudorosos carámbanos o de algoso marfil, sin aumentar ni disminuir su tamaño, donde podía alojarse un hombrecillo sonriente, mascando la luz, reducido a tamaño de ardilla blanca; en la línea de apoyo con los carboncillos, dos discos cóncavos de fundición irrepasable por sus círculos, y después vertical verja de carámbano, empezaban a gotificar sus langostas, sus matinales sombreros de azafatas vienesas. En la primera concavidad de apoyo en el carbono espongiario, el hombrecillo arribado a la primera visión beatífica, sonreía masticando la luz sonreída, maliciando con sus ojillos de rabo de nuez el faisán reposado en el extremo del pedúnculo de la langosta vegetal, gama espumosa de la langosta hervida o monillo guardián con escocés delantal azogado para el museo.

Al reobrar sobre un desfallecimiento, Licario fijaba la marcha de una hormiga sobre el tegumento de la *Equisetum hiemale,* vaso sobre vaso de carnal sucesivo, iba dejando una estela babosesilla primigenia de talófitas y espárragos de Islandia. Luego, con la cabecilla del alfiler borraba la huella en aquel desierto carnoso, y quedaba de nuevo, extendida, repasada por las escamas húmedas de la palma de la mano, el abullonamiento del tegumento hecho de fibras del fondo de río. A veces, las hormigas habían mordido la carnosidad del *Equisetum,* con tal furia que tenía que pasarse la lengua por el surco dejado por las emigradoras, para lograr la oscura nivelación exigida por las reconciliaciones del tacto. En *La caída de Ícaro* cuando ya bracea en la bahía con el estorbo de la cera en el aguaje, su primer asombro es la indiferencia de los tres campesinos ante la hazaña. Uno, continúa soñoliento en la secularidad de la roturación. Otro, rodeado de ovejas, desata sus risotadas de espalda a los nuevos trabajos natatorios del Ícaro. El pescador inmutable también, sabe que no se pescan... monstruos de tierra. Licario se sentía penetrando en la concavidad vegetativa con una claraboya en cuyo centro sentía también matinal su sonrisa recorriendo como un carrusel infantil el círculo no simbólico de la lámina rociada con la esponja de los carboncillos. Se ladeó para propiciar la entrada del almohadón por las mejillas, y sintió como el rumor de una caballería que corría hacia las aguas y allí se deshacía en gritos indescifrables, risas de espera para Licario, y espumas que borraban los gritos y las risas. Pudo sentarse con brevedad, y decir tres veces la frase de Descartes, que recordaba con misteriosa violencia desde la niñez, después de lo cual se le vio sonreir como quien empata un final de torre y caballo: *Davum, Davum esse, non Oedipum.* Fue percibiendo el relieve del humo llegado al coro familiar, cómo iban ganando el primer plano su madre disfrazada con la capa de agua de su hermana, con el sombrero y el cubrezapatos mojados por el aguacero de la hora de compras, y la vieja criada, que se había puesto un almohadón por delante ceñido por unos cordeles, dando graciosas palmadas como en un palaciano ritual egipcio. Se reían la madre y la vieja criada en aquella primera aparición de medianoche: *A dormir, a dormir,* repetían desde la voz antifonaria hasta el susurro, y volvían a reirse como danzando en su cansancio. Licario abandonó la concavidad vegetativa y concentró de nuevo su aliento que ascendía por las langostas y las cepilladuras de la derretida verja apoyada en los carboncillos, dueños por las raíces del primer toque de las aguas en las arenas. Quiso de nuevo repetir la frase de Descartes, pero sólo le alcanzaba el aliento para el final, repitiendo entrecortado, pero juntando las sílabas cuando lograba anudar el aliento: *Non Oedipum, non Oedipum.* Repetía de nuevo dando palmadas, *a dormir, a dormir,* agraciando el sombrío coro de los familiares, y Licario sentía cómo el cumplimiento de esa orden alegre lo iba ganando por dentro como un humo que caminaba hasta escaparse por la punta de cada uno de sus cabellos.

Rodaba ya el primer cuadrante de la medianoche y José Cemí tarareaba y quería pasar más dentro del silencio. La noche caía incesante como si se hubiera apeado de un normando caballo de granja. Cemí se sentía apoyado por el traqueteo de los ómnibus, los dialogantes esquinados, disciplinantes y procesionales del Gran Uno. La brisa tenía algo de sombra, la sombra de hoja, la hoja mordida en sus bordes por la iguana columpiaba de nuevo a la noche. La noche agarraba por los brazos, sostenía en su caída al reloj de pared, dividía el cuerpo de la harina con su péndulo de obsidiana. Cemí sentía la claridad lunar delante que oscilaba como la silueta del pájaro Pong, desde el mar hasta la caparazón de la tortuga negra. La blancura descendía hasta esa caparazón y se hacían visibles para la lectura sus veinticuatro cuadrados emblemáticos.

No, no era la noche paridora de astros. Era la noche subterránea, la que exhala el betún de las entrañas trasudadas de Gea. Su imago reconstruía un cangrejo rojo y crema saliendo por un agujero humeante. ¿Se había despedido de Fronesis? ¿Se volvería a encontrar en el puente Rialto en el absorto producido por la misma canción? ¿Cerca estaría Foción en acecho? Esas preguntas pesaban como un tegumento de humo y hollín en cada una de sus pisadas. Sentía dos noches. Una, la que sus ojos miraban avanzando a su lado. Otra, la que trazaba cordeles y laberintos entre sus piernas. La primera noche seguía los dictados lunares, sus ojos eran también astros errantes. La otra noche se teñía con el humillo de la tierra, sus piernas gravitaban hacia las entrañas terrenales. Bajaba los párpados, le parecía ver sus ojos errantes describiendo órbitas elípticas en torno al humillo evaporado o el animal carbunclo.

Una era la noche estelar que descendía con el rocío. La otra era la noche subterránea, que ascendía como un árbol, que sostenía el misterio de la entrada en la ciudad, que aglomeraba sus tropas en el centro del puente para derrumbarlo. Cosa rara, el claroscuro buscaba más el color rojo cremoso del cangrejo que el dibujo de sus muelas tiznadas de negro. Se sonrió con cierto temor incipiente. ver como en dos carteles lumínicos, muy cerca uno de otro, muela de cangrejo y carie dental. Condescender con esa ligera broma, le permitió apresurar el paso, como si le prestasen una capa para hacerse indistinto en la noche. Así la noche no tendría que perseguirlo ni él se vería obligado a arengarla, dando manotazos en la neblina, cortando los párrafos como si rompiese el encaje de la araña. Sentía, separando los cañaverales de la Orplid, la curvatura del pescuezo de un caballo de bronce, por donde ascendían los termitas profesionales. El caballo, de granito rojo o gris nocturno, pasaba por debajo del arco de triunfo y contemplaba durante mucho tiempo las carteleras con el único teatro en esos confines de las playas no descubiertas. Noche de los idumeos, escudo de granadillo de la caballería hitita, flanco derecho en la batalla de Cannas. La arcilla mezclada con el polvo de carbón, hacía espesar las sombras hasta dar manotazos. Forzó la mirada para no ver el caballito de bronce en el centro de la isleta, el rabo era de color escarlata y toda la crin del pescuezo estaba embadurnada de amarillo. En el claroscuro del fondo se veían pasar tachonazos verdes, amarillos, blancos. Era la noche verdosa, sombría, desde luego, pero muy cerca del árbol, a la entrada del puente que se hundía a cámara lenta.

El avance de Cemí dentro de la noche —eran ya las tres menos cuarto, pudo precisar tan indeciso como inquieto—, fue turbado cuando su absorto ingurgitó. Una casa de tres pisos, ocupando todo el ángulo de una esquina, lo tironeó con un hechizo sibilino. Toda la casa lucía iluminada y el halo lunar que la envolvía le hizo detener la marcha, pero sin precisar detalles; por el contrario, como si la casa evaporase y pudiese ver manchas de color que después se agrupaban esos agrupamientos le permitían ir adquiriendo el sentido de esas distribuciones espaciales. La casa en sus tres pisos repetía el mismo ordenamiento interior: una pequeña pieza seguida de un salón. En el salón se distribuían parejas y pequeños grupos que parecían hablar apretando los labios. No obstante, la convergencia de esas personas en la medianoche, no mostraban ese conocimiento que se tiene de la casa de todos los días, o la que se visita con reglada continuidad. Parecían extraños que por primera vez hubieran coincidido en esa unidad espacial, aunque entre los asistentes unos parecían familiares y otros más solemnes y estirados, revelaban un trato por el oficio, la vecinería o la coincidencia de la infancia en colegio, playa o excepcionales momentos de peligro o de placer.

Le sorprendía la totalidad de la iluminación de la casa. Chorreaba la luz en los tres pisos, produciendo el efecto de un *ascendit* que cortaba y subdividía la noche en tajadas salitreras. Era una gruta de sal, un monte de yagruma, una línea interminable de moteados de marfil, gaviota, dedales de plata y la sorprendente sutileza con que la lechuza introduce sus tallos de amarillo en la gran masa de blancura. Cuchicheaban, sumergían la conversación, reaparecían dándose un golpecillo en la nariz. Las pecheras sobresalían como un pavón con la cresta de ópalo. No era la blancura sorprendente de la cresta de diamantes, era la blancura espesa del ópalo. Opalescencia, palores, licustre, vida que desfallece a la orilla del mar. Pero hasta allí un abullonado crescendo de la luz, hinchado en bolsa de celentéreo, mordiendo implacablemente el verde en la línea horizontal de la iguana, inflando sus carrillos como en una aleluya de marina consagración. Sin sonar los zapatos, parecía que soplaran la puerta de espejo, como si fueran a comenzar a bailar, pues sus pasos al acercarse eran medidamente lentos y aterciopeladamente ceremoniosos. Pero no, se acercaban para preguntar un teléfono o un manantial de chocolate. Daban las gracias, se retiraban, apenas se oían sus sílabas.

Cemí adelantó la cabeza, después la echó hacia atrás, como quien quiere cristalizar la luz. Pero lo seguía acompañando con gran nitidez ese cuadrado de luz. La casa lucífuga, muy clavada en su esquina, con una luz que descendía, a medida que se iba endureciendo, tironeada por el cangrejo cremoso, hacia la hibernación subterránea. El topo clavado por el rabo, el conejo dominical, el gato moviendo sus bigotes como si fuera a unir dos palabras, esperaban al visitador sorprendido por el retroceso del balano y la aparición del casquete de cornalina. La luz aglomerada tiró también de Cemí, sentía que se iba sucediendo el tranquilo oleaje de las sílabas:

> *Ceñido el amanecer,*
> *los blancos de Zurbarán,*
> *pompas del rosicler.*
> *Los anillos estarán*
> *con el pepino y el nabo*
> *de las huestes de Satán.*
> *Cualquier fin es el pavo,*
> *tocado por la cabeza,*
> *pero ya de nuevo empieza*
> *a madurar por el rabo.*

Seguía su caminata en la medianoche y oyó de pronto cómo se levantaba una musiquilla. Era un tiovivo, una estrella giratoria y un whip. El tiovivo con pequeños caballos velazqueños, regalados de pechos y ancas, rojos, amarillos, negros. Detrás de los rifosos iban unas carrozas, hechas para tías con niños muy pequeños. Un provecto se veía que engrasaba los motores para entreabrir el domingo. Los carros de whip tenían una capota húmeda que ceñía al coche para evitar el goteo de los grillos. Parecía que el látigo restallaba sobre la música temblona. El provecto acariciaba la capota del whip, para escurrir el agua que se deslizaba dentro del coche. Gamuzaba los caballos avivando sus monturas y sus ijares. Encendía la estrella y la iba revisando asiento por asiento, la confianza en su eje, su movilidad, el cierre de sus puertas. Comenzó a darle vueltas al manubrio y la música empezó a refractarse, a desprender como centellitas. Pasaban los globos de cristal entre los caballos y las carrozas. Pero ninguno de ellos se rompía contra un belfo o contra las ancas. Eran como grupos de abejas que seguían rumbos videntes, paseando entre los rifosos, describiendo gozosas el círculo de la estrella giratoria y estableciéndose sobre la capota, después de alejar el grillo goteando. El hombre muy viejo que cuidaba el pequeño parque infantil, parecía un limosnero anclado allí para pasar la noche. Pero quería justificar su trabajo, hacer algo, quería que por la mañana le regalaran unas cuantas pesetas. La musiquilla durante toda la noche aparecía como el compás de su trabajo sin tregua.

Pero lo mismo podía hacer ese trabajo en la media noche, que esconder un feto en uno de los carros de la estrella, poner flores pestíferas en la boca de los caballitos velazqueños o soltar una tuerca del whip para que sus cervezados tripulantes descendieran al sombrío Orco. Se cimbreaba al caminar, con los movimientos de un gusano recorriendo cuadrados blancos y negros. Después de unos plumerazos, se dirigió a uno de los asientos de la estrella y pareció agazaparse más que adormecerse. Agazapado, remedaba el agua silenciosa que escurría el grillo en una gota que tenía el tamaño de su excremento.

Cemí siguió avanzando en la noche que se espesa, sintiendo que tenía que hacer cada vez más esfuerzo para penetrarla. Cada vez que daba un paso le parecía que tenía que extraer los pies de una tembladera. La noche se hacía cada vez más resistente, como si desconfiase del gran bloque de luz y de la musiquilla del tiovivo. Le pareció ver un bosque, donde los árboles trepaban unos sobre otros, como el elefante apoyando las dos patas delanteras sobre una banqueta, y sobre el lomo del elefante perros y monos danzando, persiguiendo una pelota, o saltando sobre un ramaje, para caer de nuevo sobre el elefante. La transición de un parque infantil a un bosque era invisiblemente asimilado por Cemí, pues su estado de alucinación mantenía en pie todas las posibilidades de la imagen. No obstante sintió como un llamado, como si alguien hubiese comenzado a cantar, o un nadador que después de unir sus brazos en un triángulo isósceles se lanza a la piscina, más allá de la empalizada. Era un ruido inaudible, la parábola de una pistola de agua, una gaviota que se duerme mecida por el oleaje, algo que separa la noche del resto de una inmensa tela, o algo que prolonga la noche en una tela agujereada por donde asoman su cabeza de clavo unos carretes de ebonita. Era un pie de buey lo que pisaba a la noche.

Se sintió Cemí como obligado a mirar hacia atrás. El cuidador había emprendido una marcha frenética desde el asiento de la estrella giratoria, donde parecía adormecerse, hasta la cerca que rodeaba el parque infantil. Una oblicuidad lunar asumió la blancura y Cemí pudo percibir en aquel rostro una espinilla negra, a la que la prolongación de la blancura daba como el tamaño de una lengua que resbalara a lo largo de la nariz. Miraba el guardador a uno y otro lado como un osezno tibetano enredado en el fósforo de su propio círculo. La cara se le embadurnaba con el sudor y esa agua acaudalada le bajaba por las orejas formando un volante arete napolitano. La cara trasudada y el carbón de la noche a su lado, le daba el aspecto del timonel de una máquina infernal. Temblonas sus rodillas golpeaban la madera del círculo del parque infantil y así esa línea divisoria comenzó también a temblar formando como un aquelarre, donde cada una de las clavadas estacas comenzó una danza grotesca dentro del redondel protegido por la oblicuidad lunar.

Aquel bosque que había entrevisto al final de su marcha, donde los monos y los perros saltaban sobre un elefante que se hundía y elevaba, se le fue acercando. La casa misma parecía un bosque en la sobrenaturaleza. Se veía el entrelazado ornamento de la verja que servía también de puerta. En su centro, un cuadrado de metal muy reluciente, donde estaba la cerradura. El tamaño de esta última revelaba que necesitaba una llave de excesivas dimensiones, como para abrir el portón de un castillo. Por el costado de la casa se veía un corredor aclarado por la blancura lunar. El final del corredor permitía penetrar en una extensa terraza, que estaba rodeada de un jardín descuidado, donde faltaban las podaderas y el ejercicio voluptuoso. ¿Se atrevería Cemí por aquel corredor, cuyo recorrido era desconocido y su final, en la terraza, ondulaba como la marea descargada por un espejo giratorio?

El corredor era todo de ladrillos y su techo una semicircunferencia igualmente de ladrillos rojos. A lo largo del corredor se veían en mosaicos de fondo blanco, lanzas, llaves, espadas y cálices del Santo Grial. La lanza penetraba en un costado del que ascendía un bastón, la llave franqueaba la entrada a un castillo hechizado, la espada de las decapitaciones en una plaza pública y los caballeros del rey Arturo se sentaban alrededor de la copa con sangre. Los emblemas de los mosaicos estaban tratados en rojo cinabrio, la lanza era transparente como el diamante, un gris acero formando la espada encajada en la tierra como un *phalus,* y cada trébol representaba una llave, como si se unieran la naturaleza y la sobrenaturaleza en algo hecho para penetrar, para saltar de una región a otra, para llegar al castillo e interrumpir la fiesta de los trovadores herméticos. Una guirnalda entrelazaba el Eros y el Tánatos, el sumergimiento en la vulva era la resurrección en el valle del esplendor. Después de atravesar el corredor, que era el costado de toda la extensión de la casa, Cemí salió a una terraza del mismo tamaño que el corredor. En uno de sus ángulos más distantes pudo percibir un dios Término, su graciosa cara era en extremo socarrona, al centro de la piedra se veía muy prolongado el bastón fálico. La carcajada que rezumaba el rostro de Término, era de la misma índole que la alegría que ordenaba su gajo estival. Al lado de la piedra del dios socarrón, se veía una mesa, que tapada por el dios ofrecía una oscuridad indescifrable. Se veía que allí pasaba algo, pero qué era lo que escondía ese pedazo de oscuridad, qué era ese escudo que tapaba el rostro en el momento en que iba a ser esclarecido por la obliculidad lunar.

El hechizo de la casa estaba en los escalonamientos que ofrecía su entrada. Estaba construida sobre un mogote y la escalerilla para penetrarla se apoyaba sobre la tierra que tenía como dos metros de altura. Esa altura donde estaba la casa, le prestaba todo su encantamiento. En lo alto de sus columnas chorreaban calamares, los que se retorcían a cada interpretación marina para receptar los consejos lunares. El avance de cada columna estaba interrumpido por peanas con piñas de estalactitas y en cada una de las hojas de su corona, se extendían y bostezaban lagartos cuya inquietud describía círculos infernales con sus ojos, mientras su cuerpo prolongaba el éxtasis durante toda la estación. Entraban y salían de la piedra las agujas; las abejas, el lince y el perezoso jugaban sin romper el silencio nocturno en la copa de un árbol formado por la luz cristalizada. Una mezcla de pulpo y estalactita trepaba por aquellas columnas inundadas de reflejos plateados. La casa parecía sin moradores, o éstos estaban adormecidos como el lagarto durante el otoño. Mientras duraban sus sueños, iban uniéndose la gota de agua que forma la estalactita y la gota de la tinta del calamar, ablandando una piedra que repta y asciende en la medianoche. Cemí volvía ya por el corredor, cuando sintió como la obligación dictada por los espíritus de los hijos de la noche, de precisar qué era lo que pasaba en el ángulo ocupado por el dios Término, donde se veían dos bultos amasijados por el espesor de la nocturna.

Atravesó de nuevo el corredor, se paró frente a la terraza. Recorrió todo el cuadrado que parecía brotar una blancura como una pequeña hierba. Fue calmosamente a la esquina del dios, con los dos bultos que la oscuridad tornaba en una capa hinchada cubriendo un saco de plomo. Al lado del dios Término, vio dos espantapájaros disfrazados de bufones, jugando al ajedrez. Uno adelantaba la mano portando el alfil, la mano se prolongaba en la obliculidad lunar. Recordó que en francés los alfiles son llamados *fous*, locos, y que están representados en trajes de bufones. El otro espantapájaros estaba en la actitud de esperar la obliculidad que avanzaba, la locura que como una estrella errante iba a exhalar la noche, el salto que iba a dar el bufón en su danza grotesca. Estaba escrito con un carbón en la mesa, el verso de Mathurin Régnier: *Les fous sont aux échecs, les plus proches des rois*, los locos en el ajedrez son los más inmediatos a los reyes. Contemplados por Cemí, los dos bufones, rendidos al sueño, doblaron sus cuerpos y se abandonaron al éxtasis del lagarto, como si sobre sus cabezas hubiera caído la gota de agua que forman las estalactitas, unida a la gota de la tinta del calamar.

Cemí pudo ya apresurar el paso y salir de nuevo por el corredor a la calle. A la salida estaba el guardián de la estrella giratoria, con la espinilla que como un azabache le resbalaba por la nariz. Temblaba de arriba a abajo como un azogado, parecía que alguien lo tundía a palos, balbuceaba, daba patadas contra la acera, se daba puñadas contra el cuerpo y la cara. Poseso amoratado saltaba en el baile de San Vito. Cemí no se sintió en la obligación de mirarlo. El furor del guardián estaba también en el espíritu de la noche y ascendía con la falsa ascensión de tripular una escoba, la espinilla negra era su cuerno.

Cemí volvía ahora al cuadrado de donde había partido. La misma ofuscadora cantidad de luz y los mismos grupos de murmuradores. Un ritmo guiaba sus pasos:

Un collar tiene el cochino,
calvo se queda el faisán,
con los molinos del vino
los titanes se hundirán.
Navaja de la tonsura,
es el cero en la negrura
del relieve de la mar.
Naipes en la arenera,
fija la noche entera
la eternidad... y a fumar.

Fue ascendiendo por la escalera. Pudo ver unos salones vacíos y otros llenos de murmuradores minuciosos, que acercaban las palabras a los oídos como para que el silencio no fuera interrumpido. Al llegar al tercer piso, notó que de una de aquellas capillas brotaba una exacerbada proliferación lucífuga. Reinaba una luz de volatinero, semejante a la que en el circo acompaña al cuerpo que salta como un pájaro, sólo que aquí el parecido estaba en los más opuestos confines, pues la luz batía en torno a la más extremada inmovilidad. Al salir de la escalera, se inmovilizó momentáneamente, notó que de repente una persona se levantaba del coro de los conversadores y que después de mirarlo como para reconocerlo comenzaba a hacerle señas con la mano para que se acercara. Cemí penetró en la cámara de los conversadores silenciosos. Era la hermana de Oppiano Licario la que lo había llamado —yo sabía que usted vendría esta noche última. No pude llamarlo, desconocía la dirección de su casa, sin embargo, yo sabía que usted no faltaría esta noche —le dijo a Cemí, con un desesperado dolor sereno. Cemí comprendió de súbito que aquella fiesta de la luz, la musiquilla del tiovivo, la casa trepada sobre los árboles, el corredor con sus mosaicos, la terraza con sus jugadores extendiendo la oblicuidad lunar, lo habían conducido a encontrarse de nuevo con Oppiano Licario. Recordó el relato de doña Augusta, su bisabuelo muerto, con uniforme de gala, intacto, que de pronto, como un remolino invisible, se deshacía en un polvo coloreado. La cera de la cara y las manos, con su urna de cristal, de Santa Flora, ofreciendo una muerte resistente, dura como la imagen del cuerpo evaporado. La cera repentinamente propicia al trineo del tacto, ofreciendo un infinito deslizamiento. De nuevo la voz de su padre, escondido detrás de una columna, y diciéndole con voz fingida: —cuando nosotros estábamos vivos, andábamos por un camino, y ahora que estamos muertos, andamos por este otro—. Cobró vivencia de la frase "andar por el otro camino". Ascendió la imagen de Oppiano Licario, pero ya solo en el ómnibus, con todos los demás asientos vacíos, sonando sus colecciones de medallas, mandando a detener al caballito de sus dracmas griegos, con sus pechos y sus ancas desproporcionados en relación con la cara y con las patas pequeñas que rotaban sobre un tambor. El inmenso tambor de la noche, un tambor silencioso, que fabricaba ausencias, huecos, retiramientos, desconchados por los que cabía un brazo de mar.

—Venga conmigo, vamos a verlo —dijo la hermana de Oppiano Licario. Trigueña pálida, con ojos azules que parecían una balanza que soportase un peso desconocido, tal vez un pez entrevisto entre el claroscuro de su plata y la noche posada en el árbol de coral. Su piel, extremadamente pulimentada, mostraba el contrapunto de sus poros, hecha invisible la entrada y salida de la aguja que había elaborado esa malla. Su piel era la defensa de su *intelligere,* su órgano de visión, penetración y rechazo. Desde el aire hasta la mano que ceñía su mano, daban una excusa o se justificaban en su piel. Su nombre era Ynaca Eco Licario, le decían sus familiares Ecohé, mostraba como su hermano una total confianza religiosa en sí misma y ese sí mismo estaba formado por dos líneas que se interceptaban en un punto. Y ese punto era el encuentro entre su azar y su destino. Su misterio estaba en que a veces su piel temblaba, sin saber quien dictaba ese temblor.

Se acercó a la lámina de cristal, el rostro de Oppiano mostraba ya una impasibilidad que no era la de su habitual sindéresis, la de su infinita respuesta. Como un espejo mágico captaba la radiación de las ideas, la columna de autodestrucción del conocimiento se levantaba con la esbeltez de la llama, se reflejaba en el espejo y dejaba su inscripción. Era la cola de Juno, el cielo estrellado que se reflejaba en el paréntesis de las constelaciones. Su cuerpo ya no paseaba por las azoteas, para fijar la errante lectura de los astros. Cerrados los párpados, en un silencio que se prolongaba como la marea, rendía la llave y el espejo.

La hermana de Licario deslizó en la mano de Cemí un papel doblado, al mismo tiempo que le decía: Creo que fue lo último que escribió. Apretó Cemí el papel como quien aprieta una esponja que va a chorrear sonidos reconocibles. Entre los familiares y amigos que rodeaban el féretro, pudo encontrar un lugar donde sentarse. Todas aquellas personas habían sentido esa inflamación de la naturaleza para alcanzar la figura, esa irrupción de una misteriosa equivalencia que siempre había despertado Oppiano Licario. Lo que gravitaba en la pequeña capilla era eso precisamente, la ausencia de respuesta. Cemí extendió el papel y pudo leer:

JOSE CEMI

No lo llamo, porque él viene,
como dos astros cruzados
en sus leyes encaramados
la órbita elíptica tiene.

Yo estuve, pero él estará,
cuando yo sea el puro conocimiento,
la piedra traída en el viento,
en el egipcio paño de lino me envolverá.

La razón y la memoria al azar
verán a la paloma alcanzar
la fe en la sobrenaturaleza.

La araña y la imagen por el cuerpo,
no puede ser, no estoy muerto.

Vi morir a tu padre; ahora, Cemí, tropieza.

Cemí con los ojos muy abiertos atravesaba el inmenso desierto de la somnolencia. Veía a la llamita de las ánimas que se alzaba en los cuerpos semisumergidos de los purgados durante una temporada. Llamitas fluctuantes de las ánimas en pena. Luego, contemplaba unas fogatas que como árboles se levantaban en el acantilado. Lucha tenaz entre el fuego y las piedras. Después, eran llamaradas que querían tocar el embrión celeste y a su lado un tigre blanco que daba vueltas circulizadas en torno a las llamas, comenzando a escarbar en sus sombras oscilantes. Lamía sin descanso el tigre blanco en la médula de saúco; el espejo con una fuente en el centro, levantaba un remolino traslaticio, llevaba al tigre por los ángulos del espejo, lo abandonaba, ya muy mareado, con el rabo enroscado al cuello.

Iba saliendo de la duermevela que lo envolvía. La ceniza de su cigarro resbalaba por el azul de su corbata. Puso la corbata en su mano y sopló la ceniza. Se dirigió al elevador para encaminarse a la cafetería. Lo acompañaba la sensación fría de la madrugada al descender a las profundidades, al centro de la tierra donde se encontraría con Onesppiegel sonriente. Un negro, uniformado de blanco, iba recogiendo con su pala las colillas y el polvo rendido. Apoyó la pala en la pared y se sentó en la cafetería. Saboreaba su café con leche, con unas tostadas humeantes. Comenzó a golpear con la cucharilla en el vaso, agitando lentamente su contenido. Impulsado por el tintineo, Cemí corporizó de nuevo a Oppiano Licario. Las sílabas que oía eran ahora más lentas, pero también más claras y evidentes. Era la misma voz, pero modulada en otro registro. Volvía a oir de nuevo: ritmo hesicástico, podemos empezar.

ALIANZA TRES

Títulos publicados

30. Italo Calvino. *Nuestros antepasados.*

31. Franz Kafka. *Cartas a Felice y otra correspondencia de la época del noviazgo. 1: 1912.*

32. Denis Diderot. *Santiago el fatalista y su amo.*

33. Franz Kafka. *Cartas a Felice y otra correspondencia de la época del noviazgo. 2: 1913.*

34. E. M. Forster. *El más largo viaje.*

35. José M.ª Guelbenzu. *La noche en casa.*

36. Franz Kafka. *Cartas a Felice y otra correspondencia de la época del noviazgo. 3: 1914-1917.*

37. Victor Segalen. *René Leys.*

38. Vicente Aleixandre. *En un vasto dominio.*

39. Pierre Drieu la Rochelle. *Relato secreto.*

40. T. S. Eliot. *Poesías reunidas, 1909-1962.*

41. Edith Wharton. *Relatos de fantasmas.*

42. Jesús Fernández Santos. *A orillas de una vieja dama.*

43. Henry de Montherlant. *Los bestiarios.*

44, 45, 46, 47. Corpus Barga. *Los pasos contados.* Una vida a caballo en dos siglos (1887-1957).

48. Jorge Luis Borges. *Obra poética.*

49. Thomas Hardy. *Tess, la de los d'Urberville*.

50. *Antología de poesía primitiva*. Selección y prólogo de Ernesto Cardenal.

51. Saul Below. *La víctima*.

52. Adolfo Bioy Casares. *Dormir al sol*.

53. *Antología poética en honor de Góngora desde Lope de Vega a Rubén Darío*. Recogida por Gerardo Diego.

54. Peter Handke. *La mujer zurda*. Relato.

55. Hermann Broch. *La muerte de Virgilio*.

56. Lou Andreas-Salomé. *Mirada retrospectiva*.

57. *El Siglo Once en 1.ª persona. Las «Memorias» de 'Abd Allāh, último Rey Zīrī de Granada destronado por los Almorávides (1090)*. Traducidas por E. Lévi-Provençal (ob. 1956) y Emilio García Gómez.

58. Francisco García Lorca. *Federico y su mundo*.

59. Iris Murdoch. *El castillo de arena*.

60. Mijail Bulgakov. *El maestro y Margarita*.

61. *La muerte del rey Arturo*. Introducción y traducción de Carlos Alvar.

62. Gerald Durrell. *Bichos y demás parientes*.

63. José Bergamin. *Al fin y al cabo*. Prosas.

64. José María Guelbenzu. *El río de la luna*.

65. Rainer Maria Rilke. *Los apuntes de Malte Laurids Brigge*.